Judith Winter

Finsterwald

Thriller

dtv

Ausführliche Informationen über unsere Autoren und Bücher
www.dtv.de

Von Judith Winter sind
bei dtv außerdem erschienen:
Siebenschön (21489)
Lotusblut (21569)
Sterbegeld (21616)

MIX
Papier aus verantwortungsvollen Quellen
FSC® C019821
www.fsc.org

Originalausgabe 2019

Umschlaggestaltung: ZERO Werbeagentur GmbH unter Verwendung von Fotos von Arcangel Images
Satz: Greiner & Reichel, Köln
Gesetzt aus der Stempel Garamond 9,5/12,4·
Druck und Bindung: Druckerei C.H.Beck, Nördlingen
Gedruckt auf säurefreiem, chlorfrei gebleichtem Papier
Printed in Germany · ISBN 978-3-423-21748-4

Prolog

1991

Der kleine Junge beißt die Zähne zusammen, so fest er kann. Er will nicht zittern. Aber hier unten ist es so entsetzlich kalt.

Wie in einem Eishaus, denkt der Junge, ohne zu wissen, was genau das ist, ein Eishaus. Aber es fühlt sich so an. Nicht nur heute, nicht nur hier im Keller. Alles. Vielleicht muss das so sein, denkt er.

Vielleicht ist es das, was ich verdiene.

Er starrt in die undurchdringliche Finsternis, die ihn umgibt, und versucht verzweifelt, sich einen Tag im Sommer vorzustellen. Einen Tag, an dem es warm war. Und hell. Und sonnig. Sind sie nicht am Meer gewesen, letztes Jahr?

Der Junge nickt stumm.

Die Luft hat nach Salz geschmeckt, und Papa hat einen Sonnenbrand bekommen, das immerhin weiß er noch. Aber es gibt keine Bilder zu diesen Erinnerungen. Keine Bilder und keine Gefühle. Beides ist wie ausradiert.

Wir waren am Meer, hat er nach den Sommerferien in einem Aufsatz geschrieben. Und schon damals ist es ihm vorgekommen, als schriebe er über Fremde. Er hat eine Eins bekommen. Wie so oft. Doch wenn er sein Heft herausnimmt und den Aufsatz liest, bleibt sein Kopf düster wie der Bildschirm eines Fernsehers, der nicht eingeschaltet ist.

Finster wie dieser Keller.

Wie hat sich die Sonne angefühlt? Das Licht? Die Wärme?

Der Junge beißt sich von innen in die Wange. Aber der Schmerz ist nicht stark genug, um ihn abzulenken. Die Eiseskälte frisst sich unbarmherzig bis ins Mark seiner Knochen, und allmählich hat er das Gefühl, sich vor lauter Kälte nie wieder rühren zu können.

Wie lange?, überlegt er.

Aber ihm fällt keine Antwort ein.

Stattdessen werden tief in seinem Kopf mit einem Mal Schritte laut.

Er sieht die lange, düstere Treppe, und sein Herz beginnt zu hämmern.

Realität oder Einbildung?

»Sei still«, flüstert der Junge.

Doch die Schritte verstummen nicht.

Im Gegenteil: Sie kommen immer näher.

Die Kehle des Jungen verschließt sich, bis sein Atem pfeift. Seine Lungen brennen, und ein Gefühl von Schwindel macht sich hinter seiner Stirn breit, die plötzlich heiß ist. So heiß, als schiene ihm die Sommersonne direkt auf den Kopf.

Dann öffnet sich die Tür, und er sieht das Licht. Nicht Sonne, sondern Neon. Aber trotzdem beinahe unerträglich hell.

»Wie weit bist du?«, fragt die Stimme hinter dem Licht.

Der Junge rührt sich nicht.

»Hast du darüber nachgedacht?«

Er nickt. Alles andere wäre lebensgefährlich.

»Und?«

Der Junge schmeckt Blut im Mund. »Es tut mir leid.«

»Ich kann dich nicht hören.« Die Stimme ist schneidend scharf. Aber der Junge sieht trotzdem nicht hin, starr blickt er geradeaus auf die gegenüberliegende Mauer, die im Schein der Neonröhre flimmert.

»ES TUT MIR LEID.«

Die Stille, die nun folgt, kann zweierlei bedeuten. Der

Puls des Jungen ist am absoluten Anschlag. Entweder es ist vorbei. Oder …

»Wirst du es wieder tun?«

Der Junge schüttelt den Kopf.

»Du weißt, was passiert, wenn du …«

Er nickt.

Und wieder diese brüllende Stille.

Dann, nach einer Zeit, die ihm wie eine Ewigkeit vorkommt: »Ich schlage vor, du bleibst trotzdem noch ein bisschen hier.«

Die Kälte, die ihn bislang gelähmt hat, verwandelt sich in eine Unzahl winziger Dolche, die in sein Fleisch stechen. »Bitte!«, fleht er. »Es ist so kalt hier unten. Und so dunkel.«

Er hört die Schritte.

Sie kommen auf ihn zu.

Sein Körper verwandelt sich in einen Klumpen vereister Knochen. Nur als die Hand sanft über sein Haar fährt, zuckt er unmerklich zusammen.

»Was denkst du, wenn du hier unten bist?«, fragt die Stimme.

»Nichts«, hört der Junge sich antworten.

»Oh ja, natürlich.«

Der Hohn, der aus diesen drei Worten quillt, ist noch tausendmal schlimmer als die Kälte. Kurz darauf verschwindet auch die Hand von seinem Kopf.

Der Junge schließt die Augen.

»Ich komme später wieder.«

Nun blickt er doch noch einmal auf. »Wann?«

Die Stimme antwortet nicht.

Die Tür fällt ins Schloss.

Die Dunkelheit ist zurück.

Der Junge beginnt zu schreien. So lange, bis die Laute, die aus seiner Kehle dringen, ihn selbst erschrecken und er wieder zu Bewusstsein kommt. Jetzt hört er, wie seine Arme gegen den blanken Stein schlagen, auch wenn er sie kaum spürt. Seine Beine strampeln wie wild. Aber ... Er stutzt, als sein nackter Fuß unvermittelt auf einen Widerstand stößt. Auf ETWAS, das vorher noch nicht da war.

Zitternd ertasten seine Finger den Griff einer Taschenlampe.

Einen halben Schokoladenriegel.

Und ein Buch.

Die Finger des Jungen gleiten über den Einband, der noch die Wärme des Wohnzimmers zu atmen scheint. Er presst die Nase gegen das dicke Papier und versucht, ein Bild zu finden, das zu dem Duft des Buches passt. Irgendetwas Schönes. Doch sein Kopf bleibt vollkommen leer. In ihm ist nur Dunkelheit.

Er schaltet die Taschenlampe ein.

Drei Minuten, vier vergehen, bis er sehen kann.

Fünf weitere, bis er wagt, das Buch aufzuschlagen.

Man kann nie wissen. Was heute erlaubt ist, kann morgen verboten sein. Die Grenzen sind fließend. Unvorhersehbar.

Vielleicht, denkt der Junge, muss ich meine eigenen Grenzen finden.

Sein Blick streift das Buch auf seinem Schoß.

Dann breitet sich ein Lächeln über seine blaugefrorenen Lippen.

EINS

Es gibt eine Stille, in der man meint,
man müsse die einzelnen Minuten hören,
wie sie in den Ozean der Ewigkeit hinuntertropfen.

(Adalbert Stifter)

Heute …

I

Kellerverlies, Versteck von Kathrin Stiller

Schuld …

Es war dieses eine Wort, das sich in ihrem Gedächtnis festgekrallt hatte, ohne dass sie sagen konnte, wo sie es herhatte. Sie wusste nur, dass es nicht von ihr kam, und es war das Erste, was sie dachte.

Sie konnte die Augen nicht öffnen, aber sie spürte, wie allmählich etwas wie Bewusstsein in sie zurücksickerte. Da war ein Gefühl von Kälte inmitten der Leere, die alles verdrängt hatte. Ein Gefühl von Schmerz.

Sie versuchte, sich zu bewegen, doch es gelang ihr nicht. Nicht im Großen und im Kleinen auch nicht. Das war vielleicht, was sie am meisten beunruhigte: Die Tatsache, dass sie ihr Gesicht nicht bewegen konnte.

Sie brauchte eine ganze Weile, um sich darüber klar zu werden, dass die Starre nicht an ihr, an ihrem Zustand lag. Aber dann war sie sicher: Sie war nicht gelähmt, sie war gefesselt!

Ein Streifen Klebeband saß direkt über ihren Augen, und auch ihr Mund war zugeklebt. Und das … Sie stöhnte. Das bedeutete, dass es eine äußere Ursache geben musste für das, was ihr zugestoßen war!

Vor dem Hintergrund dieser Erkenntnis blitzte ein Bild vor ihr auf: die Silhouette eines Mannes.

Dann ein Schlag.

Dumpf. Roh.

Er muss mich verschleppt haben, dachte sie. Wer immer er sein mag. Verschleppt und gefesselt, nachdem er … Ja, was?

Angstvoll horchte sie in sich hinein und versuchte zu ergründen, was er ihrem Körper angetan hatte. Da war eine Wunde, direkt oberhalb der rechten Augenbraue. Von dort kam der Schmerz. Er war zwar unangenehm, aber durchaus zu ertragen.

Und sonst?, hämmerte es hinter ihrer Stirn. Was sonst?

Sie konnte es nicht sagen. Teile ihres Körpers waren fühllos, wie abgestorben. Um sie herum herrschte eine tiefe, erdrückende Stille, und sie hatte das beklemmende Gefühl, allein zu sein. Irgendwo mitten im Nichts, weit entfernt von jedem anderen menschlichen Wesen. Zu ihrem eigenen Erstaunen erschreckte sie dieser Gedanke mehr, als dass er sie beruhigt oder getröstet hätte, obwohl er bedeutete, dass auch der Mann, der sie hergebracht hatte, nicht in ihrer Nähe war …

Das Gefühl, alleingelassen worden zu sein, erschreckte sie zutiefst.

Was, wenn er nicht zurückkehrte? Wenn er sie vergessen hatte? Oder wenn es gar zu seinem Plan gehörte, sie in diesem elenden Loch krepieren zu lassen?

In ihren Lippen unter dem Klebeband pochte das Blut. Und auch der Rest ihres Gesichts schien dick geschwollen zu sein. Offenbar war er nicht zimperlich gewesen.

Aber was wollte er? Geld?

Sie zwang sich, klar zu denken.

Ihre Eltern besaßen ein Reihenhaus. Hundertzweiundzwanzig Quadratmeter Wohnfläche. Ein behinderter Sohn, zwei Wochen Bad Wildbad im Herbst, eine Woche Südtirol an Ostern. Und vor der Tür ein acht Jahre alter Golf. Wer, um Himmels willen, konnte auf die Idee kommen, dass bei Familie Stiller irgendwas zu holen sei?

Nein, dachte sie. Es geht nicht um Geld.

Es geht um etwas anderes.

Aber um was? Die Anstrengung des Nachdenkens ließ sie zittern. Irgendwo in ihrem Kopf mussten Erinnerungen sein. Erinnerungen und eine Erklärung.

Schuld …

War das seine Stimme?

Verzweifelt suchte sie nach einem Zusammenhang. Aber da war nichts. Dieses eine nackte Wort war alles, was sie hatte.

Der einzige Hinweis.

2

Waldstück im Taunus.
Donnerstag, 19. Oktober

Die Wischerblätter von Emilia Capellis SUV quietschten mit trostloser Gleichförmigkeit über die finstere Windschutzscheibe, während der Regen auf das Wagendach trommelte.

Was für ein elendes Mistwetter!

Emilia seufzte.

Dabei hatte dieser Tag so vielversprechend begonnen …

Sie hatte endlich grünes Licht für den Lehrgang erhalten, den sie schon so lange machen wollte: *Extremismus und politische Radikalisierung – Risikoanalyse im Umgang mit Gefährdern*, inklusive einer Woche bezahlten Urlaubs in London. Zur Feier des Tages hatte sie sich ein 5-Gänge-Menü beim Nobel-Italiener *Carmelo Greco* gegönnt. Und das Jazzkonzert, von dem sie gerade zurückkehrte, war – wenn auch karg besucht – einfach nur brillant gewesen. Doch dann hatte sie irgendwo hinter Eppstein eine falsche Abzweigung erwischt – und seither schien sich alles gegen sie verschworen zu haben.

Em kniff die Augen zusammen und beugte sich noch tiefer über das Lenkrad. War dieses verdammte Waldstück denn immer noch nicht zu Ende? Und wo, zur Hölle, war sie überhaupt?

Das funkelnagelneue Navi ihres funkelnagelneuen SUV schien leider genauso ratlos zu sein wie sie selbst: STRASSE OHNE NAMEN stand auf dem Display – in blinkenden Lettern unter einem entmutigend nackten Strich, der in der Praxis nichts anderes bedeutete, als dass sie sich mitten im Nirgendwo befand!

Entnervt fingerte Em ein Bonbon aus der Fahrertür und schob es in den Mund. Gut, verglichen mit Kanada oder Alaska war der Taunus mit seinen zweitausendsiebenhundert Quadratkilometern jetzt nicht sooo groß. Aber die Ecke, die sie gerade durchquerte, war definitiv noch nicht erschlossen!

Es gab keine Straßenlaternen, keine vernünftigen Begrenzungen, an denen man sich orientieren konnte, und die letzten Häuser hatte sie bereits eine gefühlte halbe Stunde hinter sich gelassen.

Dafür kam der Wald immer näher.

Fast so, als wollte er sie zerquetschen.

Em spähte durch den dichten Regen, der im Licht ihrer Scheinwerfer wie ein Perlenvorhang glitzerte. Mittlerweile war sie nicht einmal mehr sicher, dass das hier überhaupt eine reguläre Straße war. Eher ein Wald- oder Wirtschaftsweg. Kaum zu glauben, dass die Millionenmetropole Frankfurt – zumindest laut Navi – nur schlappe sechsunddreißig Kilometer von hier entfernt war!

Em drückte einmal mehr auf den Knopf für den Sendersuchlauf, doch auch das Radio hatte bereits vor Minuten knirschend und rauschend den Geist aufgegeben. Umso nachhaltiger war die Wirkung, als in der Halterung der Freisprecheinrichtung just in diesem Moment ihr Handy zu klingeln begann.

Em schielte nach dem Display, doch die angezeigte Nummer sagte ihr nichts.

Trotzdem entschied sie, den Anruf entgegenzunehmen.

»Ja?«

Anstelle einer Antwort wurde am anderen Ende der Leitung ein Schluchzen laut.

Em runzelte die Stirn. »Hallo?«

»Emilia?« Schniefen. »Bist du das?«

Ems Irritation vertiefte sich. Wie viele Menschen auf der Welt nannten sie Emilia?

»Wer … äh … ist denn da?«

»Oh, entschuldige. Ich bin's. Jenny.«

Jenny?!

Um ein Haar hätte Em das Steuer verrissen und wäre im Graben gelandet. Sie konnte sich beim besten Willen nicht daran erinnern, dass ihre Schwägerin sie jemals angerufen hätte. Mehr noch: Sie konnte sich noch nicht mal daran erinnern, zu irgendeinem Zeitpunkt ihrer nunmehr achteinhalb Jahre währenden Bekanntschaft mehr als drei Worte mit der Frau ihres Bruders gewechselt zu haben. Und jetzt rief Jen sie mitten in der Nacht auf dem Handy an?

»Was ist passiert?«, fragte sie tonlos. »Ist was mit Angelo?«

Zögern. Dann: »Nein.«

»Mit den Kindern?«

Das Schluchzen verstärkte sich. »Nein, nein, den … den Kindern geht's gut.«

Em entspannte sich ein wenig. Ihr Bruder war offenbar okay. Ihre Neffen auch.

Blieb die Frage, warum ihre Schwägerin in Tränen aufgelöst war …

»Komm schon, Jen, raus mit der Sprache.« Sie trat auf die Bremse und zirkelte ihren SUV mühsam an einem umgestürzten Baum vorbei, der weit in die Fahrbahn ragte. »Du rufst mich wohl kaum so spät am Abend an, um mir unter Tränen zu verkünden, dass alles in Ordnung ist.«

Ihre Schwägerin holte tief Luft. »Angelo betrügt mich. Und ich bin wieder schwanger.«

Em riss die Augen auf. Zugegeben, ihr Bruder war ein bequemer Schleimer, der es schon immer ganz hervorragend verstanden hatte, seine Mutter und andere wichtige Personen in seinem Leben um den Finger zu wickeln, um ihnen Geld, Zeit, Aufmerksamkeit oder am besten gleich alles auf einmal zu entlocken. Und er konnte ein echtes Arschloch sein. Aber dass er seine schwangere Frau betrog …

»Bist du sicher?«, fragte sie, um Zeit zu gewinnen.

»Ja.« Das Wort hing in der engen Fahrgastzelle wie ein Fremdkörper. »Sonst würde ich dich ja wohl kaum damit belästigen, oder?«

Ja, das … Em biss sich auf die Lippen, war durchaus ein Argument!

»Tut mir leid, dass ihr Probleme habt«, entgegnete sie mechanisch. »Aber mir ist nicht ganz klar, was *ich* in dieser Sache für dich tun kann.«

»Natürlich, das … Es ist nur …« Jenny tat alles, um ihre Fassung zurückzugewinnen. »Ich habe das so nicht kommen sehen, und du bist doch bei der Polizei …«

Em wartete, doch ihre Schwägerin beließ es bei der Feststellung.

»Ja, und?«, fragte sie.

»Die Sache ist die: Ich möchte kein Aufsehen, verstehst du?« Jenny schien sich gefangen zu haben und klang jetzt erschreckend sachlich. »Und es geht mir auch nicht darum, irgendwen in die Pfanne zu hauen. Ehrlich, ich … Ich will einfach nur das Sorgerecht und meine Ruhe.«

Passend zu dieser wenig erfreulichen Eröffnung verstärkte sich das Prasseln des Regens und die Sicht wurde noch schlechter. Dabei liefen die Scheibenwischer bereits auf der höchsten Stufe. Zähneknirschend drosselte Em das Tempo noch weiter. Wenn sie doch nur endlich aus diesem verdammten Wald rauskäme!

»Hör zu, Jen«, setzte sie noch einmal an. »Ich würde dir wirklich liebend gern helfen. Aber ich verstehe noch immer nicht, in welchem Zusammenhang mein Job mit euren Eheproblemen …«

»Ich dachte, dass was mit dem Baby wäre«, unterbrach ihre Schwägerin. »Und natürlich wollte ich … Ich wollte kein Risiko eingehen, verstehst du? Aber bei der Untersuchung sind meiner Gynäkologin dann leider …« Sie hielt inne und schluckte. »Ihr sind ein paar Sachen aufgefallen, die sie nicht einfach so … Ach, was! Vergiss es. Ist nicht wichtig. Tut mir leid, dass ich dich …«

»Moment!«, rief Em, bevor ihre Schwägerin am Ende noch auflegte. »Was ist deiner Gynäkologin aufgefallen?«

»Ach, bloß ein paar blaue Flecken«, wiegelte Jenny ab. »Und versteh mich bitte nicht falsch, Em, mir ist sehr daran gelegen, dass das gar nicht erst aktenkundig wird. Aber … Na ja, meine Ärztin fängt auf einmal an, Fragen zu stellen, verstehst du?«

»Warte mal! Warte!« Em hatte das unbequeme Gefühl, dass das hier nur ein schlechter Traum sein konnte. »Wovon, zur Hölle, redest du da? Was für blaue Flecken?«

Jenny atmete tief durch. »Dein Bruder schlägt mich, Em.«

Die regennasse Straße verschwamm zu einem düsteren Strich, während vor Ems innerem Auge Bilder aufblitzten: Angelo im schicken dunklen Anzug vor dem Traualtar. Angelo, wie er an Weihnachten ausgelassen mit seinen Kindern herumalbert. Angelo als kleiner Junge mit Kulleraugen und Zuckerwatte in der Hand ..

»Aber warum?«, brach es aus ihr heraus, bevor sie nachdenken konnte. »Was, um Himmels willen, ist zwischen euch vorgefallen, dass er …«

»Du also auch«, fiel Jenny ihr in die Rede, und die Bitterkeit, die in den drei harmlosen Worten steckte, ließ Em zusammenzucken.

»Nein, nein«, versuchte sie, das Schlimmste abzuwenden. »Ich wollte damit nicht sagen, dass du … Ich meine …«

Doch ihre Schwägerin hatte offenkundig genug. »Bemüh dich nicht«, sagte sie. »Ich hätte dich gar nicht erst damit belästigen sollen. Aber ich …« Ihr Lachen klang hohl. »Weißt du, ich dachte wirklich, du wärst anders.«

Ems Hände krampften sich um das Lenkrad. Sag was!, hämmerte es hinter ihrer Stirn. Rede mit ihr!

»Ich habe in dieser Ehe ganz bestimmt nicht alles richtig gemacht«, schepperte in diesem Augenblick Jennys Stimme aus dem Lautsprecher, »aber, glaub mir, ich habe deinem Bruder keinen Anlass gegeben, mir drei Finger zu brechen.«

Gleich darauf ertönte ein Knacken und die Verbindung war unterbrochen.

Em starrte das Display an. Hinter ihrer Stirn jagte ein Gedanke den nächsten. Sie hatte seit Jahren kaum Kontakt zu Angelo, und wenn sie einander sahen, dann fast immer im Haus ihrer Mutter. Zu Weihnachten. Zu Geburtstagen. Wann immer man sich eben begegnete, wenn man verwandt war und sich ansonsten nicht viel zu sagen hatte. Aber war es tatsächlich möglich, dass ein Mensch, den sie so gut zu kennen glaubte, ein zweites Gesicht hatte? Dass er seine Frau schlug? Vielleicht sogar die Kinder? Und warum hatte sie rein gar nichts davon mitbekommen?

Sie war doch schließlich vom Fach, oder nicht?

Na und?, meldete sich umgehend die hässliche Stimme des Zweifels in ihr zu Wort. Wäre ja schließlich nicht das erste Mal, dass du komplett danebenliegst!

Em verdrängte den unbequemen Gedanken und tastete nach ihrem Handy. ANRUFLISTE. Sie scrollte hoch an den Anfang. LETZTER ANRUF. Super! Em linste durch die Frontscheibe. Wie weit bis zur nächsten Kurve?

ANRUFER ZURÜCKRUFEN.

Okay. Und los!

Auf dem Display ihres Handys erschien ein blinkender grüner Hörer.

UMLEITUNG AKTIV.

»Komm schon, komm schon, komm schon«, flüsterte Em. »Geh dran, verdammt noch mal!«

»Der gewünschte Teilnehmer ist nicht erreichbar«, verkündete eine sterile Frauenstimme. »Wenn Sie eine Nachricht hinterlassen möchten, sprechen Sie bitte nach dem …«

Em wollte schon Luft holen, als der Wald wenige Meter vor ihr plötzlich in Bewegung geriet. Sie sah einen Schatten, der sich aus dem finsteren Unterholz löste und geradewegs auf die Straße stolperte.

Direkt vor ihren Wagen.

»Gottverdammte Scheiße!« Em trat das Bremspedal bis zum Anschlag durch, doch sie konnte nicht verhindern, dass das schwere Fahrzeug auf der nassen Straße ins Schlingern geriet.

Es tat einen Schlag. Unter den Reifen spritzte Laub, Zweige kratzen über den schwarzen Lack, dann rumpelte der SUV durch einen – zum Glück nicht besonders tiefen – Graben und kam wenige Meter vor einem pfeilerdicken Baumstamm zum Stehen.

Em riss die Fahrertür auf und sprang aus dem Wagen. »Um Himmels willen, sind Sie verletzt?«

Die zusammengekrümmte Gestalt rappelte sich mühsam hoch. Es war ein Mann, nicht allzu groß und ziemlich schlank. Er trug einen olivgrünen Regenmantel mit Kapuze, doch die war ihm vom Kopf gerutscht. Sein Haar war klatschnass und klebte ihm in schweren Strähnen in Stirn und Nacken.

»Sie schickt der Himmel!«, keuchte er, doch angesichts der Tatsache, dass sie ihn um ein Haar über den Haufen gefahren hätte, war Em keineswegs sicher, ob er tatsächlich ernst meinte, was er da sagte.

»Bleiben Sie liegen«, rief sie. »Ich hole den Verbandskasten.«

»Nein! … Nicht!« Aus seiner Stimme sprach nackte Angst, und erst jetzt fiel Em auf, dass er beständig zum nahen Waldrand hinüberblickte.

»Was ist da?«, fragte sie.

Doch der Mann schüttelte nur den Kopf und stolperte auf zittrigen Beinen auf sie zu.

Em stürzte ihm entgegen. »Was ist passiert? Werden Sie verfolgt?«

Wieder Kopfschütteln. »Nein, ich … Das heißt … Ich weiß nicht.«

»Beruhigen Sie sich.«

»Bitte«, flehte er. »Wir … Wir müssen hier weg. Sofort!«

»Okay, kommen Sie.« Em schob den Arm unter seine Achseln und brachte ihn zu ihrem Wagen. »Aber Sie müssen mir erzählen, was passiert ist.«

»Bringen Sie mich weg von hier, bitte«, wiederholte er, und seine Stimme überschlug sich vor Aufregung »Er ist vielleicht nicht … Es könnte sein, dass er noch in der Nähe ist.«

Em packte ihn und drehte ihn zu sich um. »Wer?«

Die angstgeweiteten Augen des Mannes blickten sie an, aber Em hatte trotzdem nicht das Gefühl, dass er realisierte, was gerade passierte.

»Von wem sprechen Sie?«, insistierte sie. »*Wer* könnte noch in der Nähe sein?«

Die Lippen des Mannes bebten. »Die Bestie, die das getan hat.«

3

Kellerverlies, Versteck von Kathrin Stiller

Sie hatte die Stille um sich herum analysiert. Auf Anzeichen von gedämpftem Verkehrslärm gelauscht. Das Geräusch startender oder landender Flugzeuge. Vorbeirasende Züge, Kirchenglocken, Eisenbahnsignale. Irgendetwas, das der Dunkelheit, in die sie geraten war, einen Ort zumaß.

Aber da war nichts.

Nur diese tiefe, unwirkliche Stille und ihre eigenen mühevollen Atemzüge.

Allerdings schien sie sich in einem größeren Raum zu befinden, denn die Luft, die sie atmete, war gleichbleibend frisch.

Unter der Decke, auf die er sie gelegt hatte, konnte sie einen harten, unebenen Boden erahnen.

Vielleicht ein Keller, dachte sie. Aber sicher war sie nicht.

Dafür war ihr inzwischen klar geworden, dass es eine ganze Weile dauern konnte, bis man sie vermisste. *Falls* man sie überhaupt vermisste. In der geräumigen Vierzimmerwohnung, die sie sich mit zwei anderen Studentinnen teilte, war sie im Augenblick allein. Emma war bis Mitte November beurlaubt, um in Kanada die Auswirkungen des Ölsand-Abbaus zu erforschen, und Jessie, die Lehramtsstudentin, absolvierte ein zweiwöchiges Schulpraktikum in ihrer Heimatstadt, rund dreihundert Kilometer von Frankfurt entfernt. Folglich war von dieser Seite erst mal keine Hilfe zu erwarten. Und auch mit ihrer Mutter hatte sie erst gestern früh noch telefoniert …

Sie stutzte.

Gestern?

Am Tag vor der großen Leere, korrigierte sie sich. Irgendwann vor einer halben Ewigkeit.

Trotzdem konnte es kaum länger als zwei oder drei Tage her sein. Sonst wäre sie längst verdurstet.

Wie auch immer: Fest stand, dass ihre Eltern am Wochenende mit Christian nach Bad Wildbad fahren würden. Zwei Wochen in einer behindertengerechten Einrichtung, wie jedes Jahr im Herbst. Sie hatte ihrer Mutter eine gute Reise gewünscht, was in der Praxis bedeutete, dass sich ihre Eltern erst wieder bei ihr melden würden, wenn sie zurück waren. Bis auf die obligatorische Ansichtskarte mit dem ewig gleichen Motiv natürlich …

Sie seufzte, aber durch das Klebeband drang kein Laut.

Bis zum Abitur war auch sie nach Bad Wildbad gefahren, und sie hatte es mit jedem Jahr mehr gehasst. Bad Wildbad war ungefähr so cool wie selbstgehäkelte Sportsocken. Aber am Meer schien es keine behindertengerechten Hotelzimmer zu geben. Jedenfalls keine, die ihre Eltern sich leisten konnten.

Ich sterbe hier, dachte sie, und eine Woge von Verzweiflung schwappte über ihren Körper. Wo immer dieses Nichts, in das ich geraten bin, auch sein mag. Ich sterbe hier, und niemand wird mich finden. Ich bleibe einfach verschwunden, und irgendwann werden alle vergessen haben, dass es mich je gegeben hat.

Sie hatte Friedhöfe immer spießig gefunden, aber jetzt trieb ihr die Vorstellung, kein Grab zu haben, auf einmal Tränen in die Augen. Sie sammelten sich hinter dem Klebeband, und sie überlegte ernsthaft, ob ein Kopf von ungeweinten Tränen platzen konnte.

Hör auf!, rief sie sich zur Ordnung. Du darfst diese Art Gedanken auf keinen Fall zulassen. Denn wenn du sie erst einmal duldest, dann töten sie dich. Noch bevor der, der dich hergebracht hat, zurückkehrt …

Sie versuchte, an gar nichts zu denken, und ganz allmählich beruhigte sich ihr Atem. Der Druck in ihren Augen ließ nach. Und auch der Schmerz an ihrer Stirn wurde schwächer.

Ihr Herzschlag füllte die Stille mit einem unruhigen Pochen. Hörbar gewordene Angst. Aber auch Leben.

Ihr Leben.

Sie lauschte ihm nach, bis sie in einen dumpfen Schlaf fiel.

4

Taunus, Fundort unbekannte Tote

Es hatte wirklich und wahrhaftig zu regnen aufgehört, und auch der Wald war nicht länger dunkel: An der schmalen Forststraße reihte sich Einsatzfahrzeug an Einsatzfahrzeug. Blaulicht zuckte über die düsteren Stämme. Und weil das noch nicht reichte, waren zusätzliche Scheinwerfer aufgestellt worden.

Ein Stück weiter die Straße hinauf entdeckte Mai Zhou den uralten blauen Mazda von Dr. Bechstein.

Sie hielt direkt dahinter und stieg aus dem Wagen. Die Luft war dick wie Wasser und schmeckte nach Humus und Rauch. Und zum ersten Mal in diesem Herbst konnte Zhou ihren Atem sehen.

»Hier drüben!«, hörte sie Capelli rufen.

Zhou wandte den Kopf und sah ihre Partnerin aus dem Schatten der Bäume treten. Sie war ungewöhnlich stark geschminkt und trug eine Wildlederjacke in angesagtem Marsala-Rot, doch die würde sie nach dieser Nacht vermutlich wegwerfen können. Genau wie ihre Schuhe, deren Farbe man vor lauter Schlamm und Matsch nicht einmal mehr erahnen konnte.

»Alles klar?«, fragte Zhou mit sorgenvoller Miene.

»Mir geht's prima«, knurrte Em und spähte an ihr vorbei zu ihrem Wagen, dessen Reifen zwei tiefe Gräben im wasserdurchtränkten Waldboden hinterlassen hatten. »Ob das auch auf mein Auto zutrifft, wird sich zeigen.«

Zhou, die ihre Kollegin bislang nur am Steuer von Sportwagen kannte, zog überrascht die Brauen hoch. »Ist der neu?«

»Praktisch noch ein Säugling«, nickte Capelli. »Ich habe ihn erst vorletzte Woche abgeholt.«

Aber mal einen Ton zu sagen, hältst du nicht für nötig, dachte Zhou genervt. Laut sagte sie: »Schick.«

Capelli kniff die Augen zusammen. »Bist du sauer?«

»Ich?« Sie bemühte sich um einen möglichst gleichgültigen Gesichtsausdruck. »Wieso sollte ich sauer sein?«

»Keine Ahnung.«

»Quatsch!« Zhous Augen glitten über die regennassen Baumstämme. »Verrat mir lieber, was wir haben.«

»Eine nicht identifizierte Tote«, erklärte ihre Partnerin. »Zwischen Ende zwanzig und Anfang vierzig, würde ich sagen.«

»Vom Gewerbe?«

»Vermutlich.«

»Und *du* hast sie gefunden?«, fragte Zhou ungläubig. Sie hatte erhebliche Mühe gehabt, überhaupt herzufinden, und allein die Vorstellung, dass ihre Kollegin sich absichtlich in diesem finsteren Wald herumgetrieben hatte – noch dazu mitten in der Nacht – kam ihr vollkommen absurd vor.

Abermals schien Capelli ihre Gedanken zu erraten. »Ich war auf dem Rückweg von einem Konzert und hab anscheinend eine falsche Ausfahrt erwischt«, erklärte sie. »Und dann ist mir plötzlich dieser Freak vors Auto gesprungen.«

Zhou runzelte die Stirn. »Was für ein Freak?«

Anstelle einer Antwort zeigte Capelli zu einem der Transporter am Straßenrand. In der geöffneten Hecktür saß ein Mann. Sein Teint war schreckensbleich, und die Sanitäter hatten ihm eine Wärmedecke um die Schultern geschlungen. Bei ihm stand ein Notarzt und redete beruhigend auf ihn ein.

»Tobias Alberstätt, zweiundvierzig Jahre alt und ledig«, rasselte ihre Kollegin routiniert herunter, was sie bereits in Erfahrung gebracht hatte. »Er ist studierter Biologe und arbeitet für eine von diesen Tierschutzorganisationen, aber frag mich jetzt bloß nicht, für welche.« Ihre schlanken Hände wischten durch die Luft. »Der arme Kerl ist völlig durch den Wind. Aber wenn ich sein Gestammel richtig gedeutet habe, ging es ihm um Luchse …«

»Um Luchse?«

»Ja, die Katzen.«

»Ich weiß schon, was Luchse sind«, entgegnete Zhou würdevoll. »Aber …« Ihr Blick suchte wieder das regennasse Unterholz, »sind die ernsthaft um diese Uhrzeit und bei diesem Wetter unterwegs?«

Capelli hob die Achseln. »Der Mann behauptet, dass er hier war, um zwei Fotofallen zu kontrollieren«, berichtete sie in absolut wertfreiem Ton. »Die senden nämlich permanent irgendwelche Daten an seinen Rechner. Heute Abend seien sie jedoch plötzlich ausgefallen und er habe nachsehen wollen, was da los ist.«

Zhou schob anerkennend die Unterlippe vor. »Das finde ich aber sportlich, sich bei einem solchen Sauwetter aus dem heimischen Sessel zu schälen!«

Capelli grinste. »Keine Sorge, wir werden unseren Katzenfreund sehr genau unter die Lupe nehmen«, sagte sie. »Aber wenn du mich fragst: Seine Panik war echt.«

Zhou schüttelte sich. »Kann ich sie mir jetzt ansehen?«

»Sicher doch.« Capellis Augen streiften ihre Sneaker. »Aber … Du hast nicht zufällig noch ein Paar alte Schuhe im Wagen?«

»Doch, klar.«

Capellis Brauen schossen in die Höhe, bis sie fast ihren Haaransatz erreichten. »Ernsthaft jetzt?«

Zhou grinste. »Hab ich immer.«

»Im Leben nicht!«

»Ich kann sie dir zeigen«, protestierte Zhou, als ihr schlagartig bewusst wurde, dass sie mit den harmlosen Plänkeleien im Grunde nur Zeit zu schinden versuchten. Alle beide.

Aber war das, was dort im Wald auf sie wartete, tatsächlich so grauenvoll? Hatten sie nicht wahrlich genug Erfahrung im Umgang mit dem Tod?

Zhou sah hoch. »Lass uns loslegen!«

Sie folgte ihrer Kollegin über einen steinigen Pfad, der steil hangaufwärts führte. Es war ein Bilderbuch-Oktober gewesen, mild und sonnig. Bis gestern. Zhou vergrub die Hände in den Taschen ihrer dunkelblauen Fleecejacke. In den frühen Abendstunden hatte es einen heftigen Wolkenbruch gegeben, und die Temperatur war innerhalb kürzester Zeit um fast zehn Grad gefallen.

»Wunderschönen guten Abend, die Damen«, begrüßte sie Dr. Bechstein, als sie unter dem rot-weißen Absperrband hindurchtauchten.

Dass die Rechtsmedizinerin ihre Untersuchung bereits abgeschlossen hatte, wunderte Zhou nicht. Dr. Bechstein war bekannt dafür, bereits in den frühen Morgenstunden in ihrem Institut aufzukreuzen und es erst wieder zu verlassen, wenn der Putztrupp sie spätabends aus ihrem Labor vertrieb. Und Dienst oder nicht – Zhou hatte noch nie erlebt, dass sie nicht auf Anhieb zu erreichen war.

»Guten Abend, Doc«, sagte sie, indem sie lächelnd die Hand hob.

Dann zwang sie sich, ihre Aufmerksamkeit auf die Tote zu richten.

Oder vielmehr auf das, was von ihr übrig war …

Die Frau lag rücklings auf einer grauen Plastikplane. Zum schwarzen Minirock trug sie ein Top, das einmal rot gewesen sein musste, und darüber einen zerschlissenen dunklen Lederblouson. Ihre Haut hatte eine eigenartige Farbe und wirkte – trotz des Starkregens vom Abend – trocken und brüchig wie Pergament. Darunter zeichneten sich schroff die Knochen ab. Ihr Körper wirkte eigenartig blutleer. Die bloße Hülle eines Menschen, grau und eingefallen. Wenigstens das, dachte Zhou schaudernd. Wer immer in diesem Körper gelebt hat, ist lange fort!

»Können Sie uns denn schon irgendetwas sagen?«, fragte Em ohne große Hoffnung.

»Die Frau ist vier bis fünf Tage tot. Höchstens sechs«, entgegnete Dr. Bechstein ohne viel Federlesens. »Der Leichnam war mit einer dicken Schicht aus Humus und Blättern bedeckt, aber die hat der Starkregen von heute Abend weggespült.«

Em ging neben der Toten in die Knie. »Irgendwelche Hinweise auf ihre Identität?«

Die Rechtsmedizinerin schüttelte den Kopf. »Aufgrund ihres Zahnstandes würde ich allerdings davon ausgehen, dass sie aus Osteuropa stammt.«

»Also doch eine Prostituierte«, schloss Em grimmig.

»Sieht ganz danach aus.« Dr. Bechstein klopfte ein paar Tannennadeln vom Ärmel ihres Schutzanzuges. »Die Frau ist erstochen worden. Drei Stiche – zwei in die Brust, einer in den Hals. Aber als sie hier abgelegt wurde, war sie bereits tot.« Sie blickte den steilen Hang hinauf. Ein Stück weiter oben wuchsen Ebereschen. Die roten Beeren leuchteten sogar noch im Dunkeln. »Der Ort ist ganz und gar nicht schlecht gewählt«, stellte sie in sachlichem Ton fest.

»Spaziergänger und Jogger verirren sich unter Garantie nicht hierher.«

Bestimmt nicht, dachte Zhou. Höchstens irgendwelche völlig durchgeknallten Tierschützer …

Em schien ähnlich zu denken, und für einen kurzen Moment begegneten sich ihre Blicke. »Wahrscheinlich hat der Täter darauf spekuliert, dass sie nicht so bald gefunden wird«, schloss unterdessen Dr. Bechstein. »Aber das«, ihre schmalen Lippen verzogen sich zu einem Lächeln, »hat ja zum Glück nicht funktioniert.«

Tja, dachte Zhou, was man so Glück nennt.

Sie sah wieder auf die Tote hinunter. »Irgendwelche Anzeichen für eine Vergewaltigung?«

»Kann ich noch nicht sagen«, winkte die Pathologin ab. »Aber Sie haben es ganz ohne Zweifel mit einer sexuell motivierten Tat zu tun.«

Zhou hob fragend den Kopf.

»Falls es Ihnen noch nicht aufgefallen ist …« Dr. Bechstein trat einen Schritt näher an ihre Plane heran. »Ihre Brustwarzen sind zerschnitten.«

Zhous Augen suchten den Oberkörper der Toten. »Post mortem?«

»Ich fürchte nein.«

»Scheiße.« Zhou biss sich auf die Lippen, während ein diffuses Gefühl von Wut in ihr aufstieg. Wut und auch … Sie stutzte. Ja, ein Gefühl von Verpflichtung.

Das Top der Toten war blutdurchtränkt. Sie war ans Licht gekommen, obwohl ihr Mörder sich die größte Mühe gegeben hatte, sie vor der Welt zu verbergen. Sie kommen alle ans Licht, dachte Zhou, früher oder später. Ganz egal, wie lange sie tot sind, irgendwann tauchen sie wieder auf. In einem Wald wie diesem, im Schlick eines trockengefallenen Sees, unter dem Fundament eines alten Hauses, das einem Freizeitpark weichen soll, oder auf einer Müllhalde. Sie tauchen wieder auf, als ob sie von uns erwarten, dass wir ihr Schicksal klären. Und auf die eine oder andere Art und Weise sprechen sie zu uns …

Zhou ging langsam um die Plane herum und beugte sich über den Kopf der Toten. Irgendetwas stimmte nicht mit ihrem Haar. Es war dunkelbraun, struppig und etwas mehr als kinnlang. Doch hier und da gab es auch Strähnen, die verrieten, dass die Frau bis vor kurzem auffallend langes Haar gehabt haben musste. Aber dann war irgendjemand hingegangen und hatte es wenig sorgfältig auf halber Höhe zwischen Ohr und Schulter abgeschnitten.

Der Anblick der zipfligen Strähnen löste in Zhou diffuses Unbehagen aus. Was war das? Eine Geste der Demütigung? Eine Botschaft?

Ihre Brustwarzen sind zerschnitten …

Ratlos ließ sie ihre Augen abwärts, über die erschreckend mageren Oberschenkel der Frau wandern. Ihre Füße waren nackt und vollkommen verdreckt. An Knien und Schienbeinen klebte geronnenes Blut. »Was ist mit ihren Beinen passiert?«, wandte sie sich wieder an Dr. Bechstein.

»Sie meinen die Schürfwunden?«

Zhou nickte, und als sie sich aufrichten wollte, merkte sie, dass ihre Knie zitterten. »Sieht aus, als ob sie vor irgendwas davongelaufen sei.«

»Oder vor irgendjemandem«, bemerkte Em.

Ihre Partnerin lehnte an einem morschen Baumstamm, dessen Astlöcher Zhou an aufgerissene Mäuler erinnerten. »Du meinst, er hat sie gejagt?«

»Möglich.«

Zhou betrachtete die Fingernägel der Toten. Auch sie schienen noch vor kurzem lang gewesen zu sein. Jetzt allerdings waren die meisten von ihnen weggebrochen. »Das sieht ganz und gar nicht nach organisiertem Verbrechen aus.«

Ihre Kollegin schüttelte den Kopf. »Kaum.«

»Interessant ist in diesem Zusammenhang, dass der Körper der Frau Verletzungen unterschiedlichen Alters aufweist«, bemerkte Dr. Bechstein mit unbeteiligter Miene. »Einige davon sind notdürftig versorgt worden.«

Zhou rieb ihre eisigen Finger, während die klamme Kühle des Waldes unaufhaltsam an ihren Beinen hinaufkroch. »Was hat das zu bedeuten?«

Die Rechtsmedizinerin warf ihr einen vielsagenden Blick zu. »Nun, ich an Ihrer Stelle würde davon ausgehen, dass sie bereits vor ihrem Tod längere Zeit irgendwo festgehalten wurde.«

ZWEI

Am schlimmsten:
Nicht im Sommer sterben,
wenn alles hell ist
und die Erde für Spaten leicht.

(Gottfried Benn)

I

Frankfurt am Main City, Polizeipräsidium, Abteilung für Kapitaldelikte, Büro Em und Zhou

»In Wiesbaden hatten sie zwei Prostituierten-Morde, letzten Herbst«, verkündete Sven Gehling, der abteilungsinterne Spezialist für Internet-Recherche. »Beide Leichen wurden in der Nähe von Autobahnparkplätzen gefunden. Und der Täter ist bis heute nicht ermittelt.«

Em schüttelte den Kopf. »Das hier ist was anderes.«

Zhou warf ihr über den Rand des Bildschirms hinweg einen überraschten Blick zu. »Hast du eine bestimmte Vermutung?«

»Vermutung wäre zu viel gesagt«, entgegnete Em und sah zum Fenster. Früh am Morgen war der Himmel aufgerissen und durch das gekippte Fenster wehte sonnenmilde Herbstluft herein. Etwas, das sie angesichts der grausigen Fotos auf ihrem Schreibtisch irgendwie widersinnig fand. »Es ist eher ein Gefühl.« Sie seufzte. »Ein ziemlich ungutes, nebenbei bemerkt.«

»Weil der Täter die Frau gefangen gehalten hat?«

»Ja, auch.«

»Was sagt die KTU?«, fragte Makarov, der gerade auf dem Weg in sein Büro war und die letzten Sätze aufgeschnappt hatte. Der Leiter der Abteilung für Kapitaldelikte war ein kleiner, um etliches zu dicker Mann Ende fünfzig, der mit seiner Glatze und den kugelrunden blauen Augen wie ein in die Jahre gekommener Bruce Willis wirkte. »Haben Sie schon irgendeinen Hinweis auf ihre Identität?«

»Leider nein«, sagte Em. »Gehling hat ihr Profil durch sämtliche einschlägigen Datenbanken gejagt, aber von den aktuellen Vermisstenmeldungen passt keine.«

Ihr Vorgesetzter wischte die Information mit einer einzigen Handbewegung beiseite. »Sie könnte von überallher sein«, brummte er. »Vermutlich ist sie nicht mal in Deutschland gemeldet.«

»Und der Täter hat ihr wohlweislich alles abgenommen, was eine schnelle Identifizierung zuließe«, gab Em ihm recht. »Sie trug weder Schmuck, noch hatte sie Papiere bei sich. Und auch sonst haben wir keine persönlichen Gegenstände gefunden.«

»Keine besonderen körperlichen Merkmale? Nicht mal ein Tattoo?«

Sie schüttelte den Kopf. »Nicht mal das.«

»Die Kollegen von der Spurensicherung sind immer noch in diesem Waldstück zugange«, merkte Zhou ohne großen Optimismus an. »Vielleicht finden sie ja irgendwas, das uns weiterhilft.«

Makarov lehnte sich gegen die Kante von Ems Schreibtisch. »Was ist mit der Kleidung des Opfers?«

Em zuckte die Achseln. »Dutzendware von der Stange. Die Untersuchung auf Faser- und sonstige Spuren läuft noch. Außerdem hatte sie ein paar ältere Wunden, die notdürftig verarztet wurden«, setzte sie mit einem flüchtigen Blick in Dr. Bechsteins vorläufigen Bericht hinzu. »Das Verbandmaterial ist im Labor. Ebenso die Erdproben von ihren Füßen.«

»Sie ist also nicht dort gestorben, wo man sie gefunden hat?«

Zhou verneinte.

Makarovs Hände fuhren kreuz und quer über seine Glatze – seine ganz persönliche Version von *sich die Haare raufen*. »Und sonst?«

Em starrte nachdenklich in ihren leeren Kaffeebecher. »Fest steht, dass der Täter über Räumlichkeiten verfügen muss, die es ihm erlauben, eine Frau längere Zeit gefangen zu halten.«

Ihr Boss war sofort hellhörig. »Was genau meinen Sie mit ›länger‹?«

»Ein paar Wochen«, erwiderte Em, obwohl sich Dr. Bechstein in diesem Punkt nicht ausdrücklich festgelegt hatte. »Vielleicht auch mehr.«

Makarov runzelte die Stirn. »Was für eine perverse Scheiße ist das denn?«

»Was für eine perverse Scheiße sind zerschnittene Brustwarzen?«, gab sie zurück.

»Gott bewahre, dass wir es hier mit einem neuen Manfred Seel zu tun kriegen«, stöhnte ihr Vorgesetzter in Anspielung auf den 2014 verstorbenen Sexualmörder, den die Presse nur den »Hessen-Ripper« genannt hatte und dem mindestens fünf brutale Frauenmorde zugeschrieben wurden.

»Ich habe den Kollegen von der Soko *Alaska* schon ein Memo geschickt«, erklärte Zhou über den Rand ihres Monitors hinweg. »Aber da die Frau erst seit ein paar Tagen tot ist, können wir einen Zusammenhang mit Seel wohl ausschließen.«

Ich bin nicht sicher, ob mich das beruhigt, dachte Em. Doch sie behielt den Gedanken für sich.

»Wer auch immer das getan hat«, befand Makarov pessimistisch, »das Verletzungsbild lässt befürchten, dass es nicht sein erster Mord gewesen ist. Und wenn er sich grundsätzlich Frauen sucht, die niemand vermisst …« Er ließ den Satz offen und hob vielsagend die Hände.

Ja, dachte Em. Rein theoretisch könnte er bereits Dutzende Frauen getötet haben, ohne dass wir überhaupt wissen, dass es ihn gibt.

Laut sagte sie: »Zum Glück haben ihm der Regen und Tobias Alberstätts kaputte Fotofallen einen Strich durch die Rechnung gemacht.«

Makarovs Wieselaugen richteten sich auf ihren Bildschirm. »Apropos: Was ist das für ein Typ, dieser Alberstätt?«

»Schwer zu sagen.« Ems Finger spielten nachdenklich mit der Mouse. »Ein Freak. Aber wahrscheinlich total harmlos.« Sie klickte auf ein Foto, das sie vor ein paar Minuten abgespeichert hatte. Es zeigte ihren unfreiwilligen Bekannten von heute Nacht im Kreise mehrerer Gleichgesinnter bei einer Demonstration vor dem Wiesbadener Landtag. Alberstätt und sein Mitstreiter hielten ein Transparent mit der Aufschrift: KEINE ANGST VOR WILDEN TIEREN in die Höhe. Darunter waren ein Luchs, ein Wolf und ein Waschbär abgebildet.

Makarov verzog das Gesicht. »Wölfe?«

»Jawohl.« Em lächelte. »Tobias Alberstätt ist Vorsitzender des Vereins CUSTOLYNCA, der sich um die Wiedereinführung von Wölfen und Luchsen kümmert und der die Verbreitung der neu eingewanderten Tiere …« Sie sah hoch. »Was ist?«

Am Schreibtisch gegenüber prustete Zhou in ein Taschentuch, und auch Makarovs Schultern zuckten vor unterdrücktem Gelächter.

»Was gibt es denn da zu lachen?«, fragte Em irritiert.

»Es ist nur …« Zhou atmete tief durch. »Du hast *Wiedereinführung* gesagt.«

»Ja und?«, fragte Em.

»Die Wiedereinführung von Luchsen …«

Makarov konnte sich nicht länger beherrschen und blökte laut los. Und auch die Kollegen an den umliegenden Schreibtischen fielen in seinen Heiterkeitsausbruch ein.

»Herrgott noch mal, ihr wisst doch, was ich meine«, fuhr Em auf. »Wie heißt denn das richtig?«

»Keine Ahnung«, japste ihr Boss.

»Wieder*auswilderung*«, versuchte Zhou es sachlich.

»Die verdammten Viecher werden aber nicht wieder ausgewildert«, protestierte Em. »Sie wandern zu.«

»Von wo?«, kiekste Makarov.

Em verdrehte entnervt die Augen. »Woher soll ich das wissen? Von irgendwoher, wo es sie noch gibt und wo sie zweifellos hingehören.«

»Laut CUSTOLYNCA gehören sie auch in unsere Wälder«, wandte Zhou ein. »Wenn man den Angaben von der CUSTOLYNCA-Website Glauben schenkt, gab es früher allein hier bei uns in Hessen bis zu …«

»Ich will's gar nicht wissen!«, fiel Em ihr ins Wort. »Die blöden Viecher interessieren mich nur insofern, als dass sie die Erklärung dafür liefern, warum ein bleicher Mittvierziger bei Sturm und Regen mitten in der Nacht im Wald herumtappt und dabei über eine Leiche stolpert.«

»Und halten Sie diese Erklärung für glaubhaft?«, fragte Makarov, dessen Gesicht noch immer knallrot war.

»Ich bin mir nicht sicher«, räumte Em ein. »Aber Alberstätt schien wirklich in Panik zu sein, als er mir vor den Wagen gesprungen ist.«

Ihr Vorgesetzter breitete die Arme aus. »Vielleicht ist er auch einfach nur ein exzellenter Schauspieler.«

Durchaus möglich, dachte Em, auch wenn ihr Gefühl etwas anderes sagte. Aber spätestens nach den Ereignissen vom letzten Sommer war sie nicht mehr sicher, ob sie ihren Gefühlen so ohne weiteres trauen durfte. Damals hatte ihr sogenanntes Gefühl sie beinahe das Leben gekostet. Und Jennys Anruf von gestern Abend machte die Sache auch nicht unbedingt besser.

Dein Bruder schlägt mich, Em …

Sie rieb sich die Schläfen.

»Hatten Sie denn schon Gelegenheit, diesen Tobias Alberstätt zu befragen?«, wollte unterdessen Makarov wissen.

Em schüttelte den Kopf. »Der Notarzt hielt es für besser, den Mann für eine Nacht ins Krankenhaus einzuweisen. Zur Beobachtung. Allerdings sollte er inzwischen«, sie sah auf die Uhr, »wohl wieder zu Hause sein.«

»Dann fahren Sie zu ihm und reden Sie mit ihm«, verfügte Makarov. »Und wenn …« Die Titelmelodie von *Rocky* unterbrach seine Rede. »'tschuldigung.« Er griff in die Brusttasche seines Hemdes und zog sein Handy heraus. »Ja?«

Eine Weile lauschte er stumm. Dann angelte er sich einen Kugelschreiber aus Zhous Stifteköcher und notierte etwas auf einem gelben Haftzettel, während sich seine Miene immer mehr verfinsterte.

»Alles klar«, schloss er und sah auf die Uhr. »Geben Sie uns zehn Minuten. … Wie? Ja, natürlich. Kein Problem. Bis dann.« Er drückte auf die Taste mit dem roten Hörer und sah wieder Em an. »Wir haben noch eine Tote«, verkündete er. »Und dieses Mal ist die Leiche sozusagen noch warm.«

Em fühlte, wie sich ihr Puls beschleunigte. »Wieder eine Prostituierte?«

Ihr Vorgesetzter verneinte. »Das Opfer ist Lehrerin. Hübsches Haus, gute Gegend, nette Nachbarn. Zhou und Sie übernehmen den Fall. Hier ist die Adresse.« Er pappte Em seinen gelben Haftzettel mitten auf die Schreibtischplatte. »Fahren Sie sofort hin!«

»Können das nicht Decker und Gülcay übernehmen?«, stöhnte Em, während sich ihre Aufregung von einer Sekunde zur anderen in Frustration und Unwillen verwandelte. Sie wollte an diesem Fall dranbleiben. An der Frau aus dem Wald. »Wir haben mit unserer toten Prostituierten ohnehin erst mal genug zu tun und …«

»Wer in dieser Abteilung welchen Fall bearbeitet oder nicht bearbeitet, bestimme immer noch ich«, blaffte Makarov. »Und ich sage, dass Sie die Lehrerin übernehmen.

Punkt. Aus. Um Ihre Prostituierte kümmern sich bis auf Weiteres Ihre Kollegen.«

Seine Formulierung machte Em stutzig.

Bis auf Weiteres …

»Und außerdem«, Makarov fixierte sie mit durchdringendem Blick, »hat Dr. Bechstein ausdrücklich *Sie* angefordert.«

Em war total perplex. »Mich?«

»Ja, Sie.«

»Warum?«

»Das kann sie Ihnen, verdammt noch mal, selbst sagen!« Makarov schnappte nach Luft. »Und jetzt schwingen Sie endlich Ihren Hintern aus diesem Büro. Ich habe zugesagt, dass Sie in spätestens zehn Minuten vor Ort sind!«

2

Kellerverlies, Versteck von Kathrin Stiller

In ihrem Kopf tobten die Gedanken. Wirre Gedanken, die übereinander stolperten wie ein Haufen tobender Kinder, dem sie einfach nicht Herr wurde.

Dabei war es so elementar wichtig, dass sie sich endlich erinnerte!

Dass sie eine Erklärung fand, eine Spur.

Es machte sie rasend, aber je mehr sie überlegte, desto weniger verstand sie. Nichts von dem, was ihr einfiel, schien irgendeinen Zusammenhang zu haben. Und je verzweifelter sie versuchte, die Erinnerung an jene Stunden vor der großen Leere herbeizuzwingen, desto dunkler wurde es in ihrem Kopf.

Ihr Kiefer knirschte.

Reiß dich zusammen!

Ja, dachte sie, vielleicht muss ich einfach anders vorgehen. Wie ein Archäologe. Behutsam Schicht um Schicht abtragen, um mit ein bisschen Glück auf etwas zu stoßen, das mir etwas über die Gründe meines Hierseins verrät.

Eine Erinnerungsscherbe …

Unmittelbar vor der großen Leere war sie in der Bibliothek gewesen, so viel immerhin hatte sie inzwischen rekonstruieren können. Seit Wochen schon recherchierte sie für eine Hausarbeit über Adalbert Stifter. *Der Schmerz als Einzelschicksal.* Sie stöhnte. Wer hatte sich diesen bescheuerten Titel eigentlich ausgedacht?

Sie selbst?

Sie überlegte, aber es wollte ihr nicht einfallen. Also kehrte sie notgedrungen wieder zum letzten Bezugspunkt zurück, den sie ihrem Gedächtnis entlocken konnte: der Bibliothek.

Sie war dort gewesen, und eine Frau mit Brille hatte sie gefragt, ob sie Hilfe brauche. Sie hatte sich höflich bedankt und geantwortet, dass sie sich bestens auskenne. Und dann war sie mit ihrem Zettel voller Quellenangaben durch die langen Regalreihen gestreift. Sie studierte Germanistik im elften Semester. Wenn sie den Stifter-Schein bekam, konnte sie im Sommer Examen machen – endlich!

Die Regelstudienzeit betrug acht Semester, und natürlich hätte sie ihr Studium spielend auch innerhalb dieser Zeit beenden können. Sie las gern, und der Stoff kam ihr entgegen. Aber sie hatte nicht eingesehen, sich zu beeilen. Christian beeilte sich schließlich auch nicht. Sie biss sich von innen in die Wangen, bis es wehtat. Christian konnte sich noch nicht mal alleine die Schuhe zubinden …

Sie verdrängte den Gedanken an ihren Bruder und konzentrierte sich wieder auf das Bild der Bücherregale, das mit bemerkenswerter Schärfe vor ihrem inneren Auge stand. Sie sah sich selbst, wie in einem Film, zu einem der Kopierer eilen. In Zeiten von Google und Internetrecherche ein bemerkenswert altmodischer Vorgang. Doch seltsamerweise war das nächste Bild, das ihre Erinnerung ihr anbot, kein ratterndes Gerät und auch keine ausgedruckte Seite, sondern das Schloss ihrer Fahrradkette.

Also hatte sie die Bibliothek wohl verlassen …

Und dann?

Das Klebeband knisterte, als sie die Lippen zusammenpresste. Was war dann geschehen?

Es kostete sie viel Kraft, die Watte in ihrem Kopf zurückzudrängen. Aber dann tauchte tatsächlich wieder ein Bild auf: der Eingang zum Supermarkt, gleich bei ihr um die Ecke.

Stimmt, dachte sie, während ihr Herz vor Aufregung schneller schlug. Ich war noch einkaufen!

Nichts Weltbewegendes. Nur ein paar Joghurts, Käse, eine Packung Toast und ein bisschen frisches Obst.

Konzentrier dich!

Okay, also da war der Einkaufskorb. Die Kasse. Gitterboxen voller Zigarettenschachteln. Ich habe mich gebückt und unter dem Laufband für die Waren nach einer Papiertüte für fünfunddreißig Cent gegriffen, fiel ihr ein. Weil ich wieder mal nicht daran gedacht hatte, eine einzustecken, und weil mein Rucksack randvoll mit Büchern und Kopien war. Und dann habe ich bezahlt und das Portemonnaie zu meinen Einkäufen in die Tüte gesteckt, weil die junge Mutter hinter mir so entsetzlich gedrängelt hat …

Sie nickte.

Anschließend war sie zu ihrem Fahrrad gegangen und nach Hause gefahren. Ihre WG lag im Erdgeschoss einer größeren Wohnanlage mit neun Parteien pro Eingang. Im Hof gab es einen Schuppen, in dem sie ihre Fahrräder abstellten, und … Sie hielt die Luft an. Ja! Da war eine weitere Erinnerung!

Das nächste Puzzleteil im Rätsel ihrer Vergangenheit.

Sie lag ganz still und konzentrierte sich auf das Bild, das langsam Kontur annahm: Sonnenschein. Ein hoher, kristallklarer Oktoberhimmel, im Grunde viel zu blau, um wahr zu sein. Und ein Wagen, weit hinten im Hof. Ein Transporter. Er parkt im Schatten neben den Müllcontainern, cremeweiß mit rostroter Schrift ... Ihre Kopfschmerzen nahmen zu, während ihr Gehirn sich verzweifelt bemühte, das Bild ihrer Erinnerung schärfer zu stellen: MOMMSEN oder MONSEN oder so ähnlich stand auf der Schiebetür an der Seite des Fahrzeugs. Ein Sanitärbetrieb. Und daneben ... Das Bild begann zu flackern, und die Ränder schlugen Wellen wie bei einem von diesen alten Filmen, die einfach durchbrannten, wenn die Spulen des Projektors blockiert waren.

Aber sosehr sie sich auch bemühte, den drohenden Filmriss aufzuhalten: Es gelang ihr nicht, und von einem Moment auf den anderen wurde es dunkel in ihrem Kopf. Allerdings tauchten Sekunden später bereits wieder neue Bilder auf: die struppigen Grasbüschel zwischen den Waschbetonplatten im Hof. Die Tür zum Schuppen. Und Gartenmöbel unter staubigen Plastikhüllen ...

Sie schiebt ihr Fahrrad daran vorbei und lehnt es an die Rückwand des Verschlags, ganz wie immer. Dann nimmt sie die Tüte mit den Lebensmitteln aus dem Fahrradkorb und stellt sie neben sich auf den Boden. Doch plötzlich ist da etwas hinter ihr. Etwas Fremdes. Etwas, das ihr eine dicke Gänsehaut über den Körper jagt. Sie dreht sich um, aber im selben Augenblick geht das Licht aus. Das Bild wird schwarz, und zurück bleibt die altbekannte Leere. Und die Erinnerung an eine Erinnerung.

Erschöpft rollte sie den Kopf auf die Seite. Der Transporter gehörte zu dem Mann, der sie verschleppt hatte, da war sie ganz sicher. Schließlich hatte er sie ja irgendwie fortschaffen müssen aus diesem Hof. Vermutlich hatte er sie niedergeschlagen, den Transporter geholt, ihren wehrlosen Körper hineingeworfen und war losgefahren. Eine Sache von Minuten, wenn überhaupt. Aber trotz allem erstaunlich tollkühn.

Was, überlegte sie, wenn jemand zur richtigen Zeit aus dem Fenster gesehen hätte …

Da war eine alte Dame, deren Namen sie nicht kannte. Die Frau wohnte auf der anderen Straßenseite, genau gegenüber ihrer Wohnanlage, und vor ihren Fenstern hingen vergilbte Gardinen mit Rankenmustern. Hin und wieder, wenn sie dort vorbeikam, konnte sie hinter den Ranken ein Gesicht erahnen. Ein runzeliges Gesicht, umrahmt von unordentlichem weißen Haar.

Kathrin Stiller atmete tief durch und dachte wieder an ihre Eltern. An die Postkarte, die in den nächsten Tagen in ihrem Briefkasten landen würde: Beste Grüße aus Bad Wildbad. Sie dachte an die leeren Zimmer ihrer Mitbewohnerinnen. Und zum ersten Mal kam ihr in den Sinn, dass die sonderbare Alte von gegenüber möglicherweise die einzige Chance war, die sie jetzt noch hatte …

3

Frankfurt-Eschersheim,
Haus von Manuela und Klaus Zehlen, Zufahrt

»Also dann …« Em nahm ihre Sonnenbrille ab und blinzelte in die kräftige Oktobersonne. »Was haben wir?«

»Manuela Zehlen, Grundschullehrerin, einundvierzig Jahre alt«, informierte sie der Beamte an der Tür des eleganten Einfamilienhauses. »Sie liegt oben im Schlafzimmer. Ihr Mann hat sie gefunden, als er heute Mittag gegen Viertel nach zwölf von einem Kongress zurückkehrte. Sieht ziemlich übel aus.« Er stutzte. Vielleicht, weil er fürchtete, dass die beiden Kolleginnen ihm diesen letzten Kommentar als Mangel an Professionalität auslegen könnten. »Wenn Sie wollen, bringe ich Sie gleich rauf.«

Em spähte die breite, freischwingende Holztreppe empor, während sie routiniert ein Paar weiße Plastiküberzieher über ihre Sportschuhe streifte. Sie war noch immer nicht glücklich über diesen neuen Fall, aber sie war auch neugierig.

Dr. Bechstein hat ausdrücklich Sie angefordert …

»Sind die Kollegen von der Spurensicherung da oben schon durch?«, fragte Zhou, und ihre Züge waren hart vor Anspannung.

»Glaub ich kaum.« Der Beamte zuckte mit den Achseln. »Wie ich schon sagte, sieht das Ganze ziemlich wüst aus.«

Em tauschte einen Blick mit ihrer Partnerin.

Wüst …

»Irgendwelche Hinweise auf einen Einbruch?«

»Die Terrassentür stand offen.«

Zhou fixierte seinen Blick. »Ist das alles?«

»Ja«, nickte der Uniformierte. »Wie's aussieht, ist das alles.«

»Und Sie haben alle Möglichkeiten überprüft?«, hakte Em vorsichtshalber noch einmal nach. »Kellerfenster, Dachboden?«

Zhou kräuselte pikiert die Lippen. *Was soll das? Ich habe ihn doch bereits gefragt, ob das alles ist …*

Ich weiß, gab Em stumm zurück. *Trotzdem!*

»Wir haben uns im ganzen Haus umgesehen«, erklärte derweil der Uniformierte. »Alles vollkommen unversehrt.«

Ems Blicke wanderten über den penibel gepflegten Marmor. In der Ecke hinter der Tür stand ein wertvoller alter Garderobenschrank mit Intarsien. »Haben diese Leute keine Alarmanlage?«

»Doch«, antwortete der Kollege. »Aber die war offenbar nicht eingeschaltet.«

»Was ist mit der Haustür?«, fragte Em. »War die abgeschlossen?«

»Der Mann sagt nein.«

»Kinder?«

Er schüttelte den Kopf. »Zum Glück nicht.«

Die simple Feststellung verstärkte Ems Unbehagen. »Wo ist der Ehemann des Opfers jetzt?«

Mit dem Kinn wies der Beamte über ihre Schulter, wo eine Flügeltür ins angrenzende Wohnzimmer führte. »Meine Kollegin ist bei ihm«, erklärte er. Und etwas leiser fügte er hinzu: »Er hält sich ganz gut, aber man kann ja nie wissen.«

Richtig, dachte Em. Man kann nie wissen. »Was macht er beruflich?«

»Er ist Arzt. Chirurg, glaube ich.«

Sie nickte.

»Möchten Sie vielleicht doch zuerst mit ihm sprechen?«

»Nein«, entschied Em. »Zuerst will ich das Opfer sehen.«

Das Opfer, die Ehefrau, die Leiche …

»Gut. Dann kommen Sie.«

Schon auf der Treppe konnten die beiden Kommissarinnen das Blut riechen. Ein unangenehm metallischer Geruch, der mit jeder Stufe, die sie höher stiegen, penetranter wurde.

Em presste die Lippen aufeinander und hielt die Luft an.

Doch es half nicht viel.

»Na, das ist ja direkt ein Festtag heute, was?«, rief Marco Fiebig, der zuständige Kollege von der Spurensicherung, ihnen entgegen, als sie den oberen Treppenabsatz erreichten.

Die makabre Bemerkung veranlasste Zhou, sich sorgenvoll nach dem Ehemann des Opfers umzublicken.

Als sie sich wieder umdrehte, sah Em, dass ihr ein Vorwurf auf den Lippen lag. Doch auch sie wusste, dass Fiebigs Zynismus nur ein Schutzmechanismus war.

Er kniete vor dem Schlafzimmer auf dem Boden und war gerade dabei, einen Teil des Türrahmens abzukleben. »Wenn das so weitergeht, müssen wir wohl oder übel ein paar Kollegen aus dem Urlaub holen«, brummte er, als die beiden Kommissarinnen sich an ihm vorbeiquetschten.

Stimmt, dachte Em mit einem Anflug von Erstaunen. Es sind ja Herbstferien!

Seltsamerweise fiel ihr ausgerechnet jetzt das Gespräch mit Jenny wieder ein. Das Gespräch und die Vorwürfe, die ihre Schwägerin gegen ihren Bruder erhoben hatte.

Mit einem entschieden flauen Gefühl in der Magengegend folgte sie ihrer Partnerin in das Schlafzimmer des Ehepaares.

Dort sah es aus wie in einem Schlachthaus: Die Frau saß halb aufgerichtet auf dem Bett, den Rücken gegen das gusseiserne Gestell gelehnt. Ihre Arme hingen rechts und links neben ihrem Körper auf die blutdurchtränkte Bettdecke hinunter, und zuerst glaubte Em tatsächlich, sie habe eine Puppe vor sich.

Eine lebensgroße Puppe in einem See von Blut …

Der Kopf war leicht nach rechts geneigt, dem Fenster zu, durch dessen halbgeschlossene Vorhänge die goldene Oktobersonne hereinfiel. Schulterlanges braunes Haar umrahmte das blutverkrustete Gesicht. Manuela Zehlens Nase schien gebrochen zu sein, und unter dem linken Auge sowie an der linken Schläfe zeugten massive Platzwunden von den brutalen Schlägen, mit denen der Täter sein Opfer traktiert hatte.

Normalerweise war Em durchaus nicht zimperlich. Aber hier und jetzt kämpfte sie verzweifelt gegen die Übelkeit.

Der Rock der Frau war bis zur Hüfte hochgeschoben und gab den Blick auf ihren blutdurchtränkten Slip frei. Ihre cognacfarbene Seidenbluse war zerrissen, die Fetzen waren steif von geronnenem Blut. Und schon auf die Entfernung erkannte Em mehrere tiefe Stichverletzungen unter dem zarten Stoff.

Dr. Bechstein stand beim Fenster und telefonierte. Sie hob grüßend die Hand und gab den beiden Kommissarinnen zu verstehen, dass sie sich bitte noch einen kleinen Augenblick gedulden sollten.

Em nickte und angelte ein Paar Latexhandschuhe aus der Pappschachtel, die einer von Fiebigs Leuten ihr entgegenstreckte. Dann trat sie an das Bett und zwang sich, die tote Grundschullehrerin genauer anzusehen.

Manuela Zehlens Beine waren auf Höhe der Knie mit einer dünnen Kordel gefesselt. Ihre Füße steckten in eleganten schwarzen Stiefeletten, deren Spitzen einander berührten und auf denen – zumindest mit bloßem Auge – kein einziger Blutspritzer zu erkennen war.

Em zwang sich, einen Blick unter den Rock der Frau zu werfen, während sie überlegte, ob der Mörder seinem Opfer die befremdlich unversehrten Stiefeletten wohl erst nach der Tat angezogen hatte. Sie war sicher, dass das, was sie hier vor sich sahen, arrangiert war. Die Haltung der Frau, ihre Blickrichtung, die Schuhe, die sie trug … Oh ja, dachte Em, an diesem Tatort ist nichts dem Zufall überlassen. Wir sehen genau das, was wir sehen sollen.

»Hat der Ehemann hier oben irgendetwas angefasst oder verändert?«, wandte sie sich wieder an den Uniformierten, der sich in die entgegengesetzte Ecke des Zimmers zurückgezogen hatte und unverwandt in Manuela Zehlens zerstörtes Gesicht starrte.

»Er sagt nein.«

Em zog zweifelnd die Augenbrauen hoch. »Abwarten.«

»Haben Sie ihre Hand bemerkt?«, fragte Dr. Bechstein, die unbemerkt hinter sie getreten war.

Die Rechtsmedizinerin hob das Handgelenk der Toten ein wenig an, damit die beiden Kommissarinnen besser sehen konnten, was sie meinte. Doch das Erste, was Em registrierte, war, dass es keinerlei Abwehrverletzungen gab und dass

Manuela Zehlens Fingernägel zwar in einem dezenten hellrosa Ton lackiert, aber bis tief auf die Haut abgekaut waren. Erst auf den zweiten Blick sah sie, was Dr. Bechstein ihr zeigen wollte.

»Was halten Sie davon?«, fragte die Pathologin.

Em zuckte erschrocken zurück. »Er hat ihr einen Finger abgeschnitten?«

Dr. Bechstein nickte. »Den Daumen der linken Hand. Ist sauber direkt unterhalb des Phalanx proximalis abgetrennt. Die Verletzung ist vital. Aber zum Tatwerkzeug kann ich Ihnen leider noch nichts sagen«, kam sie Zhous Frage zuvor. »Möglicherweise ein Tranchiermesser oder eine Geflügelschere.«

Unwillkürlich musste Em wieder an die tote Prostituierte aus dem Wald denken. An ihr seltsam verschnittenes Haar.

»Sie denken an eine Trophäe?«, wandte sie sich wieder an Dr. Bechstein.

Die Pathologin zuckte die Achseln. »Was sollte es sonst sein?«

Em gab ein unbestimmtes »Hm« von sich, aber in Wahrheit fand sie die Antwort denkbar unbefriedigend.

Sie starrte wieder den blutigen Stumpf an. Okay, Frankfurt war in puncto Verbrechen vielleicht nicht gerade der ungefährlichste Ort auf der Welt. Aber zwei derart brutale Morde an einem Tag?

Nachdenklich schüttelte Em den Kopf. Das ist noch nicht alles, dachte sie. Das Ausmaß dieser Sache ist viel größer, als wir uns bislang vorstellen können.

Sie spürte Zhous Unruhe neben sich, und allmählich schien sich der zähe Blutgeruch auch auf ihre Haut zu legen.

»Aber da ist noch was anderes, das ich Ihnen zeigen wollte«, riss Dr. Bechsteins sonore Stimme sie aus ihren Gedanken.

Die Pathologin schob Manuela Zehlens Bluse zur Seite.

Em trat noch ein Stück näher an die Tote heran. Manuela Zehlen trug kein Unterhemd. Ihr BH war zerschnitten und der gesamte Oberkörper mit Stich- und Schnittwunden übersät. Manche von ihnen waren eher oberflächlich, darunter eine, die vom Brustbein des Opfers bis zum Bauchnabel reichte. Die Ablaufstraßen des Blutes verliefen horizontal, was Em angesichts der Umstände nicht weiter überraschte. Sie hatte bereits vermutet, dass Manuela Zehlen während ihres Martyriums auf dem Rücken gelegen hatte und erst nach ihrem Tod in jene halbsitzende Stellung gebracht worden war, in der ihr Mann sie gefunden hatte. Aber warum?, überlegte sie einmal mehr.

Was wollte der Täter damit sagen? Und an wen hatte er seine makabre Botschaft gerichtet? An die Polizei? An Manuela Zehlens Ehemann? Oder an jemanden, den sie bislang noch gar nicht auf der Rechnung hatten?

»Hier, sehen Sie?« Dr. Bechsteins Zeigefinger wies auf zwei gekreuzte, etwa sechs Zentimeter lange Schnitte unterhalb des Bauchnabels, die eine Art »X« bildeten. Die Form war viel zu akkurat, als dass sie durch einen bloßen Zufall zustande gekommen sein konnte.

»Was ist das?«, fragte Em, und auch Zhou neben ihr runzelte die Stirn.

Dr. Bechstein antwortete mit einer Gegenfrage: »Sagt Ihnen der Name Frank Kaspary etwas?«

Em dachte einen Moment nach. »Nein.«

Die Pathologin schien irritiert. »Nicht? Oh … Und ich dachte, Sie wären damals schon hier gewesen …«

»Wann?«

»Muss so sieben oder acht Jahre her sein«, entgegnete Dr. Bechstein. »Damals wurde die Stadt von einer brutalen Vergewaltigungsserie erschüttert, der nachweislich sechs, wahrscheinlich aber deutlich mehr Frauen zum Opfer gefallen sind.« Sie machte eine kurze Pause, bevor sie betont beiläufig hinzufügte: »Eines der Opfer starb. Eine junge Kellnerin namens Jeanette Altmaier.«

Em bedachte die Ärztin mit einem prüfenden Blick. Sie hatte noch nie erlebt, dass Dr. Bechstein irgendwelche Emotionen zeigte. Doch diese Sache schien ihr wirklich nahezugehen. »Ich bin sicher, dass ich mich an den Fall erinnern würde, wenn ich zu diesem Zeitpunkt hier gewesen wäre«, sagte sie bedauernd. »Aber das fällt vermutlich in die Zeit meiner Ausbildung.«

Dr. Bechstein nickte, doch ihre Augen hinter der randlosen Brille schienen eine Spur dunkler zu werden. »Die Kollegen von der Abteilung für Sexualdelikte haben rund um die Uhr an dem Fall gearbeitet, aber der zuständige Verwaltungsdirektor tat sein Möglichstes, um die Sache aus der Öffentlichkeit rauszuhalten.« Sie zuckte die Achseln. »Er hatte wohl die Befürchtung, dass die ganze Sache nach einem Versagen der zuständigen Behörde riecht und ... Na ja, Sie wissen ja selbst, wie das läuft, wenn einer nur die eigene Karriere im Blick hat.«

Sie hatte sehr allgemein gesprochen, doch Em ertappte sich dabei, wie sie in den Worten der Rechtsmedizinerin nach einer tieferliegenden Botschaft suchte.

Und außerdem hat Dr. Bechstein ausdrücklich Sie angefordert ...

»Knapp zwei Jahre nach dem ersten Übergriff haben sie einen einschlägig vorbestraften Taxifahrer verhaftet. Frank Kaspary.« Dr. Bechstein rupfte sich entschlossen die Handschuhe von den Fingern, als könnte sie mit dem Latex auch die unangenehmen Erinnerungen abstreifen. »Der Prozess gestaltete sich denkbar schwierig, aber schließlich und endlich wurde er für schuldig befunden und verurteilt.«

»Und was hat das alles mit ...« Zhou breitete die Arme aus. »... dem hier zu tun?«

»Ganz einfach«, Dr. Bechsteins ohnehin schon schmale

Lippen verzogen sich zu einem angewiderten Strich. »Frank Kaspary pflegte seinen Opfern ein großes X in die Bauchdecke zu ritzen. Immer an exakt derselben Stelle. Er nannte es ein Andenken.«

Aus irgendeinem Grund hat sie diese Sache damals persönlich genommen, urteilte Em im Stillen, während sie die – im Vergleich zu den anderen Verletzungen eher unscheinbare – Wunde am Bauchnabel der Toten noch einmal näher betrachtete.

Die beiden Schnitte waren nicht allzu tief, aber tief genug, dass eine Narbe zurückgeblieben wäre, falls Manuela Zehlen ihr Martyrium überlebt hätte.

Ein Andenken …

»Und wo ist dieser Kaspary jetzt?«, wandte sie sich wieder an Dr. Bechstein. »Sitzt er?«

Die Rechtsmedizinerin bejahte. »Er wurde nach dem Mord an Jeanette Altmaier verhaftet, aber der erste Prozess platzte, soweit ich mich erinnere, wegen irgendeines unbedeutenden Verfahrensfehlers. In einem zweiten Verfahren wurde ihm von einem sogenannten Gutachter verminderte Schuldfähigkeit attestiert, und er landete irgendwo in einer forensischen Klinik.«

»Dann haben wir es hier vielleicht mit einem Nachahmungstäter zu tun?«, schlug Zhou vor.

Em verschränkte nachdenklich die Arme vor der Brust. »Oder dieser Kaspary hatte schon damals einen Komplizen.«

Dr. Bechstein knüllte die Handschuhe zusammen und stopfte sie zusammen mit ihrem iPad in ihre Tasche. »Ich wollte Sie keineswegs in irgendeine bestimmte – womöglich auch noch falsche – Richtung drängen«, knurrte sie. »Es war mir nur aufgefallen.«

Dann drehte sie unmissverständlich endgültig den Kopf weg und begann, ihr Equipment zusammenzupacken.

Em und Zhou tauschten einen Blick.

Sie hält etwas zurück, las Em in den Augen ihrer Partnerin.

Ich weiß, erwiderte sie stumm. *Aber hier und jetzt werden wir sie kaum dazu bringen, uns mehr zu verraten …*

»Ich bin dann mal weg«, verkündete in diesem Moment Dr. Bechstein, schon halb aus der Tür. »Die Blutproben sind auf dem Weg ins Labor. Und sobald ich mit der Autopsie durch bin, melde ich mich.«

Em hob die Hand. »Eine kurze Frage noch …«

Sie kniff misstrauisch die Augen zusammen. »Ja?«

»Können Sie uns in Bezug auf den Zeitrahmen schon einen ungefähren Anhalt geben?«

Die Erleichterung über die banale Sachfrage goss ein Leuchten über das Gesicht der Rechtsmedizinerin. »Sicher«, nickte sie. »Die Frau ist irgendwann zwischen 23 Uhr und ein Uhr früh gestorben.«

»Laut Aussage ihres Mannes war sie gestern Abend in der Oper«, mischte sich der Beamte in der Tür ein. »Sie hatte ein Abo. Zehn Vorstellungen pro Spielzeit. Immer donnerstags.«

»Ihrer Kleidung nach zu urteilen, scheint sie tatsächlich dort gewesen zu sein«, befand Zhou.

Unwillkürlich betrachtete Em wieder die befremdlich sauberen Stiefeletten der Toten. »Bliebe abzuklären, wie lange die Vorstellung gedauert hat und ob Manuela Zehlen anschließend sofort heimgefahren ist.«

Zhou hob die Schultern. »Vielleicht hat sie ihren Mörder ja sogar selbst mit zu sich nach Hause genommen.«

»Die Terrassentür stand offen«, bemerkte der Uniformierte in beiläufigem Ton.

Em verdrehte die Augen. »Das erwähnten Sie bereits.«

Sie trat vom Bett weg und blickte sich sorgfältig im Schlafzimmer des Ehepaars um. Zwei bodentiefe Spiegel.

Eine Schminkkommode mit Glasplatte, auf der ein paar Cremetiegel und verschiedene Parfumflakons standen. Und an der einzigen durchgehenden Wand ein riesiger Kleiderschrank.

Zhou streckte ihre behandschuhten Finger aus und öffnete die Türen.

Auf der linken Seite fanden sich Herrensachen in gedeckten Farben. Anzüge, stapelweise Hemden, T-Shirts – fast alle weiß. Dazu stabile Pappboxen mit zusammengerollten Socken, Krawatten und Unterwäsche. Auf Manuela Zehlens Schrankseite ging es hingegen deutlich bunter zu: Röcke, Pullover und Hosenanzüge leuchteten in Marsalarot, Terrakotta und Bleu. Dazwischen hingen ein paar klassische Basics in Braun und Schwarz.

Zhou ging in die Knie und inspizierte die Schuhkartons, die ordentlich unter den Kleiderstangen aufgereiht waren.

»Alles okay bei dir?«, fragte Em, als sie sah, wie sich die Nackenmuskeln ihrer Partnerin verspannten.

»Klar. Ich …« Über Zhous Mandelaugen zog ein Schatten. »Ich musste nur gerade an die Svenssons denken.«

Em nickte. Sie hatten den Vierfach-Mord an der jungen Familie gemeinsam bearbeitet, und damals hatte Zhou in einem sehr ähnlichen Schrank einen entscheidenden Hinweis gefunden. Doch so viel Glück hatte man vermutlich nur einmal im Leben.

Em seufzte und verfolgte interessiert, wie ihre Partnerin einen Schuhkarton nach dem anderen hervorzog und einen Blick hineinwarf. Zu Slippern, Sportschuhen und Mokassins gesellten sich beachtliche acht Paar Pumps – eins davon in exakt demselben Rehbraun wie der Rock, den Manuela Zehlen trug.

Mit einem triumphierenden Blick hielt Zhou die Schuhe hoch. »Hab ich's mir doch gedacht«, frohlockte sie.

»Was?«

Zhous Kinn deutete zu der Toten auf dem Bett. »Keine Frau auf der Welt würde schwarze Stiefeletten zu diesem Rock tragen.«

»Ich fand auch, dass sie irgendwie falsch aussehen«, pflichtete Em ihr bei, obwohl Mode ganz und gar nicht ihr Ding war. »Aber ich war nicht sicher, ob es nicht einfach daran liegen könnte, dass sie zu diesem Rehbraun nichts anderes hatte.«

»Dieses Rehbraun ist kombitechnisch eine echt blöde Farbe«, nickte Zhou. »Bevor du da ein Accessoire findest, das vom Farbton her auch nur annähernd passt, bist du tatsächlich eher bei Schwarz. Aber die hier ...« Sie sah wieder die Pumps in ihrer Hand an, »scheint Manuela Zehlen gleich passend zum Rock gekauft zu haben, denn es ist exakt derselbe Farbton. Und das bedeutet, dass sie sie unter Garantie auch getragen hat, wann immer sie diesen Rock anzog.«

»Ist dir übrigens aufgefallen, dass auf den Stiefeletten nicht die geringste Blutspur zu erkennen ist?«, fragte Em.

Zhou bejahte. »Ich gehe davon aus, dass der Täter die Schuhe getauscht hat. Und zwar nach der Tat.«

Em war froh, dass ihre Partnerin dieselben Schlüsse zog wie sie selbst. »Lass beide Paare sofort ins Labor bringen«, entschied sie. »Ich glaube nicht, dass die Stiefeletten viel hergeben, aber vielleicht hat er ja an den Pumps irgendwelche Spuren hinterlassen.«

Zhous Miene spiegelte Zweifel, aber sie leistete der Aufforderung ihrer Partnerin kommentarlos Folge.

»Und erinner mich daran, dass wir den Ehemann fragen, ob die Stiefeletten tatsächlich seiner Frau gehören«, rief Em ihr nach. »Immerhin wäre es ja auch möglich, dass der Täter sie mitgebracht hat.«

»Ich bin mir nicht sicher, ob ein Ehemann dabei eine zuverlässige Hilfe ist«, entgegnete Zhou vielsagend.

Stimmt, dachte Em. Kerle achten nicht auf solche Dinge …

Sie trat an die schmale Wandkonsole und betrachtete die Fotos, die dort aufgestellt waren:

Manuela Zehlen beim Segeln und inmitten einer Schar von Kindern vor einem Tigerkäfig, offenkundig bei einem Schulausflug in den Zoo. Das Ehepaar Zehlen Arm in Arm an einem tropischen Strand. Schwarz-Weiß-Fotos der Eltern. Verwandte. Vorfahren.

Em stutzte. »Was ist das hier?«

Marco Fiebig drehte den Kopf. »Was?«

Em hielt ihm die Fotografie eines fast vollkommen weißen Jack-Russell-Terriers entgegen. »Wo ist dieser Hund?«

»Keine Ahnung«, antwortete Fiebig. »Hier war kein Hund.«

Em fand den Uniformierten vor dem kleinen Fenster am oberen Treppenabsatz. »Haben Sie bei Ihrer Ankunft einen Hund gesehen?«

Der Beamte schüttelte den Kopf. »Nein.«

»Könnte der Täter ihn vielleicht irgendwo eingesperrt haben, damit er ihm nicht in die Quere kommt?«

»Also, hier im Haus ist er jedenfalls nicht«, erklärte der Kollege in Uniform. »Wir haben uns sämtliche Räume vorgenommen. Einschließlich des Kellers. Da war kein Hund.«

4

Kellerverlies, Versteck von Kathrin Stiller

Und wenn er sie vergessen hatte? Wenn etwas schiefgelaufen war?

Oder wenn irgendetwas anderes ihn davon abhielt, zu ihr zurückzukehren?

Vielleicht hatte er einen Unfall gehabt und lag im Krankenhaus. Oder schlimmer noch: in der Leichenhalle.

Was, wenn er das Wissen um ihre Existenz mit ins Grab genommen hatte?

Der Gedanke setzte sich in ihr fest, und sie hatte alle Mühe, nicht an ihrer eigenen Angst zu ersticken.

Zwischen ihren Schulterblättern fühlte sich die Haut mittlerweile seltsam feucht an. Vielleicht, dachte sie voller Entsetzen, bin ich schon dabei, mich wundzuliegen!

Sie wusste schließlich, wie schnell das ging. Viel schneller, als man gemeinhin dachte. Andererseits hatte sie keine Ahnung, was sie dagegen unternehmen konnte. Ihre Bewegungsmöglichkeiten beschränkten sich auf ein paar lächerliche Zentimeter. Und wenn er nicht bald zurückkehrte …

Eine neuerliche Welle von Panik erfasste sie, doch sie verdrängte die unangenehmen Aussichten und dachte stattdessen an ihren Bruder. An die Creme, mit der ihre Mutter ihn morgens und abends einrieb, damit die Haut über seinen zerbrechlichen Knochen heil blieb. Zumindest halbwegs. Damit es weitergehen konnte, dieses Leben, das nun einmal begonnen hatte.

Warum mussten sie auch unbedingt ein zweites Kind bekommen?, hatte sie sich gefragt, unzählige Male. Wenn sie es doch nur bei mir belassen hätten. Wenn sie nicht eine verdammte Bilderbuchfamilie hätten sein wollen. Vater, Mutter, Fink und Star. Brüderchen und Schwesterchen. Wenn …

Seltsamerweise erinnerte sie sich minutiös an den Tag, an dem sie von Christian erfahren hatte. Und wieder war es so ein Bilderbuchtag gewesen, Herbst dieses Mal …

Der Garten hinter dem Haus ist in traumschönes Sonnenlicht gehüllt. Bunte Blätter rieseln von den Bäumen herab, während sie auf ihrem Schaukelbrett sitzt und den höchsten Ästen entgegenfliegt. Über den Dingen schweben. Bodenlos. Der alte Traum von Freiheit, der an diesem wunderschönen Herbsttag einen ersten Riss bekommt.

»Sag mal, Kathrin«, beginnt ihre Mutter, und schon am Tonfall hört sie, dass es kein gewöhnliches Gespräch ist, was nun folgen wird. »Was würdest du denn davon halten, wenn du noch eine Schwester bekommen würdest? Oder einen kleinen Bruder?«

Sie hat die Frage der Mutter natürlich gehört, aber sie konzentriert sich lieber auf das Gras unter sich. Es rast förmlich auf sie zu, um sich gleich darauf wieder zu entfernen.

Auf und ab.

Hoch und nieder.

Gras kommt näher. Gewinnt an Kontur. Zerfasert in einzelne Halme. Und entfernt sich wieder. Verschwimmt zu einem diffusen Eindruck von Grün. Kehrt zurück.

Kommt näher – entfernt sich.

»Kathrin?«

»Hm?«

»Hast du gehört, was ich gesagt habe?«

Klar. Aber … Was soll sie dazu sagen? Sie weiß, sie will keine Schwester. Zugleich ist ihr klar, dass sie keine Wahl hat. Schwestern bekommt man ungefragt. Schwestern sind ein Schicksal, das einen ereilt oder eben nicht. Wenn man Glück hat.

Und sie hat Glück.

Zumindest, was die Schwester betrifft …

Bei Oma und Opa hat sie gerade Pfannkuchen bekommen, als das Telefon klingelt und der Vater von Christian erzählt. An dem Gesichtsausdruck, mit dem ihre Oma die Nachricht entgegennimmt, erkennt sie, dass etwas schiefgelaufen sein muss, lange bevor sie ihren Bruder zum ersten Mal zu Gesicht bekommt. Geschockt ist sie trotzdem: Das Bündel dort im Bettchen soll ein Mensch sein? Ein Bruder?

Ein wirrer Haufen verdrehter Gliedmaßen.

Die Haut rot wie Flusskrebs.

Dass sie geschrien hat, weiß sie nur noch vom Hörensagen. Ihre zweite bewusste Erinnerung zeigt Christian zu Hause am Esstisch. Er sabbert und spuckt. Immerzu. Sogar, wenn er schläft. Irgendwo tief in ihm muss eine Quelle sein. Die Spucke rinnt aus seinem Mund und tropft von Christians Kinn auf sein Kissen, seinen Strampelanzug, später sein Hemd. Seit er sitzen kann (mit Haltegurten selbstverständlich), trägt er Hemden, die lassen sich leichter an- und ausziehen. Die meisten von ihnen sind kariert. Dunkelgrün. Braun. Beige. Jungenfarben eben. Ob ihm die Hemden gefallen, weiß sie nicht. Aber er hat ohnehin keine Wahl.

So wenig, wie sie eine Wahl hatte, was ihn anging.

Seine Augen sind blau. So intensiv strahlendblau, als hätte irgendjemand alles, was anderswo schiefgelaufen war, mit der Farbe seiner Augen wiedergutmachen wollen. Und manchmal, wenn er sie ansieht, fühlt sie sich durchschaut. Nein, schlimmer noch: Sie fühlt sich ertappt!

Sie hat sich gewünscht, dass er tot ist, lange bevor er überhaupt geboren wurde.

Und um ein Haar hätte sich ihr Wunsch ja auch erfüllt.

Aber eben nur um ein Haar …

Ihr Bruder rächt sich auf seine Weise. Indem er braucht: Zeit, Aufmerksamkeit, Liebe. Und verbraucht: das Geld für den Urlaub am Meer. Das Geld für den Schulausflug und das Barbie-Haus. Schließlich gibt es Wichtigeres anzuschaffen: eine Rampe für den Rollstuhl. Ein Gestell für die Wanne. Die täglich frischen Schläuche für die Spezialnahrung braucht er zum Glück nur bis zum fünften Lebensjahr. Danach gibt's – oh Wunder! – Normalkost aus dem Mixer.

Kathrin!

Der Schreck ließ sie so heftig zusammenzucken, dass der Schmerz ihren Körper beinahe in Stücke riss.

»Mama?«

Das Wort blieb irgendwo in ihrer Kehle stecken, lange bevor es das Klebeband über ihren Lippen erreicht hatte. Nach außen drang nur ein dumpfes Gurgeln.

Und das Knistern von Plastik.

Wenn ich könnte, dachte sie, würde ich jetzt lachen. Aber sie konnte nicht. Dafür hatte sie mit einem Mal das Gefühl, dass etwas in ihrem Haar war. Etwas, das krabbelte. Eine Spinne vielleicht oder ein Käfer.

Gab es überhaupt Käfer, die in völliger Dunkelheit leben konnten?

Sie lauschte wieder in das Nichts hinter ihren Fesseln.

Bildete sie sich das alles nur ein? Den Käfer, die Alte von gegenüber, ihren Bruder, das Klebeband?

Sie wusste es nicht.

Allmählich wusste sie gar nichts mehr …

5

Frankfurt-Eschersheim,
Haus von Manuela und Klaus Zehlen, Wohnzimmer

Em nahm das Foto des weißen Jack-Russell-Terriers mit ins Erdgeschoss hinunter. Die freischwingenden Stufen vibrierten unter ihrem Gewicht, was sie als außerordentlich unangenehm empfand.

Im Wohnzimmer war Klaus Zehlen gerade im Begriff, sich eine Zigarette anzuzünden. Er war ein großer, kantiger Mann, dessen klare graue Augen Intellekt und Tatkraft verrieten, auch wenn er augenblicklich offenkundig mit den Nerven am Ende war. Im Aschenbecher auf dem Couchtisch lagen bereits mehrere Kippen. Als er Em bemerkte, ließ er das Feuerzeug sinken.

»Emilia Capelli von der Abteilung für Kapitaldelikte.«

Seine Hand war kalt und fühlte sich sonderbar leblos an.

»Meine Kollegin und ich untersuchen den Fall.«

Zehlen nickte. Aber seine Augen blieben ausdruckslos.

»Glauben Sie, dass Sie mir ein paar Fragen beantworten könnten?«

Sein Blick fiel auf die Fotografie in ihrer Hand. »Das ist Sally«, erklärte er mit einem Lächeln, das seine Augen nicht erreichte. »Ich habe schon nach ihr gesucht, aber sie ist weg.«

»Sie hatten sie nicht bei sich?«

Er schien irritiert. »Was meinen Sie?«

»Auf Ihrer Reise.«

»Ach so, nein. Das … Ich war auf einem Kongress. Da hätte ich gar nicht …« Er brach ab und starrte auf seine Hände hinunter.

Em betrachtete die Terrassentür, die noch immer sperrangelweit offen stand. Sie verstand nichts von Tieren. Aber sie konnte sich nicht vorstellen, dass ein Hund einfach davonlief, wenn ein Fremder in sein Revier eindrang und sein Frauchen bedrohte.

»Sie haben meinen Kollegen erzählt, dass Ihre Frau gestern Abend im Theater war«, wandte sie sich wieder an den Arzt.

Zehlen nickte. »Ja, Manuela geht …« Er hielt inne und atmete tief durch. »Sie ging regelmäßig ins Theater.«

»Wäre es möglich, dass sie Sally in der Zwischenzeit zu Verwandten gebracht hat? Oder zu Freunden?«

»Nein, das …« Er stockte erneut. Jedes Wort schien ihn unendlich viel Kraft zu kosten.

Kein Wunder, dachte Em mit einem leisen Schaudern. Er ist Arzt – und er hat ihre Wunden gesehen. Er weiß, was sie durchgemacht hat, bevor sie endlich sterben durfte.

Zehlen hatte sich gefangen. »Meine Frau konnte Sally völlig problemlos allein lassen«, fuhr er fort, nun wieder sehr gefasst. »Ich meine, sie … Sie macht nichts kaputt oder so.«

Em kramte in ihrer Handtasche nach einem Notizblock, fand jedoch nur einen alten Taschenkalender. »Stimmt es, dass Ihre Frau ein Abonnement fürs Theater hatte?«

»Für die Oper, ja.«

»Und Sie?«

Er stutzte. »Was meinen Sie?«

»Haben Sie auch eins?«

»Nein, meine Dienstzeiten sind zu unregelmäßig, als dass ich alle paar Wochen einen festen Termin einhalten könnte, aber wenn Manuela ein Stück besonders mochte, haben wir es uns manchmal noch einmal zusammen angesehen.«

Em sah wieder zur Terrassentür. Im Garten blühten die letzten Rosen. »Wissen Sie, wer uns darüber Auskunft geben könnte, ob Ihre Frau die Vorstellung gestern Abend auch tatsächlich besucht hat?«, fragte sie. Und in Gedanken fügte sie hinzu: Immerhin bedeutet ein Abo zu haben nicht zwangsläufig, dass man auch hingeht …

»Jessica«, nickte der Witwer. »Jessica Wiesmüller. Das ist eine Kollegin von Manuela. Aus der Schule.«

»Hat sie auch ein Abo?«

Wieder Nicken. »Die beiden gehen seit Jahren zusammen in die Oper.«

Em notierte sich den Namen. »Und wie lange waren Sie genau verreist?«

»Seit Sonntag.«

»Hatten Sie während dieser Zeit Kontakt mit Ihrer Frau?«

»Ja. Wir haben täglich mindestens einmal telefoniert.«

»Auch gestern?«

»Ja.« Zehlen drehte die jungfräuliche Zigarette gedankenverloren zwischen den Fingern hin und her. »Ich habe gestern früh angerufen und sie gebeten, ein paar Unterlagen für mich einzuscannen, die ich vergessen hatte.«

»Ist Ihnen während dieses Gesprächs irgendetwas aufgefallen?«

Seine Antwort kam umgehend und ließ keinen Raum für Zweifel. »Nein. Sie … Sie war genau wie immer.«

Wenn sie ehrlich war, hatte Em auch nichts anderes erwartet. »Hat Ihre Frau irgendwann mal erwähnt, dass sie sich vor jemandem fürchtet?«, hakte sie trotzdem nach. »Fühlte sie sich zum Beispiel beobachtet? Oder gab es irgendeinen Ex-Partner, der Probleme machte?«

»Nein.«

»Was ist mit Schülern oder deren Eltern?«

Klaus Zehlen sah hoch. »Meine Frau war Grundschullehrerin.«

»Ich weiß schon.« Em lächelte ihm zu, während vor ihrem inneren Auge unvermittelt das Bild ihrer ältesten Nichte aufblitzte. Bella war acht, eine aufgeweckte, wissbegierige

Grundschülerin mit einem vermeintlich intakten Elternhaus.

Dein Bruder schlägt mich, Em.

»Es gibt immer und überall Probleme«, wandte sie sich wieder an Klaus Zehlen.

»Sicher«, entgegnete dieser zerstreut. »Aber ich wüsste nicht, dass Manuela … Da war nichts Gravierendes, verstehen Sie?«

Nichts Gravierendes … Em biss sich auf die Lippen. Bis auf die Tatsache, dass eines Tages jemand in dein Haus eingedrungen ist und deine Frau zu Tode gequält hat.

»Besaß Ihre Frau ein Paar schwarze Stiefeletten?«

Zehlen sah sie an, als habe sie den Verstand verloren. »Stiefeletten?«

»Ja. Sie wissen schon: diese halbhohen Stiefel. In Schwarz.«

Zehlens Hände wischten ratlos über die Sofakante. »Kann sein.«

»Kann sein« nützt mir nichts, dachte Em. Aber sie wusste auch, dass sie ihn hier und jetzt mit dieser Frage überforderte. Vielleicht gibt es ja eine Freundin, die uns Auskunft geben kann, dachte sie. Oder eine Verwandte …

»Hatte Ihre Frau eine Schwester?«

Zehlen schüttelte den Kopf. »Nein, Manuela war Einzelkind.«

»Leben ihre Eltern noch?«

Wieder Kopfschütteln. »Ihre Mutter starb, als sie acht war. Und mein Schwiegervater ist vor drei Jahren an einem Schlaganfall verstorben.«

Dann wohl am ehesten eine Freundin, dachte Em resigniert und machte sich eine entsprechende Notiz.

»Wir werden Ihnen leider nicht ersparen können, sich dort oben noch einmal ganz genau umzusehen«, bemerkte sie vorsichtig. »Wir müssen so schnell wie möglich wissen, ob der Täter etwas verändert oder gar mitgenommen hat.«

»Natürlich.« Zehlen hatte seine Emotionen bemerkenswert gut im Griff, aber in den Tiefen seiner Augen lauerte bereits der Zusammenbruch. Em fragte sich, ob er sich darüber im Klaren war, was ihm bevorstand.

Sie legte ihm flüchtig die Hand auf den Arm. »Sie sollten ein paar Tage zu Freunden ziehen.«

Zehlens Kopf ruckte hoch, als habe er einen elektrischen Schlag kassiert. »Das hier ist *mein* Haus«, erklärte er mit Nachdruck.

»Tun Sie's trotzdem«, entgegnete Em, auch wenn sie sich vollkommen darüber im Klaren war, dass er ihren gut gemeinten Rat nicht beherzigen würde.

Mehr noch: Klaus Zehlen würde sich mit aller Kraft, die ihm zur Verfügung stand, dagegen wehren, von hier fortzuziehen. Wochen-, monate-, vielleicht sogar jahrelang. Aber irgendwann würde er feststellen, dass er dieses Haus, sein Haus, nicht mehr ertrug, denn es würde auf immer und ewig das Haus bleiben, in dem seine Frau eines unvorstellbar grausamen Todes gestorben war.

Ein geschändeter Ort …

Em steckte ihren Kugelschreiber ein und stand auf. »Unsere Experten werden noch eine ganze Weile hier zu tun haben«, startete sie einen letzten Versuch. »Glauben Sie mir, Sie hätten keine ruhige Minute.«

Zehlens Blick bohrte sich in ihren Rücken, als sie zur Tür ging.

»Ach so, eine Frage noch«, sagte sie, indem sie sich noch einmal zu ihm umdrehte.

»Ja?«

»Hatte Ihre Frau die Gewohnheit, die Terrassentür offen zu lassen? Beim Kochen zum Beispiel?«

Zehlen schüttelte den Kopf. »Nicht, wenn sie allein war.«

Sie war also vorsichtig, notierte Em in Gedanken. »Und

Sally? Würde sie gebellt haben, wenn ein Fremder unbemerkt hereingekommen wäre?«

»Oh ja, unbedingt«, nickte Zehlen. »Sie mag klein sein, aber sie ist äußerst wachsam.«

Em bedankte sich und zog die Flügeltür hinter sich zu.

In der Diele kam ihr Zhou entgegen. »Die Schuhe sind schon auf dem Weg ins Labor«, verkündete sie. »Und ich habe den Kollegen gesagt, dass die Sache absolute Priorität hat.«

»Bleibt die Frage, wo Sally abgeblieben ist«, murmelte Em, indem sie sich nun auch endlich ihrer Überschuhe entledigte.

Die Kohlenaugen ihrer Partnerin blitzten irritiert. »Wer ist Sally?«

»Der Hund.«

»Vielleicht ist sie weggelaufen.«

Em zerrte ihren Autoschlüssel aus der Hosentasche. »Oder aber der Täter hat sie mitgenommen.«

Zhou folgte ihr in den goldenen Spätnachmittag hinaus, wo sich hinter den polizeilichen Absperrungen jede Menge Schaulustige versammelt hatten. »Warum sollte er das getan haben?«

»Was weiß ich«, knurrte Em. »Auf jeden Fall will ich, dass das Tier so schnell wie möglich gefunden wird. Und irgendwer soll Fotos von den Gaffern machen. Vielleicht ist der Täter scharf drauf zu sehen, wie wir auf sein kleines Arrangement reagieren.«

6

Kellerverlies, Versteck von Kathrin Stiller

Sie träumte nicht, nicht ein einziges Mal, obwohl sie unter Alpträumen gelitten hatte, seit sie ein Kind war. Da waren Schatten gewesen, die sie verfolgten. Und gesichtslose Frauen in Weiß. Später auch Züge, die ohne sie davonrasten, obwohl alles davon abhing, dass sie sie erreichte. Und natürlich der See.

Immer wieder der See …

Ihre Eltern hatten ihr ein Aquarium gekauft, nachdem die Träume auch ein Jahr nach dem See nicht hatten enden wollen. Ein Aquarium, in dem niemals auch nur ein einziger Fisch gelebt hatte. Das hätte sie nicht ertragen: Fische. Karpfen. Erstarrte Augen. Nicht einmal hinter Glas.

Also gab es in ihrem Aquarium nur Kies und Pflanzen und Wasser. Es hatte früher in ihrem alten Kinderzimmer gestanden, gleich neben dem Bett. Und als sie ihr Studium begonnen hatte und ausgezogen war, hatte sie das Aquarium mitgenommen in ihr enges WG-Zimmer. Dort stand es bis heute, damit sie es ansehen konnte, wenn sie nachts schweißgebadet erwachte.

Sehen, dass das Wasser noch immer an seinem Platz war.

In Schach gehalten.

Fern von ihr, trotz des Traums vom Sterben, der sie einmal mehr gequält hatte.

Seltsamerweise schlief sie ausgerechnet hier, wo die Realität zum Alptraum geworden war, schwer und traumlos. So ruhig, dass sie sich zwingen musste, sich nicht öfter der Müdigkeit zu ergeben.

Sie wusste, zu viel schlafen war gleichbedeutend mit aufgeben.

Und sie wollte nicht aufgeben.

Noch nicht …

Aber worauf warte ich eigentlich?, überlegte sie. Was hat dieser Mistkerl, der mich hierher verschleppt hat, mit mir vor?

Und er musste doch etwas mit ihr vorhaben, oder?

Sonst hätte er sie doch längst getötet …

Der Gedanke, dies nicht selbst tun zu können, wenn die Zeit des Aufgebens gekommen war, beunruhigte sie zutiefst. Sie konnte sich nicht umbringen. Sie konnte sich weder wehren noch rühren. Und was immer er ihr antun wollte – sie konnte ihm nicht entkommen …

7

Polizeipräsidium, Abteilung für Kapitaldelikte, Büro Em und Zhou

»Und?« Em stellte einen Becher Automatenkaffee auf die Schreibunterlage ihrer Partnerin. »Hast du diese Kollegin erreicht?«

Zhou nickte. »Manuela Zehlen ist gestern Abend tatsächlich in der Oper gewesen. Die Vorstellung war gegen 22 Uhr 20 zu Ende. Ein paar Minuten später haben sich die beiden Frauen getrennt, und Manuela ist zu ihrem Auto gegangen.«

»Sie war also allein, als sie das Theater verließ«, schloss Em.

Ihre Partnerin bejahte. »Die Kollegin sagt, Manuela Zehlen habe sich immer wahnsinnig beeilt, weil sie aus dem Parkhaus raus sein wollte, solange dort noch Betrieb herrschte.«

Em warf ihr einen verständnislosen Blick zu. Die übertriebene Ängstlichkeit mancher Frauen hatte sie noch nie nachvollziehen können. Und die Parkhäuser rund um die Oper waren wirklich nicht besonders furchterregend!

»Wo hatte sie ihr Auto denn abgestellt?«, hakte sie nach, obwohl sie sicher war, dass ihre Partnerin auch dieser Frage nachgegangen war. Zhou war akribisch gründlich, um nicht zu sagen: pingelig in diesen Dingen. Und auch jetzt machte sie ihrem Ruf wieder einmal alle Ehre.

»Die Freundin sagt, Manuela habe grundsätzlich immer in der Tiefgarage *Am Theater* geparkt«, erklärte sie, ohne zu zögern.

Em runzelte die Stirn. »Die ist doch ganz okay, oder?«

»Schon«, räumte Zhou ein. »Aber Manuela Zehlen hatte im letzten Winter wohl mal eine ziemlich unangenehme Begegnung mit einem Exhibitionisten. Seitdem ist sie immer sofort nach dem Theater nach Hause gefahren, statt – wie früher – im Anschluss an die Vorstellung noch etwas trinken zu gehen.«

»Und warum hat ihre Freundin sie nicht zur Tiefgarage begleitet?«

»Weil die Freundin ganz in der Nähe wohnt und zu Fuß geht«, entgegnete Zhou.

»Okay.« Em kritzelte einen stilisierten Hund auf den Rand ihres Dienstplans. »Also die beiden haben sich gegen halb elf getrennt.«

»Richtig.«

»Und ermordet wurde Manuela Zehlen zwischen elf Uhr abends und ein Uhr früh …«

Zhou nippte an ihrem Kaffee. »Ein ziemlich überschaubares Zeitfenster, was?«

»Ja«, sagte Em. »Er hat nicht lange gefackelt.« Sie starrte gedankenverloren auf ihre improvisierte Zeichnung hinunter. »Warum ist Manuela Zehlen eigentlich nicht früher vermisst worden?«

Zhou verstand sofort, worauf sie hinauswollte. »Stimmt«, rief sie. »Immerhin war Manuela Zehlen Lehrerin. Da bleibt man nicht einfach mal unentschuldigt einen Tag zu Hause.«

»Vielleicht hatte sie freitags ja grundsätzlich frei«, spekulierte Em.

»Gib mir einen Moment!« Zhou hatte bereits ihr Handy am Ohr. »Ich kläre das.«

Als sie das Gespräch beendete, war ihr Teint eine Spur blasser geworden.

»Manuela Zehlen hätte heute früh tatsächlich unterrichten müssen«, berichtete sie, und ihre Stimme klang, als ob sie gerade einen Marathon gelaufen wäre. »Vier Stunden, um genau zu sein. Aber ihr Mann hat morgens in der Schule angerufen und sie krankgemeldet.«

Em hätte fast ihren Kaffee verschüttet vor Schreck. »Ihr Mann?«

Zhou hob vielsagend die Achseln. »Die Schulsekretärin behauptet steif und fest, der Anrufer habe sich mit Zehlen gemeldet und gesagt, seine Frau liege mit einem akuten Magen-Darm-Infekt im Bett.«

Em schob sich eine verirrte Locke aus dem Gesicht. »Sind die Sekretärin und Klaus Zehlen einander je persönlich begegnet?«

Zhou lächelte. »Genau dasselbe habe ich sie auch gefragt.«

»Und?«

»Sie sagt, sie hätte Klaus Zehlen ein paarmal bei Schulveranstaltungen getroffen, aber nie mehr als drei Worte mit ihm gewechselt.«

»Heißt im Klartext, dass sie mit großer Wahrscheinlichkeit nicht bemerkt hätte, wenn der Anrufer NICHT Klaus Zehlen war«, schloss Em.

»So ist es.«

»Glaubst du, der Täter hat angerufen?«

Zhou antwortete mit einer Gegenfrage: »Wer sonst?«

»Aber warum?« Em schüttelte den Kopf. »Was hat er davon, wenn die Leiche ein paar Stunden später entdeckt wird?«

»Vielleicht ging es ihm gar nicht um den Zeitpunkt.«

»Sondern?«

Zhous Finger glitten über den Rand ihres Kaffeebechers. »Vielleicht wollte er sicherstellen, dass Klaus Zehlen seine Frau selbst findet.«

Em verzog das Gesicht. »Du meinst, es macht ihn an, dem Ehemann den Schock seines Lebens zu versetzen?«

»Könnte doch sein, oder?«

Ja, dachte Em, bei diesem Täter kann alles sein.

Sie rollte ein Stück vom Schreibtisch weg und sah sich nach Gehling um. Doch der Recherche-Spezialist der Abteilung (was im Angesicht von Gehlings überragenden Hacker-Qualitäten eine eher lose gefasste Berufsbezeichnung darstellte) war – wie eigentlich immer – nirgendwo zu entdecken.

»Boah, ich HASSE das!«, schimpfte Em, nachdem sie es im Nachbarbüro, in der Cafeteria und sogar auf dem Klo versucht hatte.

Doch kaum, dass sie an ihren Schreibtisch zurückgekehrt war, flog die Tür auf und eine schlaksige Gestalt in Jeans und *Star-Wars*-T-Shirt schlenderte herein. »Was liegt an?«, fragte er mit seinem typischen Milchbubi-Lächeln.

Em starrte ihn an. »Wo kommst du denn jetzt auf einmal her?«

Der junge Kollege grinste. »Zhou hat mir eine E-Mail geschrieben, dass ich sofort zu euch kommen soll.«

»Ach nee, wirklich?« Em warf ihrer Kollegin einen vernichtenden Blick zu. »Hat sie das?«

»Das ist bei ihm nun mal die sicherste Methode, überhaupt zur Kenntnis genommen zu werden«, verteidigte sich Zhou.

»Aber mich lässt du durch die Gegend rennen wie die letzte Idiotin, ja?«, echauffierte sich Em.

Ihre Partnerin lächelte. »Ich dachte, ein bisschen Bewegung tut dir gut und baut den Stress ab …«

»Ich habe aber keinen Stress«, fauchte Em. »Es nervt mich bloß, dass die Leute nie an ihrem Platz sind, wenn man sie braucht.«

»Einer der Vorteile der modernen Technik ist, dass man überall arbeiten kann«, bemühte Gehling einmal mehr das Argument, mit dem er auch Makarov regelmäßig an den Rand des Wahnsinns trieb. »Und da das Wetter heute noch mal so schön ist, dachte ich mir, dass ich genauso gut auf der Dachterr…«

»Wenn wir einen Fall wie diesen bearbeiten, will ich dich HIER IM BÜRO haben, klar?«, unterbrach ihn Em, wobei sie jedes einzelne Wort mit einem energischen Pochen auf die Schreibtischplatte betonte. »Genau HIER, vor meiner Nase!«

Gehling zog den Kopf zwischen die Schultern und legte seinen Laptop auf den freien Schreibtisch neben Zhous Ablage. »Also? Was kann ich für euch tun?«

»Geh die Aufnahmen durch, die die Kollegen von den Schaulustigen vor dem Haus der Zehlens gemacht haben«, sagte Em, während ihr Blick unvermeidlich an Gehlings T-Shirt hängen blieb. Mitten auf der Brust des jungen Kollegen prangte das grüne Gesicht von Meister Yoda – und darunter stand in der verzwatschelten Sprache des Jedi-Urgesteins: UP THE SHUT FUCK YOU MUST. »Wir brauchen Vergrößerungen von den Gesichtern aller Männer zwischen zwanzig und siebzig, die da rumgestanden haben«, fuhr Em mit einem irritierten Blinzeln fort. »Und versuch, so viele wie nur irgend möglich davon zu identifizieren. Vielleicht ist einer von ihnen schon mal in einschlägiger Weise auffällig geworden.«

»Nur die Fremden oder auch die Nachbarn?«, fragte Gehling, während seine Spinnenfinger bereits in atemberaubendem Tempo über die Tasten huschten.

»Sowohl als auch«, entgegnete Em. »Da wir keine Einbruchsspuren gefunden haben, hat Manuela Zehlen ihren Mörder höchstwahrscheinlich gekannt. Oder aber er hat ihr im Garten aufgelauert. Immerhin war sie gestern Abend in der Oper.«

»Ja und?«, fragte Zhou, die der Argumentation ihrer Partnerin ganz offenbar nicht folgen konnte.

Em lachte. »Du hattest nie 'n Haustier, oder?«

»Doch.« Zhou schob trotzig das Kinn vor. »Hatte ich.«

»Und was bitte?«, fragte Em stirnrunzelnd. »Einen Goldfisch?«

»Nein.«

»Sondern?«

Ihre Partnerin straffte die Schultern. »Ich hatte eine Schildkröte. Ulysses.«

»Ulysses?«, wiederholte Em entsetzt. »Ach, du Schande! Wie, um Himmels willen, kommt man denn auf so was?«

»Meine Mutter hat den Namen ausgesucht«, verteidigte sich Zhou. »Als sie ihn bekommen hat, war sie noch Studentin und hatte sich gerade ziemlich ausführlich mit der griechischen Antike und Homer auseinandergesetzt.«

»Wer nicht?«, murmelte Em knochentrocken.

Doch ihre Partnerin ließ sich nicht beirren: »Ulysses ist nämlich, wie ihr wisst, die lateinische Form von Odysseus und …« Sie kicherte. »Das schien meiner Mutter angesichts seines Charakters irgendwie passend.«

Gehling blickte von seinem Bildschirm hoch. »Hä?«

»Ulysses konnte überaus beharrlich sein, wenn er seine Salatblätter wollte«, erklärte Zhou im Brustton der Überzeugung. »Ihr wisst schon: so wie Odysseus bei der Belagerung von Troja.«

Gehlings Gesicht spiegelte blanke Verständnislosigkeit, während Em mitleidig den Kopf schüttelte. »Dir ist schon klar, dass du nicht ganz dicht bist, oder?«

»Wieso?«, rief Zhou in gespielter Empörung. »Was hast du gegen eine gute abendländische Allgemeinbildung einzuwenden?«

»Und?«, fragte Em. »Ist der arme Kerl noch am Leben?«

»Leider nicht.«

»Wieso nicht? Habt ihr ihn gegessen?«

Zhous Kohlenaugen füllten sich mit einer Mischung aus Empörung und Amüsement. »Sind *deine* Eltern Mafiosi?«

Ems Grinsen reichte locker von Ohr zu Ohr. »Da bin ich – ehrlich gestanden – nicht ganz sicher. Aber du lenkst vom Thema ab«, setzte sie fröhlich hinzu. »Das machst du immer dann, wenn du …«

»Ulysses ist an Altersschwäche gestorben«, versetzte Zhou. »Mit ungefähr siebenundsiebzig Jahren.«

»Ist das alt?«, fragte Gehling.

»Definitiv nicht so alt wie die Schildkröte auf deinem T-Shirt«, frotzelte Em.

»Das ist keine Schildkröte«, rief Gehling entrüstet. »Das ist Meister Yoda.«

»Nicht widersprechen, sondern recherchieren du sollst«, gebot Em augenzwinkernd. Dann wandte sie sich wieder ihrer Partnerin zu: »Ich gebe zu, dass ich mich mit Schildkröten nicht besonders auskenne«, räumte sie ein. »Aber wenn du einen Hund hast und ihn einen ganzen Abend lang allein zu Hause lässt, weil du, zum Beispiel, ins Theater gehen möchtest …«

»… dann musst du anschließend noch mal mit ihm Gassi gehen«, führte Zhou den Satz zu Ende.

Em streckte triumphierend ihren Zeigefinger aus. »Aber Manuela Zehlen war, wie wir wissen, ziemlich ängstlich.«

Zhou verstand sofort, worauf sie hinauswollte. »Du

denkst, dass sie den Hund in den Garten gelassen hat, um so spät am Abend nicht mehr vor die Tür zu müssen?«

»Meine Tante macht das auch so«, warf Gehling ein, ohne den Blick von seinem Laptop zu heben. »Wenn es regnet oder sie keinen Bock hat, macht sie einfach die Terrassentür auf und lässt den Hund in den Garten pinkeln.«

»Also könnte unser Täter Manuela Zehlen theoretisch auch dort aufgelauert haben«, resümierte Zhou. »Vorausgesetzt, er wusste um ihre Gewohnheiten.«

»Es läuft letzten Endes immer wieder auf dasselbe hinaus«, seufzte Em.

»Nämlich?«, fragte Gehling.

»Dass der Mörder jemand ist, der Manuela Zehlen gekannt oder sie zumindest im Vorfeld der Tat eine Weile beobachtet hat«, erklärte Em.

»Ja«, nickte Zhou. »Womöglich ein Bekannter …«

8

`Kellerverlies, Versteck von Kathrin Stiller`

Als Kathrin Stiller das nächste Mal erwachte, hatte sich etwas verändert. Zwar klebte vor ihren Augen noch immer die tiefe, undurchdringliche Schwärze. Aber sie konnte das Licht spüren. Es lag auf ihrer geschundenen Haut wie ein Schleier, und obwohl sie fror, fühlte es sich fast wie Sonne an …

Im ersten Moment wähnte sie sich wieder am See. Doch nach und nach realisierte sie, was das Licht bedeutete.

Es bedeutete, dass sie nicht länger allein war.

Kaum, dass die unbequeme Erkenntnis ihr Bewusstsein erreicht hatte, hörte sie ihn auch schon atmen. Er stand ganz in ihrer Nähe und hatte den Strahl seiner Taschenlampe direkt auf ihr Gesicht gerichtet.

Er sieht mich an!

Sie merkte, wie sich eine dicke Gänsehaut über ihren Körper breitete. Zugleich begann ihr Puls zu rasen, und das Pochen brachte unvermittelt auch das Gefühl der Luftnot zurück.

Bleib ruhig!

Reiz ihn nicht!

Irgendetwas wird jetzt passieren …

Seine Gelenke knackten, als er neben ihr in die Knie ging. Er trug Handschuhe. Latex. Sie roch es, noch ehe sie eine seiner Hände in ihrem Nacken spürte. Seine Finger waren hart und fest, als er ihren Kopf stützte, während er ihr mit der freien Hand das Klebeband von den Lippen riss.

Sie schmeckte Blut auf ihrer Zunge.

Dann fühlte sie etwas wie Plastik an ihren Lippen. Den Rand eines Bechers.

Er gibt mir zu trinken!

Sie stöhnte leise auf, als erste Tropfen einer geschmacklosen Flüssigkeit ihre ausgedörrte Zunge netzten. Dann musste sie husten.

Er nahm den Becher fort und wartete stumm, bis sie sich beruhigt hatte. Kurz darauf fühlte sie erneut die Wärme seiner Hand in ihrem Nacken. Sie trank gierig, und für einen kurzen Moment vergaß sie sogar, dass er sie dabei beobachtete.

Als der Becher leer war, ließ er ihren Kopf zurück auf den harten Boden sinken.

»Was wollen Sie von mir?« Ihre Stimme klang erschreckend dünn und so fremd, dass sie sie selbst kaum erkannt hätte.

Wie schnell verlernte man das Sprechen?

Wie lange war sie schon hier?

Er antwortete nicht.

Aber nach einer Weile fühlte sie plötzlich wieder eine Bewegung an ihrer Schläfe. Im nächsten Moment wurde die Dunkelheit in zwei Hälften gerissen und ein greller Lichtblitz bohrte sich in ihre Augäpfel.

Der Schmerz war so gewaltig, dass sie erschrocken nach Luft rang.

Sie wurde förmlich aufgespießt von Licht.

Jetzt hat er mir alle Wimpern ausgerissen, war das erste, was sie dachte, und fast hätte sie laut losgelacht. Konnte es wirklich und wahrhaftig sein, dass man im Augenblick höchster Not an etwas so Banales wie Wimpern dachte?

Sie wollte schreien, aber sie hatte nicht das Gefühl, dass ihre Stimme ihr noch einmal gehorchen würde. Also versuchte sie, an den Tränen in ihren Augen vorbei in seine Richtung zu blicken, um wenigstens ein winziges Stück von ihm zu Gesicht zu bekommen. Doch sie konnte noch nicht mal die Hand erkennen, die die Lampe hielt.

Das Licht fraß alle Bilder auf …

9

Rosa-Luxemburg-Straße,
Wagen von Emilia Capelli

»Emilia, ich kann es nicht fassen! Was hast du dir bloß dabei gedacht?«

Em stieß einen unterdrückten Fluch aus. Wann lernte sie endlich, erst auf das Display zu gucken, bevor sie ein Gespräch entgegennahm?

»Hallo, Mama«, entgegnete sie so ruhig und freundlich

wie möglich, wohl wissend, dass ihr das wenig nützen würde. »Wie geht's dir?«

»Machst du WITZE?«

Nein, dachte Em, ganz bestimmt nicht. Laut sagte sie: »Wieso? Ist was passiert?«

»Ob was passiert ist?«, dröhnte es voller Empörung aus dem Lautsprecher. »*Madonna mia santa*! Du fragst mich allen Ernstes, ob etwas passiert ist?«

In solchen Situationen war das Gesündeste, einfach die Klappe zu halten. Also wartete Em geduldig ab, während ihre Mutter eine weitere Tirade feinster italienischer Flüche durch den Äther schickte. Sie endete mit den Worten: »Und darum sag es mir offen und ehrlich: Hast du schon mit deinem Bruder gesprochen?«

»Nicht seit letztem Jahr Weihnachten«, entgegnete Em wahrheitsgemäß, während sich Zhou auf dem Beifahrersitz vergeblich in Luft aufzulösen versuchte.

»Weihnachten?«, schnappte Giulia Capelli. Und mit unüberhörbarem Vorwurf setzte sie hinzu: »Wir haben Oktober.«

»Ja, genau.« Em schenkte ihrer hochrot angelaufenen Partnerin ein entschuldigendes Lächeln. »Es ist Oktober, und wir sind gerade auf dem Weg zu einem Zeugen.«

Doch ihr Zeuge interessierte ihre Mutter erwartungsgemäß nicht die Bohne. »Jenny und Angelo lassen sich scheiden.«

»Ich weiß.«

»DU WEISST DAS?!!!«

Giulia Capellis Fassungslosigkeit war so elementar, dass Zhou automatisch den Kopf einzog. »Wenn du kurz anhältst, würde ich mir gern ein paar Minuten die Füße vertreten oder so«, bot sie schamhaft an.

Doch Em winkte ab. »Kein Problem.«

»Du findest, es ist kein Problem, wenn ich meine Enkelkinder ab sofort nicht mehr sehen darf?«, rief ihre Mutter entrüstet.

»Nein, nein«, widersprach Em. »Ich habe mich nur gerade mit ...«

»Aber was wundere ich mich?« Giulia Capelli war nicht zu bremsen. »Du hattest ja noch nie auch nur den leisesten Hauch von Familiensinn!«

»Falls du damit sagen willst, dass ich nicht auf die Tricks eines selbstgerechten Schleimers reinfalle, nur weil er zufällig mein Bruder ist«, unterbrach Em, »dann hast du vollkommen recht, Mama.«

»*Gelosia*!«, versetzte ihre Mutter.

»Sie sagt, dass ich bloß eifersüchtig bin«, übersetzte Em.

Zhous Porzellanteint färbte sich lila.

»Mit wem redest du da?«, erkundigte sich Giulia Capelli mit typisch sizilianischem Mutter-Argwohn.

»Mit Zhou«, antwortete Em.

»Oh ...« Signora Capellis Stimmfarbe wechselte innerhalb von Sekundenbruchteilen von zutiefst missbilligend zu absolut zuckersüß. »Hallo, Mai! Wie schön! Alles klar bei euch? Wie geht's dir?«

Zhou starrte die Freisprechanlage an, als ob sie geradewegs in den Lauf einer geladenen Waffe blicke. »Tag, Signora Capelli. ... Mir ... äh ... geht's gut, danke.«

Em feixte, als sie sah, dass ihrer Partnerin auch noch ein höfliches »Und Ihnen?« auf den Lippen lag. Doch angesichts der Umstände erschien ihr das offenbar fehl am Platz. Also schluckte die arme Zhou ihre höfliche Rückfrage hinunter und ruderte hilflos mit den Armen.

»*Aaaahhh, bravo! Fantastico*! Freut mich zu hören«, platzte es derweil mit sizilianischem Überschwang aus dem Lautsprecher. »Aber sag doch mal ehrlich ... *È una cosa chiara, vero? Una domanda d'amore!*«

Em bedachte ihre Partnerin mit einem vielsagenden Seitenblick. »Sie meint, es sei eine Frage der Liebe, dass meinem Bruder hin und wieder mal die Hand ausrutscht«, flüsterte sie.

»Ich meine, Partnerschaft, das ist die eine Sache«, fuhr ihre Mutter derweil mit ungebrochener Wucht fort. »Da mische ich mich grundsätzlich nicht ein!«

»Ha!«, entfuhr es Em.

Doch ihre Mutter ignorierte den Einwurf. »Was zwischen zwei erwachsenen Menschen vorgeht«, erklärte sie voller Überzeugung, »geht mich nichts an. Das ist, wie sagt man? *Una questione privata.* ... *Ma i bambini!* ... Ich frage dich, was passiert jetzt mit den Kindern?«

»Hat sie gerade mit mir gesprochen?«, wollte Zhou flüsternd wissen.

»Das ist ihr völlig egal«, entgegnete Em.

»Also, wenn ICH mich jedes Mal hätte scheiden lassen, wenn dein Vater mich betrogen hat«, bemühte Giulia Capelli bereits das nächste Argument, »dann wäret ihr aufgewachsen wie die Waisen!«

Zhous Pupillen wurden weit, während sich der Rest von ihr reichlich unbequem in den Sitz krümelte.

Em stöhnte. »Die Zeiten ändern sich, Mama.«

»Unsinn«, versetzte Giulia Capelli. »Kinder sind Kinder. Und *la famiglia* bleibt *la famiglia*!«

Ein leises Piepsen ihres Smartphones machte Em darauf aufmerksam, dass in diesem Augenblick ein weiterer Anruf einging. »Tut mir leid, Mama«, nutzte sie eine Atempause ihrer Mutter geschickt aus. »Aber ich muss jetzt Schluss machen. Da ist jemand auf der anderen Leitung.«

»Das sagst du nur, weil du keine Lust hast, mit mir zu reden«, schimpfte ihre Mutter.

»Nein, das sage ich, weil jemand auf der anderen Leitung ist«, seufzte Em. »Und das hier ist mein Diensthandy. Da muss ich drangehen.«

»Das weiß ich«, erklärte Giulia Capelli stolz. »Genau deshalb rufe ich dich ja auf diesem Handy an!«

»Ich liebe dich auch, Mama. Wir sprechen ein andermal.« Em drückte das Gespräch kurzentschlossen weg und tippte auf *Anruf annehmen*.

»Capelli.«

»Decker hier.« Die unaufgeregte Stimme ihres Kollegen bildete einen angenehmen Kontrast zu den überbordenden Temperamentsausbrüchen ihrer Mutter.

Em atmete tief durch. »Alex, mein Lieber, wie schön, dich zu hören. Du hast was gut bei mir!«

»Bist du in Ordnung?«, fragte Decker besorgt.

»Vergiss es.« Em grinste. »Was liegt an?«

»Sie haben den Hund gefunden«, kam er umgehend zur Sache. »Er lag ein paar hundert Meter vom Haus der Zehlens entfernt in einem Gebüsch. Der Kadaver wird augenblicklich untersucht. Aber ich kann euch schon jetzt verraten, dass er mehrere Stichverletzungen aufweist.«

»Wie ich's mir dachte«, frohlockte Em. »Der Täter konnte nicht riskieren, dass das Gekläff die Nachbarn weckt. Also hat er sich freie Bahn verschafft.«

»Bleibt die Frage, wie er ins Haus gekommen ist«, sagte Zhou.

»Die Spurensicherung soll sich so schnell wie möglich diesen ganzen verdammten Garten vornehmen.« Em drosselte das Tempo und studierte die Hausnummern auf der linken Straßenseite. »Unser Täter hat sich mit großer Wahrscheinlichkeit eine ganze Weile dort aufgehalten und Manuela Zehlen aufgelauert. Und wenn wir Glück haben, war er dabei nicht ganz so vorsichtig wie oben im Schlafzimmer.«

»Gebe ich so weiter«, versprach Decker, der nicht gerade überzeugt klang. »Sonst noch was?«

Em zögerte. »Haben die Kollegen schon Neuigkeiten zu unserer ermordeten Prostituierten?«

Automatisch wartete sie darauf, dass Decker widersprechen würde. *Sie ist nicht eure Prostituierte …*

Doch die Antwort ihres Kollegen beschränkte sich auf ein bedauerndes: »Leider nicht. Eine Frau, auf die ihre Beschreibung passt, taucht nirgendwo auf. Und es scheint sie auch niemand zu vermissen.«

Die letzten beiden Sätze deprimierten Em. Doch sie kam nicht dazu, lange darüber nachzudenken, denn just in diesem Moment erklärte die sonore Stimme des Navis: SIE HABEN IHR ZIEL ERREICHT. ANKUNFT.

»Da drüben ist es.« Zhou zeigte auf ein weit zurückgesetztes Einfamilienhaus, das fast vollständig hinter hohen Hecken verschwand.

»Nett«, sagte Em, als sie über die moosigen Waschbetonplatten zur Haustür gingen. »Grün und dunkel.«

Zhou lächelte, während der scheppernde Ton der Türklingel in der Stille des Hauses verhallte.

Zuerst dachten sie, es sei niemand zu Hause. Doch dann näherten sich Schritte von der anderen Seite der Tür.

»Ja, bitte?« Das Gesicht der Frau war runzlig, und sie beugte sich mühevoll über einen abgenutzten Gehstock.

»Wir möchten zu Tobias Alberstätt«, erklärte Em. »Frau …?«

»Ich bin seine Mutter«, erklärte die alte Frau mit wachem Blick. »Und mein Sohn ist nicht zu Hause. Darf ich fragen, was Sie von ihm wünschen?«

»Ihr Sohn ist Zeuge in einem Ermittlungsverfahren«, erklärte Zhou in freundlich-neutralem Ton. »Und in diesem Zusammenhang hätten wir noch ein paar Fragen an ihn.«

Die Frau im Türrahmen runzelte die Stirn. »Zeuge? Mein Sohn?«

»Hat er Ihnen nichts erzählt?«

»Nein.« Die Alte schüttelte den Kopf. »Was sollte er mir denn erzählt haben?«

»Dass er im Krankenhaus war, zum Beispiel.«

»Im Krankenhaus?«, wiederholte Tobias Alberstätts Mutter mit einer Mischung aus Unglauben und Misstrauen. »Wann?«

»Heute Nacht«, entschied sich Em kurzerhand für die Wahrheit. »Er war im Wald unterwegs und ist dort über eine Frauenleiche gestolpert. Und eigentlich dürfte er erst gegen Mittag nach Hause zurückgekehrt sein. Falls er zurückgekehrt ist.«

Ihre Gesprächspartnerin schien nicht zu wissen, ob sie scherzte oder ernst meinte, was sie da sagte. »Was ist denn passiert?«

Zhou hielt ihr ihren Dienstausweis unter die Nase. »Kriminalhauptkommissarinnen Emilia Capelli und Mai Zhou von der Abteilung für Kapitaldelikte.«

Die Alte griff nach dem Dokument und studierte es sorgfältig. Dann sah sie wieder Zhou an. »Sind Sie Japanerin?«

»Halbchinesin.«

»Mein Sohn war als Student ein Jahr in Japan«, erklärte die Frau, ohne auf Zhous Korrektur einzugehen. »Er war da an so 'nem Projekt beteiligt.« Ihre faltigen Hände wischten ratlos durch die Luft. »Irgendwas mit Braunalgen, glaub ich.«

Em zog die Brauen hoch. »Algen, sagen Sie?«

»Was weiß ich«, entgegnete Tobias Alberstätts Mutter trotzig. »Ich erinnere mich nur, dass er auf einem von diesen Forschungsschiffen war. Und dass es immer mindestens vier Wochen dauerte, bis meine Briefe ankamen.«

»Aber mittlerweile ist Ihr Sohn eher an Land unterwegs, nicht wahr?«, versuchte Em eine halbwegs elegante Überleitung. Doch die Miene ihres Gegenübers spiegelte blanke Verständnislosigkeit.

»Luchse«, kam Zhou ihrer Partnerin zu Hilfe. »Wir haben gehört, dass sich Ihr Sohn sehr für deren Erhalt einsetzt.«

Ems Augen blitzten amüsiert. *Erhalt!*

Wie nennt man das denn?, gab Zhou stumm zurück. Laut sagte sie: »Für ihr Wohlergehen. Also das der Luchse, meine ich.«

Die Frau starrte sie an, als habe sie den Verstand verloren. »Was meinen Sie?«

Em schenkte ihr ein strahlendes Lächeln. »Ihr Sohn ist aktuell im Tierschutz aktiv, nicht wahr?«

»Ach das.« Sie winkte ab. »Das nehme ich gar nicht ernst. Erst waren's irgendwelche Kröten. Dann Fledermäuse und Wölfe. Und jetzt sind's wohl gerade Luchse. Hauptsache, er hat einen Grund, von früh bis spät durch die Gegend zu fahren und sich um die Arbeit hier im Haus zu drücken.«

Em tauschte einen Blick mit ihrer Partnerin. »Ihr Sohn hält sich demnach viel außer Haus auf?«, griff sie die Steilvorlage dankbar auf.

Die Frau lachte. »Der Tobi hat schon immer gemacht, was er wollte. Und das hat in aller Regel mit Natur und Dreck und irgendwelchem Viechzeug zu tun, das kein Mensch braucht.«

Na, das nenn ich doch mal eine hohe Meinung vom eigenen Sprössling!, dachte Em. »Aber Ihr Sohn wohnt schon hier bei Ihnen im Haus, oder?«, vergewisserte sie sich.

Die Frau im Türrahmen hob gleichgültig die Achseln. »Wenn Sie das wohnen nennen wollen.«

Em wartete, dass sie noch mehr sagen würde.

Doch Tobias Alberstätts Mutter schien sich über irgendetwas geärgert zu haben und blickte stur auf die sauberen Fliesen zu ihren Füßen hinunter.

»Übt Ihr Sohn neben seiner Arbeit für CUSTOLYNCA eigentlich auch noch eine andere Tätigkeit aus?«, fragte Zhou, als ihr die Stille zu unbequem wurde.

»Neben was?«, schnappte die Alte.

»CUSTOLYNCA«, wiederholte Zhou. »Das ist der Verein, der sich …«

Tobias Alberstätts Mutter machte einen drohenden Schritt auf sie zu. Jetzt war alle Freundlichkeit aus ihrer Stimme gewichen. »Was soll das werden?«, fragte sie wütend. »Warum kommen Sie her und stellen mir all diese Fragen?«

»Reine Routine«, wiegelte Zhou eilig ab. »Wir wollten, wie gesagt, nur noch mal kurz mit Ihrem Sohn …«

»Wenn Sie was von Tobi wollen, dann kommen Sie doch einfach wieder, wenn er zu Hause ist«, fiel die Alte ihr unmissverständlich endgültig ins Wort. »Und jetzt entschuldigen Sie mich. Es ist spät, und ich muss meine Tabletten nehmen.«

Sekunden später knallte die Haustür vor den Augen der beiden Kommissarinnen ins Schloss.

»Puh«, stöhnte Zhou. »Das war ja echt erfolgreich.«

»Wo, denkst du, steckt dieser Typ?«, raunte Em, während sie zögernd das Feld räumten.

»Vielleicht brauchte er nach dem Krankenhaus erst mal eine Portion Dreck und Natur«, schlug Zhou halb ironisch, halb ernst vor.

Em deutete mit dem Kinn auf das düstere Haus in ihrem Rücken. »Glaubst du, die Alte hat auch nur die geringste Ahnung, was ihr Sohn so alles treibt?«

Zhou überlegte einen Moment. »Ich glaube, dass sie bedeutend mehr mitkriegt, als sie zugibt.«

»Ist das gut?«, fragte Em.

Ihre Partnerin schürzte die Lippen. »Interessante Frage.«

10

Westhafen, Wohnung von Mai Zhou, Hausflur

»Was, um Himmels willen, tust *du* denn hier?«

»Ich habe auf dich gewartet.« Karel Schubert rappelte sich wenig elegant vom Fußabtreter hoch und hielt Zhou drei ramponierte Papiertüten entgegen. »Ich dachte, wir essen eine Kleinigkeit zu Abend und erzählen uns, wie unser Tag war …«

»Warum hast du mir keine Whatsapp geschrieben?«

»Das hab ich«, entgegnete Karel ohne jeden Vorwurf. »Drei, um genau zu sein.«

»Wirklich?« Zhou zerrte ihr Handy aus der Tasche. Und tatsächlich: Das Display verzeichnete drei neue Nachrichten. »Oh, äh … Das tut mir leid.«

»Kein Problem. Ich dachte mir schon, dass du Stress hast.«

Sie warf ihm einen fragenden Blick zu.

»Die Nachrichten sind voll von dem Mord«, erklärte Karel.

Den Morden, korrigierte Zhou ihn im Stillen.

»Aber gegen übergroßen Stress hilft ein gutes Essen und ein gutes Gespräch mit einem Freund – es sei denn, du bevorzugst wilden und hemmungslosen Sex.« Er grinste wie ein Schuljunge, der ein verbotenes Wort gesagt hatte, während sich Zhou eilig nach den Türen ihrer Nachbarn umsah.

Himmel, noch mal, dieser Kerl hatte eine Art von Humor, die einem echt … Sie stutzte. »He!«

Karel kniff die Augen zusammen. »Was ist?«

»Deine Tüte tropft!«

Das wiederum schien ihn nicht zu wundern, denn er sah nicht mal hin. »Das ist das Eis«, erklärte er, ohne eine Miene zu verziehen.

»Eis?«

»Ja, zum Nachtisch.« Er hob entschuldigend die Hände. »Du weißt, wie sehr ich Sushi und diesen Fisch- und Algenkram schätze. Und seit ich dich kenne, bin ich auch schon deutlich aus dem Hochrisikobereich für erworbene Herz-Kreislauf-Erkrankungen raus. Aber nach diesem kalten rohen Zeug brauche ich immer …«

»… noch was süßes Europäisches zum Ausgleich«, ergänzte Zhou mit einem nachsichtigen Lächeln.

»Ja, genau«, strahlte Karel. »Und was wäre da besser geeignet als gelato italiano, hm?« Als er sah, wie sich ihre Stirn umwölkte, hielt er überrascht inne. »Ist irgendwas?«

»Nein«, entgegnete Zhou hastig. »Mir fiel nur gerade etwas ein.«

»Emilia?«

Sie nickte. »Ja, auch.«

Ungeachtet seiner tropfenden Tüten nahm er ihr galant den Wohnungsschlüssel aus der Hand und schloss die Tür zu ihrem Apartment auf. »Gibt's Probleme?«

»Du meinst zwischen uns?« Zhou schüttelte den Kopf. »Nein, da ist alles bestens. Ich habe nur vorhin zufällig ein Gespräch mitbekommen, das ich lieber nicht gehört hätte.«

Er warf ihr einen interessierten Seitenblick zu, verzichtete aber auf jegliche Rückfrage. Etwas, das ihn in ihrer Achtung enorm steigen ließ.

»Es handelt sich um ein familiäres Problem.«

»Verstehe.«

Sie streifte sich die Schuhe von den Füßen und warf ihre Autoschlüssel auf das Brett neben der Tür. »Hast *du* eigentlich Geschwister?«, fragte sie dann, verwundert, dass sie noch nie darüber gesprochen hatten.

Karel nickte. »Ja. Einen Bruder.«

»Und?«

»Was und?«

»Versteht ihr euch gut?«

Er überlegte einen Moment. »Nein«, sagte er dann. »Nicht wirklich.«

Seine Antwort überraschte sie, denn trotz der Kürze ihrer Bekanntschaft war sie zu dem Schluss gekommen, dass sie noch nie einen derart umgänglichen, unkomplizierten und ausgeglichenen Menschen getroffen hatte wie Karel Schubert. Und allein die Vorstellung, dass er mit irgendjemandem nicht klarkam, schien ihr völlig absurd.

Er bemerkte ihre Verwunderung und lachte. »Versteh mich nicht falsch, meine Eltern finden meinen Bruder absolut toll. Viel toller als mich, übrigens. Allerdings … wie soll ich das ausdrücken? … ändert das nichts an der Tatsache, dass er schon immer ein verlogener, arschkriecherischer und hinterhältiger Schleimbeutel gewesen ist.«

Zhou riss die Augen auf. Irgendwie erwartete sie, dass er in schallendes Gelächter ausbrach, »Joke!« oder »just kiddin'!« rief und ihr anschließend erklärte, sein Bruder sei der beste Kumpel, den man sich wünschen könne.

Doch er tat nichts dergleichen, sondern leckte sich nur hingebungsvoll die zerschmolzenen Eisreste von den Fingern.

»Tut mir leid«, sagte Zhou. »Ich wollte dir nicht …«

»Oh, keine Sorge, du bist mir keineswegs zu nahegetreten.« Jetzt grinste er wieder sein schelmisches Jungen-Grinsen. »Ich meine, ich hatte keine schreckliche Kindheit oder so. Ganz und gar nicht. Ich bin einfach nur der Ansicht, dass man sich nicht zwangsläufig mögen muss, bloß weil man miteinander verwandt ist.«

Zhou lächelte. Klang ganz so, als ob Em und er trotz ihrer höchst unterschiedlichen Herkunft ein sehr ähnliches Fazit gezogen hätten!

Schubert verteilte derweil Bambusschälchen mit Reis, Tamagoyaki, eingelegtem Gemüse und getrockneten Kürbisstreifen auf dem Couchtisch. »Und bei dir?«

»Viel zu tun«, antwortete Zhou.

»Wurde eure Lehrerin eigentlich auch vergewaltigt?«, wollte Karel mit unverblümter Neugier wissen.

»Wohl nicht.« Zhou ließ sich neben ihn auf die Couch fallen und seufzte. »Das Problem ist, dass die Sache trotzdem ziemlich pervers daherkommt.«

Karel wickelte zwei Pappbecher mit Eis aus, allerdings sahen die Kugeln inzwischen eher nach Milchshake aus. »Ich hab ein paar Gerüchte gehört«, räumte er ein. »Und die klangen, ehrlich gesagt, nicht gerade beruhigend.«

Zhou blickte nachdenklich in ihre Reisschale. »Was für eine Bedeutung hat eigentlich gemeinhin ein Daumen?«

Er hob den Blick. »Du meinst den Finger?«

»Genau«, nickte Zhou, und als sie den fragenden Ausdruck in seinen Augen bemerkte, fügte sie hinzu: »Der Täter hat ihr einen abgeschnitten. Genauer gesagt: den Daumen der linken Hand. Und ich wüsste sehr gern, was er damit bezweckt hat.«

Noch immer hatte sie Skrupel, mit einem Unbeteiligten über Details ihrer Arbeit zu sprechen. Erst recht während laufender Ermittlungen. Auf der anderen Seite schätzte sie Karels Meinung höher als die der meisten anderen Menschen. Ganz abgesehen davon, dass er als Anwalt auch wusste, wie er mit derart heiklen Informationen umzugehen hatte.

»Ich gebe zu, vom kannibalistischen Standpunkt her, ist ein Daumen eher unergiebig«, bemerkte er mit der ihm eigenen Trockenheit.

»Idiot!«, lachte Zhou. »Aber, um ehrlich zu sein: Dasselbe habe ich mir auch schon gesagt. Deshalb interessiert es mich ja auch so sehr, was so ein Daumen sonst noch für eine Bedeutung haben könnte.«

»Wie kommst du auf die Idee, dass ich so etwas weiß?«

Sie zuckte die Achseln. »Weil du geradezu himmelschreiend abergläubisch bist und jede Menge unnützes Wissen mit dir rumschleppst.«

Karels Milchbubi-Stirn zog sich zu einer Reihe von eindrucksvollen Falten zusammen. »Ist das ein Kompliment?«

»Nein.«

»Dachte ich mir.« Er grinste. »Na schön. Lass mich nachdenken. Daumen … Ja. Jetzt, wo du's sagst: Das erinnert mich tatsächlich an etwas.«

Zhou warf ihm einen fragenden Blick zu.

»Es hatte mit dieser Novelle zu tun, die wir gelesen haben«, erklärte Karel. »Damals in der Schule. Ich bin nicht sicher, ob es tatsächlich eine Novelle war …« Zhou machte eine wegwerfende Handbewegung. »Aber sie war von Theodor Storm, ich glaube, sie hieß: Im Brauerhause.«

»Und?«

Oh, Mann! Dieser Kerl konnte einen echt auf die Folter spannen!

»In der besagten Geschichte greift Storm einen alten Aberglauben auf«, erklärte Karel, »der besagt, dass der Daumen eines Gehenkten seinem neuen Besitzer zu großem Erfolg in allen geschäftlichen Angelegenheiten verhilft, wenn er unter die Türschwelle oder – falls der Besitzer ein Gastwirt ist – in ein Bier- oder Weinfass gelegt wird.«

»Himmel!« Zhou, die gerade ein Stück Kürbis zum Mund führen wollte, ließ unwillkürlich die Stäbchen sinken. »Das ist ECHT eklig!«

»Unappetitlich, zugegeben«, grinste ihr Freund. »Aber angeblich soll sich ein Wirt, der Getränke aus einem auf derlei Weise präparierten Fass ausschenkt, vor Gästen nicht retten können.«

»Ich glaube kaum, dass unser Täter einen wie auch immer gearteten geschäftlichen Profit im Sinn hatte«, wandte Zhou halb lachend, halb ernst ein

»Dann kann ich dir auch nicht helfen.« Karel schob in gespielter Beleidigung die Unterlippe vor. »Das Einzige, was ich sonst noch über Daumen weiß, ist, dass sie im Volksglauben eine gewisse Rolle spielen.«

»Du meinst die Redensart vom Daumendrücken?«

»Ja, zum Beispiel«, nickte Karel. »Außerdem habe ich mal irgendwo gelesen, dass man einem Menschen Geheimnisse entlocken kann, wenn man nachts während des Schlafens seinen Daumen hält.«

»Ernsthaft?«

Er nickte. »Ich hab's noch nicht ausprobiert. Aber es soll funktionieren.«

»Aha.«

»Hilft dir das weiter?«

Zhou schüttelte den Kopf. »Ich fürchte nein«, sagte sie. Und doch hatte sie das Gefühl, dass seine skurrile Aufzählung etwas in ihr bewirkt hatte.

II

Bahnhofsviertel, Beratungsstelle „Big Sister"

»Einen wunderschönen guten Abend, die Dame.«

Melanie Schneider ließ ihre Gemüsekiste sinken und schob sich eine ritzerote Locke aus der Stirn. »Heilige Scheiße, Em! Was tust du denn hier?«

»Ich brauche deine Hilfe.«

»Um Gottes willen …«

Em grinste. »Wieso?«

»Als du das letzte Mal gesagt hast, du brauchst meine Hilfe, konnte ich danach zwei Wochen nicht sitzen.«

»Das überbewertest du jetzt«, wiegelte Em ab.

»Und außerdem dürftest du streng genommen gar nicht hier sein.« Melanie Schneider, die von allen seit jeher nur Mellie gerufen wurde, zeigte auf das Schild an der Wand:

ZUTRITT NUR FÜR PERSONAL

»Im weitesten Sinne bin ich Personal«, verteidigte sich Em. »Immerhin arbeiten wir für dieselben hehren Ziele.«

»Na, das wüsste ich!« Mellie wandte sich ab, doch Em sah, dass sie lachte.

Sie hatten eine halbe Ewigkeit gebraucht, bis sie einen Umgangston gefunden hatten, mit dem sie beide klarkamen. Und noch immer fühlte Em ein leises Unbehagen, wenn sie mit ihrer alten Klassenkameradin zu tun hatte.

Als Zehnjährige hatten Mellie und sie bei einem unerlaubten Ausflug in den Wald die Leiche eines kleinen Jungen gefunden, und Mellie hatte ihren Schock über die unerwartete Begegnung mit dem Tod lange nicht verwunden. Mehr noch: Zu Ems Entsetzen war ihr Leben in den folgenden Jahren komplett aus den Fugen geraten, und Em hatte sich die bittersten Vorwürfe gemacht, weil sie ihre Freundin einst zu dem fatalen Ausflug überredet hatte.

Mellie wiederum hatte Ems schlechtes Gewissen weidlich ausgenutzt. Sie war in die falschen Kreise geraten, und Em hatte sie gedeckt. Selbst dann noch, als ihre alte Freundin längst eine berechnende, drogensüchtige Kleinkriminelle mit verfaulten Zähnen gewesen war, die ihre angeblichen Beziehungen zur Polizei für allerlei krumme Touren missbrauchte. Doch irgendwann hatte Em erkannt, dass bedingungsloses Verständnis nicht der richtige Weg war, um Mellie aus dem Sumpf ihres Lebens herauszuziehen, und sie hatte die offene Konfrontation gesucht.

An diesem Abend hatten sie sich geprügelt. Nicht halbherzig, wie man es Frauen nachsagt, sondern buchstäblich mit allen zur Verfügung stehenden Mitteln. Es war ein schmutziger, blindwütiger Kampf gewesen, eine Art Generalabrechnung ihres bisherigen Lebens, und noch heute begriff Em nicht restlos, was in jener Nacht wirklich geschehen war. Fest stand nur, dass ihre Auseinandersetzung in Mellie irgendeinen Schalter umgelegt hatte, denn sie war auf Entzug gegangen, hatte sich eine Wohnung organisiert, ihre Zähne richten lassen und schließlich bei »Big Sister« angefangen, einer psychosozialen Beratungsstelle für Prostituierte.

»Hier!« Mellie drückte ihr ein Messer und eine Schüssel mit Kartoffeln in die Hand. »Wo du schon mal da bist, kannst du dich auch nützlich machen!«

»Klar.« Em kletterte auf einen der Barhocker, die vor der schmalen Theke standen, und begann zu schnippeln. »Kein Problem.«

»Also?«, fragte Mellie, während sie gewissenhaft die Kühltheke auswischte. »Was führt dich in diese abgewrackten Hallen? Und sag jetzt bloß nicht, dass du einfach mal wieder Sehnsucht nach mir hattest!«

Em seufzte. »Vergangene Nacht ist ein Mann im Taunus über die Leiche einer Frau gestolpert.«

Ihre alte Klassenkameradin blickte flüchtig auf. »Eine Prostituierte?«

»Davon gehe ich aus«, nickte Em. »Wir haben ihre Beschreibung durch sämtliche Datenbanken gejagt. Bislang kein einziger Treffer.«

»Komisch, aber ich hätte geschworen, dass du mit dem Mord an dieser Lehrerin befasst bist.« Mellies Kinn wies auf die Wand, wo ein reichlich altertümlicher Flachbildfernseher hing. »Die Geschichte kam vorhin in den Nachrichten. Und wie es scheint, schlägt sie ziemlich Wellen.«

»Tja«, räumte Em ein. »Genau genommen ist die Sache mit der Lehrerin tatsächlich unser Fall.«

Ihre alte Freundin stutzte. »Gibt es da einen Zusammenhang?«

»Nein.«

»Erzähl mir nichts!« Mellies Rotschopf beugte sich weit über die Theke. »Du bist verdammt gut in deinem Job. Aber selbst du hast nie und nimmer zwei Fälle dieses Kalibers zur selben Zeit.«

Em bearbeitete unwillig ihre Kartoffel. »Ich hatte die Prostituierte, bis die Lehrerin gefunden wurde. Seither kümmern sich zwei Kollegen um sie.«

»Und warum konzentrierst du dich dann nicht auf die Lehrerin?«

»Weil ich …« Em ließ das Messer sinken und fuhr sich entnervt durch die Locken. »Herrgott, die Sache kommt mir komisch vor, okay? Keine Ahnung warum. Irgendwas ist seltsam.«

Ihr Gestammel lockte Mellie endlich hinter der Theke hervor. »Hast du ein Foto von der Frau aus dem Wald?«

Em nickte und zog ihr Tablet heraus. »Du weißt natürlich, dass ich dir das eigentlich gar nicht …«

»Quatsch nicht!« Mellie griff nach dem Gerät und betrachtete das geschundene Gesicht der unbekannten Toten mit starrer Miene. »Ach, du Schande«, murmelte sie, während sie sich – ohne um Erlaubnis zu fragen – weiter durch den Ordner mit den Tatort-Fotos scrollte. »Was für ein krankes Arschloch war *das* denn?«

Em beobachtete ihre alte Freundin schweigend, und völlig unvermittelt kam ihr der tote Junge wieder in den Sinn, den sie gefunden hatten, als sie zehn Jahre alt gewesen waren. Zeit, dachte sie schaudernd, ist schon eine seltsame Sache. Sie bewirkt, dass wir das gleiche Grauen, das uns noch vor ein paar Jahren aus der Bahn geworfen hat, hier und heute ohne mit der Wimper zu zucken ertragen …

»Heilige Scheiße, was ist das hier?«

Em sah hoch und stellte voller Schrecken fest, dass Mellie ein Foto von Manuela Zehlens zerstörtem Oberkörper hochhielt.

»Das gehört zu dem anderen Fall«, entgegnete sie hastig.

»Ja, Schätzchen.« Ihre alte Schulfreundin verdrehte die Augen. »Das sehe ich. Aber ob du's glaubst oder nicht: Dieses komische Zeichen hier …«, ihre Finger wischten über das Display, um den Ausschnitt zu vergrößern, »habe ich schon mal gesehen!«

Em starrte sie an. »Du meinst den X-Schnitt unterhalb des Bauchnabels?«

Mellies rote Locken wippten, als sie nickte. »Der Typ hieß Kaspary. Ist 'n paar Jahre her, aber auf der Straße hatten alle eine Scheißangst damals.«

»Davon habe ich gehört«, räumte Em ein.

Mellie sah sie fragend an.

»Die Kollegin von der Rechtsmedizin hatte dieselbe Assoziation«, erklärte Em, während vor ihrem inneren Auge unvermittelt wieder der Wald aufblitzte. Finstere Blätter, von denen Regen tropfte. Und die ausgemergelte junge Frau mit dem zerfransten Haar …

Gibt es da einen Zusammenhang?

Als sie spürte, dass Mellie sie noch immer anschaute, fragte sie: »Waren Kasparys Opfer auch Prostituierte?«

Ihre Freundin verneinte. »Das nicht. Aber der Fall kam uns trotzdem ziemlich nahe, weil Kaspary fast immer in Parks oder Unterführungen zuschlug. Also überall dort, wo du in Ruhe einen Freier bedienen, dir einen Schuss setzen oder einfach übernachten kannst.« Sie hob die Schultern.

Stimmt, dachte Em mit einem Anflug von Verwunderung. Sie war ja selbst mal eine Prostituierte …

Mellies glockenhelles Lachen unterbrach ihren Gedankengang. »Du solltest mal dein Gesicht sehen!«

»Versteh mich nicht falsch«, sagte Em, »aber für mich bist

du zu keinem Zeitpunkt deines Lebens ein Junkie oder eine Hure gewesen. Du warst immer die kleine rote Mellie von nebenan.«

Über das sommersprossige Gesicht ihrer Freundin huschte ein Lächeln. »Ist ja nicht das Verkehrteste«, brummte sie. »Aber um auf dein Thema zurückzukommen: Dieser X-Schnitt da auf deinem Foto war das Markenzeichen von diesem Scheißkerl. Er ritzte es jedem seiner Opfer in die Bauchdecke. Aber das wurde von deinen Kollegen damals fein säuberlich unter Verschluss gehalten, obwohl die Opfer allesamt … Wie nennt man das?« Sie suchte eine Weile nach dem richtigen Wort. »Ja, genau: unbescholten. Die Frauen, die Kaspary vergewaltigte, waren völlig unbescholten.«

So wie Manuela Zehlen, dachte Em unbehaglich. »Und woher weißt *du* von Kasparys Markenzeichen?«

»Weil ich das letzte Opfer gekannt habe.« Mellie blickte gedankenverloren an ihr vorbei, Richtung Tür. »Jeanette Altmaier. Das ist die, die gestorben ist.«

Der letzte Satz krallte sich in Ems Bewusstsein fest wie eine Dornenranke.

Das ist die, die gestorben ist …

»Jeanette war Kellnerin im *Lucky Parrot*«, erklärte Mellie unterdessen. »Das ist übrigens ganz bei dir in der Nähe, direkt gegenüber vom Güntersburgpark.«

Em zuckte die Achseln. Der Name sagte ihr nichts. Doch das musste nichts heißen. Sie war keine Kneipengängerin, und wenn sie nach Dienstschluss ausnahmsweise noch etwas trinken wollte (was selten genug vorkam), dann ging sie am liebsten ins *Penny Lane*. Dorthin, wo sie ihre Kollegen traf.

Leute, die sie kannte.

»Ich war da hin und wieder mal, obwohl der Laden eigentlich viel zu schick war für mich damals.« Mellies Gesicht wirkte beinahe verklärt von Erinnerung. »Aber der Besitzer war der Bruder eines Bekannten, und da konnten wir ab und zu mal was abstauben, wenn du verstehst, was ich meine.« Sie zwinkerte Em zu. »Jedenfalls war Jeanette eine echte Seele von einem Menschen. Du weißt schon, so eine, die dich nicht gleich wie den letzten Dreck behandelt, bloß weil du keine Wohnung hast und immer dasselbe T-Shirt trägst ...« Für einen flüchtigen Augenblick wurden ihre Züge hart. Doch sie fing sich schnell. »Hat mir irre leidgetan, was mit ihr passiert ist«, fuhr sie fort. »Zumal wir ein paar Tage vorher noch über diesen Scheißkerl geredet hatten.«

Das überraschte Em. »Wirklich?«

»Also nicht über ihn direkt«, setzte Mellie einschränkend hinzu. »Aber Kaspary hatte damals schon mehrfach in Grünanlagen zugeschlagen, und ich weiß noch, dass ich zu Jeanette sagte: Geh bloß nicht durch den Park, wenn du Spätschicht hast. Nicht, solange dieser Kerl da draußen rumläuft.«

»Aber sie hat sich nicht daran gehalten?«, fragte Em.

»Leider nein.« Mellie stieß einen Seufzer aus. »Sie hatte eine kleine Wohnung in der Comeniusstraße. Und wenn sie den Weg durch den Park nahm, sparte sie mindestens eine Viertelstunde. Das ist verdammt viel, wenn du einen Sechzehn-Stunden-Tag hinter dir hast!«

Ems Augen streiften Mellies Gesicht, dem man die Spuren jahrelangen Drogen- und Alkoholmissbrauchs in keiner Weise ansah. »Stimmt es, dass man Kaspary letztendlich wegen des Mordes an Jeanette Altmaier drangekriegt hat?«

»Das war das einzig Gute an der ganzen Sache«, nickte Mellie. »Dass sie ihn wenigstens gekriegt haben, meine ich. Das ... Ich glaube, das hätte Jeanette gefreut.« Sie räusperte sich und griff wieder nach ihrem Lappen. »Ich hab's mir übrigens nicht nehmen lassen, ein- oder zweimal im Gerichtssaal vorbeizuschauen, als sie ihm den Prozess gemacht haben«, erklärte sie. »Ich meine, du weißt ja, wie ich damals drauf war. Aber das … Das war ich Jeanette irgendwie schuldig, fand ich.«

»Und?«, fragte Em voller Neugier. »Welchen Eindruck hattest du von dem Mann?«

Ihre alte Freundin ließ sich extrem lange Zeit mit ihrer Antwort. »Er hat gesagt, er war's nicht.«

»Tun sie das nicht alle?«

»Nein, nein«, Mellie schüttelte den Kopf. »Es war nicht so, dass er grundsätzlich geleugnet hätte. Im Gegenteil: Auf manches schien er regelrecht stolz zu sein.« Sie verzog das Gesicht. »Nur mit dem Mord an Jeanette wollte er partout nichts zu tun haben. Er wurde regelrecht wütend, sobald die Rede darauf kam.«

Em musste wieder an Dr. Bechsteins merkwürdiges Verhalten denken. »Glaubst du, dass sie damals den Falschen drangekriegt haben?«, fragte sie geradeheraus.

»Ich bin nicht sicher«, sagte Mellie nach langem Nachdenken. »Ich fürchte, ich bin auch nicht wirklich objektiv.« Ihr Blick wurde eindringlich. »Aber bevor du hier einen falschen Eindruck mitnimmst, möchte ich dir noch etwas sagen, das du niemals vergessen solltest, ganz egal, was du vielleicht rausfindest …« Sie atmete tief durch: »Dieser Frank Kaspary war das perverseste Arschloch, das mir jemals untergekommen ist. Und das will, weiß Gott, einiges heißen!«

Em rutschte von ihrem Hocker und nahm ihr Tablet von der Theke. »Danke, dass du dir die Zeit genommen hast.«

»Keine Ursache.« Mellie hob den Blick. »Und was deine unbekannte Tote aus dem Wald angeht …«

»Ja?« Em hielt hoffnungsvoll inne.

»Da hinten in der Ecke steht ein Drucker.« Ihre alte Freundin wies auf einen Tisch in Ems Rücken. »Und das Kabel fürs Smartphone muss da eigentlich auch irgendwo rumliegen. Also lass mir einfach ihr Foto da, und ich melde mich, sobald ich was höre.«

»Du bist ein Schatz«, sagte Em.

»Ich weiß«, entgegnete Mellie. »Und jetzt schieb endlich ab, ich hab noch zu arbeiten!«

12

Kellerverlies, Versteck von Kathrin Stiller

Die ganze Zeit über sprach er kein einziges Wort, und allmählich beschlichen sie Zweifel, ob er überhaupt noch da war. Dann allerdings bewegte sich der Lichtkegel, und sie wusste, dass er sie beobachtet hatte.

Der Strahl der Taschenlampe senkte sich und blieb auf dem Boden liegen.

Gleich darauf hörte sie, wie er einen Reißverschluss aufzog.

Seine Hose!, durchfuhr es sie mit tausend Nadelstichen. Dieses elende Dreckschwein will mich vergewaltigen!

Sie krümmte sich, wohl wissend, dass ihr das nicht viel nützen würde. Aber wenigstens gewöhnten sich ihre Augen allmählich wieder an das Sehen: Der Mix aus Hell und Dunkel um sie herum bekam langsam, aber sicher Konturen. Dort, wo seine Lampe hinleuchtete, blitzte Rauputz auf. Fugen und bröckliges Mauerwerk.

Sie runzelte die Stirn. Das hier war tatsächlich ein Verlies!

Seine Schritte kamen auf sie zu, und sie fühlte, wie sie an den Beinen gepackt wurde. Sie hörte ein Ratschen, das sie nicht einordnen konnte. Und als sie endlich verstanden hatte, dass er das Klebeband von ihren Knien und Fußknöcheln schnitt, krachten ihre leblosen Beine bereits zu Boden.

Ein dumpfer Schmerz durchflutete ihre Knochen, und sie konnte nicht länger an sich halten. Ihr Schrei hallte von den kahlen Wänden wider, hohl und gänzlich sinnlos.

»Du kannst ruhig schreien.«

Sie zuckte.

Dieselbe Stimme!

Sie erkannte sie sofort. Er sprach leise, ohne sanft oder gar zaghaft zu klingen. Im Gegenteil: Es lag eine gespenstische Souveränität in dieser Art zu reden. Die furchtbare Gewissheit, dass sie ihm auf Gedeih und Verderb ausgeliefert war.

Der Gedanke ließ sie erstarren. Zugleich fiel ihr jetzt auf, dass er sie umgezogen hatte: Ihre Jeans war verschwunden, ebenso Schuhe und Strümpfe.

Stattdessen trug sie etwas unten Offenes. Ein Nachthemd vielleicht.

Oder irgendeine Art Kaftan.

Sie schluckte.

Ihre nackten Beine leuchteten weiß im Schein seiner Taschenlampe. Sie sahen verdreht aus, aber sie spürte trotzdem zum ersten Mal seit langem, dass sie noch zu ihr gehörten. Dass sie durchblutet waren, lebendig – und vielleicht irgendwann sogar wieder beweglich.

An ihrem Knie klebte getrocknetes Blut.

Ihr Blick glitt ängstlich ein Stück höher. Unter dem Kaftan schien alles intakt zu sein. Doch ganz sicher war sie nicht.

Als Nächstes versuchte sie, den Kopf zu drehen. Aber er hatte sich wieder zurückgezogen. Ins Dunkel hinter das Licht. Sie hörte, wie etwas über den Boden geschleift wurde. Dann ein Rascheln, gefolgt von einem leisen Plätschern.

»Hier!«

Er kam zurück, und die muffige Kühle des Kellers füllte sich unvermittelt mit einem neuen Geruch. Er war verstörend intensiv und entströmte der Plastikschale, die in diesem Moment aus der Dunkelheit vor ihr auftauchte.

Er packte sie bei den Schultern und richtete sie etwas auf. Dann hielt er ihr die Schale unter die Nase. Und endlich identifizierte ihr Gehirn nun auch den Geruch: Was er ihr da hinhielt, war Hühnerbrühe!

Sie wollte nicht essen, aber aus irgendeinem unerfindlichen Grund hatte sie das Gefühl, dass es ihn provozieren würde, wenn sie es verweigerte. Und das durfte sie auf keinen Fall!

Ganz abgesehen davon: War es nicht ein gutes Zeichen, dass er sie mit Wasser und Nahrung versorgte? Immerhin bedeutete das doch wohl, dass er noch etwas mit ihr vorhatte, oder? Dass er sie am Leben lassen würde …

Er hätte mich längst töten können, dachte sie, und die Erkenntnis erfüllte sie mit leiser Zuversicht.

Sie öffnete die Lippen und hoffte inständig, dass er ihr den Ekel nicht ansah. Dann ließ sie zu, dass er die Brühe, die nicht sehr heiß war, in ihren Rachen schüttete.

Die salzige Flüssigkeit brannte in ihrem leeren Magen, und es wunderte sie selbst, dass sie überhaupt bei sich behielt, was er ihr einflößte.

Irgendwann setzte er die Schale ab.

»Haben Sie eigentlich schon …« Sie hustete. In ihrer Kehle schien eine Glasscherbe zu sitzen. »Haben Sie Kontakt zu meinen Eltern?«

Schweigen.

»Warum bin ich hier?«, versuchte sie es ungeachtet der Schmerzen, die ihr das Sprechen bereitete, noch einmal. »Es wäre toll, wenn Sie mir … Bitte sagen Sie mir doch wenigstens, was Sie von mir wollen.«

Er antwortete nicht, sondern schob ihr etwas in den Mund, das sich wie eine Kapsel anfühlte.

Und jetzt wehrte sie sich doch. Jetzt musste sie sich wehren. Sie konnte unmöglich zulassen, dass er ihr … Ja, was eigentlich? Drogen gab? Gift? Was, zur Hölle, passierte hier gerade mit ihr?

Ihr Herz hämmerte, während sie verzweifelt versuchte, den Kopf gegen den Widerstand seiner Hand zur Seite zu drehen. Weg von der Kapsel, die zwischen seinen Fingern klemmte wie eine Drohung. Sie bäumte sich auf und spuckte, aber seine Latexfinger zwangen ihre blutenden Lippen auseinander.

»Los! Friss das!«

NEIN!

Mit aller Kraft presste sie die Zähne aufeinander. Ihr Kiefergelenk knackte. Aber es gelang ihr, den Mund geschlossen zu halten.

Er zögerte. Aber nur kurz. Dann grub er seinen Daumen in die offene Wunde über ihrem Auge.

Der Schmerz war infernalisch. Als ob sich ein Rasiermesser direkt in den Knochen bohre. Stöhnend gab sie auf und schluckte die Kapsel hinunter, doch die Gelatinehülle blieb irgendwo auf halber Strecke in ihrer Speiseröhre stecken.

Sie begann zu würgen.

Ihr Peiniger schnalzte missbilligend mit der Zunge und rammte ihr die Öffnung einer Plastikflasche in den Mund. »Noch zu blöd, um zu schlucken!«

Kühles Wasser füllte ihren Mund, und sie hustete.

Schluck!

Sonst erstickst du …

Die Anstrengung trieb ihren Puls noch weiter in die Höhe. Blut schoss ihr in den Kopf, die Wunde über ihrem Auge pochte. Und im selben Moment, in dem er die Flasche absetzte, traf sein Tritt sie gegen den Brustkorb. Tränen platzten aus ihren Augen, bevor sie Gelegenheit hatte, auch nur einen einzigen Laut von sich zu geben.

Und plötzlich sah sie ein Messer vor sich.

Schluss. Aus.

Jetzt bringt er dich um!

Doch er durchschnitt nicht ihre Kehle, sondern nur das Klebeband, das ihre Arme zusammenhielt. Kurz darauf fühlte sie etwas Metallisches an ihrem rechten Handgelenk. Mit tränenden Augen sah sie an ihrem Arm hinab, der wie von selbst in die Höhe flog, und erst jetzt bemerkte sie den Eisenring in der Wand. Er befand sich etwa einen Meter über dem Fußboden. Dorthin führte er ihre hilflose Hand, die plötzlich an einer Stahlkette hing, und befestigte das Schnappschloss am Ende ihrer Fessel in der Halterung.

»So!« Er hielt inne.

Sie konnte sein Gesicht nicht sehen, doch sie hatte das unbestimmte Gefühl, dass sich sein Blick auf ihre Fingernägel richtete.

Sie kniff die Augen zusammen, aber sie konnte nichts Auffälliges feststellen. Ihre Hände waren nicht einmal nennenswert verletzt.

Er schien kurz zu zögern, dann verschwand er in der Dunkelheit hinter dem Licht.

Sie hörte wieder den Reißverschluss, und unwillkürlich suchten ihre Augen wieder die Plastikschale, die er auf dem Boden abgestellt hatte.

Doch die Schale war verschwunden …

An ihrer Stelle stand ein breitrandiges Holzgefäß auf dem rohen Beton.

Während sie noch überlegte, was das bedeuten konnte, merkte sie, dass sich das Licht, das ihn begleitete, auf dem Rückzug befand.

»Warten Sie!« Sie versuchte, auf die Knie zu kommen, aber ihre Beine wollten ihr nicht gehorchen. »Gehen Sie nicht weg!«

Aus der Dunkelheit kam etwas auf sie zugeflogen. Es schien nicht besonders schwer zu sein und fiel eine knappe

Armlänge neben ihr zu Boden. Dann folgte ein zweiter Gegenstand. Und noch einer.

Im schwächer werdenden Licht seiner Taschenlampe erkannte sie dunklen Stoff. Ein Kleidungsstück vielleicht. Oder eine Decke.

Gleich darauf hörte sie, wie er eine Tür öffnete.

»Lassen Sie mir das Licht da!«, rief sie ihm nach. »Bitte! Wenigstens das Licht …«

Doch wie zuvor erhielt sie keine Antwort.

Im nächsten Moment krachte die schwere Tür hinter ihm ins Schloss.

DREI

Was wäre denn der Künstler,
wenn ihn gleich jeder Narr verstünde?

(Adalbert Stifter)

I

Polizeipräsidium, Abteilung für Kapitaldelikte, Besprechungszimmer

Am nächsten Morgen kamen sie zu einer Besprechung im Konferenzraum der Abteilung zusammen. An der großen Magnetwand hatte Capelli umfangreiches Fotomaterial angepinnt: das blutgetränkte Bett des Ehepaars Zehlen. Manuela Zehlens Leiche. Nahaufnahmen ihrer Verletzungen, der Stiefeletten und … Zhou schauderte … des blutverkrusteten Stumpfs, der einst ein Daumen gewesen war.

Dr. Bechstein war persönlich erschienen, um ihren Obduktionsbericht zu präsentieren. Etwas, das sie Zhous Wissen nach noch nie getan hatte. Zunächst beschrieb sie detailliert die Verletzungen, die der Mörder Manuela Zehlen zugefügt hatte: Fraktur des Nasenbeins. Doppelter Jochbeinbruch. Zahlreiche vitale Schnittwunden, zum Teil nur wenige Millimeter tief. Dazu insgesamt sechzehn Stiche im Bereich des Abdomens. Und zwei weitere direkt in den Brustkorb.

»Todesursächlich«, schloss die Rechtsmedizinerin, »war ein doppelseitiger Pneumothorax infolge der genannten Stichverletzungen. Sie wurde nicht vergewaltigt und hatte vor ihrem Tod auch keinen einvernehmlichen Sex.«

Makarov erhob sich von seinem Stuhl an der Stirnseite des Tisches und ging langsam zum Fenster. »Was hat die Auswertung der Spuren am Tatort ergeben?«

»Der Mörder ist sehr vorsichtig gewesen«, berichtete Zhou, die vor wenigen Minuten noch mal mit Marco Fiebig telefoniert hatte. »Die Kordel, mit der die Beine des Opfers zusammengebunden waren, wies keinerlei Anhaftungen auf. Und das Paketklebeband, mit dem Manuela Zehlen während ihres Martyriums gefesselt war, hat er gleich wieder mitgenommen. Genau wie die Mordwaffe.«

»Wieso?«, fragte eine schmatzende Stimme aus der Ecke neben der Tür.

Zhou wandte sich um und entdeckte Gehling, der sich auf dem Tisch mit dem Drucker niedergelassen hatte. »Wieso was?«

Ihr junger Kollege schob seinen Kaugummi aus dem Weg, um sich besser artikulieren zu können. »Wieso hat der Täter das Klebeband mitgenommen und die Kordel dagelassen?«

Seine Frage erwischte sie kalt. »Keine Ahnung«, erwiderte sie, bemüht, sich ihre Verärgerung nicht anmerken zu lassen. »Vielleicht hat er befürchtet, dass sich an einem Klebeband leichter DNA-Spuren nachweisen lassen.«

»Hm«, machte Gehling, aber er klang nicht überzeugt.

»Hast du eine bessere Idee?«, ging Zhou kurzerhand zum Angriff über, bevor er sie noch mehr in die Bredouille brachte.

Der junge Kollege hob abwehrend die Hände. »Nein, nein. Ich wollte nur …«

»Aber ich«, unterbrach ihn Capelli.

Zhou warf ihrer Partnerin einen überraschten Blick zu. »Nämlich?«

Anstelle einer Antwort wandte sich Capelli wieder an Dr. Bechstein: »Die Stichkanäle beweisen, dass Manuela Zehlen während ihres Martyriums auf dem Rücken lag, nicht wahr?«

Die Rechtsmedizinerin nickte. »Ja, eindeutig.«

Capelli griff nach der Fernbedienung des Beamers und projizierte eine Großaufnahme des Tatorts an die Wand. »Mit anderen Worten: Die Frau wurde erst *nach* ihrem Tod in jene halb aufrechte Position gebracht, in der wir sie gefunden haben.«

»Ja und?«, fragte Makarov.

»Sehen Sie sich die Haltung ihrer Beine an«, forderte Capelli ihren Vorgesetzten auf. »Die Fußspitzen sind weit zueinander gedreht. Sie trat vor das Bild an der Wand und deutete mit dem Finger auf Manuela Zehlens Füße. »Das ist eine Haltung, die nicht auf natürliche Weise zustande gekommen sein kann.«

Zhou starrte das Foto an und musste – völlig irrational – an ihre allererste Ballettstunde denken. Damals war sie sechs Jahre alt gewesen, und das Erste, was die furchterregend strenge Frau mit dem straffen Knoten zu ihr gesagt hatte, war, dass sie die Füße ausdrehen solle.

Wie ein Pinguin …

»Der Täter wollte, dass die Beine des Opfers in genau dieser Haltung sind, wenn man sie findet«, spann Capelli unterdessen ihre Theorie weiter. »Aber Manuela Zehlen war tot, und es stand zu befürchten, dass ihre Beine nach dem Erschlaffen der Muskulatur zur Seite sinken oder etwas in dieser Richtung.«

»Du meinst, er musste die Kordel dranlassen, um die Beine des Opfers in dieser Haltung zu fixieren?«, schloss Gehling.

Capelli nickte. »Ich wüsste keine andere Erklärung.«

Makarovs Finger trommelten nervös auf die Tischplatte ein. »Aber was will er uns damit sagen?«

»Tja, wenn wir das wüssten …« Capelli gab ein resigniertes Stöhnen von sich.

»Ein weiteres wichtiges Detail scheinen die Schuhe zu sein«, kam Zhou ihr zu Hilfe. »Ich habe vorhin noch mal mit der Kollegin gesprochen, mit der Manuela Zehlen in der Oper war. Und die ist sich absolut sicher, dass ihre Freundin im Theater rehbraune Pumps anhatte.«

Makarovs Gesicht verriet Skepsis. »Schuhe?«, wiederholte er, und aus seinem Mund klang das Wort fast wie eine Beleidigung.

»Ja, genau. Und zwar diese hier.« Sein Blick machte sie unsicher. Aber Zhou versuchte, sich nichts anmerken zu lassen. Sie gab Capelli ein Zeichen, woraufhin ein Foto von Manuela Zehlens rehfarbenen Pumps auf der Wand erschien. »Wir fanden die Schuhe ordentlich in einer Box im Schrank des Opfers.«

Makarov griff an ihr vorbei und angelte sich die Thermoskanne von der Mitte des Tisches. »Der Täter hat ihr also andere Schuhe angezogen?«

Zhou nickte. »Und zwar nach der Tat.«

»Hat er ihr sonst noch etwas an- oder ausgezogen?«

»Nein«, entgegnete Zhou. »Der Rest des Outfits entspricht genau dem, was Manuela Zehlen in der Oper anhatte.«

Ihr Boss runzelte die Stirn. »Hat der Täter die Stiefel mitgebracht?«

Zhou tauschte einen Blick mit ihrer Partnerin. »In diesem Punkt sind wir nicht sicher. Der Ehemann sagt, dass er sich nicht an das Paar erinnern könne. Aber zugleich gibt er zu, nicht besonders auf solche Details zu achten.«

Makarov schien zu überlegen, ob er selbst im Fall der Fälle wohl in der Lage wäre zu beurteilen, ob ein bestimmtes Kleidungsstück tatsächlich seiner Frau gehörte. »Na schön«, knurrte er. »Der Mörder hat ihr nach der Tat also frische Schuhe angezogen und die, die sie ursprünglich anhatte, in den Schrank gestellt, richtig?«

Zhou rettete sich auf eine vage Geste. So sah es zumindest aus …

»Hat er auch irgendwas mitgenommen?«

»Nichts bis auf das Klebeband, die Waffe und Manuela Zehlens linken Daumen«, versetzte Capelli trocken.

Makarov warf ihr einen vernichtenden Blick zu. »Und woher wusste der Mörder, dass Manuela Zehlens Ehemann an dem besagten Abend außer Haus sein würde?«

»Die Veranstalter des Kongresses haben bereits vor Monaten eine Liste sämtlicher Teilnehmer und Gastredner veröffentlicht«, antwortete Zhou. »Sie ist für jedermann frei einsehbar. Genau wie die Tagesordnung der einzelnen Kongresstage.«

Makarov zupfte an seinem Ohrläppchen. »Glauben Sie, der Täter hat Manuela Zehlen über einen längeren Zeitraum beobachtet?«

Zhou hob die Achseln. »Den Nachbarn ist nichts aufgefallen.«

»Dann hören Sie sich noch mal an dieser Schule um.« Makarov stand auf. »Vielleicht hat Manuela Zehlen ja dort etwas erwähnt, was …«

»Einen Augenblick, bitte!«

Zhou wandte den Kopf und sah, dass sich Dr. Bechstein ebenfalls von ihrem Platz erhoben hatte. »Ich würde gern noch einmal auf die unbekannte Tote aus dem Wald zurückkommen, wenn Sie erlauben.«

Makarov war sichtlich überrumpelt, aber er fügte sich und setzte sich wieder auf seinen Stuhl, ihr gegenüber. »Selbstverständlich«, sagte er. »Bitte sehr.«

Das raspelkurz geschnittene Blondhaar der Rechtsmedizinerin schimmerte im Licht der Neonröhren, während aus den bleigrauen Wolken vor dem Fenster neuer Regen fiel. »Die zerschnittenen Brustwarzen der jungen Frau deuten – wie auch die Verletzungen von Manuela Zehlen – auf sexuelle Phantasien hin, die sich über einen längeren Zeitraum hinweg entwickelt haben.« Dr. Bechsteins Finger schlossen sich um die Lehne ihres Stuhls. »Und auch die Wundränder der Stichverletzungen beider Frauen weisen eine unübersehbare Ähnlichkeit auf.«

Einen Moment lang schienen alle im Raum die Luft anzuhalten.

Makarov fing sich als Erster. »Wollen Sie damit sagen, dass Manuela Zehlen und die Prostituierte aus dem Wald mit ein und derselben Waffe getötet wurden?«

»Das kann ich nicht mit letzter Sicherheit sagen«, räumte die Rechtsmedizinerin widerwillig ein. »Aber ich denke, Sie sollten die Möglichkeit in Betracht ziehen, dass beide Frauen demselben Täter zum Opfer gefallen sind.«

Allein die Vorstellung, dass sie es abermals mit einem Serientäter zu tun haben könnten, brachte Makarov umgehend in Abwehrstellung. »Aber die Vorgehensweise ist doch eine völlig andere«, schnappte er. »Manuela Zehlen gehört nicht nur einer anderen sozialen Schicht an, sondern sie wurde obendrein in ihrem eigenen Haus getötet. Und ihr Mörder hat ihren Körper regelrecht zur Schau gestellt, während die Leiche der Prostituierten sorgfältig versteckt war. Ganz abgesehen davon, dass Manuela Zehlens Mörder eine Trophäe mitgenommen hat.«

»Das hat der Kerl aus dem Wald vielleicht auch getan«, murmelte Capelli halblaut vor sich hin.

Der Kopf ihres Vorgesetzten ruckte herum. »Ach ja?«, pfiff er, während sich seine Wurstfinger durch einen Stapel mit Tatortfotos wühlten. »Und wieso weiß ich nichts davon?«

»Es … Nun ja, es ist weniger offensichtlich als bei Manuela Zehlen.«

»Wovon, zum Teufel, reden Sie?«, fuhr Makarov sie an.

Ja, stimmte Zhou ihm in Gedanken zu, das wüsste ich auch gern …

»Es sind ihre Haare«, erklärte Capelli.

Makarov hob eine Aufnahme der toten Prostituierten vors Gesicht. »Was ist damit? Hat der Täter sie abgeschnitten?«

Capelli schob ihre Kaffeetasse von sich. »Nicht im üblichen Sinne, glaube ich.«

Ihr Boss sah sie an, als habe sie den Verstand verloren.

»Die Haare der Frau sahen irgendwie komisch aus, nicht wahr?«, wandte sich Capelli hilfesuchend an Dr. Bechstein. »Fast wie ... ausgefranst.«

Die Rechtsmedizinerin nickte. »Ausgefranst ist eine sehr gute Beschreibung, zumal die Haare eigentlich nicht – wie es vielleicht anzunehmen wäre – verschnitten wirkten, sehen Sie?« Sie reichte Makarov eine der Aufnahmen, die sie während der Sektion des Leichnams gemacht hatte und auf der die Details weit besser zu erkennen waren. »Ich konnte mir die Ursache für diese Anomalie bislang nicht erklären. Aber Täter, die Haare ihrer Opfer als Trophäe mitnehmen, gehen üblicherweise anders vor.«

Makarov betrachtete die Fotografie eingehend.

»Ich habe Proben davon ins Labor geschickt«, ergänzte Dr. Bechstein. »Aber die Ergebnisse stehen noch aus.«

»Okay.« Makarov legte die Aufnahme zur Seite. »Was wissen wir sonst über die Frau?«

»Leider nicht viel«, antwortete die Rechtsmedizinerin mit einem resignierten Achselzucken. »Sie war in einem überaus schlechten Allgemeinzustand: stark untergewichtig. Verzögerte Wundheilung aufgrund chronischer Enzymmangelzustände. Das ganze Programm. Außerdem habe ich einige ältere Verletzungen gefunden, die mir zu denken geben.« Sie warf einen flüchtigen Blick in ihre Notizen. »Zum Beispiel eine Fraktur des linken Handgelenks, die reponiert und höchstwahrscheinlich auch einige Zeit notdürftig fixiert worden ist.«

Makarovs Augen klebten noch immer an der Nahaufnahme der Haare fest. »War die Frau drogensüchtig?«

Dr. Bechstein verneinte. »Die toxikologische Untersuchung hat keinerlei Hinweise auf Drogen- oder Medikamentenmissbrauch ergeben.«

»Auch nicht in der Vergangenheit?«

»Nein. Auch nicht in der Vergangenheit.«

Zhou dachte an den eingefallenen Körper der Toten. Die pergamentartige Haut. Aber wenn es keine Drogen waren, dachte sie schaudernd, was ist dann der Grund dafür, dass sie so ausgesehen hat, als wir sie fanden?

»Was können Sie uns über Alter und Herkunft der Frau sagen?«, fragte in diesem Augenblick Capelli.

Dr. Bechstein hob abwehrend die Hände. »Ich bin – wie Sie wissen – keine Expertin auf dem Gebiet der forensischen Anthropologie, aber ich schätze, dass sie ungefähr Anfang bis Mitte dreißig gewesen ist.« Sie machte eine kurze Pause, bevor sie mit der ihr eigenen Vorsicht hinzufügte: »Einige Knochen weisen Deformierungen auf, die darauf hindeuten, dass sie als Kind an einer chronischen Rachitis gelitten hat. Darüber hinaus waren zwei Halswirbel degenerativ verändert.« Ihre kleinen, wohlgeformten Hände schoben das Tablet mit ihren Untersuchungsergebnissen von sich. »Das alles würde für eine osteuropäische Herkunft sprechen. Aber nageln Sie mich da nicht fest.«

Makarov wollte gerade zu einer neuerlichen Rückfrage ansetzen, als Capellis Handy zu klingeln begann. Mit einer gemurmelten Entschuldigung sprang sie auf und zog sich in eine Ecke zurück, wo sie eine Weile telefonierte.

Als sie wieder an den Tisch zurückkehrte, hatte sich ihr Gesichtsausdruck verändert. »Das war Fiebig«, verkündete sie. »Sie haben im Wohnzimmer der Zehlens Hundeblut gefunden, das eindeutig von Sally stammt.«

Zhou verstand sofort, worauf ihre Partnerin hinauswollte. »Dann hat der Täter den Hund im Haus getötet und den Kadaver erst später nach draußen getragen.«

»Aber warum?« Makarov massierte ratlos seine Glatze. »Weshalb macht er sich all diese Mühe?«

»Damit wir genau das annehmen, was wir auch tatsächlich angenommen haben«, antwortete Capelli grimmig.

»Dass er den Hund im Garten tötete und das Haus anschließend durch die Terrassentür betrat.«

Makarovs Wieselaugen wurden weit. »Aber wenn er nicht durch die Terrassentür gekommen ist …«

»Ja«, nickte Capelli. »Manuela Zehlen hat ihn selbst hereingelassen.«

2

Kellerverlies, Versteck von Kathrin Stiller

Dieses Mal war es ihr eigenes Wimmern, von dem sie erwachte.

Das Zweite, was sie wahrnahm, war, dass sie zur Toilette musste.

Sie versuchte sich aufzurichten und war erstaunt, dass es ihr gelang. Zwar fühlten sich ihre Beine an, als wären sie mit Sand gefüllt, aber wenigstens fühlten sie sich überhaupt irgendwie an!

Vielleicht, dachte sie, ist es ja doch nicht ganz so schlimm.

Vielleicht …

Sie stützte sich mit der freien Hand auf dem Boden ab und zog vorsichtig die Beine nach. Neben ihr klirrte die Kette, mit der er sie an den Eisenring in der Wand gefesselt hatte. Das Metall hatte eine tiefe Rille in ihr Handgelenk gegraben, und die Finger waren so kalt, dass sie ihr kaum gehorchen wollten. Aber was war das für ein komisches Geräusch?

Sie stutzte, bis ihr klar wurde, dass es ihre Zähne waren, die vor Kälte aufeinanderschlugen. Dieser Mistkerl musste vollkommen wahnsinnig sein, sie halbnackt in dieser Eishöhle zurückzulassen. Ohne Hose. Ohne Schuhe.

Sie zog den Ärmel des Kaftans über das freie Handgelenk, als ihr plötzlich die Sachen einfielen, die er nach ihr geworfen hatte. Kleidungsstücke oder Decken. Sie mussten irgendwo dort in der Dunkelheit liegen …

Sollte sie danach suchen?

Jetzt? Später?

Konnte sie es überhaupt wagen, ihre Hand in diese undurchdringliche Finsternis zu tauchen, wo Gott weiß was auf sie lauern konnte?

Vielleicht war ER ja längst wieder zurück und saß irgendwo dort in der pechschwarzen Düsternis. Oder es gab irgendwo ein Loch in der Wand, durch das er sie beobachten konnte.

Der Gedanke ließ sie noch mehr zittern.

Bleib ruhig, schalt sie sich. Du würdest ihn fühlen.

Du würdest es spüren, wenn er da wäre …

Er hat dir ein Gefäß mit Wasser und ein paar warme Kleider dagelassen, weil er weiß, dass er dich eine Weile allein lassen muss, versuchte sie, die Sache logisch anzugehen. Klar, denn wahrscheinlich hat er alle Hände voll zu tun, beruhigte sie sich selbst. Er muss Kontakt zu deinen Eltern aufnehmen und Forderungen stellen und Verleitungsfährten legen, oder wie man das nennt. Er hat keine Zeit, dich zu überwachen!

Zögernd betastete sie ihren Körper, und erst jetzt fiel ihr auf, dass er ihr die Armbanduhr abgenommen hatte. Und auch die zierliche Silberkette mit dem Herz aus rosa Amethysten, die ihre Eltern ihr zum achtzehnten Geburtstag geschenkt hatten, vermutlich aus lauter Erleichterung über die Tatsache, dass sie wirklich und wahrhaftig erwachsen geworden war.

Aber wozu brauchte er die?

Um sie ihren Eltern zu präsentieren? Als Beweis dafür, dass sie sich in seiner Gewalt befand?

Und was war mit der Uhr? Brauchte er die auch?

Oder wollte er sie einfach die Zeit vergessen machen, sie desorientieren, weichkochen, quälen?

Ächzend kam sie auf die Knie und untersuchte die Kette, die sie hielt. Den Eisenring und die Wand. In der Dunkelheit, die sie umgab, schwebte noch immer ein flüchtiger Geruch der Suppe, die er ihr gegeben hatte, und sie registrierte verwundert, dass sie hungrig war. Es war ein angenehm normales Bedürfnis. Die wohltuende Erkenntnis, dass ihr Körper selbst nach einer halben Ewigkeit in diesem Höllenloch noch immer funktionierte!

Sie bekam den Eisenring mit beiden Händen zu fassen und zog sich daran hoch. Ihre Beine waren gefühllose Stümpfe, aber mit viel Mühe gelang es ihr tatsächlich, sich weiter aufzurichten. Schweißnass vor Anstrengung schob sie sich Zentimeter für Zentimeter an der Mauer hoch.

Irgendwann stand sie.

In ihren Fußsohlen pochte das Blut.

Wie viel Spielraum ließ ihr die Kette? Genug, um ein paar Schritte zu gehen?

Sie verlagerte ihr Gewicht vorsichtig noch weiter nach vorne.

In den leeren, dunklen Raum.

Ihre Blase schmerzte, aber sie konzentrierte sich auf ihre Zehen, zwischen denen sie die kratzige Wolle der Decke spüren konnte. Die Nervenenden kribbelten, und es fühlte sich an, als ob sie mitten in einem gigantischen Ameisenhaufen stehe. Aber nach und nach sickerte so etwas wie Gefühl in ihre Beine zurück.

Trotzdem wartete sie noch einige Minuten, bevor sie es wagte, sich von der Mauer abzustoßen und einen Schritt vorwärts zu machen.

In die Finsternis …

3

Frankfurt am Main City, Skyline Plaza
Einkaufszentrum, Rolltreppe

Die neuen Schuhe drückten. Sie MUSSTEN drücken, denn wie alle Schuhe, die Anna Ehlers seit ihrem vierzehnten Lebensjahr gekauft hatte, waren sie gut anderthalb Nummern zu klein. Aber sie brachte es einfach nicht fertig, ein Paar Schuhe Größe 42 ½ zu kaufen. Eher wäre sie barfuß durchs Leben gegangen!

Auf großem Fuß leben.

Optimale Bodenhaftung.

Quadratlatschen.

Gott, wie sie diese Sprüche hasste!

Sie biss sich von innen auf die Wange und versuchte vergeblich, die beiden dicken Blasen zu ignorieren, die sich an ihrem rechten Fuß gebildet hatten. Falls es stimmte, dass alle Frauen einen Schuhtick hatten, war sie wieder mal die absolute Ausnahme!

Sie hasste Schuhe.

Sie hasste Schuhgeschäfte.

Und am allermeisten hasste sie ihre Füße.

Hinzu kam, dass es in ihrer Größe ohnehin nicht viele Schuhe gab, für die man sich hätte begeistern können. »Chic«, »elegant« oder gar »zierlich« waren Attribute, nach denen man in den Regalen, die für sie infrage kamen, vergeblich suchte. Vielmehr hatte eine Frau wie sie die aufregende Wahl zwischen »derb« und »derber«.

Sie beschleunigte ihre Schritte, um vor einem Vater mit zwei quengeligen Kleinkindern auf der Rolltreppe zu sein.

Seit sie denken konnte, wünschte sie sich, klein zu sein. Dabei war sie mit einer Größe von einem Meter sechsundsiebzig eigentlich nicht wirklich groß, sondern verkörperte eher das, was gemeinhin als Idealmaß angesehen wurde. Aber wenn sie im Supermarkt von einer älteren Dame gebeten wurde, ihr eine Packung Zwieback aus einem der oberen Regale zu holen, mit der Begründung, sie sei ja »so schön groß«, war ihr Tag definitiv gelaufen!

Groß war nicht schön.

Groß war auffällig, und sie wollte nicht auffallen.

Im Grunde wäre es ihr am liebsten gewesen, wenn niemand sie beachtet hätte.

Sie verließ die Rolltreppe und bemühte sich, ihre Silhouette zu ignorieren, die sich in den blank polierten Schaufenstern spiegelte. Sie wusste, dass sie mit ihren knapp fünfzig Kilo eigentlich gar nicht dick wirken *konnte*. Aber ein kurzer Seitenblick auf ihre ausladenden Hüften genügte, um sie eines Besseren zu belehren. Sie war nicht dick, sie war FETT!

Als sie das Restaurant betrat, hatte sie das unangenehme Gefühl, angestarrt zu werden. Wie schon öfter in der letzten Zeit.

Automatisch ließ sie die Schultern sinken und versuchte, durch gleichmäßiges Runden ihres Rückens die vier Zentimeter Absatz auszugleichen, über die die unförmigen Klötze an ihren Füßen verfügten. Wirklich flache Schuhe schien es nur in kleinen Größen zu geben, was sie als außerordentlich widersinnig empfand, schließlich waren Frauen, die Schuhgröße 38 tragen konnten, in der Regel sowieso ein Stück kleiner als sie und hätten es sich somit bequem leisten können, Schuhe mit Absätzen anzuziehen.

Sie griff sich ein Plastiktablett von dem Stapel neben dem Büffet und blickte missmutig an ihren Beinen hinunter. Kein Zweifel, wenn die Klimaverschiebung eintrat und die große Flut kam, konnte sie in den Dingern bis in die rettenden Alpen paddeln!

4

Kellerverlies, Versteck von Kathrin Stiller

Da war ein Loch im Boden, aus dem es bestialisch stank!

Erschreckt zog sie den Fuß zurück. Wie tief mochte es sein? Und wie breit? Breit genug, um hineinzustürzen?

Die Kette an ihrem Handgelenk war jetzt straff gespannt, was bedeutete, dass sich das Loch etwa zwei Meter neben ihrer Decke befinden musste. Aber warum hatte sie diesen entsetzlichen Gestank nicht schon vorher wahrgenommen? Wieso hatte sie nur die Suppe gerochen, alten Mörtel, den üblichen Kellermief?

Von all den Informationen, die das menschliche Gehirn aufnahm, schaffte ja bekanntermaßen nur ein Bruchteil den Sprung bis in unser Bewusstsein. Der Rest wurde munter aussortiert. Vor allem das, was uns unlogisch, unbedeutend oder gar überflüssig erschien …

Ha, ha!

Sie verzog das Gesicht. Echt witzig!

Dann ging sie in die Knie und beugte sich nach vorne, so weit sie konnte. Was, zur Hölle, war das, was sie roch?

Exkremente? Aas?

Oder … Sie schauderte. Oder hatte er sie am Ende gar neben ein Loch gekettet, das eine Leiche barg?

»Unsinn!«, flüsterte sie vor sich hin. »Das hier ist keine Leiche. Leichen riechen anders.«

Du hast dein Lebtag noch keine Leiche gerochen, erinnerte sie ihr Verstand. *Woher willst du wissen, wie ein verwesender Körper riecht?*

Sie schob das Bein vor, bis ihre Zehen wieder den Rand des Abgrunds streiften. Von dort tastete sie sich weiter, wobei sie erleichtert feststellte, dass das Loch bei weitem nicht groß genug war, um einen menschlichen Körper aufzunehmen.

Zumindest nicht am Stück, stichelte ihr Verstand.

Vielleicht ein Plumpsklo, fuhr es ihr durch den Sinn, und endlich verstand sie, warum er ihr Jeans und Slip ausgezogen hatte: Sie sollte in der Lage sein, ohne fremde Hilfe über das Loch zu gehen!

Vielleicht plante er ja tatsächlich, längere Zeit nicht zurückzukehren.

Die Erkenntnis, eine Zeit der Einsamkeit vor sich zu haben, ließ eine Welle der Verzweiflung über ihr zusammenschlagen. Aber sie bot auch eine Chance: Sie würde die Gelegenheit haben, in aller Ruhe ihre Umgebung zu erkunden und vielleicht einen Ausweg zu finden!

Sie musste es versuchen …

5

Polizeipräsidium, Abteilung für Kapitaldelikte, Büro Em und Zhou

Sie waren noch einmal in Manuela Zehlens Haus gewesen und hatten dort nach Hinweisen auf einen bislang unbekannten Kontakt gesucht. Briefe, Notizen, Kalendereinträge – nichts hatte ihnen auch nur den geringsten Anhaltspunkt dafür geliefert, dass die Ermordete ein heimliches Doppelleben geführt oder gar eine Affäre gehabt hatte. Gleiches schien auf den Ehemann zuzutreffen, dessen Alibi für die Tatnacht inzwischen von mehreren Kollegen zweifelsfrei bestätigt worden war. Die Festplatte und der Laptop der Lehrerin waren noch in der Auswertung, und in Ems Handtasche steckte eine Tüte voller Speicherkarten mit privaten Videoaufnahmen.

»Weißt du, was mich stutzig macht?«, fragte sie, als sie aus dem Lift traten.

Zhou schüttelte den Kopf. »Nein. Was?«

»Wenn Manuela Zehlen wirklich so beliebt war, wie alle sagen«, Em stoppte neben dem Kaffeeautomaten und fingerte eine Münze aus der Tasche ihrer Jeans, »warum musste sie dann auf eine so brutale Weise sterben?«

»Vielleicht geht es in diesem Fall tatsächlich nicht um ein persönliches Motiv«, spekulierte Zhou. »Vielleicht entsprach Manuela Zehlen einfach seiner Vorstellung.«

Em sah sie an. »Seiner Vorstellung von was?«

»Keine Ahnung. War nur so 'ne Idee.«

»Na, toll.« Frustriert zerrte Em einen Pappbecher aus der Halterung neben dem Automaten und schob ihn unter den Ausguss.

Ihre Partnerin schüttelte missbilligend den Kopf. »Hast du eine Ahnung, wie viele von den Dingern jedes Jahr auf dem Müll landen?«

»Nein«, versetzte Em ungerührt. »Aber für schätzungsweise siebenhundertzweiundfünfzig davon bin ich verantwortlich. Nimmst du mich jetzt fest?«

Zhou lächelte. »Kriege ich auch einen?«

»Klar«, sagte Em und deutete fragend auf die Becher. »Sündigst du hier und jetzt mit mir oder möchtest du lieber erst dein wiederverwendbares Porzellanteil mit dem hübschen hygienischen Gummikäppchen holen, das satte eins Komma sechs Liter Trinkwasser verbraucht, wenn man es reinigt?«

Zhou schob schmollend die Unterlippe vor. »Das war ein Geschenk.«

»Apropos«, grinste Em. »Wie geht's Karel?«

Seit ein paar Wochen errötete Zhou nicht mehr, wenn sie

nach ihm fragte, was aus Ems Sicht ein echter Fortschritt war. Trotzdem tat sie wie Nulpe: »Wie kommst du jetzt auf Karel?«

»Wer sonst sollte dir einen Kaffeebecher aus Porzellan mit 'nem verdammten Binärcode drauf schenken?«

Zhous Mandelaugen blickten vollkommen unschuldig. »Du denkst, das ist ein Code?«

Em stöhnte. »Okay. Du willst nicht darüber reden. Fein. Ist mir recht. … Den Kaffee mit Milch?«

»Und Zucker«, nickte Zhou.

»Du trinkst deinen Kaffee nie mit Zucker.«

»Wenn ich kein Frühstück hatte, schon.«

Em verdrehte die Augen und drückte auf den entsprechenden Button. Kaffee mit Zucker. Ein geerbtes Haustier, das nicht gegessen worden, sondern an Altersschwäche gestorben war. Und um dem Ganzen die Krone aufzusetzen: ein Paar Ersatz-Schuhe im Kofferraum, falls es mal matschig wurde! Em schüttelte den Kopf. Diese Frau steckte wirklich voller Überraschungen!

Als sie zu ihren Schreibtischen zurückkehrten, wurden sie bereits von Gehling erwartet: »Eure tote Prostituierte ist identifiziert!«, verkündete er, kaum dass Em und Zhou um die Ecke waren.

Em klatschte in die Hände. »Na, also! Schieß los!«

»Ihr Name ist Marina. Marina Boginska«, erklärte Gehling. »Sie ist … war dreiunddreißig Jahre alt und Weißrussin mit abgelaufenem Visum. Zuletzt hat sie auf dem Straßenstrich an der Theodor-Heuss-Allee angeschafft.«

Zhou kam neugierig näher. »Und wieso ist das letztendlich nun doch so schnell gegangen?«, fragte sie. »War die Frau doch im System?«

»Das nicht«, antwortete Gehling. »Aber da war vorhin so 'ne Sozialarbeiterin hier. Und die hatte eine Kollegin von der Boginska im Schlepptau.«

Em horchte auf. »War diese Sozialarbeiterin zufällig rothaarig?«

Die Kinnlade ihres Kollegen klappte herunter. »Bist du neuerdings hellsichtig?«

»Nee«, lachte Em. »Nur mit der Rothaarigen befreundet.«

»Ach so …« Gehling schniefte »Na, wie auch immer: Diese Janet, die deine Freundin dabeihatte, gab an, dass sie seit einiger Zeit eine Kollegin vom Straßenstrich vermisse. Sie habe sich damals sogar an die Polizei gewandt. Offenbar hat man der Sache keine große Bedeutung beigemessen.«

»Was genau meinst du mit *damals*?«, fragte Em.

»Ist 'ne ganze Weile her, warte …« Gehling klappte seinen Laptop auf und klickte das Protokoll der Befragung an. »Hier ist es: Janet Mogabe hat sich am 29. April bei den Kollegen von der zuständigen Wache gemeldet und zu Protokoll gegeben, Marina Boginska schon seit zwei Wochen nicht mehr gesehen und auch nichts von ihr gehört zu haben.«

»April?« Zhous tiefschwarze Augen blitzten erschrocken auf. »Oh, mein Gott!«

Auch Em war fassungslos. »Das würde ja bedeuten, dass sich Marina Boginska beinahe sieben Monate in der Gewalt unseres Täters befand.«

»Das ist nicht gesagt«, wandte Zhou ein. »Sie könnte in der Zwischenzeit auch woanders gewesen sein.«

»Wo denn?«, fragte Em.

»Keine Ahnung. Zu Hause in Weißrussland, zum Beispiel.«

»Das ist nicht besonders wahrscheinlich«, widersprach Gehling. »Laut Janet Mogabe hat Marina Boginska bereits vor fünf oder sechs Jahren jeglichen Kontakt in ihre alte Heimat abgebrochen. Seit ihre Eltern gestorben sind, war sie nicht mehr dort. Und sie kannte da wohl auch niemanden mehr.«

Em verschränkte die Arme vor der Brust, als könnte sie sich auf diese Weise vor der unbequemen Wahrheit schützen, die hinter diesen Fakten lauerte. »Und Marina Boginska hatte auch kein heimliches Kind?«, fragte sie ohne große Hoffnung. »Oder Geschwister, bei denen sie zwischenzeitlich gewesen sein könnte?«

Gehling verneinte. »Nichts deutet darauf hin.«

Em und Zhou tauschten einen Blick.

»Übrigens galt Marina unter ihren Kolleginnen als ausgesprochen clever«, setzte Gehling hinzu. »Janet Mogabe meinte, dass sie in ihrer alten Heimat sogar Maschinenbau studiert habe. Und sie sprach darüber hinaus ausgezeichnet Deutsch.«

»Haben wir ein Foto von ihr?«, wollte Zhou wissen.

»Ja«, nickte Gehling. »Frau Mogabe hat tatsächlich schon damals eins abgegeben. Warte kurz …« Seine Finger wischten über das Mousepad, und ein paar Klicks später erschien eine attraktive junge Frau mit grünen Augen und einem breiten, unbeschwerten Lachen auf dem Monitor. »Sie sieht fast ein bisschen wie Angelina Jolie aus, was?«

Das nun nicht gerade, dachte Em. Und doch schien die Frau auf dem Bild mit dem traurigen Knochenbündel aus dem Wald nicht das Geringste zu tun zu haben.

»Marina hat viele Jahre für einen Zuhälter namens Alexej gearbeitet«, berichtete Gehling unterdessen. »Der besitzt ein paar zweitklassige Saunaclubs im Taunus, und als Marina dort nicht mehr den gewünschten Umsatz brachte, schickte er sie nach Frankfurt auf die Straße. Angeblich hat er sie bis zu ihrem Verschwinden noch regelmäßig abkassiert, aber nachdem sie nun mal weg war, hat er sich offenbar auch kein Bein ausgerissen, um sie zu finden …«

»Natürlich nicht«, entgegnete Em mit einem Anflug von Bitterkeit. »Frauen wie Marina Boginska haben leider eine ziemlich kurze Halbwertszeit.«

Zhou beugte sich noch näher an den Bildschirm. »Sie hatte auffallend schönes Haar.«

Em sah wieder das lächelnde Gesicht an, das von langen braunen Locken umrahmt wurde. »Ja«, sagte sie, »das habe ich auch schon gedacht.«

»Übrigens war das nicht die einzige Neuigkeit, die ich für euch habe.« Gehlings Milchbubi-Teint färbte sich eine Nuance dunkler. »Ich weiß, in gewisser Weise war das eigenmächtig von mir«, begann er vorsichtig. »Aber ... Na ja, ich hab mich mal ein bisschen in den einschlägigen Datenbanken umgesehen. Und dabei bin ich auf das hier gestoßen.« Er tippte einen Befehl in seine Tastatur, und Marina Boginskas Lachen wich dem Foto einer ebenfalls dunkelhaarigen Frau mit breitflächigem, nicht sonderlich attraktivem Gesicht. »Das ist Bianca Ahlbeck«, kommentierte Gehling. »Sie wurde vor drei Jahren erstochen im Keller eines Hochhauses in Düsseldorf gefunden, wo sie mit ihrem Lebensgefährten und den beiden jüngeren Kindern wohnte. Allerdings hat sie bis kurz vor ihrem Tod in Frankfurt gelebt.«

Auf dem Bildschirm erschien ein Album mit Tatortfotos. Sie zeigten eine Waschküche mit Wäscheleinen und auf dem rohen Betonboden einen leblosen Körper.

»Bianca Ahlbecks Leiche wies eine ganze Reihe tiefer Stichverletzungen auf, allesamt im Bereich des Oberkörpers«, erläuterte Gehling, während vor den Augen seiner beiden Kolleginnen immer neue Fotos und Einstellungen aufblitzten: Nahaufnahmen von Wunden. Beweisstücke. Spuren. »Außerdem hatte der Täter ihr ein Stück Fleisch aus der Wade geschnitten.«

Em war nicht sicher, ob sie sich verhört hatte. »Wie bitte?«

»Muskelfleisch aus dem Unterschenkel«, wiederholte Gehling und klickte auf ein Foto, das die rechte Wade des Opfers in Nahaufnahme zeigte.

Etwa zehn Zentimeter über dem Knöchel befand sich eine tiefe, rund zehn Zentimeter lange Fleischwunde.

Zhou studierte das blutverkrustete Loch im Gewebe aufmerksam. »Die Wundränder sehen irgendwie eigenartig aus«, stellte sie fest. »Seht ihr, sie sind grob gezackt.«

Gehling nickte. »Laut Bericht hat der Täter einen Teil des Gewebes mit einem gabelähnlichen Instrument herausgetrennt. Es war dreizinkig, extrem scharf und aller Wahrscheinlichkeit nach präpariert.«

»Man hat das bewusste Werkzeug demnach nicht gefunden?«, schloss Em.

»Nein«, antwortete Gehling. »Keine Waffe, keine Fingerabdrücke, keine DNA.«

»Bianca Ahlbeck ist derselbe Typ wie Manuela Zehlen«, konstatierte Zhou. »Wenn auch bei weitem nicht so attraktiv.«

»Stimmt«, nickte Em. »Das war auch mein erster Gedanke.«

»Trotzdem gibt es eine ganze Reihe von Aspekten, die nicht übereinstimmen«, gab Gehling vorsichtig zu bedenken.

»Die da wären?«, fragte Em.

»Bianca Ahlbeck wurde vor ihrem Tod weder geschlagen noch gefoltert«, antwortete ihr Kollege. »Sämtliche Verletzungen, die ihr hier seht, sind postmortal. Und auch der soziale Background passt nicht.« Er öffnete den entsprechenden Polizeibericht und scrollte in atemberaubendem Tempo durch die persönlichen Angaben zum Opfer. »Bianca Ahlbeck hat von Sozialhilfe gelebt und hatte insgesamt vier Kinder von drei Vätern. Zwei Kinder waren zum Zeitpunkt der Tat bei Pflegeeltern untergebracht.«

Em zupfte nachdenklich an ihrer Unterlippe. »Steht da zufällig auch, aus welchem Grund man ihr die Kinder weggenommen hat?«

»Ja, das wurde routinemäßig in die Ermittlungen einbezogen.« Die Konzentration grub eine Falte in Gehlings Stirn. »Beim zuständigen Jugendamt sind im Laufe der Jahre offenbar gleich mehrere Anzeigen gegen die Frau eingegangen«, erklärte er, während er die entsprechenden Einträge überflog. »Vernachlässigung, Verletzung der Aufsichtspflicht, Verdacht auf häusliche Gewalt.«

»War Bianca Ahlbeck selbst gewalttätig?«, hakte Zhou nach. »Oder hatte sie einen gewalttätigen Partner?«

»Nach allem, was ich dem Bericht der zuständigen Sozialarbeiterin entnehmen kann, beschuldigten sie und ihr damaliger Lebensgefährte sich gegenseitig, die Kinder geschlagen zu haben.«

Seine Formulierung ließ Em zusammenzucken.

Dein Bruder schlägt mich, Em.

Sie schielte zu Zhou hinüber, doch die hatte zum Glück nichts mitbekommen, sondern war noch immer bei Bianca Ahlbeck.

»Ist es nicht atypisch, dass sich ein solcher Täter zwei von der Persönlichkeit her derart unterschiedliche Opfer aussucht?«, murmelte sie nachdenklich vor sich hin.

Em nickte. »Absolut.«

»Vielleicht gibt es ja doch eine Verbindung zwischen den beiden Frauen«, ließ sich Zhou – entgegen ihrer sonstigen Gewohnheit – zu einer vorsichtigen Spekulation hinreißen.

Em wandte sich wieder Gehling zu. »Kannst du mir die Fotos aus Bianca Ahlbecks Obduktionsbericht noch mal zeigen?«

»Klar. Irgendein bestimmter Aspekt?«

Ems Augen blieben an einer Aufnahme hängen, die den Körper der vierfachen Mutter auf dem Obduktionstisch zeigte. Das Bild war während der äußeren Besichtigung, also unmittelbar vor der Sektion des Leichnams, aufgenommen worden. »Kannst du diesen Abschnitt hier mal vergrößern?«

Die Lupenfunktion zoomte auf den Bereich oberhalb von Bianca Ahlbecks Leiste.

Em spürte, wie ihre Partnerin die Luft anhielt.

»Du hattest recht«, erklärte sie triumphierend. »Es ist unser Mann. Und er hat auch Bianca Ahlbeck ein Andenken hinterlassen.«

6

Kellerverlies, Versteck von Kathrin Stiller

Die Kette an ihrem Handgelenk ließ ihr einen Spielraum von ungefähr zwei Metern. Und innerhalb dieses beschränkten Kreises hatte sie im wahrsten Sinne des Wortes jeden Millimeter Boden erkundet. Wie ein Kleinkind auf allen vieren.

Der Untergrund bestand aus Beton, nachlässig gegossen und voller Unebenheiten. Aber er schien im Gegensatz zu den Wänden ringsum nicht alt zu sein, wie sie voller Überraschung festgestellt hatte: ein relativ neuer Betonboden in einem uralten Keller …

Aber was konnte das bedeuten? Wo war sie hier? In seinem Haus? In einer Ruine? In einer stillgelegten Fabrik? Und wer würde sich die Mühe machen, einen neuen Boden zu gießen in einem Gebäude, das nicht mehr benutzt wurde?

Fragen über Fragen, von denen sie nicht eine einzige beantworten konnte.

Also hatte sie sich notgedrungen auf ihre Suche konzentriert. Und dabei hatte sie auch das breitrandige Holzgefäß wiedergefunden, das er auf dem Boden abgestellt hatte. Wie ein misstrauisches Wildtier hatte sie zunächst eine Weile daran geschnuppert. Dann war ihr eingefallen, dass er sie ja schon mit der Suppe hätte vergiften können, falls es das war, was er wollte, und sie hatte einen Schluck gekostet.

Wasser offenbar.

Kühl und lecker.

Neben dem Holzgefäß hatte sie eine Packung Zwieback gefunden, dazu eine Tüte mit Trockenobst und Nüssen. Sie hatte ein paar Walnüsse und eine Scheibe Zwieback geknabbert und anschließend noch mehr von dem Wasser getrunken, wobei sie sich gefragt hatte, warum er es in ein hölzernes Gefäß gefüllt haben mochte, anstatt ihr einfach eine Plastikflasche hinzustellen.

Dann hatte sie sich die Wand in ihrem Rücken vorgenommen.

Sie hatte die raue Mauer abgetastet, ihre klammen Finger in Fugen und Ritzen gesteckt und sich ausgiebig mit dem Eisenring beschäftigt, an dem die Kette mit ihrer Handschelle befestigt war. Doch sosehr sie auch daran gezogen und gezerrt hatte, der Ring hatte keinen Millimeter nachgegeben.

Und jetzt saß sie auf ihrer Decke, den schmerzenden Rücken gegen den kalten Stein gelehnt, und untersuchte die Gegenstände, die ihr Peiniger ihr dagelassen hatte: eine weitere Decke, die sie sich eilig um die Schultern legte. Dazu eine Jacke ohne Knöpfe oder Reißverschluss und etwas zweiteiliges Gestricktes, mit dem sie zunächst wenig anfangen konnte. Erst als sie die beiden schlauchförmigen Gebilde eine Weile ratlos hin und her wendete, wurde ihr klar, dass es sich um Stulpen handelte. Beinwärmer, wie Tänzer sie trugen.

Sie hob einen davon an ihre Nase und atmete den Geruch ein, der aus der kratzigen Wolle stieg. Das Gewebe roch chemisch, was vermutlich bedeutete, dass das Kleidungsstück neu war. Und auch die Jacke machte nicht den Eindruck, als ob sie schon einmal gewaschen worden wäre.

Okay.

Er hat mir also neue Anziehsachen besorgt, resümierte sie stumm, während sie die Stulpen über ihre nackten Beine zog. Dort, wo die Haut verletzt war, kratzte die Wolle.

Aber sie wusste, dass sie keine Wahl hatte. Sie durfte nicht riskieren, sich am Ende auch noch eine Lungenentzündung zuzuziehen!

Schon jetzt fühlten sich ihre Schleimhäute wund und heiß an.

Sie hüllte sich noch fester in ihre Decke und nahm einen weiteren Zwieback, ohne zu wissen, wie lange ihre Vorräte reichen mussten. Während sie kaute, dachte sie über die Frage nach, warum es aus dem Loch, das ihr als Toilette dienen sollte, nach Exkrementen stank. Bedeutete das nicht zwangsläufig, dass vor ihr bereits eine andere Person dieses Loch benutzt hatte?

Der Gedanke erschreckte sie.

Falls sie recht hatte, war jemand hier gewesen. Vor ihr.

Aber wann? Vor langer Zeit? Oder erst kürzlich? War das hier am Ende gar so etwas wie ein Gefängnis? Gab es in ihrer Nähe vielleicht noch mehr Menschen? Menschen, die ihr Schicksal teilten?

Sie schluckte, doch das kleine Stück Zwieback, das sie sich abgebrochen hatte, schien sich in ihrem Mund in Staub verwandelt zu haben.

Wieso, verdammt noch mal, roch es in diesem Keller nach Exkrementen?

»Hallo?«

Die alten Wände schienen ihre Stimme einfach aufzufressen.

Sie leckte sich über die staubtrockenen Lippen, an denen noch immer verkrustetes Blut klebte. »Ist da jemand?«

Schweigen.

»Hallo!«, rief sie noch einmal und so laut, dass sie von der Anstrengung wieder zu husten begann.

Doch zurück kam nichts.

Nicht ein einziger Laut …

7

Skyline Plaza Einkaufszentrum, SB-Restaurant

Sie hatte einen Platz in der Nähe der Toiletten gewählt, vermutlich, weil sie festgestellt hatte, dass man dort am wenigsten Gefahr lief, ungebetene Gesellschaft zu bekommen. Ihm war aufgefallen, dass sie der Begegnung mit anderen Menschen meist aus dem Weg ging. Aber das für sich allein genommen, war noch nicht so ungewöhnlich.

An den Tischen ringsum saßen Dutzende anderer Frauen. Viele von ihnen hockten allein vor ihren mehr oder minder lieblos zusammengestellten Mahlzeiten. Die meisten starrten leer in die Gegend, während sie kauten. Einige hatten ihre Smartphones in der Hand, schrieben Kurznachrichten oder chatteten.

Ohne es zu ahnen, waren sie Teil einer Herde.

Sie waren gesehen, taxiert und verworfen worden.

Alle, bis auf die eine …

Bis auf die, die ihre Füße hasste.

Warum, wusste er nicht. Vielleicht hatte sie ein Problem mit ihrer Körpergröße. Ja, dachte er, das wäre eine Erklärung! Immerhin schien sie mit sich ohnehin Probleme zu haben. Ihre krumme Haltung deutete darauf hin, dass sie sich am liebsten in Luft aufgelöst hätte. Und auch das bisschen Grünzeug, das sie sich zum Mittagessen gönnte, sprach nicht dafür, dass sie besonders liebevoll mit sich umging.

Er betrachtete ihren Rollkragenpulli, unter dem sich deutlich die einzelnen Nackenwirbel abzeichneten. Sie war ihm aufgefallen, und er hatte ihren Tod beschlossen, während sie noch überlegte, ob sie es sich leisten konnte, den gesamten Inhalt des Portionsbeutels mit kalorienarmem Dressing über ihren Salat zu gießen …

8

Kellerverlies, Versteck von Kathrin Stiller

Die Stille zerriss.

Er kehrte zurück.

Und dieses Mal hörte sie ihn kommen!

Sie hatte noch nicht so bald wieder mit ihm gerechnet. Umso größer war ihr Schreck, als sie sich auf ihrer Decke aufrichtete und sich gegen das Licht wappnete, das über sie hereinbrechen würde, sobald er die Tür aufschloss.

Sie hörte den Schlüssel im Schloss und anschließend das rostige Scharnier, als er die Tür aufstieß. Die Geräusche kamen ihr vor wie durch ein unsichtbares Mikrophon verstärkt, was vor allem daran lag, dass es hier unten so unfassbar still war. Dann schwang die Tür auf, und für einen kurzen Moment konnte sie seine Silhouette sehen. Sie zeichnete sich gestochen scharf vor dem hellen Rechteck ab, und zum ersten Mal kam ihr der Gedanke, dass es einen Raum hinter der Tür gab. Einen Raum, in dem künstliches Licht brannte …

Gleich darauf verschwand das Rechteck, und es war finster. Aber nicht lange. Sie zuckte geblendet zurück, als er die Taschenlampe direkt auf ihr Gesicht richtete.

Er ließ den Strahl über den Fußboden gleiten, geradewegs hin zu der Stelle, wo er das Gefäß mit dem Wasser zurückgelassen hatte. Wollte er sie kontrollieren?

Zumindest schien er nicht unzufrieden mit dem, was er sah. Sie blinzelte angestrengt in das Dunkel hinter der Helligkeit. Er hatte sich abgewandt, den Blick noch immer auf den Boden gerichtet. Viel erkennen konnte sie nicht, aber sie sah, dass er dunkel gekleidet war und eine Maske trug. Eine Art Sturmhaube, die lediglich schmale Schlitze für die

Augen freiließ. Außerdem schien er schlank und nicht allzu groß zu sein. Aber dieser Eindruck konnte auch täuschen.

In diesem Moment drehte er sich wieder zu ihr um, und sie senkte eilig den Blick. Maske, Handschuhe – er war eindeutig vorsichtig. Und er wollte ganz offenbar nicht, dass sie etwas von ihm zu Gesicht bekam.

Vielleicht will er mich wirklich eines Tages wieder gehen lassen, frohlockte ihr Verstand. Vielleicht geht es ihm um etwas ganz anderes als um meinen Tod. Immerhin lebe ich noch. Obwohl er mehr als genug Zeit gehabt hätte, mich zu töten.

Tatsächlich machte er auch dieses Mal keinerlei Anstalten, sie anzugreifen.

Sie konnte ihn nicht mehr sehen, weil er die Lampe direkt vor sich hielt, aber sie hatte das Gefühl, dass er sie anstarrte. Etwas, das ihr ganz und gar nicht behagte.

Sie zog die Beine an, während der Lichtstrahl prüfend über die Wand in ihrem Rücken glitt. Er ist gründlich, schoss es ihr durch den Kopf. Aber er hat auch Angst!

Die Erkenntnis traf sie wie ein Faustschlag. Er hatte Angst, dass sie sich befreite! Deshalb hatte er ihr alles abgenommen, was kritisch werden könnte: ihre Armbanduhr. Den Schmuck. Und die Jacke, die er ihr hingeworfen hatte, besaß weder Reißverschluss noch Knöpfe.

Sie starrte an sich hinunter und entdeckte rechts ein paar Knopflöcher in der grauen Wolle. Er hat die Knöpfe abgeschnitten, dachte sie. Dieser elende Scheißkerl hat Angst!

Kaum dass sich der Gedanke manifestiert hatte, glaubte sie auch schon, einen Hauch von Argwohn wahrzunehmen. Oder bildete sie sich das nur ein?

Noch immer sah sie nichts von ihm.

Nicht einen Millimeter.

Na los, sag was!, dachte sie verzweifelt. Lenk ihn ab!

»Haben Sie mit meinen Eltern gesprochen?«

Sie lauschte.

Doch er reagierte nicht. Allerdings brachte er sie auch nicht zum Schweigen.

»Eigentlich sollte ich jetzt zu Hause an meinem Rechner sitzen«, fuhr sie im Plauderton fort. Irgendwo hatte sie mal gehört, dass es hilfreich sein konnte, wenn man seinem Entführer etwas über sich erzählte. Das erhöhte die Hemmschwelle. Was man kannte, tötete man nicht so leicht. »Ich schreibe gerade eine Hausarbeit. Meine letzte, wenn ich Glück habe.« Sie biss sich auf die Lippen, als ihr klar wurde, wie sehr man diesen Satz vor dem Hintergrund ihrer Lage missverstehen konnte. Eilig setzte sie hinzu: »Über Adalbert Stifter.«

Das Schweigen hinter der Taschenlampe vertiefte sich.

Verstand er überhaupt, was sie sagte?

Er sprach Deutsch, ganz eindeutig. Akzentfreies Deutsch sogar, auch das war ihr nicht entgangen. Aber war er auch gebildet? Wusste er, wer Stifter war? Oder erregte sie mit ihrem Gerede von der Uni am Ende nur seinen Zorn?

Sie beschloss, es nicht darauf ankommen zu lassen, und wechselte hastig das Thema. »Sagen Sie … Worauf warte ich eigentlich?«

Keine Reaktion.

»Wie heißen Sie?«

Verdammt blöde Frage!, schalt sie sich. Sobald er dir das verrät, muss er dich töten!

»Ich meine, wie soll ich Sie nennen?«, korrigierte sie sich. »Irgendwie muss ich Sie doch schließlich ansprechen können, nicht wahr?«

Er ignorierte ihr Gerede und ging in die Knie, um den Reißverschluss seiner Tasche zu öffnen. Wie beim letzten Mal hatte er sie in der Dunkelheit zu seinen Füßen abgestellt. Er nahm eine Plastikflasche mit Wasser heraus und füllte das Holzgefäß auf, bis es beinahe überlief. Dann überprüfte er, wie viel sie gegessen hatte, und schüttelte missbilligend den Kopf.

»Du musst mehr essen.«

Sie zuckte zusammen. Hatte sie diese Stimme je zuvor gehört?

»Oder willst du verhungern?«

Sie schüttelte den Kopf, zitternd vor Erleichterung, dass er sich um sie sorgte. Er brauchte sie offenbar lebend. Er würde sie gehen lassen, sobald er erreicht hatte, was er sich vorgenommen hatte.

»Nein«, stotterte sie. »Ich … will nicht verhungern.«

Ich will einfach nur nach Hause …

»Dann friss endlich, du dreckige Schlampe!«

Sie nickte. Folgsam wie ein Kind kroch sie auf die Lebensmittel neben ihrer Decke zu und begann, sich blindlings Nüsse und Trockenfrüchte in den Mund zu stopfen. Dabei dachte sie an Essgestörte, die im Zuge eines Anfalls über ihren Kühlschrank herfielen.

Und die ganze Zeit über fühlte sie seine Blicke in ihrem Rücken. Wie diese roten Laserpunkte, mit denen Scharfschützen ihre Ziele anvisierten.

Ihr Magen rebellierte gegen die unerwartete Belastung, aber sie kümmerte sich nicht weiter darum, sondern schluckte tapfer Nüsse und Trockenobst, bis die Tüte leer war.

Er lobte sie nicht, so wie beim letzten Mal, sondern tauschte kommentarlos die leeren Tüten gegen volle. Dann stellte er ein frisches Päckchen Zwieback und eine Schachtel Cracker auf den Boden neben das Wasser und machte einen Schritt auf sie zu.

Sie unterdrückte den monumentalen Fluchtreflex, der sie packte, sobald er näher als einen Meter an sie herankam, und ließ widerstandslos zu, dass er sie am Handgelenk packte.

Seine Latexfinger hielten ihr eine Kapsel unter die Nase.

Soweit sie erkennen konnte, war es genauso eine wie die, die er ihr schon einmal aufgezwungen hatte.

Was immer das ist, es hat nicht gewirkt, versuchte sie, sich selbst zu beruhigen, während sie die stumpfe Plastikkapsel hinunterwürgte.

Das letzte Mal, als er dir so ein Ding gegeben hat, ist GAR NICHTS passiert!

Aber warum zwang er sie, wirkungslose Tabletten zu schlucken?

Vielleicht macht ihn das an, überlegte sie. Immerhin war dieser Kerl ein Psychopath.

Vielleicht gab er ihr irgendein Placebo, um sich an ihrer Angst zu weiden. Waren Scheinhinrichtungen nicht eine Form von Folter?

Durch die Schlitze in seiner Skimaske konnte sie seine Augen sehen. Sie hatten keine Farbe, sondern sahen wie zwei dunkle Seen aus.

Er kontrollierte die Handschelle, den Eisenring und jedes einzelne Glied ihrer Kette. Dann ließ er ihre Hand fallen und zog sich zurück.

Sie versuchte nicht, ihn aufzuhalten. Sie stellte keine Fragen, und sie machte auch keine dummen Bemerkungen mehr. Sie saß einfach da und blickte dem Kegel seiner Taschenlampe nach, bis er durch die Tür verschwunden war.

Durch die Tür, hinter der es einen weiteren Raum gab.

So viel immerhin hatte sie heute herausgefunden: Es gab eine Welt hinter der Tür, in die er verschwand, wenn er mit ihr fertig war. Und vielleicht wartete dort sogar jemand auf ihn. Die Vorstellung ließ sie schaudern. Jemand, der nicht die geringste Ahnung hatte, dass der Mensch, den er liebte, ein Monster war …

9

Berger Straße, Wohnung von Emilia Capelli

Em hatte ganz bewusst kein Licht gemacht, und die tote Manuela Zehlen geisterte über den Bildschirm ihrer Heimkino-Anlage wie ein Irrlicht.

Vor den Fenstern der gemütlichen Altbauwohnung war der Tag bereits vor Stunden in eine kühle und erstaunlich klare Nacht übergegangen, und auf den Dächern der Häuser lag der Lichtschimmer der Großstadt.

Em schnappte sich das letzte Stück einer längst erkalteten Tiefkühlpizza und schob ihren Teller von sich. Seit Stunden streifte sie nun durch Manuela Zehlens Vergangenheit wie ein Bluthund, der einer Witterung folgte. Sie hatte der ermordeten Lehrerin bei der Gartenarbeit und beim Tennis zugesehen. Sie war ihr zu den Tempelanlagen von Abu Simbel und anschließend an den Strand eines 4-Sterne-Hotels in Scharm El-Scheich gefolgt und hatte gemeinsam mit ihr der Hochzeit eines Paares beigewohnt, das ihr genauso wenig sagte wie alle anderen Menschen, die zufällig oder absichtlich von Klaus Zehlens Kamera erfasst worden waren. Aber hatte ihr das irgendetwas gebracht? War es irgendwie von Hilfe gewesen, einer Toten beim Leben zuzusehen?

Sie wusste es nicht. Aber wenigstens hatte sie nun ein Gefühl für Manuela Zehlens Alltag. Für die Persönlichkeit der ermordeten Lehrerin, ihre Art, zu lachen oder einfach nur zu gucken …

Vielleicht war das wichtig.

Vielleicht auch nicht.

Sie drückte auf die Stopp-Taste, und Manuela Zehlens Lachen erstarrte. Irgendwann, dachte Em, zu einem Zeitpunkt, den nur er selbst kennt, hat ihr Mörder sie angesehen. Genau so, wie ich sie jetzt ansehe …

Aber was sehe ich?

Dasselbe, was er gesehen hat?

Sie drückte wieder auf die Play-Taste. Manuela Zehlens Lachen erwachte zu neuem Leben, und sie hob stolz ihren Hund in die Kamera. Die nächste Einstellung zeigte das Ehepaar Zehlen in ihrem Garten, ganz offenbar beim Grillen mit Freunden. Klaus Zehlen stand am Feuer und wendete Steaks und Würstchen für mindestens zehn Personen, während sich seine Frau im Hintergrund mit einer dümmlich lächelnden Blondine unterhielt. Gleich darauf schwenkte die Kamera nach rechts zu einer Frau, die ganze Berge Nudelsalat auf einen Pappteller schaufelte. Manuela Zehlen schien derweil von ihrer blonden Gesprächspartnerin genug zu haben, denn ihr Blick ging irgendwo ins Leere und sie kaute gelangweilt auf ihren Fingernägeln herum.

»Selbst schuld, wenn du dir so öde Leute einlädst«, spöttelte Em, als ihr plötzlich einfiel, dass Manuela Zehlens Nägel auch zum Zeitpunkt ihres Todes bis auf die Haut abgekaut gewesen waren.

Auf den ersten Blick hatte dieser Umstand in ihr den Verdacht genährt, dass die Ehe der Zehlens vielleicht doch nicht so glücklich gewesen war, wie alle behaupteten. Aber sie hatte in keinem der Videos etwas gefunden, das ihre Theorie bestätigt hätte. Im Gegenteil: Die Art, wie die Eheleute miteinander sprachen, wie sie einander ansahen oder hier und da die Hand auf den Arm des anderen legten – all das sprach für eine harmonische und fürsorgliche Beziehung …

Aber was hieß das schon? Em seufzte und sah hinüber zu dem quietschbunt bemalten Hocker, den ihre Nichten ihr zum Geburtstag geschenkt hatten. Welcher Außenstehende konnte sagen, was in einer Familie wirklich vor sich ging?

Wer blickte hinter die Fassade?

Sie zuckte zusammen, als Manuela Zehlen vor ihren Augen einen Pfannkuchen auf die edlen Terrassenfliesen fallen ließ. Während sich die Lehrerin vor Lachen über ihr Missgeschick beinahe ausschüttete, warf Em einen flüchtigen Blick auf die Uhr. Spät genug, aber nicht zu spät … Entschlossen schnappte sie sich ihr Smartphone und wählte Jennys Handynummer. Doch einmal mehr meldete sich nur die Sprachbox. Also versuchte sie es auf dem Festnetz.

Bereits nach zweimal Läuten wurde abgehoben. »Capelli.«

Mist!

Dabei hatte sie ja eigentlich damit rechnen müssen, dass sich ihr Bruder meldete. Immerhin war es sein Anschluss. Sein Zuhause.

Und seine Familie …

»Hi, ich bin's.«

»Was willst du?«

»Na, das ist ja vielleicht 'ne Begrüßung«, beschwerte sie sich, weil sie wusste, dass ihr Bruder genau diese Reaktion von ihr erwartete.

»Hat Mama gesagt, dass du mich anrufen sollst?«

»Nein, ich …«

»Em«, sein Ton war ungewöhnlich scharf. »Wir beide wissen, dass du mich nicht einfach so anrufst.«

Ertappt!

»Stimmt«, entgegnete sie so unbefangen wie möglich, während ihr Hirn fieberhaft nach einer Ausrede suchte. »Aber ich muss kurz mit Jenny sprechen.«

Selbst durch die Leitung spürte sie, wie bei ihm eine Klappe fiel.

»Du weißt schon«, setzte sie hastig hinzu, »wegen Bellas Schulprojekt.«

Ihr Bruder stutzte. »Was für ein Projekt?«

»Das fragst du *mich*?« Em lachte so laut und zwanglos sie konnte. »Ich gebe zu, dass ich mal wieder keine Zeit hatte, richtig zuzuhören. Aber soweit ich das verstanden habe, geht es um das Berufsbild des Polizisten, das im Rahmen irgendeines Projekts vorgestellt werden soll.«

So haarsträubend ihre Lüge war, so sehr verblüffte sie ganz offenbar ihren Bruder. »Bell ist auf der Grundschule.«

»Ich weiß«, entgegnete Em. »Und ich bin auch, wie gesagt, gar nicht so sicher, ob ich das alles richtig interpretiert habe. Ich meine, du weißt ja selbst, wie Kinder sind, wenn sie etwas erzählen. Aber falls die Sache wider Erwarten doch noch aktuell sein sollte, könnt ihr gern mal mit Bella bei uns in der Abteilung vorbeischauen.«

Ihr Bruder war hörbar überfordert, aber er bot auch nicht an, seine Frau ans Telefon zu holen. Eine Unachtsamkeit, die Em so nicht von ihm kannte. Unwillkürlich lauschte sie auf Geräusche im Hintergrund.

Doch es war und blieb totenstill.

»Ich sage Jenny Bescheid, dass sie sich noch mal mit dir kurzschließt«, erklärte Angelo nach einer schieren Ewigkeit.

»Wie du meinst«, entgegnete Em mit jenem wohldosierten Hauch von Beleidigt-Sein, der ihn hoffentlich davon überzeugte, dass sie tatsächlich nur helfen wollte. »Ach ja, und noch eine kurze Frage …«

Augenblicklich war die Spannung wieder da. Sie war förmlich mit Händen zu greifen. Auch wenn Angelo nur ein einziges Wort sagte: »Ja?«

»Dieses Boxspringbett, das Mama unbedingt haben will …« Er hatte keinen Schimmer, wovon sie sprach. Aber das war bei ihm der Normalzustand. Angelo hatte sich noch nie um die Wünsche, Bedürfnisse oder Gefühle anderer Leute geschert, weshalb er in aller Regel auch nicht wirklich zuhörte. »Und ich habe mich da schon mal ein bisschen kundig gemacht.« Sie hielt inne, um ihrem Bruder die Gelegenheit für eine Erwiderung zu geben, doch er schwieg. »Sooo teuer, wie ich dachte, sind die Dinger gar nicht. Und wenn wir alle drei zusammenlegen würden …«

»Wie viel?«

»Zweihundert für jeden.«

Em sah ihn vor sich, wie er sich gedankenverloren an die Nase griff, während er nachdachte. Das hatte er schon als Kind getan.

»Ich überleg's mir.«

»Okay.« Sie nahm das Handy ans andere Ohr. »Sag mir Bescheid, wenn du dich entschieden hast. Und grüß Jenny und die Kinder.«

»Mach ich.«

Sie runzelte die Stirn. War da ein leises Zögern gewesen? Oder sah sie Gespenster? Und warum, zur Hölle, kam er ihr plötzlich so fremd vor? Immerhin kannten sie einander schon ihr ganzes Leben.

»Ich wollte nur …«, setzte sie an. Doch die Worte erreichten ihr Ziel nicht mehr. Ihr Bruder hatte die Verbindung bereits unterbrochen.

VIER

Du kannst nicht verhindern,
dass die Vögel des Kummers
über dein Haupt fliegen.
Aber du kannst verhindern,
dass sie Nester
in deinem Haar bauen.

(Chinesisches Sprichwort)

I

Polizeipräsidium, Abteilung für Kapitaldelikte, Besprechungsraum

»Kaspary?« Makarov kniff die Augen zusammen. »Na klar erinnere ich mich an den Fall. Eine Serie von Vergewaltigungen übelster Sorte. Hat ziemliches Aufsehen erregt damals. Wie lange wird das jetzt her sein? Acht oder neun Jahre?«

»Sieben«, sagte Em.

»Kaspary hat in einem Zeitraum von knapp zwei Jahren mindestens sechs Frauen vergewaltigt«, ergänzte Zhou, die inzwischen ein entsprechendes Dossier der zuständigen Kollegen erhalten hatte. »Außerdem ist er schon als junger Mann wegen eines ähnlichen Delikts zu einer Jugendstrafe von drei Jahren ohne Bewährung verurteilt worden.«

Makarov stemmte sich aus seinem Schreibtischstuhl hoch. »Und was hat das mit unserer Sache zu tun?«

»Frank Kaspary hatte eine besondere Eigenart.« Em reichte ihrem Vorgesetzten die Aufnahmen von Bianca Ahlbecks nackter Leistengegend über den Tisch. Das Porträt der vierfachen Mutter hatte Zhou inzwischen mit knallroten Stickern an die Magnetwand gepinnt, gleich neben die Fotos von Manuela Zehlen und Marina Boginska. »Er ritzte seinen Opfern ein großes X in die Bauchdecke, immer rechts unterhalb des Nabels«, erläuterte sie, während Makarov die Fotos studierte. »Form und Größe entsprechen den Wunden, die unser Täter Manuela Zehlen und Bianca Ahlbeck zugefügt hat. Und das«, sie versuchte, den Blick ihres Vorgesetzten einzufangen, »kann unmöglich ein Zufall sein.«

Makarov runzelte die Stirn. »Und wo ist der Kerl heute? Sitzt er?«

Zhou bejahte. »Er ist seit seiner Verurteilung im Maßregelvollzug der forensischen Fachklinik Kronenhof untergebracht.«

»Kronenhof?« Ihr Boss stutzte. »Ist das nicht ganz in der Nähe der Stelle, wo man die Leiche von Marina Boginska gefunden hat?«

»Es sind ziemlich genau dreiundzwanzig Kilometer Luftlinie«, nickte Em.

Ihr Vorgesetzter begann wieder, auf und ab zu laufen. »Könnte Kaspary es irgendwie geschafft haben, diese Klinik zu verlassen?«

»Sein Arzt sagt Nein«, antwortete Em.

»Zumindest hätte er in seiner momentanen Lebenssituation ganz sicher keine Möglichkeit, eine Frau über einen längeren Zeitraum gefangen zu halten«, versuchte Zhou, die Medizinermeinung sachlich zu untermauern. »Immerhin müsste er sein Opfer regelmäßig versorgen.«

»Was dann?«, blaffte Makarov. »Ein Nachahmungstäter?«

»Bemerkenswert ist, dass sowohl Manuela Zehlen als auch Marina Boginska im Großen und Ganzen Kasparys damaligem Beuteschema entsprechen.« Em entnahm dem Umschlag, den sie mitgebracht hatte, sechs weitere Fotografien. »Allerdings waren Kasparys Opfer deutlich jünger: Claudia Hecker, Yasmin Böll, Agniezka Copik, Lisa Brugger, Cornelia Flatow und Jeanette Altmaier«, zählte sie auf, während sie die entsprechenden Bilder vor ihrem Boss auf dem Schreibtisch ausbreitete. »Alle zwischen neunzehn und Ende zwanzig, mittelgroß und attraktiv, mit überschulterlangen braunen Haaren.«

Makarov betrachtete die Gesichter der Frauen mit einer Mischung aus Interesse und Unglauben. »Also schön«, knurrte er. »Besorgen Sie sich alle Informationen über den

Kerl, die Sie kriegen können. Prüfen Sie jeden möglichen Zusammenhang. Und klären Sie, ob er dort, wo er jetzt ist, nicht vielleicht doch irgendwie rauskann. Ich traue diesen Psycho-Heinis nicht über den Weg.«

Da, dachte Em, haben wir was gemeinsam!

Sie wollte gerade aufstehen, als Decker den Kopf ins Zimmer steckte.

»Neuigkeiten von der KTU«, verkündete er.

Em sprang hoch. »Schieß los!«

»Sie haben das Verbandsmaterial untersucht, mit dem Marina Boginskas Verletzungen versorgt waren. Und dabei haben sie etwas gefunden, was in die Gummierung der Pflasterstreifen eingeprägt war.«

»Eingeprägt?«, wiederholte Em ungläubig.

»So hat der zuständige Kollege das ausgedrückt«, nickte Decker. »Er meint, dass es sich um Buchstaben handeln könnte. Allerdings stammt der Abdruck ganz offenbar nicht von einem Stift, sondern von irgendeinem anderen spitzen Gegenstand.« Er zuckte die Achseln. »Die Spezialisten versuchen, es zu rekonstruieren. Aber das kann eine Weile dauern.«

Em stöhnte. »Wir haben keine verdammte Weile!«

Decker hob entschuldigend die Hände. »Übrigens haben die Techniker an Marina Boginskas Haarspitzen genetisches Material gefunden.«

»Vom Täter?«, rief Em hoffnungsvoll.

»Nein, im Gegenteil.«

Sie verzog das Gesicht. »Was, zum Teufel, meinst du mit *im Gegenteil*?«

»Das Material stammt vom Opfer selbst«, erklärte ihr Kollege. »Aber es handelt sich nicht um Blut, sondern um Speichel.«

»Speichel?«, wiederholte Makarov entgeistert. »Und was bedeutet das?«

»Dass die Haare des Opfers nicht abge*schnitten*, sondern abge*bissen* wurden«, antwortete Em, bevor Decker auch nur Luft geholt hatte. »Und zwar von Marina Boginska selbst.«

Ihr Kollege nickte. »Korrekt.«

»Dann sind die Haare also doch keine Trophäe gewesen«, konstatierte Zhou.

Em blickte an ihr vorbei, hinüber zu Marina Boginskas Foto. Die ermordete Prostituierte hatte also versucht, ihre Haare loszuwerden. Aber warum? Was brachte eine Frau dazu, sich auf eine solche Art und Weise von ihren Haaren zu trennen, in deren Wachstum und Pflege sie viele Jahre investiert hatte? Der Stress? Irgendeine archaische selbstzerstörerische Verhaltensweise, ausgelöst durch eine Extremsituation? So wie manche Menschen Nägel kauten?

Em stutzte, als ihr unvermittelt wieder das Video von der Grillparty in Manuela Zehlens Garten in den Sinn kam.

Der geistesabwesende Blick der Lehrerin, während sie gelangweilt auf ihren Fingernägeln kaute …

Abgebissene Haare, dachte Em. Abgekaute Fingernägel. Was sagt mir das?

Sie schloss die Augen. Irgendwo tief in ihrem Kopf gab es ein Bild zu diesen Fakten. Eine vage Erinnerung, die sich nicht greifen ließ.

»… oder sind Sie anderer Meinung?«, zwängte sich in diesem Moment wieder Makarovs Stimme in ihr Bewusstsein.

Em sah hoch. »Wie bitte?«

»Die Erde an Marina Boginskas Füßen«, kam Zhou ihr zu Hilfe. »Sie stammt offenbar nicht aus dem Waldstück, in dem wir ihre Leiche gefunden haben.«

»Oh«, war alles, was Em über die Lippen brachte.

Makarov musterte sie eindringlich. »Alles in Ordnung mit Ihnen?«

»Sicher«, entgegnete sie schnell. »Ich war bloß in Gedanken.«

Ihr Vorgesetzter gab ein missbilligendes Brummen von sich. »Na schön, dann setze ich mich mal mit den Kollegen von der zuständigen Abteilung in Verbindung und sehe zu, dass wir so schnell wie möglich an Kasparys Akte kommen.« Die Sohlen seiner Schuhe quietschten über das Linoleum. »Hoffen wir, dass dieser Fall nicht noch größer ist, als wir bislang angenommen haben.«

2

Kellerverlies, Versteck von Kathrin Stiller

Sie hatte sich übergeben, so oft und so quälend, dass ihr jeder Muskel wehtat. Und ihre Kehle fühlte sich an, als ob sie Rohrreiniger getrunken hätte.

Der Gestank aus dem Loch machte die Sache nicht besser. Aber sie hatte es auch nicht gewagt, einfach auf den Boden zu kotzen. Ein vager Instinkt sagte ihr, dass sie ihn damit wütend machen würde. Und das durfte sie auf keinen Fall. Wenn er die Nerven verlor, hatte sie nicht den Hauch einer Chance.

Inzwischen hatten die Krämpfe etwas nachgelassen, und sie sehnte sich mit jeder Faser ihres Körpers nach einer Dusche. Wieder und wieder griff sie nach dem hölzernen Gefäß neben sich und spülte sich den Mund aus. Das Wasser spuckte sie anschließend in die Grube, weil sie davon überzeugt war, dass sie es ohnehin nicht bei sich behalten würde. Allerdings war ihr Wasservorrat inzwischen fast aufgebraucht, und ihr war klar, dass ihr eine ziemlich unangenehme Zeit bevorstand, wenn er nicht bald zurückkehrte.

Sie lehnte den Rücken gegen die raue Mauer und dachte

an seine Augen. An die Pupillen, die wie flüssiger Teer zwischen den Schlitzen seiner Maske hervorblitzten. Sie hatte keine Erfahrung mit Psychopathen, aber irgendetwas an diesem Kerl stimmte nicht. Die Art, wie er mit ihr umging, beunruhigte sie zutiefst. Sie war so … Ja, so distanziert. Fast klinisch. Als ob es ihn ekele, überhaupt mit ihr zu tun zu haben.

Zugleich hatte sie den Verdacht, dass er irgendetwas von ihr erwartete. Sie wusste, dass er ihr niemals verraten würde, was es war. Aber wann immer er sich in ihrer Nähe aufhielt, hatte sie das Gefühl, dass er sie scannte. Seltsamerweise musste sie ausgerechnet jetzt an Märchen denken. An die alte, bucklige Hexe, die tagtäglich an Hänsels Käfig trat und überprüfte, ob der kleine Junge schon fett genug war, um geschlachtet zu werden.

Der Gedanke jagte eine dicke Gänsehaut über ihren Körper.

Aber die Hexe aus dem Märchen hat Hänsel nicht geschlachtet, versuchte sie, sich selbst Mut zu machen. Im Gegenteil: Hänsel war schlau genug gewesen, einen Hühnerknochen anstelle seines Fingers durch die Gitterstäbe zu stecken und seine kurzsichtige Peinigerin zu täuschen. Und dann …

Sie lächelte leise vor sich hin.

Dann hatte er sie umgebracht!

Dumm nur, dass sie – im Gegensatz zu Hänsel – nicht die geringste Ahnung hatte, worauf ihr Entführer aus war. Sie konnte, im Gegenteil, immer nur an seinen Reaktionen ablesen, ob sie sich so verhielt, wie er es von ihr erwartete. Oder ob sie Fehler machte …

Trotzdem gefiel ihr die Vorstellung von dem kleinen Jungen im Käfig, der die böse alte Frau am Ende der Geschichte ins Feuer ihres eigenen Ofens schubste und die Tür hinter ihr zuknallte.

Auf Nimmerwiedersehen, du Arschloch!

Sie atmete tief durch und schob den Finger über den Rand ihres Holzgefäßes. Der Rest Wasser auf dem Grund maß vielleicht noch zwei, maximal drei Zentimeter. Dann war Schluss.

Hoffentlich kommt er bald zurück, dachte sie. Auch wenn jede Rückkehr mit einem Risiko verbunden war. Denn schließlich: Wer konnte wissen, wie lange er dieses Spiel noch spielte?

Er wird weitermachen, bis er erreicht hat, was er erreichen will, gab sie sich selbst zur Antwort. Was immer das sein mag ...

Wie alt mag er sein?, überlegte sie. Dreißig? Vierzig? Oder noch älter?

Aus der Stimme ließ sich nicht viel ableiten, dafür redete er einfach zu wenig. Und auch seine Haltung war seltsam alterslos.

Wenn ich mich doch nur an sein Gesicht erinnern könnte!, dachte sie verzweifelt. Er hatte keine Maske getragen, als er im Fahrradschuppen über sie hergefallen war, so viel wusste sie bestimmt. Aber ... Sie massierte ihre Schläfen, doch alles, was ihr Gedächtnis ihr an Bildern anbot, war der grobe Umriss eines Mannes und eine erhobene Hand.

Resigniert tastete sie nach ihrer Decke und zog sie sich über die Schultern. Das Kotzen hatte sie viel Kraft gekostet, und sie hatte das unangenehme Gefühl, Fieber zu bekommen. Wahrscheinlich hatte sie sich tatsächlich erkältet.

Waren die zwei Wochen von Jessies verdammtem Schulpraktikum denn noch immer nicht um?

Im Geiste sah sie ihre Mitbewohnerin mit einer Reisetasche über der Schulter die Tür zu ihrer gemeinsamen Wohnung aufschließen und sich über den verschimmelten Kaffeefilter in der Spüle ärgern. Sie sah Jessie an ihre geschlossene Zimmertür klopfen und dann, nach einer angemessenen Anstandsfrist, vorsichtig die Klinke herunterdrücken. Aber würde sie sich wundern, wenn sie das Bett benutzt und das Zimmer leer vorfand? Und wie lange würde sie brauchen, bis sie begann, sich Sorgen zu machen?

Sie stöhnte. Wie viele Vorlesungen würde sie versäumt haben müssen, bis endlich nach ihr gesucht wurde?

Nein, tut mir leid, Frau Stiller, hörte sie Jessies piepsige Stimme ins Telefon flöten, *die Kathrin ist nicht da. Keine Ahnung, wo sie hinwollte. Aber vielleicht übernachtet sie bei einer Freundin …*

»Hast du je erlebt, dass ich bei einer Freundin übernachtet hätte, du dämliche Kuh?«, flüsterte sie wütend in die Dunkelheit. »Ich habe Kommilitoninnen, Bekannte und Nachbarn. Hin und wieder vielleicht auch mal einen Kurzzeit-Liebhaber. Aber ich habe KEINE FREUNDIN. Ich habe genug mit mir selbst zu tun!«

Sie strich sich eine klebrige Haarsträhne aus der Stirn und stellte überrascht fest, dass sie schwitzte. Freundinnen waren etwas, das sie sich nicht leisten konnte, denn Freundinnen erwarteten, dass man mit ihnen über sich selbst sprach. Ja, dachte sie bitter, irgendwann kommt man in jeder Freundschaft an einen Punkt, an dem man zur Diskussion steht, mit all seinen Ansichten und Vorlieben.

Oh je, du Ärmste! Ist es nicht furchtbar schwierig, mit einem behinderten Bruder zu leben? Gespräche dieser Art waren ihr schon immer zutiefst zuwider gewesen.

Haben deine Eltern denn da überhaupt noch Zeit für dich gehabt?

Sie log nun mal nicht gerne.

Hast du es nicht langsam satt, ewig nur Bad Wildbad?

Und die Wahrheit kam nicht infrage: Ich hasse Bad Wildbad. Ich hasse meinen Bruder. Ich wünschte, er wäre tot …

»Wer will denn so was hören?«, flüsterte sie trotzig vor sich hin.

Nein, Frau Stiller, die Kathrin hat sich leider noch immer nicht gemeldet, ging das imaginäre Telefonat in ihrem Kopf unterdessen in eine neue Runde. *Aber sie muss hier gewesen sein. Ihr Rechner ist an …*

»Herrgott, noch mal, sieh dir das gottverdammte Datum an!«, schrie sie ihrer eingebildeten Mitbewohnerin entgegen, und die finsteren Kellerwände warfen den Vorwurf vielstimmig zurück. »Sei neugierig und guck dir an, wann ich zuletzt an meiner gottverdammten Arbeit geschrieben habe!«

Oder war sie noch gar nicht so lange fort, wie sie dachte?

Wie viele Tage waren es noch, bis ihre Eltern endlich aus Bad Wildbad zurückkehrten?

Und warum, verdammt noch mal, glaubte sie ums Verrecken nicht daran, dass der Mann, der sie gefangen hielt, irgendjemandem erzählt hatte, dass sie sich in seiner Hand befand?

3

Polizeipräsidium Abteilung für Kapitaldelikte, Konferenzraum der Soko „Daumen“

»Danke, dass Sie so schnell kommen konnten.« Makarov zeigte auf die beiden Stühle, die Em und Zhou für die Kollegen von der Abteilung für Sexualdelikte bereitgestellt hatten. »Aber bitte, setzen Sie sich doch.«

Im Gegensatz zu Patrick Vehn, der Makarovs Aufforderung umgehend nachkam, blieb Carsten Ulbrich zunächst eine Weile vor der Wand mit den Fotografien der Mordopfer stehen, was Zhou die Gelegenheit bot, ihn ein wenig genauer zu betrachten. Der Kollege von der Sitte war nicht allzu groß gewachsen und gutaussehend, auch wenn sein markantes Gesicht unübersehbare Spuren eines ausschweifenden Lebensstils trug. Zhou kannte ihn vom Sehen, ohne jemals ein Wort mit ihm gewechselt zu haben, aber nach allem, was sie so hörte, war er recht beliebt.

Patrick Vehn war ein paar Jahre jünger und dunkelhaarig.

»Möchten Sie einen Kaffee?«, fragte sie und schwenkte die Thermoskanne.

Vehn lächelte. »Unbedingt.«

»Sie auch?«, wandte Zhou sich an Ulbrich.

Doch der war zu sehr mit den Fotos beschäftigt. »Das sieht tatsächlich verdammt nach Kaspary aus«, befand er mit Blick auf die Vergrößerung von Bianca Ahlbecks Leistengegend. »Nur leider kann er's nicht gewesen sein.«

»Wieso nicht?«, fragte Capelli.

Ulbrich drehte sich um und kam zum Tisch. »Ganz einfach: Im Kronenhof sitzt er so sicher wie in einem Hochsicherheitsgefängnis.«

Zhou bemerkte, dass Vehn kurz die Augenbraue hob. Sie versuchte, seinen Blick zu erhaschen, aber er war klug genug, ihr auszuweichen.

»Seien Sie doch so gut und setzen uns kurz ins Bild, ja?«, bat Makarov.

»Was wollen Sie denn wissen?«, fragte Ulbrich.

»Zum Beispiel, mit wem Kaspary damals Kontakt hatte. Familie. Freunde …«

»Da fängt's schon an«, lachte der Beamte von der Abteilung für Sexualdelikte. »Kaspary war extrem ungesellig, um es mal vorsichtig auszudrücken. Der jüngste von drei Brüdern und – nebenbei bemerkt – alles andere als ein Kind der Liebe. Seine Mutter dachte, ihre Ehe mit einem weiteren Kind retten zu können. Aber der Plan ging nicht auf, und der Vater verließ die Familie endgültig, als Kaspary sechs war. Damals machte der ältere Bruder längst sein eigenes Ding, und der mittlere, Jonas, entschied sich, beim Vater zu bleiben. Kaspary hingegen ging mit seiner Mutter nach Stuttgart, wo diese bald wieder schwanger wurde und knapp zwei Jahre nach der Scheidung ein weiteres Kind zur Welt brachte.«

Zhou schob ihm eine leere Tasse hin. »Junge oder Mädchen?«

Die Frage schien ihn zu irritieren. »Mädchen, glaub ich«, antwortete er schließlich. Und mit einem Hauch von Gereiztheit fügte er hinzu: »Spielt das irgendeine Rolle?«

Zhou überging die Frage und goss ihm Kaffee ein.

»Kaspary kam mit der neuen Situation nicht klar«, fuhr Ulbrich nach einer kurzen Verlegenheitspause fort. »Und in der Schule zeigte er bald die typischen Auffälligkeiten, obwohl er – rein von seinen Möglichkeiten her – all seine Mitschüler spielend in die Tasche gesteckt hätte.« Er machte eine vielsagende Pause, bevor er hinzufügte: »Der Typ hat einen IQ von 156. Allerdings verwüstete er auch ganz gern mal ein Klassenzimmer oder vermöbelte andere Kinder.«

»Gleichaltrige oder jüngere?«, fragte Zhou.

Ulbrichs Blick hätte sie problemlos an die gegenüberliegende Wand nageln können. »Hatten Sie kürzlich eine von diesen Psycho-Fortbildungen?«

Zhou schenkte ihm ein kühles Lächeln. »Nein, ich versuche nur auszuloten, wie es um Kasparys Selbstvertrauen bestellt war.«

Um Vehns Lippen spielte ein Lächeln. »Er hatte überhaupt kein Problem, sich mit Jungs anzulegen, die einen Kopf größer waren als er selbst, falls es das ist, was Sie wissen wollen.«

Zhou lächelte auch. »Danke sehr.«

Ulbrich spürte, dass er in diesem Schlagabtausch eine schlechte Figur gemacht hatte, und drehte ärgerlich den Kopf weg.

»Als Kaspary dreizehn war, scheiterte auch die zweite Ehe seiner Mutter«, fuhr Vehn an seiner Stelle fort. »Und damit lief die Sache dann endgültig aus dem Ruder. Kasparys Mutter rief ihren Ex zu Hilfe, und der schickte seinen Sohn auf ein sehr teures und überaus diskretes Internat, wo sich seine Leistungen tatsächlich kurzzeitig besserten. Er verliebte sich in eine gleichaltrige Mitschülerin, doch die verließ das Internat kurze Zeit später und ging zurück nach Norddeutschland.«

»Gab es einen besonderen Anlass, weshalb das Mädchen die Schule wechselte?«, fragte Zhou mit einem herausfordernden Blick in Ulbrichs Richtung.

Doch dieses Mal ließ sich der Kollege vom K 12 nicht provozieren. »Ehrlich? Ich weiß es nicht«, erklärte er. »Fest steht nur, dass Kaspary der Kleinen nachreiste, ihr vor ihrer neuen Schule auflauerte und sie dort gewissermaßen in flagranti mit ihrem neuen Freund erwischte. Zwei Tage später hat er zum ersten Mal ein Mädchen vergewaltigt.«

Zhou erschrak über die Folgerichtigkeit dieser Chronologie.

»Das Opfer war erst vierzehn Jahre alt«, fuhr Ulbrich fort. »Kaspary wurde auf sie aufmerksam, als sie nach dem Schwimmtraining auf ihr Fahrrad stieg und nach Hause fahren wollte. Und da es Februar und früh dunkel war, folgte er ihr und fiel in einer wenig frequentierten Grünanlage über sie her.«

»Stimmt es, dass er auch später fast immer in Parks zuschlug?«, schaltete sich Capelli ein.

Vehn nickte. »Das war seine übliche Vorgehensweise.«

»Er zerrte das Mädchen vom Fahrrad und würgte es, bis sie das Bewusstsein verlor«, setzte sein Kollege den Bericht über Frank Kasparys erste Tat fort. »Danach fesselte er sie mit ihrem Gürtel, stopfte ihr einen ihrer Strümpfe in den Mund und traktierte ihren Oberkörper mit Bissen und einem Nagel, den er noch in der Hosentasche hatte, weil er vormittags auf Geheiß seines Klassenlehrers ein paar Bilder aufhängen sollte.«

Der Prototyp eines unorganisierten Täters, resümierte Zhou in Gedanken. Ein Zufallsopfer. Alltagsgegenstände als Tatwerkzeuge. Und ein Tatort, den das Opfer vorgibt, indem es einen bestimmten Weg wählt … Ihr Blick wanderte zu den Fotos an der Wand. Nur leider passte das alles so gar nicht zu dem bis ins kleinste Detail arrangierten Mord an Manuela Zehlen!

»Das Mädchen erinnerte sich damals trotz ihres Schocks erstaunlich gut an bestimmte Details, so dass sie Kaspary ziemlich schnell an den Hammelbeinen hatten«, schloss Ulbrich auf seine typische locker-flockige Weise. »Er wanderte für drei Jahre in den Jugendknast, machte dort sein Abitur und fuhr dann erst mal ein paar Jahre zur See, bevor er sich an der Hamburger Uni einschrieb. Germanistik, Psychologie und Philosophie, falls das irgendwie von Bedeutung ist«, ergänzte er mit einem breiten Grinsen in Zhous Richtung.

Sie ließ die Bemerkung an sich abtropfen, doch Capelli sah aus, als erwäge sie ernsthaft, ihm eine reinzuhauen.

»Und wie lange danach begann seine Serie?«, fragte sie, sichtlich um Beherrschung ringend.

Das Grinsen des Kollegen wurde noch breiter. »Kaspary bummelte erst mal jahrelang rum, bis sein Vater eines Tages an einem Herzinfarkt starb. Und da sein älterer Bruder schon Jahre zuvor bei einem Verkehrsunfall ums Leben gekommen war, musste er sein Erbe bloß noch mit dem Mittleren teilen.«

»Die beiden wohnten zusammen in ihrem Elternhaus in Bockenheim«, bemühte sich Vehn, die entstandene Spannung wieder ein wenig abzubauen. »Kaspary fand keinen Job und fuhr eine Weile Taxi. Und irgendwann, bei einer seiner nächtlichen Fahrten, sah er Claudia Hecker, eine Altenpflegerin, die spätabends vom Dienst kam und einfach nur zu ihrer U-Bahn-Station wollte.«

»Also wiederum eine Zufallstat«, schloss Zhou.

»Wir haben zumindest keine Anhaltspunkte gefunden, dass er die Frauen im Vorfeld beobachtet hätte oder etwas in dieser Richtung«, entgegnete Vehn vorsichtig. »Allerdings waren wir auch nur für zwei der Fälle zuständig.«

Sie nickte. »Und Kaspary folgte immer ein und demselben Schema?«

Ulbrich nippte an seinem Kaffee. »Abgesehen davon, dass er es von Mal zu Mal schlimmer trieb – ja. Seinem letzten Opfer, zum Beispiel, biss er einen Teil der Brustwarze heraus, nachdem er ihr das Gesicht zu Brei geschlagen hatte.«

Capelli kippelte auf ihrem Stuhl herum. »Aber seine DNA haben Sie nur in den ersten beiden Fällen gefunden, oder?«

Er nickte. »Danach wurde er vorsichtiger.«

Interessant, dachte Zhou. »Ist er jemals in ein Haus eingedrungen?«

Die beiden Kollegen schüttelten einträchtig die Köpfe.

»Was ist mit Zeugen?«, fragte Em.

»Keine, außer den Opfern selbst.« Ulbrich stieß ein freudloses Lachen aus. »Und die erinnerten sich komischerweise an fast gar nichts, obwohl Kaspary bei seinen Taten nie maskiert war.« Seine Fingerspitzen trommelten auf die Tischplatte. »Ein paar der Frauen befanden sich fast eine halbe Stunde in seiner Gewalt – bei vollem Bewusstsein wohlgemerkt. Und trotzdem reichten die Beschreibungen hinsichtlich des Alters von Anfang zwanzig bis Mitte fünfzig. Und bei der Körpergröße von 1,70 m bis 1,95 m.«

Ein Chamäleon, dachte Zhou mit einem leisen Schaudern. Zugleich fiel ihr ein Fall ein, den sie während ihrer Ausbildung sehr ausführlich behandelt hatten: die Mordserie des sogenannten Maskenmanns, der über einen Zeitraum von vielen Jahren hinweg kleine Jungen aus Schullandheimen und Zeltlagern entführt hatte. Auch hier hatte es eine ganze Reihe von Augenzeugen gegeben, aber deren Beschreibungen hatten sich fast immer in den Adjektiven »groß« und »schwarz« erschöpft.

Capelli schlenderte auf die Wand mit den Tatortfotos zu. »Kann unser jetziger Täter Kaspary gekannt haben?«

Ulbrichs Blicke folgten ihr. »Möglich. Allerdings war Kaspary, wie schon gesagt, nicht besonders gesellig. Ein paar seiner Nachbarn sagten aus, niemals auch nur ein einziges Wort mit ihm gewechselt zu haben.«

Capelli drehte sich zu ihm um. »Keine Hobbys?«

»Computerspiele.«

Vehn sah seinen Kollegen an. »Und außerdem ging er doch auch regelmäßig zu diesem Clubtreffen.«

Zhou horchte auf. »Ein Club?«

»Ja«, schimpfte Ulbrich. »So ’ne elitäre Vereinigung von Hochbegabten. Wie hieß die noch gleich?« Er sah seinen Kollegen an. »MENSA?«

»Ja, ich glaube«, nickte Vehn. »Die Vereinigung ist international. Aber die Regionalgruppen veranstalten regelmäßig irgendwelche Stammtische.«

»Und da ging Kaspary hin?«, fragte Zhou ungläubig.

»Ist doch logisch«, entgegnete Ulbrich. »Nachdem seine Leistungen in Schule und Studium eher mau waren, fand er es vermutlich ziemlich geil, einem Club anzugehören, der nur Menschen aufnimmt, die klüger als 98 Prozent der Gesamtbevölkerung sind.«

Makarov verzog das Gesicht. »Dann dürfte dieser Stammtisch ja eine recht überschaubare Anzahl von Mitgliedern gehabt haben!«

Ulbrich nickte. »Zu diesen Regional-Treffen kamen immer nur zwischen zehn und fünfzehn Personen.«

»Wäre es möglich, dass wir eine Liste bekommen?«, bat Capelli.

»Klar, kein Problem.« Er machte sich eine entsprechende Notiz. »Brauchen Sie sonst noch was?«

»Ja.« Sie lächelte. »Eine Antwort auf die Frage, warum Kaspary während des gesamten Prozesses vehement geleugnet hat, Jeanette Altmaier getötet zu haben.«

»Na, das ist doch wohl sonnenklar, oder?«, fuhr der Beamte von der Abteilung für Sexualdelikte auf. »Oder glauben Sie, der Kerl hatte Bock, den Rest seines Lebens hinter Gittern zu verbringen?«

»Hat ja super geklappt«, bemerkte Capelli ironisch.

Er stieß ein verächtliches Schnauben aus. »Sie meinen, weil sie auch im Kronenhof Schlösser an den Türen und Metall vor den Fenstern haben?«

»Haben Sie je die Möglichkeit in Betracht gezogen, dass es schon damals einen Trittbrettfahrer gab?«, beharrte Capelli, und dieses Mal richtete sie die Frage direkt an Vehn.

Dem war die Sache sichtlich unangenehm. Aber er drückte sich auch nicht. Etwas, das ihn in Zhous Achtung enorm steigen ließ.

»Das Problem ist, dass diese Sache mit dem X-Schnitt aus ermittlungstaktischen Gründen ganz bewusst zurückgehalten wurde«, erklärte er zögerlich. »Eine breitere Öffentlichkeit hat erst im Zuge des Prozesses davon erfahren.«

Capellis grün-braune Augen blitzten. »Ein möglicher Trittbrettfahrer wäre also unter den Personen zu suchen, die schon vor Kasparys Verhaftung mit den Details der Taten vertraut waren. Also Ermittler, Ärzte, Angehörige …«

Zhou sah ganz bewusst wieder Vehn an. »Haben Sie damals auch Kasparys Umfeld überprüft?«

»Wozu?«, wetterte Ulbrich. »Der Kerl war schuldig wie die Nacht. Wir hatten sein Sperma, und der Staatsanwaltschaft hat's gereicht!«

»Nur für zwei der Fälle«, korrigierte Zhou.

»Und wenn schon«, schnappte er. »Es war immer dieselbe Vorgehensweise. Außerdem haben ihn die Opfer während des Prozesses zweifelsfrei als Täter identifiziert.«

»Jeanette Altmaier nicht«, beharrte Zhou.

Ulbrich warf den beiden Kommissarinnen einen hasserfüllten Blick zu. »Wollen Sie andeuten, dass wir damals Scheiße gebaut haben?«

»Was ist mit den Leuten, die heute noch Kontakt zu Kaspary haben?«, schaltete sich Makarov ein, bevor Capelli am Ende noch auf die Idee kam, Ulbrichs Frage zu beantworten.

»Bis heute haben ihn nur zwei Menschen regelmäßig besucht«, berichtete Zhou, was sie wenige Stunden zuvor von den Ärzten der Forensischen Psychiatrie Kronenhof erfahren hatte. »Kasparys Bruder Jonas und ein Bekannter namens Stephan Streul.«

Ihr Vorgesetzter stand auf. »Wir haben viel Arbeit vor uns«, verkündete er, reichlich abrupt. Dann wandte er sich an die beiden Beamten von der Abteilung für Sexualdelikte: »Vielen Dank für Ihre Zeit«, sagte er, ungewohnt kühl. »Wir halten Sie auf dem Laufenden.«

Vehn verstand den Wink sofort und raffte eilig seine Sachen zusammen. »Gern geschehen. Wir schicken Ihnen so schnell wie möglich alle relevanten Informationen rüber.«

Sein Kollege hingegen nahm den Rausschmiss nicht so locker. Auf dem Weg zur Tür blieb er vor Capelli stehen und sah ihr fest in die Augen. »Frank Kaspary war das perverseste Arschloch, das mir je untergekommen ist. Und falls Sie an dieser Tatsache irgendwelche Zweifel hegen, sollten Sie sich mal mit seinen Opfern unterhalten. Oder mit Hannah Isaakson.«

Er wollte gehen, doch Makarov hielt ihn auf. »Hat Hannah Isaakson Sie damals bei Ihren Ermittlungen unterstützt?«

»Nein.« In Ulbrichs Gesicht erschien ein Ausdruck, den Zhou nicht deuten konnte. »Aber sie hat das Gutachten erstellt, auf dessen Grundlage Kaspary verurteilt wurde.«

»Hannah Isaakson?«, fragte Zhou, als die beiden Kollegen die Tür hinter sich geschlossen hatten. »Wer ist das?«

Ihr Vorgesetzter seufzte. »Sie war eine der besten forensischen Psychologinnen Europas.«

Zhou runzelte die Stirn. »War?«

»Sie hat sich bereits vor Jahren aus der operativen Fallanalyse zurückgezogen.«

»Und was macht sie stattdessen?«

Makarov ließ ein vieldeutiges Räuspern hören. »Soweit ich weiß, züchtet sie Fische und betreibt ein kleines Kunstcafé mit Galerie.«

4

`Kellerverlies, Versteck von Kathrin Stiller`

Wenn bereits vor ihr jemand in diesem Raum gefangen gehalten worden war …

Wo war diese Person heute?

War sie entkommen, freigelassen worden, geflüchtet?

Oder war sie …

Hör auf, darüber nachzudenken!

Kathrin Stiller schluckte.

Doch ganz egal, wie sehr sie auch versuchte, sich abzulenken: Die Fragen kamen immer wieder zurück. Wo war der Mensch, dessen Exkremente ihren Brechreiz stimulierten und der ihr trotzdem das Gefühl gab, in ihrem Schicksal, so schrecklich es auch sein mochte, nicht allein zu sein? Was hatte er – oder vielmehr SIE (denn insgeheim war sie sich sicher, dass es sich um eine SIE handelte) – gedacht? Wie hatte sie gefühlt? Was hatte sie unternommen, um nicht verrückt zu werden an einem Ort wie diesem? Eingesperrt mit den eigenen Gedanken und Ängsten?

Kathrin Stiller dachte an seine Vorsicht, an das Holzgefäß, in das er das Wasser füllte, und den Schmuck, den er ihr fortgenommen hatte.

War er mit dieser anderen Frau ebenso verfahren? Oder hatte erst die Erfahrung ihn gelehrt, darauf zu achten, dass sie nichts für sich behielt, das sich irgendwie als Werkzeug verwenden ließ? Kein Stück Plastik, dessen Kante man durch eine entsprechende Bearbeitung vielleicht eine gewisse Schärfe verleihen konnte.

Kein Besteckteil.

Keinen Draht.

In diesem Fall war es ihrer Vorgängerin vielleicht tatsächlich gelungen, ihm zu entkommen! Der Gedanke elektrisierte sie. Denn so unwahrscheinlich er war – er barg eine Aussicht. *Erinnerungen, Agent Starling*, hörte sie Anthony Hopkins alias Hannibal Lecter flüstern, *sind das, was ich anstelle einer Aussicht habe!*

Doch irgendwie war der Gedanke an einen kannibalistischen Serienmörder in ihrer Situation nicht gerade stimmungsfördernd ….

Sie rappelte sich auf und machte einen Schritt auf das Loch zu. Genau genommen war diese behelfsmäßige Toilette der einzige Platz innerhalb ihrer Reichweite, den sie noch nicht genauer untersucht hatte.

Also los!

Sie ging in die Knie und tastete sich auf allen vieren noch näher an die Grube heran.

ER schien dieses Loch zu meiden. Zumindest hatte er es weder gesäubert noch geleert, nachdem es von jemand anderem benutzt worden war. Und mit jedem Zentimeter, den sie sich dem Schacht entgegenbeugte, verstand sie auch, warum …

Mit einiger Mühe unterdrückte sie einen erneuten Brechreiz, während sie den freien Arm über den Rand der Grube hinaus nach unten schob. Die Wände des Loches bestanden aus Steinen, die von einer festen, lehmähnlichen Substanz zusammengehalten wurden. Die Oberflächen waren uneben, und hier und da gab es kleine Vorsprünge und Nischen.

Okay. Gut.

Weiter!

Ihre Finger wanderten tiefer. Irgendwie erwartete sie, dass die Wände nach unten hin feuchter wurden, vielleicht, weil das Loch sie insgeheim an einen Brunnenschacht erinnerte. Aber das war nicht der Fall: Der Lehm zwischen den Steinen blieb absolut trocken.

Dafür wurde der Gestank, der ihr aus der Tiefe entgegenschlug, immer unerträglicher. Während ihre Fingerspitzen eine weitere Vertiefung erkundeten, dachte sie an die Spinnen, die früher oft bei Einbruch der Dunkelheit in ihr Zimmer gekommen waren. Sie hatte ihre Mutter gerufen, wann immer sie eine von ihnen entdeckt hatte. Und anschließend hatte sie sich die Augen zugehalten, bis ihre Mutter mit einem Glas und einem Blatt Papier aufgetaucht war und die Spinne entfernt hatte.

Sie stieß ein verächtliches Schnauben aus. Wenigstens sorgte dieses elende Loch, in das er sie verschleppt hatte, dafür, dass sie endlich erwachsen wurde! Ha, ha!

Die Kette an ihrem Handgelenk straffte sich. Nur noch wenige Zentimeter, dann war Schluss.

Sie schob den Zeigefinger in die kleine Einbuchtung unterhalb eines leicht vorstehenden Steines und zuckte erschreckt zurück, als er unvermittelt über etwas Weiches streifte.

Was ist das? Ein Insekt?

Sie schluckte und zwang sich, die Stelle erneut zu berühren. Was immer es war, es schien nicht zu leben. Oder besser: Es bewegte sich nicht. Aber was hieß das? Wie kam etwas Weiches, Fremdes in diesen stinkenden Schacht? Sie schob den Oberkörper noch ein paar schmerzhafte Zentimeter weiter nach vorne und nahm die anderen Finger zu Hilfe.

Es schien ein Klebestreifen zu sein, so ein Material, mit dem man Verbände fixierte. Wie hieß dieses Zeug noch gleich?

Sie runzelte die Stirn. Braun mit weißen Löchern …

Leukoplast!, schoss es ihr durch den Sinn, auch wenn ihr das Wort total antiquiert vorkam. Aber sie sah die Rolle vor sich: Rot mit weißer Schrift.

»Da sage noch mal jemand, es hätte keine Vorteile, mit einem schwerstbehinderten Bruder aufzuwachsen«, murmelte sie vor sich hin. »Ich meine, wie viele Mädchen in meinem Alter kennen sich mit Verbandszeug und Schläuchen aus?«

Die rohen Schachtwände warfen ihr Lachen zurück.

Als ob sie mit dem Kopf voran im Hals eines monströsen Drachens stecke …

Vorsichtig versuchte sie, das Pflaster von dem Stein, an dem es haftete, zu lösen. Es war nicht von selbst in dieses Loch gekommen, so viel stand fest!

Die Erkenntnis ließ ihr Herz schneller schlagen. JEMAND musste es dort unten angebracht haben. Aber wozu? Um etwas zu fixieren?

Einen Schlüssel!, frohlockte ihr Verstand. Den Zweitschlüssel zu deiner Handschelle!

Oder eine Waffe.

Ein Messer. Eine Pistole. Draht.

Irgendetwas, das mir helfen kann!

Ihre Fingerkuppen ertasteten weitere Klebestreifen. Noch

mehr Leukoplast. Und sonst? Sonst nichts? Sie hielt die Luft an. War das, was die Pflaster fixiert hatten, am Ende gar in die Tiefe gestürzt? Ins Bodenlose, Unerreichbare?

Ein Gefühl herber Enttäuschung bemächtigte sich ihrer. Doch noch wollte sie nicht aufgeben. Sie suchte die gesamte Vertiefung ab, aber sie enthielt tatsächlich nichts außer einem Haufen Klebestreifen. Die Pflaster waren auf eine sehr spezielle Weise umeinander geschlungen, so dass sie ein flaches Päckchen bildeten, und unter Stöhnen und Schmerzen bekam sie das Gebilde zu fassen.

Lass es bloß nicht fallen!

Was immer es ist, halt es fest!

Langsam, Zentimeter um Zentimeter schob sie sich rückwärts. Die Kette, die ihr fast den Arm aus dem Gelenk gerissen hatte, entspannte sich. Und sie kroch auf allen vieren zu ihrer Decke zurück, wo sie ihren Fund trotz seiner offensichtlichen Nutzlosigkeit wie einen kostbaren Schatz in den Händen barg und weinte.

5

Dreieichenhain, Haus von Dr. Hannah Isaakson

Dr. Hannah Isaakson stand in der Küche ihres Hauses und war eben dabei, sich eine Tasse Kaffee einzuschenken, als das Telefon läutete.

Sie balancierte die volle Tasse zur Anrichte und angelte ihr Handy von der Schlüsselablage neben der Tür. »Ja?«

»Emilia Capelli von der Abteilung für Kapitaldelikte«, meldete sich eine wohlklingende dunkle Stimme. »Frau Isaakson?«

»Woher haben Sie diese Nummer?«

Die Beamtin am anderen Ende der Leitung machte sich nicht die Mühe, ihre Frage zu beantworten, sondern kam ohne Umschweife zur Sache: »Wie's aussieht, haben wir hier in der Gegend ein Problem mit einem Serienmörder, und es gibt ein paar Aspekte an diesem Fall, zu denen wir gerne Ihre Meinung gehört hätten.«

Hannah schüttelte den Kopf. »Ich mache solche Dinge nicht mehr.« Sie bemühte sich, etwas Unmissverständliches in ihren Ton zu legen. »Schon seit Jahren nicht.«

»Ja, das habe ich gehört«, entgegnete ihre Gesprächspartnerin unbeeindruckt.

»Warum rufen Sie mich dann an?«

»Weil man uns gesagt hat, dass Sie die Beste sind.«

Hannah blickte zum Küchenfenster hinaus. Draußen war der Garten in nasses, kühles Grün gehüllt. »Das ist eine Fehlinformation.«

»Glaube ich nicht.«

Aus irgendeinem Grund hatte Hannah den Eindruck, dass die Frau am anderen Ende der Leitung lächelte. »Sie werden sich trotzdem einen anderen Experten suchen müssen«, erwiderte sie. »Und kommen Sie mir nicht mit Schmeicheleien. Dergleichen zieht bei mir nicht.«

»Es könnte sein, dass der Fall einen ehemaligen Patienten von Ihnen betrifft …« Die Frau am anderen Ende der Leitung zögerte kurz, ein wohlkalkuliertes Zögern, bevor sie hinzufügte: »Frank Kaspary.«

Hannahs Herz schlug schneller. Sie überlegte gerade, wie sie dieses Gespräch elegant beenden konnte, und spielte sogar mit dem Gedanken, einfach aufzulegen, als Lucia, ihre sechsjährige Tochter, verschlafen in die Küche gestolpert kam.

Ohne aufzublicken tappte sie durch den Raum und kletterte auf die Holzbank neben dem Kachelofen, wo sie sofort wieder einschlief.

»Hören Sie«, flüsterte Hannah, während sie zärtlich ihr schlafendes Kind betrachtete. »Ich will mit alldem nichts mehr zu tun haben. Mein Leben ist heute ein völlig anderes. Und ich kann das alles einfach nicht mehr hören.«

»Wir haben zwei Mordopfer mit exakt demselben x-förmigen Schnitt unterhalb des Nabels, wie ihn Kaspary seinen Opfern beigebracht hat«, erklärte die Kommissarin, ohne auch nur mit einer Silbe auf Hannahs Einwände einzugehen. »Was bedeutet, dass irgendjemand Ihren Patienten von damals kopiert oder aber ...« Wieder ließ sie sich einen Augenblick Zeit, bevor sie aussprach, wovor Hannah sich am meisten fürchtete. »Oder aber Ihr Freund Kaspary ist tatsächlich nie ein Mörder gewesen, genau wie er immer behauptet hat.«

Sie räusperte sich, und Hannah konnte den Vorwurf, der in diesem letzten Satz steckte, beinahe körperlich spüren. *Sie haben einen Fehler gemacht, damals. Ihr Gutachten beruht auf einem Irrtum.* »Ich würde also vorschlagen, Sie sehen sich die Akten der aktuellen Mordserie an und sagen uns, womit wir es hier zu tun haben.«

Hannah fühlte Wut in sich aufsteigen. Ein elementares, rohes Gefühl, ausgelöst vor allem durch die Rücksichtslosigkeit, mit der diese Frau in ihr Privatleben eindrang. Trotzdem, sie durfte sich jetzt nicht provozieren lassen. Wenn sie sich provozieren ließ, würde alles nur noch schlimmer werden.

»Nein«, entgegnete sie ruhig und mit aller Selbstsicherheit, die sie in dieser Situation aufbrachte. »Ich sehe mir gar nichts an.«

»Aber wir brauchen Ihre Hilfe.«

»Falsch«, korrigierte Hannah. »Mag sein, dass Sie Hilfe brauchen. Aber es gibt Dutzende anderer Experten.«

»Darunter ist keiner, der Kaspary so gut kennt wie Sie«, wandte ihre Gesprächspartnerin ein.

»Ja, ich kannte ihn«, versetzte Hannah lauter und ärgerlicher, als sie klingen wollte. Denn letztendlich tat diese Frau nur ihren Job. »Und glauben Sie mir, ich habe alles versucht, um ihn wieder zu vergessen.«

»Ist es Ihnen gelungen?«

Touché!

»Verdammt noch mal!«, brach es aus ihr heraus. »Das ist nicht der Punkt.«

Sie biss sich auf die Lippen und sah wieder Lucia an. Sie war so klein. So verletzbar. Und sie war es auch. Durch ihre Tochter. Mit Lucias Geburt war die Angst in ihr Leben eingezogen, und sie würde nie wieder ganz verschwinden.

»Ich habe meine Gründe«, sagte sie fest. »Ich kann Ihnen gern eine Liste mit Namen von kompetenten Kollegen …«

»Bemühen Sie sich nicht«, fiel die Kommissarin ihr ins Wort. Sie klang nicht enttäuscht. Im Gegenteil: Sie klang entschlossen. Offenbar war sie ein Mensch, der gewöhnlich bekam, was er haben wollte. »Ich schicke Ihnen die Akten per Mail.«

»Den Teufel werden Sie!« Was bildete sich diese Frau eigentlich ein?! »Ich habe Ihnen klipp und klar gesagt, dass ich für Expertisen dieser Art nicht mehr zur Verfügung stehe, und Sie wissen so gut wie ich, dass Sie mich nicht zwingen können …«

»Sie glauben gar nicht, wie lästig ich werden kann.«

Oh doch, dachte Hannah, das kann ich mir lebhaft vorstellen! Laut sagte sie: »Wollen Sie mir drohen?«

Die Kommissarin lachte. »Im Hinblick auf eine ungetrübte Zusammenarbeit, würde ich es an Ihrer Stelle lieber als eine eindringliche Form der Bitte auffassen.«

»Sie haben keine Mittel, mich zu zwingen«, wiederholte Hannah, und mit einem Mal fühlte sie sich entsetzlich müde.

»Nur zu«, entgegnete die Frau am anderen Ende der Leitung. »Lassen Sie es drauf ankommen! Ich bin sicher, Sie würden sich wundern, was ich alles für Mittel habe.«

»Hören Sie, ich …«, setzte Hannah erneut an, doch Emilia Capelli hatte bereits aufgelegt.

6

`Kellerverlies, Versteck von Kathrin Stiller`

Sie tastete nach der zweiten Decke und schlang sie sich zitternd um die Schultern. Trotzdem schlugen ihre Zähne vor Kälte gegeneinander.

Und wenn schon!

Ihre Finger befühlten die Klebestreifen. Da war etwas! Es hatte kaum Gewicht, aber sie konnte es fühlen. Inmitten all dieser Schichten Leukoplast befand sich etwas, das fester war als die Pflaster.

Behutsam löste sie Schicht um Schicht, wobei sie sorgsam darauf achtete, dass sie nichts zerstörte. Vielleicht konnte sie die abgelösten Klebestreifen noch irgendwie gebrauchen. Automatisch musste sie an ihre Großmutter denken und lächelte. Die hob als typisches Nachkriegskind noch heute jeden Bindfaden auf, der um irgendein Geschenk gebunden war. Geduldig löste sie Knoten um Knoten aus Kordeln, Schleifen und Geschenkbändern, rollte alles wieder ordentlich auf und legte es in die Schublade zu den anderen dreitausend Bindfäden, die sich im Laufe der Jahrzehnte angesammelt hatten.

Sie hatte nie verstanden, wie ein Mangel, den man in der Jugend erfahren hatte, einen derart prägen konnte. Doch inzwischen war sie sicher, dass sie selbst auch keine halbleeren

Zahnpasta-Tuben mehr in den Müll schmeißen würde, falls sie jemals hier rauskommen sollte. Überhaupt verschoben sich Wertigkeiten erschreckend schnell, wenn man nichts mehr besaß als das wenige, das man am Leib trug. Und selbst das war in ihrem Fall streng genommen nur geliehen!

Sie löste ein weiteres Pflaster und fühlte Papier.

Ja, dachte sie aufgeregt, da ist ein Zettel!

Leider war es nur eine Frage von Sekunden, bis sich die Aufregung mit der altbekannten Resignation mischte. Was, zur Hölle, sollte sie hier drinnen mit Papier anfangen? Schließlich hatte sie weder Licht noch Stift …

Egal!

Irgendjemand hat dieses Ding versteckt.

Und warum sollte er das getan haben, wenn dieses Papier keine Bedeutung hätte?

Ihre Finger befühlten den Rand. Es handelte sich um kräftiges Papier, vielleicht acht oder neun Zentimeter lang und nicht ganz so breit. An den Längsseiten wies die Pappe ein paar kleine Kerben auf, die sie sich zunächst nicht erklären konnte. Doch dann kam ihr plötzlich die Idee, dass es sich um einen Fahrschein handeln könnte. Einen Fahrschein oder ein Ticket aus einem Parkscheinautomaten …

Sie legte ihn behutsam auf ihre angezogenen Knie und ließ die Fingerspitzen über die Oberfläche gleiten. Aber … Was war das?

Die Aufregung raubte ihr fast den Atem. Da stand etwas! Etwas Geschriebenes! Sie konnte es fühlen, und erst mit einiger Verzögerung wurde ihr klar, dass sie es tatsächlich *fühlte* und nicht *las*. Sie konnte ja gar nicht lesen, denn um sie herum war es nach wie vor stockfinster. Aber die Buchstaben auf dem Klebestreifen waren erhaben, in die Oberfläche geprägt mit einem spitzen Gegenstand – wie Brailleschrift für Blinde. Nur, dass es sich ganz eindeutig um Normalschrift handelte …

Vorsichtig, um nur ja nichts zu zerstören, ertastete sie Buchstaben für Buchstaben. M-A-R-I-N-A, las sie, stockend wie eine Erstklässlerin. MARINA B-O-G-I-N-S-K-A.

War das ihr Name?

Der Name der Frau, die vor ihr hier gewesen war?

Ihr Herz hämmerte, als sie die Buchstaben erneut betastete. Und noch einmal. Irgendwann war sie ganz sicher: Auf ihrem Fahrschein stand MARINA BOGINSKA.

Marina Boginska, wiederholte sie stumm. Das klang eindeutig slawisch.

Aber was bedeutete es? Dass man sie fortgebracht hatte aus Deutschland?

Nein, rief sie sich zur Ordnung, mein Entführer spricht Deutsch! Akzentfreies, lupenreines Hochdeutsch …

Ihre Fingerspitzen suchten wieder das Papier. Was auf den Namen folgte, schienen Zahlen zu sein. Und wie die Worte bestanden sie aus aneinandergereihten Einstichen. Die Oberflächen fühlten sich an, als ob sie mit einer Nadel gestochen worden wären, was vermutlich hieß, dass auch Marina Boginska im Dunkeln gesessen hatte, als sie ihren Namen in eine alte Fahrkarte gestochen hatte.

So wie sie …

Der Gedanke, eine Leidensgenossin gehabt zu haben, beruhigte und ängstigte sie zugleich. Wo mochte Marina heute sein? War sie am Leben, gerettet, in Sicherheit? Hatte jemand für sie bezahlt, und war sie schließlich freigelassen worden?

1 und 9, las sie, und dann 121983.

Sie runzelte die Stirn. War das ein Code? Irgendeine Geheimzahl, Kontonummer, Schließfachkennung?

Während sie nachdachte, strichen ihre Finger erneut über die Zahlenreihe. Acht Ziffern. Acht … Wo gab es Ziffernfolgen mit acht Zahlen?

Natürlich, schoss es ihr durch den Kopf. Bei Daten!

Jeweils zwei Stellen für den Tag und den Monat. Und weitere vier für die Jahreszahl. Macht insgesamt acht!

Also: Die letzten vier Ziffern waren das Jahr: 1983. Davor der Monat: 12. Und schließlich die Angabe des Tages: 19 … Neunzehnter Dezember 1983 – fünf Tage vor Heiligabend. Ob das Marinas Geburtstag war?

Dann ist sie deutlich älter ich, dachte sie.

Unter den Zahlen folgte noch eine weitere Reihe mit Prägungen.

Ihre Finger wanderten eine Zeile tiefer. L-I-D-A …

Lida?

Was bedeutete das, Lida? War das Russisch? Anzunehmen … Aber war es ein Begriff oder ein Ort? Sie schüttelte nachdenklich den Kopf. Ein Ort vielleicht. Marinas Geburtsort.

Sie ließ die Hand sinken. Die Temperatur schien in den letzten Minuten um einige Grad gefallen zu sein. Zumindest kam es ihr so vor. Sie wusste genau, was ihr Fund zu bedeuten hatte: Die Frau, die vor ihr in diesem Keller gewesen war, hatte ihren Namen und ihre Daten auf einem alten Fahrschein notiert, weil sie befürchtet hatte, zu sterben. Das war die einzige Erklärung, die Sinn machte!

Marina Boginska hat sich davor gefürchtet, kein Grab zu haben, dachte sie schaudernd. Genau wie ich. Sie hat gedacht, dass man sie einfach vergisst, wenn sie nicht selbst dafür sorgt, dass etwas von ihr zurückbleibt. Wenigstens ein Name …

Marina Boginska aus Lida, geboren am neunzehnten Dezember 1983.

Aber halt!

Ihre Finger hielten abrupt inne. Da war noch etwas!

Unter dem Wort LIDA gab es noch eine weitere Zeile mit Zeichen. Die Botschaft war noch nicht zu Ende!

Sie schluckte. Und wenn es wieder Russisch war? Wenn

sie nicht in der Lage sein würde, zu verstehen, was sie da las, die Worte, die vielleicht die letzten waren, die sie in ihrem Leben lesen würde?

Hör auf, dich verrückt zu machen, und versuch es!

D-I-E … Ihre Fingerspitzen zitterten vor Angst und Kälte wie Espenlaub. DIE? Das klang Deutsch. Ihr Herz hüpfte vor Freude. Marina Boginska sprach wirklich und wahrhaftig Deutsch mit ihr!

DIE T-U … Sie hielt abermals inne. Was war das für ein Buchstabe? T-U und dann? Was dann, verdammt?

Konzentrier dich!

R, dachte sie. Es ist ein R, es muss ein R sein!

Also, was haben wir? TU und R, TUR. … Tur? … Tür! Das verdammte Wort heißt Tür!

DIE TÜR … S-T-E-H-T … die Tür steht … O-F-F-E-N … Die Tür steht offen!

Sie ließ den Fahrschein sinken und wandte langsam den Kopf. Zur gegenüberliegenden Wand. Dorthin, von wo sie das Knirschen des Schlüssels im Schloss hörte, kurz bevor er den Raum betrat.

»Was willst du mir damit sagen, Marina?«, flüsterte sie in die Dunkelheit. »Was heißt das, die Tür steht offen?«

Warum notierte eine Frau in ihrer Situation einen Satz wie diesen?

Die Tür steht offen …

Ihre Finger fuhren wieder über die Buchstaben. Die letzten auf ihrem Fahrschein. I-C-H … G-E-H-E. Sie suchte verzweifelt nach weiteren Zeichen, aber da war nichts mehr. Schluss. Aus. Ende der Durchsage. ICH GEHE – das waren Marina Boginskas letzte Worte.

Sie ließ den Fahrschein sinken und starrte in die Dunkelheit. Die Tür hatte offen gestanden, und Marina war hinausgegangen in diese andere Welt, die Welt hinter der Finsternis. Doch bevor sie gegangen war, hatte sie die für sie so bemerkenswerte Tatsache, dass die Tür zu ihrem Gefängnis nicht länger verschlossen war, auf der Fahrkarte mit ihren persönlichen Daten notiert, ihrem improvisierten Grabstein. Doch wozu? Als Warnung? Als Ansporn? Oder nur so für sich?

Sie fand keine Antwort. Stattdessen musste sie weinen. Sie hatte nicht eine einzige Träne vergossen, seit sie hier war. Aber jetzt brachen die Tränen aus ihr heraus wie Sturzbäche, die sich einfach nicht stoppen ließen.

Sie barg das Gesicht in den Händen und schluchzte hemmungslos vor sich hin. Denn ohne sich erklären zu können, warum, war sie plötzlich sicher, dass Marina Boginska nicht mehr am Leben war. Sie war durch die geöffnete Tür gegangen und gestorben. Und ganz allmählich dämmerte ihr, dass auch sie sterben würde. Was auch immer sie tat oder versuchte – sie würde diesen Keller nicht lebend verlassen …

7

`Dreieichenhain, Haus von Dr. Hannah Isaakson`

»Heraus damit: Was ist los?«

Hannah Isaakson hasste es, wenn ihre Mutter sie so ansah. Der Blick schien durch ihre Augen hindurch direkt in ihre Seele zu dringen.

»Was meinst du?«, fragte sie so arglos wie möglich, obgleich sie wusste, dass Arglosigkeit wenig Sinn machte, wenn ihre Mutter erst mal Verdacht geschöpft hatte.

Gertie Isaakson kniff prüfend die Augen zusammen. »Etwas belastet dich.«

»Ach, was.« Entschlossen räumte Hannah die Abendbrotteller in die Spülmaschine und füllte Geschirrspülmittel ein.

»Ich bin deine Mutter«, stellte Gertie Isaakson vielsagend fest. »Denkst du nicht, dass du mit mir darüber reden solltest, wenn es Probleme gibt?«

»Es gibt aber keine Probleme«, versetzte Hannah entnervt. »Es gibt in der Gegend eine Mordserie, mit der sie nicht weiterkommen, und sie haben mich um ein psychologisches Profil gebeten. Das ist alles.«

Ihre Mutter zog die Augenbrauen hoch. »Aha.«

»Was soll das heißen ‹aha›?«

»Hast du ihnen nicht gesagt, dass du so etwas nicht mehr machst?«

»Doch, natürlich.«

»Aber diese Berichte in deinem Drucker haben damit zu tun, oder nicht?«

Hannah seufzte und setzte sich zu ihrer Mutter an den Küchentisch. »Ich konnte nicht ablehnen. Nicht in diesem Fall.«

»Warum nicht?«

»Weil das, was da läuft, möglicherweise einen ehemaligen Patienten von mir betrifft.«

Sie konnte die Angst in den Augen ihrer Mutter sehen. Oder war es ihre eigene Angst, die sie sah? Sie wusste es nicht. Sie wusste nur, dass sie im Begriff war, etwas zu tun, was sie nicht tun wollte.

»Welchen Patienten?«

»Das ist doch egal«, wehrte sie ab. »Ich sehe die Akte durch, sage ihnen, was mir dazu einfällt, und bin auch schon wieder raus aus der Sache.«

»Welchen deiner ehemaligen Patienten betrifft dieser Fall?«, insistierte Gertie Isaakson.

Hannah überlegte ernsthaft, ob sie nicht lieber einen falschen Namen sagen sollte. Aber sie wollte ihre Mutter auch nicht belügen. Sie verlangte ihrer Familie auch so schon genug ab. »Kaspary.«

Gertie Isaakson senkte den Blick, und Hannah konnte ihre Enttäuschung beinahe körperlich spüren.

Sie hatten nie explizit darüber gesprochen, aber bis zum heutigen Tag hatte es eine Art stillschweigende Übereinkunft zwischen ihnen gegeben. Den Entschluss, die Vergangenheit und alles, was damit zusammenhing, hinter sich zu lassen. Sie hatten sich beide bemüht, Lucia ein stabiles und friedvolles Zuhause zu geben, in dem sie gefahrlos heranwachsen konnte. Doch nun waren die Alpträume in ihr Leben zurückgekehrt und legten sich über sie und ihre Familie wie ein düsterer Schatten.

»Hast du ihnen von den Briefen erzählt, die er dir geschrieben hat?«, fragte Gertie Isaakson mitten in die Stille, die sich zwischen ihnen breitgemacht hatte.

»Nein.«

»Warum nicht?«

Hannah ballte die Hände zusammen, bis sich die Nägel schmerzhaft in das weiche Fleisch bohrten. »Dort, wo er jetzt ist, kommt er nie wieder raus«, sagte sie, wobei sie verwundert feststellte, dass ihre Stimme völlig ruhig klang.

Ihre Mutter hob den Kopf und sah ihr direkt in die Augen. »Bist du sicher?«

8

Polizeipräsidium, Abteilung für Kapitaldelikte, Konferenzraum der Soko „Daumen“

Lange nach Dienstschluss stand Em mit einem leeren Kaffeebecher in der Hand vor einer Wand voller toter Frauen.

Es war bereits vor Stunden dunkel geworden, und Regen prasselte in ungebrochener Intensität vom Himmel. Trotzdem konnte sie sich einfach nicht überwinden, das Licht einzuschalten.

Vor ihren Augen tanzten Bilder von Schnittwunden. Stichwunden. Fleischwunden und Hämatomen. Dazwischen blitzten, wie aus dem Nichts, Tatorte auf. Detailliert ausgestaltete Tableaus, die wie groteske Filmszenen anmuteten: Manuela Zehlens Leiche, mit dem Rücken gegen das Gestell ihres Ehebetts gelehnt, an den Füßen die schwarzen Stiefel, deren Spitzen einander berühren. Bianca Ahlbeck auf dem grauen Betonboden der tristen Waschküche, die sie sich mit den sechsundzwanzig anderen Mietern ihres Hochhauses geteilt hatte, das befremdlich weiße Laken über ihren leblosen Körper gebreitet. Und schließlich Marina Boginska mit Humus und Herbstlaub in den abgebissenen Haaren, ausgezehrt durch monatelange Gefangenschaft und Folter.

Em schloss die Augen und rieb sich die Stirn, hinter der sich eine heftige Migräne ankündigte.

Sie konnte vieles nachvollziehen. Es gelang ihr durchaus, sich hineinzuversetzen in misshandelte Ehefrauen, die ihren Männern ein Steakmesser zwischen die Rippen rammten, nachdem sie sich jahrzehntelang eingeredet hatten, sie müssten sich einfach nur mehr Mühe geben. In Erben, die ihre reichen Anverwandten ins Jenseits beförderten, um ihre Spielschulden zu begleichen. In eifersüchtige Liebhaber, enttäuschte oder gemobbte Menschen, die zum Äußersten griffen, weil sie sich einfach nicht mehr anders zu helfen wussten. Aber das hier … Sie massierte ihre Schläfen. Das hier war so krank, so weit jenseits dessen, woran sie sich im Zuge ihrer Arbeit notgedrungen gewöhnt hatte, dass es ihre Vorstellungskraft sprengte.

Durch das gekippte Fenster wehte Regenduft herein.

»Wer bist du?«, flüsterte sie der düsteren Fotowand zu. »Wen oder was siehst du in diesen Frauen? Und nach welchen Kriterien wählst du deine Opfer aus?«

Sie zupfte die Porträts von Marina Boginska, Manuela Zehlen und Bianca Ahlbeck von der Wand und hielt sie ins Licht der Straßenlaternen, das durch die regennasse Scheibe hereinfiel. Würde es Hannah Isaakson gelingen, Licht in das Dunkel zu bringen, das diese merkwürdigen Taten umgab? Würde die renommierte Profilerin ein Muster erkennen, wo sie selbst nur Blut und Gewalt sah? Oder gab es gar kein Muster? Hatten sie es hier mit drei voneinander unabhängigen Taten zu tun, einem zufälligen Zusammentreffen dreier ähnlich gelagerter Fälle?

Nein, dachte Em, zumindest zwischen den Morden an Manuela Zehlen und Bianca Ahlbeck muss es einen Zusammenhang geben! Beide Frauen hatten dieselbe x-förmige Schnittverletzung unterhalb des Nabels. Beide waren zu Hause getötet worden. Und Bianca Ahlbeck hatte darüber hinaus bis kurz vor ihrem Tod in Frankfurt gelebt. Dieselbe Stadt, dieselben Verletzungen. Aber warum hatte der Mörder Bianca Ahlbecks Körper mit einem Laken bedeckt?

Ihren *Körper*, wohlgemerkt, nicht ihren Kopf, rief Em sich noch einmal explizit ins Gedächtnis. Er wollte sie weder entpersonifizieren, noch wollte er ihr eine gewisse Würde lassen, indem er ihre Leiche bedeckte. Er wollte uns etwas sagen …

Aber was, verdammt noch mal?

WAS?!

Damals, als wir es mit diesem Milan zu tun hatten, dachte sie, war das Muster zuerst genauso wenig erkennbar. Aber irgendwann, gewissermaßen aus heiterem Himmel, ist es mir wie Schuppen von den Augen gefallen, und ich habe inmitten einer Ansammlung von scheinbar völlig unzusammenhängenden Daten den berühmten roten Faden leuchten sehen.

Aber würde sie tatsächlich noch einmal so viel Glück haben wie bei dieser allerersten Sache, die Zhou und sie gemeinsam bearbeitet hatten? Oder war das hier der Fall, mit dem sie nicht fertigwerden würde? Der Fall, vor dem sie sich fürchtete, seit sie ihre Ausbildung begonnen hatte?

»Warum hast du Bianca Ahlbecks Körper mit einem Laken bedeckt?«, wiederholte sie, indem sie sich wieder der makabren Fotogalerie zuwandte. »Was hast du bezweckt mit diesem scheinbaren Akt der Barmherzigkeit? Und warum hast du ihr Gesicht offen liegen lassen, nachdem du es beinahe zu Brei geschlagen hast?«

Wie sie aus der Akte wusste, hatten die zuständigen Kollegen in Düsseldorf in Bianca Ahlbecks Fall zunächst an eine Beziehungstat geglaubt. Trotz der merkwürdigen Wunde an der Wade des Opfers. Der Lebensgefährte der Ermordeten war einschlägig vorbestraft und hatte mehrere Jahre wegen schwerer Körperverletzung im Gefängnis gesessen. Da lag es nahe, dass er ins Visier der Ermittler geriet. Aber der Verdacht gegen Alfred Korsak hatte sich nicht erhärtet.

Em trat einen Schritt zurück und überlegte, ob der Mörder das Laken mitgebracht hatte. Vermutlich waren die Kollegen vor Ort davon ausgegangen, dass er es vorgefunden hatte – immerhin war der Tatort eine Waschküche.

Aber stimmte das?

Em zupfte nachdenklich an ihrer Unterlippe. Vermutlich würde sich diese Frage so lange nach der Tat nicht mehr klären lassen. Und doch hatte sie das Gefühl, es versuchen zu müssen.

Sie fuhr zusammen, als über ihr plötzlich die Deckenbeleuchtung aufflammte und den Raum in nackte, hässliche Helligkeit tauchte.

»Was machst du hier so allein im Dunkeln?«

»Ich denke nach.«

Zhou warf ein Aktenbündel auf den Tisch und kam mit langen, eleganten Schritten auf sie zu. »Irgendein Ergebnis?«

»Ich weiß, dass wir nichts wissen.«

Ihre Partnerin grinste. »Immerhin.« Dann sah sie die Fotowand an und kniff die Augen zusammen. »Warum, denkst du, wählt er so unterschiedliche Frauen aus?«

»So unterschiedlich finde ich sie gar nicht«, widersprach Em. »Alle drei sind dunkelhaarig, deutlich über eins siebzig groß und zwischen Anfang dreißig und Mitte vierzig.«

»Schon«, räumte Zhou ein. »Aber sonst haben sie nicht viel gemeinsam: Manuela Zehlen galt als freundlich, zuverlässig und warmherzig. Bianca Ahlbeck hingegen war ganz offenbar ein ziemliches Früchtchen. Und Marina Boginska ist schon allein aufgrund ihres Jobs ein Typ für sich …«

»Vielleicht gibt es ja eine Gemeinsamkeit, die wir noch nicht entdeckt haben«, schlug Em vor.

»Und was sollte das sein?«

»Wenn ich das wüsste …« Sie rammte ihren leeren Kaffeebecher auf den Tisch und kramte in den Taschen ihrer Jeans nach einer Kopfschmerztablette. »Denkst du, dass er wieder zuschlägt?«

Zhou antwortete mit einer Gegenfrage: »Glaubst du im Ernst, dass einer wie der einfach aufhört?«

Ems Kehle zog sich zusammen. Nein, dachte sie. Das wird er nicht. Er wird weitermachen, bis wir ihn haben.

»Ibu?« Zhou hielt ihr einen Blisterstreifen mit Tabletten unter die Nase.

»Danke«, erwiderte Em verdutzt. »Ich bin nämlich …«

»… allergisch gegen Aspirin«, ergänzte ihre Partnerin.

Em warf ihr einen misstrauischen Blick zu. »Du wirst doch auf deine alten Tage nicht etwa fürsorglich, oder?«

»Keine Sorge«, erwiderte Zhou, ohne eine Miene zu verziehen. »Das ist nur eine Investition in deine Arbeitskraft. Apropos … Gehen wir was essen, während wir darauf warten, dass deine Tablette wirkt?«

»Hast du kein Zumba oder Karate oder so was?«

»Klassisches Ballett und Kung Fu, du Ignorantin«, beschwerte sich Zhou.

Em warf ihr einen irritierten Blick zu. »Ich dachte, du machst Karate.«

»Nein. Kung-Fu.« Zhou reichte Ems Daunenjacke über den Schreibtisch und schlüpfte ihrerseits in ihren Mantel. »Ying Zhao Quan, um genau zu sein.«

»Was, um Himmels willen, ist das?«, fragte Em.

»Adlerklauen-Stil.«

Sie hob die Hände und fuchtelte wild durch die Luft. »Und was für ein Stil ist das hier?«

Zhou lachte. »Das hat mit Kampfkunst rein gar nichts zu tun. Es ist eher eine reduzierte Fassung von den vier kleinen Schweinchen.«

»Meinst du die von Tschaikowski?«, gluckste Em und vollführte ein paar reichlich ungeschickte Hopser, die entfernt an Pas-de-chats erinnerten. »Guck! … So?«

Während sie mit hochgezogenen Knien herumhüpfte wie ein Storch im Salat, schmetterte sie lauthals ein paar Takte *Schwanensee* vor sich hin.

Zhou verfolgte ihr Treiben mit dem Blick einer Mutter, die ihr renitentes Kleinkind betrachtet. »Hattest du nicht Kopfschmerzen?«

»Keine Zeit«, keuchte Em und nahm auf dem langen Flur Anlauf für einen Sprung.

»Hör auf und komm essen, bevor du dir am Ende noch eine Zerrung holst!«, mahnte Zhou.

»Aus dem Weg!«, herrschte Em die beiden Uniformierten an, die ihnen vom Aufzug her entgegenkamen. »Ich schwebe hier gerade!« Sie unterstrich ihre Worte mit etwas, das wohl eine Pirouette sein sollte, im Ergebnis aber eher an einen Krampf erinnerte.

Die Männer in Uniform schüttelten nachsichtig die Köpfe, während die beiden Kommissarinnen kichernd und quietschend im Lift verschwanden.

»Geht's bei denen immer so lustig zu?«, wandte sich einer der beiden an Decker, der gerade aus seinem Büro kam.

»Nein«, antwortete Decker im Brustton der Überzeugung. »Genau genommen können sich die beiden nicht ausstehen.«

»Ja, na klar!« Der Uniformierte legte den Zeigefinger an sein Unterlid und zog es ironisch nach unten. »Das sieht man ja.«

»Ehrlich«, beharrte Decker.

Doch die beiden glaubten ihm kein Wort.

9

Frankfurt-Griesheim, Wohnung von Anna Ehlers

Anna Ehlers zog die Wohnungstür hinter sich zu, knallte ihre Handtasche in die Ecke neben der Garderobe und schlüpfte aus ihren Schuhen.

Das war grundsätzlich das Erste, was sie tat, wenn sie abends nach Hause kam: aus ihren Schuhen schlüpfen. Denn immerhin: Nackt wirkten ihre Füße nicht mehr ganz so riesig, und ohne die verdammten Absätze fühlte sie sich gleich einen halben Kopf kleiner. Hier in ihren eigenen vier Wänden half sie diesem wohltuenden Gefühl noch dadurch nach, dass sie ausnahmslos alles, was aufzuhängen war, ein paar Zentimeter höher hängte, als es eigentlich gehörte. Ganz gleich, ob Bilder, Spiegel oder Wandkalender – alles hing so, dass sich der untere Rand etwa auf Höhe ihrer Schultern befand …

»Aber, gute Frau, wenn ich das Ding so weit oben anbringe, sehen Sie sich ja nur vom Hals aufwärts«, hatte der Elektriker gemurrt, als er den sündhaft teuren, rundum beleuchteten Badezimmerspiegel montiert hatte.

Und Anna hatte ihn angelächelt und erklärt, ihr Freund sei Profi-Basketballer und die Spiegelhöhe eine Art Kompromiss zwischen ihnen beiden.

Sie lächelte.

Immerhin hatte der Elektriker ihr die Geschichte abgekauft.

Ihre Eltern hingegen erklärten sie schlichtweg für verrückt.

»Wirklich, Kind, ich verstehe dich nicht«, pflegte ihre Mutter zu sagen, wenn sie nach dem allmonatlichen Kaffeebesuch bei ihrer ältesten Tochter an der Garderobe stand und vor dem Spiegel auf und ab hüpfte, um den Kragen ihres Mantels zu richten. »Ich habe mir immer gewünscht, so groß zu sein. Aber in dieser Wohnung kommt man sich auf eine Art und Weise zusammengestaucht vor, die ich fast bizarr nennen möchte.«

Anna kickte ihre Schuhe in die Ecke und ging barfuß in die Küche hinüber. Dort schaltete sie das Licht ein, öffnete die Balkontür und nahm eine Dose Roggenknäcke aus dem Schrank. Dann schnitt sie sich mit großer Sorgfalt eine Paprikaschote und einen halben Apfel zurecht. Roggenknäcke war für sie das ideale Nahrungsmittel. Nicht, dass sie den

Geschmack besonders liebte. Aber zwei Scheiben davon machten sie satt und hatten gerade einmal achtundachtzig Kalorien!

Da blieb genügend Spielraum für den Apfel, den sie sich immer aufhob.

Das Beste kommt zum Schluss …

Anna Ehlers lächelte. Hieß es nicht so?

Sie spülte das Messer unter fließendem Wasser ab, bedeckte ihren Apfelteller mit Frischhaltefolie und stellte ihn in den Kühlschrank. Dann setzte sie sich an den Küchentisch und aß ihr Knäckebrot.

Ihre Wohnung lag im Hochparterre einer kleinen Wohnanlage im Nordwesten der Stadt. Nicht besonders feudal, aber auch nicht total abgewrackt. Man grüßte die Nachbarn, wenn man einander zufällig mal bei den Mülltonnen begegnete. Und sonst hatte man nicht viel miteinander zu schaffen.

Ganz so, wie sie es mochte!

Durch die geöffnete Balkontür flutete würzige Herbstluft ins Zimmer.

Anna Ehlers hielt inne und atmete tief durch. Sie genoss diesen Moment jeden Abend aufs Neue, ganz egal, wie kalt es war. Klar eigentlich, wenn man – wie sie – den ganzen Tag in einem vollklimatisierten Salon stand, umweht von Ammoniakdämpfen und Entwicklerflüssigkeit!

Natürlich fror sie, aber das war schon in Ordnung. Frieren verbrauchte Kalorien, und die Aussicht auf einen zusätzlichen Magermilchjoghurt hatte etwas durchaus Verlockendes. Anna biss wieder in ihr Knäcke. In der sogenannten dunklen Jahreszeit fiel ihr der Verzicht auf Süßes traditionell schwerer als im Sommer, wo sie problemlos mehrere Tage mit Kopfsalat und Gurke auskam. Aber kurz vor Weihnachten, wenn es an jeder Ecke nach Lebkuchen und gebrannten Mandeln und heißen Würstchen duftete …

Sie seufzte und zerbröselte ihr Knäcke in immer kleinere Stücke.

Sie hatte lange gebraucht, um sich vor bestimmten Nahrungsmitteln, an deren Duft noch der Zauber der Kindheit klebte, zu ekeln. Und ja, zugegeben, selbst nach Jahrzehnten der Abstinenz wollte es ihr noch immer nicht ganz gelingen, Christstollen und Marzipankartoffeln so richtig widerlich zu finden. Sie gab sich wirklich alle Mühe, aber wenn sie in der Vorweihnachtszeit an der Bushaltestelle stand und von den grob gezimmerten Buden der Duft frischgebackener Plätzchen zu ihr herüberwehte, kamen ihr unwillkürlich jene Bilder in den Kopf, die sie nun schon so lange zu verdrängen suchte: ein funkelnder Tannenbaum in einem behaglichen Wohnzimmer, ein riesiger Berg liebevoll eingepackter Geschenke, die strahlenden Gesichter ihrer Großeltern. Sie selbst als rundes, braungelocktes Kind, vertieft in die Erkundung eines neuen Spielzeuges und voller Vorfreude auf all die leckeren Sachen, die ihre Mutter bis heute an Heiligen Abenden aufzutafeln pflegte.

Anna Ehlers stand auf und wischte die letzten Krümel ihrer Mahlzeit gewissenhaft in den Mülleimer. Manchmal beneidete sie ihre Kolleginnen beinahe um deren grässliche Weihnachtserinnerungen von betrunkenen Vätern und eskalierenden Familienkonflikten. Ja, dachte sie mit einem Anflug von Verwunderung, wahrscheinlich ist das Leben tatsächlich leichter, wenn man eine schlechte Kindheit hatte!

Sie wollte gerade ins Wohnzimmer gehen, als sich unvermittelt wieder dieses Gefühl einstellte, das sie nun schon seit geraumer Zeit verfolgte: das Gefühl, beobachtet zu werden.

Anna konnte beim besten Willen nicht sagen, wann und wo es begonnen hatte, aber es war da und es beunruhigte sie.

Unwillkürlich hielt sie inne und sah zur Balkontür hinüber.

Noch ganz in der Tradition mückenreicher Sommerabende hatte sie die Gardine vorgezogen, nachdem sie die Tür geöffnet hatte. Aber ein Sichtschutz im eigentlichen Sinne war das natürlich nicht ...

Hinter dem zarten Stoff, der von keinem Windhauch bewegt wurde, klebte die Schwärze des Herbstabends. Vage konnte man außerdem das Balkongeländer erahnen. Und auch den Garten, der das Grundstück von der Parallelstraße trennte. Ein schmaler Schlauch nur, begrenzt von einem Streifen dichter Büsche.

Auf der anderen Straßenseite lag eine versiffte kleine Grünanlage. Eine Ansammlung schummriger Büsche, in denen man Hundekotbeutel, benutzte Kondome und gelegentlich auch mal eine Spritze finden konnte. Und noch ein Stück weiter hinten erhob sich die graue, fensterlose Rückfront des nächsten Wohnsilos.

Annas Hand tastete nach der Gardine. Ihr war klar, dass jemand, der dort im Schutz der Büsche stand, sie sehen konnte. Und mit einem Mal kam sie sich verraten vor. Gesehen zu werden, ohne selbst zu sehen ... Das war irgendwie gruselig!

Sie wandte sich eilig ab und löschte das Licht. Und sofort verkehrten sich die Verhältnisse: Die Welt hinter der Gardine wurde sichtbar, während sie selbst mit dem Dunkel ihrer Wohnung verschmolz.

Beruhigend irgendwie.

Und doch ...

Das Gefühl, beobachtet zu werden, ging nicht weg. Im Gegenteil: Es verstärkte sich noch.

Langsam ging Anna Ehlers wieder auf die offene Balkontür zu.

Der Rasen sah bleich aus im Licht des Mondes, der gestochen scharf und klar über den Betonklötzen stand. In einer der Wohnungen über ihr stritten zwei Männer lauthals in einer Sprache, die sie nicht verstand. Doch ansonsten war erstaunlich wenig zu hören. Keine Autos, keine Hunde, kein Flugzeug.

Kaum zu glauben, dass sie sich mitten in einem Ballungsraum mit 2,3 Millionen Einwohnern befand!

Sie stand ganz still und starrte den Park jenseits der Straße an. Und tatsächlich … Da war ein Schatten!

Er bewegte sich nicht, doch Anna war trotzdem absolut sicher: Jemand stand dort und blickte unverwandt zu ihr herüber.

FÜNF

Wer will, dass ihm
die anderen sagen,
was sie wissen,
der muss ihnen sagen,
was er selbst weiß.

(Niccolò Machiavelli)

I

Polizeipräsidium, Abteilung für Kapitaldelikte, Konferenzraum der Soko „Daumen"

Rein äußerlich entsprach Hannah Isaakson ganz und gar nicht dem Bild, das Em sich nach ihrem kurzen Telefonat von der Psychologin gemacht hatte. Sie war recht groß, aber schmal, mit schulterlangem kastanienbraunem Haar, das sie im Nacken mit einer Hornspange zusammengenommen hatte. Zum schwarzen V-Pullover trug die Psychologin einen schlichten grauen Rock.

Sie wuchtete den Stapel Akten, den Em ihr zu Vorbereitungszwecken überlassen hatte, auf einen der Tische, kaum dass sie die Tür hinter sich geschlossen hatte, als wolle sie ihn so schnell wie möglich wieder loswerden. Dann steuerte sie zielstrebig den freien Platz am Kopfende des großen Konferenztischs an.

Makarov erhob sich galant und streckte Hannah Isaakson die Hand entgegen. »Wir wissen Ihre Bereitschaft, uns in dieser Sache zu unterstützen, sehr zu schätzen.«

Innerlich wappnete sich Em bereits gegen eine Beschwerde, doch Hannah Isaakson verzog keine Miene.

»Also schön«, begann sie ohne Umschweife. »Sie suchen einen durchorganisierten, soziopathischen Sexualmörder, aber das ist Ihnen unter Garantie längst bewusst. Ihr Mann hat einen genauen Plan von seinen Taten, und ich an Ihrer Stelle würde davon ausgehen, dass er diesen Plan bereits ein paarmal geprobt hatte, bevor er ihn zum ersten Mal in die Tat umsetzte.« Sie rückte ihre Brille zurecht. »Er trägt alles, was er zur Ausübung der Tat benötigt, bei sich und überlässt nichts dem Zufall. Außerdem ist er verdammt wütend …«

»Na und? Das bin ich auch hin und wieder«, bemerkte Carsten Ulbrich, der ihren Worten mit unverhohlener Langeweile gefolgt war. Makarov hatte ihn und Vehn zu dieser Besprechung hinzugebeten, obwohl die beiden offiziell gar nicht Teil der ermittelnden Sonderkommission waren. »Aber deshalb gehe ich nicht auf die Straße und schlachte Frauen ab.«

Hannah Isaakson schenkte ihm ein müdes Lächeln. »Richtig. Im Regelfall verfügen wir über eine Art inneren Käfig, in den wir das Monster sperren, das wir sein könnten. Nennen Sie es Moral. Oder von mir aus auch soziale Prägung. Auf jeden Fall gibt es diese Grenze, die die meisten von uns niemals überschreiten.«

Em starrte auf die Tischplatte hinunter und dachte an ihren Bruder.

Es war nur ein winziger Augenblick, in dem sie sich nicht unter Kontrolle hatte, doch er genügte, um Hannah Isaaksons Aufmerksamkeit zu erregen. *Tja, meine Liebe*, schienen die blassblauen Augen hinter den randlosen Brillengläsern zu spotten, *haben wir nicht alle unsere Dämonen?*

»Der Mann, den Sie suchen, hat diese innere Grenze allerdings schon vor langer Zeit eingerissen«, fuhr sie fort. »Zwar ist er aufgrund seiner psychopathischen Natur unfähig, echte Beziehungen zu anderen Menschen aufzubauen. Aber mit großer Wahrscheinlichkeit ist er sehr gut in der Lage, alle erdenklichen Empfindungen vorzutäuschen. Ich bin sicher, Sie würden den Unterschied nicht bemerken.«

»Was ist mit Manuela Zehlens Daumen und dem Fleisch aus Bianca Ahlbecks Wade?«, fragte Em, die ihre wertvolle Zeit nicht auf Allgemeinplätze verschwenden wollte. »Sind das bloße Souvenirs oder steckt da noch etwas anderes dahinter?«

Hannah Isaaksons Augen hefteten sich an die Großaufnahme von Manuela Zehlens Hand. »Dazu kann ich Ihnen im Augenblick nicht viel sagen.«

Zhou sah hoch. »Könnte er das Fleisch gegessen haben?«

Die Psychologin zuckte die Schultern. »Es ist durchaus möglich, dass Kannibalismus bei einer solchen Serie eine Rolle spielt«, entgegnete sie zögerlich. »Aber in diesem speziellen Fall glaube ich das, ehrlich gesagt, nicht.«

»Sondern?« Em fixierte sie mit durchdringendem Blick. »Aus welchem Grund verstümmelt unser Täter seine Opfer?«

»Die weitaus interessantere Frage wäre doch wohl, warum er so unterschiedliche Körperteile wählt«, versetzte Hannah Isaakson. »Daumen, Wade …«

Carsten Ulbrich lachte. »Wollen Sie uns etwa erzählen, dass sich der Kerl auf diese Weise eine komplette Frau zusammensammelt und sie anschließend in seinem düsteren Kellerverlies fein säuberlich zusammennäht?«

Hannah Isaakson lächelte. »Ich würde eher annehmen, dass er gewisse Vorgaben erfüllt.«

Em war augenblicklich hellhörig. Das deckte sich mit dem, was sie insgeheim bereits vermutet hatte! »Was für Vorgaben?«

Die Psychologin betrachtete noch einmal eingehend die Fotos an der Wand. »Es könnte sein, dass er etwas nachstellt.«

»Sie meinen einen Film oder so?«

»Es gibt Faktoren, die beiden Morden gemein sind«, resümierte Hannah Isaakson anstelle einer Antwort. »Stiche in die Brust, abdominale Schnittwunden, die überaus massive Gewaltanwendung gegen den Kopf und insbesondere gegen das Gesicht der Opfer.« Ihr Blick glitt weiter. »Aber es gibt auch eine Reihe von signifikanten Unterschieden. Zum Beispiel das Laken, mit dem er Bianca Ahlbecks Leiche bedeckt hat. Oder die Stiefel der Lehrerin. Das sind Details, die sich meiner Ansicht nach nur durch das Vorhandensein einer Art Drehbuch erklären lassen.«

»Der Täter kopiert unstrittig Kasparys sogenannten X-Schnitt«, bemerkte Zhou mit der ihr eigenen Vorsicht. »Ist es da nicht wahrscheinlich, dass auch der Rest der Inszenierung auf Nachahmung beruht?«

»Sicher«, nickte Hannah Isaakson. »Nur leider nützt Ihnen diese Erkenntnis herzlich wenig, solange Sie nicht wissen, *was* er imitiert. Oder *wen*.«

Em blickte an ihr vorbei in den grauverhangenen Himmel über der Stadt. Das war der wunde Punkt! Solange sie das Muster, die Botschaft nicht verstanden, war es unmöglich, vorauszusagen, was der Täter als Nächstes tun würde.

Unsere Schreibtische sind übervoll mit Informationen, dachte sie. Wir besitzen Unmengen an Tatortfotos, Akten und Berichten über den Mann, den wir jagen. Und doch haben wir noch immer nicht die geringste Ahnung, wer er ist. Geschweige denn, wo wir nach ihm suchen sollen …

»Was können Sie uns über die Kriterien erzählen, nach denen er die Frauen auswählt?«, wandte sie sich wieder an Hannah Isaakson. »Ich meine, wir wissen schon, dass er auf Braunhaarige steht und dass seine Opfer zwischen Mitte zwanzig und Anfang vierzig sind. Aber leider treffen diese Kriterien auf Abertausende Frauen in dieser Stadt zu.« Sie verzog die Lippen. »Auf Sie, zum Beispiel …«

Sie fühlte, wie Zhou neben ihr die Luft anhielt, und fast war es, als könne sie auch ihre Gedanken hören: *Reiß dich zusammen! Was hat diese arme Frau dir denn getan, dass du sie derartig angehst?*

Doch Hannah Isaakson verzog auch dieses Mal keine Miene. »Sie haben recht«, entgegnete sie mit einem leisen Lächeln. »Er wählt aus einem beachtlichen Angebot. Trotzdem müssen Sie davon ausgehen, dass seine Auswahl nicht zufällig ist. Nicht bei diesem Täter.«

Aus irgendeinem Grund musste Em an die Schürfwunden an Marina Boginskas Beinen denken. Der Täter hatte die junge Weißrussin gejagt, nachdem er sie zuvor viele Monate lang gefangen gehalten hatte. Und Marina Boginska war um ihr Leben gerannt. Doch es hatte ihr nichts genützt. Em schluckte. Der Gedanke deprimierte sie. Aber zugleich barg er auch einen Trost: Marina Boginska hatte bis zu ihrem Tod geglaubt, dass sie eine Chance hatte, ihrem Mörder zu entkommen. Die lange Gefangenschaft hatte sie körperlich und seelisch ausgelaugt, und dennoch hatte sie die Kraft aufgebracht, einen letzten, verzweifelten Fluchtversuch zu unternehmen.

Die Hoffnung stirbt zuletzt, dachte Em. Gott sei Dank …

»Gehört die Prostituierte auch in diese Reihe?«, erkundigte sich Zhou just in diesem Augenblick, als habe sie ihre Gedanken gelesen.

Hannah Isaakson dachte lange nach, und als sie schließlich antwortete, war die Spannung im Raum mit Händen zu greifen. »Ich denke, Sie sollten diese Möglichkeit in Erwägung ziehen«, nickte sie. »Auch wenn es eigentlich eher unwahrscheinlich ist, dass sich gerade dieser Täter ein Opfer vom Strich holt.«

»Wieso?«, fragte Em.

»Weil Prostituierte einen sehr besonderen Opfertypus verkörpern. Sie verfügen meist über einen sehr ausgeprägten Überlebensinstinkt, was es dem Täter unter Umständen erheblich erschwert, die Situation unter Kontrolle zu behalten.« Hannah Isaakson zuckte die Achseln. »Außerdem wird sich eine Prostituierte während der Tat vermutlich grundlegend anders verhalten als eine sogenannte normale Frau. Sie wird, zum Beispiel, versuchen, die Situation zu entschärfen, indem sie dem Täter ihre Bereitschaft zum Mitmachen signalisiert. Und das wird den Mann, hinter dem Sie her sind, mit Sicherheit noch wütender machen.«

»Aber Marina Boginska hatte weder eine x-förmige Wunde, noch wurde bei ihr irgendein Körperteil entfernt«, bemühte Makarov einmal mehr einen altbekannten Einwand. »Und ihre Leiche wurde in einem unzugänglichen Waldstück versteckt. Ich meine …« Seine Wurstfinger wischten über den Aktendeckel, der vor ihm auf dem Tisch lag. »Würde das allein nicht schon gegen einen Zusammenhang zu den übrigen Taten sprechen?«

»Nein«, erwiderte Hannah Isaakson schlicht. »Nicht unbedingt.«

Makarov war sichtlich verblüfft. »Warum nicht?«

»Sehen Sie«, die Psychologin strich sich eine verirrte Haarsträhne aus der Stirn, »dieser X-Schnitt ist so etwas wie die Signatur Ihres Täters. Und es … Ja, es wäre durchaus denkbar, dass bei Marina Boginska irgendetwas schiefgelaufen ist. Etwas, das ihn ärgerte und das ihn davon abgehalten hat, sein Werk zu signieren. Und in diesem Fall wäre es auch nicht verwunderlich, dass er die Auffindung der Leiche verhindern wollte.«

Em schloss die Augen. Hinter ihrer Stirn jagte ein Gedanke den nächsten: Marina Boginska hatte sich selbst die Haare abgebissen. Sie war über ein halbes Jahr gefangen gehalten worden, und plötzlich, nur wenige Tage vor ihrem Tod, war etwas geschehen, das sie dazu veranlasst hatte, ihre Haare loswerden zu wollen …

»Aber in diesem Fall müsste es doch einen plausiblen Grund geben, warum er die eine Frau sofort tötet und die andere zuerst eine Weile irgendwo einsperrt, nicht wahr?«, knurrte Makarov.

»Aber selbstverständlich«, stimmte Hannah Isaakson ihm zu. »Wenn die Prostituierte zu seinen Opfern zählt, dann hat er mit ihrer Gefangenhaltung ganz klar einen bestimmten Zweck verfolgt.«

»Was ist mit seinem Alter?«, fragte Em, obwohl sie insgeheim sicher war, Hannah Isaaksons Antwort bereits zu kennen: zwischen dreißig und vierzig. Unauffällig. Lebt in geordneten Verhältnissen, allein oder bei seiner dominanten Mutter und hat als Kind Schmetterlingen die Flügel ausgerissen, seinem Großvater beim Schlachten zugesehen oder auch mal eine Gartenlaube in Brand gesteckt …

Doch Hannah Isaaksons Antwort überraschte sie: »Um hierzu etwas sagen zu können, müssten wir den Beginn der Serie kennen.«

»Den Beginn?«, fragte Zhou.

»Ja, sein erstes Opfer.«

»Sie denken folglich nicht, dass Bianca Ahlbeck die Erste gewesen ist?«, hakte Em noch einmal nach.

Hannah Isaakson schüttelte den Kopf. »Nein. Denn erfahrungsgemäß ist der erste Mord eines solchen Täters weniger kalkuliert in seiner Ausführung. Die Tat wäre eher eine Art Skizze seiner späteren Serie.«

»Könnte Jeanette Altmaier sein erstes Opfer gewesen sein?«, fragte Em, während sie die Reaktion der Psychologin genauestens beobachtete.

Sie wusste, ihre Frage barg eine ungeheuerliche Unterstellung, die Hannah Isaakson nicht so ohne weiteres hinnehmen konnte: *Sie haben sich geirrt, damals. Kaspary ist kein Mörder. Ihr Gutachten beruht auf einer Fehleinschätzung.*

Doch einmal mehr wartete sie vergeblich darauf, dass Hannah Isaakson ihre fast schon stoische Selbstbeherrschung aufgab.

»Jürgen Bartsch ist zwanzig gewesen, als er seinen ersten Mord beging«, entgegnete sie, ohne auch nur mit der Wimper zu zucken. »Jack Unterweger vierundzwanzig. Ted Bundy siebenundzwanzig.«

Em stemmte die Hände gegen die Tischkante. »Sie haben meine Frage nicht beantwortet.«

»Doch, das habe ich.« Hannah Isaakson stand auf und machte einen Schritt auf sie zu.

Sie droht mir!, dachte Em verblüfft, während sich die renommierte Profilerin vor ihr aufbaute.

»Jeanette Altmaier wurde vor sieben Jahren getötet«, sagte sie. »Zum Eintrittsalter solcher Täter habe ich Ihnen eben ein paar Beispiele gegeben. Und rechnen können Sie ja wahrscheinlich selber.«

»Könnte eine Art von Verehrung für Serienvergewaltiger wie Frank Kaspary als Auslöser für seine Taten fungiert haben?«, bemühte sich Zhou, die aufgeheizte Atmosphäre mit einer Sachfrage wieder ein wenig herunterzukühlen.

»Kaum«, antwortete Hannah Isaakson, wobei ihre Augen nur äußerst widerwillig von Em abließen. »Ich würde eher annehmen, dass die aktuelle Mordserie durch eine persönliche Krise angestoßen wurde.« Sie drehte sich um und kehrte langsam an ihren Platz zurück. »Es ist natürlich denkbar, dass Ihr Täter diesen X-Schnitt als eine Art Reminiszenz versteht. Aber ich persönlich würde, was das betrifft, einer anderen Erklärung den Vorzug geben.«

Zhou hob die Brauen. »Welcher?«

»Ich würde annehmen, dass Ihr Täter diese Art von Signatur ursprünglich verwendet hat, um seinen ersten Mord in der Serie eines anderen zu verstecken.«

Innerhalb von Sekundenbruchteilen schien aller Sauerstoff aus dem Konferenzraum verschwunden zu sein.

Em konnte sehen, wie Makarovs Kiefer herunterklappte. Und auch die übrigen Anwesenden waren wie paralysiert. Hatte Hannah Isaakson tatsächlich gerade zugegeben, einen Fehler gemacht zu haben? Em runzelte ungläubig die Stirn. Einfach so, nebenbei?

Zhou fing sich als Erste. »Aber Kasparys Zeichen wurde erst während des Prozesses einer breiteren Öffentlichkeit bekannt.«

»Das weiß ich.« Hannah Isaakson griff nach ihrer Aktentasche. »Und deshalb sollten Sie die Möglichkeit in Betracht ziehen, dass Ihr Täter unter jenen Personen zu suchen ist, die bereits während der damaligen Vergewaltigungsserie über die entsprechenden Informationen verfügten. Und jetzt entschuldigen Sie mich.«

Ems Blicke folgten ihr zur Tür.

»Ach ja, noch eine Sache …« Hannah Isaakson hielt abrupt inne und drehte sich dann zögerlich, fast widerstrebend noch einmal um. »Ich an Ihrer Stelle würde mich als Erstes fragen, warum diese Frauen ihm die Tür öffnen, statt ihren Instinkten zu vertrauen.«

2

`Kellerverlies, Versteck von Kathrin Stiller`

Sie hatte den Fahrschein mit Marina Boginskas Daten und ihrer letzten beunruhigenden Notiz wieder in der Grube versteckt. Ebenso die Klebestreifen.

Sie hatte den Rest Wasser aus dem Holzgefäß getrunken und mit großer Mühe einen halben Zwieback gegessen. Zwei weitere Stück Zwieback und den restlichen Inhalt der Trockenobsttüte hatte sie vorsichtshalber in die Grube geworfen, damit er nicht wütend wurde, wenn er zurückkehrte und entdeckte, dass sie nichts gegessen hatte. Und dann hatte sie sich wieder auf die Decke gelegt und war eingeschlafen.

Als sie erwachte, fühlte sie etwas auf ihrem Arm.

Ein Krabbeln, wie sie es schon einmal wahrgenommen hatte.

Sie lag ganz still und versuchte herauszufinden, ob das Gefühl real war oder zu den Träumen gehörte, die sie seit kurzem wieder öfter heimsuchten, ohne dass sie sich beim Aufwachen an irgendwelche Details erinnern konnte. Manche dieser Träume handelten von Libellen, lange schillernde Körper mit mächtigen Facettenaugen, die hoheitsvoll wie die Wächter eines altehrwürdigen Tempels in der unbewegten Luft über dem See standen. Und manchmal träumte sie von Ameisen, die in langen schwarzen Reihen an überdimensionalen Grashalmen hinaufkrabbelten, während sie ihnen in atemberaubendem Tempo entgegenschaukelte.

Aber dieses Krabbeln hier bildete sie sich nicht ein.

Dieses Krabbeln EXISTIERTE wirklich! Und jetzt gerade bewegte es sich von ihrem Handgelenk aus ihren Arm hinauf …

Sie hob die freie Hand und legte den Finger auf die kühle Haut ihres Unterarms.

Das Ding krabbelte darauf zu, und sie bemerkte sein Stutzen ob des unerwarteten Hindernisses. Gleich darauf erklomm es zögerlich ihren Zeigefinger.

Behutsam, um es nur ja nicht zu verlieren, richtete Kathrin sich auf ihrem Lager auf. Dann ließ sie es von ihrer Fingerspitze auf ihr angezogenes Knie krabbeln, wo es eine Weile regungslos verharrte.

»Guten Tag«, flüsterte sie und streckte wieder den Finger aus, um es zu berühren.

Seltsamerweise empfand sie weder Angst noch Ekel. Im Gegenteil: Das Gefühl, nicht mehr allein zu sein, verdrängte alle anderen Empfindungen.

Es schien ein Käfer zu sein, länglich und etwa fingernagelgroß. Unter ihrer Berührung stellte er sich tot. Doch wann immer sie ihn losließ, bewegte er sich wieder.

»Hallo, mein Kleiner!«

Sanft streichelte sie den harten Chitinpanzer.

Sie hatte noch nie einen Käfer angefasst, jedenfalls nicht freiwillig. Marienkäfer vielleicht, aber die zählten irgendwie nicht. Marienkäfer wohnten im Himmel, kündigten Hochzeiten an, und wenn sie sich auf einem niederließen, bedeutete das Glück. Die Berührung anderer Käfer jedoch hatte sie immer vermieden, weil ihr die harten Körper und die kratzigen Beine irgendwie unheimlich gewesen waren.

Bis heute ...

Ein dunkles Kellerverlies, eine dicke Erkältung – und schon war man halb besinnungslos vor Freude und Aufregung über ein anderes Lebewesen. Auch wenn es bloß ein blöder Käfer war!

Im Augenblick saß besagter Käfer auf ihrem Knie und rührte sich nicht. Aber das machte ihr nichts aus. Es genügte ihr, dass er überhaupt da war. Unwillkürlich musste sie wieder an Adalbert Stifter und seine Leidenschaft für Kakteen denken. Irgendwo, in einer ihrer zahlreichen Quellen, hatte sie gelesen, dass Stifter über zweihundert verschiedene Arten von Kakteen besessen hatte. Sie hatten ihm den Umgang mit Menschen ersetzt, von denen er so oft enttäuscht worden war, und mit kindlicher Begeisterung war er mitten in der Nacht aufgestanden, um das Öffnen einer Kaktusblüte zu beobachten ...

Bestimmt haben die Leute damals, seine Zeitgenossen, ihn für verrückt gehalten, dachte sie. Und vielleicht war er das ja auch. Merkte man das eigentlich, wenn man verrückt wurde?

Ihre Fingerspitze strich sanft über einen der Flügel.

Der Käfer stellte sich tot, ganz klar. Sie lächelte stumm in sich hinein. Aber vielleicht war Totstellen gar keine so schlechte Idee.

»Wo kommst du denn her?«, flüsterte sie, ganz dicht an der Stelle, wo sie sein Ohr vermutete.

Doch der Käfer antwortete nicht.

Zurück blieb die Frage. Wo kam er her? War er am Ende gar durch die Tür gekommen, zusammen mit IHM?

Die Vorstellung ließ sie eilig den Finger zurückziehen.

Hör auf!

Das ist doch gar nicht gesagt!

Es könnte auch noch einen anderen Weg geben …

Ihr Herzschlag beruhigte sich. Ja, dachte sie, vielleicht gibt es hier irgendwo einen winzigen Spalt, durch den er hinauskann. Und hinaus musste er doch schließlich, oder nicht? Wovon sollte er hier drinnen denn leben?

Von dir, schoss es ihr durch den Sinn. Er wartet, bis du tot bist, und dann hat er ausgesorgt. Und bevor du kamst, hat er sich an Marina gütlich getan. Vielleicht ist er nicht der einzige seiner Art. Vielleicht wimmelt es in diesem grundlosen Loch nur so von fingernagellangen schwarzen Käfern. Von Insekten, die wimmeln und krabbeln und die in den Augenhöhlen all der toten Frauen wohnen, die gar nicht erst aus der Tür gegangen sind, um zu sterben, sondern die hier drinnen verreckt sind. Im Keller dieses Irren, der ihnen Placebos in den Mund geschoben und sich an ihrer Angst geweidet hat …

Sie erstarrte, als der Käfer sich urplötzlich wieder bewegte.

Er krabbelte von ihrem Knie abwärts, ihren angewinkelten Oberschenkel hinunter.

Und sie schlug zu. Sie schrie, schlug um sich und strampelte vor Entsetzen wie eine Wilde, bevor sie sich schließlich auf dem Boden hin und her wälzte, bis die Kette an ihrem Handgelenk ihr Einhalt gebot.

Kathrin!

Sie fuhr herum. »Ja?«

Stille.

»Wer ist da?«

Keine Antwort.

Schwer atmend lag sie da und lauschte in die Finsternis. Doch niemand kam, um nach ihr zu sehen. Irgendwann spürte sie, dass sich ihr Kopf noch heißer anfühlte als zuvor und dass sie schwitzte.

Sie hatte Fieber, sie war allein, und an ihrem nackten Oberschenkel klebte ein zerquetschter Käfer …

3

Zentrale Kriminaldirektion Frankfurt,
Besucherparkplatz

»Warten Sie!«

Hannah Isaakson drehte sich um. Um die Ecke des Gebäudes wehte ein frischer Westwind, der nach verfaulendem Laub und Regen roch.

»Ich habe noch eine Frage«, erklärte Em, indem sie zu der Psychologin aufschloss.

Hannah Isaaksons Gesicht nahm einen abweisenden Ausdruck an. »Machen Sie's kurz, ich hab's eilig.«

Em sah sie an. »Wenn Kaspary auf freiem Fuß wäre oder er es irgendwie fertiggebracht hätte, diese Klinik zu verlassen …«

»Ich kenne den Kronenhof«, unterbrach Hannah Isaakson. »Es ist unmöglich, dass er da unbemerkt wegkommt. Nicht bei den Sicherheitsvorkehrungen.«

»Aber falls er auf freiem Fuß wäre«, insistierte Em. »Würden Sie ihm die aktuelle Mordserie zutrauen?«

»Nein.«

Die Sicherheit, mit der sie das sagte, verblüffte Em. »Warum nicht?«

»Weil Kaspary nicht dem psychologischen Profil Ihres Täters entspricht.«

»Vielleicht ist das Profil ja falsch«, versetzte Em.

Hannah Isaakson bedachte sie mit einem ironischen Seitenblick. »Wenn Sie mir nicht vertrauen, warum haben Sie mich dann kommen lassen? Warum dringen Sie in mein Privatleben ein und zwingen mich dazu, mich mit Dingen zu beschäftigen, mit denen ich schon seit Ewigkeiten nichts mehr zu tun haben will?«

»Glauben Sie mir«, versicherte Em, »die Idee, Sie in diesem Fall hinzuzuziehen, ist nicht auf meinem Mist gewachsen.«

»Dann trifft es sich ja gut, dass unsere Zusammenarbeit hiermit beendet ist.« Hannah Isaakson zerrte ihren Autoschlüssel aus der Tasche ihres Blazers.

»Bitte.« Em hielt ihren Arm fest, und sie konnte fühlen, wie sich die Muskeln unter dem rauen Stoff verspannten. »Ich habe es nicht so gemeint. Wir können wirklich jede Hilfe brauchen, die wir kriegen können.«

Hannah Isaaksons Lachen hallte von den hohen Mauern wider. »Wirklich jede Hilfe? … Wie schmeichelhaft.«

Em ließ den Kommentar an sich abtropfen. »Sie haben gesagt, dass Kaspary nicht dem Profil unseres Täters entspricht, und nach allem, was ich über ihn gehört und gelesen habe, gebe ich Ihnen recht«, startete sie einen neuen Versuch.

Das unerwartete Einlenken brachte Hannah Isaaksons Entschlossenheit spürbar ins Wanken. »Ich habe mich ausführlich mit Frank Kaspary beschäftigt, und er war das Paradebeispiel eine unorganisierten Täters«, erklärte sie, eine Spur versöhnlicher. »Er hat keine einzige seiner Vergewaltigungen im Voraus geplant, er hat seine Opfer nicht beobachtet und er hat sich bei der Ausübung der Taten ausschließlich solcher Gegenstände bedient, die er vorfand. Oder anders ausgedrückt: Frank Kaspary war immer selbstsicher genug, um bestimmte Dinge dem Zufall zu überlassen.« Sie atmete tief durch. »Und er hatte es auch nie nötig, seinen Opfern das Gesicht zu Brei zu schlagen, wenn Sie mir die etwas drastische Formulierung verzeihen. Im Gegenteil …« Der Westwind erfasste eine braune Haarsträhne, die sich aus ihrer Spange gelöst hatte. »Er konnte und wollte seinen Opfern in die Augen sehen.«

»Aber es ging ihm auch um Macht, oder?«, fragte Em.

»Ja, aber nicht um die Macht über Leben und Tod.« Hannah Isaakson wollte sich losmachen, doch Em dachte gar nicht daran, ihren Ärmel freizugeben.

»Sind Sie sicher?«

Die Psychologin warf ärgerlich den Kopf zurück. »Überlegen Sie doch mal! Welchen Sinn hätte es wohl, Ihren Opfern ein Andenken zu hinterlassen, wenn die Frauen zu tot sind, um sich an Sie zu erinnern?«

Em riss die Augen auf. Klar! Das war logisch!

Und Kaspary kam doch ohnehin nicht als Täter infrage. Oder?

Hannah Isaakson stieg in ihren Wagen und schob den Schlüssel ins Zündschloss. »Vertrauen Sie mir«, bat sie lahm. »Sie suchen einen Mann, der vollkommen anders tickt als Frank Kaspary. Einen Typen, der alles plant und alles unter Kontrolle haben will. Und der in seinem tiefsten Inneren ein Ausbund an Unsicherheit ist. Kaspary hingegen war bei der Ausführung seiner Taten weder durch Unvorhergesehenes noch durch Widerspruch zu verunsichern. Genau dieses Selbstvertrauen – gepaart mit seinem überdurchschnittlichen Intellekt und seinem ausgeprägten Hang zur Manipulation – macht ihn ja so gefährlich!«

Ihre Formulierung ließ Em aufhorchen. »*Macht* ihn gefährlich?«

»Frank Kaspary wird immer eine Gefahr für die Gesellschaft darstellen«, versetzte Hannah Isaakson gereizt, und zum ersten Mal an diesem Morgen war sie kurz davor, die Fassung zu verlieren. »Solange er lebt …«

»Was Sie nicht sagen!«, spöttelte Em. »Aber sind es nicht Leute wie Sie, die behaupten, solche Kerle wären therapierbar?«

Hannah Isaaksons Züge wurden hart. »Dieser nicht.«

Em beugte sich weit zu ihr hinunter und stemmte die Fäuste gegen die Gummierung der Tür. »Und warum sitzt der Kerl dann nicht im Knast, sondern in einer gemütlichen Klinik, wo er Schlagzeug spielen und töpfern und sich dabei genüsslich über seine traurige Kindheit auslassen darf?«

In den Tiefen der blaugrauen Augen erschien ein seltsamer Ausdruck. »Hören Sie gut zu, denn ich sage Ihnen das hier nur ein einziges Mal.« Sie holte tief Luft. »Der Fall Jeanette Altmaier stand von Anfang an auf tönernen Füßen. Es gab weder Zeugen noch verwertbare Spuren, was bedeutete, dass sich die Anklage einzig und allein auf Indizien stützte. Und wenn ich Kaspary in meinem Gutachten volle Schuldfähigkeit attestiert hätte …«

Em starrte sie an. Was sie da sagte, war ungeheuerlich!

»Wenn Sie Kaspary in Ihrem Gutachten volle Schuldfähigkeit attestiert hätten«, führte sie den Satz weiter, »dann hätte man ihn wegen Vergewaltigung verurteilt. Und zwar ausschließlich wegen Vergewaltigung.«

»Fünf oder sechs Jahre«, sagte Hannah Isaakson mit einem abfälligen Lächeln. »Maximal zehn.«

Em hatte das Gefühl, dass sich der Beton unter ihren Füßen in Treibsand verwandelte. »Sie haben Kaspary ganz bewusst aus dem Verkehr gezogen, indem Sie ein falsches Gutachten ausgestellt haben?«, wiederholte sie ungläubig.

Hannah Isaakson erwiderte ihren Blick mit einer eigentümlichen Mischung aus Reserviertheit und Aggression.

»Glauben Sie mir«, sagte sie fest. »Wir stehen auf derselben Seite, Sie und ich.«

»Das«, erwiderte Em, »würde ich nicht unbedingt so sehen.«

4

Kellerverlies, Versteck von Kathrin Stiller

Sie hatte Durst. Brennenden, unstillbaren Durst.

Aber sie wusste auch, dass sie ruhig bleiben musste. Bis er zurückkam und ihr Wasser brachte. Vielleicht auch Medizin.

Die Hitze in ihrem Kopf wurde immer unerträglicher. Wie ein Motor, der heißer und heißer lief, um irgendwann einfach zu explodieren.

Sie stöhnte und drehte sich so, dass ihre Wange eine kühlere Stelle der Decke berührte.

Aus der Dunkelheit heraus schwammen Bilder auf sie zu. Gesichtslose Schatten. Schläuche. Karpfen.

Dazwischen glaubte sie immer wieder, auch Geschriebenes zu sehen. Buchstaben, Wörter, ja, ganze Zeilen. Doch je mehr sie sich bemühte, sie zu entziffern, desto weniger gelang es ihr.

Hier drin ist kein Fünkchen Licht, dachte sie. Und ich blöde Kuh glaube, Wörter zu sehen, die ich nicht lesen kann. Ich werde allmählich verrückt!

Sie zwang sich, die Augen zu schließen, auch wenn das Pochen in ihrem Kopf dadurch noch schlimmer wurde. Adalbert Stifter hatte auch immer Angst gehabt, verrückt zu werden. Er war krank gewesen. Müde und hoffnungslos.

Und eines Nachts … Sie schluckte, doch da war kein Tropfen Flüssigkeit mehr in ihr. Eines Nachts hatte er ein Messer genommen und sich die Kehle durchgeschnitten …

Kathrin!

Erschreckt riss sie die Augen wieder auf und sah ihren Bruder.

Er saß in der entgegengesetzten Ecke des Raumes und blickte unverwandt zu ihr herüber.

Schau nicht hin!, rief sie sich selbst zur Ordnung. Er ist nicht da. Das, was du zu sehen glaubst, ist bloß ein Trugbild. Eine Folge von Hunger und Gefangenschaft. Oder irgendein wirres Fieberprodukt. Und selbst wenn er da wäre, was würde dir das bringen?

Er kann dir doch sowieso nicht helfen.

Er kann sich noch nicht mal alleine die Schuhe zubinden …

Nein, dachte sie, das hier musst du allein durchstehen. Wenn du ihm gestattest, dort zu sitzen, bis du verloren.

»Hau ab!«, rief sie, so laut sie konnte. »Verschwinde!«

Ihr Bruder reagierte nicht.

Er saß einfach da.

Sie sah ihn aus den Augenwinkeln. »Lass mich in Ruhe!«

Seltsamerweise sah er anders aus als sonst. Natürlich war seine Haut rot wie immer, aber seine Arme wirkten wie die eines gesunden Menschen. Und auch die Hände waren nicht spastisch verkrampft, sondern lagen entspannt und ruhig auf seinen Oberschenkeln.

Während sie ihn unauffällig studierte, musste sie an ihre Mutter denken, die behauptete, ihr Bruder freue sich immer ganz unbändig auf ihre Besuche.

»Ha, ha!«, flüsterte sie.

»Nein, wirklich«, erklärte ihre Mutter im Brustton der Überzeugung, »er ist immer ganz aufgeregt, wenn wir ihm erzählen, dass du am Wochenende nach Hause kommst.«

Sie verzog den Mund zu einem bitteren Lächeln. Wahrscheinlich spürt er, dass seine eigene Schwester ihm von klein auf den Tod gewünscht hat, dachte sie. Daher die Aufregung!

»Und ob du's glaubst oder nicht«, setzte ihre Mutter hinzu. »Er freut sich immer wie närrisch auf deine Cola!«

Sie versuchte, den Kopf zu schütteln, doch der stechende Schmerz hinter ihrer Stirn belehrte sie umgehend eines Besseren. Bevor sie nach Hause fuhr (was – zugegeben – nicht allzu oft vorkam), besorgte sie für ihren Bruder immer eine Dose Afri-Cola in dem kleinen Supermarkt in der Nähe der Uni. Keine Ahnung, warum. Vielleicht, um ihr Gewissen zu beruhigen.

»Obwohl er natürlich eigentlich gar keine Cola trinken dürfte …«

Sie lächelte. Was Cola anging, war ihr Bruder seltsamerweise wählerisch – und Afri-Cola war nun mal seine Lieblingsmarke. Angeblich schmeckte er sofort, wenn man ihm eine andere Sorte vorsetzte, selbst wenn sie ihn die Dose nicht sehen ließen. Und dann machte er, um ihren Vater zu zitieren, »einen Riesenaufstand«.

Wann immer das Thema zur Sprache kam, lachte ihre Mutter laut und ungläubig. Darüber, dass jemand, der sich so sparsam mitteilte wie ihr Sohn, ausgerechnet wegen einer falschen Cola-Marke derart aus dem Häuschen geriet.

Wirklich seltsam …

Sie veränderte abermals ihre Lage und überlegte, wann sich die Sache mit dem koffeinhaltigen Mitbringsel eingebürgert hatte. Zu Hause gab es anscheinend keinen Laden, der Afri-Cola führte. Oder aber ihre Eltern wollten es ihr überlassen, ihren Bruder ins Jenseits zu befördern. Schließlich wünschte sie sich bereits seit seiner Geburt, dass er wieder ging. Ja, dachte sie grimmig, das wäre auch eine Möglichkeit!

Obwohl er ja eigentlich gar keine Cola trinken dürfte …
Sie hob den Blick.
Ihr Bruder war verschwunden.

5

Polizeipräsidium, Abteilung für Kapitaldelikte, Damentoilette

»Wie siehst du denn aus?«

»Wieso?«

»Habt ihr euch gestritten?«

Em warf einen Blick in den Spiegel. Wie bescheuert klang das denn? *Habt ihr euch gestritten …*

Als ob Hannah Isaakson ihr einen Platz auf der Schaukel streitig gemacht hätte!

»Nein«, entgegnete sie mit einem sarkastischen Lächeln. »Sie hat mich blöd von der Seite angeglotzt, und da hab ich sie verkloppt.«

Zhous Pupillen weiteten sich. Aber leider war sie längst nicht mehr so leicht in die Irre zu führen wie noch zu Beginn ihrer Partnerschaft. »Ha, ha!«

»Ernsthaft: Mir war danach.«

»Ja«, entgegnete Zhou knochentrocken. »Das war kaum zu übersehen.«

Em rupfte ein Papiertuch aus dem Spender und tupfte sich das Wasser von der Stirn.

Ihre Partnerin lehnte ihren schlanken Rücken gegen die Kacheln, die gefühlt seit drei Wochen nicht mehr gereinigt worden waren. »Sag mir die Wahrheit«, beharrte sie. »Was läuft da zwischen Hannah Isaakson und dir?«

»Inwiefern?«

»Ihr zwei beharkt euch wie die Katzen.«

»Das hat man über uns auch mal gesagt«, gab Em zurück.

Zhous Kohlenaugen leuchteten. »Das war ja wohl kaum meine Schuld.«

Em lachte. »Wessen denn sonst? ... Aber Spaß beiseite: Weißt du, was Hannah Isaakson gerade zugegeben hat?«

»Nein, was?«

»Dass sie Kaspary ganz bewusst eine – wohlgemerkt: nicht vorhandene – Geisteskrankheit attestiert hat, damit er für den Rest seines Lebens in die Klapse wandert.«

»Oh Mann«, stöhnte Zhou. »Das erklärt, warum sie solche Angst hat!«

»Angst?«, fragte Em ungläubig. »Du denkst im Ernst, dass Hannah Isaakson Angst hat?«

»Sie kommt fast um vor Angst«, nickte Zhou. »Das habe ich schon gesehen, als sie zur Tür reinkam. Aber ich konnte mir nicht erklären, wieso.«

Em ließ sich die Einschätzung ihrer Partnerin einen Augenblick durch den Kopf gehen. Doch bevor sie zu einem Ergebnis gekommen war, flog die Tür auf und Gehling stürmte herein.

»Das ist das Damenklo«, fuhr Em ihn an.

Gehling sah sich um und zuckte dann gleichgültig die Achseln. »Du hast Besuch.«

Em zog die Stirn in Falten. »Was für Besuch?«

»Keine Ahnung, aber sie sagt, dass sie zu dir will.«

»Sie?«

»Ja, eine Frau mit Kind.«

Zhou hob überrascht den Kopf.

»Das muss ein Irrtum sein«, befand Em. Doch dann kam ihr plötzlich ein ziemlich unbequemer Gedanke. »Ist sie blond?«

Gehling nickte.

»Und etwa so groß wie ich?«

Die Frage überforderte ihn sichtlich. »Warum gehst du nicht einfach zu ihr?«, rettete er sich schließlich. »Sie wartet an deinem Schreibtisch.«

Mit einem ziemlich unflätigen sizilianischen Fluch auf den Lippen stürmte Em an ihm vorbei in ihr Büro.

»Tante Em!«, quiekte Bella ihr entgegen, kaum dass sie durch die Tür war. »Huhu! Hier sind wir!«

»Ich weiß, wir kommen unangemeldet.« Der feine Schweißfilm auf Jennys Stirn verriet, dass sie unter massivem Stress stand. »Aber es … Es hat sich recht günstig ergeben, zumal Bella …« Sie stieß ein reichlich gequältes Lachen aus. »Ihre Schule veranstaltet gerade tatsächlich so etwas wie Projekttage.«

»Okay … Super!« Em ertappte sich dabei, wie sie das Gesicht ihrer Schwägerin nach Schatten zurückliegender Verletzungen absuchte. Doch sie wurde nicht fündig. Allerdings hatte Jenny deutlich abgenommen, und rund um ihre Lippen hatten sich ein paar scharfe Linien eingeschlichen.

Oder fing sie allmählich an zu spinnen?

Wo waren ihre Instinkte?

»Du hast viel zu tun, und wir wollten auch wirklich nur ganz kurz Hallo sagen«, setzte Jenny unterdessen ihre hilflose Verteidigungsrede fort. »Aber schön, dass wir mal sehen können, wo du so arbeitest, und …«

»Wie wär's mit einem Eis?«, unterbrach Em.

Jenny stutzte. »Das wäre toll … Aber …« Sie unterbrach sich abermals. »Du musst uns wirklich nicht bespaßen.«

Em warf einen flüchtigen Blick auf die Uhr. »Eine halbe Stunde könnte ich problemlos erübrigen.«

»Juchhu!«, quietschte Bella, während ihre Mutter zweifelnd in Zhous Richtung blickte. Fast so, als erwarte sie Widerspruch.

Em bemerkte es und drehte sich um. »Ach, übrigens … Das hier ist meine Partnerin, Mai Zhou.« Sie beugte sich zu ihrer Nichte hinunter und zwinkerte ihr zu. »Partnerin bedeutet, dass wir zusammen arbeiten und uns gegenseitig in den Wahnsinn treiben. Aber wenn du sie ganz lieb bittest, geht sie bestimmt mal mit dir in das Zimmer, wo wir die bösen Leute befragen. Dort gibt es einen Spiegel, durch den man wirklich und wahrhaftig durchgucken kann!«

Eigentlich gab es gar keine Worte, um Zhous Gesichtsausdruck zu beschreiben. Aber »völlig platt« traf es vermutlich am besten …

»Echt?« Bella Capelli war sofort Feuer und Flamme. »Machen Sie das?«

»Klar doch«, antwortete Em an Zhous Stelle. »Am besten, ihr geht gleich los, bevor wieder irgendein Bösewicht kommt und den Raum blockiert.«

»Haben Sie auch eine Pistole?«, fragte Bella, indem sie Zhou zutraulich bei der Hand fasste. »Und Handschellen? Und warum tragen Sie eigentlich keine Uniform? Sind Ihre Eltern Japaner?«

»Chinesen«, entgegnete Zhou mechanisch. »Das heißt, nur mein Vater … Also, meine Mutter ist Deutsche. Aber sie hat lange in Hongkong … Weil sie … Mein Großvater war im diplomatischen Dienst …«

Em grinste von einem Ohr zum anderen, während ihre Nichte offenkundig kein Wort verstand. Doch das schien Bella nicht zu stören, denn sie schmachtete Zhou mit ungebrochener Sympathie an.

»Also dann, amüsiert euch«, raunte sie ihrer völlig überforderten Partnerin ins Ohr. »Und sei doch bitte auch so lieb und erzähl ihr ein bisschen was über unseren Beruf, ja? Sie braucht das für ein Projekt in der Schule.«

Zhou war in den letzten Sekunden deutlich blasser geworden. »Aber ich kann doch nicht einfach …«

»Viel Spaß!«, fiel Em ihr fröhlich ins Wort. »Und falls ihr uns sucht: Wir sind in der Kantine.«

»Donnerwetter, sie ist wirklich nett«, befand Jenny, nachdem Zhou und Bella um die Ecke verschwunden waren.

»Hm, ja, ist ganz brauchbar«, brummte Em. »Und jetzt komm und lass uns reden – ich habe nämlich keine Ahnung, wie lange es diese kinderunerfahrene Halbchinesin mit deiner Ältesten aushält.«

Sie nahmen den Aufzug hinunter in die Kantine, und Em holte zwei Kaffee.

»Also«, sagte sie, als sie an einem der schmucklosen Tische Platz genommen hatten. »Was genau ist da los bei euch?«

Die Augenlider ihrer Schwägerin begannen leise zu flimmern. »Es fing nach Luisas Geburt an.«

»Luisa ist sechs«, entgegnete Em erschrocken.

Jenny nickte nur.

»Warum hast du nie was gesagt?«

Ihre Schwägerin sah sie an. »Und was, bitte, hätte das genützt?«

»Na ja, ich … Ich hätte mit ihm reden können. Oder zumindest …« Sie fuhr sich durch die Haare. »Ach, keine Ahnung! Aber ich wäre für dich da gewesen.«

Zu ihrer Überraschung glitt ein Lächeln über Jennys erschreckend schmal gewordene Lippen. »Ja, ich weiß …«

Das überraschte Em zutiefst. Sie hatte sich nie Gedanken darüber gemacht, wie ihre Schwägerin sie einschätzte. Im Gegenteil: Jennys Ansichten waren ihr bis dato ziemlich schnuppe gewesen. Etwas, das ihr im Nachhinein leidtat. »Darf ich fragen, warum du mir vertraust?«, fragte sie, weil die Antwort auf diese Frage sie wirklich interessierte.

»Weil du anders bist«, antwortete Jenny schlicht.

»Anders als wer?«

»Als deine Familie.«

Ein banaler Satz. Eine banale Erklärung.

Und doch hebelte sie Em für einen Moment völlig aus, weil sie auf den Punkt brachte, was sie seit Jahren empfand: Ich bin anders als der Rest meiner Familie. Ich bin eine von ihnen, und trotzdem gehöre ich nicht dazu. Ich habe nie wirklich dazu gehört.

Aber es geht hier und jetzt nicht um dich, schob Em die unbequemen Empfindungen eilig beiseite und sah wieder ihre Schwägerin an. »Was genau tut Angelo dir an?«

6

Polizeipräsidium, Abteilung
für Kapitaldelikte, Flur

»Sie sieht Ihnen gar nicht ähnlich«, rief Ulbrich, und wahrscheinlich fand er die Bemerkung irrsinnig komisch.

Zhou biss sich auf die Lippen, während Bella ihre Kinderstirn in nachdenkliche Falten legte. »Was meint er damit?«

»Nichts«, entgegnete Zhou hastig. »Er macht bloß Witze.«

Doch der Kollege von der Abteilung für Sexualdelikte dachte gar nicht daran, sich so einfach abspeisen zu lassen, und ging neben ihrer Begleiterin in die Knie.

»Das ist aber ein hübsches Kleid«, sagte er und tippte sacht gegen den mit einem bunten Blumenmuster bedruckten Stoff.

Doch Bella machte augenblicklich einen Schritt rückwärts, und Zhou konnte nicht umhin, ihre guten Instinkte zu bewundern.

Zum Glück kehrten just in diesem Moment auch Capelli und ihre Schwägerin aus der Kantine zurück.

»Zhou hat mir ein Bild gemalt«, berichtete Bella stolz. »Mit einer Pyramide drauf. Und wir haben miteinander geredet, obwohl wir in zwei verschiedenen Zimmern waren. Ohne Telefon.«

»Ich wusste gar nicht, dass du zeichnen kannst«, stichelte Capelli, die die angespannte Stimmung noch nicht bemerkt hatte. »Auch wenn mir nicht ganz klar ist, was Pyramiden mit unserem Job zu tun haben ...«

»Das ist ein Organigramm«, sagte Zhou, ohne Ulbrich auch nur eine Sekunde aus den Augen zu lassen. »Damit sie sieht, wie die Abteilungen aufgebaut sind ...«

»Aha.« Ihre Partnerin blickte ratlos von einem zum anderen, und allmählich registrierte sie nun auch, dass irgendwas im Busch war. »Das ... äh ... ist bestimmt hilfreich.«

»Wir müssen dann auch los«, ergriff Jenny beherzt die Initiative. »Na los, Schatz! Sag Auf Wiedersehen zu Frau Zhou!«

Bellas waches Kindergesicht nahm einen trotzigen Ausdruck an. Aber ein Blick ihrer Mutter genügte, um ihr klarzumachen, dass Widerstand zwecklos war.

»Wiedersehen, Mai«, seufzte sie, während sie flüchtig die Arme um Zhous grazile Hüften schlang.

»Wiedersehen, Bella«, sagte Zhou. »Und wenn du wieder mal Zeit hast, besuchst du uns, okay?«

Die Miene der Kleinen hellte sich auf. »Morgen?«

»Bestimmt nicht«, beeilte sich ihre Mutter klarzustellen.

»Dann übermorgen«, strahlte Bella.

Jenny Capelli verdrehte die Augen. »Komm jetzt! Tante Em und ihre Kollegen müssen noch arbeiten.«

Zhou blickte den beiden nach, als sie zum Lift gingen.

»Kann man Sie zufällig auch buchen?«, erkundigte sich Vehn mit einem anerkennenden Augenzwinkern. »Meine Frau und ich suchen nämlich händeringend einen Babysitter, der es länger als fünf Minuten mit unserem Sohn aushält.«

Zhou kämpfte mit einem Anflug von Verlegenheit. »Ich verstehe rein gar nichts von Kindern«, stellte sie klar. »Ich hatte nicht mal Geschwister.«

»Na und?«, wandte ihre Partnerin grinsend ein. »Dafür hattest du Ulysses.«

»Wer ist Ulysses?«, fragte Vehn.

Zhou lachte. »Meine verstorbene Schildkröte.«

Er schien nicht sicher zu sein, ob sie ihn hochnahm. »Ach ja, bevor ich's vergesse: Ich habe hier noch ein paar Daten für Sie zusammengestellt.« Er griff in die Tasche seines Sakkos und zog einen USB-Stick heraus. »Im Ordner ALLGEMEIN finden Sie auch eine Liste mit den Namen und Daten aller Frauen, die damals von Kaspary vergewaltigt wurden. Ich fürchte allerdings, sie wird Ihnen wenig nützen.«

»Wieso nicht?«, fragte Capelli.

»Soweit wir feststellen konnten, sind Kasparys Opfer damals alle von unterschiedlichen Ärzten behandelt worden. Und auch zwischen den Frauen selbst gab es keine nachweisbare Beziehung. Was natürlich nicht zwangsläufig heißt, dass sie keinen Kontakt hatten«, setzte er einschränkend hinzu.

»Leben diese Frauen noch hier in der Gegend?«

Vehn schüttelte bedauernd den Kopf. »Agniezka Copik hat vier Jahre nach der Tat Selbstmord begangen. Cornelia Flotow ist vor geraumer Zeit nach Kalifornien ausgewandert. Und Yasmin Böll hat geheiratet und betreibt mit ihrem Mann einen Bio-Bauernhof bei Garmisch.«

»Bleiben das erste und das letzte überlebende Opfer«, schloss Zhou. »Claudia Hecker und Lisa Brugger.«

»Richtig.« Vehn deutete auf den USB-Stick in ihrer Hand. »Lisa Brugger ist die Einzige, die noch immer hier in Frankfurt lebt. Die Adresse steht auf der Liste.«

Zhou lächelte ihm zu. »Danke, dass Sie uns die Arbeit abgenommen haben.«

»Kein Problem.«

»Und wenn Sie sonst noch was brauchen«, mischte sich nun auch Ulbrich wieder ein, »dann sagen Sie's einfach.« Er hob grüßend die Hand und folgte Vehn.

»Und wenn Sie sonst noch was brauchen, dann sagen Sie's einfach«, ahmte Zhou Ulbrichs betont lässigen Tonfall nach, als die beiden außer Hörweite waren.

»Ihr zwei werdet auch keine Freunde mehr, was?«, bemerkte Capelli mit hochgezogenen Augenbrauen.

»Der Kerl ist ein arrogantes Arschloch.«

»Ich weiß. Trotzdem haben uns die beiden eine Menge Arbeit abgenommen.«

»Ja, doch. Schon gut.«

Sie kehrten an ihre Schreibtische zurück, wo Zhou ein Blatt Papier mit einer kryptisch anmutenden Aufschrift auf ihrer Tastatur fand.

»Was ist das hier?«, wandte sie sich stirnrunzelnd an Decker.

»Die Rekonstruktion der Zeichen auf Marina Boginskas Pflaster. Ist gerade eben gekommen.«

Capelli sprang wie von der Tarantel gestochen von ihrem Stuhl hoch. »Lass sehen!«

Zhou hielt ihr den Bogen hin.

»Aber das ist ja weniger als gar nichts«, beschwerte sich ihre Kollegin, nachdem sie die wirre Buchstabenfolge überflogen hatte.

»Mehr konnten sie leider nicht retten«, erklärte Decker. »Das Trägermaterial war elastisch, und der Druck, mit dem die Buchstaben in die Gummierung geprägt wurden, war leider auch nicht überall gleich groß.«

Capelli nickte. »Fingerabdrücke?«

»Nur die des Opfers.«

»Ist das eine Umschrift aus dem Kyrillischen?«, fragte Zhou. Immerhin war Marina Boginska in Weißrussland aufgewachsen. Und in einer Extremsituation, wie sie eine monatelange Geiselhaft nun einmal darstellte, würde sie sich – trotz ihrer guten Deutschkenntnisse – vermutlich am ehesten ihrer Muttersprache bedient haben, wenn sie etwas zu notieren hatte.

Doch Decker schüttelte umgehend den Kopf. »Das habe ich die Kollegin im Labor auch gefragt. Aber sie sagt, die Nachricht war genau so, wie sie da steht.«

Zhous Augen wanderten über die Reihe unzusammenhängender Buchstaben, die das kriminaltechnische Labor rekonstruiert hatte:

ST … P … A …… RE … KA

»Das könnte alles Mögliche heißen«, schimpfte Capelli neben ihr. »Wir wissen ja nicht mal, welche Sprache das ist.«

»Sieh dir die Endung an!« Zhou tippte auf das Papier. »Würde dieses KA am Schluss nicht tatsächlich am ehesten auf ein russisches Wort hindeuten?«

»Falls das tatsächlich der Schluss eines Wortes ist, vielleicht«, räumte ihre Partnerin ein. »Aber bei all den Lücken im Text könnte genauso gut noch etwas dahinter gestanden haben, das sich nicht mehr rekonstruieren ließ.«

Zhou kniff die Augen zusammen. »Du hast recht«, räumte sie widerwillig ein. »Es könnte ja, zum Beispiel, auch ein Ort sein. Oder ein Name. Oder …«

»Augenblick mal«, unterbrach Capelli.

»Was?«

»Wenn das ein Name wäre …« Ihre Partnerin rannte zu ihrem eigenen Schreibtisch hinüber und fischte ein Dokument aus dem obersten Fach ihre Ablage. »Ha! Wusste ich's doch, dass mich das an irgendwas erinnert!«

»Tut mir leid, aber ich kann dir nicht folgen«, beschwerte sich Zhou.

»Das hier ist die Mitgliederliste der MENSA-Ortsgruppe Rhein/Main von vor sieben Jahren«, erklärte Capelli und tippte auf einen Namen. »Siehst du?«

»Stephan Streul«, las Zhou aus der als Tabelle angelegten Liste ab.

Capelli nickte. »Und jetzt guck dir diese Buchstabenfolge noch mal an!«

ST … P … A ……. RE … KA

»Das würde tatsächlich übereinstimmen.« Zhous Stimme war heiser vor Aufregung. »Die ersten vier Buchstaben für **ST**e**P**h**A**n. Und RE als Fragment von St**RE**ul.«

»Sogar die Tatsache, dass der Vorname mit PH geschrieben wird, wäre korrekt«, nickte Capelli.

»Langsam, Leute«, mahnte Decker. »Falls Marina Boginska uns tatsächlich auf diese höchst seltsame Weise etwas mitteilen wollte … Wie wahrscheinlich wäre es, dass sie den Namen ihres Peinigers kannte? Noch dazu in der richtigen Schreibweise?«

»Er hat Marina Boginska monatelang gefangen gehalten«, entgegnete Capelli. »Da wäre es doch durchaus denkbar, dass sie den Namen mal irgendwo geschrieben gesehen hat, oder etwa nicht?«

Decker ließ sich diese Möglichkeit eine Weile durch den Kopf gehen. »Es passt trotzdem nicht«, befand er dann.

»Wieso nicht?«

»Weil Marina Boginska von unseren drei toten Frauen die Einzige ist, die keinen X-Schnitt und damit auch keinen Bezug zu Kaspary hat. Stephan Streul hingegen ist eindeutig Kasparys Umfeld zuzurechnen«, fuhr er fort. »Und zwar bislang nur Kasparys Umfeld.«

Entmutigt ließ sich Capelli auf einen der Stühle fallen. »Vielleicht hat der Täter ihr seinen berüchtigten X-Schnitt ja auch nur deshalb nicht verpasst, weil er mit ihr aus irgendeinem Grund nicht …‹ Sie suchte nach einer geeigneten Formulierung. ›… nicht zufrieden war.«

»Aber was könnte bei dem Mord an Marina Boginska schiefgegangen sein?«, spann Zhou den Faden weiter. »Was daran empfand unser Täter als so missglückt, dass er es nicht über sich brachte, sein Werk zu signieren?«

»Ich werde das Gefühl nicht los, dass es mit ihren Haaren zu tun hat«, entgegnete Capelli mit nachdenklicher Miene. »Und ich würde viel darum geben, zu erfahren, ob Bianca Ahlbeck Fingernägel gekaut hat …«

»Wieso sollte sie Fingernägel gekaut haben?«, fragte Zhou verständnislos.

»Weil Manuela Zehlen das getan hat.«

»Soll ich mich darum kümmern?«, bot Decker an.

»Das habe ich schon getan«, seufzte Capelli.

Zhou riss erstaunt die Augen auf. »Und was ist dabei rausgekommen?«

Ihre Partnerin ließ ein resigniertes Stöhnen hören. »Leider gar nichts. Das ist ja mein Problem. Weder in der Akte, noch in den medizinischen Untersuchungsberichten gibt es auch nur den geringsten Hinweis auf eine solche Angewohnheit. Und auch Bianca Ahlbecks Haare wiesen – außer einer misslungenen Färbung und dem üblichen Spliss – keine Anomalien auf.«

Zhou zog die Augenbrauen hoch. War ihr da irgendwas entgangen? Oder warum ritt ihre Partnerin plötzlich derart auf Haaren und Nägeln rum?

Leider kam sie nicht mehr dazu, Capelli zu fragen, denn just in diesem Moment stürmte Makarov aus seinem Büro.

»Gut, dass Sie noch da sind«, rief er.

Oh, nein!, flehte Zhou stumm. Bitte nicht noch eine Tote!

Doch der Gesichtsausdruck ihres Vorgesetzten spiegelte eher Wut als Entsetzen. »Unten im Foyer ist offenbar die

Hölle los«, erklärte er grimmig. »Die Journalisten rennen uns die Bude ein, und der Pressesprecher hat keine Ahnung, was er ihnen sagen soll.«

»Am besten, er sagt, dass sie sich verpissen sollen«, murrte Capelli, die sich – wie so oft in Krisensituationen – mit einer Mischung aus Galgenhumor und Sarkasmus zu retten versuchte.

Makarov hingegen fand die Bemerkung alles andere als witzig. »Sie beide gehen auf der Stelle da runter und stehen den Leuten Rede und Antwort«, fuhr er sie an. »Aber hüten Sie sich, von einem Zusammenhang zwischen den beiden Fällen zu reden. Sonst schieben Sie in Zukunft Innendienst, bis Sie alt und grau sind, verlassen Sie sich drauf!«

»Es sind drei Fälle«, korrigierte Capelli halblaut.

Doch Makarov war bereits aus der Tür.

7

Kellerverlies, Versteck von Kathrin Stiller

Ersticken. Ertrinken. Untergehen. Platzen.

Ihre Augen unter den zarten Lidern flatterten. Träumte sie? Oder war wirklich alles so, wie es sich anfühlte?

War sie wieder acht Jahre alt und am See?

Sie lag ganz still und konzentrierte sich auf die Bilder und Geräusche in ihrem Inneren. Und plötzlich konnte sie das Schnattern von Enten hören.

Das Glucksen von Wasser, das träge gegen die morschen Holzpflöcke schwappt.

Zu den Geräuschen gesellen sich Bilder, die ihr vertraut vorkommen: die kleine Bank am Ufer, auf der ihre Mutter sitzt, Junisonne im Gesicht und ein entspanntes Lächeln auf den Lippen. Sie selbst auf dem Steg, angenehm träge von der Wärme des Restaurants, das sie erst vor wenigen Minuten verlassen haben. Ihr Vater hat sie aufgezogen, weil sie ein Schnitzel mit Pommes frites gegessen hat, obwohl die Mühle für ihre fangfrischen Forellen berühmt ist. Sie kommen direkt aus dem Bassin auf den Teller. Und rein theoretisch kann man sie füttern, bevor man sie isst.

Hinter dem Restaurant gibt es einen Garten mit Bachläufen und Brücken, altem Baumbestand und Entengrütze.

Doch die Forellenteiche interessieren sie nicht. Lange graue Betonbecken sind das, übervoll mit hellem, klarem Wasser, das keine Geheimnisse kennt. Darin schwimmen riesige Fischwolken. Wabernde Schwärme, die geistlos von einer Mauer zur anderen ziehen. Nein, denkt sie, Forellen sind langweilig!

Aber auf der anderen Seite der Straße, da liegt der See. Der See, der ihr Angst macht und sie zugleich fasziniert, seit sie ihn zum ersten Mal gesehen hat. Wie ein Schlund liegt er da, eingequetscht zwischen bewaldeten Steilhängen und nur zur Mühle hin offen. Der Mühlbach fließt unter der Straße durch und speist den See Aber eigentlich sieht es eher aus, als würde er darin versickern.

Ob es einen Abfluss gibt, weiß sie nicht. Wahrscheinlich gibt es einen, irgendwo auf der anderen Seite. Damit der See nicht überläuft …

Ein enger Pfad führt links am Ufer entlang, aber nach nicht einmal hundert Metern ist er einfach zu Ende. Einzig an der Mühlenseite des Sees gelangt man bis ans Wasser. Und wenn man Glück hat, kann man dort einen Karpfen sehen.

Karpfen findet sie unheimlich, auch wenn sie noch nie einem begegnet ist. Aber sie kann sie sich vorstellen: Riesengroß sind sie und schuppig und hässlich. Sie werden über vierzig Jahre alt, behauptet ihr Vater. So alt wie Tante Sophie.

Erfahren seien sie und vorsichtig, weshalb sie sich praktisch nie in Ufernähe blicken lassen. Hier allerdings gibt es einen, der kommt manchmal in die Nähe des Steges. Aus reiner Neugier. Oder um sich ein Opfer zu holen. Davon ist sie überzeugt: dass Karpfen sich Opfer holen …

Sie hüpft weiter, dem Ende des Steges entgegen.

»Nicht so weit!«, mahnt ihr Vater. Doch seine Stimme verschwimmt mit der Wärme des Sommertages.

Unter der glitzernden Wasseroberfläche zucken die Schatten von Fischen vorbei. Drei. Vier. Dutzende.

Flossenelfen, denkt sie, auch wenn ihr Vater sie Plötzen nennt. Die Wasseroberfläche ist wie ein Spiegel, in dem sie sich selbst und zugleich auch das Tieferliegende erkennen kann. Sogar das Darüber ist sichtbar: Die hohen Tannen scheinen von allen Seiten in die glitzernden Fluten zu stürzen. Gezackte Schatten, tiefschwarz und erhaben.

Ihr wird schwindlig.

Und dann, auf einmal … sieht sie ihn!

Er ist es, er muss es sein! Ein braungrüner Schatten, viel größer als die flinken Flossenelfen.

Er gleitet aus der moosigen Tiefe herauf und nimmt dabei Gestalt an. Sie sieht einen gewaltigen, seitlich etwas abgeflachten Körper. Zwei lange Bartfäden am zahnlosen Maul. Und Augen, deren Linse ein Stück weit aus der Pupille herausragt.

Sie will nach ihrem Vater rufen, doch eine plötzliche Wolke verfinstert den Spiegel und raubt ihr den Karpfen, die Bilder, die Durchsicht.

Der See erblindet vor ihren Augen und verwandelt sich in eine stahlgraue Platte, unter der alles Leben ersticken muss.

Und mit einem Mal tut ihr sogar der Karpfen leid. Ersticken muss schlimm sein, denkt sie. Luftlos. Verloren …

Sie beugt sich vor und hört ihren Namen.

Kathrin!

Dann schlagen die moosgrünen Wellen über ihr zusammen.

Sie fühlt die Kühle des Wassers auf ihrer Haut und eine neue, tiefere Stille. Während sie sinkt, bricht hoch über ihr wieder die Sonne hervor. Luftbläschen lösen sich von ihren Kleidern, aus ihrem Mund, von ihrem Körper und steigen hinauf ins Licht, das langsam von ihr wegdriftet.

Versunkenes Astwerk ragt ihr entgegen. Mulchige Schatten.

Und noch immer ist kein Ende in Sicht. Schlammgrüne Bodenlosigkeit. Ihre Augen suchen den Karpfen, der nirgends zu entdecken ist. Trotzdem ist sie sicher, dass er sich nach wie vor in ihrer Nähe befindet. Vielleicht wartet er darauf, dass ihre Kräfte nachlassen.

Vielleicht sieht er sie an ...

Die Dunkelheit vertieft sich. Aber sie fühlt keinen Schmerz. Nicht einmal Unbehagen. Nur Sinken.

Doch dann plötzlich reißt es. Das ferne Licht zerspringt in tausend Stücke, die auseinanderstieben wie Funken von einem Holzscheit.

Ihr Körper wird herumgewirbelt, und sie fühlt, das etwas nach ihr greift.

Der Karpfen!, denkt sie und schlägt wie wild um sich. Das Wasser dringt ihr in jede Körperöffnung. Es schmeckt nach Moos und Moder, und sie will spucken.

Ersticken, denkt sie noch.

Ertrinken, untergehen, platzen ...

Dann wird sie hochgerissen. Schneeweiß und fremd fliegt ihre Hand an ihr vorbei, dem fernen Licht entgegen, das wie eine silberne Kuppel hoch über ihrem Kopf schwebt. Zugleich taucht aus der Tiefe wieder der braungrüne Schatten auf. Ein Auge, dessen erstarrte Linse ein Stück weit aus der Pupille hinausragt.

Und schwarzgraue Bartfäden am klaffenden Maul.

Am Abgrund.
Er nähert sich.
Er hat sie.
Sie weiß, sie verliert.
Dann ist da nichts mehr. Nur Dunkelheit.

8

`Frankfurt-Höchst,`
`Elternhaus von Emilia Capelli`

»Herrgott, jetzt hör mir doch erst mal zu!«

»Ich habe genug gehört!« Giulia Capelli riss einen Kochtopf aus dem Schrank und knallte ihn auf den Herd. »Ich habe dir immer gesagt, dass dieses … dieses Weib ihn von vorne bis hinten an der Nase herumführt! Una puttana egoista!«

»Hör auf, so über sie zu reden«, protestierte Em.

»Auf wessen Seite stehst du?«, fauchte ihre Mutter zurück.

»Auf der Seite des Rechts, Mama.«

»Ma divorzio«, echauffierte sich Giulia Capelli mit ungebrochener Intensität. »Was, zur Hölle, sollte eine Scheidung mit Recht zu tun haben?«

Em gelang es nur mit äußerster Mühe, die Beherrschung zu wahren. Wie hatte sie nur auf die Schnapsidee kommen können, dass ein Gespräch wie dieses auch nur den geringsten Sinn machte?

»Es ist das gute Recht eines jeden Menschen, zu entscheiden, dass er auf eine bestimmte Weise nicht weitermachen will«, versuchte sie es trotzdem noch einmal mit Ruhe und Vernunft. »Und wenn die Umstände irgendwann so sind, dass die Beziehung einem der Partner ganz offenkundig nicht mehr guttut, dann sollten alle Beteiligten den Mut und die Vernunft haben, sich …«

»In MEINER Familie hat sich NIEMALS irgendwer scheiden lassen!«, bemühte ihre Mutter flugs ein neues Totschlag-Argument. »Nicht einmal Tante Fedora. Und Gott ist mein Zeuge, du weißt, wie unangenehm Onkel Manolo werden konnte, wenn er seinen verdammten Willen nicht kriegte.«

»Wir sind hier nicht in Sizilien, Mama«, versetzte Em, wobei sie sich den Zusatz »zum Glück nicht!« wohlweislich verkniff.

»Werte«, Giulia Capelli ließ das schöne deutsche Wort gegen ihre Vorderzähne knallen wie einen Peitschenhieb, »sind wohl kaum an eine Region gebunden. Und eine Scheidung ist keine Option – è un scandalo!«

»Ein Skandal?!« Em schob wütend das Kinn vor. »Weißt du, was ein Skandal ist?«

Der Kopf ihrer Mutter ruckte herum, und ihre dunkelbraunen Augen ließen keinen Zweifel daran, was sie dachte: *Bis hierhin und nicht weiter, mein Fräulein!*

Doch Em ließ sich nicht beirren. »Ein Skandal ist, dass dein Sohn seine Frau gegen ihren Willen zum Sex zwingt und sie dabei so verletzt, dass sie ihrer Gynäkologin erklären muss, wie die Hämatome an ihren Beinen zustande gekommen sind.«

Ihre Mutter stieß ein verächtliches Schnauben aus. »Hat SIE dir das erzählt, ja?«

»Nein, Mama. Ich habe es *gesehen*! Und, glaub mir, ich bin sehr wohl in der Lage, solche Verletzungen richtig zu deuten!«

Für einen flüchtigen Moment dachte Em, es sei ihr tatsächlich gelungen, ihre Mutter zumindest ins Nachdenken zu bringen. Doch sie hatte sich getäuscht:

»Na und?«, erklärte Giulia Capelli im Brustton der Überzeugung. »Die beiden sind schließlich verheiratet, oder nicht? Und innerhalb einer Ehe hat man als Frau nun mal gewisse Pflichten. Selbst wenn es diesbezüglich Differenzen geben sollte, ist das noch lange kein ...«

»Differenzen?« Em schnappte nach Luft. »Das ist doch jetzt hoffentlich nicht dein Ernst, oder?«

»Und ob!« Ihre Mutter pfefferte eine Ladung Salz in ihre Pastasoße. »Das ist doch alles ein Riesen-Quatsch, was da im Moment passiert!«

»Was meinst du?«, fragte Em.

»Na, dieses ganze Gerede über Missbrauch und Belästigung und all das.« Ihre Mutter wedelte verächtlich durch die Luft. »Wozu denn? Männer sind Männer. Und wenn du als Frau auch nur einen Hauch von Verstand hast, dann lernst du, sie zu nehmen, wie sie sind. Basta!«

»Ist dir eigentlich klar, was du da sagst?«

Giulia Capelli fuhr herum. »Natürlich. Und ich schwöre bei Gott, ich werde nicht dulden, dass irgendeine hysterische Deutsche mir meine Enkelkinder wegnimmt! In hunderttausend Jahren nicht!«

»Ha!«

»Was?«

Em bedachte ihre Mutter mit einem geringschätzigen Seitenblick. »Hör auf zu lügen, Mamma. Es geht dir nicht um Moral. Oder um die Kirche. Oder um deine Enkel.«

Giulia Capelli machte einen drohenden Schritt auf ihre Tochter zu. »Sondern?«

»Es geht dir nur um dich selbst. So wie immer.«

»Wie kannst du es wagen, so mit deiner Mutter ...«

»Vergewaltigung ist ein Straftatbestand«, fiel Em ihr ins Wort. »Und deshalb kann mein Bruder schon von Glück reden, wenn er am Ende des Tages nur geschieden ist, statt in irgendeinem Gefängnis zu landen. Und wenn du ...«

Der Schlag traf sie vollkommen unvorbereitet. Ihre Mutter hatte nicht einmal nennenswert ausgeholt.

Trotzdem füllte sich ihre Wange innerhalb von Sekunden mit Blut. Fast so, als wolle sie von innen zerplatzen.

Wie in Zeitlupe hob Em die Hand und berührte die Stelle, um sicherzugehen, dass sie sich nicht getäuscht hatte. Ihre Wange fühlte sich taub an. Und auch ihre Wut, die Empörung und sämtliche anderen Gefühle wichen von einem Moment auf den anderen einer erschreckend kalten Ruhe …

»Was ist denn hier los?«, fragte eine Stimme in ihrem Rücken, und Em brauchte einen Moment, um zu verstehen, dass es ihr Vater war, der da sprach.

»Nichts«, erwiderte sie tonlos.

Dann schob sie sich ohne ein weiteres Wort an ihm vorbei und verließ das Haus, in dem sie aufgewachsen war, mit dem festen Vorsatz, nie wieder zurückzukehren.

9

`Kellerverlies, Versteck von Kathrin Stiller`

Irgendwo musste ein Ende sein.

Und dann?

Wenn es so weit war? Was dann?

War es dann einfach dunkel? So wie in ihrem Gefängnis, dessen sie sich sogar in ihren Träumen noch bewusst war?

Oder träumte sie gar nicht?

Starb sie gerade mit offenen Augen?

Sie hatte sich gewünscht, dass ihr Bruder tot wäre. Wieder und wieder hatte sie den lieben Gott gebeten, dieses traurige Bündel wieder zu sich zu nehmen, es einfach verschwinden zu lassen, sie von der Last zu befreien, die Christians Geburt ihr auferlegt hatte. Sie hatte auf die Kirmes gewollt, nicht auf die Intensivstation. In den Freizeitpark statt zum Herzspezialisten. Sie hatte sich ein neues Fahrrad gewünscht, nicht diesen Rollstuhl, den ihr Bruder doch sowieso nicht eigenständig bewegen konnte.

War das denn wirklich so verwerflich?

Sie stöhnte.

Die Dunkelheit um sie herum verdichtete sich.

Zumindest kam es ihr so vor.

Bis zu einem gewissen Zeitpunkt hatte sie ihre Wünsche als vollkommen natürlich empfunden. Denn schließlich: Warum sollte ausgerechnet sie auf all das verzichten, was für die anderen Kinder aus ihrer Klasse so selbstverständlich war? Den Ausflug ins Grüne. Das Leichtathletikfest im Stadion, für das sie eine Handvoll Eintrittskarten gewonnen hatte, weil sie schneller gelaufen war als alle anderen Mädchen ihrer Altersstufe. Den Abschlussball.

Sie hatte sich all diese Wünsche gestattet, genau wie die Wut darüber, dass sie ihr nicht erfüllt worden waren. Aber dann war ihr mit einem Mal bewusst geworden, dass sie die Einzige in ihrer Familie war, die die Existenz ihres Bruders als Last empfand – und sie hatte begonnen, sich zu schämen …

Ein leises Zittern erfasste ihren Körper, und hoch über ihr erschien wieder das Licht. Mit dem Licht kam die Erkenntnis, buchstäblich aus dem Nichts: Sie hatte sich gewünscht, dass ihr Bruder tot wäre – und jetzt musste sie an seiner Stelle sterben!

So einfach war das …

Einfach und irgendwie auch gerecht, fand sie.

Mulchige Schatten streifen ihr Gesicht.

Winzige Pflanzenteilchen flirren um sie herum wie feiner Staub.

Das Wasser wird dichter und dunkler, während sie selbst immer mehr an Gewicht verliert. Immer leichter wird.

Sie fühlt keine Angst, keine Schmerzen.

Nicht einmal Atemnot …

»Zweieinhalb Minuten«, haben ihre Eltern ihr später erzählt. »Zweieinhalb Minuten warst du praktisch tot, nachdem Papa dich aus dem Wasser gezogen hatte.«

Zweieinhalb Minuten …

Der Gedanke brannte sich in ihrem fiebernden Kopf fest. Und auf einmal empfand sie doch Schmerzen.

Schmerzen und Angst.

Warum, dachte sie, während ihr Bewusstsein allmählich einer gähnenden Leere wich, warum bin ich nicht gegangen, als das Sterben noch leicht war?

10

Westend, Punch and Dragon Kampfsportclub, Trainingshalle

Zhous Tritte trafen die Handpratzen ihres Sparringspartners mit unverminderter Härte, obwohl ihre Trainingseinheit eigentlich schon seit fünf Minuten beendet war. Ganze Sturzbäche von Schweiß liefen ihr über Gesicht und Rücken, doch sie gestattete es sich nicht einmal zu blinzeln. Sie schlug einfach zu.

»Na, Ballerina, was darf's heute sein?«, hatte Kemal Biçer, der kurdische Ex-Profiboxer, sie gefragt, als sie die unscheinbare Trainingshalle betreten hatte. »Elegant oder schmutzig?«

Elegant stand für Kung Fu, *schmutzig* für Kickboxen.

Zhou hatte sich für *schmutzig* entschieden. Sie trainierte beim Kickboxen grundsätzlich die Vollkontaktvariante, bei der auch Kniestöße zum Kopf des Gegners und Lowkicks, also Tritte gegen den Oberschenkel, erlaubt waren. Und heute Abend hatte sie von dieser Möglichkeit ausgiebig Gebrauch gemacht. Zwar kostete es sie noch immer eine gewisse Überwindung, mit voller Kraft auf den stets ungeschützten Kemal einzuprügeln. Doch der Gedanke an den Fall und die zurückliegenden Stunden hatte entschieden dazu beigetragen, diese Hemmungen abzubauen.

Die Journalisten waren über sie hergefallen wie ein Rudel Hyänen. Und die meisten von ihnen hatten sehr wohl ihre Hausaufgaben gemacht. Ob es stimme, dass der Körper der ermordeten Lehrerin einschlägige Verstümmelungen aufgewiesen habe? *Kein Kommentar.* Wieso offiziell keine Rede sei von Parallelfällen, wo doch bereits Akten aus Nordrhein-Westfalen angefordert worden seien? *Reine Routine.* Warum man sich entschlossen habe, die Abteilung für Sexualdelikte an den Ermittlungen zu beteiligen? *Es gibt keine solche Beteiligung.* Und so weiter, und so fort …

Zhous linke Ferse donnerte einmal mehr in Kemals Deckung.

Sosehr die Gerüchteküche brodelte, so verwunderlich fand sie es, dass bislang noch niemand eine Verbindung zu der – offiziell noch immer unbekannten – Toten aus dem Wald hergestellt hatte. Mehrere Zeitungen und Portale hatten über den Fund einer weiblichen Leiche berichtet, doch das war bestenfalls eine Randnotiz gewesen. Ein paar wenige Zeilen, wenn überhaupt.

Wir können vermutlich von Glück reden, dass Tobias Alberstätt vor lauter Schreck nicht allzu genau hingesehen hat, dachte Zhou. Trotzdem war sie keineswegs sicher, ob sie das Richtige getan hatten. Natürlich wusste sie auch, was es bedeutete, wenn man zu früh zu viel preisgab. Wie viele falsche Spuren das nach sich zog. Wie viel Zeit mit Irrwegen verloren ging. Andererseits: Wie lange durfte man die Öffentlichkeit über die Existenz eines gefährlichen Serienkillers im Unklaren lassen? Solange sie keine Beweise hatten, dass die Fälle zusammenhingen, war es durchaus vertretbar, zu schweigen. Aber war es auch richtig?

Zhou setzte einen Roundhouse-Kick zum Kopf ihres Gegners an.

Doch Kemal wich ihr geschickt aus.

Da draußen gab es einen Mann, der Frauen quälte, gefangen hielt und tötete. Und wenn man Jeanette Altmaier zu seinen Opfern zählte, mordete dieser Mann bereits seit sieben Jahren, wobei die Abstände zwischen den Taten immer kürzer wurden. Ja, dachte Zhou unbehaglich, falls das alles wirklich zusammenhängt, verschärft er das Tempo: Zwischen den Morden an Jeanette Altmaier und Bianca Ahlbeck lagen knapp vier Jahre. Zwischen Bianca Ahlbecks Tod und dem Verschwinden von Marina Boginska nur zweieinhalb. Und von Marina Boginskas Verschwinden bis zu Manuela Zehlens Auffindung waren gerade mal sechs Monate vergangen …

Zhou parierte einen Axe-Kick ihres Gegners mit dem linken Handschuh, als ihr plötzlich auffiel, dass sie Hannah Issakson gar nicht gefragt hatten, wie der Täter wohl auf ein Echo seiner Taten in der Presse reagieren würde. Verfolgte er die Berichterstattung über seine Verbrechen? Hatte er vielleicht bereits den Prozess gegen Frank Kaspary aufmerksam beobachtet und sich innerlich halbtot gelacht bei dem Gedanken, dass ein anderer für seinen Mord zur Rechenschaft gezogen wurde?

Zhou holte erneut aus, doch ihr Tritt ging ins Leere.

Vor lauter ungenutztem Schwung hatte sie Mühe, auf den Beinen zu bleiben, während Kemal bereits aus seinen Handpratzen schlüpfte.

»Schluss für heute«, sagte er. Und mit einem breiten Grinsen über Zhous Schulter fügte er hinzu: »Ich glaube, da ist jemand, der dich sprechen möchte.«

Sie rechnete fest mit Liu Yun Yong. Doch am Rand des Rings stand nicht der ehemalige Geheimdienstler und Besitzer des *Punch and Dragon*, sondern Karel Schubert.

»Was machst du denn hier?«

Er lächelte sein Jungenlächeln. »Weißt du, dass du mir exakt diese Frage jedes Mal stellst, wenn wir uns sehen?«

»Weil du beständig an Orten auftauchst, an denen ich dich nicht erwarte.«

»Warum eigentlich?«

»Warum was?«

»Warum erwartest du mich nicht an einem Ort wie diesem? Ich weiß doch schließlich, wie viel dieser Club dir bedeutet.«

»Stopp! Augenblick!« Sie funkelte ihn an. »Ich habe dir erzählt, wie viel mir der *Kampfsport* bedeutet. Aber wo ich trainiere, habe ich nie erwähnt, das weiß ich mit Bestimmtheit.«

»Richtig«, räumte Karel freimütig ein. »Aber da ich bei dir schon drei Tüten mit dem Logo dieses Schuh-Outlets gesehen habe, das im Vorderhaus untergebracht ist, und das hier ansonsten keine besonders attraktive Gegend ist …« Er machte eine entschuldigende Geste in Kemals Richtung, doch der bedeutete ihm lässig: *Geschenkt!* »… war es naheliegend, dass es dich aus anderen Gründen regelmäßig in diesen Teil der Stadt verschlägt. Und zum Stichwort BALLETT ist hier weit und breit nichts verlinkt.«

Zhou stöhnte. »Du redest wie ein Anwalt.«

»Nun ja … Ich *bin* Anwalt.«

»Kemal«, übernahm ihr Sparringspartner kurzerhand selbst die Vorstellung, indem er Karel seine schwielige Hand entgegenstreckte.

»Karel.« Zhous Freund verzog schmerzvoll das Gesicht. »Donnerwetter, das ist aber 'n ganz hübscher Händedruck, den Sie da haben!«

Kemal feixte. »Ich kann Ihnen 'n bisschen was beibringen, wenn Sie wollen.«

»Wenn Sie glauben, dass das hilft.«

»Keine Sorge. Ich hab bislang noch jedes schmalbrüstige Bübchen in eine Kampfmaschine verwandelt. Sie müssen nur 'n bisschen Geduld haben, Kumpel.« Seine Finger betasteten ungeniert Karels Oberarm. »So zwei oder drei Jahrzehnte.«

Die Flachserei schien den beiden Spaß zu machen. Umso mehr erboste sie Zhou. »Ich gehe dann jetzt mal duschen!«, verkündete sie spitz.

»Ja, klar«, antwortete Karel mechanisch. »Keine Hektik.«

Hektik?!

Sie funkelte ihn an. »Ach, übrigens: Besucher sind hier gar nicht erlaubt.«

Dann marschierte sie trotzig Richtung Umkleide.

»Was hat sie denn?«, hörte sie Kemal fragen.

Doch darauf schien selbst der redegewandte Karel keine Antwort zu wissen. Genau genommen wusste Zhou ja selbst nicht, warum es sie störte, dass er hier war. Oder störte es sie gar nicht? Hatte sie nur einfach Skrupel, jemanden so dicht an sich heranzulassen?

Sie stieß die Tür zur Damenumkleide auf, die entsprechend der Anzahl weiblicher Clubmitglieder die Größe einer Besenkammer hatte, ließ sich auf die nackte Holzbank fallen und streckte die müden Beine von sich.

Capelli mag ihn, dachte sie, während sie sich die völlig verschwitzten Trainingsklamotten vom Körper streifte. Sie brauchte einen Moment, um zu begreifen, dass das Urteil ihrer Partnerin in ihrem Denken tatsächlich eine Rolle spielte. Zhou seufzte. Schon wieder etwas, das ihr so gar nicht behagte!

Um sich abzulenken, drehte sie die Dusche auf und lenkte ihre Gedanken wieder auf den Fall.

»Vielleicht ist ja doch so was wie Verehrung im Spiel«, hatte Capelli vermutet, kurz bevor sie sich getrennt hatten.

»Was meinst du?«

»Vielleicht will der aktuelle Täter Kaspary helfen.«

Zhou hielt das Gesicht unter den warmen Strahl. Das war natürlich eine Möglichkeit! Immerhin hatte Hannah Isaakson mit ihrem Gutachten dafür gesorgt, dass Kaspary nicht im Gefängnis, sondern in der geschlossenen Psychiatrie gelandet war. Doch im Gegensatz zu einer Haftstrafe unterlag eine Unterbringung im Maßregelvollzug keiner zeitlichen Befristung, was im Klartext nichts anderes hieß, als dass Kaspary nur dann jemals wieder auf freien Fuß kommen würde, wenn die Strafvollstreckungskammer einer Beendigung der Vollzugsmaßnahme zustimmte. Unter den bisherigen Gegebenheiten war eine solche Entscheidung jedoch sehr unwahrscheinlich. Es sei denn …

Ja, dachte Zhou, wenn plötzlich Frauen auf exakt dieselbe Art und Weise umgebracht würden wie Kasparys einziges Todesopfer und wenn dadurch Zweifel an seiner Schuld aufkämen … Dann hätte er eine reale Chance, sehr bald wieder in Freiheit leben zu können!

Sie trocknete sich ab, zog frische Sachen an und kehrte in die Trainingshalle zurück.

»Wo ist Karel?«, rief sie Kemal zu, der bereits mit seinem nächsten Schüler im Ring stand.

»Weg.«

»Weg?« Zhou schüttelte ungläubig den Kopf. »Aber wieso denn?«

»Ist das nicht offensichtlich?«, entgegnete eine Stimme in ihrem Rücken.

Sie drehte sich um. »Yong laoshi.«

Liu Yun Yong neigte grüßend den Kopf. Der angebliche

Mitbesitzer des Clubs (allerdings war Zhou außer ihm niemals jemandem begegnet, der Anteile am *Punch and Dragon* besessen hätte) sah aus wie ein Fremdenführer. Doch davon ließ Zhou sich nicht täuschen. Gerüchten zufolge war Liu Yun früher Ausbilder beim MI6 gewesen. Und auch im Zusammenhang mit dem Mossad wurde sein Name immer wieder mal genannt. Er ließ sich nur selten hier unten in der Trainingshalle blicken, aber er war selbst Meister mehrerer Kung-Fu-Stile und beherrschte darüber hinaus diverse andere Techniken, von denen man außerhalb gewisser Kreise noch nicht einmal gehört hatte. Hin und wieder forderte er Zhou zu einer privaten Trainingseinheit auf, und obwohl man während Liu Yuns Unterweisungen grundsätzlich nur wenig schwitzte, war man hinterher definitiv reif für die Insel!

»Du machst große Fortschritte in letzter Zeit«, stellte er wohlwollend fest.

Zhou war keineswegs sicher, ob er vom Training sprach. »Ich gebe mir Mühe«, antwortete sie vorsichtig.

»Wer ist der junge Mann, den du so sträflich unhöflich behandelt hast?«

Sie wollte widersprechen, doch ein Blick in seine Augen genügte, um zu erkennen, dass es keinen Sinn hatte, ihm etwas vorzumachen. »Sein Name ist Karel Schubert.«

Liu Yun nickte.

Zhou wartete unwillkürlich darauf, dass er mehr wissen wollte. Aber er stellte keine weiteren Fragen. Er nickte nur.

»Ich muss los«, erklärte sie, als ihr die Stille zu unbequem wurde.

Liu Yun deutete eine Verbeugung an.

»Wäre es …« Sie blickte sich um. »Wäre es okay, wenn Karel hin und wieder mal mitkommt?«

Über Liu Yuns Lippen glitt ein Lächeln. »Ich glaube kaum, dass dein Freund viel Unterweisung nötig hat.«

Zhou senkte verärgert den Blick. Sie hasste diese typisch asiatischen Mehrdeutigkeiten, die einen nächtelang beschäftigten und die man doch grundsätzlich falsch verstand! Und erst diese Formulierung!

Dein Freund …

Zugleich war ihr aufgefallen, dass Liu Yun anders gelächelt hatte als sonst. Das war auch so ein Ding für sich! Dieser Mann beherrschte ungefähr drei Millionen Arten zu lächeln. Aber diese hier hatte sie noch nie an ihm beobachtet. Sie sah hoch, doch Liu Yun war bereits am Fuß der Stahltreppe, die von der Trainingshalle aus direkt in sein angebliches Büro führte, und zu ihrer größten Enttäuschung drehte er sich auch nicht mehr zu ihr um.

11

Kellerverlies, Versteck von Kathrin Stiller

Der Traum wiederholte sich wie eine Endlosschleife. Eben waren die Wellen wieder über ihr zusammengeschlagen. Allerdings sah die Sonne über der Wasseroberfläche dieses Mal anders aus als sonst.

Röter und aggressiver …

Halb wachend, halb im Schlaf, überlegte sie, was das zu bedeuten haben konnte. Warum sah das Licht auf einmal anders aus?

Irritiert breitete sie die Arme aus, um dem Wasser mehr Widerstand entgegenzusetzen und auf diese Weise ihre Sinkgeschwindigkeit zu verringern. Und tatsächlich: Das rote Licht verschwand für einen kurzen Augenblick. Doch dann kehrte es zurück. Intensiver und heller als zuvor und …

Kathrin!

Die Wasseroberfläche flimmerte, und aus Rot wurde Weiß. Ein grelles, unerträgliches Weiß, das ihr in den Augen brannte. Ihr Traumbild zerstob in tausend Funken, und von einem Augenblick zum anderen war es eisig kalt.

Sie stöhnte und fühlte eine Hand auf ihrer Stirn.

»Du hast ja Fieber, du Schlampe!«

Sie blinzelte. Der Kegel seiner Taschenlampe war nicht länger auf ihr Gesicht, sondern auf ihren Unterkörper gerichtet, so dass sie dahinter seine Umrisse erkennen konnte. Seine Größe und Statur. Er stand nur eine knappe Armlänge von ihr entfernt, und durch den Schleier ihrer Tränen sah sie seine behandschuhte Hand. Zwischen Daumen und Zeigefinger hielt er eine von den Kapseln, die er sie immer schlucken ließ, und schien nachzudenken.

In der Ecke hinter ihm saß Christian und zwinkerte ihr zu.

Gib acht, warnte sie stumm. *Er darf dich nicht erwischen!*

Doch das schien ihren Bruder nicht zu ängstigen. Er blieb einfach sitzen und lächelte ihr zu.

Ihr Blick suchte das Holzgefäß, und erleichtert stellte sie fest, dass er es tatsächlich wieder aufgefüllt hatte: Helles, klares Wasser glitzerte im Licht der Taschenlampe, so verlockend, dass sie nicht widerstehen konnte: So schnell es ihr Zustand erlaubte, kam sie auf die Knie und kroch darauf zu, während seine Augen hinter der Skimaske jede ihrer Bewegungen verfolgten. Insgeheim rechnete sie damit, dass er sie treten würde, hindern, zurückreißen, aber er blieb bewegungslos stehen und ließ sie trinken.

12

Frankfurt-Höchst, vor dem Elternhaus von Emilia Capelli

Die Vorstadtstraßennacht empfing sie mit herbstlicher Kühle. An den geduckten Häuschen ringsum waren die Rollläden heruntergelassen, und auf dem Gehweg ließen sich die Reste einer krakeligen Kreidezeichnung erahnen.

Ein Kinderspiel …

Em blieb stehen und starrte auf die ungelenken, bunten Linien hinunter. Rein äußerlich war sie noch immer völlig ruhig. Aber das täuschte. Im Augenblick hatte sie noch nicht mal die Kraft, zu ihrem Wagen zu gehen.

»Merken Sie sich eins, meine Damen und Herren«, hatte Hans Stein, ihr Jura-Dozent während der Ausbildung, immer gesagt, »recht haben und recht kriegen sind zwei Paar Schuhe.«

Ja, dachte Em, so ist das wohl! Das dunkle Pflaster verschwamm vor ihren Augen, während sie sich fragte, ob das wohl der Moment war, der ihr eines Tages einfallen würde, wenn man sie fragte, wann sie ihrer Meinung nach erwachsen geworden war. Also richtig erwachsen, nicht bloß selbstständig …

Sie wischte sich flüchtig über die Augen. Tat das eigentlich immer so weh? Jedem? Musste jeder Mensch eines Tages erkennen, dass seine Eltern, die moralischen Instanzen der Kindheit, genauso egoistisch und feige waren wie der Rest der Welt?

Einen Augenblick lang spielte sie mit dem Gedanken, Zhou anzurufen und ihr all diese Fragen zu stellen. Aber sie verwarf die Idee und zerrte stattdessen ihre Autoschlüssel aus der Tasche.

Die Polster ihres SUV waren eiskalt, die Fensterscheiben beschlagen. Nicht mehr lange, dachte sie, und man muss wieder kratzen.

Sie startete den Wagen und drehte die Heizung voll auf.

Bevor sie losfuhr, checkte sie routinemäßig ihre E-Mails und fand eine Nachricht von Dr. Bechstein in ihrem Postfach. Neugierig klickte Em die Mail an, doch sie enthielt nur das standardisierte Schreiben, mit dem das Institut für Rechtsmedizin seine Berichte versandte. Im Anhang fand sich eine Kopie der toxikologischen Blutanalyse von Marina Boginska. Dr. Bechstein hatte das Dokument jedoch nicht einfach weitergeleitet, wie Em es von ihr gewöhnt war, sondern sie hatte die entsprechenden Unterlagen offenbar bearbeitet und anschließend erneut eingescannt.

Bei der Durchsicht fiel Em auf, dass ein Wert mit Leuchtstift markiert war. Doch leider konnte sie weder mit der Zahl noch mit den dazugehörigen Parametern auch nur das Geringste anfangen. Also griff sie zum Handy und wählte die Nummer des Rechtsmedizinischen Instituts.

Dr. Bechstein nahm trotz der späten Stunde sofort ab.

»Capelli hier«, meldete sich Em. »Bitte verzeihen Sie, dass ich Sie so spät noch störe, aber ich habe gerade Ihre Mail gefunden und hätte da noch eine Frage …«

»Ich weiß schon«, unterbrach Dr. Bechstein sie. »Das Biotin.«

»Biotin?«

»Ja, genau.« Am anderen Ende der Leitung raschelte Papier. »Natürlich gehört die Bestimmung dieses Wertes normalerweise nicht zum Standard, aber ich hatte aufgrund anderer Faktoren da so einen Verdacht …«

Em runzelte die Stirn. »Da so einen Verdacht zu haben«, passte so wenig zu Dr. Bechstein wie eine Sonnenbank in die Sahara. »Ich fürchte, das müssen Sie mir näher erklären«, bat sie vorsichtig.

»Sicher doch. Sicher.« Die Rechtsmedizinerin hustete – bei ihr ein Zeichen von Unsicherheit. »Wie Sie wissen, war Marina Boginska zum Zeitpunkt ihres Todes stark unterernährt«, begann sie vorsichtig. »Allerdings weist ihr Blut eine außergewöhnlich hohe Konzentration von Biotin auf. Ein Wert, der sich – zumal wenn wir die monatelange Gefangenschaft zugrunde legen – einzig und allein dadurch erklären lässt, dass ihr Biotin in hohen Dosen zugeführt wurde. Und zwar ausschließlich Biotin.«

Em rieb sich die Stirn. »Das ist ein Vitamin, oder?«

Dr. Bechstein bejahte. »Vitamin H, um genau zu sein.«

»Und … Wofür braucht man das?«

»Es baut Fettsäuren auf und ab, regelt den Eiweißstoffwechsel und ist am Aufbau der Aminosäure Leucin beteiligt«, erwiderte die Pathologin. »Außerdem fördert es die Neubildung von Zuckerstoffen aus Eiweißen und Fetten.«

Ja und?, dachte Em.

»Und manche Frauen …« Dr. Bechstein zögerte. Offenbar war sie im Begriff, das Terrain gesicherter wissenschaftlicher Fakten zu verlassen. »Manche Frauen nehmen Biotinkapseln für die Schönheit, weil sie … Nun ja, angeblich verbessern sie die Festigkeit von Finger- und Zehennägeln und fördern ein gesundes Haarwachstum.«

Em starrte das Lenkrad an. Haare und Nägel! War das der rote Faden, nach dem sie so verzweifelt suchten? Das Bindeglied zwischen drei toten Frauen, die ansonsten unterschiedlicher kaum sein konnten?

Aber Bianca Ahlbeck hatte weder auffällige Haare noch auffällige Nägel, widersprach sie sich selbst. Gehling hatte die Fotografien aus der Akte vergrößert und analysiert. Doch Bianca Ahlbecks Fingernägel waren ganz und gar unauffällig gewesen. Kurz und rosa lackiert. Weder besonders gepflegt, noch verwahrlost …

»Es kann sein, dass es nicht das Geringste bedeutet«, erklärte Dr. Bechstein in diesem Moment. »Aber ich wollte Sie zumindest darauf hingewiesen haben.«

»Danke«, entgegnete Em mechanisch.

»Keine Ursache«, antwortete Dr. Bechstein. Wenige Augenblicke später piepste es in der Leitung, und die Verbindung war unterbrochen.

13

Kellerverlies, Versteck von Kathrin Stiller

Er war bereits eine ganze Weile fort, aber er hatte seine Tasche zurückgelassen. Deshalb wusste sie, dass er noch einmal wiederkommen würde.

Trotzdem kauerte sie zunächst eine ganze Weile regungslos auf ihrer Decke und lauschte in die Stille des Kellerraums. Die Tür hatte er hinter sich geschlossen, so dass sie von der gewohnten Finsternis umgeben war. Aber sie wusste ganz genau, wo er die Tasche abgestellt hatte. Es war fast, als könnte sie sie *sehen*!

Ihr Blut pochte, und das Fieber trieb eisige Schauer über ihre schweißnasse Haut. Aber eine Chance wie diese hatte sich ihr bislang noch nie geboten. Also nahm sie all ihre Kräfte zusammen und kroch auf die Stelle zu.

Die Kette an ihrem Handgelenk straffte sich. Doch sie reizte die Sache aus bis auf den letzten Millimeter. Sie spannte sämtliche Muskeln bis zum Zerreißen, streckte und reckte sich, bis ihr alle Sehnen wehtaten – und doch schaffte sie es ums Verrecken nicht, diese blöde Tasche zu erreichen!

Was hast du erwartet?, stichelte Christian aus seiner Ecke. *Ein Typ wie der verkalkuliert sich nicht!*

»Halt die Klappe«, stöhnte sie.

Im selben Moment hörte sie seine Schritte.

Wie lange mochte er weg gewesen sein? Kaum länger als eine halbe Stunde, oder?

Als die Tür aufging, stellte sie sich schlafend, und er glaubte es.

Sie hörte, wie er neben ihr stehen blieb. Kurz darauf fühlte sie seine Fußspitze in ihren Rippen.

»Wach auf!«

Sie schlug die Augen auf und sah das schwarze Leder seiner Schuhe.

»Schluck das runter!«, befahl er. »Sonst verreckst du mir noch.«

Ihre Lippen brannten unter dem Druck seiner Latexfinger, und einen winzigen Augenblick lang spielte sie mit dem Gedanken, einfach zuzubeißen. Ihn zu verwunden.

Aber sie ließ es.

In der Ecke schüttelte Christian geringschätzig den Kopf. *Memme!*

»Du willst doch nur, dass er mich tötet«, zischte sie leise, aber nicht leise genug.

Ihr Entführer hielt mitten in der Bewegung inne. Und für den Bruchteil einer Sekunde hatte sie das Gefühl, er wolle sich umdrehen. »Mit wem redest du?«

Sie antwortete nicht, sondern schluckte brav, was er ihr in den Mund geschoben hatte. Doch es blieb irgendwo in ihrer Kehle hängen.

Sie hustete. Ein blecherner, heiserer Ton. »Könnte ich noch etwas Wasser bekommen, bitte?«

Er stand auf und brachte das Holzgefäß, das er noch einmal aufgefüllt hatte. Dann warf er ihr einen Blisterstreifen mit Tabletten hin. »Davon nimmst du alle vier Stunden zwei, bis das Fieber runter ist. Hast du mich verstanden?«

Der Tod hat eine schöne Stimme, dachte sie mit einem Anflug von Verwunderung. Aber warum wollte er eigentlich, dass sie am Leben blieb?

Davon nimmst du alle vier Stunden zwei, bis das Fieber runter ist …

»Aber ich … Ich habe keine Stunden.« Sie fühlte die Verachtung, die ihre Worte in ihm auslösten. »Uhr, meine ich«, korrigierte sie sich hilflos. »Ich meine, ich weiß nicht, wann vier Stunden um sind. Und wenn ich zu viele zu schnell hintereinander nehme, verrecke ich vielleicht …«

Humor, was?, spottete Christian.

»Vielleicht könnten Sie mir ja eine Uhr dalassen«, schlug sie zaghaft vor, während sie gleichzeitig über die Frage nachdachte, wie Uhren eigentlich von innen aussahen. Enthielten sie Draht oder Schlüssel oder so etwas? »Und am besten auch eine Lampe, damit ich … Bitte!«

Super!, frohlockte Christian in seiner Ecke. *Na los doch, bestell auch noch eine Cola mit Extra-Eis!*

Der Blick ihres Entführers brannte auf ihrer Stirn. Etwas ging vor in ihm, das konnte sie fühlen. Etwas, das nicht gut war. Sie hatte einen Fehler gemacht, so viel stand fest. Er erwartete etwas von ihr, und sie fand einfach nicht heraus, was es war. Das war vielleicht das Allergefährlichste an ihrer Situation: dass sie immer erst im Nachhinein an seinen Reaktionen ablesen konnte, ob sie ihre Sache gut gemacht hatte. Und gerade eben, so viel stand fest, hatte sie einen gravierenden Fehler gemacht!

Sein Kopf ruckte vor, und er krümmte den Rücken, so dass er auf einmal viel kleiner wirkte.

»Eine Uhr? Du kleiner Teufel wagst es, nach einer Uhr zu fragen?« Seine Stimme hallte von den kahlen Wänden wider, und verblüfft stellte sie fest, dass sich die Farbe dieser Stimme komplett verändert hatte.

Das, was sie hörte, war nicht länger ein Mann …

Sie griff sich schützend an die Kehle, doch es half nichts: Der Entsetzensschrei ließ sich nicht aufhalten und mischte sich mit der unheimlichen Stimme, die immer schriller und hysterischer wurde.

»Eine Uhr willst du, ja?«

»Nein«, schrie sie verzweifelt. »Vergessen Sie's! Ich …«

»Keine Sorge«, fiel er ihr mit schriller Stimme ins Wort, »du mieses kleines Stück Dreck wirst noch genug Zeit haben, über deine Schuld nachzudenken!«

»Welche Schuld?«, schleuderte sie ihm mit dem Mut der Verzweiflung entgegen. »Was, um Himmels willen, habe ich denn getan?«

Anstelle einer Antwort raffte er seine Sachen zusammen, warf sich die Tasche über die Schulter und hetzte zur Tür.

»Ich habe meinen Bruder nicht getötet!«, rief sie ihm nach. »Er ist nicht tot! Ehrlich! Er ist noch am Leben!«

Er blieb stehen wie vom Blitz getroffen.

Sekundenlang verharrte er in dem hell erleuchteten Viereck der Tür, hinter dem sie zum ersten Mal die gegenüberliegende Wand erkennen konnte.

Sie kniff angestrengt die Augen zusammen. Noch mehr Rauputz. Und eine Lampe an der Decke. Eine staubige alte Kellerlampe mit einem Drahtgeflecht rund um die Birne …

In diesem Moment schlug die Tür hinter ihm ins Schloss, und es war wieder finster. Doch sie fühlte sich trotzdem wie eine Gewinnerin: Dieser Tag hatte ihr endlich die Gewissheit gebracht, dass sie nicht in der Hölle war. Und sie befand sich auch nicht in irgendeiner gottverlassenen Hütte irgendwo im tiefsten Wald, sondern in einem Haus, das an ein Stromnetz angeschlossen war. Das irgendwie zusammenhing mit dem Rest der Welt.

Das wiederum hieß zwangsläufig, dass irgendwann jemand herkommen würde. Um den Stromzähler abzulesen, zum Beispiel. Oder um Geld für einen Wanderzirkus zu sammeln. Eine Kirmeszeitung zu verkaufen. Oder ein Abo für irgendeine bescheuerte Zeitschrift, die kein Mensch brauchte.

Sie ließ sich zurück auf die Decke sinken. So vage der Gedanke war, so viel Kraft gab er ihr. Sie musste einfach nur Geduld haben und wieder zu Kräften kommen!

Ihre Finger schlossen sich fester um den Blisterstreifen, den er ihr dagelassen hatte, und leise fing sie an, die Sekunden zu zählen.

Eins, zwei.

Alle vier Stunden …

Neun, zehn, elf.

… zwei Tabletten.

Vierzehn, fünfzehn, sechzehn.

Alle vier Stunden …

SECHS

Der Unterschied zwischen einem Verrückten
und mir ist der,
dass ich nicht verrückt bin.

(Salvador Dalí)

I

Polizeipräsidium, Abteilung für Kapitaldelikte, Büro Em und Zhou

»Capelli.«

»Ich habe hier einen Reporter in der Leitung, der Sie unbedingt sprechen will«, vermeldete Helga Thörsen, die nun schon seit mehr als zwanzig Jahren im Innendienst der Zentralen Kriminaldirektion tätig war.

Em betrachtete den Apfel, den sie sich am Mittag aus der Kantine mitgenommen hatte. Jetzt war es halb fünf, und sie war noch immer nicht dazu gekommen, ihn zu essen. »Sagen Sie ihm, dass er sich an die Pressestelle wenden soll.«

Helga Thörsen zögerte. »Ich glaube, Sie sollten selbst mit ihm sprechen.«

»Hat er gesagt, worum es geht?«

»Nicht direkt. Aber er hat mich gefragt, ob es stimmt, dass die Bauchdecke der ermordeten Lehrerin bei ihrer Auffindung ein … nun ja: ein ganz bestimmtes Zeichen aufwies.«

Em hielt die Luft an. »Das ist eine Insider-Information.«

»Ich weiß«, entgegnete Helga Thörsen. »Deshalb rufe ich Sie ja an.«

»Stellen Sie durch!«

»Udo Wieland, freier Journalist«, meldete sich gleich darauf eine angenehme Männerstimme.

Der Name sagte Em nichts, aber dem Klang seiner Stimme nach schätzte sie sein Alter auf Anfang bis Mitte vierzig. »Was kann ich für Sie tun?«

»Warum verschweigen Sie der Öffentlichkeit, dass Ihrer toten Lehrerin das Brandzeichen eines psychopathischen Serienvergewaltigers in die Haut geritzt wurde?«

Sie ist unser aller tote Lehrerin, korrigierte Em stumm. »Woher haben Sie diese Information?«

Statt ihre Frage zu beantworten, sagte er nur: »Ich habe hier etwas, das Sie sich ansehen sollten. Aber ich … Ich möchte das ungern am Telefon besprechen.«

Em fingerte einen Notizzettel aus ihrem Postfach.

»Ich könnte in ungefähr zwanzig Minuten bei Ihnen sein«, erklärte derweil der Mann, der sich Udo Wieland nannte. »Und wenn Sie mir nur einfach …«

»Stopp!«, unterbrach ihn Em. »So einfach ist das nicht.«

»Glauben Sie mir«, gab er zurück, »wenn Sie gesehen haben, was ich Ihnen zeigen will, werden Sie anders denken.«

Seine Formulierung erfüllte sie mit banger Unruhe. »Was genau ist das, was ich mir ansehen soll?«

»Fotos«, entgegnete Wieland. »Fotos von toten Frauen …«

Auf die Minute genau eine Stunde später saßen Em und Zhou in Makarovs Büro.

Auf dem Schreibtisch lagen die – inzwischen in Klarsichthüllen verpackten – Aufnahmen, die Udo Wieland in seinem Briefkasten gefunden hatte: Drei davon zeigten Bianca Ahlbeck auf dem hell gefliesten Boden ihrer Waschküche. Auf der ersten Aufnahme war der Körper der vierfachen Mutter kinnabwärts mit einem weißen Laken bedeckt. Die zweite zeigte Bianca Ahlbecks Oberkörper nackt und blutverschmiert. Unterhalb des Nabels konnte man deutlich die kreuzförmige Schnittwunde erkennen, die von dem unbekannten Absender zudem mit schwarzem Edding umrandet war. Das dritte Foto war wiederum eine Totale, aber dieses Mal war Bianca Ahlbecks Körper unbedeckt. Zwei weitere Fotos zeigten Manuela Zehlen – einmal auf dem Bett in exakt derselben Pose, in der ihr Mann sie vorgefunden hatte. Das andere Bild war eine Großaufnahme der x-förmigen Schnittwunde unterhalb ihres Nabels. Und auf dem sechsten und letzten Foto war die halbnackte Leiche Jeanette Altmaiers zu sehen.

Makarov richtete sich auf. »Sind das Aufnahmen von uns?«, fragte er, und sein Ton verriet, dass er die Antwort auf diese Frage bereits ahnte.

»Nein«, sagte Em. »Leider nicht.«

Bis zuletzt hatte sie auf eine undichte Stelle in den eigenen Reihen gehofft. Auf jemanden, den man ausfindig machen und suspendieren konnte. Stattdessen gab es da draußen einen Psychopathen, der nach Aufmerksamkeit gierte …

Makarov starrte düster ins Leere. »Also vom Täter.«

Sie nickte.

»Die Aufnahmen kamen per Post in einem gewöhnlichen braunen DIN-A5-Umschlag«, berichtete Zhou. »Wieland hat das Kuvert in seinem Briefkasten gefunden, als er vorhin nach Hause kam. Die Adresse war von Hand geschrieben. Mit einem schwarzen Filzstift. Stempel des hiesigen Briefzentrums von gestern Abend, 21 Uhr. Das Kuvert ist bereits auf den Weg ins Labor.«

»Was ist mit diesem Foto?« Makarov hielt die Aufnahme des nur spärlich bekleideten Leichnams von Jeanette Altmaier hoch.

»Fest steht, dass dadurch ein eindeutiger Bezug der aktuellen Taten zu Frank Kaspary hergestellt wird«, bemerkte Em.

Ihr Boss ließ das Foto sinken. »Vielleicht schmückt sich unser Mann ja auch nur gern mit fremden Federn.«

»Aber das Foto der Leiche wurde eindeutig am Tatort gemacht«, wandte Em ein. »Und da es kein offizielles Polizeifoto ist …«

»Ist das sicher?«

Sie nickte. »Uns liegen sämtliche Fotos vor, die damals im Mordfall Jeanette Altmaier gemacht wurden. Sowohl die vom Tatort, als auch die aus der Rechtsmedizin. Aber dieses Foto ist definitiv nicht dabei.«

»Das bedeutet noch lange nicht, dass der Absender der Mörder ist«, protestierte Makarov. »Er könnte die Fotos auch von Kaspary bekommen haben.«

»Ich glaube kaum, dass Kaspary der Besitz solcher Andenken gestattet ist«, bemerkte Em sarkastisch.

»Was weiß denn ich?« Makarov wischte über seine Glatze. »Vielleicht hat er die Aufnahmen irgendwo außerhalb des Kronenhofs versteckt und jemanden beauftragt, sie zu holen.«

»Um sie anschließend einem Journalisten zuzuspielen?« Zhou verzog die Lippen. »Warum sollte er das getan haben?«

»Na, weil er rauswill«, entgegnete Em lapidar. »Er weiß, dass er aufgrund von Hannah Isaaksons Gutachten praktisch keine Aussicht hat, jemals wieder aus der geschlossenen Psychiatrie entlassen zu werden. Es sei denn …«

»Es sei denn, es würden plötzlich Frauen auf exakt die gleiche Weise umgebracht und gebrandmarkt wie sein einziges Todesopfer«, schloss Zhou.

Em nickte. »Das würde zumindest Zweifel an seiner Schuld aufkommen lassen.«

»Du meinst, Kaspary hat da draußen jemanden, der ihm hilft?«

»Entweder das – oder er ist im Fall von Jeanette Altmaier tatsächlich so unschuldig, wie er immer behauptet hat.«

»Bringen Sie die Aufnahmen umgehend ins Labor«, wies Makarov sie mit steinerner Miene an. »Die sollen zusehen, was sie daraus machen können. Und nageln Sie diesen Wieland fest, dass er keines der Fotos veröffentlicht, falls er so klug war, sich Kopien zu machen.«

Ganz bestimmt war er das, dachte Em.

»Apropos«, setzte ihr Vorgesetzter hinzu. »Hat Ihr Pressefritze irgendeine Idee, warum der Absender ausgerechnet ihn ausgesucht hat?«

»Er behauptet nein«, sagte Em. »Aber er hat damals vor sieben Jahren recht ausführlich über den Prozess gegen Kaspary berichtet. Für die *Rundschau*.« Sie zuckte die Achseln. »Das ist übrigens auch der Grund, warum er mit dem X-Schnitt und dem Foto von Jeanette Altmaier sofort etwas anfangen konnte.«

»Es wäre natürlich denkbar, dass noch weitere Journalisten Fotos erhalten haben oder noch erhalten werden«, merkte Zhou zaghaft an.

Makarov stöhnte. »Dann berufen Sie so schnell wie möglich eine Pressekonferenz ein und machen Sie den Leuten klar, dass wir jeden, der es wagen sollte, diesen ... diesen Dreck hier«, seine fleischigen Hände fuchtelten über den Aufnahmen herum, »... zu veröffentlichen, wegen Behinderung laufender Ermittlungen drankriegen. Und zwar richtig!«

»Wir werden Wieland kaum daran hindern können, über die Morde zu berichten«, wandte Em ein. »Allerdings hat er sich verpflichtet, ermittlungstechnisch relevante Details wie die X-Schnitte oder den abgetrennten Daumen zunächst zurückzuhalten.«

»Sollten wir Wieland nicht überwachen?«, wagte Zhou einen vorsichtigen Vorstoß. »Es wäre doch immerhin möglich, dass unser Mann ein weiteres Mal Kontakt mit ihm aufnimmt.«

Ihr Vorgesetzter griff zum Telefon. »Ich kümmere mich drum.«

Em räusperte sich.

»Was?«

Die Idee war ihr gerade erst gekommen, und sie war nicht sicher, ob sie bereits ausgereift war. Aber sie wusste auch, dass sie keine Zeit zu verlieren hatten. »Ich hätte da noch einen anderen Vorschlag ...«

Makarovs Finger trommelten ungeduldig auf den Schreibtisch. »Nämlich?«

»Wieland illustriert seinen Artikel mit den Fotos der bisherigen Opfer«, begann sie, und als sie Makarovs entsetztes Gesicht sah, fügte sie eilig hinzu: »Porträtfotos natürlich, nicht Fotos der Leichen. Und ich …« Sie straffte die Schultern. »Ich würde gern auch Marina Boginkas Foto zur Veröffentlichung freigeben.«

Ihr Anliegen überraschte ihn. »Warum?«

»Weil der Mörder ihre Leiche versteckt hat.«

»Das ist eine gute Idee«, erhielt sie völlig unerwartet Schützenhilfe von Zhou. »Wenn Hannah Isaakson recht hat und der Täter Marina Boginska tatsächlich als eine Art …« Sie suchte nach einem passenden Wort. »… Fehlgriff betrachtet, dann wird es ihn ganz sicher provozieren, sie in einer Reihe mit seinen anderen Opfern zu sehen. Und wer weiß? Vielleicht lässt er sich ja dazu hinreißen, sich noch einmal bei Wieland oder jemand anderem zu melden.«

Oder zu Schlimmerem, dachte Em bei sich. Doch sie sprach den Gedanken nicht aus. Den Täter aus der Reserve zu locken, war vielleicht die einzige Chance, die sie hatten.

»Wenn Sie meinen«, setzte Makarov an, als das Telefon auf seinem Schreibtisch zu läuten begann.

Die beiden Kommissarinnen sammelten eilig die Fotos ein und machten sich auf den Weg zur Tür. Doch ihr Vorgesetzter bedeutete ihnen, dass sie bleiben sollten, und stellte das Gespräch laut.

»Hier ist ein Anwalt für Sie, der sich einfach nicht abschütteln lässt«, schepperte gleich darauf wieder Helga Thörsens wohlbekannte Stimme aus dem Lautsprecher. »Er sagt, sein Mandant hätte heute per Post ein paar Fotografien erhalten, die Sie interessieren dürften.«

Em und Zhou blieben wie angewurzelt stehen.

Und auch Makarovs Stirn war düster umwölkt. »Hat er zufällig erwähnt, wie dieser Mandant heißt?«

»Ja«, antwortete Helga Thörsen wie aus der Pistole geschossen. »Sein Name ist Kaspary. Frank Kaspary.«

2

Kellerverlies, Versteck von Kathrin Stiller

Kathrin!

»Wer ist da?«

Na, wer wohl?!

Er saß wieder in seiner Ecke, ganz wie immer, die Haut rot wie Flusskrebs.

Sich zu fragen, warum sie ihn trotz der Finsternis sehen konnte, hatte sie seit langem aufgegeben. Stattdessen betastete sie ihre Stirn und stellte verwundert fest, dass sie geschwitzt hatte. Und auch das Fieber schien deutlich gesunken zu sein. »Warum lässt du mich nicht endlich in Ruhe?«

Geht's dir besser?

»Ja«, antwortete sie, noch immer erstaunt. Sie hatte zwei von den Tabletten geschluckt, wann immer sie aufgewacht war. Und offenbar hatten sie tatsächlich geholfen. »Genau genommen bist eher DU derjenige, der mir Sorgen macht.«

Ich? Warum?

»Weil du da bist.«

Er lachte auf eine Weise, wie sie ihn noch nie lachen gehört hatte. Glockenhell und rein wie ein Engel.

»Du dürftest gar nicht da sein«, beharrte sie. »Nicht hier, meine ich.«

Wo sollte ich denn sonst sein?

»Na, in Bad Wildbad«, fauchte sie. »Du bist in irgendeinem Bewegungsbecken und lässt dich von einer sündhaft teuren Therapeutin durchs warme Wasser ziehen.«

Ihr Bruder verzog das Gesicht auf eine Art und Weise, die sie schon an ihm beobachtet, aber nie verstanden hatte. *Das habe ich nie gemocht …*

»Was? Das Schwimmen?«

Nein, Bad Wildbad.

»Ist nicht dein Ernst!« Sie streckte die Hand aus und versuchte, das Holzgefäß zu erreichen, ohne sich auch nur einen Millimeter von der wunderbar erwärmten Stelle auf ihrer Decke zu entfernen. Wasser schwappte über den Rand, als sie mit den Fingerspitzen dagegen stieß. »Aber wir sind doch nur deinetwegen dorthin gefahren.«

Ich weiß.

»Und es hat dir tatsächlich nie gefallen?«, fragte sie ungläubig. Sie hatte sich nie Gedanken darüber gemacht, was einem Menschen wie ihrem Bruder gefallen könnte. Ob ihm überhaupt etwas gefiel. Abgesehen von Afri-Cola natürlich …

Sie stutzte, als ihr plötzlich etwas klar wurde: Afri-Cola war seine ureigene Form von Nervenkitzel! Während andere Jungen in seinem Alter wahnwitzige Autorennen veranstalteten oder Videos ihrer riskanten Kletteraktionen ins Netz stellten, sog ihr kleiner Bruder eine kackbraune Zuckerlösung durch einen Strohhalm, von der er nichts anderes wusste, als dass sie ihm nicht guttat …

»Aber …« Sie sah ihn an. »Warum bist du überhaupt nach Bad Wildbad gefahren, wenn es dir da nie gefallen hat?«

Die Worte waren kaum heraus, als ihr auch schon bewusst wurde, wie unsinnig die Frage war.

Doch ihr Bruder antwortete trotzdem: *Hatte ich denn eine Wahl?*

3

Taunus, Privatklinik für
Forensische Psychiatrie Kronenhof

Früh am nächsten Morgen folgten Em und Zhou dem Chefarzt der Klinik einen langen, in trügerischem Lindgrün gestrichenen Korridor entlang. Links und rechts des Flurs zweigte eine Reihe von Türen ab.

Em sah sich nach Kameras um, konnte jedoch – zumindest auf den ersten Blick – keine entdecken. Stattdessen überall viel Holz, warme Farben und ein Hauch von Tannennadeln und Zitrone, der vermutlich zu einem ausgeklügelten Aromakonzept gehörte.

Trotzdem hatten sie nicht weniger als drei Sicherheitsschleusen passieren müssen, um überhaupt bis hierher zu gelangen. Ihre Dienstwaffen lagen in einem Schließfach an der Pforte, zusammen mit ihren Smartphones und dem Autoschlüssel. Das Ergebnis war, dass Em sich seltsam nackt fühlte.

Noch am Abend hatte Decker mit sämtlichen relevanten Redaktionen, Bloggern und Sendern telefoniert. Doch niemand sonst hatte Fotos von ermordeten Frauen erhalten.

Nur Wieland und Kaspary …

Im Gegensatz zu Udo Wieland schien der verurteilte Vergewaltiger jedoch nur Fotos von Manuela Zehlen und Bianca Ahlbeck erhalten zu haben. Insgesamt drei Aufnahmen: Bianca Ahlbeck mit und ohne Laken auf dem Boden ihrer Waschküche – und Manuela Zehlen auf dem Bett. Die Klinikleitung hatte noch in der Nacht Kasparys Zimmer gefilzt, aber keine weiteren Aufnahmen gefunden.

Warum sollte der Täter Kaspary nicht auch ein Bild von Jeanette Altmaier schicken?, überlegte Em. Oder hatte er das? War es Kaspary nur irgendwie gelungen, die Aufnahme zu verstecken, bevor sein Zimmer durchsucht worden war?

Aber warum sollte er ausgerechnet dieses Bild zurückhalten?, widersprach sie sich selbst. Er hat schließlich auch den Erhalt der anderen Fotos gemeldet. Ihre Augen glitten ratlos über die geschmackvollen Aquarelle an den Wänden. Kaspary selbst hat keines seiner Opfer fotografiert, resümierte sie. Er brauchte keine Andenken an seine Taten. Er hat lieber selbst welche hinterlassen …

Professor Görges, ein schmaler Endfünfziger, bog in den nächsten Korridor ein. Sein Gesicht verriet, dass er schon viel gesehen hatte. Doch er hatte auch gelernt, seine Mimik im Zaum zu halten. »Lassen Sie sich auf gar keinen Fall provozieren«, mahnte er, indem er vor einer weißen Sicherheitstür stoppte.

»Keine Sorge«, erwiderte Em. »Wir sind an Gespräche dieser Art gewöhnt.«

Er warf ihr einen raschen Seitenblick zu. »Vertun Sie sich nicht. Frank Kaspary ist anders.«

»Weil er ach so intelligent ist?«

»Nein«, versetzte der Klinikchef ungerührt. »Weil er ach so raffiniert ist.«

Zhous Augen streiften die hohe Decke. »Haben Sie hier drin gar keine Kameras?«

»Nur im Bereich der Ausgänge und in den Gemeinschaftsräumen.« Er bemerkte das Unverständnis in Ems Blick. »Ich weiß, was Sie denken. Aber wir schränken die Grundrechte unserer Patienten zugunsten der allgemeinen Sicherheit auch so schon erheblich ein. Da müssen wir ihnen nicht auch noch das letzte bisschen Privatsphäre nehmen.«

Zhou sah, dass ihrer Partnerin ein gepfefferter Kommentar auf der Zunge lag. »Und wie verfahren Sie üblicherweise mit der Post, die Ihre Patienten erhalten?«, beeilte sie sich, ihr zuvorzukommen. »Öffnen Sie die?«

»Sofern es sich nicht um Korrespondenz mit einem Anwalt handelt, ja.«

Em verdrehte die Augen. »Na, super!«

Zhou strich sich eine verirrte Haarsträhne aus der Stirn. »Haben Ihre Patienten Zugang zum Internet?«

»Nicht alle.«

»Was ist mit Kaspary?«

»Nein.«

»Auch nicht unter Aufsicht?«

In die Stimme des Arztes schlich sich unvermittelt ein Hauch von Gereiztheit. »Nein, auch nicht unter Aufsicht.«

»Wer entscheidet, welcher Ihrer Patienten eine solche Erlaubnis erhält?«

»Ich.«

Em fixierte ihn. »Könnte es Kaspary irgendwie gelungen sein, dieses Gebäude zu verlassen?«

»Nein.«

»Würden Sie das beschwören?«

Sein Blick wurde eindringlich. »Frank Kaspary ist ein zutiefst manipulativ veranlagter Charakter, und sein Verstand arbeitet in einer Geschwindigkeit, von der die meisten Menschen hier – mich eingeschlossen – nur träumen können«, erklärte er im selben unaufgeregten Tonfall wie zuvor. »Diese beiden Faktoren machen ihn zu dem mit Abstand gefährlichsten Patienten, den diese Einrichtung je beherbergt hat. Glauben Sie wirklich, dass wir uns dieser Verantwortung nicht bewusst sind?«

Seine Worte besänftigten Em ein wenig. Immerhin war das auch für ihn eine extrem unangenehme Situation!

Vergessen Sie nicht, flüsterte eine imaginäre Hannah Isaakson hinter ihrer Stirn, *wir stehen auf derselben Seite …*

»Sind Sie so weit?«, fragte Görges.

Die beiden Kommissarinnen nickten.

»Okay. Dann los.«

Er stieß die Tür auf und führte sie in einen hohen, antiseptisch sauberen Raum. Durch die Fenster sah man den Wald auf der anderen Seite des Tals, und Em überlegte unwillkürlich, ob dieser Ausblick in die Freiheit für die Patienten des Kronenhofs wohl eine Freude oder doch eher eine Provokation darstellte.

Auf einem Stuhl neben der Tür hockte ein Aufseher in weißer Kleidung. Er verzog keine Miene, als Em und Zhou eintraten.

»Ich bin im Büro«, erklärte Görges. Und an die beiden Polizistinnen gewandt, setzte er hinzu: »Melden Sie sich, wenn Sie etwas brauchen.«

Em nickte und hörte, wie er die Tür hinter sich schloss.

Kaspary saß auf einem schmucklosen Holzstuhl in einer Haltung, die unbequem wirkte, und hatte die Augen auf das blitzsaubere Linoleum zu seinen Füßen gerichtet. Ein unscheinbarer Mann, mittelgroß und nicht übermäßig schlank, dessen dunkles Haar erste Spuren von Grau zeigte. Einer, den man leicht übersieht, urteilte Em im Stillen. Ein Getarnter.

Zugleich war sie sicher, dass Frank Kaspary seine Umgebung sehr aufmerksam wahrnahm. Sie versuchte, sich vorzustellen, wie er nach Einbruch der Dämmerung in seinem Taxi herumgefahren war und nach Frauen Ausschau gehalten hatte, und der Gedanke jagte ihr einen Schauer über den Rücken.

Sie legte die mitgebrachte Akte auf den Metalltisch, der sie trennte, und suchte in der Tasche ihres Blazers nach einem Kugelschreiber, während Zhou auf dem Stuhl neben ihr Platz nahm.

Als sie saßen, sah Kaspary kurz hoch. Ein flüchtiges Taxieren, mehr nicht. Dann ließ er den Kopf wieder sinken. »Nett, dass Sie so schnell kommen konnten.«

»Sparen wir uns die Höflichkeiten.« Em schob ein kleines

Aufnahmegerät in die Mitte des Tisches. »Wie Sie sich bestimmt denken können, haben wir ein paar Fragen an Sie.«

Er sah nicht hoch, aber er lächelte.

»Sind Sie einverstanden, wenn wir unser Gespräch aufzeichnen?«

»Habe ich eine Wahl?«

»Nein.«

»Na, also.«

Em musterte sein lichter werdendes Haar, bei dem an verschiedenen Stellen bereits die Kopfhaut durchschimmerte. »Fein. Dann sprechen wir über die Fotos, die Sie erhalten haben …«

Jetzt hob Kaspary zum ersten Mal für längere Zeit den Blick. Seine Augen waren braun und blickten eigentlich nicht unsympathisch. »Ich war erfreut zu sehen, dass unser unartiger kleiner Freund in den letzten sieben Jahren nicht ganz untätig gewesen ist.«

Seine Formulierung ließ Em aufhorchen, und sie überlegte, ob er ihr eine Falle stellte.

In den letzten sieben Jahren …

Also seit Jeanette Altmaiers Tod.

Jenem Mord, den er – im Gegensatz zu den Vergewaltigungen – von Anfang an geleugnet hat, dachte Em. Er hatte immer geleugnet, ein Mörder zu sein. Und er war nie maskiert gewesen …

Kasparys Augen wanderten von ihrem Gesicht abwärts zu ihrer Brust und von dort weiter hinunter zu ihrer rechten Hand. Vielleicht suchte er nach einem Ehering. Oder nach irgendetwas anderem, das ihm etwas über sie verriet. Ein völlig normales Verhalten für einen Mann in seiner Situation. Und doch musste Em unwillkürlich an den blutigen Stumpf denken, dort, wo einmal Manuela Zehlens Daumen gewesen war. Nur mit äußerster Mühe widerstand sie der Versuchung, die Hand zurückzuziehen.

Zhou spürte ihr Unbehagen und übernahm wie selbstverständlich die nächste Frage: »Wie sind die Fotos, die uns Ihr Anwalt übergeben hat, denn eigentlich in Ihren Besitz gekommen?«

Em fiel auf, dass der verurteilte Vergewaltiger Zhou noch kein einziges Mal direkt angesehen hatte. Selbst jetzt nicht. Bei seiner Antwort. »Das wissen Sie doch bereits.«

»Wir hätten es aber gern von *Ihnen* gehört«, erwiderte Zhou freundlich, wobei sie demonstrativ ein Stück näher an ihre Partnerin heranrutschte. In sein Blickfeld.

Kaspary zuckte die Achseln. »Er hat die Sendung als Schreiben meines Anwalts getarnt, weil er wusste, dass sie dann nicht so ohne Weiteres geöffnet wird.«

»War ein Brief dabei?«

»Nein. Nur die Fotos.«

»Wie viele Aufnahmen waren es?«

»Drei.«

»Sind Sie sicher?«

Kasparys Brauen schossen hoch, und Em hatte das dringende Gefühl, dass es von ihrer Partnerin nicht allzu geschickt gewesen war, an diesem Punkt noch einmal nachzuhaken. Zhou hatte ihm damit etwas verraten, was er noch nicht gewusst hatte, und er würde die richtigen Schlüsse ziehen. Was das betraf, machte sie sich nichts vor: Ab sofort wusste Kaspary, dass außer ihm selbst offenbar auch noch andere Menschen solche Fotos erhalten hatten. Und er wusste auch, dass es bei dem oder den anderen mehr als drei Aufnahmen gewesen waren …

Zhou schien ihr Fauxpas ebenfalls bewusst zu sein, denn sie kräuselte verärgert die Nase.

»Wir haben gesehen, dass Sie eine ziemlich rege Korrespondenz führen«, ergriff Em eilig wieder die Initiative.

»Der Alltag hier drin bietet nicht allzu viel Abwechslung«, entgegnete Kaspary gelangweilt.

Sie schlug die Beine übereinander. »Was sind das für Leute, die Ihnen schreiben?«

»Psychologen, Nutten, Bibelwütige.« Kaspary grinste. Doch ganz egal, welche Gefühle ihn tief in seinem Inneren bewegen mochten, sie erreichten seine Augen nicht. »Und natürlich ein paar Damen, die mich bekochen möchten, sobald ich hier rauskomme.«

Em fixierte eine Stelle zwischen seinen Augen. »Korrespondieren Sie auch mit Psychopathen?«

Er lächelte sie an. »Wenn Sie mir verraten, was genau Sie unter einem Psychopathen verstehen …«

Doch es fiel Em nicht ein, den Köder zu schlucken. »Gibt es da draußen eine oder mehrere Personen, mit denen Sie sich regelmäßig über Ihre perversen Phantasien austauschen?«, wiederholte sie dezidiert.

Kaspary wich ihrem Blick nicht aus. Er blinzelte nicht mal. »In diesem Fall hätte ich Ihnen die Fotos wohl kaum zukommen lassen, nachdem sie so wunderbar ungehindert in meinen Besitz gelangt sind, meinen Sie nicht?« Er machte eine wohlkalkulierte Pause, bevor er hinzusetzte: »Sie glauben gar nicht, was derlei Aufnahmen in einer Institution wie dieser wert sind.«

»Und Sie bleiben dabei, keine Ahnung zu haben, wer Ihnen die Fotos geschickt hat?«, beharrte Em.

»Nicht die geringste.«

»Schmeichelt es Ihnen, dass da draußen jemand rumläuft und Ihr Markenzeichen verwendet?«

»Schmeicheln?« Kaspary verzog die Lippen, die genau wie seine Augen seltsam blutleer wirkten. »Nein.«

Zhou lehnte sich vor, bis ihre Bluse die Tischkante berührte. »Gibt es jemanden, mit dem Sie bereits zu Ihrer … nennen wir es mal: aktiven Zeit … über Ihre kleinen Eigenheiten gesprochen haben?«

Zum ersten Mal im Verlauf der Befragung wandte sich

Kaspary ihr zu. Allerdings ohne dass er den Kopf drehte. Er bewegte nur die Augen.

Wie ein Reptil, dachte Em schaudernd.

»Hätten *Sie* an meiner Stelle darüber gesprochen?«

»Warum nicht?«, gab Zhou selbstbewusst zurück. »Vielleicht waren Sie ja stolz auf Ihre Taten.«

Kaspary schien ernsthaft zu überlegen.

Und doch hatte Em das Gefühl, dass er sich über sie lustig machte. Über sie beide.

»Noch mal«, wiederholte Zhou in einem Ton, der für ihre Verhältnisse geradezu aggressiv war. »Haben Sie bereits vor Ihrer Verhaftung mit irgendwem über Ihre Verbrechen oder Gewohnheiten gesprochen – ja oder nein?«

»Nein, habe ich nicht.« Kaspary legte die Hände auf die Tischplatte. Sie wirkten locker und entspannt. »Nicht zuletzt deshalb werden Sie sicher verstehen, dass mich die Sache interessiert. Immerhin könnte sie dazu beitragen, diesen unsäglichen Justizirrtum aufzuklären, dem ich zum Opfer gefallen bin.«

»Sie sind genau da, wo Sie hingehören!«, versetzte Em ohne Rücksicht auf den Wachmann, der jedes Wort aufmerksam verfolgte.

Kasparys Lächeln blieb auf halber Strecke stehen. »Das ist Ihre Meinung«, sagte er. »Und wissen Sie was? Angesichts Ihrer Ignoranz wundert es mich nicht, dass Sie keinen blassen Schimmer haben, was Ihr gut erzogener kleiner Freund Ihnen sagen will.«

Em schenkte ihm ein spöttisches Lächeln. »Kommen Sie, Kaspary! Sie wollen uns doch hoffentlich nicht erzählen, dass *Sie* diesen Kerl verstehen und dass Sie uns helfen werden, ihn zu schnappen, wenn wir Ihnen ein hübsches neues Zimmer mit Meerblick verschaffen, oder? In diesem Fall müsste ich Ihnen nämlich sagen, dass Sie entschieden mehr Hollywoodfilme sehen, als Ihnen guttut.«

»Was heißt helfen?«, entgegnete Kaspary. »Im Grunde brauchen Sie keine Hilfe. Denn wie nahezu alles auf dieser Welt ist auch die Lösung Ihres Problems lediglich eine Frage des richtigen Blickwinkels.«

Em verzog keine Miene. »Das müssen Sie mir erklären.«

»Ganz einfach …« Kaspary lehnte sich bequem zurück, als müsse er sich angesichts ihrer Begriffsstutzigkeit notgedrungen auf ein längeres Gespräch einstellen. »Beginnen wir mit der Frage, was Sie sehen, wenn Sie einen Versandhauskatalog durchblättern.« Er wartete nicht auf ihre Reaktion, sondern sprach einfach weiter. Wie ein Dozent. »Wahrscheinlich sehen Sie eine Couchgarnitur, die Ihnen gefällt, weil sie gelb ist.«

Em zuckte kaum merklich zusammen. Tatsächlich war Gelb ihre Lieblingsfarbe. Aber das konnte er unmöglich wissen. Unauffällig ließ sie ihren Blick an sich herabwandern. Sie trug kein einziges gelbes Accessoire an diesem Tag. Nicht einmal ein Uhrenarmband. Wie also kam dieser elende Dreckskerl auf eine solche Idee? Oder hatte er einfach geraten?

Falls ja, weiß er jetzt, dass er richtiglag, schalt sie sich im Stillen. Laut sagte sie: »Kommen Sie zur Sache.«

Kaspary grinste. »Vielleicht sehen Sie Dessous, die sie niemals tragen würden«, fuhr er fort. »Und ein paar Seiten weiter kommen Sie zu dem Schluss, dass nichts auf der Welt Sie dazu bringen könnte, siebentausend Euro für einen OLED-Fernseher auszugeben, selbst wenn Sie ihn sich leisten könnten.«

Irgendetwas an seinem Blick gab Em das Gefühl, gedemütigt worden zu sein. Und allmählich verlor sie die Geduld.

Ruhig Blut, warnte Zhou stumm.

Em seufzte. »Worauf wollen Sie hinaus?«

»Ach, wissen Sie …« Kasparys Blicke wanderten amüsiert zwischen ihnen hin und her. »Es gibt da diese armen Kreaturen, denen nichts anderes übrig bleibt, als sich mit dem zu behelfen, was man ihnen vorsetzt, weil Mama ihnen alles verbietet, was Spaß macht. Und plötzlich bekommen ein paar bunte Bildchen eine völlig andere Dimension.«

Em sah wieder zu Zhou. *Zeitverschwendung!*

Vielleicht auch nicht, mahnte Zhou. *Lass ihn reden!*

»Glauben Sie mir, solche unartigen Lesarten sind viel weiter verbreitet, als man gemeinhin annimmt«, fuhr Kaspary nach einer Weile in gleichmütigem Ton fort. »Nicht nur innerhalb dieser Mauern.«

Em griff nach dem Aufnahmegerät. »Sie erzählen uns absolut nichts Neues«, erklärte sie knapp. »Verzeihen Sie, dass wir Sie überhaupt damit belästigt haben.«

Von einer Sekunde zur anderen war sein Ton messerscharf. »Ich wette, *Sie* haben noch nie die Seiten mit der Kinderunterwäsche durchgeblättert und gedacht: Was hat dieser kleine Lümmel doch für zuckersüße Arschbäckchen …«

»Das reicht!« Em schob entschlossen ihren Stuhl zurück. »Wir haben weder Zeit noch Lust, noch länger hier rumzuhängen und Ihren schmutzigen Phantasien zu lauschen.«

»Oh, es sind nicht *meine* schmutzigen Phantasien, wie Sie wissen«, versetzte Kaspary. »Aber *schmutzig* ist in der Tat ein gutes Stichwort.«

Em sah demonstrativ auf ihre Armbanduhr. »Letzte Chance, Arschloch. Wenn Sie irgendwas Sinnvolles zu dieser ganzen Angelegenheit beizusteuern haben, dann sagen Sie's jetzt – oder lassen Sie's bleiben!«

»Ich habe Ihren geschätzten Kollegen bereits vor sieben Jahren gesagt, dass ich Jeanette Altmaier nicht getötet habe«, blaffte Kaspary. »Aber die hohen Herren haben sich ja lieber auf das Gutachten einer sogenannten Expertin verlassen, die meinte, mir einen Mord unterschieben zu müssen, den ich nicht begangen habe.«

»Hannah Isaakson hat Ihnen rein gar nichts untergeschoben«, widersprach Em, obwohl sie genau das seit gestern besser wusste.

»Ach, nein?«, schnappte Kaspary.

»Nein. Sie hat Ihnen die Tat lediglich zugetraut.«

»Aber …«

»Hannah Isaaksons Aufgabe war einzig und allein die Erkundung Ihres Potenzials«, fiel Em ihm umgehend wieder ins Wort. »Und vom Potenzial her ist Ihnen alles zuzutrauen.«

Kaspary richtete sich mit einem Ruck in seinem Stuhl auf, und zum ersten Mal im Verlauf dieses Gespräches fühlte Em sich bedroht. Wenn ich Hannah Isaakson wäre, durchfuhr es sie, dann würde ich beten, dass dieser Mann niemals wieder hier rauskommt!

Seltsamerweise hatte sie trotz allem das Gefühl, dass Kaspary in Bezug auf Jeanette Altmaier die Wahrheit sagte.

»Warum sollte ich das Mädchen getötet haben?«, fragte er, als wisse er ganz genau, was sie beschäftigte.

»Ganz einfach.« Ihr Zeigefinger bohrte sich in die Tischplatte, die sie trennte. »Die Sache ist eskaliert damals. *Sie* sind eskaliert.«

Aus den Augenwinkeln registrierte sie Zhous Blick. *Gib acht, was du sagst!*

Doch Kaspary lachte nur. Dann drehte er den Kopf weg und sah aus dem Fenster.

In die Freiheit auf der anderen Seite des Tals …

Dicke Novembernebel hingen dort zwischen den düsteren Baumkronen, und Em überlegte ernsthaft, ob es jemals wieder richtig hell werden würde. Dieser ständige Regen schlug ihr aufs Gemüt. Und sie hatte auch schon wieder Kopfschmerzen!

»Sind Sie fertig?«, fragte der Wachmann und stand auf.

Seine Eigenmächtigkeit ärgerte Em. Und obwohl sie sich eigentlich nicht mehr viel von dieser Unterredung versprach, entgegnete sie beinahe trotzig: »Nein. Sind wir nicht.«

4

Kellerverlies, Versteck von Kathrin Stiller

»Weißt du, manchmal habe ich unsere Eltern wirklich gehasst.«

Ihr Bruder war nicht da, aber sie erzählte es ihm trotzdem. Sie hatte es satt, die zwei kümmerlichen Strophen von Schillers *Bürgschaft* zu rezitieren, die aus ihrer Schulzeit hängen geblieben waren.

»Ich habe sie gehasst, weil sie dich so unbedingt haben wollten.« Ein ungeheuerliches Eingeständnis, zugegeben, aber ihr Bruder war ja nicht da. »Danach ist nichts mehr wie vorher gewesen.«

Sie drehte die beiden Zwieback-Scheiben, die sie sich aus ihrer Vorratsecke geholt hatte, in den Händen hin und her. Sie hatte keinen Hunger, aber sie wollte auch nicht wieder Fieber bekommen. Also bröselte sie das Gebäck in kleine Teile und schob sie in den Mund. Eines nach dem anderen. Zwischendurch trank sie aus dem Holzgefäß, das erschreckenderweise schon wieder zur Hälfte leer war.

Sie musste unbedingt sparsamer sein!

»Ich finde es total beklemmend, wenn man nicht einfach tun kann, was man will«, flüsterte sie ihrem abwesenden Bruder zu. »Merkwürdigerweise gar nicht mal so die großen Dinge, weißt du? Aber ... Mal eben kurz zum Bäcker gehen, um ein paar Brötchen zu holen. Oder auch ...« Sie überlegte. »Ja, dass man nicht einfach mal eine Etage höher gehen und aus dem Fenster gucken kann. Das ist irgendwie richtig demütigend.«

Sie stutzte, als ihr klar wurde, dass ihr Bruder sie ganz sicher verstehen würde, wenn er sie hören könnte.

Schließlich war er auch ein Gefangener.

Ein Gefangener seines eigenen Körpers.

Sie fröstelte.

Warum hatte sie das eigentlich noch nie so gesehen?

»Dieser Scheißkerl ist ziemlich krank, was?« Sie holte tief Luft und bemühte sich, die Stimme ihres Entführers zu imitieren: »Dann kannst du in aller Ruhe über deine Schuld nachdenken …« Sie unterbrach sich und lachte. Aber es klang nicht echt. Ihr ganzer Körper tat weh. Jede Faser, jedes Gelenk, jedes einzelne Haar.

Der Schmerz als Einzelschicksal, dachte sie. Am Ende ist das doch kein so schlechter Titel!

»Glaubst du, dass seine Mutter früher so mit ihm geredet hat?«, überlegte sie laut. »Ich meine, es ist doch meistens die Mutter, wenn diese Typen derart austicken, stimmt's nicht?«

Sie trank noch einen Schluck Wasser und dachte an ihre eigene Mutter, die sanft und geduldig war und die – solange sie sie kannte – niemals die Beherrschung verloren hatte. Nie bis auf dieses eine Mal, damals am See …

Sie schloss die Augen und sah sich selbst auf dem Steg liegen, die Kleider klatschnass und zitternd vor Kälte – trotz der strahlenden Junisonne, die noch immer vom wolkenlosen Himmel lacht.

Das Gesicht ihrer Mutter schwebt über ihr, wie die Sonne über der Wasseroberfläche. Doch es ist alles andere als friedlich, sondern wutverzerrt, als Christa Stiller ausholt und mit beiden Fäusten zuschlägt.

Immer und immer wieder.

Kathrin biss sich auf die Lippen.

Drei Männer waren damals nötig gewesen, um Christa Stiller zu bändigen, nachdem es ihrem Mann nicht gelungen war, sie von ihrer halbtoten Tochter wegzureißen. Das hatte man ihr hinterher erzählt, und es passte zu den verschwommenen Erinnerungen, die sie bis heute mit sich herumschleppte. Es hatte die Kraft dreier erwachsener Männer gebraucht, um ihre Mutter abzuhalten, ihr eigenes Kind totzuschlagen …

Sie würgte ein Stück Zwieback hinunter und überlegte, warum ihr die Sache ausgerechnet jetzt wieder einfiel. Tatsächlich hatte sie schon seit Jahren nicht mehr daran gedacht.

Sie hatte nicht mehr daran gedacht, und kein Mitglied ihrer Familie hatte jemals wieder auch nur eine einzige Silbe darüber verloren …

5

Taunus, Klinik für Forensische Psychiatrie Kronenhof

»Sagen Sie, haben Sie schon herausgefunden, warum er den Körper der Bösen mit einem Laken bedeckt hat?«

Kaspary hatte sehr leise gesprochen, und aus irgendeinem Grund hatte Em das Gefühl, dass es besser war, auf seine Frage nicht direkt zu reagieren.

»Nein, haben Sie nicht«, befand Kaspary nach einer Weile mit einem spöttischen Lächeln. »Wie sollten Sie auch, wo Sie doch noch nicht mal wissen, warum die andere ihren Daumen eingebüßt hat.«

Em sprang auf und rammte die Fäuste rechts und links vor Kaspary auf den Tisch. »Jetzt hören Sie mir mal gut zu, Sie perverser Scheißkerl! Nur weil Sie einen Haufen Fanpost bekommen und ein paar durchgeknallte Weiber Sie heiraten wollen, brauchen Sie hier noch lange keinen auf Hannibal Lecter zu machen, ist das klar?«

»Siebzehn«, entgegnete Kaspary, ohne eine Miene zu verziehen.

»Was?«

Sein Blick war immer noch auf das Fenster gerichtet. »Siebzehn durchgeknallte Weiber haben mir einen Heiratsantrag oder doch zumindest ein unmissverständliches Angebot gemacht.«

»Wie schön für Sie.«

Er verzog die Lippen. »Haben Sie den Bericht über Jeanette Altmaiers Auffindung gelesen?«

»Ja.«

»Haben Sie ihn sorgfältig gelesen?«

Em fuhr sich entnervt durch die Haare. »Ja, verdammt. Hören Sie auf, Spielchen mit mir zu spielen.«

Er fuhr herum, eine plötzliche, unerwartete Bewegung, die sie kalt erwischte. Und auch Zhou neben ihr zuckte unwillkürlich zusammen. »Wenn Sie den Bericht gelesen haben«, wiederholte er mit geradezu gespenstischer Selbstsicherheit. »Dann beantworten Sie mir nur folgende Frage: Ist Jeanette Altmaier penetriert worden?«

»Die Leiche wies die gleichen Verletzungen auf wie Ihre anderen Opfer«, erwiderte Em ausweichend.

»Sie haben meine Frage nicht beantwortet.«

»Sie kennen die Antwort, Sie dreckiges Arschloch.« Sie wusste, sie durfte nicht so mit ihm reden. Aber sie konnte nicht anders. Sie hatte es gründlich satt, sich von einem verurteilten Vergewaltiger vorführen zu lassen. Und außerdem hatte sie das Gefühl, dringend eine Dusche zu benötigen.

Kaspary schnalzte genüsslich mit der Zunge. »Dann verraten Sie mir doch bitte, warum ich die Kleine, verdammt noch mal, nicht gefickt haben sollte?«

»Sie könnten gestört worden sein.«

Er straffte die Schultern. »Haben Sie jemanden gefunden, der zum fraglichen Zeitpunkt in diesem Park gewesen ist?«

Der Tisch, der sie trennte, schien immer mehr zu schrumpfen, und Em fragte sich, wann der Aufseher endlich eingreifen würde. Oder Zhou …

»Haben Sie irgendjemanden gefunden, der mich gestört haben könnte?«

»Nein, verdammt!«

»Dann ist Ihnen doch bestimmt auch schon der Gedanke gekommen, dass der wahre Mörder von Jeanette Altmaier im entscheidenden Moment schlicht und einfach keinen hochgekriegt hat, nicht wahr?« Sein Blick schien sie förmlich aufzuspießen. »Oh ja«, befand er nach einer Weile, und es klang erschreckend zufrieden. »Sie haben daran gedacht. Und genau das ist Ihr Problem.«

Em machte einen Schritt rückwärts, bis sie gegen ihren leeren Stuhl stieß. »Angenommen, wir nehmen Ihnen ab, dass Sie Jeanette Altmaier nicht getötet haben …«

»Falsch!«, unterbrach Kaspary sie mit schneidender Schärfe. »Sie *wissen*, dass ich es nicht war. Und von Hannah Isaakson halten Sie genauso wenig wie ich. Sie wissen, dass sie sich geirrt hat, damals. Und Sie sind keine Frau, die sich auf Menschen verlässt, die sich irren. Denken Sie darüber nach!« Er ließ sich in seinen Stuhl zurücksinken. »Und bis Sie das getan haben, ist unser Gespräch beendet.«

»Dieses Gespräch ist beendet, wenn ICH es sage«, hielt Em ihm entgegen. »Und abgesehen davon, sind *Sie* doch derjenige, der behauptet, uns etwas verraten zu können, was wir noch nicht wissen.«

Kaspary verschränkte die Arme vor der Brust. »Warum sollte ich Ihnen helfen?«

»Weil Sie hier rauswollen.«

»Glauben Sie mir«, er grinste. »Ihr gut erzogener Freund wird mich schneller hier rausholen, als Sie gucken können. Das ist nur eine Frage von Wochen. Möglicherweise sogar von Tagen. Und ich habe Zeit. Die Frage ist … Wie viel Zeit haben Sie?«

»Wir werden diesen Mistkerl kriegen«, versicherte Em. »Mit oder ohne Ihre geschätzte Hilfe.«

Kaspary musterte sie mit fest zusammengekniffenen Augen, und einmal mehr musste Em an ein Reptil denken. »Sie sind längst nicht so abgebrüht, wie Sie glauben.«

»Lassen Sie's drauf ankommen!«

Seine Pupillen wurden einen Hauch weiter, als er nickte. »Ja«, sagte er. »Vielleicht werde ich das. … Wie viele Tote, sagten Sie, haben Sie?«

Em griff nach ihren Unterlagen und gab ihrer Partnerin das Zeichen zum Aufbruch. »Machen Sie's gut, Kaspary.«

»Irgendjemand da draußen tötet seit sieben Jahren ungestraft Frauen«, rief er ihr nach, als sie Zhou zur Tür folgte. »Und mal ganz abgesehen davon, dass Sie bis vor ein paar Tagen nicht die leiseste Ahnung hatten, dass es ihn überhaupt gibt, wissen Sie rein gar nichts mit ihm anzufangen, weil Ihre Eltern ganz offenbar keinen Wert auf die klassische gute Erziehung gelegt haben.«

»Meine Eltern und ihre Erziehung gehen Sie einen Scheißdreck an«, rief Em, ohne sich noch einmal zu ihm umzudrehen.

»Finden Sie den Kerl!« Seine Blicke brannten in ihrem Rücken. »Finden Sie ihn und holen Sie mich hier raus!«

Em wirbelte herum. »Machen Sie sich diesbezüglich keine Hoffnungen, Kaspary«, sagte sie mühsam beherrscht. »Sie werden niemals hier rauskommen. In hunderttausend Jahren nicht.«

Seine Augen gefroren zu Eis. »Das sehe ich anders. Ach ja … Und seien Sie doch bitte so gut und grüßen Hannah Isaakson von mir!«

»Ganz bestimmt nicht«, entgegnete Em und kehrte ihm endgültig den Rücken.

Doch Kaspary war ganz offenbar noch nicht fertig mit ihr. Sie hörte die Beine seines Stuhls, die über das blanke Linoleum rutschten. »Sagen Sie, ist Hannah nicht schwanger gewesen, damals?«

Em war heilfroh, dass er ihr Gesicht nicht sehen konnte.

»Das bedeutet, ihr Kind müsste inzwischen schon fast in die Schule gehen, nicht wahr?« Kasparys Lachen hallte in ihren Ohren wider. »Wie süß!«

»Alles klar?«, fragte Zhou, nachdem die schwere Sicherheitstür hinter ihnen ins Schloss gekracht war.

Em grub die Fingernägel in ihre Handflächen. »Nein«, antwortete sie tonlos, »ich glaube nicht …«

6

Kellerverlies, Versteck von Kathrin Stiller

Die Finsternis um sie herum fing zu wabern an.

Es gab kein besseres Wort dafür: Das Dunkel geriet plötzlich in Bewegung, begann zu vibrieren wie pechschwarzes Wasser, das durch eine Turbine geschleudert wurde.

Kathrin blinzelte, aber es wurde nicht besser.

Sie war lange wach gewesen, so lange wie selten in der letzten Zeit, und sie hatte die geschenkte Zeit genutzt, um nachzudenken: Über ihren Entführer, über Marina, über Christian und sogar über ihre Mutter. Und zum ersten Mal in ihrem Leben war ihr der Gedanke gekommen, dass es ihr Sturz in den See gewesen war, der ihre Eltern dazu gebracht hatte, so unbedingt noch ein Kind haben zu wollen.

Zweieinhalb Minuten unter Wasser.

Ohne Luft, ohne Sauerstoff.

Zweieinhalb Minuten zwischen Leben und Tod hatten Olaf und Christa Stiller vor Augen geführt, wie schnell das

Schicksal zuzuschlagen vermochte. Von himmelblau zu rabenschwarz ohne jede Vorwarnung. An diesem unschuldigen blauen Sommertag am See waren ihre Eltern auf brutale Art und Weise mit der allgegenwärtigen Möglichkeit des Verlusts konfrontiert worden. Und danach hatten sie ihrer Tochter nie wieder restlos vertraut.

Kathrins Finger spielten mit dem Blisterstreifen, der inzwischen leer war. Medizin vom Monster, dachte sie mit einem Anflug von Befremden. Doch während ihre Fingerspitzen ein paar Alu-Reste von den leeren Hülsen zupften, wurde ihr mit einem Mal bewusst, dass dieser Plastikstreifen das erste härtere Material war, das er ihr überlassen hatte. Trotz aller Vorsicht.

Die Erkenntnis gab ihr unerwartet das Gefühl, einen echten Schatz in den Händen zu halten.

Das heißt, eigentlich besitze ich sogar zwei Schätze, korrigierte sie sich stumm. Ich besitze einen leeren Plastikstreifen und einen Zettel mit dem Namen einer Toten …

Sie hatte nicht die geringste Ahnung, was sie mit diesen Schätzen anfangen sollte. *Ob* sie jemals etwas damit würde anfangen können. Aber in einer Situation wie dieser durfte man vermutlich nicht wählerisch sein!

Sie stemmte die Hände gegen den Boden und versuchte, sich aufzurichten, um den Streifen unter ihrer Decke zu verstecken. Denn die Energie, bis zur Grube zu kriechen, brachte sie beim besten Willen nicht auf.

Zumindest nicht jetzt.

Das Wabern vor ihren Augen verstärkte sich.

In der Dunkelheit vor ihr lauerte bereits der Karpfen.

Nicht dran denken!

Lenk dich ab!

Sie schob den Blisterstreifen weit unter den kratzigen Stoff und überprüfte gewissenhaft, dass er keine allzu auffällige Delle machte.

Dann rollte sie sich auf die Seite und kratzte sich stöhnend den Rücken, der höllisch juckte. Seit einiger Zeit juckte es sie überall, und wenn ihr vor ein paar Wochen jemand gesagt hätte, dass sie es aushalten könnte, sich tagelang weder zu duschen noch zu waschen – sie hätte ihn für verrückt erklärt!

Sie seufzte und grub das Gesicht tief in die wollene Decke. Doch der Juckreiz wurde immer unerträglicher. Und unwillkürlich fiel ihr der Käfer von neulich wieder ein.

Käferlarven …

Läuse …

Parasiten.

Sie betastete ihr Haar mit wachsendem Ekel. Zugleich dachte sie an ihre letzte Begegnung mit ihrem Peiniger. An die unheimliche Frauenstimme, die aus seinem Mund gequollen war.

Fast wie Norman Bates, dachte sie, und auf einmal schien ihr Duschen doch keine allzu gute Idee mehr zu sein …

7

Klink für Forensische Psychiatrie Kronenhof, Besucherparkplatz

»Der alte MENSA-Stammtischbruder von Kaspary ist aus dem Schneider«, meldete Gehling über Funk, als sich die Schranke des Klinikparkplatzes soeben hinter ihnen gesenkt hatte. »Stephan Streul ist erst am Mittwoch letzter Woche von einer dreiwöchigen Südostasien-Reise zurückgekehrt, während der er praktisch nie auch nur einen halben Tag ohne Beobachtung war.«

Auf dem Beifahrersitz verzog Capelli enttäuscht das Gesicht. »Mittwoch letzter Woche war Marina Boginska definitiv schon tot.«

»Schade«, seufzte Zhou, nachdem ihre Partnerin das Gespräch beendet hatte. »Dann fangen wir mit unserer mysteriösen Pflaster-Botschaft wohl wieder von vorne an.«

»Wäre ja auch zu schön gewesen.« Capelli zupfte einen zusammengeknüllten Zettel aus ihrer Hosentasche. »ST … P … A ……. RE … KA«, buchstabierte sie einmal mehr vor sich hin, was die Kriminaltechniker aus Marina Boginskas Verbandsmaterial rekonstruiert hatten. »Ich wette, das heißt: Dieser verdammte **S**cheiß-**T**äter **P**asst **A**infach ums Ver**RE**cken in **K**ein **RA**ster!«

Zhou lachte. »Sag nur, du trägst diesen Zettel immer bei dir?«

Ihre Partnerin stöhnte. »Ich träume sogar schon davon!«

»Und jetzt?« Zhou schaltete die Scheibenwischer ein und lenkte den Wagen die steilen Serpentinen hinauf, aus dem Tal.

Das schlechte Wetter der letzten Tage hatte kräftig Laub von den Bäumen geholt, und die Buchen, die die enge Straße säumten, waren fast kahl.

»Dieser widerliche Mistkerl weiß etwas«, knurrte Capelli, indem sie ihren Zettel wieder wegsteckte. »Oder denkst du, er blufft?«

Zhou überlegte lange, bevor sie den Kopf schüttelte. »Nein«, sagte sie. »Ich glaube nicht, dass er blufft. Apropos: Ist dir aufgefallen, wie merkwürdig er sich manchmal ausgedrückt hat?«

»Du meinst Formulierungen wie *Ihr unartiger kleiner Freund*?«

Zhou nickte. »Das – und auch diese Sache mit deinen Eltern und ihrer Erziehung.«

Capelli ließ sich die Worte eine Weile stumm durch den

Kopf gehen, und wie schon im Gespräch mit Kaspary hatte Zhou den unbestimmten Eindruck, dass das Stichwort »Eltern« ihre Partnerin wütend mache.

Sie überlegte, ob sie Capelli darauf ansprechen sollte, aber sie wollte auch nicht indiskret sein.

»Aber glaubst du im Ernst, dass hinter seiner Wortwahl mehr steckt?«, nahm ihre Partnerin ihr die kniffelige Entscheidung ab. »So was wie ein versteckter Hinweis?«

Zhou hob die Achseln. »Sagen wir mal so: Zumindest fand ich seine Ausdrucksweise zu auffällig, als dass ich sie für bloßen Zufall halten würde.«

Capelli gab ein zustimmendes Brummen von sich. »Ich wüsste liebend gern, was er aus den Aufnahmen der Mordopfer herausgelesen hat.« Sie ließ das Seitenfenster einen Spaltbreit herunter und atmete tief durch. »Diese seltsamen Anspielungen auf Versandhauskataloge, zum Beispiel!«

Zhou nickte. »Das klang alles ein bisschen zusammenhanglos, nicht?«

»Stimmt«, räumte Capelli ein. »Aber ... Ach, verdammt! Dieser Scheißkerl schafft es doch tatsächlich, dass wir uns mit seinen kranken Phantasien beschäftigen!«

Oh, es sind nicht meine *schmutzigen Phantasien*, irrlichterte wie aufs Stichwort wieder Kasparys Stimme durch Zhous Gedanken.

Aber schmutzig ist in der Tat ein gutes Stichwort ...

Neben ihr verrenkte sich Capelli beinahe den Hals, um an den hohen Baumkronen vorbei einen Blick in den Himmel zu erhaschen. »Scheiße«, fluchte sie. »Wird das eigentlich überhaupt nicht mehr hell?«

»Ich habe vor kurzem gelesen, dass die Sonne immer schwächer wird«, bemerkte Zhou halb ernst, halb im Scherz.

»Würde mich nicht wundern«, knurrte Capelli. »Wann hatten wir hier zuletzt einen anständigen Sommer?«

»Hältst du es für denkbar, dass Kaspary Kontakt zu unserem Täter hat?«, kam Zhou wieder auf den eigentlichen Gegenstand ihrer Unterhaltung zurück. »Oder dass er vielleicht sogar dessen Drehbuch kennt?«

»Entweder das«, antwortete Capelli, »oder Kaspary ist – um in deinem Bild zu bleiben – selbst der Regisseur.«

»Du meinst, er könnte die Klinik verlassen haben?« Zhou stieg hart auf die Bremse, als sich die Straße hinter der nächsten Kurve einmal mehr unerwartet verengte. »Denn falls ja, würde er unbedingt ein Fahrzeug brauchen, um von hier wegzukommen.«

»Na, das ist doch das geringste Problem«, erwiderte ihre Partnerin trocken. »Er müsste ohnehin einen oder mehrere Helfer haben.«

Zhou warf ihrer Partnerin einen flüchtigen Seitenblick zu. »Ein Mitarbeiter der Klinik?«

»Wie sonst sollte er an den Sicherheitsschleusen vorbeikommen?«

»Stimmt.«

»Und wenn da schon irgendwer seinen Job riskiert, um Kaspary einen unerlaubten Freigang zu verschaffen«, setzte Capelli ihre Argumentation fort, »warum sollte derjenige ihm nicht auch sein Auto leihen?«

»Partners in Crime«, murmelte Zhou nachdenklich vor sich hin.

»Warum nicht?« Capelli wischte sich ein paar Regentropfen vom Ärmel, die durch das offene Fenster hereinwehten. »Denk an Thomas Holst und Tamar Segal.«

Zhou nickte. Thomas Holst hatte zwischen 1987 und 1990 in Hamburg drei Frauen vergewaltigt, gequält und zerstückelt, bevor ihm seine Therapeutin Segal zur Flucht aus dem Hochsicherheitstrakt seiner psychiatrischen Anstalt verholfen hatte. Und mittlerweile waren die beiden, soweit Zhou wusste, sogar ganz offiziell verheiratet. »Aber wenn Kaspary den Kronenhof tatsächlich verlassen kann«, spekulierte sie weiter. »Warum nutzt er die Gelegenheit dann nicht zur Flucht?«

»Um sich für den Rest seines Lebens zu verstecken?« Capelli schüttelte entschieden den Kopf. »Oh nein, dieser Typ macht keine halben Sachen. Und er hat eine ziemlich hohe Meinung von sich, falls dir das entgangen sein sollte. Also … Wenn er endlich rauskommt, dann doch bitte rehabilitiert und offiziell.«

»Wie wär's, wenn wir uns mal mit seinem Bruder unterhalten?«, schlug Zhou vor. »Der ist abgesehen von Stephan Streul so ziemlich der Einzige, der zum Zeitpunkt der damaligen Serie nahe genug an Kaspary dran war, um von dessen Markenzeichen zu wissen.«

»Gute Idee.« Capelli konsultierte ihr Smartphone und fütterte das Navi mit der Adresse von Kasparys Elternhaus.

Dieses lag in der Buchrainstraße, am Ortsrand von Oberrad. Ein düsterer Bau aus den Sechzigern auf einem total verwilderten Grundstück.

Dass die Leute immer so finster wohnen!, dachte Zhou, die der Anblick unwillkürlich an das Haus erinnerte, in dem Tobias Alberstätt mit seiner Mutter lebte.

Mein Sohn war als Student auch mal ein Jahr in Japan …

Zhou schüttelte den Kopf.

Dann stieg sie aus dem Wagen und schlüpfte in ihren Mantel.

Wuchtige Koniferen schirmten das Grundstück zur Straße hin ab und tauchten das rostige Gittertor und die dahinterliegende Einfahrt in muffige Schatten. Die Klingel trug kein Namensschild, sondern lediglich einen handgeschriebenen Zettel mit der Hausnummer, und Zhou überlegte, ob dies ein Indiz dafür sein mochte, dass sich Jonas Kaspary seines Namens schämte. Doch das selbstbewusste Auftreten des Mannes, der kurz darauf im zwanzig Meter entfernten Türrahmen erschien, ließ sie diese Annahme eilig revidieren.

»Was wollen Sie?«

Capellis Finger schlangen sich ungeduldig um das rostige Gitter. »Sind Sie Jonas Kaspary?«

»Wer will das wissen?«

»Kriminalpolizei.« Trotz der beträchtlichen Entfernung wedelte Capelli fröhlich mit ihrem Dienstausweis. »Können wir kurz mit Ihnen sprechen?«

Der Mann zögerte einen Augenblick, dann verschwand er in der Tür.

Gleich darauf summte ein elektrischer Türöffner.

Zhou kickte einen modrigen Tannenzapfen beiseite und folgte ihrer Kollegin die klamme, mit hässlichen Waschbetonplatten belegte Einfahrt hinauf. Kein Auto. Dafür eine rostige ETZ 150, noch aus DDR-Zeiten. Und das Garagentor sah aus, als sei es seit Urzeiten nicht mehr bewegt worden.

Ihr Blick glitt weiter, an der schmutzigen Fassade hinauf.

Die meisten Rollläden waren bis zum Anschlag heruntergelassen, und wo mal ein Fenster offen war, versperrten dichte Gardinen die Sicht.

Zhou blickte über ihre Schulter. Das nächste Haus stand etwa hundert Meter entfernt, weit genug, dass man vor den Nachbarn Ruhe hatte.

»Sieh dir die Lichtschächte an!«, flüsterte Capelli mit Blick auf die schweren Eisengitter, die die Löcher über den Kellerfenstern versperrten.

Und tatsächlich: Sie machten – im Vergleich zum Rest des Hauses – einen befremdlich intakten Eindruck. *Ich an Ihrer Stelle würde davon ausgehen, dass sie bereits vor ihrem Tod längere Zeit irgendwo festgehalten wurde,* hallte Dr. Bechsteins vertraute Stimme hinter ihrer Stirn.

»Haben Sie Angst vor Einbrechern?«, fragte Capelli geradeheraus, als sie die Tür erreicht hatten.

Jonas Kasparys Miene war feindselig. Er war größer als sein Bruder und blond. Die Familienähnlichkeit war trotzdem nicht zu leugnen. »Ich bin viel außer Haus. Und die Leute kommen auf die absurdesten Ideen.« Er stemmte die Fäuste links und rechts von sich gegen den Türrahmen. »Also: Was wollen Sie?«

Aufgrund der Erkundigungen, die sie eingeholt hatten, wusste Zhou, dass der gelernte Lackierer einundfünfzig Jahre alt und nun schon seit mehreren Jahren arbeitslos war. Doch im Gegensatz zu seinem jüngeren Bruder war er – bis auf eine Anzeige wegen Trunkenheit am Steuer – noch nie mit dem Gesetz in Konflikt gekommen.

»Wäre es in Ordnung, wenn wir kurz reinkommen?«, bat Capelli.

»Nein.«

»Wie Sie wollen.« Sie bedachte ihn mit einem zuckersüßen Lächeln. »Es geht um Ihren Bruder, und wir …«

»Ich habe mit meinem Bruder nichts zu schaffen«, fiel er ihr gleich wieder ins Wort.

»Sie wohnen in seinem Haus«, bemerkte Capelli süffisant.

»Das Haus hat meinem Vater gehört.«

Meinem Vater, resümierte Zhou. Nicht *unserem Vater* …

»Unseren Informationen nach hat Ihr Bruder Sie ausgezahlt.«

Unter Jonas Kasparys rechtem Auge zuckte ein Muskel. Offenbar war es ihm alles andere als recht, dass sich die Polizei mit seinen Lebensumständen befasste. Doch er fing sich schnell. »Leider ist mein Bruder gegenwärtig verhindert, wie Sie wissen. Und da das Haus ansonsten leer stehen würde …«

Trotz seines aggressiven Tons hatte Zhou den Eindruck, dass er sich zu rechtfertigen versuchte. »Wie wir erfahren haben, besuchen Sie Ihren Bruder regelmäßig.«

»Na ja, regelmäßig …«

Zhou zog bedeutungsvoll die Brauen hoch. »In den vergangenen sechs Monaten immerhin drei Mal.«

»Ich brauche hin und wieder eine Unterschrift von ihm«, versetzte Kaspary gereizt. »Denn wie Sie so richtig bemerkt haben, gehört das Haus offiziell nicht mir, sondern meinem Bruder.«

Zhou betrachtete sein unrasiertes Gesicht, das sich jetzt verzog, als würde er sich ekeln.

Capelli trat einen Schritt zurück. »Haben Sie was dagegen, wenn wir uns mal ein bisschen umsehen?«

»Allerdings.«

»Aber es könnte unter Umständen helfen, Ihren Bruder zu entlasten.«

In seinen Augen erschien ein plötzlicher Argwohn. »Entlasten wovon?«

»Wie wär's, wenn Sie das Ihren Bruder fragen?«

»Ich habe Ihnen doch schon gesagt, dass ich mit Frank nichts zu schaffen habe.« Kaspary wischte sich mit dem Ärmel seines Hemds durchs Gesicht. »Wir reden nur, wenn es was zu regeln gibt.«

»Haben Sie vor kurzem mal mit Ihrem Bruder gesprochen?«, fragte Zhou. Aus den Besucherlisten wusste sie, dass Jonas' Kasparys letzter Besuch im Kronenhof knapp sechs Wochen zurücklag.

»Nein.«

»Er hat Sie nicht vielleicht angerufen?«

Kaspary blickte auf. »Warum sollte er?«

»Haben Sie in den letzten Tagen irgendwelche Post erhalten?«, fragte Capelli, ohne auf die Frage einzugehen.

Er runzelte die Stirn und schien zum ersten Mal im Verlauf dieses Gesprächs ernsthaft nachzudenken. »Nur Werbung«, sagte er dann. »Und irgendwas von der Telekom.«

»Keine Fotos?«

»Was für Fotos?«

Capelli lächelte. »Fotos von toten Frauen.«

Zhou beobachtete seine Reaktion genau. Aber im Grunde

sah er eher verwundert als entsetzt aus. »Haben Sie den Verstand verloren?«

Ihre Partnerin fixierte Kaspary mit durchdringendem Blick. Und trotz seines ansonsten so forschen Auftretens hielt er nur ein paar Sekunden durch.

Dann sah er weg.

»Was hat er wieder gemacht?«, fragte er tonlos.

»Das wissen wir noch nicht«, entschied sich Zhou, bei der Wahrheit zu bleiben. »Aber wir werden es herausfinden. Und in diesem Zusammenhang wäre es überaus hilfreich, wenn Sie erlauben würden, dass wir uns hier ein wenig umsehen …«

Sie hatte gehofft, ihn überrumpeln zu können. Aber Kaspary machte einen Schritt rückwärts und hob entschlossen den Kopf.

»Wenn Sie hier reinwollen, dann besorgen Sie sich eine richterliche Anordnung«, fauchte er. »Und bis Sie die haben, lassen Sie mich einfach in Ruhe!«

8

Kellerverlies, Versteck von Kathrin Stiller

Kathrin Stiller schreckte aus einem tiefen, traumlosen Schlaf hoch, als sie leise Schritte hörte.

SEINE Schritte.

Nur, dass sie dieses Mal nicht auf der Treppe waren, draußen vor der Tür, sondern ÜBER ihr. In irgendeinem Raum, den sie zuvor nicht einmal erahnt hatte.

Sie überlegte, ob es an der drückenden Stille hier unten liegen mochte, dass sie auf einmal so gut hörte. Vielleicht schärfte diese absolute Reduktion sämtlicher Reize ja die Sinne?!

Oder aber sie war tatsächlich im Begriff, verrückt zu werden. Verrückte nahmen ja angeblich auch vieles wahr, was anderen verborgen blieb.

Sie saß ganz still und lauschte.

Er ging auf und ab. Zumindest klang es so.

Von Zeit zu Zeit verlor sich das Geräusch. Dann kehrte es plötzlich zurück.

Jetzt gerade schien es direkt über ihrem Kopf zu sein, und sie nahm ein Knacken wahr, wie von Holzdielen, die unter einer plötzlichen Belastung nachgaben.

Dann krachte etwas auf den Boden.

Es ist tatsächlich ein Haus, frohlockte sie stumm. Und über mir sind Räume! Fenster! Ausgänge!

Ihr Herz schlug schneller, und völlig irrational musste sie auf einmal wieder an die Hühnerbrühe denken, die er ihr beim ersten Mal eingeflößt hatte.

Was, wenn es tatsächlich eine alte Mutter gab, irgendwo dort oben?

Eine Mutter, die herumkeifte und kommandierte und Hühnersuppe kochte?

Aber sie hatte doch geschrien …

Nachdem er die Klebestreifen entfernt hatte, hatte sie sich fast die Seele aus dem Leib gebrüllt vor Schmerz und Angst.

Wenn da oben tatsächlich noch jemand wäre, dachte sie, dann müsste dieser Jemand mich ohne jeden Zweifel gehört haben! Wenn sie in der Lage war, hier unten das Knarren der Dielen wahrzunehmen, dann mussten – im umgekehrten Fall – auch ihre Schreie in der Wohnung dort oben zu hören gewesen sein.

Aber es war niemand gekommen.

Nicht einmal, um sie zum Schweigen zu bringen …

Was bedeutet das?, pochte es hinter ihren Schläfen. Dass

die Person dort oben Bescheid weiß? Dass sie mein Hiersein billigt?

Oder …

Sie schluckte, als ihr unvermittelt wieder Norman Bates einfiel. Das unheimliche alte Haus, das man von seinem Motel aus sehen konnte. Das Wohnzimmer, in dem an jedem Abend Licht brannte, obwohl die böse alte Frau, die dort gelebt hatte, bereits seit Jahren tot war. Ein mumifizierter Leichnam in einem finsteren Keller …

Ein eisiger Schauer lief ihr über den Rücken, als sie ihn plötzlich wieder hörte.

Und dieses Mal war er auf der Treppe.

Auf dem Weg zu ihr!

Sie kroch ganz dicht an die Mauer und versuchte, sich vorzubereiten.

Die Schritte kamen ihr langsamer vor als gewöhnlich.

Lauernder.

Fast so, als ob sich die Person, zu der sie gehörten, ihrer Sache nicht ganz sicher wäre …

Vielleicht ist er wieder jemand anders, durchfuhr es sie. Vielleicht ist er einer von diesen multiplen Persönlichkeiten, die völlig unvorhersehbar die Identität wechselten, zwischen Geschlechtern, Fähigkeiten und Entwicklungsstufen hin und her sprangen.

Ihre Augen fixierten die Tür, die sie nicht sehen konnte.

Wer, um Himmels willen, kam da heute zu ihr in den Keller hinunter?

SIEBEN

Die Nacht scheint tiefer tief hinein zu dringen.

(Goethe, *Faust*)

I

Polizeipräsidium, Abteilung für Kapitaldelikte, Büro Em und Zhou

Seit dem Erscheinen von Udo Wielands Artikel standen die Telefone der Abteilung nicht still. Sie wurden förmlich überrannt von Hinweisen.

»Ich habe da drüben einen Hausmeister, der sich Sorgen um eine verschwundene Mieterin macht«, verkündete Decker, als Em und Zhou nach einer hastigen Mittagspause in ihr Büro zurückkehrten. »Er hat in der Zeitung von den Frauenmorden gelesen und meint, seine Mieterin sei derselbe Typ wie die anderen Opfer.«

Die Formulierung ließ Em frösteln.

Wie die anderen Opfer …

»Von der Sorte werden hier vermutlich noch einige auftauchen«, versuchte sie, ihrem schlechten Gefühl eine nüchterne Tatsache entgegenzuhalten.

»Klar«, räumte ihr Kollege ein. »Aber dieser hier hat die Geldbörse seiner verschwundenen Mieterin in einer Einkaufstüte voller vergammelter Lebensmittel gefunden. Mitsamt ihrem Ausweis.« Er hielt ihr ein Beweistütchen mit einem Personalausweis unter die Nase. »Kathrin Stiller, Studentin. Vierundzwanzig Jahre alt, eins fünfundsiebzig groß, brünett und gutaussehend.«

»Vierundzwanzig?«, fragte Zhou skeptisch. »Das scheint mir ein bisschen zu jung für unseren Mann.«

Doch Em schüttelte energisch den Kopf. »Sieh dir ihre Haare an!«

Ihre Partnerin kam um ihren Schreibtisch herum. »Ach, du Schande«, entfuhr es ihr, nachdem sie einen Blick auf das biometrisch-ernste Gesicht Kathrin Stillers geworfen hatte, das von auffallend langen, leicht gewellten Haaren umrahmt wurde. »Sie sieht aus wie die kleine Schwester von Marina Boginska.«

Ja, dachte Em, so kann man das ausdrücken! Zugleich fiel ihr ein, was Hannah Isaakson gesagt hatte: *Es wäre denkbar, dass bei Marina Boginska irgendetwas schiefgelaufen ist. Etwas, das ihn ärgerte und das ihn davon abgehalten hat, sein Werk zu signieren …*

»Wo ist dieser Hausmeister jetzt?«, wandte sie sich wieder an Decker.

»Sitzt drüben in der Vier.«

»Du bist ein Schatz!« Sie machte Zhou ein Zeichen, ihr zu folgen.

Der Mann, der sie in Raum Nummer vier erwartete, war untersetzt und nahezu kahlköpfig. Trotzdem strahlte er eine enorme Vitalität aus. Er trug ein sauberes Jeanshemd und wischte seine verschwitzte Hand sorgfältig an seiner Hose ab, bevor er die beiden Kommissarinnen begrüßte.

»Wir haben gehört, Sie vermissen eine Mieterin?«, kam Em umgehend zur Sache.

Er nickte. »Ihre Tasche stand im Schuppen, wo die jungen Leute ihre Fahrräder abstellen«, erklärte er. »Ich hätte sie gar nicht bemerkt, wenn da nicht dieser Geruch gewesen wäre.«

»Sie meinen, von den vergammelnden Lebensmitteln?«

Wieder Nicken. »Ich dachte erst, da hat bloß wieder jemand seinen Müll abgeladen. Aber dann habe ich das Portemonnaie gesehen.«

Zhou schob ihm ein Glas Wasser hin, doch das rührte er nicht an. »Was sonst befand sich in der Tüte?«

Der Hausmeister überlegte. »Obst«, sagte er. »Vor allem die Bananen waren schon ganz schwarz. Und Käse. Sie wissen schon, so ’n Mager-Zeug, das aussieht wie Leder und schmeckt wie ’ne Schuhsohle. Ach ja, und eine total durchgeweichte Tiefkühlpizza.«

Das klingt nicht gut, dachte Em.

Zhou schien ähnlich zu denken. »Und Frau Stiller lebt dauerhaft in der Wohnanlage, für die Sie zuständig sind?«

Der Hausmeister bejahte. »In der WG von 27a. Ich gebe zu, bis vor ein paar Tagen wusste ich nicht mal ihren Namen. Aber ich kannte sie natürlich vom Sehen.« Er schob die Unterlippe vor. »Nettes Mädchen. Unauffällig.«

»Wann genau haben Sie die Tüte mit den Lebensmitteln denn gefunden?«, hakte Zhou nach, die wie Em über die Formulierung »bis vor ein paar Tagen« gestolpert war.

»Montagfrüh.« Seine Augen glitten über die Wand in Ems Rücken. »Ich hab geklingelt, weil ich ihr die Sachen zurückgeben wollte. Aber es hat niemand aufgemacht. Also hab ich die Tüte vor die Tür gestellt, mit ’nem Zettel dran, dass sie sich ihr Portemonnaie drüben bei mir im Büro abholen kann.«

Em goss sich ebenfalls ein Glas Wasser ein. »Aber Frau Stiller kam nicht?«

Der Hausmeister schüttelte den Kopf. »Ich dachte mir gleich, dass da was nicht stimmt. Denn … Ich meine, wie weit kommt man heutzutage ohne Führerschein und Kreditkarte?«

Wohl wahr, dachte Em. »Können Sie sich erinnern, wann Sie Kathrin Stiller zum letzten Mal gesehen haben?«

Ihr Gesprächspartner hatte sich die Frage aus gegebenem Anlass offenbar schon selbst gestellt, denn er beantwortete sie ohne Zögern: »Letzte Woche. Am Montag oder Dienstag, glaub ich. Aber …« Er hob abwehrend die Hände. »Nageln Sie mich da nicht fest!«

»Haben Sie bei dieser Gelegenheit mit Frau Stiller gesprochen?«

»Nur Guten Tag gesagt.«

»Wie war ihre Stimmung?«

Die Frage überforderte ihn sichtlich. »Normal«, sagte er schließlich.

Zhou zückte ihren Kugelschreiber. »Haben Sie vielleicht noch eine andere Adresse von Frau Stiller? Von den Eltern vielleicht? Oder von ihrem Freund?«

»Keine Ahnung«, erwiderte der Hausmeister. »Aber ich kann im Büro nachsehen.«

»Ja«, sagte Zhou, »bitte tun Sie das.«

»Aber wenn Frau Stiller, wie Sie sagen, in einer WG wohnt«, griff Em unterdessen etwas auf, das er zuvor erwähnt hatte, »dann hat sie doch auch Mitbewohner, oder?«

»Zu dritt sind die«, nickte der Hausmeister. »Drei Mädchen.«

»Und von den anderen beiden ist keine zu Hause?«, fragte Em ungläubig. »Immerhin hat das Semester doch schon wieder begonnen.«

Ihr Gesprächspartner hob ratlos die Schultern. »Ach, diese Studenten kommen und gehen doch alle, wie sie lustig sind.«

»Gut«, sagte Em. »Dann zeigen Sie uns jetzt bitte Frau Stillers Wohnung.«

Er stand auf und wischte seine Hände trocken. »Vielleicht ist sie ja einfach nur verreist«, erklärte er, aber es klang fast wie eine Bitte.

Ems Blick streifte Kathrin Stillers Passfoto. »Ja«, sagte sie. »Vielleicht.«

2

Frankfurt-Bockenheim,
Wohnung von Kathrin Stiller

Die Wohnanlage, in der Kathrin Stiller seit dreieinhalb Jahren zu Hause war, lag in Hörweite zur A 66. Es nieselte schon wieder, und die klamme Luft trug den Krach des vorbeidonnernden Verkehrs an ihre Ohren, als sie über den Hof zum Eingang des tristen Gebäudes gingen.

Josef Kröhl, der Hausmeister, erwartete sie bereits. »Hier ist der Schlüssel.«

Em nahm ein klimperndes Bündel entgegen. »Warten Sie im Büro auf uns«, bat sie, und sie sah die Erleichterung in seinem Blick, als er sich auf dem Absatz umdrehte und eilig davonging. »Also dann …«

Sie drückte auf die Klingel, doch erwartungsgemäß blieb alles still. Em wiederholte den Versuch. Vorschrift war Vorschrift. Erst dann schob sie den Schlüssel ins Schloss und drehte ihn vorsichtig herum.

Die Tür war verschlossen. Zwei Umdrehungen.

Im Inneren der Wohnung war es kühl. Obwohl die Temperaturen insbesondere in den Nächten seit Tagen empfindlich anzogen, hatte hier offenbar noch niemand die Heizung aufgedreht.

Kein gutes Zeichen …

»Hallo?«, rief Em in die stille Diele hinein.

Doch erwartungsgemäß erhielt sie keine Antwort.

»Jemand zu Hause?«

Zhou hob ihre Dienstwaffe. *Du zuerst?*

Em nickte. Und wie immer, wenn sie die Wohnung eines mutmaßlichen Opfers betrat, wappnete sie sich insgeheim für das Schlimmste: einen leblosen Körper im längst erkalteten Badewasser. Blutflecke auf dem Küchenboden. Etwas in dieser Art.

Doch in Kathrin Stillers Wohnung hatten sich ganz offenbar keine solchen Tragödien abgespielt.

Natürlich nicht, dachte Em. Ihre Einkaufstüte stand im Schuppen, was vermutlich bedeutet, dass sie von dort verschleppt wurde …

Sie zogen die Wohnungstür hinter sich zu und streiften Latexhandschuhe über. Dann gingen sie langsam und konzentriert durch alle Räume. Sie öffneten sämtliche Türen und blickten in alle Zimmer, auch in die der abwesenden Mitbewohnerinnen. Es gab keinen Gemeinschaftsraum im eigentlichen Sinne, nur eine Küche, die die Studentinnen gemeinsam benutzten.

Em sah flüchtig in den Kühlschrank, der leer war – bis auf ein paar Joghurts mit überschrittenem Verfallsdatum und eine Packung Vollkornbrot.

Sie hatte keine Ahnung, wonach sie eigentlich suchte. Aber sie bemühte sich, die Räume als solche auf sich wirken zu lassen, um vielleicht etwas mehr über Kathrin Stillers Persönlichkeit zu erfahren. Wenn sie Pech hatten, befand sich das Mädchen nun seit über einer Woche in der Gewalt des Mannes, nach dem sie so verzweifelt suchten. Und da konnte jeder noch so kleine Hinweis nützlich sein …

»Ich nehme mir mal das Bad vor«, verkündete Zhou.

Em nickte und blieb im Türrahmen von Kathrin Stillers Zimmer stehen. Das Bett war ungemacht, Decke und Kissen mit dunkelrot gemusterter Bettwäsche bezogen. Vor dem Fenster, das zur Straße ging, stand ein ausladender Schreibtisch. Er war über und über mit Kopien und Notizen bedeckt.

Am Rand des betagten Bildschirms klebten kleine gelbe Haftzettel. *Naturästhetik, Seite 366ff*, stand in kühn geschwungenen Buchstaben auf dem ersten.

Die restlichen vermerkten E-Mail-Adressen und Sprechstunden von Professoren und verschiedene Buchtitel, mit denen Em zunächst nicht allzu viel anfangen konnte. Doch als sie routinemäßig die Maus bewegte, flammte vor ihr auf dem Bildschirm eine sattgrüne Weidelandschaft auf.

Überrascht ließ sich Em auf den wackeligen Bürostuhl vor dem Schreibtisch fallen und klickte das Menü »zuletzt geöffnete Dokumente« an. Laut Liste hatte Kathrin Stiller kurz vor ihrem Verschwinden an einer Datei mit dem Titel »Schmerz« gearbeitet. Als Datum der letzten Änderung war Dienstag, der 24. Oktober, 11:47 Uhr vermerkt.

»Vierundzwanzigster Oktober«, murmelte Em. »Also exakt zwei Tage vor Manuela Zehlens Tod …«

Sie öffnete die Datei, deren Titel ihr Interesse geweckt hatte. Doch sie fand schnell heraus, dass sich dahinter kein dunkles Geheimnis, sondern lediglich eine Hausarbeit über den österreichischen Dichter Adalbert Stifter verbarg.

»Der Schmerz als Einzelschicksal«, las Em. »Adalbert Stifter und das Prinzip des sanften Gesetzes.«

Nach einem flüchtigen Blick auf die Gliederung der Arbeit schloss sie die Datei wieder und überprüfte die E-Mails, die Kathrin Stiller in den Tagen vor ihrem Verschwinden erhalten oder verschickt hatte. Es waren nicht viele, und sie enthielten auf den ersten Blick nichts Interessantes.

Em seufzte. Alles Weitere würden die Techniker klären müssen, falls sich bestätigte, dass Kathrin Stiller tatsächlich verschwunden war. Doch daran hegte sie eigentlich keinen Zweifel. Auf dem Weg hierher hatte Gehling sie darüber informiert, dass die junge Studentin ihren Hauptwohnsitz nach wie vor bei ihren Eltern in Alzey unterhielt. Allerdings war es Gehling bislang nicht gelungen, Olaf und Christa Stiller telefonisch zu erreichen.

Vielleicht ist ja doch alles in Ordnung, klammerte sich Em einen flüchtigen Moment lang an diese – zugegeben: sehr unwahrscheinliche – Möglichkeit. Vielleicht sind sie alle zusammen unterwegs.

Auf einer Weltreise.

Oder Kathrin ist bei ihrem Freund und macht sich ein paar schöne Tage …

Gedankenverloren griff sie nach einem Foto der jungen Studentin, das an der Magnetwand neben dem Schreibtisch pappte. Es war ein Porträt, eine handwerklich gut gemachte Aufnahme, die Kathrin Stillers Schönheit gerechter wurde als das biometrisch-sterile Foto in ihrem Personalausweis.

Während sie das ebenmäßige Gesicht betrachtete, musste Em auf einmal wieder an das düstere Haus mit den dunklen Gardinen denken, in dem Frank Kaspary zum Zeitpunkt seiner Taten gewohnt hatte und in dem jetzt sein Bruder lebte. Warum hatte Jonas Kaspary ihnen nicht erlaubt, sich dort umzusehen? Hatte er etwas zu verbergen? Oder verweigerte er sich aus Prinzip, weil ihm seiner Meinung nach schon zu viele Fragen gestellt worden waren, in all diesen Jahren?

Em dachte an die wütenden Augen unter dem fahlen blonden Haar. Jonas Kaspary hatte schon damals in diesem düsteren Haus gewohnt. Schon, als sein Bruder in den Nächten durch die Stadt gezogen war, um Frauen zu jagen. Jonas Kaspary hatte dort gewohnt, und er war seinem Bruder tagtäglich begegnet. Er hatte ihn nach Hause kommen hören. Sie hatten sich aus demselben Kühlschrank bedient und ihre schmutzige Wäsche mit denselben Tabs in derselben Maschine gewaschen.

Em straffte die Schultern. Wie glaubhaft war es unter diesen Umständen, dass Jonas Kaspary nicht auch von dem X-Schnitt gewusst hatte?

Ihr Blick blieb an Kathrin Stillers Aquarium hängen, das sie bislang nur beiläufig zur Kenntnis genommen hatte. Lampe und Pumpe waren eingeschaltet und verbreiteten ein beruhigendes Summen. Aber was, zur Hölle …

»Em?«

»Ja, hier.«

»Alles klar bei dir?«

»Guck dir das an!«, sagte Em anstelle einer Antwort.

Zhou trat neben sie an das beleuchtete Becken. Sie hatte mit den Nachbarn gesprochen, und in ihrem pechschwarzen Haar glänzten ein paar Regentropfen. »Keine Fische?«, fragte sie ungläubig.

Em nickte. »Nicht ein einziger.«

Ihre Partnerin hob den Deckel an und studierte sorgfältig die Wasseroberfläche. Dann schnappte sie sich einen Schuhlöffel von dem Garderobenständer neben der Tür und stocherte im Kies des Aquariums herum. »Keine Leichen. Keine Welse«, befand sie, als sie fertig war. »Hier drin sind nicht mal Schnecken.«

»Wer stellt sich ein leeres Aquarium ins Zimmer?«, fragte Em.

»Vielleicht ist das Becken neu«, spekulierte Zhou, doch sie wirkte auch nicht gerade überzeugt. »Ich glaube, bei neuen Aquarien müssen Wasser und Pflanzen zuerst eine Weile stehen, bevor man Fische einsetzen kann.«

»Auf jeden Fall sollten wir die Mitbewohnerinnen danach fragen«, entschied Em und nahm das Porträtfoto von Kathrin Stiller vom Schreibtisch. »Und bei dir?«

»Ich habe mich in der Zwischenzeit mit ein paar ihrer Nachbarn unterhalten«, berichtete Zhou. »Manche haben Kathrin Stiller seit ihrer Rückkehr aus den Semesterferien schon gesehen. Allerdings nicht mehr seit …«

»… seit Dienstag letzter Woche«, beendete Em den begonnenen Satz. »Irgendwann am späten Vormittag.«

Ihre Partnerin war baff. »Woher weißt du das?«

»Weil Kathrin Stiller am vierundzwanzigsten Oktober um elf Uhr siebenundvierzig zum letzten Mal an ihrer Hausarbeit geschrieben hat.«

»Neun Tage«, stöhnte Zhou.

»Ich weiß«, seufzte Em.

»Gehling hat versucht, Kathrin Stillers Handy zu orten. Aber das ist ausgeschaltet.«

»Und die Mitbewohnerinnen?«

Zhou hob die Achseln. »Die eine studiert auf Lehramt und macht gerade ein Schulpraktikum in ihrer Heimatstadt. Und die andere düst laut Auskunft ihrer erbosten Eltern lieber kreuz und quer mit diesen … ich zitiere: Spinnern von Greenpeace … durch Kanada, statt endlich ihren … ich zitiere: gottverdammten Chemie-Schein … zu machen. Aber …« Sie hielt eine altmodische Ansichtskarte in die Höhe. »Guck mal, was im Briefkasten war!«

»Was ist das?«

»Lies selbst!«

Em drehte die Karte um.

Liebe Kathrin, auch wenn das Wetter in diesem Jahr so gar nicht mitspielen will, haben wir wieder eine schöne Zeit hier. Christian hat in den ersten Nächten kaum geschlafen, aber mittlerweile hat auch er sich wieder eingewöhnt und er genießt unsere Spaziergänge im Park. Allerdings hat er vor allem in den Nächten noch immer schlimme Hustenanfälle. Aber du weißt ja, er ist zäh!

Arbeite nicht zu viel!

Viele Grüße, Mama und Papa

Das Klingeln ihres Handys ließ Em erschrocken zusammenfahren.

Doch zum Glück war es nur Gehling, der anrief: »Tut mir leid, aber diese Leute sind unter Garantie irgendwelche Schläfer oder so«, polterte er los, kaum dass Em das Gespräch entgegengenommen hatte. »Oder sie gehören irgend so einer kruden Sekte an, ihr wisst schon, so eine, wo du nicht mal Benzin …«

»Augenblick! Stopp! Warte mal!« Em fuhr sich entnervt durch die Haare. »Von wem reden wir hier gerade?«

»Von Kathrin Stillers Eltern«, antwortete ihr Kollege.

»Was ist mit denen?«

»Hab ich doch gesagt«, entgegnete Gehling. »Die scheinen total strange drauf zu sein.«

»Was genau meinst du mit ›strange‹?«, fragte Em.

»Rund um Olaf und Christa Stiller herrscht eine absolute Datenleere.« Sie hörte das empörte Knatschen seines Kaugummis. »Echt, Mann, diese Leute benutzen nicht mal 'n Handy!«

»Dafür schreiben sie Ansichtskarten«, stellte Em knochentrocken fest, während Zhou neben ihr nicht länger an sich halten konnte und laut losprustete.

Am anderen Ende der Leitung herrschte dafür einige Sekunden verblüffte Stille. »Was tun sie?«

»Ansichtskarten schreiben.« Em grinste. »Du weißt schon, diese analogen Dinger mit den bunten Bildchen vorne drauf.«

Gehling antwortete nicht.

»Das überfordert ihn jetzt«, flüsterte Zhou.

»Wie bitte?«, fragte Gehling.

Em atmete tief durch. »Was sie meint, ist: Warum versuchst du's nicht einfach mal in Bad Wildbad?«

»In … wo?«

»Bad Wildbad«, wiederholte sie, während sich Zhou beinahe wegschmiss vor Lachen. »Das ist irgendwo im Schwarzwald. Frag Google. Und dann such dir die Hotels und Pensionen raus und frag an, ob da zufällig eine Familie Stiller abgestiegen ist. Vater, Mutter und ein Sohn namens Christian.«

»Es war aber keine Buchungs-E-Mail dabei«, erklärte Gehling beinahe trotzig.

»Und wenn schon«, lachte Em. »Es soll übrigens tatsächlich noch Leute geben, die einfach zum Telefon greifen und ein Zimmer in ihrem Stammhotel bestellen, ohne auf zig verschiedenen Seiten zig verschiedene Preise zu vergleichen.«

Der arme Gehling war noch immer spürbar irritiert. Doch er entschied sich vorsichtshalber dafür, von jeglichen Rückfragen abzusehen. »Ich melde mich wieder«, sagte er nur.

»Ja«, entgegnete Em milde. »Tu das.«

Dann verließen Zhou und sie die Wohnung, lieferten den Zweitschlüssel wieder bei Josef Kröhl im Büro ab und gingen durch einen Schleier feinen Nieselregens zu ihrem Auto.

»Hast du die alte Dame da oben am Fenster bemerkt?«, fragte Zhou, als Em eben einsteigen wollte.

Em folgte dem Blick ihrer Partnerin hinauf zu einem Fenster im zweiten Stock des gegenüberliegenden Hauses.

»Das Fenster mit der Orchidee, da rechts«, raunte Zhou, wobei sie sich bemühte, nicht allzu auffällig hinzusehen.

Em kniff die Augen zusammen und entdeckte ein fahles Gesicht vor einer vergilbten Gardine.

»Ich wette, die schaut den lieben langen Tag auf die Straße hinunter«, flüsterte Zhou.

»Ja und?«

Ihre Partnerin schlang fröstelnd die Arme um den Körper. »Vielleicht hat sie ja was gesehen …«

»Vorausgesetzt, dass es überhaupt etwas zu sehen gab«, konterte Em und sah wieder zu dem kleinen Fenster hinauf. Doch die Alte hatte sich längst in den Raum hinter der Gardine zurückgezogen. »Vergiss nicht, dass Kathrin Stiller im Augenblick noch nicht mal ein Vermisstenfall ist.«

»Das wird sie unter Garantie bald werden«, murmelte Zhou düster. »Wenn nicht noch Schlimmeres …«

3

Polizeipräsidium, Abteilung für Kapitaldelikte, Büro Em und Zhou

Das Telefon klingelte eine ganze Weile, bevor Hannah Isaakson endlich abnahm. Im Hintergrund waren gedämpfte Stimmen zu hören. Ob das Radio lief oder die Psychologin nicht alleine war, konnte Em nicht ergründen. Aber es war ihr, ehrlich gesagt, auch egal.

»Frau Isaakson?«

Die Psychologin erkannte ihre Stimme sofort. »Was wollen Sie?«

»Ich habe eine Frage.«

»Warum?« Hannah Isaakson stieß ein freudloses Lachen aus. »Ich dachte, wir hätten bereits bei unserem letzten Gespräch festgestellt, dass Sie von mir und meiner Arbeit nichts halten.«

Em lächelte. »Wir haben einen Vermisstenfall, der mit unserer Sache in Verbindung stehen könnte. Eine junge Studentin.«

»Studentinnen verschwinden andauernd«, gab Hannah Isaakson in gelangweiltem Ton zurück. »Und nach ein paar Tagen tauchen sie gesund und munter wieder auf.«

»Diese nicht.«

»Und warum nicht?«

»Weil sie unserem Opfertypus entspricht.«

»He! Stopp! Augenblick!«, fuhr Hannah Isaakson auf. »*Sie* waren doch diejenige, die mich so süffisant darauf hingewiesen hat, dass *mittelgroß* und *brünett* Attribute sind, die auf Tausende … Nein, warten Sie: … die auf Abertausende von Frauen in dieser Gegend zutreffen!«

»Das Portemonnaie des Mädchens wurde im Fahrradschuppen ihrer Wohnanlage gefunden«, setzte Em hinzu, ohne auch nur mit einer einzigen Silbe auf den Einwurf der Psychologin einzugehen. »Und zwar in einer Tüte voller vergammelter Lebensmittel, mitsamt ihrem Smartphone, ihrem Führerschein, ihrem Personalausweis und ihrer EC-Karte.«

Sie konnte hören, wie Hannah Isaakson am anderen Ende der Leitung die Luft anhielt.

»In der Spüle der Wohnung steht benutztes Geschirr«, fuhr sie fort, »und auf dem Schreibtisch liegt eine halbfertige Hausarbeit über Adalbert Stifter, wegen der das Mädchen laut Aussage seiner Mutter auf den Familienurlaub im Schwarzwald verzichtet hat ... Was sagen Sie dazu?«

»Ich gebe zu, das klingt tatsächlich nicht, als ob sie sich einfach ein paar lustige Tage macht«, räumte Hannah Isaakson ein. »Aber das heißt noch lange nicht, dass es mit unserer Sache zu tun hat«, setzte sie beinahe trotzig hinzu.

Em entging nicht, dass sie sich mit dieser Formulierung zum ersten Mal – zumindest verbal – in die Reihe der Ermittler eingeordnet hatte.

Mit unserer Sache ...

War es ihnen am Ende doch gelungen, Hannah Isaaksons fachliches Interesse zu wecken? Hatte sie längst damit begonnen, diesen Fall persönlich zu nehmen? So wie sie alle?

»Die Eltern haben ihren Urlaub abgebrochen und offiziell Vermisstenanzeige erstattet«, erklärte sie, bevor Hannah Isaakson auf die Idee kommen konnte, ihr Gespräch sei schon beendet. »Es gibt kein Bekennerschreiben, keine Forderungen und auch sonst nichts, das auf eine Entführung hindeutet.« Sie stieß einen tiefen Seufzer aus. »Das Mädchen ist einfach verschwunden.«

»Wie ich schon sagte, muss das nichts mit Ihrem Fall zu tun haben«, wiederholte Hannah Isaakson, nun wieder mit der gewohnten Distanz.

»Und wenn doch?« Em lauerte auf eine Reaktion.

Aber die Psychologin schwieg.

»Auch Marina Boginska ist eines Tages einfach verschwunden«, legte sie nach. »Und ein halbes Jahr später haben wir ihre Leiche gefunden.« Sie machte eine wohlkalkulierte Pause, bevor sie hinzufügte: »Was, wenn unser Mann sich eine neue Gefangene geholt hat, um das, was bei Marina Boginska schiefgelaufen ist, zu korrigieren?«

»Wir wissen doch gar nicht, ob Marina Boginska tatsächlich ebenfalls Ihrem Sadisten zum Opfer gefallen ist«, wandte Hannah Isaakson ein. »Und die beiden anderen Frauen hat er sofort getötet.«

»Aber wenn es derselbe Täter ist …«

»Dann ist Ihre Studentin mit großer Wahrscheinlichkeit tot«, entgegnete Hannah Isaakson ohne erkennbare Regung.

Em stieß sich wütend vom Schreibtisch ab. »Verdammt noch mal, Sie haben mir nicht zugehört!«

»Doch«, versetzte Hannah Isaakson. »Ihnen gefällt bloß nicht, was ich Ihnen dazu sage.«

»Marina Boginska war ganze sechs Monate in seiner Gewalt«, setzte Em abermals an, doch die Psychologin unterbrach sie sofort wieder.

»Ich habe Ihnen doch schon gesagt, dass Prostituierte einen vollkommen anderen Opfertypus verkörpern«, sagte sie. »Wahrscheinlich hat sich Ihr Täter erst an Marina Boginska herangetraut, nachdem er sie durch eine längere Gefangenschaft zermürbt hatte. Aber das bedeutet noch lange nicht, dass er mit Ihrer Studentin genauso verfährt.«

»Sie haben auch gesagt, dass das lange Einsperren ein Teil seines Drehbuchs sein könnte«, konterte Em.

Hannah Isaakson schwieg, und inmitten der Stille konnte Em plötzlich wieder die Stimmen im Hintergrund hören. Sie verstand nicht, was sie sagten, dazu waren sie zu weit entfernt. Aber urplötzlich war da ein Kinderlachen. Es schien aus einer anderen Welt zu kommen, so hell und fröhlich klang es, und einen Moment lang hätte Em am liebsten einfach aufgelegt. Sie wusste, sie hatte kein Recht, Hannah Isaakson derart unter Druck zu setzen. Immerhin versuchte die Psychologin doch nur, ihre Familie zu beschützen. Ihre kleine Tochter.

Andererseits … Em biss sich auf die Lippen. Auch Kathrin Stiller war jemandes Kind. Selbst wenn sie längst erwachsen war. Selbst wenn sie ihr unbeschwertes Kinderlachen schon vor Jahren verloren hatte. Kathrin Stiller war jemandes Kind, und sie verdiente es, dass sie nicht vorschnell aufgaben!

»Das Mädchen könnte noch am Leben sein«, wiederholte sie fest.

»Möglich.«

Allein die Tatsache, dass sie nicht sofort auflegte, empfand Em als Erfolg. »Solange auch nur der Hauch einer Chance besteht, dürfen wir nichts unversucht lassen. Oder sehen Sie das anders?«

»Sie wollen sie retten.« Es war eine simple Feststellung, doch es lag fast etwas wie Mitleid in den vier Worten.

Mitleid, das Em noch mehr Angst machte. »Ja«, sagte sie, »ich will sie retten. Das ist mein Job.«

»Und was erwarten Sie dabei von mir?«

»Ich möchte, dass Sie sich ein Bild von dem Mädchen machen.«

»Wozu?«

»Damit Sie mir sagen können, warum er sie ausgewählt hat.«

»Ich fürchte, Sie erhoffen sich zu viel von mir«, entgegnete Hannah Isaakson, und das Bedauern in ihrer Stimme klang durchaus echt.

Die Sekunden verstrichen.

Doch Em entschied, einfach abzuwarten.

Irgendwann hatte Hannah Isaakson genug: »Na schön«, stöhnte sie. »Kommen Sie in einer Stunde. Zu mir nach Hause. Nicht in die Galerie. Und bringen Sie alles mit, was Sie über das Mädchen haben.«

4

Frankfurt-Griesheim, Haltestelle Jägerstraße

Der Wind war wieder aufgefrischt, und aus dem pechschwarzen Himmel über der Stadt fiel noch immer ein leichter Nieselregen.

Anna Ehlers klappte den Kragen ihres Wollblazers hoch und sah den Lichtern der davonfahrenden S-Bahn hinterher. Außer ihr selbst war niemand ausgestiegen. Da war sie absolut sicher. Zudem war sie eine Haltestelle früher ausgestiegen als sonst.

Und doch verstärkte sich das Gefühl, beobachtet zu werden, mit jedem Schritt, den sie sich von dieser blöden Haltestelle entfernte.

Red dir nichts ein!, versuchte sie, sich selbst zu beruhigen. Da ist niemand!

Und schließlich: Bei all diesen grauenvollen Meldungen der letzten Tage war es ja kein Wunder, wenn man Gespenster sah!

Ihre Absätze klapperten über den regennassen Asphalt.

Sie hatte die Fotos der ermordeten Frauen in der Zeitung gesehen. In der Frühstückspause, die sie allmorgendlich nutzte, um eine große Tasse Kaffee mit Süßstoff zu trinken. Seither ließen sie die Gesichter nicht mehr los. Und sie konnte sich beim besten Willen nicht erklären wieso, aber sie hatte sofort das Gefühl gehabt, dass der Bericht sie anging. Sie ganz persönlich …

Drei tote Frauen.

Drei dunkelhaarige tote Frauen.

So dunkelhaarig wie du!

Sie fühlte den Schlag ihres Herzens hinter den Rippenbögen, und nur mit äußerster Mühe widerstand sie dem Impuls, sich umzudrehen.

Am Straßenrand waren Autos geparkt. Stoßstange an Stoßstange. Aus den Augenwinkeln nahm sie leere Beifahrersitze wahr. Gurte. Rückspiegel. Rechts von ihr gähnten düstere Toreinfahrten. Hinterhöfe.

An der Bordsteinkante gehen, dachte sie. Möglichst weit entfernt von allem Unwägbaren. Von Händen, die aus parkenden Autos nach ihr griffen. Und Schatten, die blitzartig zwischen den geparkten Fahrzeugen hervorschossen.

Ein Stück vor ihr tauchte die Grünanlage auf. Schmutzig und finster, durchaus. Aber normalerweise frei von Junkies und Dealern.

Zu klein, zu versifft, zu unbedeutend.

Der Gedanke beruhigte sie ein wenig.

Bäume waren nicht gefährlich.

Und die Sträucher waren fast kahl. Keine guten Verstecke in dieser Jahreszeit.

Ich hätte doch an meiner üblichen Haltestelle aussteigen sollen, dachte sie mit einem Anflug von Ärger. Dann hätte ich jetzt nicht so weit zu gehen …

Unter ihren Sohlen knirschte Sand. Die gusseisernen Parklaternen hatten einst bestimmt so etwas wie nostalgischen Charme versprüht, doch mittlerweile war die Hälfte davon verrostet, kaputt oder mit Sprühfarbe verunstaltet. An den wenigen verbliebenen Sitzbänken klebte nasses Herbstlaub und …

Anna stutzte.

Waren das nicht Schritte hinter ihr? Hastige Schritte, die sie einzuholen versuchten?

Sie wandte den Kopf, aber sie konnte nichts entdecken.

Gespenster!

Theoretisch besaß sie sogar eine Dose Pfefferspray, doch die lag zu Hause, irgendwo in einer Schublade.

Da liegt sie gut …

Morgen nehme ich das blöde Ding mit, beschloss sie und beschleunigte ihren Schritt. Im Gehen lauschte sie immer wieder angstvoll in das Halbdunkel. Doch das Geräusch der Schritte, die sie zu hören geglaubt hatte, war verschwunden.

Sie ließ die Grünanlage hinter sich und bog in eine enge Seitenstraße ab. Noch etwa dreihundert Meter, dann war sie zu Hause.

Endlich!

Der kräftige Westwind wirbelte ein paar nasse Blätter um ihre Füße, und an einigen Stellen war der Gehweg so rutschig, dass sie Mühe hatte, nicht hinzufallen. Während sie konzentriert einen Fuß vor den anderen setzte, suchten ihre Augen die gegenüberliegende Straßenseite. Die Fenster des kleinen Lottoladens waren finster. Daneben klafften Toreinfahrten, spärlich beleuchtete Eingänge. Mauern.

»Warum wohnst du eigentlich immer noch in dieser Gegend?«, hörte sie in Gedanken ihre Mutter schimpfen, während sie die Straße überquerte. »Das ist doch mittlerweile das reinste Ghetto. Und erst diese vielen Ausländer!«

»Ich fühle mich wohl hier«, antwortete sie dann immer, auch wenn das im Grunde gar nicht stimmte.

In Wahrheit war sie einfach nur zu faul, sich eine andere Bleibe zu suchen.

Einsam, dachte sie, kann man überall sein.

Sie sah noch einmal kurz über die Schulter, bevor sie die Toreinfahrt betrat, durch die man zu ihrem Hinterhaus gelangte. Vor der langen Reihe der Briefkästen rotteten Stapel von Werbung vor sich hin. Es roch nach Schimmel und ganz entfernt auch nach Urin.

Ein Bewegungsmelder entflammte die flackernde Lampe an der Rückwand des Hauses. Doch die Leuchtkraft der Energiesparlampe reichte nicht aus, um den Hof bis in alle Winkel hinein zu erhellen.

Es wäre ein Kinderspiel, sich dort zu verstecken, dachte sie unbehaglich.

Wie viele Leute kamen hier durch? Vier? Fünf in drei Stunden?

Ihre Augen glitten über die zahlreichen Fensterreihen ringsum. Blinde Scheiben, dicke Vorhänge, Toilettenfenster. Kein Wunder eigentlich, denn dieser Hof war wirklich nicht erbaulich. Und die winzigen Balkone, die die Raucher nutzten, gingen allesamt nach vorne raus. Zur Straße. Und zu der Grünanlage, in der der Unbekannte gestanden und in ihre Wohnung geguckt hatte.

Sie hatte viel über ihn nachgedacht. Ob es ihn gab oder ob er ein Produkt ihrer Phantasie war. So wie der Löwe, den sie als Kind so oft nachts durch ihr Zimmer hatte schleichen sehen. Die gefletschten Zähne gebleckt und schnüffelnd …

Irgendwo in ihrem Rücken fiel eine Autotür ins Schloss, und sie beschloss, die letzten Meter zu rennen.

Das Geräusch ihrer Absätze hallte zwischen den hohen Mauern wider, und aus der Ecke mit den Mülltonnen wehte der dumpfe Gestank fauliger Lebensmittel an ihre Nase. Sie hielt die Luft an und erreichte die Haustür im selben Moment, in dem der Nieselregen in einen heftigen Herbstguss überging …

5

Dreieichenhain, Haus von Dr. Hannah Isaakson

»Nun, was halten Sie davon?«

Hannah Isaakson lehnte sich in ihrer gemütlichen Ledercouch zurück, aber sie wirkte alles andere als entspannt. Seit Zhou und sie ihr gegenübersaßen, hatte die Psychologin bereits mehrfach zur Tür geblickt, die sie wohlweislich geschlossen hatte. Trotzdem schien sie Angst zu haben, dass ihre kleine Tochter etwas von dieser Unterhaltung mitbekam. Eine Angst, die Em angesichts der Fotos auf dem Couchtisch durchaus nachvollziehen konnte. »Wenn es Ihr Mann ist, sieht es nicht gut aus für das Mädchen.«

»Und vielleicht erzählen Sie uns auch mal was Neues«, versetzte Em in barschem Ton, obwohl sie sich noch auf der Herfahrt felsenfest vorgenommen hatte, nett zu sein. »Sonst hätten wir uns den Weg hier raus auch gleich sparen kö…«

»Das Mädchen sieht Ihrer Russin erstaunlich ähnlich«, fiel Hannah Isaakson ihr ins Wort. »Nicht nur wegen der auffallend langen Haare.« Sie schob die Fotografien von Kathrin Stiller und Marina Boginska nachdenklich auf der Tischplatte hin und her. »Marina Boginskas Leiche wurde am 26. Oktober gefunden«, führte sie sich und ihren Besucherinnen noch einmal die Fakten vor Augen. »Zu diesem Zeitpunkt war sie laut rechtsmedizinischem Gutachten bereits mindestens vier Tage tot, was bedeutet, dass er sie aller Wahrscheinlichkeit nach am 22. Oktober getötet hat.«

Em nickte.

»Kathrin Stiller ist am 24. Oktober verschwunden, also zwei Tage nach Marinas Tod«, fuhr Hannah Isaakson fort. »Somit ist es durchaus denkbar, dass er sich das Mädchen als eine Art Ersatz geholt hat.«

»Ein Ersatz wofür?«, fragte Em.

Hannah Isaakson sah hoch. »Nehmen wir mal an, dass er beide Frauen aufgrund ihrer langen Haare ausgewählt hat, mit denen er irgendwas vorhatte. Wir wissen nicht, was das sein könnte, weil wir sein Drehbuch nicht kennen. Aber aus irgendeinem Grund braucht er eine Frau mit auffällig langem Haar, die er aus einem ebenso unerfindlichen Grund zunächst eine Weile einsperrt ...«

»Und mit Biotin versorgt, damit ihr Haar noch länger wird«, ergänzte Em.

Wie bei Rapunzel!

Der Gedanke ließ sie stutzen. Zugleich fiel ihr ein, was Zhou ihr über Karel Schuberts Schullektüre erzählt hatte. Haare. Rapunzel. Abgekaute Nägel. Abgeschnittene Daumen. Finger in Bierfässern. Schwarze Stiefel. Märchen und Geschichten. Sie rieb sich die trockenen Augenwinkel, als sie plötzlich wieder Frank Kasparys Stimme hörte: *Sagen Sie, haben Sie schon herausgefunden, warum er den Körper der Bösen mit einem weißen Laken bedeckt hat?*

Den Körper der Bösen, wiederholte Em stumm. Die Böse ...

»Die Tatsache, dass er Marina Boginskas Leiche versteckt hat, spricht eindeutig dafür, dass er sie nicht herzeigen wollte«, setzte Hannah Isaakson indessen ihre Ausführungen fort. »Und das wiederum bedeutet, dass etwas an ihr nicht seinen Vorstellungen entsprach. Nach allem, was wir bislang wissen, haben wir Grund zu der Annahme, dass es sich bei diesem – nennen wir es mal Makel – um die Tatsache handelt, dass sich Marina Boginska in gewisser Weise selbst verstümmelt hatte, indem sie sich ihre wunderschönen langen Haare abbiss ...«

»Aber würde das nicht bedeuten, dass Marina Boginska wusste, was er mit ihr vorhatte? Dass sie sein Drehbuch kannte?«, wandte Zhou ein, und ihre warme Stimme war heiser vor Aufregung. »Wie sonst hätte sie wissen können, dass es ihm um ihre Haare geht?«

»Vielleicht hat sie etwas geahnt«, stimmte Hannah Isaakson ihr fast widerstrebend zu. »Sie dürfen nicht vergessen, dass er sie fast ein halbes Jahr gefangen gehalten hat. Da bleibt es nicht aus, dass er ihr etwas von sich preisgibt.« Sie räusperte sich. »Dass er es ihr bewusst verraten hat, scheint mir hingegen eher unwahrscheinlich.«

»Glauben Sie, Marina hat darauf gehofft, dass er sie gehen lässt, wenn sie seinem Idealbild nicht mehr entspricht?«, fragte Em.

»Ja, vielleicht.«

»Aber stattdessen hat er sie umgebracht.« Sie betrachtete noch einmal das unbeschwerte Lächeln der jungen Russin und fühlte eine tiefe Resignation.

»Wie ich Ihnen bereits sagte, haben Sie es mit einem Mann zu tun, der die Kontrolle behalten will«, stimmte Hannah Isaakson ihr zu. »Eine Panne wie diese würde ihn rasend machen.«

»Und glauben Sie, dass er auch Kathrin Stiller zunächst eine Weile gefangen halten wird?«, fragte Em, wohl wissend, dass sie nach einem Strohhalm griff. Aber sie konnte nicht anders. Was sie brauchten, war Zeit.

Doch ihr Instinkt sagte ihr, dass sie diese Zeit nicht hatten.

Im Gegenteil: Der Fall spitzte sich zu.

Hannah Isaakson zögerte. »Ich würde sagen, es kommt ganz darauf an ...«

»Worauf?«

»Ob die Gefangenschaft dieser speziellen Opfer tatsächlich Teil seines Drehbuchs oder sozusagen nur Mittel zum Zweck ist.«

Em runzelte die Stirn. »Wie meinen Sie das?«

»Was mich stutzig macht, ist die Tatsache, dass die Haare Ihrer Russin so verfilzt gewesen sind«, entgegnete Hannah

Isaakson, während ihr Blick ein weiteres Mal über die Fotos glitt. »Ich meine: Es ging ihm ja offenbar gar nicht um eine prachtvolle lange Mähne an sich. Sonst hätte er dafür gesorgt, dass Marina Boginska ihren Haaren die übliche Pflege angedeihen lassen konnte, nicht wahr? Und wenn Sie darüber hinaus zugrunde legen, dass er die Frauen während ihrer Gefangenschaft nicht anrührt, dann …« Sie biss sich auf die Lippen. »Dann sollten Sie sich fragen, zu welchem Zweck er sie überhaupt gefangen hält.«

Em schüttelte in wachsender Verwirrung den Kopf. »Ich verstehe nicht ganz, worauf Sie hinauswollen.«

»Ich fürchte, das tue ich selbst nicht …« Hannah Isaakson zuckte entschuldigend die Achseln. »Ich glaube, ich wollte Sie einfach nur darauf aufmerksam machen, dass es ihn nicht stört, dass die Haare der Frauen verfilzen.« Sie schüttelte sich. »Aber um auf Ihre Frage zurückzukommen, ob er mit der Studentin genauso verfahren wird … Ich denke, dass er – was immer er vorhat – unbedingt vermeiden will, bei ihr dieselben Fehler zu machen wie bei Marina Boginska. Und das bedeutet wahrscheinlich, dass Sie deutlich weniger Zeit haben.«

Em stieß einen unterdrückten Fluch aus.

»Ich weiß«, sagte Hannah Isaakson. »Aber Ihr Täter lernt dazu. Er perfektioniert sich. Und ich fürchte, es wird entscheidend darauf ankommen, dass Kathrin Stiller keine Fehler macht …«

6

Kellerverlies, Versteck von Kathrin Stiller

»Hier! Wasch dich!«

Er knallte einen schweren Zinkeimer vor sie auf den Boden und dazu ein Stück Seife, das noch verpackt war.

»Du stinkst ja schlimmer als ein Rudel Paviane.«

Danke sehr, du Arsch!

Ist ja wohl kaum meine Schuld, oder?

Sie hielt die schmerzenden Augen halb geschlossen und kroch auf das glitzernde Wasser in seinem Eimer zu. Zumindest schien er heute wieder normal zu sein.

Der Gedanke ließ sie kichern. Normal!

»Lachst du?«

Sie schüttelte eilig den Kopf und streckte die Hand nach der Seife aus. Es war ein schlichtes, rechteckiges Stück, das einen impertinenten Geruch nach Rosen und Jasmin verströmte. Der Duft erinnerte sie entfernt an die Toiletten von Autobahnraststätten, und sie fragte sich, wie dieses Stück Seife erst riechen würde, wenn sie das Papier entfernte.

Pinke Blumenranken auf beigem Grund.

»Mach zu! Ich hab nicht den ganzen Tag Zeit!«

Während sie die Seife auswickelte, schielte sie unauffällig zu ihrem Holzgefäß hinüber, doch er hatte es noch nicht wieder aufgefüllt.

Vor dem Hintergrund dieser Erkenntnis fiel es ihr umso schwerer, die stinkende Seife in den Eimer mit dem funkelnden Wasser zu tauchen und es auf diese Weise ungenießbar zu machen. Sie tat es eigentlich nur, weil sie fürchtete, dass er sie wieder schlagen würde, wenn sie sich weigerte.

Sie beugte sich vor …

»Stopp!«, herrschte er sie an. »Nicht die Haare!«

»Was?« Irritiert blickte sie auf, direkt in den Strahl seiner Lampe.

»Wasch dir die Fresse und den Rest. Aber lass die Haare aus, verstanden?«

Sie wagte nicht, nach dem Grund zu fragen. Stattdessen nickte sie. Dann schäumte sie die Seife auf und wusch ihr Gesicht.

Als sie fertig war, sah sie ihn flehend an. »Würden Sie sich bitte umdrehen?«

Zu ihrer Überraschung tat er es. Wortlos.

Das Licht drehte er auch weg, so dass ihre Augen nach und nach immer mehr Konturen ihrer Umgebung wahrnahmen.

Sie schlüpfte aus ihrer Jacke und schob anschließend zögernd auch den Kaftan hoch. Darunter war sie nackt.

Was tat er?

Sie linste unauffällig um die Ecke.

Starrte die gegenüberliegende Wand an.

Okay …

Kathrin Stiller legte den Kaftan neben sich auf den Boden und tauchte den freien Arm bis über den Ellenbogen ins Wasser, das eiskalt war. Aber das konnte ihr Vergnügen nicht trüben. Was für ein erhebendes Gefühl, wieder etwas Zivilisiertes zu tun! Etwas, das mit Hygiene und Normalität zu tun hatte!

Während sie sich wusch, musterte sie seinen Rücken. Er schien nicht sonderlich groß zu sein, nur etwa acht bis zehn Zentimeter größer als sie selbst. Wenn sie nicht angekettet gewesen wäre, hätte sie vielleicht sogar gewagt, ihn anzugreifen.

Aber so …

Sie griff wieder nach der Seife und benutzte einen ihrer Stulpen als Lappen. Aber warum, um Himmels willen, sollte sie sich eigentlich nicht die Haare waschen? Die hatten eine Reinigung mindestens so nötig wie der ganze Rest. Und wenn sie …

»Bist du noch nicht fertig?«

»Gleich.«

Sie legte den Lappen zur Seite und suchte ihre Haut im Widerschein der Lampe nach Käfern oder anderen Parasiten ab. Doch zu ihrer Erleichterung schien alles intakt zu sein.

Dann schlüpfte sie wieder in ihren Kaftan und setzte sich auf ihre Decke.

»Warum tun Sie mir das eigentlich an?«

»Was?«

»Warum halten Sie mich hier fest?«

Er hastete durch die Dunkelheit. Hektischer als gewöhnlich. Platzierte neue Lebensmittel. Füllte Wasser auf. Das Übliche.

»Sie haben es doch schließlich auch nicht gemocht, hier eingesperrt zu sein, oder?« Es war ein Schuss ins Blaue, zugegeben. Aber sie war trotzdem sicher, dass sie richtiglag.

»Halt endlich deine gottverdammte Fresse!«

Automatisch wartete sie auf die andere Stimme. Die weibliche. Auf Norman Bates.

Doch er blieb, wer er war, und räumte seine Sachen zusammen.

»Hat Ihre Mutter Sie hier unten eingesperrt, weil Sie schuld waren?«, fragte sie geradeheraus. Sie hatte beschlossen, keine Angst mehr zu haben. Sollte er sie doch totschlagen. Dann hatte sie es wenigstens überstanden!

Zu ihrem Erstaunen begann er zu lachen. »Hobbypsychologin?«

»Nein, Studentin.« Sie lachte auch. Gemeinsamkeiten fördern. Eine persönliche Beziehung aufbauen. Hemmschwellen erhöhen. »Aber das wissen Sie ja …«

Er antwortete nicht.

»Ist Ihre Mutter tot?«

Schweigen.

»Und was … Was sagt Ihre Frau zu alldem?«

Seine Hand erstarrte mitten in einer Bewegung.

Jetzt hast du einen Nerv getroffen!, frohlockte Christian, der urplötzlich hinter ihm stand.

STAND, wohlgemerkt!

Sie blinzelte erstaunt in die Dunkelheit. Er machte Fortschritte, ihr kleiner Bruder!

Und zu ihrer eigenen Überraschung freute sie das sogar …

»Ich habe Sie nach Ihrer Frau gefragt«, wiederholte sie mutig. »Hat sie irgendeine Ahnung von dem, was Sie hier tun?«

Er rührte sich nicht. Aber die Muskeln unter seinem Pullover waren bis aufs Äußerste gespannt.

Was passiert da gerade?, überlegte sie, und von jetzt auf gleich fühlte sie doch wieder Angst. Sie hatte sich waschen dürfen. Er hatte ihr neues Trinkwasser gebracht. Und sie besaß einen Blisterstreifen mit Tablettenresten und einen Zettel mit den persönlichen Daten einer fremden Frau. Sie hatte etwas zu verlieren!

Und irgendwann, wenn sie nur lange genug durchhielt, würde man sie vielleicht doch vermissen …

»Vergessen Sie's«, sagte sie eilig. »Ich wollte Ihnen nicht …«

Weiter kam sie nicht, denn seine Hand schnellte vor wie der Kopf einer Schlange und riss ihr den Eimer weg. Seifenlauge schwappte über den Rand auf den Boden.

»Sag es!«

Kathrin Stiller wich erschrocken zurück. »Was?«

Da war ein schriller Laut. Ein Ton jenseits gewohnter Frequenzen. Fast wie Gesänge von Walen. Nur nicht so friedlich.

»Na los! SAG ES!«

»Tut mir schrecklich leid, aber ich weiß nicht, was Sie meinen!« Die Kette an ihrem Handgelenk war bis aufs Äußerste gespannt, und sie fühlte die Mauer in ihrem Rücken. Den rohen Stein.

Das Schrillen verstärkte sich. Es schnitt in ihr Trommelfell wie ein Skalpell, und wie zum Schutz versuchte sie, die Hände an die Ohren zu heben. Was hatte sie angerichtet? Was hatte er vor? Und was erwartete er von ihr?

Sag es!

Sie hob den Blick, und das Letzte, was sie wahrnahm, war sein Fuß direkt vor ihrem Gesicht.

Dann verlor sie das Bewusstsein.

7

`Dreieichenhain, Haus von Dr. Hannah Isaakson`

Auf das kleine Vordach der Terrasse pladderte der Regen.

Em nippte an dem Kaffee, den Hannah Isaakson ihnen gemacht hatte, und starrte die finstere Terrassentür an. Die Sache wächst uns über den Kopf, dachte sie, auch wenn sie diese unbequeme Wahrheit nie offen ausgesprochen hätte. »Ich habe dafür gesorgt, dass Marina Boginska in einem Atemzug mit den anderen Opfern genannt wird«, bekannte sie, sorgfältig darauf bedacht, ihre massiven Schuldgefühle zu verbergen. »Ich hielt es für eine gute Idee, ihn ein bisschen zu provozieren.«

»Das wird ihn natürlich geärgert haben«, nickte Hannah Isaakson. »Aber machen Sie sich keine Sorgen. Dieser Tätertyp neigt nicht zu Kurzschlussreaktionen. Wenn er Kathrin Stiller zunächst eine Weile am Leben lassen will, dann wird er sie eine Weile am Leben lassen. Und wenn er sie töten will, wird er sie töten.«

»Ich mache mir keine Sorgen«, versetzte Em.

Neben ihr runzelte Zhou missbilligend die Stirn. *Warum kannst du nicht einfach zugeben, dass du erleichtert bist über ihre Einschätzung?*, las Em in den tiefschwarzen Augen.

Meine Sache, gab sie stumm zurück.

Als sie den Kopf drehte, sah ihr Hannah Isaakson direkt ins Gesicht, und Em fühlte sich ertappt. Durchschaut und irgendwie auch bloßgestellt. »Wie viele Mordfälle hatten Sie bislang, die Sie nicht aufklären konnten?«

»Zwei«, antwortete Em wahrheitsgemäß, wobei sie wohlweislich verschwieg, dass es sich bei einem dieser beiden Fälle um eine Begebenheit aus ihrer Kindheit handelte.

Hannah Isaakson zog die Augenbrauen hoch. »Dann sind Sie ganz offensichtlich eine hervorragende Ermittlerin, die noch dazu jede Menge Glück hatte.«

»Ja«, nickte Em. »So sehe ich das auch.«

»Wie werden Sie damit umgehen, wenn Sie ihn nicht finden?«

»Serientäter werden fast immer gefunden«, entgegnete sie lapidar. »Weil sie nicht aufhören.«

Hannah Issakson lächelte. »Das war nicht meine Frage.«

»Aber es ist alles, was Sie von mir zu diesem Thema hören werden«, sagte Em und stand auf. »Danke, dass Sie sich die Zeit genommen haben.«

8

Frankfurt-Griesheim,
Grünanlage vor Anna Ehlers Wohnung

Er stand an seinem üblichen Platz und sah in ihre Fenster, die finster und leblos waren. Sie hatte kein Licht gemacht, aber das wunderte ihn nicht. Er hatte sie oft genug dabei beobachtet, wie sie sich selbst auswich. Wie sie jede Begegnung mit ihrem Spiegelbild vermied. Und dunkle Fensterscheiben vor erleuchteten Räumen waren wie Spiegel.

Trotzdem bedauerte er, dass er sie nicht sehen konnte.

Er liebte es zu beobachten, wie sie in ihren drei Salatblättern herumpickte. Doch auch dabei scheute sie Gesellschaft.

Wahrscheinlich war sie es leid, sich anzuhören, sie müsse mehr essen.

Sie war einfach perfekt!

Die richtige Größe, die richtige Haarfarbe und – was am wichtigsten war – die richtige Figur.

Ja, dachte er, die Figur würde ihnen Rätsel aufgeben. Eine neuerliche Abweichung vom Beuteschema. Zu dünn. Zu jung.

Unerklärlich. Rätselhaft.

Die nötigen Accessoires hatte er bereits besorgt. Sie standen vor der Kellertür und entlockten ihm ein Lächeln, wann immer er die andere aufsuchen musste.

Oh ja, dachte er, die andere würde unter Garantie liebend gern etwas essen, wenn sie erwachte. Aber was das betraf, würde sie eine faustdicke Überraschung erleben!

Sein Lid zuckte, als neben ihm, im Gebüsch, etwas knisterte. Eine Ratte wahrscheinlich. Immerhin war das hier nicht die beste Gegend …

»Was ist das?«

Sein Kopf ruckte herum.

Doch da war niemand. Natürlich nicht.

Er blinzelte. Trotzdem hatte er für einen flüchtigen Moment das Gefühl, wieder den kleinen Jungen am Boden kauern zu sehen. Die Knie fest gegeneinandergepresst. Die Finger schneeweiß vor Hunger und Kälte.

»Na? Weißt du wirklich nicht, was das ist?«

Der Junge schüttelt den Kopf. Wenn ihre Stimme so sanft ist, kann er es sich nicht erlauben, ihr nicht zu antworten.

»Riech doch mal!«

Ihre Hand wedelt ihm ein bisschen Bratenduft zu. Wie immer trägt sie eine Brosche. Sie sitzt direkt unter ihrem Kehlkopf. Der Granat in der Mitte funkelt wie eine böse Sonne.

»Ist das nicht gut?«

Der Junge nickt.

»Möchtest du ein Stück kosten?«

»Nein.«

Es sind alte, erprobte Rituale. Aber sie schafft es tatsächlich, sie immer wieder mit neuer Dramatik zu erfüllen. »Nicht?«

Der Junge schüttelt den Kopf.

»Aber du musst doch hungrig sein.«

»Nein.«

»Ich kann dich nicht hören!«

Das Knacken wiederholte sich. Und dieses Mal flatterte direkt neben ihm eine Amsel auf.

Er stieß ein erschrecktes Keuchen aus. Dann sah er wieder nach dem Jungen.

Der Junge war verschwunden …

Er nickte stumm vor sich hin und starrte wieder die düsteren Fenster auf der anderen Straßenseite an. Ein einziges Mal war er dort gewesen, in ihrer Wohnung. Er hatte die Tür testen wollen, denn es musste schnell gehen, wenn es so weit war.

Schnell und leise.

Und leider gab es dieses Mal keine vorausgegangene Bekanntschaft, auf die er zurückgreifen konnte. So wie bei Manuela Zehlen oder Bianca Ahlbeck …

Er schob die Hände in die Jackentaschen. Kein Problem, dachte er. Die Tür war ein Kinderspiel gewesen!

Ein Blick auf die Uhr mahnte ihn, dass es Zeit war, nach Hause zu gehen. Und irgendwann musste er schließlich auch mal schlafen …

Es fiel ihm schwer, überhaupt daran zu denken, denn er war seit Tagen nicht müde. Das Adrenalin wahrscheinlich. Jedenfalls war er hellwach.

Trotzdem musste er schlafen.

Die Jagd auf ihn hatte begonnen. Da konnte er sich keine Fehler leisten.

Der Gedanke an die Fotos in dem Artikel machte ihn wütend. Er hatte die Russin ausradiert, wie er als Kind die überflüssigen Striche in seinen Zeichnungen ausradiert hatte. Die Blumen und Bäume und Hasen, die urplötzlich nicht mehr ins Bild gepasst hatten, wenn seine Phantasie mit ihm durchgegangen war. Überflüssiges, dachte er. Ungeschicktes. Dinge, die ein ganzes Werk verschandelten.

Sein Atem stieg in die kühle Nachtluft wie eine zarte weiße Fahne. Jetzt, da sie die Russin gefunden hatten, musste er sie auf andere Weise aus der Geschichte tilgen. Schließlich war er derjenige, der die Regeln bestimmte. Den Gang der Geschichte. Oder besser … Er lächelte. Der Geschichte*n*.

Er bedachte die dunklen Fenster mit einem letzten, entschlossenen Blick.

Dann drehte er sich um und ging zurück zu seinem Auto, das er ein ganzes Stück entfernt geparkt hatte. Sicher war sicher.

Es würde leicht werden, Anna Ehlers zu holen. Ein Kinderspiel!

9

Berger Straße, Wohnung von Emilia Capelli

Em erwachte mitten in der Nacht mit rasenden Kopfschmerzen.

Stöhnend schaltete sie das Licht ein und schleppte sich in die Küche, wo noch immer der Geruch von erkaltetem Mirácoli hing.

Eine Schande für jeden echten Italiener!

Sie verzog das Gesicht und dachte an den Traum, von dem sie erwacht war. Ein wirrer und seltsam grotesker Alptraum.

Kathrin Stiller war darin vorgekommen. Das heißt, eigentlich war Em gar nicht sicher, dass es Kathrin gewesen war, denn sie hatte das Gesicht des jungen Mädchens aus ihrem Traum nicht genau erkennen können. Aber es hatte im Wald gekauert und sich weinend die langen, dunkelbraunen Haare abgebissen. Eins nach dem anderen.

Em erschrak, als die erschreckend dürre Gestalt aus ihrem Traum aufs Neue vor ihren Augen aufblitzte. Sie saß in einem Berg aus abgebissenen Haaren wie ein Vogel im Nest, doch obwohl sie bereits so viele Haare verloren hatte, war ihr Kopf noch immer nicht kahl. Dicke, kugelrunde Tränen waren der jungen Frau von den Wangen getropft, und dann war plötzlich ein Pilzsammler mit langen, krallenartigen Fingernägeln aufgetaucht und hatte die Haare mitgenommen, und die junge Frau hatte noch mehr geweint …

Em schob sich zwei Ibuprofen in den Mund und spülte sie mit einem Glas Leitungswasser hinunter. Der Pilzsammler in ihrem Traum hatte ein seltsames Gesicht gehabt. Fast wie ein Fuchs oder Wolf, aber mit eindeutig menschlichen Zügen …

Sie schüttelte sich und hatte auf einmal das Gefühl, mindestens zwanzig Jahre jünger zu sein. Ein Kind, das sich am liebsten unter der Bettdecke verstecken würde.

Doch das war, wie sie inzwischen wusste, auch keine Option!

Sie öffnete eines der Wohnzimmerfenster und blickte auf die schlafende Straße hinunter. In den Schaufenstern der kleinen Buchhandlung schräg gegenüber flimmerte bereits die Adventsbeleuchtung. Ein Anblick, der Em unvermittelt mit einer Mischung aus Bitterkeit und Wut erfüllte: Weihnachten schlich sich immer auf diese heimtückische Art und Weise an einen heran. Hier ein paar Blätter weniger, dort ein paar Lichterketten mehr, und auf einmal saß man in einem hell erleuchteten Wohnzimmer und hatte eine Menge Ärger mit Leuten, mit denen man bis auf ein paar lächerliche Chromosomensätze nichts gemeinsam hatte …

Em warf dem Schaufenster einen vernichtenden Blick zu.

Ihre Mailbox hatte sie mit nicht weniger als fünfzehn neuen Nachrichten empfangen, als sie vorhin nach Hause gekommen war. Vierzehn davon stammten von ihrer Mutter. Em hatte jeweils nur die ersten Worte abgehört und anschließend sofort auf LÖSCHEN gedrückt. Doch das hatte bereits genügt, um sie rasend zu machen. Wann immer die Dinge nicht so liefen, wie Giulia Capelli sie sich vorstellte, gab es nur zwei Möglichkeiten: Entweder sie vollzog einen totalen Bruch (was bei der eigenen Tochter definitiv nicht in Frage kam) oder sie reagierte mit kompletter Ignoranz …

»Hallo, Emmi, ich bin's, Mamma«, hatte sie also im liebenswürdigsten aller Tonfälle geflötet. »Du, ich müsste dich mal kurz sprechen wegen Tante Gloria …«

Na, sicher doch!

Wegen Tante Gloria …

»Vielleicht bist du mal so gut und rufst mich zurück, ja?«

»Nein«, knurrte Em. »Bin ich nicht.«

Sie hatte auf die CLEAR-Taste gedrückt und die nächste Nachricht abgehört.

»Ciao, Emmi, hier ist noch mal Mamma …«

CLEAR.

»Hallo, Emmi, ich …«

CLEAR.

»Hal…«

CLEAR. CLEAR. CLEAR.

Em lehnte sich noch weiter aus dem Fenster und starrte auf den nassen Asphalt hinunter. Es regnete jetzt wieder stärker, und der Wind trieb die Tropfen geradewegs in ihr Gesicht. Doch sie genoss das Gefühl.

Auf dem Asphalt unter ihr tanzten die Bilder aus ihrem Traum.

Der Mann, den sie suchten, hatte Marina Boginska nicht genug zu essen gegeben, aber auf der anderen Seite hatte er nachweislich dafür gesorgt, dass Marinas Haare mit Nährstoffen versorgt wurden. Em strich sich eine verirrte Locke aus der regenfeuchten Stirn. Mit Nährstoffen versorgt, aber nicht gewaschen, resümierte sie weiter. Und das war zweifelsohne ein wichtiger Punkt!

Versorgte Haare …

Verfilzte Haare …

Was bedeutete das? Was für ein Drehbuch lag den Morden zugrunde, mit denen sie es hier zu tun hatten?

Wasser.

Haarewaschen.

Schmutz …

Oh, es sind nicht meine schmutzigen Phantasien, flüsterte Frank Kaspary ihr aus einer Ecke ihres Wohnzimmers zu. *Aber schmutzig ist ein gutes Stichwort! Sagen Sie … Haben Sie schon herausgefunden, warum er den Körper der Bösen mit einem weißen Laken bedeckt hat?*

Em schüttelte unwillig den Kopf. Sie wusste, tief in ihrem Kopf gab es eine Entsprechung zu diesen Sätzen, und manchmal hatte sie fast das Gefühl, danach greifen zu können. Doch wann immer sie es versuchte, zerschmolz die Erinnerung wie ein Foto, das man versehentlich auf eine glühend heiße Herdplatte gelegt hatte. Zurück blieb nichts als die alte Ratlosigkeit.

Wie werden Sie damit umgehen, wenn Sie ihn nicht finden?, stichelte Hannah Isaakson in ihrem Kopf.

»Das«, Em knallte das Fenster zu, »wird nicht passieren! Nicht dieses Mal!«

Und wenn doch?

Sie tappte zurück in ihr Schlafzimmer und zog einen zerfledderten Roman aus der Schublade ihres Nachtschranks. Es war eine alte Schulausgabe. *Das Versprechen* von Friedrich Dürrenmatt. Die Geschichte des Kommissars, der vergeblich auf einen Mörder wartete.

»Irgendwann«, hatte einer ihrer Ausbilder einmal zu ihr gesagt, Professor Richter, »irgendwann kommt für jeden dieser eine unlösbare Fall. Das mag früh sein – in diesem Fall sollten Sie Ihrem Schöpfer danken! – oder auch spät, wenn man sich fast schon in Sicherheit wiegt. Aber er kommt, dieser Fall, das ist so sicher wie das Amen in der Kirche.«

»Und wenn es so weit ist?«, hatte Em ihn gefragt. »Was dann?«

»Keine Ahnung«, hatte Professor Richter geantwortet. »Alles, was ich weiß, ist, dass es ebendieser Fall sein wird, der über Ihre Karriere entscheidet.«

Em hatte ihn fragend angesehen.

Doch er hatte nur lapidar entgegnet: »Wer das Scheitern nicht aushält, ist des Erfolges nicht wert. Und letzten Endes werden wir zu dem, was wir sind, allein durch unsere Misserfolge.«

Ems Finger glitten nachdenklich über den Einband. »Nicht dieses Mal«, wiederholte sie fest.

ACHT

Unter Umständen ist es
für manches Kind am besten,
wenn es gar nicht erzogen wird.

(Peter Rosegger)

I

**Frankfurt-Westend,
Kosmetik- und Friseursalon „Curly Sue"**

»Au, verdammt!«

»Entschuldigung.« Anna Ehlers ließ die Schere sinken und betrachtete hilflos das Ohr ihrer Kundin, das entfernt an einen Blumenkohl erinnerte.

»Können Sie denn nicht aufpassen?«

»Verzeihen Sie, ich ... Ich muss irgendwie abgerutscht sein.«

»Aber ich blute!«, empörte sich ihre Kundin und hielt ihr wie zum Beweis einen ihrer goldberingten Finger unter die Nase, an dessen Spitze ein winziger Blutstropfen hing.

»Bitte entschuldigen Sie vielmals«, wiederholte Anna hilflos. »Ich wollte Sie nicht ... Es war bloß ein Versehen!« Sie legte eilig die Schere zur Seite. »Augenblick, bitte, ich hole nur rasch etwas zum Desinfizieren.«

»Bringen Sie mir auch noch einen Kaffee mit«, rief ihre Kundin ihr nach.

»Sicher. Gern.«

Anna rannte in den kleinen Raum hinter dem Vorratslager, wo sie Kaffee kochten und Tönungen anmischten. An der Wand hing ein kleiner Verbandskasten. Sie riss ihn auf und suchte mit zitternden Fingern nach Pflaster, Mullkompressen und Jodspray. Dann schenkte sie eine frische Tasse Kaffee ein, legte drei einzeln verpackte Kekse auf den Rand und kehrte in den Salon zurück.

Aus sämtlichen Spiegeln starrten ihr Kundinnen und Kollegen entgegen. Keiner von ihnen gab sich auch nur die geringste Mühe, seine Neugier zu verbergen.

Annas Augen suchten Pia, ihre Chefin, die hinter dem Tresen an der Anmeldung stand und telefonierte.

Nun mach schon, sagte ihr Blick, *beruhig sie endlich, die alte Fregatte, sonst macht sie uns noch den ganzen Laden rebellisch!*

»Sehen Sie sich das an!«, fauchte ihre Kundin, indem sie ihre imposante Ohrmuschel nach vorn klappte. »Dahinten ist alles voller Blut. Das müssen Sie noch mal waschen.«

»Selbstverständlich«, entgegnete Anna, indem sie der Frau einen ansehnlichen Stapel Mullkompressen auf die winzige Schürfwunde drückte, die ihre Schere hinterlassen hatte. »Wir warten nur kurz, bis das nicht mehr blutet, und dann ...«

»So viel Zeit habe ich nicht«, versetzte ihre Kundin wütend.

»Kann ich helfen?«

Pia!

»Diese ungeschickte Person hat mich geschnitten!« Die Kundin fingerte sich einen schweren Brillantstecker aus dem Ohrläppchen und warf ihn achtlos vor sich auf den Tisch. »Und jetzt weigert sie sich, mir noch mal die Haare zu waschen!«

»Ich habe mich nicht geweigert«, protestierte Anna, doch Pia schob sie einfach zur Seite und griff nach der Flasche mit dem Jodspray.

»Selbstverständlich wird Ihr Haar noch mal gewaschen«, sagte sie, indem sie das schmerzvolle Zischen aus dem Mund ihrer Kundin mit äußerster Zufriedenheit zur Kenntnis nahm.

»Und wenn die Aids hat?«, fauchte die Frau. »Ich meine, so dürr, wie die ist ...«

»*Sie* sind diejenige, die blutet«, bemerkte Pia mit entwaffnender Logik. »Aber keine Sorge, wir lassen das jetzt fünf Minuten einwirken, und dann wasche ich Ihnen die Haare selbstverständlich noch einmal.«

Die Kundin griff besänftigt nach ihrem Ohrring. »Und vielleicht wäre da ja auch noch was am Preis zu machen …«

Pia verdrehte die Augen und zog ihre Angestellte mit sich fort.

»Also gut«, fragte sie, als sie in dem Raum hinter dem Lager standen. »Was ist los mit dir?«

»Ich schätze, ich war einfach unkonzentriert.«

»Das meine ich nicht«, widersprach Pia. »Du bist schon seit Tagen so komisch.«

Anna blickte an ihr vorbei in den kleinen Spiegel über dem Waschtisch. Die durchwachte Nacht hatte deutliche Spuren hinterlassen, und in ihren Schläfen pochte das Blut. »Ich habe schlecht geschlafen«, versuchte sie es mit einem Teilgeständnis.

»Warum?«

Die Frage erwischte Anna kalt. Normalerweise war der Satz *Ich habe schlecht geschlafen* etwas, womit sich die Leute zufrieden gaben. Nicht so Pia …

»Ich habe Angst«, bekannte sie zögerlich.

Und wieder reagierte Pia grundlegend anders, als sie erwartet hätte: Sie lachte nicht. Ihre Miene spiegelte auch kein Unverständnis. Sie fragte einfach nur: »Wovor?«

»Ich weiß nicht genau …« Anna ruderte hilflos mit den Händen. »Es ist nur … Ich glaube, ich werde beobachtet.«

»Von wem?«

»Keine Ahnung.« Sie biss sich auf die Lippen. Pia würde sie für verrückt erklären! »Ich habe ihn nur ein einziges Mal gesehen.«

»Ihn?«

»Es ist ein Mann, das ist alles, was ich weiß.« Ihre Finger spielten mit dem Bindeband ihrer Schürze. »Er stand auf der anderen Straßenseite und sah in mein Fenster. Alles andere ist nur so ein Gefühl.«

»Was meinst du mit *alles andere*?«, hakte Pia nach.

Sie schüttelte abwehrend den Kopf. Es gab ja keinerlei Beweise. Keine Kratzspuren am Schloss. Kein offenes Fenster. Keine verrückten Gegenstände. Nicht einmal ein fremder Geruch. »Als ich neulich Abend nach Hause kam, hatte ich das Gefühl, dass jemand in meiner Wohnung war.«

Pia musterte sie lange und nachdenklich. »Vielleicht solltest du mit der Polizei darüber reden.«

Einen Moment lang wusste sie nicht, ob sie froh oder beunruhigt sein sollte darüber, dass Pia sie ernst nahm.

»Ja«, sagte sie dann. »Vielleicht sollte ich das …«

2

Polizeipräsidium, Abteilung für Kapitaldelikte, Konferenzraum der Soko „Daumen“

»Im Grunde steht und fällt die ganze Sache mit der Frage, ob Frank Kaspary Jeanette Altmaier getötet hat oder nicht«, sagte Makarov mit Blick auf das Porträtfoto der jungen Kellnerin, das in der Reihe der Opfer ganz links hing. Am Anfang. »Wenn Kaspary es nämlich nicht war …«

»… dann beschränkt sich der Kreis der Verdächtigen auf die Personen, die schon während der damaligen Ermittlungen Kenntnis von Kasparys Markenzeichen hatten«, ergänzte Em, was sie nun schon hundert-, nein: tausendfach durchgekaut hatten.

»Kaspary behauptet, mit niemandem darüber gesprochen zu haben«, erinnerte Zhou.

Makarov nickte. »Und Sie glauben ihm?«

»Wir wissen nicht, was wir glauben sollen«, räumte Em ein. »Wir haben nur das Gefühl, dass Kaspary der Schlüssel zu diesem Fall ist.« Sie blickte zu Zhou hinüber, die zustimmend nickte. »Und deshalb wollen wir ihn überwachen lassen.«

Ihr Vorgesetzter griff in die Tasche seines Jacketts und schob sich eine der kleinen weißen Pillen in den Mund, die er in den letzten Monaten immer häufiger schluckte. Er tat es stets offen und kommentarlos, so dass Em die Annahme, es könne sich um irgendein Stimulans handeln, bereits wieder verworfen hatte. Aber sie hätte viel darum gegeben, zu wissen, was es war. »Kaspary wird überwacht.«

»Unserer Ansicht nach nicht ausreichend«, kam Zhou ihr zu Hilfe. »Er hat in unserem Gespräch wiederholt angedeutet, dass er etwas über die Morde weiß, und wir halten es durchaus für möglich, dass er allen Sicherheitsvorkehrungen zum Trotz Kontakt zu unserem Täter hat.«

»Vielleicht schon seit Jahren«, setzte Em hinzu.

Makarov schwieg eine Weile. »Ich weiß nicht, ob wir dafür einen Beschluss kriegen«, sagte er dann. »Aber ich werde alles versuchen.«

»Vielleicht sprechen Sie auch noch mal mit Professor Görges«, schlug Em vor. »Er schien mir nicht ganz uneinsichtig. Und immerhin liegt es auch in seinem Interesse, wenn wir ...«

Weiter kam sie nicht, denn Alex Decker stürmte herein, ohne anzuklopfen. »Wir haben eine erste Spur!«

Augenblicklich war Em wie elektrisiert. *Endlich!*

»Deine Alte von gegenüber ist eine wahre Goldgrube, was Informationen über die Nachbarschaft angeht«, wandte sich Decker augenzwinkernd an Zhou. »Einzig und allein mit den zeitlichen Abläufen tut sie sich ein bisschen schwer. Aber sie ist sicher, dass sie Anfang letzter Woche gesehen hat, wie Kathrin Stiller mit einer Einkaufstasche und einem Rucksack hinten auf dem Fahrrad in der Toreinfahrt verschwunden ist.«

»Also unmittelbar vor ihrer Entführung«, schloss Em aufgeregt.

Er nickte.

»Leider orientiert sich das Zeitverständnis von Frau Stieffenhofer weniger an herkömmlichen Dingen wie Kalendern oder Uhren.«

Em starrte ihn an. »Sondern?«

Decker grinste. »Kathrin Stiller verschwand genau in dem Moment, in dem eine gewisse Becky zum ersten Mal nach dem Tod eines gewissen Derek mit einem gewissen Roy geschlafen hat. Oder – für den Fall, dass du keine Expertin auf dem Gebiet von Daily Soaps sein solltest – genau während der Zeit, als der Klempner da war.«

»Was für ein Klempner?«, fragten Em und Zhou wie aus einem Munde.

»Der Klempner, der im Mietshaus gegenüber, also in Kathrin Stillers Haus, ganz offenbar etwas reparieren sollte. Nur leider war da gar kein Klempner.«

»Nicht?« Em kam sich vollkommen begriffsstutzig vor. Doch ein Blick in Zhous Gesicht verriet ihr, dass es ihrer Partnerin nicht viel anders ging. »Wieso nicht?«

»Weil ich auch noch mal mit Josef Kröhl gesprochen habe«, antwortete ihr Kollege. »Und der sagt, dass er grundsätzlich alle Reparaturarbeiten selbst macht. Er hat ursprünglich sogar mal Klempner gelernt. Und in den letzten drei Monaten ist gar kein Schaden im Sanitärbereich gemeldet worden. In der gesamten Wohnanlage nicht.«

»Der Tag des Klempners«, wiederholte Em mit einer Mischung aus Unverständnis und Amüsement. »Das klingt wie irgendein abstruses chinesisches Horoskop. … Sorry!« Sie machte eine entschuldigende Geste in Richtung ihrer Partnerin, doch die lachte mindestens so laut wie Decker, wenn nicht lauter.

»Geboren im Jahr des Klempners«, prustete sie, »Element Wasser, Planet Merkur, und jetzt kommt's: Tier Schildkröte.«

»Ist nicht dein Ernst!«, japste Em.

»Doch!«, quiekte Zhou.

»He!« Decker krauste die Stirn. »Was ist daran so witzig? Hat die Schildkröte in China irgendeine«, er zögerte, »sexuelle Bedeutung oder so?«

Zhou schüttelte so heftig den Kopf, dass sich gleich mehrere Strähnen aus ihrem ansonsten eher strengen Knoten lösten.

»Quatsch!«, sagte Em. »Sie lacht wegen Ulysses.«

»Wegen wem?«

»Wegen der Schildkröte, die sie nicht gegessen hat«, erklärte sie todernst.

Makarov blickte zwischen seinen beiden Ermittlerinnen hin und her, als zweifele er ernsthaft an deren Verstand. »Und wieso behauptet Ihre Zeugin, dass ein Klempner da war, wenn gar keiner da war?«, kam er wieder auf ihren Fall zurück.

»Weil sie kurz vor Kathrin Stillers Verschwinden das Fahrzeug eines Sanitärbetriebes in den Hof der gegenüberliegenden Wohnanlage hat fahren sehen.« Decker konsultierte den Zettel in seiner Hand. »Der Wagen gehört einer Firma namens Mommsen. Und die hat ihn an dem Morgen, an dem Kathrin Stiller verschwunden ist, als gestohlen gemeldet.«

»Hatten Sie nicht sämtliche Fahrzeugdiebstähle im fraglichen Zeitraum überprüft?«, fauchte Makarov.

»Doch, schon«, sagte Decker. »Aber die Sache war nicht mehr aktenkundig, weil die Firma ihre Anzeige gegen Unbekannt am nächsten Morgen zurückgezogen hat, nachdem der Wagen unversehrt wieder aufgetaucht war.«

Em riss die Augen auf. »Er wurde zurückgebracht?«

Ihr Kollege nickte. »Ein Angestellter hat das Fahrzeug ein paar hundert Meter vom Firmengelände entfernt auf einem Parkplatz entdeckt.«

Makarovs Wieselaugen funkelten. »Haben sie das Fahrzeug daraufhin untersuchen lassen?«

Decker verneinte. »Der Wagen war nicht beschädigt, und auch sonst war nichts Auffälliges daran – da ist die Geschäftsleitung von einem dummen Streich ausgegangen.«

Klar, dachte Em, das wäre ich auch …

»Der Chef meinte, es wäre in der Vergangenheit auch schon vorgekommen, dass sich einer seiner Angestellten eins der Kundendienstfahrzeuge heimlich für einen privaten Umzug oder Ähnliches geborgt hat. Was das betrifft, sind sie bei Mommsen offenbar ziemlich kulant, solange die Wagen vollgetankt und nicht beschädigt sind.«

»Das heißt also, dass das Fahrzeug seither wieder ganz normal im Kundendienst eingesetzt wurde«, schloss Em.

Zhou biss sich auf die Lippen. »Dann können wir etwaige Spuren vergessen. Selbst wenn es sie gäbe, würden sie bei Gericht nicht zugelassen, weil sie theoretisch auch anderweitig und später zustande gekommen sein könnten.«

»Trotzdem sollten wir den Wagen genau unter die Lupe nehmen«, beschloss Em. »Auch wenn das Ergebnis nicht beweiskräftig ist. Vielleicht finden wir ja einen Hinweis, wohin er Kathrin Stiller verschleppt haben könnte.«

»Ich veranlasse das.« Makarov zückte sein Handy. »Sonst noch was?«

»Die Unterlagen aus dem Kronenhof scheinen in Ordnung zu sein«, berichtete Zhou, die sich am Morgen noch einmal jede einzelne Postliste vorgenommen, jeden Besuch überprüft und jeden Anruf gecheckt hatte. »Da ist wirklich – vom Arztbesuch bis hin zu den privaten Kontakten – alles lückenlos dokumentiert.«

»Und konnten Sie jemanden ausschließen?«

»Nach wie vor nur Kasparys hochbegabten Freund«, antwortete Zhou bedauernd. »Stephan Streul war nachweislich schon seit knapp drei Wochen auf Reisen, als Marina Boginska getötet wurde. So dass er sie folglich weder ermordet noch in den Wochen zuvor gefangen gehalten haben kann.«

»Und dieser Bruder?«

»Der ist nach wie vor im Rennen«, entgegnete Em. »Er kann weder für den Abend, an dem Manuela Zehlen starb, noch für die Tage davor ein vernünftiges Alibi nachweisen.«

»Haben Sie auch diesen Reporter durchleuchtet?«

Zhou nickte. »Scheint sauber zu sein«, sagte sie. »Gehling hat sich seine Verbindungsdaten der letzten zwei Jahre vorgenommen, aber keine relevanten Kontakte gefunden. Weder zu Kaspary selbst noch zu einem seiner Anwälte oder auch Personen, die in der Klinik Kronenhof arbeiten oder gearbeitet haben.« Sie zuckte die Achseln. »Wahrscheinlich hat der Täter ihn nur ausgewählt, weil Wieland über den Kaspary-Prozess Bescheid wusste.«

»Ein weiteres Indiz dafür, dass wir im Umfeld der damaligen Serie suchen müssen«, ergänzte Em. »Und genau das werden wir auch tun!«

3

Sprendlingen, Galerie von Hannah Isaakson

Hannah Isaakson betrachtete den kleinen Teich, den sie vor ziemlich genau sechs Jahren angelegt hatte. Im Sommer erfreute er sie mit spiegelnder Frische, und wann immer sie Gefahr lief, ihre innere Mitte zu verlieren, stellte sie sich einen Stuhl auf den kleinen Steg und beobachtete die wunderbar ebenmäßigen Bewegungen ihrer Kois. Der Legende nach hatte einer dieser kraftvollen Fische einst den mythischen »Gelben Fluss«, den Huang Ho, überwunden und war zum Lohn dafür in einen mächtigen Drachen verwandelt worden. Hannah nahm ihre Brille ab und massierte sich die Stirn. Über dem Bett ihrer Tochter hing ein Koi-Karpfen aus Papier, der sachte hin und her schwang, wenn Lucia sich im Schlaf bewegte. Hannah gefiel die Symbolik, dass ihr Kind einst mit der Zielstrebigkeit und Ausdauer dieser klugen Tiere im Fluss des Lebens unterwegs sein würde. Doch heute Nachmittag wirkte der Teich einfach nur trist.

Die Oberfläche war grau und gekräuselt von Regen, und selbst die sorgsam gepflegten Pflanzen, die das Ufer umgaben, schienen sämtliche Farbe verloren zu haben.

Ich muss die Jungfische reinholen, bevor es friert, dachte Hannah mit einem Anflug von schlechtem Gewissen.

Dann wandte sie sich wieder ihrer Einkaufsliste zu.

Die Idee, ein kleines Kunstcafé mit angeschlossener Galerie zu eröffnen, hatte sie seit ihrem Studium mit sich herumgetragen. Warum? Keine Ahnung. Sie verstand nicht einmal besonders viel von Kunst. Aber diese Form, mit Menschen in Kontakt zu treten, war so ganz anders als das, worin sie angeblich so gut war. Es war so wunderbar banal, über die angebliche Aussage eines abstrakten Gemäldes zu debattieren. So banal und harmlos …

»Kaffeesahne, Servietten rot und orange, Süßstoff«, notierte sie auf ihren Zettel, als das Telefon auf ihrem Schreibtisch zu läuten begann.

Normalerweise landeten sämtliche Anrufe drüben im Café, wo eigentlich immer irgendein Angestellter zugange war, um sie annehmen zu können. Doch ein paar enge Freunde kannten auch ihre Durchwahl, so dass Hannah sich nichts dabei dachte, selbst an den Apparat zu gehen.

»Ja?«

»Ich wollte mich schon lange dafür bedanken, dass Sie mir durch Ihre beispiellose Fehleinschätzung einen so komfortablen Vorsprung verschafft haben …«

Hannah erstarrte. »Wer ist da?«

»… nur leider irren Sie sich schon wieder.«

»Kaspary?«

Er lachte. »Was denken Sie denn, Doktor?«

Sie wusste, sie durfte ihn ihre Angst nicht spüren lassen. Trotzdem hatte sie das Gefühl, dass er ihre Schwäche witterte. Automatisch blickte sie zur Tür. Dem einzig möglichen Fluchtweg.

»Worin irre ich mich?« Ihre Hand tastete unter der Schreibtischplatte nach ihrer Handtasche. Darin befand sich ihr Handy.

»Helfen Sie ihnen deshalb?«, fragte unterdessen der Anrufer. »Weil Sie ein schlechtes Gewissen haben?«

Hannah konnte seine Stimme noch immer nicht sicher zuordnen, denn er benutzte etwas, das sie verzerrte. »Wem?«

»Der Polizei.«

Ihre zitternden Finger kämpften mit dem Reißverschluss, und im Stillen verfluchte sie ihre Angewohnheit, immer und überall alles zu schließen. Jede Tür, jede Tasche, jede Akte und jedes Programm. »Ich arbeite seit Jahren nicht mehr mit der Polizei zusammen.«

»Oh ja, stimmt«, entgegnete er. »Ich vergaß. Dann waren Sie am Montag also nur zum Spaß im Präsidium, ja?«

Am Montag …

Im Präsidium …

Er beobachtet mich!

Die Erkenntnis raubte ihr fast den Atem. Wenn er von ihrem Besuch bei der Polizei wusste und ihr gefolgt war, dann wusste er auch, wo sie wohnte. Und dass sie ein Kind hatte. Sie griff sich an die Kehle, die sich anfühlte wie zugeschnürt. Aber wenn er dir folgen konnte, ist es auf keinen

Fall Kaspary, versuchte sie, dem Gewitter in ihrem Kopf mit nackter Logik beizukommen. Kaspary konnte vieles tun. Er konnte Drohungen aussprechen und Briefe schreiben. Aber er konnte sie nicht BEOBACHTEN! Da, wo er war, kam er nie wieder raus. Dafür hatte sie gesorgt. Oder doch nicht?

»Sind Sie noch dran?«

Hannah Isaakson hatte das Gefühl, dass sich ein Schatten auf sie legte. »Was wollen Sie von mir?«

Er antwortete mit einer Gegenfrage: »Ich schätze Ihre Fähigkeiten. Aber wissen Sie, dass Sie dazu neigen, die Zuordnung zu versauen?«

»Wie soll ich das verstehen?«

»Die Russin ist nicht meine.«

»Das behaupten *Sie*.« Trotz ihrer Angst wollte sie hören, wie er darauf reagierte. Außerdem brauchte sie Zeit. Sie musste den Notruf wählen. Hoffen, dass dort jemand saß, der schnell schaltete. Der verstand, worum es hier ging. »Aber wissen Sie was? Sie sind einfach bloß ein Spinner«, sagte sie, obwohl sie es besser wusste. »Ein durchgeknallter Spinner, dem es Spaß macht, sich für etwas auszugeben, das er nicht ist.«

»Nein.« War es Wut, was sie da hörte? »Das habe ich nicht nötig.«

Ja, frohlockte sie. Er platzt fast vor Wut! Das ist immerhin ein Ansatzpunkt!

Ihr Blick krallte sich am Display ihres Handys fest. Befehl TASTENFELD. »Sie verschwenden meine Zeit.«

»Ihre Tochter hat eine hübsche blaue Laterne gebastelt.«

Beinahe hätte Hannah sich vertippt.

»Und sie redet ja auch schon seit Tagen über nichts anderes als über ihren allerersten Laternenumzug.«

Hannah fühlte, wie eine Welle von Panik durch ihre Adern flutete. Zum ersten Mal in ihrem jungen Leben wollte Lucia die bunten Laternen sehen, nachdem sie in den letzten beiden Jahren immer pünktlich Anfang November krank geworden war. Sie sollte das Lichtermeer der Fackeln und Laternen sehen und das Feuer, das hoch in den Himmel loderte, um die bösen Geister zu vertreiben. Sie hatten schon Bilder gemalt. Lieder gelernt. Und ja, sehr viel darüber gesprochen. Hannah atmete tief durch. Wer, zum Teufel, hatte es gewagt, sich ihrem Kind zu nähern?!

»Sie machen mir keine Angst«, log sie mit einer Stimme, die ihr selbst fremd vorkam. Zugleich verfolgten ihre Augen, wie ihr Mobiltelefon die Verbindung zur Notrufzentrale der Polizei aufbaute. Als der rotierende Kreis verschwand, presste Hannah das Handy ans Ohr. An das andere. Das freie …

Mach schon! Geh ran!

Hilf mir!

»Oh, ich wollte Ihnen gar keine Angst machen.« Er lachte, aber durch die Verzerrung klang es fast wie ein Husten. »Ich will Ihnen nur etwas zeigen. Und ich …« Seine Zerrstimme wurde hart wie Stahl, »möchte sichergehen, dass Sie nicht wieder einen so gravierenden Fehler begehen wie beim letzten Mal. … Also seien Sie dort.«

»Wo?«, japste Hannah, heiser vor Aufregung.

»Beim Laternenumzug.«

Hannah hatte das Gefühl, ihr Stuhl gebe unter ihr nach.

»Und lassen Sie sich nicht einfallen, die Polizei mitzubringen. Wenn ich auch nur einen einzigen Beamten dort entdecke, bekommen Sie gar nichts zu sehen.«

Sie schielte nach dem Display.

Geh endlich ran, verdammt!

»Und was sollte ich dort zu sehen bekommen, Sie elender Wichser?«, fragte sie.

»Das richtige Mädchen.«

»Polizeinotruf«, meldete sich just in diesem Augenblick eine andere Männerstimme.

»Ich rufe Sie wieder an!«

Klick …

»Hallo?«

Hannah zitterte so stark, dass ihre Zähne wie wild gegeneinanderschlugen.

»Hallo? Jemand in der Leitung? … Sprechen Sie!«

4

Frankfurt-Sachsenhausen,
Wohnung von Lisa Brugger

Die Frau, die ihnen die Tür öffnete, wirkte deutlich älter als Ende zwanzig, und ein einziger Blick in ihre Augen genügte, um in Zhou erhebliche Zweifel zu wecken. Daran, ob es recht war, Lisa Brugger zu belästigen. Ob man sie nicht besser in Ruhe ließ, bis … Ja, dachte Zhou, das ist der Punkt. Wie viel Rücksicht konnten sie sich leisten? Wie viel Schweigen war vertretbar in einem Fall wie diesem?

Die Frau, die von den Boulevardblättern damals gern als »Kasparys letzte Überlebende« bezeichnet worden war, hatte ihr ehemals dunkelbraunes Haar inzwischen blond gefärbt. Das Ergebnis war nicht vorteilhaft, aber es schuf eine größtmögliche Distanz zu dem, was der jungen Frau passiert war. Zumindest optisch.

Lisa Bruggers geübter Blick taxierte die beiden Kommissarinnen nur wenige Sekunden. Dann fragte sie: »Polizei?«

»Kriminalhauptkommissarin Emilia Capelli, Abteilung für Kapitaldelikte«, nickte Capelli und hielt ihren Dienstausweis in den schmalen Spalt der Tür. »Das hier ist meine Partnerin, Mai Zhou.«

Auf der anderen Seite schlug eine Sicherheitskette gegen den Türrahmen. »Kommen Sie rein.«

Die junge Frau, die inzwischen als Altenpflegerin arbeitete, führte ihre beiden Besucherinnen in ein penibel aufgeräumtes Wohnzimmer, in dem ein fast schon befremdlicher Geruch nach Essen und Zigarettenrauch hing.

»Sind Sie wegen diesen Frauenmorden hier?« Es schien eher eine Feststellung als eine Frage zu sein.

Zhou nickte trotzdem.

»Hat diese Sache irgendwas mit …«, ihr Schlucken klang, als sei ihre Kehle zu eng, »mit damals zu tun?«

Und schon war sie gestellt, die Frage, auf die sie noch immer keine letztgültige Antwort kannten! Zhou senkte resigniert den Blick. »Das wissen wir nicht«, räumte sie ein. Sie wollte wenigstens nicht auch noch lügen!

Zu ihrer Überraschung gab sich Lisa Brugger mit dieser Antwort zufrieden. Sie setzte sich auf das Sofa, den beiden Beamtinnen gegenüber, und schüttelte eine Zigarette aus der Packung, die zwischen ihnen auf dem Couchtisch lag. »Ich hatte keine Angst, damals«, begann sie, mehr zu sich selbst als an ihre Besucher gewandt. »Obwohl die Zeitungen natürlich voll waren von seinen Taten. Aber ich habe das nicht auf mich bezogen.« Um ihren Mund erschienen unvermittelt harte Linien. »Ich weiß noch, dass meine Freundin sich einen von diesen Elektroschockern besorgt hatte. Und für mich gleich einen mit. Er lag zu Hause in der Küchenschublade, als ich …« Sie räusperte sich. »Ich hatte ihn nicht bei mir.«

Zhou merkte, wie ihre Hände feucht wurden. Mittlerweile war sie nicht mehr gänzlich unerfahren in Situationen wie dieser. Aber hier und heute hatte sie das beunruhigende Gefühl, den richtigen Ton nicht zu treffen. Als ob man sie zwang, in High Heels übers Glatteis zu laufen …

Zum Glück sprach Lisa Brugger von sich aus weiter: »Was soll ich mit so einem Ding?, habe ich meine Freundin gefragt«, bekannte sie. »Der geht ja nicht mal in meine Handtasche!«

Zhou nickte nur. Wie oft mochte sich ihre Gesprächspartnerin seit damals gefragt haben, wie jene Nacht, die ihr zum Verhängnis geworden war, verlaufen wäre, wenn sie ihren Elektroschocker bei sich getragen hätte?

Lisa Brugger erriet ihre Gedanken. »Seit damals habe ich ihn immer dabei«, erklärte sie und lachte. Aber es klang erschreckend bitter. »Ich mache ein und denselben Fehler nie zweimal hintereinander. Aber … solche Dinge passieren einem ja immer nur einmal im Leben, nicht wahr?«

Zhou überlegte, ob sie *Gott sei Dank* sagen sollte. Doch sie unterließ es.

»Nun?« Lisa Brugger sah kurz auf. Dann starrte sie wieder auf ihre Knie hinunter. »Wie kann ich Ihnen behilflich sein?«

»Wir möchten etwas über Frank Kaspary wissen«, entgegnete Zhou vorsichtig. »Es ist eine rein hypothetische Frage, und dieser aktuelle Fall hat im Grunde nichts …«

»Sie müssen mir nichts erklären«, fiel Lisa Brugger ihr ins Wort. »Ich habe Ihnen doch gerade gesagt, dass ich ein und denselben Fehler nie zweimal mache.«

Zhou sah sie fragend an.

Und wieder dieses angestrengte Lachen. »Damals habe ich das, was in der Zeitung stand, nicht auf mich bezogen. Ich dachte, wenn irgendwelche blöden Kühe nicht auf sich selbst aufpassen können, geht mich das nichts an, verstehen Sie?« Sie rollte die brennende Zigarette zwischen ihren Fingern hin und her, und etwas Glut fiel auf ihr Hosenbein. Doch das schien sie nicht einmal zu bemerken. »Aber das passiert mir nicht noch mal. Und wenn ich heute etwas von ermordeten Frauen lese, dann weiß ich, dass es mich angeht, auf die eine oder andere Weise. Also, bitte«, sie sah Zhou direkt in die Augen, »fragen Sie einfach!«

Zhous Blick fiel auf Lisa Bruggers Haaransatz, wo bei genauerem Hinsehen ein schmaler Streifen des ursprünglichen Brauntons zu erkennen war. Dieselbe Farbe wie die anderen, dachte sie schaudernd.

Wie die Toten …

»Hatten Sie damals während der Tat irgendwann mal das Gefühl, dass Kaspary Sie töten könnte?«, begann sie vorsichtig.

Lisa Brugger zögerte lange, bevor sie antwortete. »Nein«, sagte sie dann. »Ich hatte zu keinem Zeitpunkt das Gefühl, dass er mich umbringen würde.«

»Auch nicht, als er begann, Sie zu verletzen?«

Sie schüttelte den Kopf. »Nein, auch dann nicht.«

»Können Sie … eventuell sagen, warum nicht?«

»Weil er …« Lisa Brugger drückte ihre Zigarette aus und steckte sich umgehend eine neue an. »Während er mich … Er hat gesagt, dass ich an ihn denken soll. Für den Rest meines Lebens.«

Zhou verstand, worauf sie hinauswollte. Das passte zu einer Bemerkung von Hannah Isaakson, von der Capelli ihr berichtet hatte: *Überlegen Sie mal! Welchen Sinn hätte es, Ihren Opfern ein Andenken zu hinterlassen, wenn Ihre Opfer zu tot sind, um sich an Sie zu erinnern?*

»Aber Jeanette Altmaier ist getötet worden«, sagte sie trotzdem.

Lisa Brugger hob den Kopf. Länger als bisher. »Das kann nur ein Versehen gewesen sein.«

Zhou warf ihr einen zweifelnden Blick zu. »Möglich. Andererseits ist nicht zu leugnen, dass Kaspary im Laufe der Zeit immer brutaler wurde.«

In Lisa Bruggers Augen erschien ein neuer Ausdruck. »Wem sagen Sie das!«

Zhou wäre am liebsten im Erdboden versunken. Wie konnte man nur derart unsensibel sein? Lisa Brugger war

Kasparys letztes Opfer. Oder zumindest das letzte, das überlebt hat, korrigierte sie sich im Stillen.

Seinem letzten Opfer biss er einen Teil der Brustwarze heraus, flüsterte Carsten Ulbrich hinter ihrer Stirn. *Gleich nachdem er ihr das Gesicht zu Brei geschlagen hatte …*

»Ich verstehe nichts von diesen Dingen«, sagte Lisa Brugger mitten in die entstandene Stille. »Psychologie und so, Sie wissen schon. Ich kann Ihnen nur sagen, was ich gedacht und gefühlt habe.« Ihr Blick war klar und fest. »Und ich habe definitiv nicht gedacht, dass ich sterben würde. Nicht eine Sekunde lang.«

Zhous Blick glitt über Lisa Bruggers Gesicht, und jetzt fielen ihr unter dem Make-up auf einmal auch die Narben auf. Hatte ihr Gefühl die junge Frau getrogen? War Frank Kaspary ein Mörder? Oder nicht?

Ihr gut erzogener kleiner Freund wird mich schneller hier rausholen, als Sie gucken können …

»Mit dieser Sache da jetzt …« In Lisa Bruggers Stimme schwangen Angst und Hoffnung zugleich. »Da hat er aber nichts mit zu tun, oder? Kaspary, meine ich.«

Zhou zögerte. Ihr lag ein Nein auf der Zunge, und sie wusste auch, dass sie Lisa Brugger mit diesem Nein einen Riesenstein vom Herzen nähme. Aber sie brachte es auch nicht über sich, etwas zu behaupten, das sich vielleicht im Nachhinein als Unwahrheit erwies.

Während sie noch mit sich kämpfte, sprach Lisa Brugger weiter. Wahrscheinlich ertrug sie kein Schweigen. »Was ich meine, ist … Abgesehen davon, dass er seine Opfer ja nur … Dass er im Grunde …« Sie unterbrach sich und schüttelte ärgerlich den Kopf. »Scheiße, was rede ich da? Außerdem sind sie ja auch viel zu alt.«

Neben Zhou horchte Capelli spürbar auf. »Was meinen Sie?«

»Die Frauen aus der Zeitung«, entgegnete Lisa Brugger

müde. »Sie sind viel zu alt, um Kasparys Opfer zu sein. Seine waren … Wir waren jünger.« Sie nahm sich eine neue Zigarette. »Ich habe ein paar von den anderen kennengelernt, beim Prozess. Alle Anfang zwanzig oder so …«

Die beiden Kommissarinnen tauschten einen Blick.

Genug hier, signalisierte Capelli. *Lass uns gehen!*

Zhou nickte und stand auf. Hatten sie nun etwas erfahren, das ihnen weiterhalf, oder nicht? Hatte es wirklich irgendeinen Sinn gehabt, Lisa Brugger zu belästigen und alles wieder aufzurühren? Und was würde die junge Frau wohl anstellen, wenn sie wieder weg waren?

Lisa Brugger erhob sich ebenfalls. »Tut mir leid, wenn ich Ihnen nicht helfen konnte«, sagte sie. »Aber ich bin froh, dass Kaspary nie wieder rauskommt.«

Zhou sagte nichts.

5

Baseler Straße, Wagen von Emilia Capelli

»Er hat mich angerufen!«

»Was?«

»Dieser elende Scheißkerl hat es gewagt, mich anzurufen!«

Em brauchte nicht zu fragen, wen sie meinte. Sie wusste auch so, dass Hannah Isaakson von dem Mann sprach, den sie suchten. »Woher hat er Ihre Nummer?«

»Was weiß denn ich.« Sie war völlig außer sich. Wütend. Hysterisch. »Er hat in der Galerie angerufen. Auf meiner Durchwahl.«

»Was hat er gesagt?«

»Dass meine Tochter eine hübsche blaue Laterne gebastelt hat.«

Em nahm das Telefon in die andere Hand. »Stimmt das?«

»Was?«

»Das mit der Laterne. Gibt es die?«

»Ja, verdammt. Und sie ist wirklich blau.«

Em nickte. Sie fühlte eine neue Art von Entschlossenheit. Wie immer, wenn sich eine Sache derartig zuspitzte. Als ob irgendwo tief in ihr noch eine Energiequelle säße, auf die sie nur in Krisenzeiten zugreifen konnte. »Dann wissen wir jetzt also, dass er Sie beobachtet hat.«

»Mich und …« Hannah Isaakson zögerte. Offenbar scheute sie sich, den Namen ihrer Tochter in einem solchen Zusammenhang auszusprechen. Stattdessen sagte sie: »Ich dachte zuerst, dass es Kaspary ist.«

Vor Ems innerem Auge blitzte wieder der Besucherraum der Klinik auf. Die hohen Fenster und der Blick in die Freiheit.

Grüßen Sie Hannah Isaakson von mir …

Und: *Ist sie nicht schwanger gewesen, damals?*

»Kaspary kann Sie und Ihre Familie nicht beobachten«, entgegnete sie mit fester Stimme. Sie durfte nicht auch noch die Nerven verlieren. Sie musste sachlich bleiben. Logik walten lassen.

Hannah Isaakson gab einen Laut von sich, der wie ein Schluchzen klang. Doch Em war sicher, dass die Psychologin niemals weinen würde, solange ihr jemand zuhörte. »Das weiß ich«, sagte sie, nun wieder gefasst. »Aber er hat mich schon mal bedroht.«

»Kaspary?«

»Ja.«

Em hatte das Telefon laut gestellt, und aus den Augenwinkeln sah sie, wie Zhou die Lippen zusammenkniff. »Warum haben Sie uns nichts davon gesagt?«

Anstelle einer Antwort stieß Hannah Isaakson ein reichlich verlorenes Lachen aus. »Ich hätte Sie gleich bei Ihrem ersten Anruf zum Teufel jagen sollen!«

»Wo sind Sie jetzt?«, fragte Em.

»Was denken Sie denn?! Auf dem Weg nach Hause. Wo sonst?«

Em sah in den Rückspiegel, trat scharf auf die Bremse und wendete den Wagen mit quietschenden Reifen. »Wenn Sie da sind, bleiben Sie dort«, rief sie. »Schließen Sie alle Rollläden und öffnen Sie unter gar keinen Umständen die Tür, klar? Wir sind sofort bei Ihnen!«

6

Kellerverlies, Versteck von Kathrin Stiller

Er hatte ihr einen Zahn ausgeschlagen.

Nein, korrigierte sie sich, ausge*treten*.

Ein Schneidezahn. Der rechte. Sie hatte ihn neben sich auf der Decke gefunden, und ihr Mund schmeckte noch immer nach Blut. Ihre Zunge fuhr durch die Lücke, die riesig zu sein schien, und sie fragte sich, wie es wohl aussehen würde, wenn sie jetzt in einen Spiegel schauen könnte.

Seltsamerweise hatte sich ihr Bruder auch mal einen Zahn ausgeschlagen. Damals war er sieben gewesen und hatte vergessen, dass er nicht laufen konnte. Am Nachmittag war ihre Mutter mit ihm im Park gewesen, und er hatte Kinder gesehen. Spielende, laufende, lachende Kinder. Er hatte bis nach dem Abendessen gewartet und einen Moment abgepasst, in dem seine Eltern nicht im Zimmer waren. Und dann hatte er es irgendwie fertiggebracht, sich aus den Gurten zu befreien, die seinen Körper in dem hohen Rollstuhl hielten, und hatte seine kleinen, verdrehten Glieder in die Luft gestemmt.

Die Erinnerung entlockte ihr ein Lächeln, von dem sie das Gefühl hatte, dass es sehr schief aussehen musste. Es war ein winziger Augenblick von Freiheit gewesen, der ihren Bruder einen Schneidezahn und ihre Mutter einen Nervenzusammenbruch gekostet hatte.

»Wir zwei werden uns immer ähnlicher, was?«, flüsterte sie, wobei sie es grotesk fand, wie die Luft beim Sprechen durch ihre Zahnlücke pfiff.

Doch ihr Bruder antwortete ihr nicht.

Er schien heute nicht da zu sein, was sie unter den gegebenen Umständen aufrichtig bedauerte.

»Tja«, zischte sie durch die Lücke in ihrem Mund. »Manchmal muss man auch mal was riskieren im Leben, was? Einen Zahn, zum Beispiel. Wie viele hat man davon eigentlich? Dreißig? Vierzig?«

Ihre Zunge wollte gerade mit Zählen beginnen, doch sie blieb in der blutigen Lücke kleben.

Die Kette an ihrem Handgelenk klimperte, als sie zu der Stelle kroch, wo üblicherweise ihr Wasser stand. Aber … Wo war ihr Holzgefäß?

Ihre Hand tastete seitwärts.

Nichts.

Die andere Richtung.

Auch nichts!

In wachsender Panik suchte sie ihr gesamtes Umfeld ab, doch da war nichts. Kein Wasser. Keine Cracker. Kein Trockenobst.

Er musste alles mitgenommen haben …

7

Dreieichenhain, Haus von Dr. Hannah Isaakson

Lucia Isaakson war ein ernsthaftes Kind mit rötlichem Haar und wachen grünen Augen. Sie sah ihrer Mutter kein bisschen ähnlich, und insgeheim überlegte Em, ob sich Hannah Isaakson dieser Tatsache bewusst war.

Wie gestern Abend saßen sie im Wohnzimmer. Em und Zhou in den beiden Sesseln, die Isaaksons auf der Couch ihnen gegenüber. Drei Generationen: Großmutter, Mutter und Enkelin.

Hannah Isaakson hatte sie in ihr Büro gebeten und zunächst, so gut es ging, das Gespräch mit dem Täter geschildert. Zhou hatte alles notiert, und Em war sicher, dass es sich bei vielen Formulierungen tatsächlich um eine wortwörtliche Wiedergabe des kurzen, aber überaus beunruhigenden Telefonats handelte. Hannah Isaakson verfügte zweifellos über ein hervorragendes Gedächtnis, und sie war – nicht zuletzt aus ihrer Zeit als forensische Psychologin – auch daran gewöhnt, selbst in Stresssituationen wie dieser aufmerksam zuzuhören. Eine Fähigkeit, die sie zu einer überaus wertvollen Zeugin machte. Dafür war das Gespräch, das sie jetzt führen mussten, umso heikler.

»Nein«, wiederholte Lucia Isaakson auf Zhous behutsame Nachfrage noch einmal. »Da war kein fremder Mann im Kindergarten.«

Ems Blick wandte sich Gertie Isaakson zu: »Ist Ihnen in letzter Zeit vielleicht irgendetwas aufgefallen? Beim Abholen, zum Beispiel? Oder auf dem Nachhauseweg?«

Ihre Antwort bestand in einem energischen Kopfschütteln. *Wofür halten Sie mich? Glauben Sie nicht, dass ich solche Dinge sofort mit meiner Tochter besprochen hätte?*

»Ich habe gehört, dass du eine ganz tolle Laterne gebastelt hast«, wandte sich Em wieder an Lucia.

Das Mädchen nickte nur.

»Darf ich die vielleicht mal sehen?«

Ein fragender Blick in Richtung ihrer Mutter.

»Ich gehe mit dir.« Hannah Isaakson stand auf. »Wir sind sofort wieder da.«

»Lucia kommt nächstes Jahr in die Schule«, sagte Gertie Isaakson, nachdem sich die Tür hinter ihrer Tochter und ihrer Enkelin geschlossen hatte. »Sie wäre liebend gern schon jetzt gegangen. Aber sie braucht dieses eine Jahr mehr. Nicht unbedingt von der Reife her. Aber sozial.«

Em schenkte ihr ein verständnisvolles Lächeln. »Holen Sie Ihre Enkelin jeden Tag vom Kindergarten ab?«

»Ja, immer.«

»Und wann haben Sie die Laterne mit nach Hause genommen?«

»Vorgestern.«

»War das auch der Tag, an dem sie gebastelt wurde?«

Wieder dieses energische Kopfschütteln. »Nein, das war schon letzte Woche. Aber die Laternen sollten ein paar Tage im Kindergarten hängen bleiben. Damit der Kleister richtig trocknen kann.«

»Waren Namensschildchen dran?«

»Ja.«

Dann könnte er die Laternen theoretisch auch gesehen haben, ohne sich Lucia oder ihrer Oma nähern zu müssen, resümierte Em. »Ist Ihre Enkelin schon aufgeregt wegen dem Laternenumzug?«, wandte sie sich wieder an Lucias Großmutter.

Nicken.

»Und redet sie auch viel darüber?«

In die klugen grauen Augen schlich sich ein Hauch von Misstrauen.

Hannah hat also noch nicht mit ihr gesprochen, durchfuhr es Em. Sie hat ihr noch nicht erzählt, was dieser Mistkerl alles weiß! Aber ihre Mutter ist nicht dumm. Sie wird ihre Schlüsse ziehen.

»Welches Kind redet denn in diesen Tagen nicht über Martinsumzüge?«, Gertie Isaaksons Gegenfrage bestätigte ihre Gedanken. »Das könnte er auch einfach geraten haben.«

»Natürlich könnte er das«, stimmte ihre Tochter ihr zu, die in diesem Augenblick mit Lucia und einer wunderschönen blauen Laterne in Fischform zurückkehrte. »Es liegt nahe. Genau wie das Fisch-Motiv.«

Gertie Isaaksons Züge entspannten sich ein wenig, während ihre Enkelin den beiden Kommissarinnen stolz ihre Fisch-Laterne präsentierte. Eine Mischung aus Delphin und Koi-Karpfen.

»Die ist aber wirklich schön!« Em schnalzte anerkennend mit der Zunge. »Und zeigst du mir auch mal, wo das Licht reinkommt?«

»Hier!« Lucias Finger zeigten auf das Loch im Rücken des Fisches. »Mama sagt, wir nehmen eine Glühbirne. Aber es gibt auch welche mit Feuer.«

»Ich hatte früher auch immer Glühbirnen«, log Em.

Die Kleine strahlte. »Echt?«

Hannah Isaakson verzog spöttisch die Lippen. *Eine wie Sie hatte keine Glühbirnen. Eine wie Sie hatte 'ne verdammte Pechfackel!*

Em senkte ertappt den Blick. »Und freust du dich schon auf den Umzug?«

»Ja!«, rief Lucia fröhlich. »Ganz besonders auf das Pferd. Und auf das Feuer. Und auf die Lichter.«

»Warum gehst du nicht mit Oma in die Küche und ihr zwei macht eine Kanne Tee für uns?«, fragte Hannah Isaakson, die das Hin und Her zwischen Ernst und Belanglosigkeiten spürbar Nerven kostete.

Lucia zog einen Flunsch, aber sie fügte sich. »Gut.« Bei Em blieb sie stehen. »Was wollen Sie für Tee?«

Die höfliche Frage überforderte Em. »Was … äh … habt ihr denn?«

»Früchte. Grüntee. Und Kakao.«

Em lächelte. »Dann hätte ich gern eine Tasse Kakao-Tee, bitte.«

Lucia strahlte. »Ihre Frau auch?«

»Sie ist nicht meine …« Sie unterbrach sich, als sie bemerkte, wie Zhou neben ihr knallrot anlief. »Ja«, sagte sie mit einem zufriedenen Grinsen. »Meine Frau auch.«

»Okay!«, rief Lucia und rannte aus dem Zimmer.

Hannah Isaakson hob entschuldigend die Schultern. »Zwei Freundinnen von mir haben kürzlich geheiratet, und Lucia war eins der Blumenmädchen«, erklärte sie. »Die Zeremonie hat sie … Nun ja … ziemlich beeindruckt.«

»So weit sind wir noch nicht«, entgegnete Em, indem sie ihre Partnerin neckisch in die Seite stupste. »Aber was soll's? Ist doch ohnehin bloß ein Stück Papier, was?«

Wie Zhou es schaffte, anwesend zu sein und trotzdem zu verschwinden, blieb ihr Geheimnis. Aber ihr Teint hatte deutlich an Farbe gewonnen. Em war froh, dass sie noch Scherze machen konnten in einer Situation wie dieser.

»Und Sie sind ganz sicher, dass es unser Mann gewesen ist?«, kam sie doch noch einmal auf den Anruf zurück.

Hannah Isaaksons Nicken ließ keinen Raum für Zweifel. »Unbedingt. Und es würde auch ins Profil passen. Dieser Typ von Täter neigt dazu, Kontakt aufzunehmen. Mit der Polizei. Mit den Medien. Das hat mit Kontrolle zu tun.« Sie schlug die Beine übereinander. »Er will das Bild bestimmen, das die sogenannte Öffentlichkeit von ihm hat.«

»Glauben Sie, dass er Kathrin Stiller gemeint hat, als er von dem *richtigen Mädchen* sprach?«, fragte Zhou, die sich inzwischen von ihrem Schock erholt hatte.

»Das ist naheliegend, oder?«

Die Antwort kam Em ein wenig unentschlossen vor, und sie überlegte, ob sie noch einmal nachhaken sollte. Doch sie ließ es. Stattdessen sagte sie: »Denken Sie, dass er sich wieder melden wird?«

Hannah Isaakson überlegte. »Er ist vorsichtig«, stellte sie fest. »Und er ist sich auch darüber im Klaren, dass meine Telefone ab sofort rund um die Uhr überwacht werden.« Sie trug nun wieder die Maske der Unerschütterlichkeit, die sie in vielen Berufsjahren erprobt hatte. Die Maske, mit der man Monstern begegnen konnte. »Wenn er etwas zu sagen hat, wird er sich vermutlich einen anderen Dummen aussuchen. Vergessen Sie nicht, dass er schon jetzt zu drei verschiedenen Personen Kontakt aufgenommen hat. Und bei keinem hat er sich öfter als einmal gemeldet.«

Aus Rücksicht auf Hannah Isaaksons Gefühle entschied sich Em, es dabei bewenden zu lassen, auch wenn sie die Einschätzung der Psychologin nicht teilte. Der Mann, den sie suchten, hatte ausdrücklich angekündigt, Hannah Isaakson wieder anzurufen. Und er wollte ihr etwas zeigen. Damit sie keinen Fehler machte.

So wie damals.

Wie bei Jeanette Altmaier …

»Wir sollten auf jeden Fall überlegen, wie wir Sie bei diesem Laternenumzug …«

»Sie glauben doch nicht im Ernst, dass ich da hingehe?!«, unterbrach Hannah Isaakson sie empört.

Nein, gab Em ihr stumm zur Antwort. Das hatte ich in der Tat nicht erwartet. Aber es wäre besser, wenn Sie's täten.

Ein Laternenumzug und das richtige Mädchen …

Laut sagte sie: »Wir müssen los.«

Zhou war sichtlich überrascht von der plötzlichen Eile ihrer Partnerin, aber sie griff sofort nach ihrer Tasche.

»Sagen Sie Lucia, dass wir den Kakao-Tee gern ein andermal kosten.« Em marschierte voran, zur Tür. »Ach ja, und Sie bekommen selbstverständlich Polizeischutz. Bis das erste Team vor Ort ist, bleiben die Kollegen von der Streife hier bei Ihnen.«

Hannah Isaakson war spürbar irritiert. »Okay …«

»Und benehmen Sie sich möglichst normal. Gehen Sie zur Arbeit und tun Sie, was Sie sonst auch tun.« Sie erreichten die Haustür, wo sich Em noch einmal umdrehte. »Natürlich werden wir den Kindergarten Ihrer Tochter ebenfalls überwachen. Sie können Lucia also ganz unbesorgt hingehen lassen.«

Die Psychologin runzelte die Stirn, und für einen kurzen Moment sah sie aus, als wolle sie widersprechen. Doch dann schloss sie einfach die Tür.

»Was, wenn sie nächste Woche noch genauso denkt?«, fragte Zhou, als sie wieder beim Auto waren. »Wenn sie sich weigert, zu diesem Laternenumzug zu gehen?«

»Dann haben wir ein Problem«, entgegnete Em lapidar.

Zhou schob den Schlüssel ins Zündschloss. Auf der gesamten Rückfahrt ins Präsidium sprach keine von ihnen ein Wort.

Was, zur Hölle, will dieser Mistkerl uns nächste Woche zeigen?, überlegte Em, während sie, ohne etwas von der Landschaft wahrzunehmen, aus dem Seitenfenster blickte.

Nein, korrigierte sie sich. Nicht uns.

Hannah …

Die Russin ist nicht meine, hatte der Anrufer gesagt. Wörtlich. Aber … Stimmte das? Oder war die Behauptung bloß eine Eitelkeit, weil ihn irgendetwas an diesem Mord störte?

Und schon, dachte Em grimmig, wären wir wieder beim Thema!

Braune Haare.

Krallenartige Fingernägel.

Zerschnittene Brustwarzen.

Rapunzel …

»Woran denkst du?«, fragte Zhou, als sie in den Hof des Präsidiums einbogen.

Em seufzte. »An Märchen.«

»Märchen?«

Sie schüttelte den Kopf. »Vergiss es.«

8

`Kellerverlies, Versteck von Kathrin Stiller`

Sie würde verdursten!

Kein Zweifel: Wenn er nicht bald zurückkam und ihr Wasser brachte, würde sie sterben …

Der Gedanke kam ihr absurd vor. Trotz der langen Zeit, die sie gehabt hatte, um sich an ihn zu gewöhnen.

Für alles gibt es eine bestimmte Stunde, hieß es nicht so? Sie überlegte, wo sie diesen Satz schon einmal gehört hatte: Für alles gibt es eine bestimmte Stunde …

Christians Taufe, durchfuhr es sie, das war's!

Ihre Eltern hatten ihren Bruder sofort nach der Geburt taufen lassen. Ohne Zeremonie und ohne Gäste. Einfach so, im Krankenhaus. Eine hektische, sterile Angelegenheit. Sie verzog ihre noch immer bestialisch schmerzenden Lippen zu einem sarkastischen Lächeln. Aber ihr Bruder hatte wider Erwarten überlebt, und ihre Eltern hatten sich entschlossen, eine kleine Feier nachzuholen. Für die Großeltern und die Verwandtschaft. Und bei dieser Gelegenheit hatte der Pfarrer diesen Satz gesagt!

Sie lehnte den Rücken gegen die Mauer, die ihr schon lange nicht mehr kalt und hart vorkam, und freute sich, dass es ihr gelungen war, zur Abwechslung mal eine Erinnerung zuzuordnen.

Für alles gibt es eine bestimmte Stunde, hatte der Pfarrer gesagt, *Zeit zum Gebären und Zeit zum Sterben …*

»Nein, das nicht!«, widersprach sie trotzig. »Ich werde nicht sterben. Mag sein, dass es eine passende Zeit dafür gibt. Aber diese Zeit ist NICHT JETZT!«

Ihre Kette klirrte, als sie die Decke verließ und ihre Fingerspitzen zum tausendsten Mal über den rauen Betonboden wandern ließ – auf der irrsinnigen Suche nach etwas, das nicht da war …

Sie hatte nichts übersehen.

Es gab kein Wasser.

Dieser elende Dreckskerl ließ sie hier drin verrecken! Der Gedanke überspülte sie mit einer Welle von Wut. Was bildete sich dieses kranke Arschloch eigentlich ein? Was für einer Perversion frönte dieser Mistkerl? Was hatte er mit ihr vor? Wollte er ihr am Ende einfach nur beim Sterben zusehen?

Blödsinn!

Sie zuckte zusammen. »Christian?«

Die Sache ist viel simpler: Du hast bei ihm einen Nerv getroffen. Und dafür lässt er dich jetzt bluten.

Ihre Augen suchten die Finsternis ab, doch sie konnte ihn nirgends entdecken. »Ich sage ja, dass er ein perverses Arschloch ist.«

Aber denk doch mal nach!

Wenn du ihn dazu bringen kannst, dich zu bestrafen, dann bedeutet das, dass er verwundbar ist …

»Das bin ich auch, falls du es noch nicht bemerkt haben solltest«, fauchte sie zurück, und automatisch schob sie wieder ihre Zunge in die Wunde.

Ja. Schon. Aber du hast auch etwas erfahren, das dir nützen könnte!

»Was denn, du Klugscheißer?«

Oh Mann, wie einen so eine verdammte Zahnlücke beim Sprechen behindern konnte! Sie seufzte. Da war einfach zu viel Platz in ihrem Mund!

Wasch dir die Fresse und den Rest und lass die Haare aus, verstanden?

Ihr Herz blieb beinahe stehen vor Schreck, denn einen Moment lang hatte sie tatsächlich gedacht, ER wäre da und spräche mit ihr! Dabei war es nur ihr Bruder! Sie schüttelte verwundert den Kopf. Sie hatte nicht gewusst, dass Christian Leute imitieren konnte. Genau genommen hatte sie bis vor kurzem nicht einmal gewusst, dass er sprechen konnte.

»Was denkst du, könnte das bedeuten?«, fragte sie, gespannt, was ihr Bruder sagen würde.

Doch er schien keine Antwort zu wissen, denn er schwieg.

»Na, super!«, beschwerte sie sich. »Erst wirfst du hier mit klugen Reden um dich, und wenn's drauf ankommt, ist nichts dahinter!«

Warum will er, dass du dir die Haare nicht wäschst?

»Was weiß denn ich?«, schnappte sie. »Vielleicht steht er drauf.«

Du stinkst ja schlimmer als ein Rudel Paviane, widersprach ihr Bruder mit der Stimme ihres Peinigers. Und wieder normal fügte er hinzu: *Was denkst du, würde passieren, wenn du dir die Haare doch wäschst? Oder noch besser: Wenn du sie einfach abschneiden würdest …*

Ihre Hand tastete nach ihrem Hinterkopf. Sie war immer stolz gewesen auf ihre langen Haare. Aber jetzt wurde ihr schlagartig bewusst, dass sie ihre Locken als Last empfand, seit er sie hergebracht hatte. Sie waren im Weg, wenn sie kotzen musste. Sie juckten. Sie boten Raum für Ungeziefer, und – was das Wichtigste war! – sie schienen IHM etwas zu bedeuten.

Da hatte ihr Bruder ganz recht …

Sie krabbelte auf ihre Decke zurück und spielte nachdenklich mit einer Haarsträhne herum. Was, dachte sie bei sich, würde der verdammte Scheißkerl wohl tun, wenn ich diese Locke ausreißen würde?

9

Polizeipräsidium, Abteilung für Kapitaldelikte, Büro Em und Zhou

»Warum nennt er Bianca Ahlbeck *die Böse*?«

Zhou massierte ihre Schultermuskulatur. »Sie scheint keine gute Mutter gewesen zu sein«, antwortete sie nach kurzem Überlegen. »Denk an die Anzeigen beim Jugendamt.«

»Ja, schon«, nickte Em. »Aber woher weiß Kaspary das?«

Die Augen ihrer Partnerin wurden weit. »Stimmt!«, rief sie. »Als Bianca Ahlbeck ermordet wurde, war er bereits seit Jahren weggesperrt.«

Ems Blick streifte das Aufnahmegerät. Mittlerweile kannte sie die Aufzeichnung so gut wie auswendig. »Trotzdem nennt er sie *die Böse*.«

Zhou sah hoch. »Ist das dann nicht der endgültige Beweis, dass er Kontakt zu unserem Täter haben muss?«

»Nicht unbedingt«, wandte Em ein. »Er könnte rein theoretisch auch nur das Drehbuch kennen …«

»Wie das?«

Em gab ein resigniertes Stöhnen von sich. »Ich weiß nicht wieso«, entgegnete sie, »aber irgendetwas an diesen Mordszenarios kommt mir auch bekannt vor. Nur finde ich ums Verrecken nicht raus, was es ist!«

Sie erwartete, dass Zhou mit blankem Unverständnis reagieren würde. Doch die tiefschwarzen Augen ihrer Partnerin spiegelten nichts als Neugier: »Du denkst, es könnte etwas allgemein Bekanntes sein?«, fragte sie. »Etwas, das man eigentlich erkennen müsste?«

Em nickte. »Ja, so ähnlich. Nebenbei bemerkt warst du doch diejenige, die mich darauf hingewiesen hat, dass sich Kaspary so komisch ausdrückt. … Hier, zum Beispiel!«

Sie ließ die Aufzeichnung ein Stück zurücklaufen:

Wissen Sie, es gibt da diese armen Kreaturen, denen nichts anderes übrig bleibt, als sich mit dem zu behelfen, was man ihnen vorsetzt, weil Mama ihnen alles verboten hat, was Spaß macht. Und plötzlich bekommen ein paar bunte Bildchen eine völlig andere Dimension …

»Oder auch hier«, Em ging noch ein Stück weiter zurück:

Wie alles auf der Welt ist auch die Lösung Ihres Problems eine Frage des richtigen Blickwinkels …

»Er spricht vom richtigen Blickwinkel und ein paar bunten Bildchen, die eine neue Dimension bekommen«, wiederholte Zhou mit nachdenklicher Miene.

»Damit sagt er ganz klar, dass wir das Offensichtliche nicht sehen«, murrte Em. »Und wenn wir …«

»Pssst«, machte Zhou und deutete zur Tür, von wo aus ihnen Carsten Ulbrich entgegenkam.

»Na?«, polterte der Kollege von der Abteilung für Sexualdelikte auf seine typisch joviale Art drauflos. »Was hatte unser alter Freund Kaspary zu sagen?«

»Er hat angedeutet, dass er etwas über die Morde weiß«, entschied sich Em für einen Kompromiss aus Wahrheit und Ausloten.

»Der will sich bloß wichtigmachen«, wiegelte Ulbrich ab. »Der Mistkerl hatte schon immer Spaß daran, auf Insider zu machen und Ermittler wie Staatsanwälte mit dubiosen Bemerkungen in den Wahnsinn zu treiben. Ist ein Teil des Spiels, das er so liebt.« Er zwinkerte in Zhous Richtung, doch die verschränkte abweisend die Arme vor der Brust. »Jede Wette, dass er dafür was von Ihnen wollte!«

Automatisch schielte Em nach ihrem Tablet, auf dessen Display noch immer die Audiodatei mit der Stimme des verurteilten Vergewaltigers in Form einer erstarrten Kurve flimmerte. »Direkt gesagt hat er das nicht.«

»Klar«, versetzte Ulbrich, »dafür ist er viel zu gerissen. Aber wenn ich Ihnen einen guten Rat geben darf: Lassen Sie sich mit dem Kerl auf keinen Deal ein – da ziehen Sie den Kürzeren!«

»Wir haben nicht vor, uns auf einen Deal einzulassen«, entgegnete Zhou kühl. »Aber wir sind durchaus der Meinung, dass wir schon mit Blick auf unsere verschwundene Studentin keine Möglichkeit außer Acht lassen dürfen.«

Ulbrich hob zweifelnd die Brauen. »Glauben Sie denn im Ernst, dass das Mädchen noch am Leben ist?«

Zhous Antwort bestand in einer vagen Geste. Und auch Em vermied es, sich konkret zu äußern, obwohl sie durchaus der Meinung war, dass Kathrin Stiller noch lebte. Zumindest bis zu diesem Laternenumzug.

Zumindest bis nächste Woche …

Carsten Ulbrich stieß ein verächtliches Schnauben aus und wollte eben zu einer neuen Frage ansetzen, als Sven Gehling den Kopf um die Ecke schob.

»Capelli?«

»Ja?«

»Könntet ihr kurz kommen?«

Em riss ihr Tablet an sich und sprang auf. Und auch Zhou war sichtlich erleichtert. »Klar. Wir sind schon unterwegs.

Oder …« Sie warf Ulbrich einen fragenden Blick zu. »War noch irgendwas Wichtiges?«

Er hob abwehrend die Hände. »Ich bin praktisch schon wieder weg.«

»Gut«, murmelte Zhou, bereits halb aus der Tür. Doch das bekam der Kollege vom K 12 zum Glück nicht mit.

»Du bist unsere Rettung!« Em klopfte Gehling stürmisch auf die Schulter, während sie ihm zum Konferenzraum der Soko »Daumen« folgte.

Der junge Computerspezialist runzelte die Stirn. »Wieso?«

»Ist nicht wichtig«, lachte Em. »Also, was gibt's Neues?«

»Die KTU hat im Laderaum des entliehenen Transporters Blutspuren sichergestellt«, berichtete Gehling, indem er die Tür hinter sich zuzog. »Menschlich. Der Abgleich mit Kathrin Stillers DNA läuft.«

Em klatschte triumphierend in die Hände. »Ich wusste es!«

»Aber unser Täter hat noch nie brauchbare Spuren hinterlassen«, bemerkte Zhou mit der ihr eigenen Skepsis. »Warum sollte er ausgerechnet dieses Mal unvorsichtig gewesen sein?«

»Keine Ahnung«, versetzte Em. »Wahrscheinlich hat er darauf spekuliert, dass wir von uns aus niemals irgendeinen Bezug zu diesem Fahrzeug herstellen.«

Ihre Partnerin wirkte nicht überzeugt. »Und warum hat er sich dieses Mal ein so junges Mädchen ausgesucht?«

»Gute Frage«, stöhnte Gehling und blieb vor der Wand mit den Aufnahmen der Opfer stehen. »Marina Boginska war dreiunddreißig. Bianca Ahlbeck achtunddreißig. Und Manuela Zehlen sogar Mitte vierzig.«

»Falls Kaspary die Wahrheit sagt, ist der Mann, den wir suchen, schon einmal von seinem gewohnten Schema abgewichen«, gab Em zu bedenken.

Zhou wandte den Kopf. »Du meinst bei Jeanette Altmaier?«

Sie nickte. »Jeanette Altmaier war erst achtundzwanzig. Aber sie sah älter aus«, setzte sie einschränkend hinzu.

»Vielleicht gibt es bei diesem Täter gar kein festes Schema«, spekulierte Zhou. »Zumindest nicht, was das Alter betrifft.«

»Und wo lernt er seine Opfer kennen?« Gehling stand neben ihr wie ein Schuljunge an der Tafel. »Eine Studentin bewegt sich doch unter Garantie in ganz anderen Kreisen als eine Lehrerin oder eine vierfache Mutter, die von Hartz IV lebt ...«

»Und doch sind sie ihm alle vier irgendwo begegnet«, murmelte Em, während sie ihre Augen einmal mehr über die Gesichter der toten Frauen wandern ließ.

Es gibt in dieser Stadt Abertausende von Frauen mit braunen Haaren, resümierte sie einmal mehr. Und doch waren ausgerechnet diese vier dem Täter aufgefallen. Manuela Zehlen, die Nägel kauende, kinderlose Ehefrau. Marina Boginska, die Prostituierte, die womöglich seinen Plan durchschaut und der Nachwelt eine kryptische Nachricht hinterlassen hatte. Bianca Ahlbeck, die ihre Kinder misshandelt und aus diesem Grund Ärger mit dem Jugendamt gehabt hatte. Und schließlich Kathrin Stiller, die Studentin mit der Vorliebe für österreichische Lyriker ...

Was hatten diese Frauen gemeinsam?

Hatten sie überhaupt etwas gemeinsam?

Sagen Sie, kamen ihr wieder Frank Kasparys Worte in den Sinn. *Haben Sie schon herausgefunden, warum er den Körper der Bösen mit einem weißen Laken bedeckt hat?*

Em fuhr wie von der Tarantel gestochen hoch.

»Was ist?«, fragte Zhou alarmiert.

Anstelle einer Antwort rammte Em ihr Tablet auf den Konferenztisch und rief die Audiodatei von Kasparys Vernehmung auf. »Hör dir das an!«, forderte sie ihre Partnerin beunruhigt auf.

`Sagen Sie ... Haben Sie schon herausgefunden, warum er den Körper der Bösen mit einem weißen Laken bedeckt hat? ... (PAUSE) ... Nein, haben Sie nicht. ... (PAUSE) ... Wie sollten Sie auch, wo Sie doch noch nicht einmal wissen, warum die andere ihren Daumen eingebüßt hat ...`

Em stoppte die Wiedergabe und sah Zhou an.

»Ach, du Schande«, flüsterte ihre Partnerin. »Das war mir überhaupt nicht aufgefallen.«

»Mir auch nicht«, räumte Em versöhnlich ein.

»Wovon, zum Teufel, redet ihr?«, beschwerte sich Gehling.

Em ging ein Stück zurück. »Hier!«

`... Wie sollten Sie auch, wo Sie doch noch nicht einmal wissen, warum die andere ihren Daumen eingebüßt hat ...`

»Und?«, fragte Gehling.

»Er sagt, dass Manuela Zehlen ihren Daumen eingebüßt hat«, erklärte Zhou.

»Aber das hat sie doch auch!«, widersprach ihr Kollege.

»Schon«, nickte Em. »Nur leider gehört das zu den Informationen, die wir ganz bewusst zurückgehalten haben.«

Allmählich dämmerte ihm, worauf die beiden hinauswollten. »Aber der Täter hat Kaspary doch diese Fotos geschickt«, bemühte er flugs ein neues Argument. »Vielleicht hat er einfach sehr genau hingeschaut.«

Em öffnete die entsprechende Datei auf ihrem Tablet. »Das hier sind die drei Aufnahmen, die Kaspary erhalten hat«, erläuterte sie, indem sie Gehling das Display unter die Nase hielt. »Zwei von der toten Bianca Ahlbeck und eine von Manuela Zehlens Leiche. Aber dieses Foto wurde von der rechten Seite des Bettes aus aufgenommen, siehst du?« Sie vergrößerte den Bildausschnitt, den sie meinte.

»Oh, Mann!«, entfuhr es Gehling.

Em nickte. »Aus dieser Perspektive ist Manuela Zehlens linke Hand durch ihren Körper verdeckt. Und mit ihr auch der fehlende Daumen …«

Zhous Miene war angespannt. »Demzufolge gibt es nur zwei Möglichkeiten«, sagte sie. »Entweder Kaspary und unser Täter sind ein und dieselbe Person …«

»Oder Kaspary kennt das Drehbuch, das den Taten zugrunde liegt«, führte Em den Satz mit grimmiger Entschlossenheit zu Ende. »Eins von beidem.«

10

Kellerverlies, Versteck von Kathrin Stiller

Sie lag im Dunkeln mit geschärften Sinnen wie ein Tier, und inzwischen hörte sie ihn immer schon eine ganze Weile, bevor er die Treppe hinunterkam.

Heute lief er noch schneller als sonst.

Der Schlüssel im Schloss.

Schritte.

Dann Licht, das über ihren Körper streicht.

Sie stellte sich schlafend, weil sie das unter den gegebenen Umständen für das Klügste hielt. Sie hatte nachgedacht und einen Plan geschmiedet. Einen Plan, der Kraft erforderte. Und mit dessen Umsetzung sie warten musste, bis er sie wieder versorgt hatte. Darum war es das Beste, wenn sie sich schwach und schlafend stellte …

Sie durfte ihn auf gar keinen Fall wieder wütend machen!

Das Licht seiner Lampe verharrte auf ihrem Gesicht, und sie fragte sich, ob er das Zucken ihrer Lider sah, das sie nicht verhindern konnte. Zu ungewohnt die Helligkeit, als dass ihre Nerven nicht darauf reagiert hätten.

Er stand einen Augenblick ganz still.

Dann ließ seine Lampe von ihr ab und sie hörte den Reißverschluss.

Wasser.

Endlich!

Das Rascheln von Plastiktüten. Trockenobst.

Die Gier nach dem frischen, kühlen Wasser raubte ihr fast den Verstand. Aber sie durfte ihm nicht zeigen, wie sehr sie begehrte, was er ihr hinstellte. Sie musste passiv bleiben. Abwarten.

Sekunden später spürte sie seinen Fuß in ihrer Taille. Sanft dieses Mal. »He, du Dreckstück! Bist du tot?«

Sie schlug die Augen auf, so langsam sie konnte, und gab ein mattes Stöhnen von sich. Es schien ihn zufriedenzustellen, denn er nahm seine Lampe und ging ohne ein weiteres Wort davon.

Sie wartete lange, bis sie es endlich wagte, sich zu rühren.

Als sie sicher war, dass er nicht zurückkam, kroch sie langsam zu ihrem Holzgefäß, hob es an die Lippen und trank. Trotz ihres brennenden Durstes nur so viel, dass der Schwindel nachließ. Anschließend aß sie ein paar Cracker und Nüsse.

Na? Schmeckt's?

Nun saß ihr Bruder doch wieder in seiner gewohnten Ecke.

»Ja, danke.« Sie leckte sich ein paar letzte Krümel von den Lippen und zog den leeren Blisterstreifen unter ihrer Decke hervor.

Was hast du vor?

»Wart's ab!«, flüsterte sie.

Dann kroch sie zielstrebig auf das Loch zu, das ihr als Toilette diente …

11

Polizeipräsidium, Abteilung für Kapitaldelikte, Büro Em und Zhou

»Zhou?«

»Ja, am Apparat.«

»Hier ist Besuch für Sie.«

Zhou klemmte das Telefon zwischen Schulter und Ohr und vergrub die Stirn in den Händen. Mist! Den hatte sie vor lauter Aufregung ganz vergessen!

Sie hatte Karel auf die Mailbox gesprochen. Insgesamt drei Mal, was in ihren Augen schon fast an Belästigung grenzte. Aber sie wollte sich unbedingt erklären. Die Scherben wieder zusammensetzen. Arbeit hin oder her …

»Sagen Sie ihm, er soll kurz raufkommen, ja?«, bat sie.

Der Kollege an der Pforte schien irritiert. Dann sagte er: »Sie … äh … wartet unten am Empfang.«

Sie?!

Zhou riss die Augen auf. Der einzige weibliche Mensch, der es wagen könnte, sie an ihrem Arbeitsplatz heimzusuchen, war ihre Mutter. »Oh, das …«, stammelte sie verlegen. »Sie … äh … ist doch … Asiatin?«

Und noch so eine konsternierte Pause. »Nein, ich glaube nicht. Aber vielleicht könnten Sie einfach kurz runterkommen, bitte.«

Schicksalsergeben erhob sich Zhou von ihrem Bürostuhl und rannte die vier Stockwerke zum Eingang hinunter. Zum Glück war Capelli gerade in der Kantine!

Doch in der Halle war niemand zu entdecken.

»Wo ist die Frau?«, fragte sie, indem sie sich so dicht wie möglich an das kugelsichere Glas der Pforte beugte.

»Welche Frau?«

Zhou verdrehte die Augen. »Na, die Frau, die mich sprechen wollte.«

»Ach so …« Er lachte. »Das war keine Frau.«

»Sondern?«

»Es war ein Kind.«

Die Nachricht haute Zhou fast von den Füßen. »Was für ein Kind?«

»Woher soll ich das wissen?«, gab der Pförtner zurück. »Sie hat nur gesagt, dass sie zu Ihnen will.«

Sie blickte sich abermals um, und irgendwie hatte sie allmählich das Gefühl, im falschen Film zu sein. »Und wo ist sie jetzt?«

»Ihr Boss hat sie mit raufgenommen«, entgegnete der Pförtner mit einer entschuldigenden Geste. »Ich dachte, das passt ganz gut, dann brauchen Sie nicht extra runterkommen.«

Runter-*zu*-kommen, korrigierte Zhou mechanisch. Laut sagte sie: »Na, das hat ja super geklappt!«

Dann stürmte sie die vier Stockwerke wieder hinauf.

Die Tür zu Makarovs Büro stand offen.

»Mai!«, rief Bella Capelli ihr fröhlich entgegen. »Ich bin hier!«

Sie saß mit dem Gesicht zur Tür auf Makarovs Schreibtisch, ein Glas Apfelsaft neben sich auf dem Tisch (zumindest hoffte Zhou, dass es Apfelsaft war!), und betrachtete interessiert die Waffe, die der Leiter der Abteilung für Kapitaldelikte ihr hinhielt.

»Das ist eine 45er SIG Sauer«, erklärte Makarov gerade. »Früher, in der Ausbildung, haben wir damit …«

»Was, in drei Teufels Namen, geht hier vor?«, fragte Capelli in Zhous Rücken.

»Hallo, Tante Em!«, rief Bella erfreut.

»D-d-d-das ist deine Nichte«, stotterte Zhou.

»Ja.« Ihre Partnerin warf ihr einen vernichtenden Blick zu. »Das sehe ich. Aber was macht sie hier?«

»Ich besuche Mai«, antwortete Bella voller Stolz, bevor Zhou und Makarov auch nur Luft holen konnten.

Zhou bemühte sich um ein möglichst entwaffnendes Lächeln. »Sie besucht mich.«

Capelli stemmte die Fäuste in die Taille. »Und wie erkläre ich ihrer Mutter die Waffe in ihrer Hand?«

Makarov zog den Kopf ein. »Ach, das … Das ist nur eine Attrappe«, erklärte er kleinlaut. »Sehen Sie, der Abzug ist nicht mal … Das ist im Grunde nur eine Spielerei und ich …« Er unterbrach sich und ließ die Pistole eilig in der Schublade seines Schreibtischs verschwinden. »Ich packe das gleich weg.«

»Ich werde später auch Polizistin«, verkündete unterdessen Bella.

»Ach, was?«, rief Capelli. »Na, da wird Papa sich ja freuen! … Und Oma erst!«, fügte sie grimmig hinzu. Dann pflückte sie ihre Nichte kurzerhand von Makarovs Schreibtisch und trug sie zum Aufzug – unter dem Arm wie ein Weihnachtspäckchen.

»Was machst du?«, quiekte die Kleine heftig strampelnd, während Zhou alle Mühe hatte, die beiden einzuholen.

»Ich bringe dich zu Mama. Also: In die Kantine oder zur Pforte?«

Bella kniff trotzig die Lippen zusammen.

»Was ist jetzt?«, raunzte Capelli, halb ernst, halb im Scherz. »Rückst du die Informationen zum Aufenthaltsort deiner Mutter freiwillig raus oder muss ich einen Experten für verschärfte Vernehmung hinzuziehen?«

»Zu Hause.«

»Was?«

»Mama ist zu Hause.«

Capelli blieb wie angewurzelt stehen und setzte Bella reichlich unsanft auf dem Boden ab. »Und wie bist *du* dann hierhergekommen?«

Ihre Nichte strich würdevoll ihre Jacke glatt. »Mit der U-Bahn.«

»Du bist sieben«, donnerte Capelli.

»Acht.«

»Egal.« Sie drehte sich fassungslos zu ihrer Partnerin um. Doch Zhou hob ebenfalls nur die Achseln. »Tja, dann … rufen wir jetzt mal bei Mama an und sagen ihr, dass wir dich in …«, sie warf einen Blick auf die Uhr, »in ungefähr zehn Minuten zu Hause abliefern, falls uns der Feierabendverkehr keinen Strich durch die Rechnung macht.«

»Aber ich wollte mir doch noch Mais Schreibtisch …«

Ein Blick aus den glutvollen Augen ihrer Tante genügte, und Bella Capelli schluckte den Rest des Satzes hinunter.

»Heilige Scheiße, Jenny wird außer sich sein vor Sorge«, schimpfte Capelli, als sie im Aufzug standen.

»Scheiße sagt man nicht«, erklärte Bella.

»Halt bloß die Klappe«, fuhr Capelli auf, doch Zhou sah, dass sie sich das Lachen kaum verbeißen konnte. »Ich möchte wissen, wo sie das herhat. Einfach so loszustürmen und am Ende auch noch … Was ist?!«

»Nichts.« Zhou drehte schnell den Kopf weg. Zum Glück glitten just in diesem Augenblick auch die Türen des Aufzugs auseinander.

Sie quetschte sich an den beiden wartenden Männern vorbei, und erst nach einer Schrecksekunde registrierte sie, wen sie da vor sich hatte …

»Was ich hier mache?«, kam Karel ihrer Frage zuvor. »Nun, keine Sorge, ich wollte nur rasch etwas abgeben.« Er schwenkte die gelbe Papiertüte in seiner Hand. »Ich weiß, du hast keine Zeit, und ich bin auch schon so gut wie wieder weg, aber ich dachte, in Tagen wie diesen könnt ihr vielleicht eine Portion gute Laune gebrauchen.«

»Was ist das?« Zhou schnüffelte an der Tüte, die wirklich verführerisch duftete.

»Na, was wohl?«

»Eine Schokoschnecke?«

Er nickte.

»Selbstgebacken?«

»Selbstverständlich. Wofür hältst du mich?« Er grinste sie an wie ein Schuljunge, und sie hätte ihn am liebsten auf der Stelle geküsst dafür, dass er ihr die Zickerei von neulich Abend nicht nachtrug.

Ich glaube kaum, dass dein Freund viel Unterweisung nötig hat …

»Er kann nur Schokoschnecken«, erklärte sie eilig ihrer Partnerin.

»Ist 'ne Eigenkreation«, ergänzte Karel.

Zhou nahm die Tüte entgegen und sah auf die Uhr. »Tut mir echt leid, aber ich habe im Augenblick wirklich keine …«

»Doch«, fiel Capelli ihr ins Wort. »Hast du.«

»Aber …«

»Keine Widerrede!« Das Grinsen ihrer Partnerin erfüllte schon fast den Tatbestand der Beleidigung. »Bella und ich müssen auf der Heimfahrt ohnehin noch eins von diesen schrecklich unangenehmen Tante-Nichte-Gesprächen führen. Zum schönen Thema: Warum ich als achtjähriges Mädchen nicht einfach ausbüxen und alleine U-Bahn fahren darf, wie ich gerade lustig bin, nicht wahr, cara poliziotta?«

Bella senkte vorsichtshalber den Kopf.

»Fein, dann sind wir uns ja einig.« Capelli packte ihre Nichte an den Schultern und drehte sie dann wie eine Puppe zu Zhou und Karel um. »Sag Ciao zu Tante Mai und Onkel Schubert.«

»Ciao, Mai«, murmelte Bella, ziemlich zerknirscht. »Ciao, Schubert.«

Karel holte aus und vollführte eine formvollendete Verbeugung. »Sono molto compiaciuto di fare la sua conoscenza, signora bambina.«

Capelli riss die Augen auf. *Ich wusste gar nicht, dass er auch Italienisch spricht ...*

Ich auch nicht, entgegnete Zhou stumm.

Doch das bekam ihre Partnerin schon nicht mehr mit.

»Ist das Mais Freund?«, hörte Zhou Bella fragen, kurz bevor die Automatiktür hinter den beiden zuschnappte.

»Gute Frage«, murmelte Karel.

»Idiot!«, sagte Zhou.

NEUN

Begegnest du jemandem, der ein Gespräch wert ist,
und du versäumst es, mit ihm zu reden,
dann hast du einen Menschen verfehlt.

Begegnest du jemandem, der kein Gespräch wert ist,
und du redest mit ihm,
dann hast du deine Worte verfehlt.

(Konfuzius)

I

Berger Straße, Wohnung von Emilia Capelli

Beim Frühstück erhielt Em eine Mail aus dem Labor: Der DNA-Abgleich hatte bestätigt, dass das Blut aus dem Transporter von Kathrin Stiller stammte.

Nun steht es also fest, dachte Em, indem sie eilig ihre zweite Tasse Kaffee hinunterkippte. Der Mann, den wir suchen, hat Kathrin entführt. Und er hat etwas mit ihr vor. Etwas, das bei Marina Boginska fehlgeschlagen ist.

Makarov hatte einen richterlichen Beschluss erwirkt: Frank Kaspary würde ab sofort rund um die Uhr unter Beobachtung stehen. Bereits in der Nacht waren zwei Dutzend Kameras angebracht worden, die den Korridor vor seinem Zimmer, sämtliche Zugänge der betreffenden Station und darüber hinaus die gesamte Fensterfront des Gebäudes im Blick hatten. Außerdem würden zwei verdeckte Ermittler rund um die Uhr vor Ort sein. Kaspary würde keinen einzigen Schritt machen können, der nicht akribisch dokumentiert wurde.

Und doch war Em nicht ruhig. Im Gegenteil. Sie hatte das beklemmende Gefühl, dass ihnen die Zeit davonlief.

Der Laternenumzug, zu dem zu erscheinen Hannah Isaakson sich so vehement weigerte, fand am kommenden Dienstag statt.

Also in vier Tagen …

Spätestens dann, dessen war Em sich ganz sicher, würde Kathrin Stiller sterben.

»Morgen, Em!«, rief Trudi ihr entgegen, als sie kurz darauf die Treppe hinunterkam. Die quirlige Mittsiebzigerin betrieb im Erdgeschoss des Hauses einen kleinen Feinkost- und Geschenkartikelladen und war für Em längst zu einer Art Ersatzmutter geworden, die sie regelmäßig mit guten Gesprächen, noch besseren Ratschlägen und herrlichen Süßwaren versorgte.

»Morgen, Trudi. Wie geht's?«

»Mir?« Ihre blauen Augen blitzten. »Na, hervorragend. Was denn sonst?«

Em lächelte. »Du bist der einzige Mensch, den ich kenne, der auf die Frage: Wie geht's dir?, grundsätzlich immer mit: Gut!, antwortet.«

»Das liegt wahrscheinlich an der vielen Schokolade, die ich zu mir nehmen muss«, erklärte Trudi vergnügt. »Berufsbedingt natürlich. Aber du, meine Liebe«, sie kniff prüfend die Augen zusammen, »siehst ziemlich angespannt aus.«

»Genauso fühle ich mich auch«, gab Em zu.

»Macht Benjamin dir wieder Ärger?«

»Um Himmels willen, nein! Bewahre!« Ihr Ex war Staatsanwalt und hatte sich lange geweigert zu akzeptieren, dass sie ihm nach einem Fehltritt die Koffer vor die Tür gestellt hatte. Doch seit ein paar Monaten hatte er sich nicht mehr gemeldet. »Der ist zum Glück wieder mit sich selbst beschäftigt. So wie früher.«

Trudi nickte. »Bleiben Zhou und die liebe Familie.«

»Mit Zhou läuft's bestens«, grinste Em.

»Willst du darüber reden?«

»Da gibt es nicht viel zu sagen«, antwortete Em. »Das größte Problem meiner Mutter ist augenblicklich die Frage, wie sie eine Weihnachtsfeier mit ihren Enkeln, aber ohne ihre Schwiegertochter zustande bringt, bei der ihre renitente Tochter die Klappe hält, ihre Söhne sich nicht über irgendeine Kacke in die Haare geraten und sie obendrein noch ihre Schwester Gloria mit dem Essen ausstechen kann.«

»Das Fest der Liebe, was?«

Em lachte. »Wie gut, dass ich dieses Jahr nicht dabei sein werde.«

Trudis erstaunlich glatte Stirn umwölkte sich. »Hast du dir das auch richtig überlegt?«

»Oh ja!«, entgegnete Em inbrünstig. »Ich habe nämlich keine Lust mehr auf diese – bitte entschuldige den Ausdruck – heuchlerische Kacke!«

Ihre Nachbarin schmunzelte. »Ja, Mütter können manchmal ganz schön übers Ziel hinausschießen, was?«

»Dasselbe sagt die Profilerin über unseren Serientäter«, bemerkte Em trocken.

Ihre Nachbarin sah sie an.

»Du weißt, dass ich über laufende Ermittlungen nicht …«

Trudi nickte todernst. »Sicher, Schätzchen, völlig klar.«

Damit war der Form Genüge getan, und sie konnten offen reden. »Laut psychologischem Profil suchen wir nach einem Mann zwischen Ende zwanzig und Anfang fünfzig, der aller Wahrscheinlichkeit nach in seiner Kindheit psychisch und physisch misshandelt wurde und der mit seinen Taten eine Art chiffrierten Muttermord verübt.«

»Müsstet ihr dann nicht nach jemandem suchen, dessen Mutter vom Typus her den Opfern ähnelt?«, fragte Trudi mit dem ihr eigenen Pragmatismus.

»Tja«, nickte Em. »Wenn man denn dann an das Profil glauben würde …«

»Aber das tust du nicht?«, schloss Trudi.

»Nein.« Sie war selbst überrascht, dass sie das inzwischen so entschieden sagen konnte. Immerhin waren sie seit ihrer Ausbildung darauf gedrillt, die Meinung sogenannter Experten ernst zu nehmen. Und Hannah Isaakson war zweifellos eine echte Koryphäe auf ihrem Gebiet.

Trudi bedachte sie mit einem ihrer langen, prüfenden Blicke. »Und was denkst du stattdessen?«

»Oh, ich glaube durchaus, dass die Mordszenarios chiffriert sind«, räumte Em ein. »Aber ich glaube nicht, dass es hier um die Mutter geht.«

Sie berichtete ihrer Nachbarin in aller Kürze von dem Gespräch mit Kaspary und den seltsamen Bemerkungen, die der Vergewaltiger bei dieser Gelegenheit gemacht hatte.

Trudi hörte sehr aufmerksam zu. »Das klingt ja fast, als ob das Muster dieser Morde etwas ...«, sie suchte eine Weile nach der passenden Formulierung, »... allgemein Zugängliches wäre, nicht wahr?«

»So ist es.« Em strubbelte sich durch die Haare, die noch immer feucht waren vom Duschen. »Etwas, das man eigentlich kennen müsste, wenn man – um mit Kaspary zu sprechen – eine klassische gute Erziehung genossen hat.«

»Klassische gute Erziehung ...« Trudi stemmte die Hände in die Taille und schüttelte ratlos den Kopf. »Versteht da nicht jeder was anderes drunter?«

»Eben«, seufzte Em. »Andererseits steht fest, dass Kaspary den Täter im Gegensatz zu uns ganz offenbar durchschaut hat. Er wusste sogar, dass Manuela Zehlens Leiche ein Daumen fehlt, obwohl wir dieses Detail der Öffentlichkeit ganz bewusst vorenthalten haben.«

Trudis himmelblaue Augen verschleierten sich, während sie über Ems Worte nachdachte. »Ein abgeschnittener Daumen«, murmelte sie leise vor sich hin, »woran erinnert mich das?«

»Ja, nicht wahr?!« Ems Finger krallten sich in den Türrahmen. »Ich hatte am Tatort auch sofort das Gefühl, dass ich das Szenario irgendwoher kenne. Aber ich komme einfach nicht drauf, wo ich es schon mal gesehen habe.«

»Vergiss nicht: Das Verkehrteste, was man in so einer Situation tun kann, ist, sich den Kopf zu zermartern«, warnte Trudi, die ihre Körpersprache richtig deutete. »Oft hilft es viel mehr, etwas völlig anderes zu tun. Am besten etwas total

Banales. Zum Beispiel Bohnen putzen. Dann kommt die Erinnerung früher oder später von selbst zurück.«

»Aha.«

»Doch!«, beharrte Trudi. »Ihr jungen Leute seid einfach zu hektisch und obendrein viel zu verbissen.«

»Sagt die Frau, die das Tal der Könige auf einem Fahrrad durchquert hat, um – ich zitiere – einem arroganten Vollidioten von Kommilitonen zu beweisen, wozu ein neunzehnjähriges Mädchen aus gutem Hause imstande ist.«

Trudis fein geschwungene Lippen verzogen sich zu einem sehr charmanten Lächeln. »Ob du's glaubst oder nicht: Das war sehr entspannend.«

»Ja, na klar.« Em lächelte. Wenn dieses Gespräch auch in der Sache zu keinem Ergebnis führte, so hellte es doch ihre Laune auf. »Und ich weiß deine Ratschläge auch wirklich zu schätzen. Nur leider lässt uns dieser Täter keine Zeit zum Luftholen, geschweige denn zum Bohnenputzen, was ich übrigens mein Lebtag noch nicht getan habe.«

»Warum nicht?«, fragte Trudi todernst.

Em seufzte. »Sollte mich je ein dringendes Bedürfnis nach grünen Bohnen überkommen, was ich – außer vielleicht im Fall einer Schwangerschaft – für äußerst unwahrscheinlich halte, dann öffne ich einfach eine Dose.«

»Siehst du, und das ist der Fehler!«, erklärte ihre Nachbarin mit gespieltem Tadel. »Heute muss alles schnell, schnell gehen, und gleichzeitig verlieren die Leute immer mehr das Verständnis dafür, wo die Dinge ursprünglich herkommen.« Sie machte auf dem Absatz kehrt, verschwand in ihrem Laden und kehrte kurz darauf mit einer Tüte glasierter Schoko-Bohnen zurück.

»Soll ich die jetzt putzen?«, scherzte Em.

»Nur *ver*putzen«, lachte Trudi. »Aber wer weiß? Vielleicht hilft ja auch eine ordentliche Portion Serotonin der verschwundenen Erinnerung auf die Sprünge?«

2

Kellerverlies, Versteck von Kathrin Stiller

Sie benutzte den leeren Blisterstreifen als Werkzeug. Kopfüber hing sie in der Grube, deren Gestank ihn abhielt und ihr nichts mehr ausmachte, und schabte den Lehm zwischen den Steinen weg. Manchmal nahm sie auch die Fingernägel.

Und doch war es alles in allem ein entmutigendes Unterfangen.

Das Plastik war viel zu weich, als dass sie damit wirklich effektiv hätte arbeiten können, und ihre Nägel waren bald bis zum Anschlag abgebrochen, ohne dass sich der Stein, auf den sie spekulierte, nennenswert gelockert hätte. Trotzdem hörte sie nicht auf, den Lehm, der ihn hielt, zu bearbeiten.

Immer wenn sich das Plastik allzu sehr verbogen hatte, machte sie eine Pause, tauchte aus ihrem Loch auf und knabberte den verformten Teil ab, bis das Werkzeug ihr wieder geeignet erschien. Zwischendurch aß sie. Ein paar Nüsse, Zwieback, Cracker. Dieses Mal hatte er ihr sogar welche mit Käse hingestellt.

Wer weiß, dachte sie bitter, vielleicht ist ja schon Weihnachten?!

Oder er wollte sie aufmuntern …

Zusammenschlagen.

Aufmuntern.

Zusammenschlagen.

Treten.

Wieder aufmuntern.

Doch sie war nicht bereit, dieses Spiel noch länger mitzuspielen!

Hin und wieder bekam sie Besuch von ihrem Bruder, der ihr beim Graben zusah oder ihr von kleinen Begebenheiten aus Bad Wildbad erzählte. Aber je weiter sie mit dem Ausgraben des Steins vorankam, desto seltener ließ er sich blicken.

Vielleicht fürchtete er sich vor dem, was sie vorhatte.

Trotzdem sprach sie mit ihm. Ganz leise nur, falls ER doch irgendwo ein Aufnahmegerät versteckt hatte, um sie zumindest akustisch überwachen zu können. Eine Art Babyphon, wie ihre Eltern es auch für Christian benutzten. Aber sie unterhielt sich mit ihrem Bruder. Erklärte ihm die einzelnen Schritte. Ihren Plan.

Er sollte eingeweiht sein, wenn es losging.

Wenn sie zu müde wurde, versteckte sie den Blisterstreifen unter ihrer Decke und schlief eine Weile.

Dann machte sie weiter …

3

Zentrale Kriminaldirektion Frankfurt, Eingangsbereich

»Verzeihen Sie bitte …«

Em drehte sich um. Sie hasste es, von hinten angesprochen zu werden. Und Frauen wie die, die jetzt vor ihr stand, hasste sie auch. Typ: Waidwundes Reh. »Ja?«

»Sind Sie Kriminalbeamtin?«

»Nein, Klempnerin.« Em setzte ihr freundlichstes Lächeln auf. Wenn das kein guter Witz war, im Jahr des Klempners! »Ich überprüfe die Heizungsanlage, damit sich hier im Winter niemand einen Schnupfen holt.«

»Oh …« Die Frau zuckte zusammen. »Da habe ich mich … Der Herr an der Pforte sagte mir …«

»Emilia Capelli, Abteilung für Kapitaldelikte«, entgegnete Em schicksalsergeben. »Was kann ich für Sie tun?«

»Anna Ehlers.« Sie streckte Em eine eiskalte Hand entgegen und blickte sich dann ängstlich um. Offenbar war es ihr nicht recht, die Angelegenheit, wegen der sie gekommen war, zwischen Tür und Angel zu besprechen. »Ich ...« Ein verlegenes Lächeln. »Ich habe seit einiger Zeit das Gefühl, dass mich jemand beobachtet.«

Em nickte. Ganz, wie sie gedacht hatte!

Ein Serienmörder ging um, und schon tauchten hunderte von Menschen auf – zumeist Frauen – und behaupteten, sich beobachtet, verfolgt oder sonst wie bedrängt zu fühlen. Manche nutzten die Gelegenheit, um einen missliebigen Ex-Partner zu denunzieren. Andere wollten einfach nur ein bisschen Aufmerksamkeit. Zu welchem Typus die Frau, die ihr gegenüberstand, gehörte, vermochte Em auf den ersten Blick nicht zu sagen. Aber es war kaum zu übersehen, dass sie Probleme hatte: Sie war erschreckend blass und sah aus, als sei ihr kalt. Dazu war sie Ems Einschätzung nach magersüchtig. Oder wie sonst ließen sich die knochigen Schultern interpretieren, die sich unter dem großzügigen schwarzen Strickpulli abzeichneten?

»Ich weiß wirklich nicht, ob es etwas zu bedeuten hat«, sagte sie jetzt. »Aber so ein Gefühl habe ich noch nie gehabt, und Pia – also meine Chefin – meinte, es sei vielleicht besser, wenn ich das melde.«

Em spähte ungeduldig an der Frau vorbei zum Fahrstuhl. »Hat Sie jemand bedroht?«

Sie schüttelte den Kopf. »Alles, was ich weiß, ist, dass es ein Mann ist, der ...«

»Der was?«, drängte Em, als sie nicht von sich aus weitersprach. Himmel, so viel Zeit hatte doch kein Mensch!

Wahrscheinlich hat sie die Bilder der Opfer gesehen und festgestellt, dass sie selbst im passenden Alter ist und schulterlange braune Haare hat, dachte sie grimmig. So wie Abertausende andere Frauen in dieser Stadt, ha, ha!

»Er stand in der Grünanlage gegenüber und hat meinen Balkon angestarrt. Und neulich Abend hatte ich beim Heimkommen das Gefühl, dass jemand in meiner Wohnung war.«

Em runzelte die Stirn. »Was ist mit Ihrem Exfreund?«, fragte sie. »Oder sonst jemand, der vielleicht noch einen Schlüssel hat?«

»Nein«, entgegnete die Frau so hastig, dass Em hellhörig wurde. »Nichts dergleichen. Ganz bestimmt nicht.« Sie schluckte. Dann sah sie Em zum ersten Mal direkt in die Augen. »Sie glauben mir nicht, oder?«

»Das würde ich so nicht sagen«, entgegnete Em unter Aufbietung aller diplomatischen Fähigkeiten, derer sie in dieser Situation noch fähig war. »Ich denke nur, dass dergleichen nicht grundsätzlich gefährlich sein muss. Vielleicht gibt es einen Kollegen, der heimlich in Sie verliebt ist.« Sie machte eine kurze Pause. »So was kommt vor, und man ist selbst oft der Letzte, der etwas davon mitkriegt.«

»Nein.« Die Angst in den Augen der jungen Frau wich einem Ausdruck von Entschiedenheit. »Bei uns im Salon arbeiten keine Männer.«

»Okay.« Allmählich hatte Em die Nase voll von geduldig. »Haben Sie den Vorfall neulich Abend gemeldet?«

Sie schüttelte den Kopf.

»Warum nicht?«

»Es hat nichts gefehlt.«

Em nickte. »Möchten Sie vielleicht jetzt noch Anzeige erstatten?«

Sie schien nicht zu wissen, ob der Vorschlag ernst gemeint war. »Aber ich weiß doch gar nicht …«, setzte sie an, doch Em war nicht gewillt, sich noch länger aufhalten zu lassen.

»Ich gebe Ihnen einen guten Rat«, fiel sie der Frau kurzerhand ins Wort. »Erstatten Sie Anzeige gegen unbekannt, schließen Sie die Tür hinter sich ab und besorgen Sie sich einen Elektroschocker.« Sie verzog die Lippen zu einem sarkastischen Lächeln. »Und wenn sich die Sache trotzdem wiederholen sollte, melden Sie sich einfach noch einmal bei uns.«

Ihre Gesprächspartnerin sagte nichts.

Sie stand einfach da.

»Viel Erfolg«, schloss Em. Dann drehte sie sich auf dem Absatz um und ging zum Lift. Doch wie immer, wenn sie in Eile war, ließ sich der Aufzug Zeit.

Als er endlich da war, wandte sie sich noch einmal um.

Die Frau stand noch immer dort, wo sie sie zurückgelassen hatte, und starrte ratlos ins Leere.

4

Kellerverlies, Versteck von Kathrin Stiller

Ich hasse ihn. Ich hasse ihn. Ich HASSE ihn!!!

Ihre Finger umklammerten den Stein unter ihrer Decke. Nach unzähligen Schichten mit dem Kopf in der Grube hatte sie es tatsächlich geschafft, einen Stein von der Größe eines halben Ziegels auszugraben. Sie hatte geweint, als sie ihn zum ersten Mal in den Händen gehalten hatte, und ihn an sich gepresst wie ein Neugeborenes, das sie um jeden Preis schützen musste.

Dann hatte sie sich ein paar Stunden Schlaf gegönnt und mit dem Training begonnen.

Sie trainierte abwechselnd Arme und Beine. Stemmte den Stein in die Luft, simulierte Schläge, übte das Aufstehen, das Stehen auf zwei Beinen, den aufrechten Gang. Evolution im Schnelldurchlauf!

Sie hatte lange überlegt, in welcher Haltung sie am schlagkräftigsten und unauffälligsten zugleich wäre, und sich für eine stabile Seitenlage entschieden, das Gesicht zur Tür gewandt. Sie trug die Stulpen jetzt ständig und hatte die Beine angezogen, so dass sie im Ernstfall schnell auf die Knie kam.

Seither wartete sie darauf, dass er zurückkehrte.

Doch seit sie den Stein ausgegraben hatte, war er nur ein einziges Mal bei ihr gewesen, und bei dieser Gelegenheit war er ihr nicht nahe genug gekommen, dass sich ihr eine Möglichkeit zum Angriff geboten hätte.

Die ganze Zeit über hatte er sich hinter dem Licht versteckt. Nicht einmal seine Arme hatten sich aus dem Schatten gelöst.

Ob er etwas ahnte?

Wie sollte er?, widersprach sie sich selbst. Opfer erholten sich nicht. Opfer wurden immer schwächer. Und wer am Anfang keinen Widerstand leistete, fing nicht nach wochenlanger Gefangenschaft plötzlich damit an!

Er hatte ihr neues Wasser gebracht, die leeren Cracker- und Zwiebackschachteln ausgetauscht und war wieder verschwunden. Er war unberechenbar. Mal kühl, sarkastisch, überlegen. Dann wieder schrill und gewalttätig. Und sie wusste genau, dass sie nur eine einzige Chance haben würde. Und das auch nur, wenn sie es schaffte, den optimalen Zeitpunkt abzupassen.

Sie verdrängte die Zweifel und konzentrierte sich wieder auf das Gewicht des Steins in ihrer Hand. Er war kühl und schwer.

Dieser Mistkerl wird mich nie wieder schlagen, dachte sie. Er wird mich nie wieder treten. Und er wird mir nie wieder wehtun. Wenn er das nächste Mal hierher zurückkommt, dann bringe ich ihn um!

5

Dreieichenhain, Galerie von Hannah Isaakson

Hannah Isaakson saß an ihrem Lieblingstisch in der Ecke und schwenkte einen Rest ihres Kaffees in der Tasse hin und her.

Der letzte Gast war lange fort, aber sie brachte es einfach nicht über sich, aufzustehen und nach Hause zu fahren. Seit seinem Anruf hatte sie das Gefühl, beschmutzt worden zu sein, und sie wollte diesen Schmutz auf gar keinen Fall in ihre eigenen vier Wände tragen. Dorthin, wo alles war, was sie liebte.

Alles, was an ihrem Leben gesund und richtig war.

Sie starrte in ihre Tasse hinunter. Nacht für Nacht lag sie wach und lauschte auf jedes Geräusch, das aus der Tiefe des Hauses an ihr Ohr drang. Jedes Knacken. Jeden Tropfen, der auf das Vordach der Veranda fiel …

Sie lehnte sich zurück und betrachtete die Bilder, die sie gestern aufgehängt hatte. Zwei junge Hobby-Künstlerinnen mit einem enormen Gespür für Farben und Dynamik. Die eine studierte Mathematik im letzten Semester, die andere arbeitete seit knapp zwei Jahren als Zahntechnikerin. Auf den ersten Blick waren beide kühle, rationale Persönlichkeiten, doch die Bilder, die sie schufen, verfügten über eine enorme Suggestivkraft.

Obwohl die Werke noch keine vierundzwanzig Stunden in ihrem Café hingen, war Hannah bereits von mehreren Gästen darauf angesprochen worden. Zwei waren so gut wie verkauft, und sie hatte keine Zweifel, dass auch die übrigen Gemälde weggehen würden wie warme Semmeln. Ein schöner, warmer Regen, der die Verluste, die das Café noch immer machte, für ein paar Monate würde ausgleichen können.

»Was für eine faszinierende Mischung!«, hatte eine ihrer Kundinnen vorhin beim Anblick der Collage mit dem Titel FLASH geschwärmt. »Diese geheimnisvoll-düsteren Blau-Töne und dazwischen dieser … dieser … Rausch aus Orange.«

Hannah nippte an ihrem kalten Kaffee. Auf genau diese Wirkung hatte sie spekuliert, als sie die beiden Künstlerinnen ins Programm genommen hatte, und der Preis, den ihre Kundin für das FLASH-Bild geboten hatte, gab ihr recht.

Allerdings war ihr im Gespräch mit der Frau auch noch etwas anderes bewusst geworden. Etwas, das ihr bis dato nicht einmal ansatzweise klar gewesen war: Man konnte seiner eigentlichen Bestimmung nicht entfliehen. Ganz egal, wie schnell man rannte …

Ganz egal, wie gut man sich versteckte …

Am Ende des Tages war alles eine Frage der Psychologie – das Verkaufen von Bildern genauso wie die Analyse einer kriminellen Persönlichkeit.

Das Klingeln eines Handys ließ sie erschrocken zusammenfahren. Es war ein fremder Ton, schrill und eindringlich. Ein Ton, von dem sie sicher war, dass sie ihn noch nie gehört hatte.

Mit wild klopfendem Herzen blickte sie sich um.

Woher kam das Geräusch?

Und … Was bedeutete es?

Ein Gast, dachte sie atemlos. Jemand, der sein Handy vergessen hat. Vielleicht war es demjenigen unbemerkt aus der Tasche gerutscht. Vielleicht …

Sie stand auf. Das Geräusch kam aus der Ecke gegenüber. In ihrem Café gab es keine einheitliche Bestuhlung, sondern verschiedene Sitzgruppen in verschiedenen Stilen. 70er-Jahre-Stühle. Nierentische. Plüschsofas. Barock. Alles wild durcheinander, wie es sich für ein Café mit künstlerischem Anspruch gehörte.

Langsam ging Hannah auf das blaue Plüschsofa zu. Sie war erst aus der Galerie gekommen, als die meisten Gäste schon gegangen waren. Folglich konnte sie sich nicht daran erinnern, wer dort gesessen hatte. Aber der Platz gehörte zu den beliebtesten.

»Herrgott!«, entfuhr es ihr, nachdem sich auch nach einer gefühlten Ewigkeit noch immer keine Mailbox einschaltete.

Das Handy klingelte einfach weiter.

Keine Mailbox. Kein Anrufer, der entnervt aufgab, weil er den gewünschten Gesprächspartner nicht erreichte.

Nur dieser quälend schrille Ton.

Das ist eine Falle, hämmerte es in ihrem Kopf.

Geh da nicht hin! Geh nach Hause!

Sie sah sich nach der Tür um, die sie vor einer halben Stunde hinter ihrer Angestellten verschlossen hatte. Doch die Tür sah aus wie immer.

Hannah ging in die Knie. Die Couch hatte hohe, quadratische Beine. Der Klingelton schwoll an, als Hannah den Kopf senkte und die Hand vorsichtig in den staubigen Hohlraum zwischen Sofa und Fußboden schob. Und tatsächlich! Nach etwa dreißig Zentimetern stießen ihre Finger gegen einen kleinen, harten Gegenstand.

Sie zog ihn hervor und hielt ein billiges schwarzes Prepaid-Handy in der Hand. Auf dem Display stand schlicht: ANRUF.

Keine Nummer.

Kein Name.

Geh ran!

Los doch! Überzeug dich davon, dass das verdammte Scheißding Frau Dr. Brecht oder Herrn Herald oder irgendeinem unbekannten Gast gehört! Sag, dass du es bei Martina an der Theke hinterlegst und …

»Ja?«

»Guten Abend, Doktor Isaakson.«

Dieselbe Stimme. Dieselbe Verzerrung.

Bleib ruhig, verdammt!

»Was wollen Sie?«

»Ich habe Ihnen doch gesagt, dass ich mich wieder melde.«

»Natürlich haben Sie das«, entgegnete sie, und sie bemühte sich, trotz ihrer Angst so souverän und spöttisch wie nur irgend möglich zu klingen. Sie durfte ihm auf gar keinen Fall die Kontrolle überlassen. »Aber ich hatte, ehrlich gesagt, nicht erwartet, dass Sie den Mumm dazu aufbringen würden.«

Er lachte. Trotzdem hatte sie das Gefühl, dass sie ihn geärgert hatte. Zugleich überlegte sie, wie sein Lachen klingen würde, wenn seine Stimme nicht verzerrt wäre. Nett? Harmlos? Sympathisch? Konnte es sympathisch klingen? Der Kerl war ein Monster. »Sie sind eben doch nicht so gut, wie alle sagen.«

»Warum geben Sie sich dann überhaupt mit mir ab?«

Sie war gespannt, was er antworten würde. Doch er ignorierte die Frage. »Was ist? Sehen wir uns am Dienstag?«

»Was glauben *Sie* denn?«, fuhr es aus ihr heraus.

»Oh, ich glaube bestimmt, dass Sie kommen werden.«

Ihre Blicke flatterten zwischen den Tischen hin und her wie ein Schwarm aufgeschreckter Wildvögel. Wie lange lag dieses verdammte Ding schon unter dem Sofa? Was hatte er sonst noch hier platziert? Hier, in ihrer Nähe?

Ihr Ohr fühlte sich glühend heiß an, fast, als reagierte sie allergisch auf die fremde Stimme. Sie nahm das Gerät auf die andere Seite. »Nennen Sie mir einen einzigen Grund, warum ich tun sollte, was ein Scheißkerl wie Sie von mir erwartet?«

»Weil Sie sie retten wollen.«

»Wen?«

Er lachte. »Bleiben Sie kurz dran!«

6

Kellerverlies, Versteck von Kathrin Stiller

Sie hörte ihn doch immer. Lange, bevor er die Treppe hinunterkam. Warum nicht dieses Mal?

Wo war ihr Stein?

Warum war sie nicht rechtzeitig erwacht?

Wieso hatte sie die Gelegenheit, auf die sie so sehnsüchtig wartete, verpasst?

Sie hatte so viel trainiert. Und sie war so müde gewesen. So unendlich müde. Erst das Geräusch seiner Schritte und das Schlagen der Tür hatte sie geweckt.

Jetzt stand er neben ihr, ein Handy in der einen und ein kleines schwarzes Gerät, mit dem sie nichts anzufangen wusste, in der anderen Hand.

Sie sah seine Gummifinger. Wie dicke, glänzende, weiße Maden lagen sie um das Handy. Furchterregend. Widerlich.

»Hallo? Doktor? Sind Sie noch dran?«

Jetzt verstand sie auch, wozu er das andere Gerät brauchte. Es verzerrte seine Stimme!

Dabei könnte er das selbst, dachte sie, und fast hätte sie laut losgelacht. Er bräuchte eigentlich nur die alte Frau in sich sprechen zu lassen. Die Mutter.

Einen Moment lang überlegte sie ernsthaft, ob sie ihm das vorschlagen sollte. Lebensmüde, wie sie war …

»Hier ist jemand, der Ihnen etwas sagen möchte.«

Er hielt ihr das Handy hin.

»Na, los, Schlampe! Sag ihr, wer du bist!«

»Kathrin«, stammelte sie brav drauflos. Auch, weil ihr auf die Schnelle nichts Besseres einfiel. »Mein Name ist Kathrin Stiller. Ich bin …«

Der Hieb seiner Faust traf sie vollkommen unerwartet.

Sie hörte eine wohlklingende Frauenstimme und gleichzeitig ihren eigenen Schrei, fern und undeutlich, wie durch ein Kissen gedämpft.

Dann verlor sie einmal mehr das Bewusstsein.

ZEHN

Niemand zündet ein Licht an
und stellt es in ein Versteck
oder unter einen Scheffel,
sondern auf den Leuchter,
damit alle, die eintreten, es sehen.

(Lukas 11,33–36,
Tagespredigt für den 11. November)

I

Dreieichenhain, Grundschule „Hengstbach“

Auf dem Platz vor der Schule wimmelte es nur so von Menschen. Kinder mit Pechfackeln und Laternen rannten aufgeregt hin und her, begrüßten Klassenkameraden und Freunde und spielten quietschend und kreischend Fangen. Die dazugehörigen Eltern standen in kleinen Grüppchen zusammen und versuchten, trotz des enormen Lärmpegels so etwas wie ein Gespräch zu führen.

Die kühle Abendluft war erfüllt von Rauch und Glühweindampf.

An der Mauer der angeschlossenen Tagesstätte lehnten die Musiker des Spielmannszuges und warteten auf das Signal zum Aufstellen. Rund zwei Dutzend Männer und Frauen mit gelangweilten Mienen, deren blankpolierte Trompeten im Schein des Blaulichts funkelten. Offiziell waren nur zwei Einsatzfahrzeuge vor Ort. Eines würde voranfahren, das andere würde das Ende des Zuges sichern. Das war das Maß, an das die Leute in puncto Polizeipräsenz gewöhnt waren. Was darüber hinausging, fiel auf. Selbst noch in diesen unsicheren Zeiten des Terrors …

In den vergangenen Tagen hatten sie unter absolutem Hochdruck gearbeitet, doch die erhofften Erfolge waren ausgeblieben. Da Hannah Isaaksons Anrufer den Mord an Jeanette Altmaier für sich reklamierte, hatten Gehling und Decker eine Liste erstellt, auf der die Namen sämtlicher Personen verzeichnet waren, die bereits damals Kenntnis von Kasparys X-Schnitt gehabt haben konnten. Doch ganz davon abgesehen, dass die Liste keinen Anspruch auf Vollständigkeit erheben konnte, waren es einfach zu viele. Kasparys Opfer waren von verschiedenen Ärzten behandelt worden. Hinzu kamen das Pflegepersonal, Psychologen, Angehörige und natürlich auch die Kollegen, die damals ermittelt hatten. Leider waren insbesondere zu Beginn der Serie auch noch unterschiedliche Abteilungen mit den Fällen befasst gewesen, und das Personal der Sonderkommission, die man schließlich aufgestellt hatte, war kontinuierlich erweitert worden. Das Ergebnis war, dass rund die Hälfte der auf der Liste verzeichneten Personen Polizisten waren – mit all den bürokratischen Hindernissen, die diese Tatsache zwangsläufig mit sich brachte: Personalakten, die aus irgendwelchen mehr oder minder abstrusen Gründen nicht so ohne Weiteres zugänglich waren. Fragen, die man nicht stellen konnte, ohne Gefahr zu laufen, zu verraten, dass einer der Ihren in Verdacht stand. Ein Polizist …

Wir haben praktisch nichts in der Hand, resümierte Em bitter, während ihr Blick unauffällig über die Gesichter der Umstehenden glitt. Denn auch Kasparys Verhalten zeigte seit Tagen nicht die kleinste Unregelmäßigkeit. Der verurteilte Vergewaltiger stand auf, aß, besuchte seine Gruppen, führte Gespräche, trieb Sport und legte sich wieder schlafen. Die Kollegen vor Ort hatten jeden Winkel der Klinik durchsucht. Sie hatten das Personal überprüft, von der Küchenhilfe bis zum Chefarzt, doch auch dort gab es keine Auffälligkeiten. Kein Pfleger, der regelmäßig frei gehabt hatte, wenn draußen in der Welt Frauen ermordet worden waren. Keine mysteriösen Besucher oder Lieferanten. Keine versteckten Handys, Fotos oder Briefe …

Es war einfach nur zum Mäusemelken!

Em schüttelte unwillig den Kopf. Sie hatten das private Umfeld von Manuela Zehlen, Bianca Ahlbeck und Kathrin Stiller durchleuchtet. Sie hatten Tagesabläufe rekonstruiert,

Termine abgeglichen und waren Wegstrecken abgefahren, ohne auch nur auf die geringste Gemeinsamkeit zwischen den drei Frauen zu stoßen. Sie hatten die Angestellten der Firma Mommsen überprüft, mit Kathrin Stillers Kommilitonen gesprochen, und auch mit den Verkäuferinnen im Supermarkt, in dem die junge Studentin am Tag ihres Verschwindens eingekauft hatte, doch niemand schien etwas zu wissen oder beobachtet zu haben, das sie weiterbrachte …

»Da drüben sind Decker und Pell!«, riss Zhous vertraute Stimme Em unsanft aus ihren Grübeleien.

»Wo?«

»Da, bei der Kapelle.« Ihre Partnerin deutete auf eine Gruppe von Ordnern in reflektierenden Warnwesten.

Vier zivile Einsatzfahrzeuge und zwei Streifenwagen warteten auf Abruf auf Parkplätzen oder in Seitenstraßen in der Nähe.

»Nicht zu dicht«, hatte Hannah Isaakson gemahnt, als sie am Vormittag zu einem letzten Vorbereitungstreffen zusammengekommen waren. »Er darf auf keinen Fall merken, wie gut wir vorbereitet sind.«

Aber sind wir das?, überlegte Em. Vorbereitet? Sind wir auch nur annähernd gefasst auf das, was uns erwartet?

Sie wusste es nicht.

Ein Zustand, der sie fast um den Verstand brachte.

Die Hauptstraße, die den Ort zweiteilte, war für die Dauer des Umzuges gesperrt, was die Sache nicht gerade leichter machte. Zudem hatten sie sich ganz bewusst dafür entschieden, nur im Notfall Kontakt untereinander aufzunehmen. Sie mussten davon ausgehen, dass er sie beobachtete.

Em trat fröstelnd vor Kälte und Anspannung von einem Fuß auf den anderen. »Wie lange ist es her, dass du bei einem Laternenumzug warst?«

»Neunzehn Jahre«, antwortete Zhou wie aus der Pistole geschossen.

»Wieso weißt du das so genau?«

»Ach, weißt du …«

Das Knacken des Empfängers in ihren Ohren bereitete der kurzen Unterhaltung ein jähes Ende.

»Hannah Isaakson steigt soeben aus ihrem Auto«, meldete Decker.

»Alles klar.« Em reckte den Hals. »Wir warten.«

Inzwischen quollen immer mehr Menschen aus den umliegenden Straßen, und der Platz füllte sich zusehends.

Um sie herum flirrten Kinderstimmen.

»Da drüben ist sie!«

Die Psychologin war in Begleitung ihrer Mutter gekommen und hielt die Hand ihrer Tochter mit eisernem Griff. Ihre Züge waren wie versteinert. Aber sie drückten auch eine große Entschlossenheit aus.

In diesem Punkt sind wir uns offenbar einig, dachte Em. Es hört erst auf, wenn wir ihn haben!

»Wenn er will, kommt er hier sehr nahe an sie heran, ohne dass wir ihn überhaupt bemerken«, befand Zhou mit sorgenvoller Miene.

»Ich weiß.« Em bekaute hingebungsvoll ihre Unterlippe. »Allerdings glaube ich nicht, dass er schon so bald in Erscheinung treten wird. Schließlich hat der Spaß noch gar nicht richtig angefangen.«

»Du meinst, er will ihre Angst erst eine Weile auskosten?« Zhou schüttelte sich. »Das ist wirklich unheimlich.«

Ja, stimmte Em ihr in Gedanken zu, ist es.

Sie schob die Hände in die Taschen und quetschte sich zwischen zwei Familien mit einem Haufen äußerst lebhafter Kinder.

»Moni!«, rief eine der beiden Mütter einer hochschwangeren jungen Frau zu, die sich mit einem kleinen Jungen an der Hand durch die Menge kämpfte und sich dabei suchend umsah. »Huhu! Hier sind wir!«

Über das Gesicht der Angesprochenen glitt ein erleichtertes Lächeln. »Guck mal, Finn, da drüben sind Detta und Felix!«

Es folgte eine Runde hektischer Küsschen.

»Iss deh mit Luca«, verkündete Finn, der eine Laterne im Star-Treck-Design vor sich hertrug.

»Oh nein, mein Freund, du bleibst schön hier bei Mama u…« Die junge Frau machte eine resignierte Handbewegung, bevor sie – an ihre Freundin gewandt – hinzufügte: »Er hört einfach nicht auf mich.«

»Kein Wunder«, flüsterte Zhou.

Em grinste. »Ich wette, du warst ein braves Kind.«

»Im Großen und Ganzen ja«, erwiderte ihre Partnerin würdevoll.

»Ich dachte schon, ihr schafft es gar nicht mehr rechtzeitig«, bemerkte Detta unterdessen, wobei sie ungeniert den prallen Babybauch ihrer Freundin taxierte.

»Wir waren ein bisschen spät dran, und es war alles dicht«, erklärte Moni, indem sie einen besorgten Blick über ihre Schulter warf. »Und jetzt … Ich hoffe, das geht in Ordnung, aber wir stehen dahinten an der Bushaltestelle. Ich meine, da kommt doch jetzt sowieso keiner lang, oder? Und dann sind wir nachher auch schneller weg.«

Dettas Reaktion bestand in einem wenig ermutigenden Achselzucken und dem vielsagenden Satz: »Musst *du* wissen …«

Moni blickte trotzig auf ihre imposante Babykugel hinunter, als rechtfertige schon allein ihr Zustand jede Form von Verkehrswidrigkeit.

»Guck dir ihren Gesichtsausdruck an«, prustete Em. »Wenn sie nicht …«

Weiter kam sie nicht.

»Es geht los«, flüsterte Deckers Stimme aus den Empfängern in ihren Ohren, und wie zur Bestätigung wurde hinter ihnen das Klappern von Hufen laut.

»Fert!«, sagte Finn, der sich zwischenzeitlich wieder bei seiner Mutter eingefunden hatte, hauptsächlich, um seine Laterne loszuwerden.

Und auch ein paar andere Kinder zeigten andächtig die Straße hinunter.

Von dort aus kam ihnen ein riesiges schneeweißes Pferd entgegen, in dessen Sattel eine zierliche Gestalt mit Silberhelm und prachtvollem rotem Samtumhang saß.

Zhou kniff die Augen zusammen. »Ist das nicht eine Frau?«

»Santa Martina«, brüllte Em gegen den Lärm der Kapelle an, die just in diesem Moment die ersten Takte des Martinslieds anstimmte.

Doch Zhou tippte sich an die Ohren zum Zeichen, dass sie kein Wort verstand.

Na super, dachte Em, das kann ja heiter werden!

Die Menschenmenge formierte sich zu einem erstaunlich disziplinierten Zug und folgte dem Pferd auf die Fahrgasse, Richtung Ortsausgang.

Em und Zhou reihten sich dicht hinter Detta und ihrer schwangeren Freundin ein. Zum Glück gab es um sie herum erstaunlich viele Erwachsene, die zumindest auf den ersten Blick kein eigenes Kind dabeihatten: Großeltern. Freunde. Lehrer. Betreuer. Trotzdem hatte Em panische Angst, dass er sie entdecken würde. Er hatte Hannah Isaakson verfolgt. Er wusste, dass sie im Präsidium gewesen war. Und vermutlich wusste er sehr genau, wer sie waren …

2

Dreieichenhain,
Schrebergartenanlage „Am Luderbach"

Er hatte alles bestens vorbereitet.

Sie würden staunen!

Durch seinen Feldstecher sah er Hannah Isaaksons verkrampfte Hand, die um den Arm ihrer Tochter lag. Er konnte ihre Angst förmlich riechen. Kein Zweifel: Sie hatte etwas zu verlieren.

Obwohl sie letzten Endes alle an ihrem bisschen Leben hingen wie die Kletten. Ja, dachte er, es ist wirklich erstaunlich, mit welcher Vehemenz die Menschen gegen den Tod ankämpfen, selbst wenn sie das Leben davor kaum zu schätzen wussten. Selbst unter ungünstigsten Bedingungen kämpften sie noch wie die Löwen. Selbst wenn ihre Welt auf lächerliche fünf Quadratmeter zusammengeschmolzen war und ihre einzige Abwechslung darin bestand, zwischen einer klammen Decke und einem stinkenden Loch im Boden hin und her zu kriechen.

Selbst dann …

Dieses lächerliche Festklammern am Leben hatte er noch nie verstanden. Im Gegenteil: Er hatte sich den Tod gewünscht. So glühend und brennend, dass es ihm noch heute Schmerzen bereitete, auch nur daran zu denken. Sogar als er längst erwachsen gewesen war, hatte er sich nichts sehnlicher gewünscht, als zu sterben, um Buße zu tun für das, was er seiner Mutter angetan hatte.

Aber die Geschichte hatte einen anderen Verlauf genommen, und seither war der Tod für ihn nicht länger eine Option.

Zumindest nicht sein eigener …

Mit einem Lächeln betrachtete er Hannah Isaaksons Hinterkopf. Er hatte alles bestens vorbereitet. Und jetzt war es an der Zeit, seine Pläne in die Tat umzusetzen.

Er ließ das Fernglas sinken und griff nach der Flasche mit dem Brandbeschleuniger …

3

Dreieichenhain, Fahrgasse

Der Schein der Fackeln und Laternen malte groteske Schatten an die Häuserwände. Die ältesten Fachwerkhäuser des historischen Ortskerns stammten aus dem 15. Jahrhundert, und Em kam sich beinahe wie in einem Märchen vor. Oder in irgendeinem Historienfilm.

Während sie in nervtötender Langsamkeit auf den Ortsausgang zumarschierten, ließ sie ihre Blicke unauffällig über die Gesichter am Straßenrand wandern. Sie war sicher, dass der Mann, den sie suchten, das Geschehen aus sicherer Distanz beobachtete.

Aber was genau hatte er vor? Hannah Isaakson angreifen? Oder würde er versuchen, sie irgendwohin zu locken?

Eher das, dachte Em, schließlich will er ihr etwas zeigen.

Das richtige Mädchen …

Sie hatte keine Ahnung warum, aber ihr Instinkt sagte ihr, dass Kathrin Stiller noch am Leben war. Auch jetzt noch.

»Gefühle sind was für Weihnachten oder Hochzeiten«, hatte ihr Ausbilder ihr früher immer eingebläut. Und das durchaus nicht zu Unrecht. »Halten Sie sich bei allem, was Sie tun, allein an die Fakten.«

Doch das war gar nicht so einfach!

Em massierte ihre Finger, die trotz Daunenjacke eiskalt waren. Ein Stück vor ihnen tauchten die letzten Häuser auf, und in der Ferne konnte man bereits den Widerschein des Feuers sehen, das auf dem freien Feld neben der Straße entzündet worden war. Gemessen an der Strahlkraft, die von ihm ausging, musste es gewaltig sein. Gepaart mit den vielen Fachwerkhäuschen und der bestens erhaltenen Stadtmauer weckte es unwillkürlich Gedanken an die Hexenverbrennungen des Mittelalters in Em, und die Assoziation trug nicht gerade dazu bei, dass sie sich besser fühlte. Aber auch die Kinder neben ihr wurden spürbar unruhig. Ein paar kreischten vor Begeisterung laut auf, während sich die ängstlicheren noch dichter an die Mäntel ihrer Mütter drängten.

Zhous Ellenbogen in ihrer Seite ließ sie aufblicken. *Wir sind gleich da*, sagten die kohlschwarzen Augen.

Ich weiß, nickte Em. *Es kann nicht mehr lange dauern …*

»Schon irgendwas gesehen?«, wandte sie sich via Funk an ihre Kollegen.

Decker verneinte. »Keine Auffälligkeiten.«

»Irgendwelche Fahrzeuge?«

»Negativ.«

Sie gingen ziemlich weit am Ende des Zuges, und vor ihnen hatte sich bereits eine ansehnliche Menschentraube rund um das imposante Feuer gebildet. Em hörte das Krachen von Holzscheiten, die in der lodernden Glut zerbarsten. Funken stoben auf, und sie konnte die Hitze der Flammen auf ihrem Gesicht spüren.

»Das List deht aus«, krähte Finn vor ihr herrlich falsch an Dettas Hand. »Wir dehn nach Haus …«

»Nein«, flüsterte Em. »Noch nicht.« Und in Gedanken fügte sie hinzu: Noch ist nicht passiert, weswegen wir gekommen sind …

Sie wich einer dicken Pfütze aus und hielt Ausschau nach

Hannah Isaakson, deren Haar im Widerschein des Feuers wie Kupfer leuchtete.

Inzwischen hatten auch die letzten Nachzügler das Feld erreicht. Hinter ihnen schickten sich die Ordner an, die Straßen wieder für den Durchgangsverkehr zu öffnen.

Em blickte sich in wachsender Verzweiflung um.

Er ist hier, dachte sie. Ich kann ihn fühlen.

Seine Nähe …

Das Wort erschreckte sie, kaum dass ihre Gedanken es formuliert hatten. Nähe. Das klang so entsetzlich schutzlos. Ihr Blick suchte Lucia, die ihren blauen Fisch beinah trotzig in den schwarzen Nachthimmel hielt.

Irgendwas läuft hier schief!, durchfuhr es Em. Sie stolperten geradewegs in seine Falle!

Keiner von ihnen trug eine kugelsichere Weste. Warum auch? Sie hatten mit etwas anderem gerechnet. Mit einer Show, nicht mit einem Angriff. Er könnte uns einfach abknallen, dachte Em. Was immer er vorhat: Wir befinden uns auf einem Präsentierteller, genau dort, wo er uns haben wollte.

Als sie den Blick hob, sah sie direkt in Hannah Isaaksons Augen. Die Psychologin schien ihre Gedanken zu teilen. Ihre Miene spiegelte tiefste Besorgnis.

Sie hatten zu keinem Zeitpunkt die Kontrolle über die Situation gehabt. Im Gegenteil: ER kontrollierte SIE. Er wollte sich mit ihnen messen, gut und schön, aber er wollte auch gewinnen. Er würde nichts riskieren. Er versteckte sich irgendwo in der Menge und lachte sie aus. Vielleicht war er einer der Männer, die den Zug flankierten. Vielleicht war er einer der Zuschauer, die ehrfürchtig in die Glut starrten. Vielleicht war er einer der Väter.

Ja, dachte Em, wer sagt eigentlich, dass Leute wie er keine Kinder haben? Vielleicht hatte er welche. Vielleicht … Sie stutzte. Etwas hatte ihre Aufmerksamkeit erregt. Etwas, das sie zunächst nur unbewusst wahrnahm, und bezeichnenderweise war es eine Kinderstimme, die dem vagen Eindruck schließlich eine Kontur verlieh.

»Guck mal, Mama‹, sagte eine glockenhelle Mädchenstimme, irgendwo hinter ihnen. »Da drüben ist noch ein Martinsfeuer!«

Die Bemerkung ging unter im Stimmengewirr und Bersten der Holzscheite. Einzig und allein Em schenkte ihr Gehör.

Guck mal, Mama …

Was sie erlebte, war seltsam irreal. Aller Lärm, alles Treiben um sie herum trat zurück und machte diesem banalen kleinen Satz Platz, der glasklar und gestochen scharf an ihr Ohr drang, als blende ein unsichtbarer Regisseur alle anderen Eindrücke aus.

Da drüben ist noch ein Martinsfeuer!

Wie in Zeitlupe drehte Em sich um. Und tatsächlich: Hinter ihnen, etwa dreihundert Meter entfernt vor einer Schrebergartensiedlung, loderten die Flammen eines zweiten Feuers in den düsteren Abendhimmel.

Em kniff angestrengt die Augen zusammen. Was war das? Ein Kinderstreich? Ein Ablenkungsmanöver? Oder … Sie zuckte zusammen, als für den Bruchteil einer Sekunde ein Schatten vor den Flammen sichtbar wurde.

Die Silhouette eines Mannes.

»Er ist da drüben!«, schrie sie und packte Zhou reichlich unsanft an der Schulter.

Zhou fuhr herum, als habe sie einen elektrischen Schlag bekommen. »Wo?«

»Dahinten, bei dem anderen Feuer.« Em sah sich nach Decker und Pell um, doch die beiden standen viel zu weit entfernt auf der anderen Seite. »Kümmer dich um Hannah!«, schrie sie Zhou ins Ohr. »Und schick mir Verstärkung!«

Dann sprintete sie los. Sie kümmerte sich nicht darum,

was Zhou dachte. Sie rannte einfach los, geradewegs auf die Schrebergärten zu.

Vor den Flammen zeichnete sich noch immer der Schatten ab, der die Kontur eines Menschen hatte. Und er schien zu ihr herüberzublicken.

Um ihn herum tanzten rotgoldene Flackerlichter.

Em fühlte eine Welle von Adrenalin durch ihre Adern fluten. Er war es! Er war tatsächlich gekommen!

Sie stolperte eine kleine Böschung hinauf, roch die offene Erde, den Rauch und das Feuer. Ihr Blick war fest auf die Flammen gerichtet, doch der Schatten, den sie gesehen hatte, war verschwunden. Aus den Augenwinkeln nahm sie Decker wahr, der ihr folgte. Aber er war viel zu weit entfernt, um es rechtzeitig bis zu den Schrebergärten zu schaffen.

Also allein …

Das Feuer blendete so stark, dass sie die breite Furche zu ihren Füßen zu spät bemerkte. Es knackte, als ihr Knöchel in der Vertiefung umknickte. Aber das Adrenalin war stärker als der Schmerz und … Em stutzte. Da rannte jemand! In einer der winkligen Seitengassen, weit abseits des Trubels.

Sie sah die Gestalt nur ganz kurz. Dennoch war sie augenblicklich sicher: Da rannte der Mann, hinter dem sie her waren. Ohne lange nachzudenken, tauchte sie aus dem schützenden Schatten der Obstbäume und huschte gebückt an der rückwärtigen Mauer eines alten Gehöfts entlang.

»Wo bist du?«, pfiff Deckers Stimme aus dem Empfänger in ihrem Ohr.

»Verfolge verdächtige Person ostwärts«, schrie Em in ihr Mikro, aber sie konnte sich selbst kaum verstehen. Ihre Stimme klang so atemlos, als habe sie gerade einen Marathon absolviert.

»Bist du sicher, dass er es ist?«, rauschte Decker.

Anstelle einer Antwort rief sie nur: »Bleib, wo du bist, und behalt das verdammte Feuer im Auge.«

Mittlerweile hatte sie die Gasse erreicht. Doch viel sehen konnte sie nicht. Es gab kaum Straßenbeleuchtung, und kleine Häuser duckten sich dicht aneinander wie eine frierende Kinderschar. Aus dem Dunkel zwischen den Häusern roch es nach altem Stein, Dung und Kartoffeln. Em verlangsamte ihren Schritt und versuchte verzweifelt, sich zumindest grob zu orientieren. Zur Vorbereitung auf diesen Einsatz hatten sie Karten und Straßenpläne studiert, doch in der Realität und bei derart schlechten Lichtverhältnissen war das tatsächlich nur bedingt von Hilfe. Und zu allem Überfluss verzweigte sich diese verdammte Gasse auch noch mehrfach!

Sie wollte sich gerade auf gut Glück nach links wenden, als vor ihr in der Dunkelheit plötzlich Scheinwerfer aufflammten.

Das war hinter einer der Scheunen!

Offenbar gab es dort einen Wirtschaftsweg ...

»Der Verdächtige hat ein Fahrzeug«, schrie Em in das Mikro an ihrem Kragen, während sie ohne Rücksicht auf Verluste auf die Scheinwerfer zurannte, die ihr durch die Finsternis entgegenblitzten wie die Augen eines riesigen Raubtiers. Wie weit war er weg? Hundert Meter? Hundertfünfzig?

Auf jeden Fall zu weit, hämmerte es hinter ihrer Stirn.

Die Lichtkegel der Scheinwerfer streiften ihren Körper, und für einen flüchtigen Moment dachte sie, er werde direkt auf sie zurasen. Doch dann zuckte das Licht über die bröckligen Mauern, und gleich darauf war es nur mehr als Widerschein zu erkennen.

Der Wagen hatte gewendet.

Ems Gedanken überschlugen sich. Alle Fahrzeuge, die sie zur Verfügung hatten, befanden sich in der entgegengesetzten Richtung, um bei Bedarf schnell auf den Ausfallstraßen zu sein. Aber ... Moni!, schoss es ihr durch den Sinn, die hat ihr Auto zwar ganz und gar verkehrswidrig, aber unter den gegebenen Umständen auch erstaunlich vorausschauend an dieser verdammten Bushaltestelle geparkt!

Und die war gleich um die Ecke.

Dann sind wir nachher auch schneller weg …

Sie machte auf dem Absatz kehrt und stürzte die nächste Querstraße hinauf. Ihr Fuß blieb an einer unsichtbaren Bordsteinkante hängen, und um ein Haar wäre sie gestürzt, doch irgendwie schaffte sie es, sich auf den Beinen zu halten. Sie reckte den Hals. Da vorn war die Haltestelle und … Ihr Herz machte einen Freudensprung. Da stand tatsächlich ein Auto. Und zu ihrer größten Überraschung saß jemand auf dem Beifahrersitz …

»Tut mir schrecklich leid«, Em riss die Fahrertür auf, »aber ich brauche dringend Ihr Auto!«

Ein angestrengtes Frauengesicht wandte sich ihr zu. »Was?«

»Ihren Wagen!«, schrie Em. »Schnell! Steigen Sie aus!«

»Mir ist schlecht«, keuchte die bemitleidenswerte Moni, und Em war nicht sicher, wie viel Schuld sie an diesem Zustand trug.

Ihre Augen flogen über das Armaturenbrett. Der Zündschlüssel steckte. Vermutlich hatte Moni zwischendurch die Heizung eingeschaltet.

Okay, dachte sie, dann eben auf die harte Tour!

»Schnallen Sie sich an!«

Sie glitt auf den Fahrersitz und startete den Wagen. Es war ein Volvo. Automatik.

»Wer sind Sie?«, japste Moni, die noch immer wie paralysiert in ihrem Sitz hing.

»Emilia Capelli, Kriminalpolizei, Abteilung für Kapitaldelikte. Und schnallen Sie sich endlich an!«, wiederholte Em im Befehlston, während sie durch die enge Gasse bretterte und dann mit quietschenden Reifen in den Wirtschaftsweg einbog. »Oder wollen Sie riskieren, dass Ihrem Baby was passiert?«

Das wirkte – zumindest riss die verschreckte Moni eilig den Gurt an sich und bugsierte das Ende in die Halterung neben ihrem Sitz.

Der Wagen holperte durch Schlaglöcher und Schlamm.

»W-w-was tun Sie da?«, piepste Moni.

Doch Em ignorierte sie einfach. »Der Verdächtige bewegt sich auf einem Wirtschaftsweg in nordöstlicher Richtung«, schrie sie in ihr Mikro, während sie angespannt in die Dunkelheit jenseits der Windschutzscheibe spähte. »Kann mir jemand sagen, was da ist?«

»Nicht viel«, knarrte es aus dem Knopf in ihrem Ohr.

»Was heißt das?«

»Feldwege.«

»Und dahinter?«

»Die L 3317.«

Vielleicht will er zur Osttangente, dachte Em. Die Anschlussstelle konnte nicht allzu weit entfernt sein.

Aus der Finsternis vor ihnen tauchten Bäume auf. Ein Waldstück. Der Empfänger in Ems Ohr knackte und rauschte. Nur Sekunden später war das Signal ganz verschwunden. »So eine gottverdammte Scheiße!«

Mit der freien Hand tastete Em nach ihrem Handy, doch das schien ihr bei ihrem aberwitzigen Spurt aus der Tasche gerutscht zu sein. Zwischen den Bäumen leuchteten Nebelschwaden, die im Licht ihrer Scheinwerfer wie Tüll aussahen. Und irgendwo weit vor ihnen glaubte sie nun auch endlich, die Rücklichter eines anderen Fahrzeuges auszumachen.

Sie krallte die Finger noch fester um das Lenkrad und trat das Gaspedal bis zum Anschlag durch. »Geben Sie mir Ihr Handy!«

Keine Antwort.

»Ihr Handy!«, wiederholte Em. Warum, zur Hölle, hatten sie nicht daran gedacht, einen Hubschrauber anzufordern?

»Ich habe keins.«

Ems Kopf ruckte herum. »Wie bitte?«

»Ich habe mein Handy nicht bei mir.« Monis ohnehin schon recht piepsige Stimme klang erschreckend matt. »Es … liegt zu Hause, weil wir … Wir waren spät dran.«

Na, super!

Der Wald blieb hinter ihnen zurück, und in einiger Entfernung mündete ein weiterer Feldweg auf die L 3317. Der Mann, den sie verfolgte, lenkte den Wagen in halsbrecherischem Tempo um die Kurve, und kaum dass er auf gerader Strecke war, schoss er davon.

Em gab ihrerseits Vollgas und trat erst kurz vor der Kreuzung jäh auf die Bremse. Der Volvo schlingerte durch ein Schlammloch, und um ein Haar wären sie im Graben gelandet. Das Getriebe gab ein entnervtes Stöhnen von sich. Dann endlich waren auch sie auf der Landstraße.

»Fahren weiter in nordöstlicher Richtung«, rief Em in ihr Mikro, obwohl sie keine Ahnung hatte, ob man sie hörte, »und erreichen jetzt die Luderbachaue.«

Das knapp dreihundert Hektar große Waldgebiet begann rund 1 ½ Kilometer nordöstlich von Dreieichenhain.

Wenn er sich hier auskennt, kann er sich in diesen Wäldern bis zum Sankt-Nimmerleins-Tag verstecken, dachte Em mit wachsendem Unbehagen. Doch noch konzentrierte sie sich voll und ganz auf die Hoffnung, dass er zur Autobahn wollte.

Dummerweise wurde der Nebel immer dichter.

»Wir sind jetzt kurz vor dem Golfclub«, meldete sie ihren unsichtbaren Kollegen, doch wie zuvor erhielt sie keine Antwort.

Nur Knacken und Rauschen …

Dafür schwenkten die Rücklichter nach rechts.

»Er biegt ab!« Em kniff die Augen zusammen. »Die Straße heißt *Auf der Hub* oder so ähnlich.«

Die hohen Bäume hatten das Fahrzeug, das sie verfolgte, inzwischen wieder verschluckt. Trotzdem gab Em hinter der Kurve sofort wieder Vollgas. Die Tacho-Nadel kroch beständig nach rechts.

Hundert.

Hundertzehn.

Hundertzwanzig.

Der Wald links und rechts der Straße war wie ein Tunnel, und automatisch musste Em an die Verfolgungsjagden aus *Star Wars* denken. An Luke Skywalker, der in seinem Gleiter in atemberaubendem Tempo durch einen Schacht an der Oberfläche des Todessterns donnerte, um genau im richtigen Moment einen Sprengsatz in einen Versorgungsschacht zu werfen. Neben ihr auf dem Beifahrersitz begann Moni, leise vor sich hin zu wimmern.

»Mein Fahrstil ist nicht gerade bekömmlich, was?«, versuchte es Em zur Abwechslung mal mit Galgenhumor.

Anstelle einer Antwort ließ ihre unfreiwillige Mitfahrerin tiefe, mühevolle Atemzüge hören.

»Alles klar bei Ihnen?«, fragte Em, ohne einen Blick von der finsteren Fahrbahn zu nehmen. Wo war dieser Scheißkerl so schnell hin?

»Nein.«

Ungeachtet des Tempos riskierte Em einen raschen Seitenblick. Und in der Tat: Die Frau neben ihr war kreidebleich und schweißgebadet. »Keine Sorge, ich fahre eigentlich ganz gut«, versicherte sie der Zusammengesunkenen mit sorgsam zur Schau getragener Zuversicht. »Und es ist auch gleich vorbei, versprochen.«

So oder so, fügte sie in Gedanken hinzu, als sie ein Stück vor sich wieder den rötlichen Schein der Rücklichter ausmachte.

Na, also!

Noch verlief die Strecke schnurgerade, doch in einiger Entfernung tauchte bereits die nächste Kurve auf.

Hundertfünfundzwanzig.

Hundertdreißig.

Die Kurve flog heran, und Em trat scharf auf die Bremse. Sie hörte, wie Monis Gurt sich spannte. Dann ein Stöhnen ...

»Sind Sie okay?«

»Es tut mir leid, aber ...«

»Aber was?«

»Ich schätze, das sind Wehen.«

Auch das noch!

»Halten Sie durch!«

Ihre Beifahrerin zückte ihre Armbanduhr. »Ich will Sie nicht beunruhigen, aber die Wehen kommen jetzt in nicht mal zweiminütigen Abständen.«

Ist das kurz?

Em beugte sich weit über das Lenkrad. Wo waren seine Rücklichter?

»Ich denke, Sie sollten mich jetzt lieber in ein Krankenhaus fahren ...«

»Das ist bestimmt nur die Aufregung.«

»Nein.«

Nicht?

Em schaltete die Scheibenwischer ein. Diese ständigen Nebelschleier machten einen ja wahnsinnig!

»Ich mache das schließlich nicht zum ersten Mal«, erklärte Moni hechelnd.

»Was?«, fragte Em zerstreut.

»Kinder kriegen.«

»Versuchen Sie einfach, ganz ruhig zu bleiben.« Sie spähte in den finsteren Rückspiegel, doch noch immer keine Spur der Kollegen. »Wann ist denn Ihr errechneter Termin?«

»Letzte Woche.«

Uuuups …

»Trotzdem. Das … Das sind bestimmt nur Scheinwehen.«

Gab es so was? Vor der nächsten Kurve drosselte Em zähneknirschend wieder das Tempo. Warum nicht?, dachte sie. Schließlich gibt es auch Schein*ehen*!

In das Geräusch des Motors mischte sich ein neuer Klang, und Em brauchte eine Weile, um zu erkennen, dass es ein Lachen war. Zugleich entdeckte sie auf der nächsten Geraden auch endlich wieder das rote Leuchten der Rücklichter.

»Was ist so komisch?«

Moni schniefte. »Es war … schon … alles besprochen«, stieß sie zwischen zwei Wehen hervor. »Die Hebamme … Und das … Das ganze … Drumherum, wissen Sie? Wir hatten uns … sogar schon … eine Musik aus … ausgesucht.«

Em runzelte verständnislos die Stirn. »Was für Musik?«

»Mo… Mozart.«

»Mozart?«

»Ja, die … die Jupitersinfo… Sinfonie. Die ist nämlich … total kompliziert … aufgebaut«, japste Moni weiter, und Em hatte den Verdacht, dass sie mit der Plapperei in erster Linie ihre eigene Angst zu überspielen versuchte. »Und diese … diese enorme Komplexität fördert … die … die Entwicklung des räumlichen Denkens.«

Hä?

Em stutzte. Aus irgendeinem unerfindlichen Grund musste der Mann, den sie verfolgte, deutlich abbremsen, und zum ersten Mal im Verlauf dieser aberwitzigen Verfolgungsjagd gelang es ihr, ein wenig Boden gutzumachen. Sie konzentrierte sich ganz auf die beiden roten Lichter vor sich, die zögernd näher kamen, doch just in dem Moment, als sie sich genötigt sah, ihrerseits auf die Bremse zu steigen, schoss ein Schatten aus dem Dunkel des Waldes. Em sah ein irisierendes Leuchten. Im nächsten Moment tat es einen fürchterlichen Schlag.

Der Volvo wurde aus der Spur geworfen. Dornige Zweige kreischten über den Lack. Äste brachen links und rechts von ihnen weg wie Streichhölzer, während die Räder tapfer weiterrumpelten, über Wurzeln und kleinere Baumstümpfe hinweg.

Das Nächste, was Em wahrnahm, war der Ballon des Airbags vor ihrem Gesicht. Das Luftkissen raubte ihr die Sicht. Der Motor gurgelte. Dann war es von einer Sekunde zur anderen totenstill.

»Sind Sie okay?«, wandte sie sich tiefbesorgt an Moni.

Doch vom Beifahrersitz drang nur ein ersticktes Röcheln.

Mit zitternden Fingern kämpfte sich Em an ihrem aufgeblasenen Airbag vorbei und griff in das Holster an ihrem Rücken, wo ihre Dienstwaffe steckte. »Achtung! Keinen Schreck kriegen!«, warnte sie, auch wenn sie sich hinsichtlich der erhofften Beruhigung nur wenig Illusionen machte. Nur Augenblicke später zerriss ihr Schuss die gespenstische Stille und der Airbag sank zischend in sich zusammen. »Bleiben Sie einfach ganz ruhig sitzen! Ich hole Sie da raus!«

Sie rannte um das dampfende Fahrzeug herum und öffnete die Beifahrertür.

»Sind Sie verletzt?«

»Ich … glaube nicht.«

»Geben Sie mir Ihre Hand!«

Vorsichtig befreite Em ihre hochschwangere Mitfahrerin und half ihr aus dem völlig zerbeulten Fahrzeug. »Keine Sorge, das zahlt alles die Versicherung«, erklärte sie völlig blödsinnig.

Doch Moni schien sich tatsächlich zu entspannen. »Und jetzt?«, keuchte sie, nachdem Em sie unter den schützenden Zweigen einer Tanne ins weiche Moos gebettet hatte.

»Warten wir, bis meine Kollegen hier sind.«

Moni stöhnte. »Ich fürchte, so lange …« Eine neuerliche

Welle von Schmerz raubte ihr den Atem, und sie presste sich schützend die Hände vor den Bauch.

Neun verdammte Monate!, durchfuhr es Em. Und ausgerechnet hier und jetzt muss es losgehen!

Sie riss sich die Jacke vom Leib und stopfte sie unter Monis schweißnasse Haare. »Kann ich irgendwas tun?«, fragte sie, und mit einer Mischung aus Selbstironie und nackter Angst fügte sie hinzu: »Die Jupitersinfonie singen, zum Beispiel?«

»Es würde … ehrlich … ehrlich gesagt … schon … reichen, wenn Sie … einfach … die Klappe halten!«, stieß ihre Patientin hervor. »Ich … mache das … schließlich nicht …«

»… zum ersten Mal«, ergänzte Em. Und in Gedanken fügte sie hinzu: Ganz im Gegensatz zu mir!

Doch das behielt sie mit Rücksicht auf die stöhnende Moni lieber für sich …

4

Dreieichenhain,
Schrebergartenanlage „Am Luderbach“

»Sie haben noch immer keinen Kontakt!« Decker lief im Schutz der Feuerwehrfahrzeuge auf und ab wie ein eingesperrtes Raubtier.

Und auch Zhous Miene spiegelte tiefe Besorgnis. »Immerhin ist sie in einem Auto unterwegs«, versuchte sie trotzdem, ihren Kollegen zu trösten. »Das bietet zumindest einen gewissen Schutz.«

»Ich hätte ihr folgen sollen.« Er fuhr sich verzweifelt durch die Haare. »Scheißegal, ob ihr das passt oder nicht!«

Sie berührte flüchtig seinen Arm. »Einsätze wie diese funktionieren nur, wenn sich alle Beteiligten an die Ansagen halten«, gab sie zu bedenken. »Und sie hatte dir eine ganz klare Anweisung gegeben.«

Decker schenkte ihr ein müdes Lächeln.

Wie lange dauerte das denn noch? Zhou spähte um das Löschfahrzeug herum zu den verkohlten Resten des imposanten Scheiterhaufens, den der Täter dort errichtet hatte. Der lehmige Boden ringsum dampfte, und es sah aus, als befänden sie sich mitten im Lavafeld eines aktiven Vulkans. Sie hatten Spezialisten und Brandermittler angefordert, um sicherzustellen, dass beim Löschen des Feuers möglichst wenig Spuren zerstört wurden. Und doch machte sich Zhou nur wenig Hoffnungen, dass sie etwas finden würden, das sie weiterbrachte.

»Wir haben ihr Handy«, meldete Gehlings Stimme in ihrem Rücken.

Sie wandte sich um und entdeckte ihren Hacker-Kollegen, der sich querfeldein über das weiträumig abgesperrte Gelände zu ihnen durchkämpfte. Er hatte sich seinen aufgeklappten Laptop wie einen Bauchladen um die Körpermitte geschnallt, und der Widerschein des Monitors tauchte sein Gesicht in bläuliche Schatten.

»Es lag in einer der Seitengassen im Rinnstein«, erklärte er, indem er Zhou das in eine Plastiktüte verpackte Gerät überreichte. »Vermutlich hat sie's dort verloren.«

»Wenn wir nur wüssten, mit was für einem Auto sie ihn verfolgt«, murrte Decker.

»Damit kann ich vielleicht dienen.« Gehlings Milchgesicht strahlte. »Die Kollegen an der Schule haben durchgegeben, dass seit dem Brand eine Frau vermisst wird. Eine …« Seine Finger wischten über das Mousepad. »Eine Monika Achtendorf. Ihre Freundin sagt, dass sie schon den ganzen Abend mit Kreislaufproblemen zu kämpfen hatte, weil sie schwanger ist und ihr das lange Stehen nicht besonders gut bekommt. Deshalb hätte sie sich nach der Hälfte der Strecke abgeseilt und in ihr Auto gesetzt. Und das stand …«

»… an der Bushaltestelle am Ortsausgang«, rief Zhou aufgeregt.

Gehling warf ihr einen verblüfften Seitenblick zu. »Woher weißt du das?«

»Erklär ich dir später.« Sie packte ihn bei der Schulter. »Was für ein Auto ist das, das Moni da fährt?«

Gehling klickte sich in einem Wahnsinnstempo durch eine Reihe von Seiten, bevor er auf die entsprechenden Daten der Zulassungsstelle zugreifen konnte. »Ein Volvo XC 60. Das Fahrzeug ist auf einen Herrn Achtendorf zugelassen. Thomas Achtendorf. Und zwar seit Februar 2009.«

»Hat es GPS?«

»Moment …« Gehlings Lippen formten sich zu einem konzentrierten Strich, während er weitere Seiten durchforstete. »Ja«, sagte er dann. »Hat es.«

»Lass das Fahrzeug sofort orten«, entschied Zhou.

»Das wird dauern«, stöhnte Decker.

Gehling zuckte nachsichtig die Schultern. »Klar, wenn du dir die Zeit nimmst, eine Genehmigung einzuholen …«

»Okay«, sagte Zhou. »Das verantworte ich. Wie lange brauchst du?«

Erneutes Schulterzucken, tiefstapelnd dieses Mal. »Zwei, drei Minuten.«

»Dann los!«

Hinter dem Löschfahrzeug trat ein Mann in Brandschutzkleidung hervor. »Frau Zhou?«

»Ja?«

»Kommen Sie mal bitte.«

»Was ist passiert?«, fragte sie, während sie dem Mann zu dem heruntergebrannten Holzhaufen folgte.

»Wir haben eine Leiche.«

Zhou schloss für einen flüchtigen Moment die Augen. Sie hatte damit gerechnet, ja. Aber jetzt, wo es sozusagen amtlich war, war sie dennoch schockiert. Eine Leiche im Feuer. Der Verdächtige entkommen. Und Capelli vermisst …

Was kommt als Nächstes?, dachte Zhou, und mit einem Mal war ihr eisig kalt. So kalt, dass sie am ganzen Körper zu zittern begann.

Reiß dich zusammen!

Sie biss die Zähne aufeinander.

Tu deinen Job!

»Sehen Sie!«

Der Feuerwehrmann zeigte auf die verkohlten Holzreste. Die Hitze hatte sich gelegt, und Löschwasser stand in schwarzen Pfützen auf dem lehmigen Boden. Ein Stück entfernt, jenseits der Gärten, entdeckte Zhou eine Reihe von Schaulustigen. Viele davon waren auch schon beim Umzug gewesen, und die meisten hatten trotz der dramatischen Entwicklung noch immer ihre Kinder im Schlepptau. Ein paar verstreute Laternen blitzten durch die Dunkelheit, als hielten die Kinder dort drüben eine groteske Totenwache ab …

Wie betäubt lenkte Zhou ihren Blick auf die Stelle, die der Mann ihr gezeigt hatte. Die Hitzeentwicklung war stark gewesen, aber das Feuer hatte offenbar nicht lange genug gelodert, um alles Fleisch von den Knochen der Toten zu brennen. Geschwärzte Hautfetzen fesselten Zhous Blick, während ihr der beißende Geruch verkohlten Fleisches in die Nase stieg. Tränen stiegen ihr in die Augen, und eine Welle von Übelkeit schlug über ihr zusammen.

Das fehlt noch, dass du kotzen musst!

Sie trat eilig einen Schritt zurück.

»Wir haben sie verloren«, sagte sie leise.

»Wir hatten nie eine reelle Chance, sie rechtzeitig zu finden«, widersprach eine Stimme in ihrem Rücken. Zhou drehte sich um und blickte geradewegs in Hannah Isaaksons ausdrucksvolle Augen. Die Psychologin war allein gekommen, und das Licht der Scheinwerfer, die man rund um die schwelenden Aschereste aufgestellt hatte, malte tiefe Schatten auf ihr Gesicht.

»Was bezweckt er mit alldem?«, fragte Zhou, doch ein neuerlicher Zwischenruf lenkte ihre Aufmerksamkeit unvermittelt auf eine Stelle ein Stück links von dem verkohlten Holzhaufen.

»He! … Sehen Sie sich das hier mal an!«, rief einer der beiden Kriminaltechniker, die bereits ihre Arbeit aufgenommen hatten.

Zhou stürzte zu ihm, wobei sie sorgfältig darauf achtete, keine Spuren zu vernichten.

Der weiße Schutzanzug des Mannes wirkte wie ein Fremdkörper in der völlig verrußten Umgebung des Feuers. »Bizarr, was?«

Das kann man wohl sagen, gab Zhou ihm stumm zur Antwort.

Auf dem lehmigen Boden stand – ein gutes Stück außerhalb des Brandradius – ein Paar nagelneue rote Ballerinas …

5

Kellerverlies, Versteck von Kathrin Stiller

Er war euphorisch.

Sie hörte es am Klang seiner Schritte, die die Treppe hinuntertänzelten.

Ja, dachte sie, das Schwein ist heute verdammt gut drauf!

Sie rollte sich auf die Seite und nahm die Position ein, aus der heraus sie ihren Angriff geprobt hatte. Unzählige Male hatte sie diesen Moment gedanklich durchgespielt, Schläge simuliert. Und Unvorhergesehenes. Würde sie aufgeregt sein? Oder gar zittrig?

Doch nun, da der Moment da war, stellte sie überrascht fest, dass sie nichts von alldem fühlte. Sie schwitzte nicht. Ihr Herz schlug nicht nennenswert schneller. Sie machte einfach die Augen zu und wartete.

Er schloss die Tür auf und kam zu ihr herüber.

Dann stand er eine ganze Weile still und beobachtete sie. Ganz wie immer.

Als sie seinen Fuß in ihrer Taille spürte, tat sie, als würde sie gerade aufwachen.

»Hallo?«, murmelte sie leise vor sich hin. »Wer ist da?«

Er schien ihr die Desorientiertheit abzunehmen, denn er begann mit den üblichen Versorgungshandlungen: Tasche auf. Rascheln. Cracker. Plastikflasche.

Zeit für Teil zwei ihres Plans!

»Ich glaube ...«

Seine Bewegungen hielten abrupt inne. »Was?«

»Ich glaube, ich habe mich verletzt.«

»Wobei?«

Sie konnte seinen Argwohn spüren. »Ich weiß nicht. Aber ... Es tut weh!«

Er lachte. »Na und?«

Sein Desinteresse hebelte sie für einen kurzen Moment völlig aus. Was jetzt? Was, wenn es ihn tatsächlich nicht interessierte, was mit ihr los war? Wie sollte sie ihn dazu bringen, sich ihr zu nähern? Wie lockte sie ihn aus dem Schatten hinter dem Licht?

Wie, verdammt noch mal?

Ihre Finger krallten sich um den Stein.

»Was hast du da in der Hand?«

»Nichts.«

»Unsinn! Ich sehe doch, dass du etwas versteckst!«

Er ließ von seiner Tasche ab und kam mit langen hektischen Schritten zu ihr herüber. »Na, los! Zeig es mir! Was versteckst du da?«

Das hier, du elender Wichser!

Sie schlug mit voller Kraft zu, ohne zu sehen wohin. Und sie hatte Glück: Der Angriff erwischte ihn kalt.

Sie hörte ein erschreckend sattes Plopp, als der Stein seinen Kopf traf. Dann schrie er. Hell und schrill wie ein verwundetes Tier.

Sie schlug noch einmal zu. Dem Schrei hinterher.

Und noch einmal.

Sein Körper, von dem sie noch immer nicht viel mehr als einen schwarzen Umriss sah, kippte nach vorn, geradewegs auf sie zu. Entsetzt über die Aussicht, unter ihm begraben zu werden, rollte sie sich zur Seite. Sein lebloser Ellenbogen streifte ihre Schulter, als er neben ihr zu Boden krachte.

Dann war es still.

Sie hörte ihren eigenen pfeifenden Atem. Von ihm kam kein Laut. Kein Stöhnen. Kein Wimmern oder Röcheln. Nicht einmal der schwächste Atemzug.

Du hast ihn umgebracht!, zuckte es durch ihr Bewusstsein, und sie fühlte, wie sie zu zittern begann. Ein gewaltiges, elementares Zittern, das jeden einzelnen ihrer Muskeln lähmte. Sie konnte nicht einmal mehr blinzeln.

Worauf wartest du?

Christian!

Na, los! Du hast keine Zeit zu verlieren!

Mach endlich, dass du hier rauskommst!

Auf Händen und Knien kroch sie auf das Licht zu, das hinter ihm zu Boden gefallen war. Die Lampe strahlte die gegenüberliegende Wand an, die sie noch nie gesehen hatte. Aber auch dort war kein Fenster. Kein Ausgang. Kein Fluchtweg.

Es gab nur diese Tür, durch die er immer kam.

Ihre zitternden Finger bekamen den Griff der Taschenlampe zu fassen, und sie zog das Licht zu sich heran. Ihre Augen tränten vor Anstrengung, als sie den Lichtkegel über seinen schlaffen Körper gleiten ließ. Aber sie durfte sich nicht drücken. Sie musste wissen, was los war!

Er lag auf dem Bauch, den Kopf zur Seite gedreht. Sie hatte ihn offenbar am Hinterkopf getroffen, denn die Haare unter der Sturmhaube waren klebrig von seinem Blut. Und Blut quoll ihm auch aus der Nase. Es tropfte langsam und zäh von seinem Gesicht auf ihre Decke und versickerte dort.

Mach schon!

Verschwinde hier!

Unter Aufbietung all ihrer Kräfte schaffte sie es, ihn so weit auf die Seite zu drehen, dass sie seine Jackentasche erreichen konnte. Und erst jetzt kam ihr der Gedanke, dass er den Schlüssel zu ihrer Handschelle womöglich gar nicht dabeihatte. Vielleicht lag das verdammte Ding irgendwo bei ihm zu Hause. Oder oben, in diesen geheimnisvollen Räumen, in denen er sich bewegte, bevor er zu ihr herunterkam.

Sie schob ihre Finger in eine der Innentaschen.

Nichts!

In wachsender Panik suchte sie weiter, doch auch die Seitentaschen waren leer. Kein Schlüssel. Kein Draht. Nicht einmal ein Taschentuch!

Was, wenn er den Schlüssel tatsächlich nicht bei sich hat?, hämmerte es hinter ihrer Stirn. Was, wenn ich mich nicht befreien kann? Und was, wenn er irgendwann wieder aufwacht? Dann muss ich ihn wirklich umbringen, dachte sie und fühlte eine tiefe Kälte in sich. Ich muss ihn totschlagen und neben seiner vergammelnden Leiche sitzen, bis ich verhungert bin. Warum, verdammt, hatte sie diese Möglichkeit nicht in Erwägung gezogen? Wieso hatte sie sich blind darauf verlassen, dass er den Schlüssel zu ihrer Fessel bei sich tragen würde? Weil sie sich nicht vorstellen konnte, dass er ihn irgendwo zurückließ, wo seine Frau oder seine Mutter oder sonst jemand ihn finden konnte?

Sie richtete den Strahl der Lampe direkt auf sein Gesicht. Der Blutfluss aus der Nase wurde allmählich dünner.

Vielleicht starb er schon.

Vielleicht hatte sie längst genug getan …

Ihr Blick fiel auf eine Wölbung an seinem Hintern. Seine Hosentasche!

Klar, frohlockte sie, schließlich ist er ein Kerl! Und Kerle stecken immer alles hinten in ihre Hosentaschen!

Ihre wunden Finger zogen und zerrten an dem Gegenstand und förderten schließlich ein Portemonnaie ans Licht. Eine elegante schwarze Herrengeldbörse aus handschuhweichem Leder. Sie warf das Fundstück hinter sich auf die Decke, und fuhr abermals in seine Tasche. In die andere dieses Mal. Durch den Stoff fühlte sie die Wärme seines Körpers, und sie war überrascht, dass sie es ertrug, ihm derart nahe zu kommen. Und sie wurde abermals fündig. Da waren Schlüssel! Autoschlüssel …

Prima!, lobte ihr Bruder. *Schließlich musst du irgendwie von hier weg!*

Aber …

Ja, dachte sie, da ist noch etwas anderes. Etwas, das sich wie Metall anfühlte.

Sie biss die Zähne zusammen und schob ihre Hand noch tiefer. Kurz darauf förderte sie einen Schlüsselbund mit vier verschiedenen Sicherheitsschlüsseln zutage. Und dazwischen … Sie hätte fast geschrien vor Freude. Dazwischen baumelte ein kleiner Schlüssel, der aussah, als könne er zum Schloss ihrer Handschelle passen!

Sie probierte ihn aus, wobei sie mehrfach ansetzen musste, so sehr zitterten ihre Finger. Und tatsächlich: Der Bügel über ihrem Handgelenk sprang auf.

Sie war frei!

Erleichtert ließ sie den Schlüsselbund fallen, raffte in aller Eile seinen Autoschlüssel, Taschenlampe und Geldbörse an sich und stand auf.

Sie hatte den Ernstfall trainiert. Und doch fühlte sie urplötzlich eine große Schwäche in sich. Wie lange war es her, seit sie aufrecht gegangen war? Wie schnell verkümmerten Muskeln, Sehnen, Gelenke? Oder war es gar nicht ihr Körper, der zu schwach war, um zu fliehen? War die Schwäche, die sie fühlte, am Ende gar mental?

Sie dachte an den schwarzen Panther, den sie vor vielen Jahren einmal im Frankfurter Zoo gesehen hatte. Er hatte in einem erschreckend leeren Gehege gelegen. Betonboden. Betonrampe. Und auf dem Boden ein paar alte Jutesäcke zum Spielen. Der Panther hatte direkt hinter der Scheibe gelegen und sie angestarrt, und sein Blick war genauso leer gewesen wie der Raum, in dem man ihn so viele Jahre eingesperrt hatte. Dieser Panther, dachte sie schaudernd, wäre nicht fortgelaufen. Selbst wenn man die Tür zu seinem Käfig offen ließe. Selbst wenn es ihm freistünde, zu gehen. Er wäre einfach liegen geblieben und hätte auf den Tod gewartet …

Hör auf mit dem Scheiß und lauf!

Ihre nackten Füße tasteten sich zögernd über den staubigen Kellerboden.

DIE TÜR STEHT OFFEN, tauchte vor ihrem inneren Auge wieder die Botschaft auf ihrem Fahrschein auf, obwohl sie die Worte in Wirklichkeit nie gesehen hatte. ICH GEHE.

»Hilf mir, Marina!«, flüsterte sie beschwörend vor sich hin. »Lass es gut gehen, dieses Mal! Lass mich mehr Glück haben! Wo immer du jetzt bist … Bitte, bitte, bitte, steh mir bei!«

Sie erreichte die Kellertür, die er wie immer nur angelehnt hatte, und schob sie vorsichtig ein Stück weiter auf. Ihre Augen hatten nach der langen Zeit der Dunkelheit Mühe, sich an das Neonlicht zu gewöhnen, obwohl sie eigentlich nicht das Gefühl hatte, dass es besonders grell war. Es sickerte aus einer kleinen, von rostigen Stahlklammern gehaltenen Lampe an der Wand neben der Treppe. Unter der niedrigen Decke hingen dicke, staubbehangene Spinnweben, die aussahen, als seien sie von ihren Bewohnern bereits vor Jahren verlassen worden.

»Nicht mal die Spinnen halten es in diesem Drecksloch aus!«, fluchte sie leise vor sich hin, während sie sich beidhändig an das rostige Geländer klammerte, das neben der Treppe an der Wand entlanglief.

Die Stufen unter ihren nackten Füßen waren alt und ausgetreten, und die Wände ringsum genauso roh wie in dem Raum, in dem er sie gefangen gehalten hatte.

Es ist schon erstaunlich, dachte sie, wie schnell man seine Kraft einbüßt!

Wie lange mochte sie angekettet gewesen sein? Zwei Wochen? Vier? Oder noch länger? Wie auch immer, sie hatte das Gefühl, dass ihre Beine aus Gelee bestanden. Ihre Kniegelenke schmerzten bei jedem Schritt. Und sämtliche Muskeln und Sehnen waren wund und ausgelaugt von der Kälte des Verlieses.

Mit einer Hand klammerte sie sich am Geländer fest, die andere hielt sie ausgestreckt vor sich wie eine Blinde. Sie war nicht sicher, ob sie Hindernisse rechtzeitig erkennen würde. Ihren Augen jedenfalls traute sie nur noch bedingt.

Ein paar Stufen über ihr wurde eine Tür sichtbar. Sie bestand aus unlackiertem Holz und schien nicht allzu stabil zu sein, ganz im Gegensatz zu der dicken Stahltür, die ihr Verlies verschlossen hatte.

Einen Augenblick lang zögerte sie, sie zu öffnen. Sie fürchtete sich vor dem, was dahinterlag. Das dort vielleicht auf sie lauerte. Ein Karpfen, zum Beispiel. Oder eine mumifizierte Mutter. So wie in *Psycho* …

Unwillkürlich dachte sie wieder an Marina Boginska. Aus irgendeinem unerfindlichen Grund war sie fest davon überzeugt, dass auch Marina diese Treppe hinaufgestiegen war, unmittelbar vor ihrem Tod. Und fast glaubte sie, den Nachhall ihrer Angst spüren zu können.

Zitternd legte sie die Hand auf die Klinke.

Die Tür öffnete sich nach außen und quietschte, als sie sanft dagegenstieß.

Doch wenn sie Tageslicht erwartet hatte, wurde sie enttäuscht: Der Raum hinter der Tür war genauso spärlich beleuchtet wie die Kellertreppe. Lediglich eine nackte Glühbirne warf einen matten Schein in eine finstere Diele, die rechts neben der Kellertür endete und von der in der anderen Richtung zahlreiche Türen abzweigten.

Sie blieb stehen und wartete geduldig, bis ihre Augen ihr ein halbwegs klares Bild anboten. Ein staubiger dunkelroter Läufer führte über die gesamte Länge des Flures auf eine beschlagene Eingangstür zu. Auf den Ausgang!

Ihr Herz schlug schneller. Das war er, der Moment, auf den sie so sehnsüchtig hingefiebert hatte. Ihre Chance zur Flucht. Der Weg in die Freiheit.

DIE TÜR STEHT OFFEN …

Sie atmete tief durch.

ICH GEHE.

Das dunkle Holz mit den Eisenbeschlägen begann vor ihren lichtentwöhnten Augen zu flimmern. Doch das kümmerte sie nicht weiter.

Wie in Trance stolperte sie darauf zu …

6

Dreieichenhain,
Schrebergartenanlage „Am Luderbach"

»Sie ist es nicht!«

»Was?«

»Die Tote aus dem Feuer.« Zhou kam quer über das Feld auf sie zugerannt, und ihre Stimme überschlug sich beinahe vor Aufregung. »Es ist nicht Kathrin Stiller!«

Em wischte sich über die Stirn, die noch immer verschwitzt war. Die Geburt hatte alles in allem keine zehn Minuten gedauert, und es war ihr zu ihrem größten Stolz sogar gelungen, das Durchtrennen der Nabelschnur ganz und gar ohne Einsatz ihrer Dienstwaffe zu bewerkstelligen. Anschließend hatte sie das Neugeborene in ihre Jacke gewickelt, und der Notarzt hatte sie wegen Beihilfe zu vorbildlichem Entbinden gelobt. Und dann war sie wie der Teufel zurückgerast nach Dreieichenhain, zu den Schrebergärten und der Leiche, von der sie bis vor wenigen Sekunden geglaubt hatte, es sei Kathrin Stiller …

»Ist das wirklich sicher?«, fragte sie.

Zhou nickte. »Sie müssen natürlich noch einen DNA-Abgleich machen, aber Dr. Bechstein meint, ausgehend von Größe und Knochenbau sei schon jetzt mit an Sicherheit grenzender Wahrscheinlichkeit auszuschließen, dass es sich um Kathrin Stiller handelt.« Sie stutzte und zeigte auf Ems Pulli. »Ist das Blut?«

Em lächelte. »Ich musste unterwegs Geburtshilfe leisten.«

Ihre Partnerin riss die Augen auf. »Moni?«

»Jap.«

»Und du … kannst so was?« In ihrer warmen Stimme schwang Ehrfurcht.

»Na ja, ich hatte eine vage Vorstellung davon, wo es rauskommt«, gab Em zu. »Aber viel mehr auch nicht.«

»Alle Achtung«, lobte Zhou. »Ich weiß nicht, ob ich mich das getraut hätte.«

»Kann ich verstehen«, räumte Em ein. »Aber genau genommen hatte ich wenig Wahlmöglichkeiten.«

»Ist es ein Junge oder ein Mädchen?«

»Mädchen.«

Ihre Partnerin nickte. »Na, wenigstens eine Frau auf der Welt, für die das hier ein guter Abend ist, was?«

Tja, dachte Em, so dicht liegt das beieinander. Freud und Leid. Leben und Tod ...

Zugleich sickerte nun auch allmählich in ihr Bewusstsein, dass sie eine weitere Tote hatten. Kathrin Stiller mochte vielleicht noch am Leben sein – aber trotzdem lag eine Frauenleiche da drüben bei der Feuerstelle.

Opfer Nummer vier ...

»Kann ich den Fundort sehen?«

»Klar.« Zhou führte sie um die Fahrzeuge herum zu einem mit Flatterband abgesperrten Bereich. »Gehling und Pell durchforsten die Datenbanken bereits nach passenden Vermisstenmeldungen«, erklärte sie. »Und Decker und die anderen sind unterwegs und suchen nach Augenzeugen.«

Em blieb stehen und betrachtete die verkokelten Reste des Feuers.

»Er hat da regelrecht einen Scheiterhaufen errichtet«, berichtete Zhou weiter. »Aus Holz und ein paar Strohballen, vermutlich von den nahen Feldern.«

Ihre schlanke Hand wies in die Dunkelheit, doch Ems übermüdete Augen konnten nicht viel erkennen. In weiter Ferne leuchtete die Skyline Frankfurts. »Ihr denkt, irgendwer müsste gesehen haben, wie er das Ding aufgeschichtet hat?«

»Es ist zumindest eine Möglichkeit«, erwiderte Zhou ohne große Hoffnung. »Die Stelle ist klug gewählt, das muss man ihm lassen. Sie ist von der Straße aus praktisch nicht zu sehen. Und jetzt, im November, halten sich leider nicht mehr allzu viele Leute regelmäßig in den Schrebergärten auf.«

»Dieser verdammte Mistkerl ist nicht nur dreist«, fluchte Em, »er hat auch noch unverschämtes Glück!«

»Und er hat uns schon wieder eine Botschaft hinterlassen.«

Das war ihr neu. »Wirklich?«, fragte sie überrascht.

Zhou lächelte. »Ich habe der Spurensicherung gesagt, sie sollen es stehen lassen, bis du es dir angeschaut hast.«

»Was stehen lassen?«, drängte Em.

»Komm mit.«

Em folgte ihr an der linken Flanke der Brandstelle vorbei zu einer mit mehreren weißen Hinweistafeln bestückten Stelle im Lehm.

»Schon wieder Schuhe?«

Ihre Partnerin zuckte die Schultern. »Rote, dieses Mal.«

»Die sehen ziemlich klein aus.«

»Größe 36.«

»Könnten sie eventuell der Toten gehören?«

Zhou schüttelte den Kopf. »Dr. Bechstein sagt, die Frau aus dem Feuer hatte mindestens Schuhgröße 40«, entgegnete sie. »Und außerdem scheinen die Schuhe brandneu zu sein.«

Em trat einen Schritt zurück. Und dann noch einen, um die Szenerie noch einmal mit Abstand zu betrachten. Schließlich ging sie langsam um das Schuhpaar herum. »Fällt dir was auf?«

Zhou kam hinter ihr her wie ein folgsames Schulmädchen. »Nein«, antwortete sie zögerlich. »Was sollte mir denn auffallen?«

»Dieser Winkel«, sagte Em, ohne die Ballerinas aus den Augen zu lassen.

»Was ist damit?«

»Der Täter erzählt uns damit eine Geschichte«, murmelte Em, mehr zu sich selbst als an ihre Partnerin gewandt. »Die Frage ist, wie diese Geschichte geht. Hat er die Schuhe achtlos in die Ecke geschleudert, bevor er die Frau zwang, ins Feuer zu gehen? … Nein, hat er nicht«, beantwortete sie ihre Frage gleich selbst. »Sie wurden, im Gegenteil, fein säuberlich hier hingestellt, aber irgendetwas stimmt nicht.« Ihre Finger krallten sich in Zhous Arm. »Stell dir vor, du ziehst dir die Schuhe aus und stellst sie für die Nacht irgendwohin. Zum Beispiel vor dein Bett …«

»Ich weiß, was du meinst«, rief Zhou. »Sie stehen zu weit auseinander. Und auch der Winkel ist falsch.« Sie beugte sich vor. »Wenn man ein Paar Schuhe wegräumt, dann stellt man sie in aller Regel parallel nebeneinander. Aber die hier stehen fast in einer ersten Position.«

»In einer … was?«

Sie lächelte. »Ballett.«

»Wie auch immer«, brummte Em. »Also: Die Schuhe stehen so, wie man sie im Alltag nicht wegstellen würde. Aber die Spitzen weisen nicht – wie bei Manuela Zehlen – nach innen, sondern auswärts.«

»Und was sagt dir das?«, fragte Zhou.

Em antwortete nicht. Da war sie wieder, die Assoziation, die sie nicht greifen konnte! Als ob es irgendwo in ihrem Kopf eine unsichtbare Mauer gäbe, die verhinderte, dass sie das Bild mit hinübernahm in ihr Bewusstsein.

Em schüttelte frustriert den Kopf. »Vielleicht muss ich tatsächlich ein paar Bohnen putzen.«

»Bohnen?«, fragte Decker, der in diesem Augenblick mit vor Kälte geröteten Ohren zurückkehrte.

»Meine Nachbarin meint, dass Bohnenputzen beim Nachdenken hilft.«

Er sah sie an, als zweifle er ernsthaft an ihrer Zurechnungsfähigkeit, und Em wollte eben zu einer genaueren Erklärung ansetzen, als sich unvermittelt etwas Warmes um ihre Schultern legte.

»Was soll das werden?«, fauchte sie, indem sie sich Zhous herrlich angewärmte Jacke von den Schultern riss und sie ihrer Partnerin in die Arme drückte. »Fang hier bloß nicht an, das Kindermädchen für mich zu spielen, klar? Das kann ich nicht leiden.«

In den kohlschwarzen Augen ihrer Partnerin lag ein Ausdruck von Strenge, den Em so noch nie an ihr bemerkt hatte. »Falls du es noch nicht bemerkt haben solltest«, sagte sie, »du bist völlig durchgeschwitzt und zitterst vor Kälte. Was eigentlich kein Wunder ist, immerhin hast du gerade einen Weltklasse-Sprint hingelegt, einen Volvo geschrottet und ein Baby auf die Welt geholt …«

»Ernsthaft?«, unterbrach Decker.

»Halt die Klappe!«, raunzte Em.

Zhou drehte die Jacke und schlang sie ihr abermals um die Schultern, wobei das Ergebnis eher aussah, als habe sie ihre Partnerin gefesselt.

»Aber ich …«

»Keine Widerrede!« Ein letztes Funkeln, dann wandte sie sich ab und stapfte ziemlich entschlossen davon. »Ich kann mir nicht leisten, dass du krank wirst!«

Neben Em prustete Decker in sein Taschentuch.

»Schluck's bloß runter!«, zischte Em. Und vorsichtshalber rammte sie ihm gleich auch noch ihren Ellenbogen in die Magengrube.

Dann folgte sie Zhou zu ihrem Wagen.

7

Kellerverlies, Versteck von Kathrin Stiller

Die Haustür war verschlossen.

Sie rüttelte daran, doch das dunkle Holz war viel zu massiv, als dass sie es auch nur einen Zentimeter hätte bewegen können.

Und jetzt? Was jetzt?

Sie drehte sich um und überlegte fieberhaft, was sie nun tun sollte. Der Schlüsselbund, den sie bei ihm gefunden hatte, lag eine Etage unter ihr. Im Verlies. In der Hölle, in die sie auf keinen Fall zurückkehren wollte …

Wie blöd konnte man eigentlich sein?

Sie strich sich ärgerlich durch die strähnigen Haare. Warum, verdammt noch mal, hatte sie nicht einfach alles mitgenommen?!

Hastig sah sie sich nach den anderen Türen um. Wenn sie nicht durch die Haustür kam, dann musste sie eben aus einem der Fenster steigen. Hier war sie im Erdgeschoss, so viel stand fest. Folglich konnte es ja wohl nicht allzu schwierig sein, das Haus durch eins der Fenster zu verlassen.

Sie stürzte zu der ersten Tür auf der linken Seite und riss sie auf. Dahinter war gespenstische Düsternis. Irritiert hielt sie inne. War denn nicht Tag, irgendwo? Gab es denn keine Welt mehr da draußen, die etwas Licht zu ihr hereinsandte?

Selbst bei Nacht dürfte es nicht so finster sein, dachte sie voller Unbehagen. Es gab doch schließlich Straßenlaternen und Autoscheinwerfer und Sterne, oder etwa nicht? Wo, zur Hölle, lag dieses unheimliche Haus, in das er sie verschleppt hatte?

Ihre Finger tasteten über eine wellige Raufasertapete an der Wand entlang und fanden schließlich einen altmodischen

Kipp-Lichtschalter. Gleich darauf flammte hoch über ihrem Kopf eine Lampe auf und tauchte den Raum vor ihr in mattes Kunstlicht.

Es schien ein Wohnzimmer zu sein: Düstere Einbauschränke vereinnahmten die beiden Wände rechts und gegenüber der Tür. Die Schränke waren leer, ihre Türen weit geöffnet. Hier und da entdeckte sie ein vergessenes Buch oder einen Ziergegenstand in den geplünderten Fächern. Eine Porzellanfigur ohne Kopf. Einen gläsernen Blumenkorb mit Deckel, eine Art Bonbonniere. Zwei Zinnbecher mit geschmacklosen Reliefs. In einer Ecke des Zimmers lagen Kleidungsstücke auf dem Boden. Damenkleider, wie sie bei näherem Hinsehen feststellte. Altmodische Mieder, Röcke, Kostüme. Sogar zwei Hüte aus braunem Filz waren darunter. Und Schuhe.

Jede Menge Schuhpaare.

Brüchiges Leder. Spangen. Riemchen.

Ihr Blick suchte die beiden verbliebenen Wände nach einem Fenster ab. Wohnzimmer hatten doch schließlich Fenster!

Und sie behielt recht: Da war der Vorhang!

Gott sei Dank!

Sie stolperte quer durch den Raum und riss den schweren Samtstoff zur Seite. Die Bewegung war so heftig, dass die Ringe, die den Vorhang hielten, aus der Schiene sprangen und der Stoff neben ihr zu Boden rasselte. Die Fensterscheibe, die dahinter zum Vorschein kam, war gesprungen. Ein Riss lief quer über das staubige Glas, dahinter entdeckte sie Ziegelsteine.

Eingemauert!, schoss es ihr durch den Sinn. Dieses elende Dreckschwein hat mich bei lebendigem Leib hier einbetoniert!

In einem verlassenen Haus …

Aus ihrer Kehle drang ein Schluchzen. Ich werde in diesem Drecksloch sterben, dachte sie. Genau wie Marina. Ich werde …

Hör gefälligst auf, dich in Selbstmitleid zu suhlen, und denk nach!

Sie sah hoch, doch ihr Bruder war nirgends zu sehen.

Dennoch hörte sie seine Stimme, als ob er direkt neben ihr stünde.

Du siehst doch selbst, dass die Scheibe kaputt ist. Wahrscheinlich wollte er nur verhindern, dass irgendwelches Gesindel hier einsteigt!

Ja, dachte sie mit neuem Mut. Das wäre natürlich auch möglich …

Los doch, versuch es in einem der anderen Zimmer!

Sie drehte sich um und rannte zurück in die Diele. Dort hielt sie kurz inne und lauschte in Richtung Treppe. Doch alles, was sie hörte, war der Schlag ihres eigenen Herzens.

So leise wie möglich huschte sie weiter, zur nächsten Tür. Ein Schlafzimmer dieses Mal, mit einem breiten, klobigen Doppelbett als makabrem Zentrum. Im funzeligen Licht einer rotbeschirmten Lampe suchten ihre Augen die zerschlissene Tagesdecke nach einer Kuhle ab. Nach einer Vertiefung, die ein schwerer alter Körper hinterlassen hatte. Aber der Stoff unter den aufgerüschten Paradekissen war glatt.

Natürlich!, schalt sie sich. Das hier ist Deutschland. Kein amerikanischer Gruselschocker. Und doch …

Diese Zimmer wirkten auf sie irgendwie surreal.

Fast wie eine Kulisse.

Schaudernd betrachtete sie das verblichene Stickbild über dem Bett. Sie kannte das Motiv! Es war ein Gemälde von Carl Spitzweg und hieß *Schulkinder im Walde.* Aber sie selbst kannte es aus einem anderen Zusammenhang. Sie schüttelte ungläubig den Kopf. Was für ein seltsamer Zufall! Ihre Großeltern hatten ihr zu ihrem vierten Geburtstag ein Märchenbuch geschenkt. Irgendeine Prachtausgabe, illustriert mit romantischen Stichen und Biedermeier-Bildern. Und dieses Motiv hier … Sie nickte langsam vor sich hin. Dieses Motiv hatten die Macher des Buches für Hänsel und Gretel ausgewählt, denn das Bild zeigte einen Jungen und ein Mädchen, die barfuß durch einen wilden Gebirgswald spazierten. Um sie herum standen finstere Baumriesen, deren verzweigte Äste das Sonnenlicht brachen, so dass es ein Muster aus wirren Schatten auf den Weg der Kinder warf …

»Das ist noch nichts für dich«, hatte ihre Mutter gesagt, als sie das Buch damals ausgepackt hatte. »Damit warten wir, bis du älter bist, sonst kriegst du Alpträume!«

Ha, ha!

Sie starrte den steinigen Pfad an. Keine Brotkrumen. Keine Steine. Und doch offensichtlich ein Irrweg, oder?

Die Frage war …

Wie in Zeitlupe drehte sie sich wieder zu dem Bett um. Wo war die Hexe? War sie alt, krank, tot? In einem Altenheim? Auf dem Friedhof? Oder irgendwo hier? In diesem unheimlichen Haus voller verlassener Zimmer?

Ihr Herz schlug schneller. Was, zum Teufel, ging hier vor?

Sie rannte zu dem einzigen Fenster hinüber, das in Größe und Form das Pendant zu dem Fenster nebenan zu sein schien. Doch auch hier versperrte eine Mauer den Weg in die Freiheit.

Verdammt, verdammt, VERDAMMT!

Sie hatte die Sache vollkommen falsch angefangen! Sie hätte ihn anketten sollen. Die Schlüssel mitnehmen. Das Handy suchen, mit dem er sie hatte telefonieren lassen. Bestimmt hatte er es irgendwo in seiner Nähe … Herrgott noch mal, wie konnte man nur so verdammt blöd sein?!

Sie rannte zurück in die Diele und erwog in aller Eile die Alternativen. Neben der Tür zum Keller führte eine Treppe in den ersten Stock hinauf. Wenn sie Glück hatte, waren die Fenster dort nicht zugemauert. Dann konnte sie springen.

Ihre Augen wanderten zur Decke. Die Räume waren ziemlich hoch. Aber ein Sprung aus dem ersten Stock sollte zu überleben sein! Andererseits musste sie sicherstellen, dass sie hinterher noch laufen konnte. Wer konnte schließlich wissen, ob dieses elende Hexenhaus nicht mitten im Wald stand? Fernab aller Straßen …

Und sonst?

Was für Möglichkeiten gab es außerdem?

Sollte sie sich die Zeit nehmen, die anderen Räume zu durchsuchen? Vielleicht gab es dort ein Telefon …

Vielleicht lag dort irgendwo sein Handy …

Der Keller, hämmerte es in ihrem Kopf. Warum gehst du nicht einfach noch mal in den Keller und holst den Schlüssel?!

Dann kannst du durch die Haustür raus.

Und du kannst ihn anketten, bevor du gehst, damit er dir nicht folgen kann. Falls er nicht längst tot ist.

Du musst nichts riskieren!

Du kannst ihn kaltstellen, wie er dich kaltgestellt hat. Dann kann er dir nie wieder folgen. Du kannst ihn da unten verrotten lassen.

Sie wischte sich mit dem Ärmel ihres Kaftans den Angstschweiß aus der Stirn und ging zögerlich auf die Kellertür zu. Unter ihren Füßen knirschten die alten Dielen, dasselbe Geräusch, das sie so oft gehört hatte.

Was mochte er hier oben getrieben haben, bevor er zu ihr in den Keller gekommen war? Warum rannte er stundenlang in diesem verlassenen Haus herum? Was ging in diesem kranken Hirn vor?

Sie merkte, wie sich eine Gänsehaut über ihre nackten Unterarme breitete, als ihr die schrille Stimme einfiel, mit der er sie angeschrien hatte.

Die Hexe ist tot, dachte sie. Bestimmt hat er sie umgebracht!

Beeil dich!

Sie blinzelte. »Christian?«

Du musst unbedingt weg hier! JETZT!

An der geöffneten Kellertür hielt sie einen Augenblick inne und lauschte. Aber am Fuße der Stufen war es nach wie vor vollkommen still.

Zitternd knipste sie die Taschenlampe wieder an, stieg die Stufen hinab und stieß die Tür zu ihrem Verlies auf.

Er lag noch dort, wo sie ihn zurückgelassen hatte.

Der Strahl ihrer Lampe erfasste seine Silhouette. Den schlaffen Körper. Und irgendwo dort, rechts von ihm, mussten die rettenden Schlüssel sein!

Sie schluckte und trat zitternd auf die Decke zu, auf der sie so lange gelegen hatte.

Kein Schlüsselbund …

Aber … Wie war das möglich?

Er hatte sich nicht bewegt, oder doch? Lag er nicht anders als vorhin? Als sie ihn verlassen hatte?

Sie trat noch näher und richtete den Lichtstrahl direkt auf sein Gesicht. Aber das, was sie dort sah, war nur eine Maske. Die Sturmhaube, ausgestopft mit ihren Stulpen oder sonst einem Stück Stoff. Eine billige Attrappe.

Sein Gesicht war hinter ihr.

Sie merkte es im selben Moment, in dem sie den Blutfleck auf ihrer Decke registrierte. Dann zersprang das Licht um sie herum in tausend Stücke, die auseinanderspritzten wie Funken von einem Holzscheit.

Ersticken, dachte sie noch. Ertrinken, untergehen, platzen.

Ihr Körper wurde herumgerissen. Sie sah ein Auge, dessen erstarrte Linse ein Stück weit aus der Pupille hinausragte. Und schwarzgraue Bartfäden am klaffenden Maul. Am Abgrund.

Dann war da nichts mehr.

Nur Dunkelheit …

8

Frankfurt-Bornheim,
Wohnung von Trudi Stein

»Tut mir leid, dass ich dich mitten in der Nacht aus dem Bett klingele.«

Trudis weißes Haar war ein wenig zerzaust, aber ansonsten war sie trotz der späten Stunde absolut salonfähig. »Ach was, Schätzchen, wozu sind Freunde da?«

Em lächelte.

»Komm rein, meine Liebe. Möchtest du einen Tee?«

»Gern. Aber …«

»Geht schnell«, wiegelte Trudi ab. Dann füllte sie den Wasserkocher, nahm eine wunderschöne alte Teekanne aus dem Schrank und gab eine herrlich duftende Mischung aus Vanille und Beerenaromen in das eingebaute Sieb. »Schicke Jacke.«

Em blickte an sich hinunter. »Sie gehört Zhou.«

Im Profil konnte sie sehen, wie Trudis Augenbrauen in die Höhe schossen. Aber angesichts des bemitleidenswerten Zustandes, in dem Em hier auflief, enthielt sie sich jeglichen Kommentars.

»Ich weiß nicht, ob das jetzt zu weit geht, aber ich würde dir gern etwas zeigen«, erklärte Em, indem sie ihr Tablet herauszog und die Bilder des Tatortes herauszog.

»Klar, Schätzchen, zeig her!«

»Es ist … Ich weiß nicht, ob du …« Sie atmete tief durch. »Im Hintergrund ist eine Leiche zu sehen.«

»Als ich klein war, war Krieg«, entgegnete Trudi.

»Okay«, seufzte Em, »aber wenn es dir irgendwann zu viel wird, sagst du Stopp, einverstanden?«

»Einverstanden.«

Ihre Nachbarin rückte ihre Brille zurecht und beugte sich über das Bild, das Em ihr hinhielt. Es zeigte die roten Schuhe vor dem heruntergebrannten Scheiterhaufen.

»Als ich das gesehen habe, dachte ich sofort, dass es mich an etwas erinnert«, kommentierte Em, während sie das nächste Foto aufrief. »Aber wie schon bei den beiden anderen Opfern komme ich einfach nicht darauf, was es ist …«

Trudis Miene war hochkonzentriert. »Kann ich die anderen Opfer auch mal sehen?« Sie lächelte. »Inoffiziell, versteht sich.«

»Ich weiß nicht«, sagte Em. »Die Frauen sehen ziemlich schlimm aus.«

»Ich sagte doch schon, ich kann 'ne Menge vertragen.«

»Wie du willst …« Sie öffnete einen anderen Ordner und präsentierte ihrer Nachbarin die Aufnahme aus Manuela Zehlens Schlafzimmer. Dieselbe, die Kaspary erhalten hatte.

Die steile Falte zwischen Trudis himmelblauen Augen vertiefte sich. »Geh noch mal zurück, ja?«

Em tat, wie ihr geheißen.

»Dachte ich's mir doch!« Ihre tadellos manikürten Hände schlugen triumphierend auf die Tischplatte, während hinter ihnen der Wasserkocher rauschte.

»Rede mit mir!«, drängte Em.

Doch zu ihrer Überraschung stellte Trudi zuerst noch eine Frage: »Hat er die Katzen ausgelassen, oder sind die einfach weggelaufen?«

»Was denn für Katzen?«, fragte Em.

»Miau, miau, mio«, machte Trudi anstelle einer Antwort. »Lass steh'n, sonst brennst du lichterloh!«

»Ach, du Scheiße«, entfuhr es Em, denn endlich fiel es ihr nun wie Schuppen von den Augen. »Das ist aus dem *Struwwelpeter*, stimmt's?«

Ihre Nachbarin nickte. »Warte mal, den müsste ich sogar dahaben.«

Sie verschwand im angrenzenden Wohnzimmer, und Em hörte sie eine ganze Weile rumoren. Dann kehrte sie mit einem abgegriffenen Buch zurück.

»Das ist es«, murmelte Em, während sie beinahe andächtig durch die fleckigen Pappseiten blätterte. »Das ist das Drehbuch, nach dem wir so lange gesucht haben.«

»Merkwürdig, wie lange man manchmal braucht, bevor man einordnen kann, woran man sich erinnert, nicht wahr?« Trudis erstaunlich faltenfreies Gesicht glühte vor Freude darüber, dass sie wirklich und wahrhaftig etwas beigetragen hatte. Etwas, das Em und ihren Kollegen weiterhalf.

»Ich möchte nicht unhöflich sein«, sagte Em. »Aber ich fürchte, den Tee müssen wir auf das nächste Mal verschieben.« Sie zog ihr Handy aus der Tasche und wählte Zhous Nummer. »Ich schätze, unter den gegebenen Umständen wird unsere Nacht ziemlich kurz werden.«

»Du siehst nicht aus, als sei das ein Problem«, stellte Trudi unsentimental fest.

Und das stimmte! Trotz aller Strapazen fühlte sich Em mit einem Mal hellwach und so frisch, als sei sie gerade erst aus der Dusche gestiegen. Endlich gab es sie, die heiß ersehnte Spur! Endlich hatten sie etwas, wo sie ansetzen konnten!

Endlich …

ELF

Sehr ernst ist hier die Welt
Und still in sich versunken,
als wär ihr letzter Laut
im finstern See ertrunken.

(Nikolaus Lenau,
Der Schwarze See)

I

Polizeipräsidium, Abteilung für Kapitaldelikte, Konferenzraum der Soko „Daumen“

»Es sind alles Geschichten aus dem *Struwwelpeter*.« Em betätigte die Fernbedienung, und der Beamer warf eine Großaufnahme des berühmten Titelbildes an die Wand. Sie hatten die ganze Nacht recherchiert, Ausschnitte vergrößert und Zuordnungen vorgenommen. Am frühen Vormittag nun waren sie endlich so weit, ihren Kollegen von der Soko »Daumen« die Ergebnisse präsentieren zu können. »Marina Boginska, zum Beispiel, hatte er für die Rolle des Struwwelpeters vorgesehen, aber sie hat sich selbst disqualifiziert, indem sie sich die Haare abbiss.«

»Ich konnte das verdammte Ding noch nie leiden«, knurrte Makarov, der eine gebundene Ausgabe von Heinrich Hoffmanns berühmtem Kinderbuch in den Händen hielt. »Vor allem die Geschichte mit diesem Schneider, der mit seiner Riesenschere aus dem Vorhang schießt wie der Leibhaftige und diesem armen Jungen die Daumen abschneidet …« Er schüttelte sich. »Gruselig!«

»Das Buch spaltet nun schon seit mehr als hundertsechzig Jahren die Geister«, pflichtete Zhou ihm bei. »Aber es lässt sich nicht leugnen, dass Hoffmanns Bilder und Geschichten auch heute noch bekannt sind.« Sie machte Em ein Zeichen, woraufhin ihre Partnerin abermals auf die Fernbedienung drückte. An der Wand erschien ein Foto der kriminaltechnischen Rekonstruktion der Buchstaben auf Marina Boginskas Pflaster. »Stepka-Rastrepka. Razskazy dlja detej«, las Zhou in lupenrein klingendem Russisch ab, was der Dolmetscher ihr vor einer Stunde gemailt hatte. »Der russische Titel des *Struwwelpeter*.«

»Marina Boginska hat ihn also tatsächlich durchschaut«, staunte Decker.

Zhou bejahte. »Marina Boginska war offensichtlich eine überaus kluge Frau«, stellte sie voller Anerkennung fest. »Sie hat das Muster erkannt und versucht, ihm einen Strich durch die Rechnung zu machen, indem sie sich die Haare abbiss. Aber vorher hat sie – für den Fall, dass er sie trotzdem umbringt – noch rasch notiert, was sie wusste.«

»Und als sie tot war, brauchte er einen Ersatz«, schloss Makarov.

»Genau«, nickte Zhou. »Und den fand er in Kathrin Stiller, einer jungen Frau mit außergewöhnlich schönen langen Haaren.«

Em bediente erneut die Fernbedienung, woraufhin das Porträtfoto erschien, das sie aus dem Zimmer der Studentin mitgenommen hatte. »Verglichen mit den anderen Opfern scheint sie ein bisschen zu jung für seinen Geschmack«, sagte sie. »Aber offenbar wollte er die Panne mit Marina Boginska so schnell wie möglich wieder ausgleichen. Und vermutlich dauert es auch eine ganze Weile, bis die Haare seiner Opfer so verfilzt und ungepflegt aussehen, wie er sie haben möchte.«

»Marina Boginska war mehr als sechs Monate in seiner Gewalt«, bemerkte Makarov, und in seiner Stimme schwang eine vorsichtige Hoffnung.

Vielleicht, pflichtete Em ihm insgeheim bei, haben wir ja tatsächlich Glück und sie ist noch am Leben …

»Unser Mann ist ohne Zweifel total detailversessen«, ergänzte Zhou. »Er wählt seine Opfer nicht nur nach einem bestimmten Beuteschema aus, sondern achtet auch penibel darauf, dass sie zu den einzelnen Geschichten passen.«

»Manuela Zehlen zum Beispiel«, sagte Em und präsentierte einen vergrößerten Bildausschnitt, der deren Hände zeigte. »Klaus Zehlen und auch ihre Kollegen haben bestätigt, dass Manuela Fingernägel kaute, wenn sie nervös oder auch gelangweilt war. Und wenn man diese Bewegung aus einer gewissen Entfernung betrachtet, wirkt sie fast wie Daumenlutschen … Hier!« Sie klickte die Videodatei auf ihrem USB-Stick an und wählte die Szene mit der Grillparty.

Gebannt verfolgten ihre Kollegen, wie die ermordete Lehrerin im Gespräch mit ihrem Gast auf einmal gelangweilt die Hand an den Mund hob und dann hingebungsvoll ihren Daumen bekaute.

»Krass«, murmelte Gehling.

»Dass einen so was das Leben kosten kann«, kommentierte Decker.

»Bianca Ahlbeck wiederum hat unser Mann ausgewählt, weil sie eine schlechte Mutter war«, fuhr Em fort. »Sie hat ihre Kinder vernachlässigt und aller Wahrscheinlichkeit nach auch misshandelt, mit der Folge, dass ihr für zwei der Kinder das Sorgerecht entzogen wurde.«

»Und das prädestinierte sie aus Sicht des Täters für die Rolle des bitterbösen Friedrich«, führte Zhou den Gedanken zu Ende.

»Das Vorgehen unseres Täters ist allerdings immer dasselbe«, erklärte Em. »Er wählt ein passendes Opfer aus, und dann arrangiert er die Fundorte so, dass sie bis ins kleinste Detail den Motiven des *Struwwelpeter* entsprechen.« Sie betätigte abermals den Beamer. »Der böse Friedrich, zum Beispiel, liegt im letzten Bild der Geschichte im Bett, nachdem er von dem Hund, den er zuvor gequält hatte, ins Bein gebissen wurde – und voilà: Bianca Ahlbecks Leiche war mit einem weißen Laken bedeckt und wies eine Art Bisswunde an der linken Wade auf.« Sie schüttelte den Kopf. »Sogar die Seite stimmt!«

»Aber hat der Täter nicht was ausgelassen?« Makarov blätterte stirnrunzelnd in seinem Buch. »Auf Struwwelpeter und den bösen Friedrich folgt Paulinchen mit den Streichhölzern. So weit ist alles klar.« Er sah hoch. »Aber dann kommen hier gleich zwei Geschichten, zu denen wir keinen passenden Mord haben: die Jungen, die im Tintenfass landen, und der wilde Jäger. Und erst danach kommt der Daumenlutscher, sprich Manuela Zehlen.«

»Am Geschlecht kann es nicht liegen«, sagte Decker. »Immerhin sind der böse Friedrich und der Daumenlutscher auch keine Frauen.«

»Vielleicht haben wir die Leichen bloß noch nicht gefunden«, schlug Gehling mit der ihm eigenen kompromisslosen Direktheit vor.

Makarov warf ihm einen vernichtenden Blick zu.

»Wieso?«, verteidigte sich der junge Hacker. »Vielleicht finden wir bald eine tote Frau in einem Teerfass oder so …«

»Es gäbe auch noch eine andere Erklärung«, sagte Zhou, bevor ihr Vorgesetzter seinem Internet-Spezialisten endgültig an die Gurgel ging.

»Die da wäre?«, schnappte Makarov.

»Vielleicht waren ihm diese Geschichten nicht brutal genug.« Zhou tauschte einen Blick mit ihrer Partnerin. »Wenn man wollte, könnte man das ganze Buch noch einmal unterteilen: in eher harmlose und lustige Episoden auf der einen und ziemlich martialische auf der anderen Seite. Und es …« Sie hob die Achseln. »Es könnte doch sein, dass sich die Phantasien unseres Mannes auf die heftigen Geschichten beschränken.«

Em nickte. »Das Buch besteht aus zehn Geschichten«, übernahm sie wieder den Bericht. »Den fliegenden Robert, den Zappel-Philipp und Hanns Guck-in-die-Luft würde ich persönlich als eher harmlos einstufen. Ebenso wie die beiden schon genannten Episoden mit dem Jäger und den drei Jungen, die geschwärzt werden, weil sie einen Mohren geärgert haben …« Ihre Kollegen gaben ein zustimmendes Raunen von sich.

Einzig Gehling schien nicht überzeugt. »Aber der Struwwelpeter ist doch auch keine besonders brutale Geschichte«, argumentierte er. »Und der Täter hat sie trotzdem verwendet.«

»Stimmt«, rief Decker. »Also nehmen wir einfach mal an, es gäbe – passend zu den beiden fehlenden Episoden – tatsächlich noch zwei weitere Leichen, die wir bislang nicht gefunden haben …« Er sah Zhou an. »Welche Geschichte wäre denn dann als Nächstes an der Reihe?«

»Der Suppen-Kaspar«, antwortete Zhou.

»›Ich esse meine Suppe nicht‹«, zitierte Makarov mit verstellter Stimme. »›Nein, meine Suppe ess ich nicht!‹«

Em starrte ihn an. Seit Stunden beschäftigten sie sich nun mit diesen Texten und den dazugehörigen Bildern. Doch jetzt auf einmal … Sie schloss die Augen, als unvermittelt ein Erinnerungsfetzen durch ihren Kopf zuckte:

Eine Frau.

Eine magersüchtige Frau

Eine magersüchtige Frau, die behauptete, dass jemand in ihrer Wohnung gewesen sei …

»Gottverfluchte Scheiße!«, rief sie voller Inbrunst.

Die Köpfe ihrer Kollegen zuckten herum.

»Was ist?«, fragte Zhou alarmiert.

»Ihr könnt mich erschlagen, aber …« Em biss sich zerknirscht auf die Lippen. »Ich glaube, ich kenne das nächste Opfer.«

»Du kennst … was?« Ihre Partnerin war sprachlos. »Aber woher …?«

»Da war neulich eine Frau hier«, erklärte Em.

»Hier im Präsidium?«

Em nickte. »Sie hat mich unten am Empfang angesprochen und erzählt, sie fühle sich seit längerem verfolgt. Aber ich …« Sie senkte den Kopf. »Ich fürchte, ich habe sie nicht weiter ernst genommen.«

»Natürlich nicht«, brummte Makarov unerwartet verständnisvoll. »Wie sollten Sie auch? Bei der ganzen Hysterie, die dieser Fall mit sich bringt.«

»Kannst du dich noch an ihren Namen erinnern?«, fragte Decker.

Em schüttelte resigniert den Kopf. »Ich habe ihr gesagt, dass sie rauf zu den Kollegen gehen und Anzeige erstatten soll.«

»Na, das ist doch schon mal was!«, rief Decker mit einem ermutigenden Augenzwinkern. »Falls sie deinem Rat gefolgt ist, haben wir sie!« Er stand auf und zerrte sein Handy heraus. »Warte kurz, ich kläre das …«

Obwohl er mit gedämpfter Stimme sprach und obendrein diskret zur Seite trat, kam kein weiteres Gespräch zustande. Im Gegenteil: Die Anwesenden hockten auf ihren Stühlen wie eine Gruppe von Angeklagten, die auf das Urteil der Geschworenen warteten.

Doch Em erkannte bereits an der Körperhaltung ihres Kollegen, was Sache war.

»Und?«, fragte Zhou.

Decker schüttelte den Kopf. »Sie hat keine Anzeige erstattet.«

Em vergrub das Gesicht in den Händen und versuchte, sich die ausgemergelten Züge der Frau ins Gedächtnis zu rufen. Hatte sie überhaupt ihren Namen genannt? Ihren Wohnort oder zumindest einen Stadtteil? Sie dachte angestrengt nach, während in ihrer Erinnerung ein paar Fragmente des Gesprächs aufblitzten. Sie hatte der Frau ein paar mögliche Erklärungen unterbreitet, daran erinnerte sie sich. Ein Exfreund, der sie beobachtete.

Oder auch ein verliebter Kollege …

Em stutzte. Sie sah die Lippen der Fremden vor sich, dünn wie zwei Striche. Das leise Zittern ihres rechten Unterlids. Und ein entschiedenes Kopfschütteln. *Bei uns im Salon arbeiten nur Frauen …*

»Bei uns im Salon!«, wiederholte sie voller Aufregung.

»Hä?«, machte Gehling.

»Die Frau von neulich«, entgegnete Em. »Sie hat gesagt, dass sie in einem Salon arbeitet, in dem es nur Frauen gibt. Und sie hat auch von ihrer Chefin gesprochen.«

»Ein Nagelstudio vielleicht«, schlug Zhou vor. »Oder sie ist Friseurin.«

»Kosmetikerin käme auch noch infrage«, ergänzte Decker. »Und … Na ja, rein theoretisch könnte sie natürlich auch einen Massagesalon gemeint haben.«

»Das wäre gar nicht so abwegig«, stimmte Makarov ihm zu. »Immerhin hat sich der Täter schon einmal eine Prostituierte geholt.«

»Die Frau sah nicht aus wie eine Prostituierte«, widersprach Em, doch sie wusste selbst, wie sehr ein solcher Eindruck täuschen konnte.

»Wir kümmern uns drum«, sagte Decker und machte Pell ein Zeichen. »Wäre doch gelacht, wenn wir sie nicht finden!«

2

A 661, Wagen von Emilia Capelli

»Ich hatte recht«, meldete Dr. Bechstein, die sie auf der Fahrt zu Hannah Isaakson erreichte. »Die Tote aus dem Feuer ist nicht Kathrin Stiller.«

»Sondern?«, fragte Zhou mit gespannter Aufmerksamkeit.

»Eine junge Türkin namens Aygün Celik, die vor knapp einem Jahr in Liederbach verschwunden ist«, entgegnete die Rechtsmedizinerin. »Nur wenige Monate vor ihrem Abitur.« Sie seufzte. »Ich schicke Ihnen die Infos, die ich habe, per Mail.«

Es dauerte keine zwei Minuten, bis Zhou das fröhliche, offene Gesicht einer jungen Frau auf ihrem Tablet hatte. Ihre Augen sprühten vor Leben, und unter dem nachlässig gebundenen Kopftuch blitzte ein dunkelbrauner Haaransatz hervor.

Zhou überflog in aller Eile den Bericht, der dem Foto angehängt war.

»Aygün wurde von ihrer Schwester als vermisst gemeldet, aber die Kollegen sind damals von einem innerfamiliären Konflikt ausgegangen«, berichtete sie. »Ihren Eltern missfiel ihr westlich geprägter Lebensstil, und sie hatten beschlossen, dass Aygün nach ihrem Abi einen Mann aus Anatolien heiratet.«

»Und daraufhin verschwand sie?«, fragte Capelli.

»Wahrscheinlich nur ein dummer Zufall«, nickte Zhou. »Aber natürlich dachten alle, Aygün wäre ausgerissen.«

»Alle bis auf ihre Schwester«, bemerkte ihre Partnerin grimmig.

Zhou nickte. »Aber nicht einmal die ging offenbar von einem Verbrechen aus. Den Kollegen gegenüber hat sie angedeutet, Aygün sei möglicherweise von Mitgliedern ihrer Familie in die Türkei verschleppt worden.«

»Dabei war sie die ganze Zeit über hier«, seufzte Capelli.

»Die Autopsie hat ergeben, dass die Leiche eine ganze Zeit lang eingefroren war«, ergänzte Zhou, die inzwischen auch Dr. Bechsteins zweiten Anhang geöffnet hatte.

»Eine große Gefriertruhe hat er also auch«, bemerkte Capelli mit einem sarkastischen Lächeln.

Dann schwiegen sie wieder.

Die Landschaft lag an diesem Morgen wieder unter einem dicken Grauschleier, und es war noch immer eisig kalt. Viel zu kalt für Anfang November.

Hannah Isaakson empfing sie mit ungewohnter Herzlichkeit. Capelli hatte ihr bereits am Telefon erläutert, dass offenbar der *Struwwelpeter* dem Täter als Vorlage für die Auswahl seiner Opfer und die Inszenierung der Verbrechen diene.

»Kommen Sie rein!« Sie führte ihre Besucherinnen in das Wohnzimmer, das die beiden Kommissarinnen inzwischen so gut kannten. »Tut mir leid, dass ich gestern Abend einfach verschwunden bin.«

»Sie hatten Ihr Kind dabei«, entgegnete Zhou achselzuckend. »Da hätte ich an Ihrer Stelle auch gemacht, dass ich nach Hause komme.«

Die Psychologin bedachte sie mit einem dankbaren Lächeln. »Also … Wie kann ich Ihnen helfen?«

Capelli berichtete ihr, was sie über Aygün Celik wussten. »Die Rechtsmedizinerin sagt, dass die Leiche längere Zeit eingefroren war«, schloss sie. »Und wir hätten gern gewusst, warum er Ihrer Meinung nach so lange damit gewartet hat, sie uns beziehungsweise der sogenannten Öffentlichkeit zu präsentieren.«

Hannah Isaakson dachte eine Weile nach. »Fest steht, dass dieser Täter nichts ohne Grund tut«, sagte sie schließlich.

»Nach allem, was wir wissen, ist er zunächst extrem vorsichtig gewesen. Dass er mit seiner Macht spielt, ist relativ neu. Aber eine derartige Entwicklung ist nicht untypisch für solche Täter. Der Erfolg – wenn Sie es so nennen mögen – stärkt ihr Selbstbewusstsein. Doch der Beginn seiner Serie war definitiv verhalten, um nicht zu sagen: ängstlich.«

Zhou blickte sie fragend an.

»Nehmen Sie Jeanette Altmaier«, erklärte Hannah Isaakson. »Wenn Sie davon ausgehen, dass sie tatsächlich Ihrem Täter und nicht Frank Kaspary zum Opfer gefallen ist, dann können Sie es als gegeben hinnehmen, dass Ihr Mann sein erstes Opfer in der Serie eines anderen versteckt hat.« Ihr Tonfall war völlig neutral. Keine Regung verriet, was sie wirklich dachte. »Das zweite uns bekannte Opfer ist Bianca Ahlbeck, eine Frau, die er zwar mit großer Wahrscheinlichkeit aus Frankfurt kennt, die aber zum Zeitpunkt ihrer Ermordung schon ein paar Monate nicht mehr hier in der Gegend gewohnt hat.«

Auf Capellis Gesicht lagen tiefe Schatten. »Sie meinen, er hielt es für sicherer, erst mal in einer fremden Stadt zu morden statt vor seiner eigenen Haustür?«

Die Psychologin nickte. »Er zieht seine Kreise immer enger, wenn Sie so wollen. Das ist nicht untypisch für Täter wie ihn … Zugleich verkürzt er die Abstände.« Sie rückte ihre Brille zurecht und griff nach der *Struwwelpeter*-Ausgabe, die Zhou mitgebracht hatte. »Das nächste Opfer ist – von der Chronologie der Morde her – Aygün Celik, eine junge Frau, die zwar, um im Bild zu bleiben, direkt vor seiner Haustür lebt, sich aber aufgrund ihrer familiären Situation anbietet. Er weiß, dass man nach diesem Mädchen nicht allzu gründlich suchen wird …« Sie unterbrach sich und dachte abermals eine ganze Weile nach. »Vermutlich war das geringere Risiko einer der Gründe dafür, dass er sich in diesem Fall mit einer derart jungen Frau zufriedengegeben hat.«

»Sie sah auch älter aus als neunzehn«, bemerkte Zhou.

»Stimmt«, räumte Hannah Isaakson ein. »Aber nicht alt genug.« Sie schürzte die Lippen. »Ich denke, sein Opferideal ist älter. Ende dreißig, Anfang vierzig.«

»Sehen die Frauen seiner Mutter ähnlich?«, fragte Capelli.

Hannah Isaakson zögerte. »Möglich. Ich habe Ihnen ja bereits gesagt, dass ich es für denkbar halte, dass er mit den Morden Rache nimmt und dass die Opfer dabei eine Art Stellvertreterfunktion bekleiden.«

Zhou strich sich über die Haare, die sie einmal mehr streng zurückfrisiert trug. »Was ist mit Marina Boginska?«

»Auch so ein Opfer, mit dem er nur ein sehr geringes Risiko eingeht«, antwortete die Psychologin. »Der Straßenstrich ist ein gefährliches Pflaster. Da geht schnell mal eine Frau verloren.«

»Aber indem er sie gefangen hielt, hat er doch durchaus viel riskiert, oder nicht?«

»Nicht, wenn er ein Haus hat und allein lebt.«

»Lebt er denn allein?«, insistierte Capelli.

Hannah Isaakson antwortete mit einer Gegenfrage. »Muss er das nicht zwangsläufig?«

»Was ist mit seiner Mutter?«, fragte Zhou. »Ist sie tot?«

»Wenn sie sehr dominant gewesen ist, ja.«

Capelli reckte angriffslustig das Kinn vor. »Soll das heißen, Sie sind sich schon wieder nicht sicher?«

»Ich bin mir nie sicher«, entgegnete Hannah Isaakson dezidiert. »Ganz im Gegensatz zu Ihnen.«

»Verdammt noch mal, geben Sie uns doch endlich etwas, mit dem wir arbeiten können!«, fuhr Capelli die Psychologin an. »Wir haben hier eine ellenlange Liste von Leuten, die wir überprüfen müssen, und es wäre verdammt hilfreich, wenn wir auch nur die leiseste Ahnung hätten, wonach wir suchen sollen!«

Das Piepsen ihrer Handys entband Hannah Isaakson von einer Antwort auf dieses heikle Ansinnen.

»Wir haben deine Magersüchtige aufgetrieben!«, meldete Decker voller Stolz.

Capelli sprang auf. »Ist das ganz sicher?«

»Ja«, knarrte die Stimme ihres Kollegen aus dem Gerät. »Ihr Name ist Anna Ehlers. Sie ist Friseurin und arbeitet bei ›Curly Sue‹, einem Frisier- und Kosmetiksalon im Westend.«

»Wir sind sofort da!«, rief Em und rannte ohne ein weiteres Wort aus dem Zimmer.

»Tut mir leid«, murmelte Zhou.

Dann stürzte sie hinter ihrer Partnerin her, zum Auto.

3

Polizeipräsidium, Abteilung für Kapitaldelikte, Konferenzraum der Soko „Daumen"

Ein paar Stunden später stand Em am Fenster des verwaisten Konferenzraums und blickte in den anbrechenden Nachmittag hinaus. Genau genommen mochte sie Nachmittage nicht besonders. Nachmittage waren wie ein kleiner Herbst, und den hatte sie schon als Kind nicht leiden können: Der Tag neigte sich, die Schatten wurden länger. Es war ein bisschen wie Sterben, jeden Tag aufs Neue. Der Anfang vom Ende …

Zhou und sie waren zum »Curly Sue« gefahren und hatten Anna Ehlers durch die beiden großen Schaufenster des Salons beobachtet.

»Sie ist wirklich erschreckend dünn«, hatte Zhou geflüstert.

Und dann hatte sie gefragt, warum sie nicht einfach hineingingen …

»Sieh sie dir an!«, hatte Em geantwortet. »Sie ist schon jetzt das reinste Nervenbündel. Wenn wir ihr verraten, dass wir sie ab sofort überwachen, weil wir glauben, dass sich unser Mann früher oder später an sie ranmachen wird, um sie zu töten, weil sie so schön mager ist, dann fällt sie uns unter Garantie erst mal in Ohnmacht, um anschließend bei jedem Geräusch zusammenzuzucken und sich andauernd umzublicken.«

Dem hatte ihre Partnerin nicht widersprechen können. In Abstimmung mit Makarov hatten sie sich zunächst auf zwei Teams verständigt. Zu wenig auf Dauer, aber unter den gegebenen Umständen der einzig gangbare Weg. Solange sie nicht wussten, ob der Täter nicht vielleicht doch in den eigenen Reihen zu suchen war, durften sie die Sache auf keinen Fall an die große Glocke hängen.

»Das bedeutet aber, dass ich den Polizeischutz für Hannah Isaakson und ihre Familie abziehen muss«, hatte Makarov mit ernster Miene angemerkt. »Der ist streng genommen sowieso nicht mehr vertretbar.«

Zhou hatte zweifelnd den Blick gehoben. »Wieso nicht?«

»Na, das ist doch offensichtlich, oder?«, hatte Makarov geblafft. »Der Täter hat erledigt, was er im Gespräch mit Hannah Isaakson angekündigt hatte. Und er hatte gestern Abend alle Möglichkeiten, Frau Isaakson oder einen ihrer Angehörigen anzugreifen, wenn dies tatsächlich in seiner Absicht gelegen hätte.«

Dieser Argumentation hatten sie sich leider nicht verschließen können, und obwohl Em nach wie vor nicht gerade wohl war bei dem Gedanken, Hannah Isaakson ihrem Schicksal zu überlassen, sah sie ein, dass es mittlerweile andere Prioritäten gab.

Sie sah nervös auf die Uhr. Es war jetzt wenige Minuten

nach drei, was bedeutete, dass Anna Ehlers in weniger als drei Stunden Feierabend hatte. Sie würde den Salon verlassen und tun, was sie immer tat, wenn sie frei hatte. Em wandte sich vom Fenster ab und schenkte sich aus der Thermoskanne auf dem Tisch eine Tasse kalten Kaffee ein. Was genau das war, würden sie sehr bald erfahren. Sie würden erfahren, ob Anna Ehlers Hobbys hatte und ob sie von der Arbeit aus direkt nach Hause fuhr. Sie würden erfahren, welche Menschen die Friseurin traf, wie lange sie sich wo aufhielt, wann sie zu Bett ging und mit wem. Kurzum: Sie würden in ein fremdes Leben eindringen, um es zu schützen. Aber auch, um Anna Ehlers zu benutzen. Als Köder für ein Monster, dem sie anders nicht beikamen …

Em balancierte ihre volle Tasse ans Fenster zurück und dachte wieder an Friedrich Dürrenmatts berühmten Roman *Das Versprechen*. Sie erinnerte sich gut daran, dass ein angelnder Junge dem verzweifelten Kommissar schließlich den entscheidenden Tipp gab: *Zum Fischen muss man zweierlei kennen: den richtigen Ort und den Köder. Und einen Raubfisch müssen Sie mit etwas Lebendigem fangen.*

Mit etwas Lebendigem … Em starrte in den fahlen Nachmittag hinaus. Die Wolken hingen so tief, dass man fast den Eindruck hatte, danach greifen zu können. Taten sie das Richtige? Oder riskierten sie zu viel? Riskierten sie am Ende gar ein Leben? So wie gestern? So wie bei diesem unseligen Laternenumzug?

Wenn er Wind von unserer Überwachung bekommt, dachte sie unbehaglich. Wenn er auch nur den leisesten Verdacht schöpft … Was dann?

Ihre Finger wischten ziellos über die staubige Fensterbank. Zugleich fühlte sie sich wie ein Rennpferd kurz vor dem Start. Sie wussten nicht, wie lange es dauern würde, bis der Täter wieder zuschlug. Was das Gefühl, gejagt zu werden, mit ihm machte. Vielleicht würde er seinen Aktionsradius wieder erweitern, um kein Risiko einzugehen. Vielleicht würde er warten. Wenn sie Pech hatten, würde er seine ursprünglichen Pläne vielleicht sogar ganz fallenlassen, sobald er den Atem der Meute in seinem Nacken spürte. Denn im Grunde war er doch ein Feigling. Einer, der auf Nummer sicher ging. Oder?

Waren sie im Begriff, eine Falle aufzustellen, die niemals zuschnappen würde?

Zum Fischen muss man zweierlei kennen, pochte es hinter ihrer Stirn. *Den richtigen Ort und den Köder.*

Den Ort, wiederholte Em stumm. Den richtigen Ort.

Der Täter hat seine Opfer an einem bestimmten Ort gesehen, führte sie den Gedanken weiter. Die Frauen sind ihm aufgefallen. Irgendwo ist jede Einzelne von ihnen diesem Mann begegnet!

Manuela Zehlen hatte Fingernägel gekaut … Wo? Bianca Ahlbeck war eine Rabenmutter gewesen … Wer hatte davon gewusst? Marina Boginska hatte auf dem Straßenstrich angeschafft … Hatte er sie dort gesehen? Oder war er ihr ganz woanders begegnet?

Welche Schnittmengen gab es zwischen all diesen höchst unterschiedlichen Lebensläufen?

Sie sollten sich fragen, warum diese Frauen ihm die Tür öffnen …

Manuela Zehlen war ihnen als extrem vorsichtig beschrieben worden. Und doch war ausgerechnet sie diejenige gewesen, die ihrem Mörder die Tür geöffnet hatte … Warum?

Em stutzte. Vielleicht gibt der Täter vor, Polizist zu sein, dachte sie. Oder Feuerwehrmann. Vielleicht *ist* er Polizist.

Sie hielt die Luft an, als ihr unvermittelt etwas in den Sinn kam, das Manuela Zehlens Freundin ihnen erzählt hatte: Die ermordete Lehrerin habe sich nach dem Theater immer sehr beeilt, weil sie Angst vor der Tiefgarage hatte. Eine durchaus berechtigte Angst, wie die Freundin ausdrücklich hinzugefügt hatte, immerhin sei Manuela Zehlen dort im letzten Winter von einem Exhibitionisten belästigt worden.

Em starrte auf die graue Tischplatte hinunter.

Ein Exhibitionist …

Und was tat eine Frau, die von all ihren Bekannten als überaus korrekt beschrieben worden war, wenn sie in einer finsteren Tiefgarage von einem Fremden belästigt wurde?

»Sie hat ihn angezeigt«, flüsterte Em. »Ich verwette meine Pension darauf, dass Manuela Zehlen unmittelbar nach diesem Vorfall zur Polizei gegangen ist und Anzeige erstattet hat!«

Und für solche Anzeigen war traditionell das K 12 zuständig. Dieselbe Abteilung, der auch Vehn und Ulbrich angehörten …

Sie knallte ihre Tasse auf den Tisch und stürmte in ihr Büro, wo Zhou sich gerade über Gehlings Monitor beugte. »Wie weit seid ihr mit unserer X-Schnitt-Kenner-Liste?«

Ihr Kollege zog kleinlaut den Kopf ein. »Wir tun wirklich, was wir können. Aber es sind einfach verdammt viele Personen, die wir überprüfen müssen.«

»Habt ihr euch Vehn und Ulbrich schon vorgenommen?«, insistierte sie, ohne auf seinen Einwand einzugehen.

»Grob.« Gehling klickte ein Dokument mit dem Titel VORLÄUFIG an. »Wir haben eine Vorab-Liste zu den wichtigsten Punkten erstellt, die sich aus den Tatumständen und Hannah Isaaksons Profil ableiten lassen«, kommentierte er, während er routiniert durch die Einträge scrollte. »Familiärer Hintergrund. Wohnsituation. Solche Dinge. Wir dachten, dass wir auf diese Weise vielleicht eine Art Vorauswahl treffen können, um uns dann im Anschluss Einzelne genauer anzusehen.«

»Klingt gar nicht so dumm«, befand Em. »Dann sei doch bitte so gut und zeig mir einfach mal alles, was du über Vehn und Ulbrich hast.«

Zhou hob alarmiert den Blick. *Du denkst, dass einer von denen …?*

Wart's ab!, entgegnete Em stumm.

»Vehn ist verheiratet«, erklärte Gehling mit Blick auf seinen Monitor. »Ein gemeinsamer Sohn, sechs Jahre alt. Die Familie lebt in einer Fünf-Zimmer-Wohnung in Sachsenhausen. Zweite Etage.«

Klingt nicht nach dem Mann, den wir suchen, dachte Em. Aber sie hatte, ehrlich gesagt, auch nichts anderes erwartet.

»Was ist mit Vehns Eltern?«, fragte sie trotzdem. »Lebt seine Mutter noch?«

»Augenblick …« Gehling klickte eine andere Spalte an. »Der Vater ist 2002 gestorben«, murmelte er. »Aber die Mutter …« Seine Augen glitten suchend über das Dokument. »Ja, hier: Seine Mutter lebt noch. In einem Pflegeheim in Neu-Isenburg, um genau zu sein. Vehn besucht sie regelmäßig.«

»Und was ist mit Ulbrich?«, fragte Zhou.

»Ach ja, stimmt«, flapste Gehling. »Den kannst du ja sowieso so gut leiden …«

»Das spielt keine Rolle«, versetzte Zhou ungewohnt barsch. Aber die Anspannung der letzten Tage war auch an ihr nicht spurlos vorübergegangen. »Also … Was wissen wir über seine sogenannten Lebensumstände?«

»Dem Vernehmen nach ist er Single«, antwortete Gehling. »Angeblich hat er von Zeit zu Zeit mal eine Freundin, aber offenbar nie etwas Festes. Und zur Wohnsituation … Moment! … Ja, hier: Er bewohnt ein kleines, aber ziemlich exklusives Einraum-Apartment gleich hier um die Ecke. Tausendzweihundert Euro kalt für knapp dreißig Quadratmeter.« Er grinste. »Dafür ist ein Wäscheservice inkludiert.«

Em verdrehte die Augen. »Und der Kerl war auch nie verheiratet?«

»Nein. Er scheint viel und gern zu arbeiten, und wenn

er frei hat, spielt er am liebsten Poolbillard. Übrigens recht gut.« Er bewegte seinen Cursor tiefer. »Nach allem, was ich hier sehen kann, hat er schon eine ganze Reihe von Turnieren gewonnen. Dafür hat er weder Kinder noch Geschwister.«

Em biss sich auf die Lippen. Das klang vielversprechend. Aber sie durften sich nicht zu früh freuen.

Nerven behalten, ermahnte sie sich im Stillen. Nerven behalten und Schritt für Schritt vorgehen. Systematik ist das Einzige, was euch in diesem in jeder Hinsicht überdimensionalen Fall retten kann!

»Was ist mit Ulbrichs Mutter?«, wandte sie sich wieder an ihren Kollegen.

»Ist gestorben, als er vierzehn war.« Gehling rieb sich hektisch die Stirn. »Und sein Vater kam ein paar Jahre später bei einem Autounfall ums Leben.«

»Hatten die Eltern ein Haus?«, fragte Zhou mit sorgsam gesenkter Stimme.

»Ja.«

»Gehört ihm das noch?«

»Gute Frage«, erwiderte Gehling. »Ich sehe gleich mal beim Grundbuchamt nach. Aber du brauchst nicht so zu flüstern.« Ein jungenhaftes Lächeln spielte um seine Lippen. »Ulbrich hat sich heute krankgemeldet. Und Vehn hat regulär frei.«

»Umso besser«, triumphierte Em. »Dann nimmst du dir jetzt sofort die Dienstpläne der beiden vor und überprüfst sie im Hinblick auf die Tatzeitpunkte. Und anschließend gehst du sämtliche Strafanzeigen wegen Exhibitionismus oder Belästigung durch, die in den letzten – sagen wir vierzehn – Monaten aufgenommen wurden. Mutmaßlicher Tatort ist die Tiefgarage ›Am Theater‹.« Neben ihr krauste Zhou überrascht die Stirn. »Finde raus, ob Vehn oder Ulbrich an den Ermittlungen beteiligt waren«, fuhr sie fort. »Und sobald du was hast, rufst du uns an, ja?«

Gehling nickte, während seine Finger bereits über die Tastatur flogen.

»Und wir?«, fragte Zhou.

Em sah auf die Uhr. »Wenn wir uns beeilen, können wir vielleicht noch kurz …«

Das Klingeln des Telefons auf ihrem Schreibtisch unterbrach ihre Rede.

»Capelli?«

»Ja. Was ist?«

»Hier ist ein Anruf für Sie.«

Sie konnte nicht sagen, warum. Aber sie hatte augenblicklich ein schlechtes Gefühl. »Wer ist es?«

»Ihre Mutter.«

Auch das noch!

»Ich bin nicht zu sprechen.«

»Verzeihen Sie, aber …« Die Frau in der Zentrale zögerte. »Ich glaube, Sie sollten trotzdem …«

»Was?«

»Der Anruf kommt aus dem Krankenhaus.«

Em merkte, wie ihr kalt wurde. »Stellen Sie durch …«

4

`Landstraße nahe Bad Homburg`

Ihr Haar ist weich wie ein Schmetterlingsflügel und riecht nach Blüten. An ihrer Wange kleben noch die Umrisse einer Träne. Ein erstarrter Rand aus Salz, auch wenn sie schon vor zehn Minuten aufgehört hat zu weinen.

Beruhigt hat sie sich trotzdem nicht.

Er sieht es an dem Ausdruck in ihren Augen, der ins Leere

geht. Als wollte sie ihn einfach ausblenden. Er kennt diesen Ausdruck nur zu gut, auch wenn er sich natürlich nie selbst in die Augen gesehen hat, damals. Das hätte er auch gar nicht gekonnt. Im ganzen Haus gab es keinen einzigen Spiegel. SIE mochte das nicht. Vielleicht, weil sie sich hässlich fand …

»Nein«, widerspricht er sich selbst. »Sie *fand* sich nicht hässlich. Sie *war* es nur.«

Obwohl er laut gesprochen hat, schaut das Mädchen auf dem Beifahrersitz weiter ins Leere.

Sie mag ein Kind sein. Aber sie ist nicht dumm.

Vielleicht, denkt er, wäre das besser für sie. Wenn sie dumm wäre. Dummheit macht vieles leichter. Was hatte man davon, die Dinge zu durchschauen? Brachte das irgendeinen Vorteil?

Er schüttelt den Kopf. Zugleich fällt ihm ein, dass sie nicht alt genug ist, um auf dem Beifahrersitz mitzufahren. Wenn sie jemand sieht …

Wenn sie angehalten würden …

Automatisch suchen seine Augen den Rückspiegel. Sie sind gleich da. Trotzdem nimmt er vorsichtshalber das Tempo zurück.

Und nun blickt das Mädchen neben ihm doch auf.

Im Licht der vorbeihuschenden Straßenlaternen glänzt der Flaum auf ihren Wangen wie bei einem Pfirsich, und für einen flüchtigen Moment glaubt er, das Meer zu hören. Den Ruf der Möwen. Es riecht nach Salz und Sommer, und sanfte Wellen umspielen seine nackten Fußgelenke. *Komm mit uns*, flüstern sie, jedes Mal, wenn sie sich wieder zurückziehen. *Na, los! Was hast du zu verlieren?*

Er bräuchte nur loszugehen.

Der aufgewühlte Sand verhindert, dass man den Grund sieht. Er überlegt, wie weit es wohl ist, bis man nicht mehr stehen kann. Vielleicht nur ein paar Schritte.

Das Meer kommt ihm warm vor.

Viel wärmer als …

»Oh, mein Gott! Da!«

Der entsetzte Ausruf bohrt sich in seinen Rücken wie ein Dolch. IHRE Stimme. Aber sie hat einen Sprung. Wie die alte Porzellanvase neben dem Sofa.

Du hast eine Chance, frohlocken die Wellen. Komm schon!

»Hol ihn zurück«, befiehlt die Stimme. »Na los!«

Er presst eine Faust gegen sein Ohr, doch die Stimmen verschwinden nur zögerlich. Wie viele Jahre ist es her, dass er daran gedacht hat?

Eine Berührung an seinem Knie lässt ihn herumfahren.

»Was ist?«, fragt das Mädchen und deutet erschrocken auf sein Kinn.

Von seiner Lippe tropft Blut.

»Nichts«, sagt er und betätigt den Blinker. Um ein Haar hätte er die Ausfahrt verpasst.

Unter seinem Haaransatz steht Schweiß. Wo ist die Kälte, die ihn schützt? Und warum denkt er ausgerechnet heute wieder an die Wellen, die Möwen, das Meer?

Tief in ihm flackert ein neues Bild auf: ein kleiner Junge mit einem Regenschirm, der einfach davonfliegt. An einen Ort, wo ihn nichts mehr erreichen kann …

Sein Blick streift das Erdgeschoss.

Die zugemauerten Fenster.

»Sei still«, flüstert er, als er die Beifahrertür öffnet und das Mädchen heraushebt.

Sie rührt sich nicht.

Nicht einmal, als er die schwere Haustür öffnet.

»Wir lassen sie auf, ja?«, flüstert er.

Das Mädchen nickt.

Er kann ihren Atem an seinem Hals fühlen. Es tut weh. Eilig dreht er sich noch einmal nach der Tür um. Ein kurzes Zögern. »Ja«, sagt er dann. »Ich glaube, heute lassen wir sie einfach mal offen …«

5

Berger Straße, Wohnung von Emilia Capelli

»Die nächsten Stunden werden entscheidend sein«, hatte ihr ein gestresster junger Arzt im Vorbeigehen zugeraunt. »Danach wissen wir hoffentlich mehr.«

Was sie bereits jetzt wusste, war, dass ihr Vater ganz offenbar einen Gehirnschlag erlitten hatte. Er war am frühen Nachmittag einfach vom Stuhl gekippt und mit dem Kopf gegen die Tischkante geschlagen. Seither reagierte er weder auf Ansprache noch auf Berührung.

»Was wird denn nun mit Weihnachten?«, hatte ihre Mutter gefragt, immer und immer wieder.

Doch Em hatte nur schweigend ihre verkrampfte Hand gehalten und den langen Flur vor der Intensivstation entlanggeblickt.

Irgendwann hatte Zhou angerufen. »Bleib bloß, wo du bist«, hatte sie gesagt. »Ich schaffe das problemlos alleine.«

»Auf keinen Fall«, hatte Em entgegnet.

»Decker hat schon angeboten, dass er auch …«

»Nein.«

Das eine Wort war ihr so klar und entschieden über die Lippen gekommen, dass Zhou keine weiteren Einwände gewagt hatte. Sie hatte einfach nur »Dann bis gleich!« gesagt.

Bevor Em das Krankenhaus verlassen hatte, war sie noch einmal im Schwesternzimmer gewesen und hatte mit dem Arzt gesprochen. Einem anderen dieses Mal. Seine Prognosen waren ausgesprochen zurückhaltend gewesen. Und doch hatte Em aus dem wenigen, das er ihr gesagt hatte, herauslesen können, dass der Vater, den sie gekannt hatte, nicht mehr existierte.

Sie hatte sich nicht die Zeit genommen, darüber nachzudenken, was dies bedeutete, und sie hatte sich auch nicht die Zeit genommen, sich von ihrer Mutter zu verabschieden. Sie war einfach in ihr Auto gestiegen und nach Hause gefahren. Dort hatte sie sich eine eilige Dusche gegönnt, bevor sie sich für ihre nächtliche Überwachungsaktion umgezogen hatte. Zu Bluejeans und einem extradicken Sweatshirt wählte sie eine leichte, aber robuste Daunenjacke und obendrein ihre bequemsten Sneaker. Schließlich konnte man nie wissen, wie der Abend verlaufen würde.

Ihre Dienstwaffe schob sie ausnahmsweise hinten in den Bund ihrer Jeans. Nicht vorschriftskonform, aber bequemer als das Holster.

In der Küche wollte sie sich gerade noch ein Glas Wasser genehmigen, als ihr Handy zu klingeln begann.

»Capelli.«

»Ich dachte, es sei an der Zeit, dass wir uns mal persönlich kennenlernen …«

Seine Stimme war verzerrt. Aber er war es.

Wozu die Mühe, du Armleuchter?, dachte Em. Ich würde mich sehr wundern, wenn wir uns nicht längst begegnet sind!

»Gute Idee«, sagte sie, während sie so leise wie möglich in die Diele hinüberschlich, wo ihr Telefon stand. Der Festnetzanschluss. »Warum kommen Sie nicht einfach bei uns im Büro vorbei, und wir plaudern ein wenig?« Sie griff nach dem Mobilteil des Telefons.

»Das würde ich an Ihrer Stelle bleiben lassen!«, schoss es wie der Knall einer Peitsche aus dem Lautsprecher an ihrem Ohr.

Em zuckte zusammen. Konnte dieser gottverdammte Mistkerl sie etwa *sehen*? Ihre Blicke flogen durch die dunkle Diele. Aber wie sollte das möglich sein? Schließlich befand sie sich hier in ihren eigenen vier Wänden. In ihrem ureigensten Schutzraum …

Sie drehte sich um und starrte völlig blödsinnig das Türschloss an. Anna Ehlers hat behauptet, dass jemand heimlich in ihrer Wohnung war, dachte sie. Was, wenn er es gewagt hatte …

»Stellen Sie sicher, dass diese Verbindung ab sofort ununterbrochen bestehen bleibt«, schnarrte es aus dem Handy an ihrem Ohr.

»Klar doch, wenn mir schon mal das Vergnügen zuteilwird, Sie an der Strippe zu haben«, entgegnete Em leichthin, während sie in aller Eile ihre Möglichkeiten erwog. »Apropos: Verraten Sie mir, was Ihre Entscheidung, mich treffen zu wollen, herbeigeführt hat? Ich meine, ich kann mich täuschen … Aber neulich Abend hatte ich eher den Eindruck, Sie liefen vor mir davon!«

Er lachte nicht. »Sie gehen jetzt zu Ihrem Auto und fahren los.«

»Wohin?«

»Das erfahren Sie, wenn Sie unterwegs sind. Sie fahren sofort los. Sie rufen niemanden an. Sie wechseln mit niemandem ein Wort. Und Sie kommen unbewaffnet und allein. Denn wenn ich auch nur den leisesten Verdacht habe, dass Sie mich zu linken versuchen …« Das kurze Schweigen in der Leitung wurde bedrohlich. »Wenn ich einen Schatten sehe, der mir komisch vorkommt, oder ein Auto, das mir nicht gefällt, ist die Kleine tot!«

Em blieb fast das Herz stehen. »Welche Kleine?«

Er lachte. »Ich bin sicher, dass Sie das leicht erraten.«

»Sie meinen Kathrin Stiller.«

»Nein, ich meine das Kind.«

Die Dielen unter ihren Füßen verwandelten sich in Treibsand.

Dieser Mistkerl lügt!

Herr im Himmel, mach, dass er nur blufft!

Doch insgeheim wusste sie, dass er die Wahrheit sagte.

Und leider wusste sie auch, dass er leichtes Spiel gehabt hatte: Hannah Isaaksons Familie wurde seit gestern Abend nicht mehr überwacht. Der Laternenumzug war vorbei. Der Täter hatte sein sogenanntes richtiges Mädchen präsentiert. Und die wenigen Teams, die für solche Operationen überhaupt zur Verfügung standen, wurden bereits wieder an anderer Stelle gebraucht. Hannah Isaakson und ihre Familie waren seit Stunden völlig ungeschützt …

»Lassen Sie mich mit ihr sprechen, damit ich höre, dass es ihr gut geht«, wandte sie sich wieder an den Anrufer.

»Nein.«

»Ach, kommen Sie! Sie wissen ganz genau, dass ich unter diesen Umständen nicht einfach …«

»Oh, doch«, unterbrach er, und seine Stimme verströmte eine Siegesgewissheit, die Em schwindlig machte. »Sie werden kommen. Da bin ich mir ganz sicher. Sie wissen, wozu ich imstande bin.«

Ja, dachte Em, das weiß ich!

Trotzdem durfte sie nicht einfach blind in ihr Verderben laufen. Auf gar keinen Fall durfte sie in eine Falle gehen, die es gar nicht gab. Sie musste sich absichern. Sicherstellen, dass er Lucia tatsächlich in seiner Gewalt hatte.

»Sie können mir viel erzählen«, beharrte sie. Und mit der festesten Stimme, die sie zustande brachte, fügte sie hinzu: »Ich muss mich vergewissern.«

»Na schön, dann rufen Sie sie an«, räumte er völlig überraschend ein. »Sie haben exakt zwei Minuten. Dann melde ich mich wieder. Ist Ihre Nummer besetzt, ist die kleine Maus tot.«

Klick.

VERBINDUNG UNTERBROCHEN.

Em schnappte nach Luft. Er wusste genau, zwei Minuten waren zu kurz, um irgendetwas in die Wege zu leiten. Um Maßnahmen zu treffen, die ihr helfen konnten.

Denk nach!

1:55.

Sie riss das Handy vom Ohr und wählte Hannah Isaaksons Nummer. Ob er dort war? Hatte er sie am Ende alle in seiner Gewalt? Auch Hannahs Mutter?

1:39.

»Hallo?«

»Hannah?«

»Wer ist da?«

Warum fragte sie das? Warum klang ihre Stimme so ruhig?

»Hier ist Emilia. Emilia Capelli.« Sie schluckte. »Ich weiß Bescheid. Und ich …«

»Bescheid worüber?«

War ihre Verblüffung tatsächlich echt? Em runzelte verwirrt die Stirn. Wie war es ihm gelungen, ihre Tochter zu entführen, ohne dass sie oder ihre Mutter etwas davon mitbekam? Noch dazu vor dem Hintergrund der letzten Tage …

»Worüber wissen Sie Bescheid, verdammt?!« Die Stimme der Psychologin überschlug sich.

Oh Gott!, durchfuhr es Em. Sie hat tatsächlich nicht die geringste Ahnung!

»Er hat Lucia«, stieß sie hervor, während ihr die Zeit unbarmherzig davonlief.

0:59.

»WAS?!« Nun schrie sie doch. Panisch. Hysterisch. »Sind Sie jetzt vollkommen verrückt geworden?«

Em hörte ihre Schritte. Sie rannte. Stufen.

»Lucia?«

0:48.

Sag was!, flehte Em stumm. Herrgott noch mal, rede mit mir! Bestätige mich!

»Lucia?«

Dann eine Kinderstimme. »Was ist denn?«

Em schloss die Augen. Sie hatte es geahnt. Irgendwie hatte sie es gewusst. Aber …

»Sie ist hier, verdammt! … Haben Sie gehört?! … Meine Tochter ist hier bei mir, Sie elende …«

0:18.

»Ist sie gesund?«, unterbrach Em sie tonlos.

»Natürlich ist sie gesund.« Sie beruhigte sich ein wenig. Dachte nach. Em konnte fast körperlich spüren, wie sich Hannahs Gedanken überschlugen. »Es ist Ihnen ernst, oder?«, fragte sie.

0:09.

»Hat er tatsächlich gesagt, dass er Lucia hat?«

0:03.

»Antworten Sie mir, verdammt noch mal!«

Doch Em antwortete nicht. Sie drückte auf die Taste mit dem roten Hörer und rannte los.

6

`Frankfurt-Griesheim, Wagen von Mai Zhou`

»Sie ist nicht mehr im Krankenhaus«, meldete Makarov über Funk. »Schon seit zwei Stunden nicht.«

Zhou tauschte einen Blick mit Decker.

»Habt ihr's noch mal auf dem Handy versucht?«

»Ununterbrochen«, antwortete Zhou. »Aber es ist immer besetzt.«

»Okay. Dann lasse ich ihr Signal anpeilen. Ich melde mich wieder.«

Der Lautsprecher knackte. Dann war die Verbindung unterbrochen.

Zhou rieb sich die Hände, die eiskalt waren. »Schlaganfall hin oder her. Da stimmt was nicht.«

Decker nickte. »Es sieht ihr überhaupt nicht ähnlich, nicht Bescheid zu sagen.«

»Außerdem war sie selbst diejenige, die darauf bestanden hat, den Einsatz wie geplant durchzuführen. »Und wenn wir ...«

Sie unterbrach sich, als sie erneut aus dem Präsidium angefunkt wurden.

»Ich habe hier Hannah Isaakson für Sie«, meldete die Zentrale.

Zhou drückte auf Lautsprecher, damit Decker und Pell mithören konnten.

Mit versteinerten Mienen hörten sie sich an, was die Psychologin zu sagen hatte. Als sie fertig war, schaltete sich unvermittelt wieder die Zentrale dazwischen. »Hier kam gerade ein weiterer Anruf für Sie rein«, erklärte die Beamtin. »Eine ältere Dame, die behauptet, Capellis Nachbarin zu sein.«

»Trudi!«, rief Zhou aufgeregt.

»Die Frau ist sehr aufgeregt«, schepperte die Stimme der Beamtin weiter. »Sie sagt, es hätte an ihrer Tür geklopft und als sie nachsehen wollte, habe sie einen mysteriösen Zettel auf ihrem Fußabtreter gefunden. Er sieht aus wie ein Hilferuf.«

»Wir sind schon auf dem Weg«, rief Zhou.

Doch sie waren noch keinen Kilometer weit gekommen, als sich Makarov wieder meldete. »Wir haben ihre Peilung«, verkündete der Leiter der Abteilung für Kapitaldelikte aufgeregt. »Die Kollegen schicken Ihnen die Daten direkt aufs Navi. Aber das kann einen Moment dauern.«

Zhou biss sich auf die Lippen. »Können Sie mir wenigstens schon mal die grobe Richtung sagen?«

»Die A661 Richtung Bad Homburg«, antwortete ihr Boss.

Die Reifen des Mercedes quietschten laut auf, als Zhou unter dem wütenden Hupkonzert der entgegenkommenden Fahrzeuge mitten auf der Straße wendete und anschließend sofort wieder Vollgas gab.

»Ich liebe Weiber, die fahren können«, grinste Decker.

»Tu das verdammte Blaulicht raus und halt die Klappe!«, fauchte Zhou. »Ach ja, und ich an eurer Stelle würde mich lieber anschnallen.«

7

Dornholzhausen, Güldensöllerweg

Der Abend war finster und roch nach Schnee.

Em sah sich um. Der Mond versteckte sich hinter Wolkenschleiern. Nur hin und wieder fiel etwas Licht vom Himmel.

Das Haus, zu dem er sie dirigiert hatte, lag am äußersten Ortsrand von Dornholzhausen nordwestlich von Bad Homburg. Unmittelbar dahinter begann der Wald. Die Dunkelheit machte eine genaue Schätzung unmöglich, aber bis zu den nächsten Nachbarn waren es gut und gern dreihundert Meter. Vielleicht auch mehr.

Die Fenster des Erdgeschosses waren mit Backsteinen zugemauert.

Em blickte an der düsteren Fassade hinauf. Ein altes Haus mit hohen Fenstern und soliden, dicken Wänden. Sie vergewisserte sich, dass ihre Waffe griffbereit im Bund ihrer Hose steckte, und ging dann langsam auf die Haustür zu, wohl wissend, dass sie auf diese Weise ein leichtes Ziel abgab. Vor wenigen Minuten hatte er ihr befohlen, das Handy bei voller Fahrt aus dem Fenster zu werfen.

Sie hatte seiner Anweisung Folge geleistet, weil sie damit rechnen musste, dass er sie überwachte, auch wenn ihr nicht klar war, wie er das bewerkstelligen sollte. Die Strecke, die sie auf sein Geheiß hin gefahren war, hatte immer weiter aus der Stadt hinausgeführt, die Straßen waren immer einsamer geworden. Und sie hatte keinen Verfolger bemerkt. Einmal war sie nicht ganz sicher gewesen, was sie von den Scheinwerfern in ihrem Rückspiegel zu halten hatte. Doch dann waren die beiden Lichter in der Dunkelheit rechts von ihr verschwunden.

Das war zugleich der Moment gewesen, in dem ihr restlos und ein für alle Mal klar geworden war, dass sie offenen Auges in ihr Verderben tappte. Dabei hatte sie noch vor wenigen Stunden geglaubt, dass sie selbst es wären, die den Köder auslegten. Dass sie nur zu warten brauchten, bis sich der Mann, den sie suchten, Anna Ehlers ein weiteres Mal nähern würde. Sie hatten geglaubt, an alles gedacht zu haben. Aber er hatte den Spieß umgedreht. Und nun war sie die Gejagte.

Vielleicht auch das nächste Opfer.

Oder wollte er ihr am Ende nur etwas zeigen? Ihr einmal mehr sein Werk präsentieren?

Der Gedanke an Kathrin Stiller ließ sie trotz ihrer Daunenjacke frösteln. Der eisige Wind wirbelte hier und da vertrocknetes Laub auf, aber aus dem Inneren des Hauses drang kein Laut.

Es wirkte vollkommen tot.

Sie schlich die wenigen Stufen zur Haustür hinauf. War er hier? Lauerte er da drinnen auf sie wie eine Spinne in ihrem Netz? Oder sah er sich das Ganze aus der Ferne an? So wie gestern Abend …

Im Näherkommen stellte sie fest, dass die Haustür einen Spaltbreit offen stand. Em stieß sie auf, bis sie gegen die dahinterliegende Wand krachte, und trat in eine finstere Diele.

Aus einer entfernten Kellertür fiel ein schwacher Lichtschein.

Zögernd ging Em darauf zu. Es roch nach Staub und alten Möbeln. Wie lange war es her, dass diese Räume zum letzten Mal gelüftet worden waren? Jahre? Jahrzehnte?

Die Kellertür quietschte, als Em sie ein Stück weiter aufzog. Spärlich beleuchtete Stufen, die irgendwo ins Nichts führten. Der Mistkerl wird mich erschießen, sobald er mich sieht, dachte sie. Es geht ihm nicht mehr darum, zu spielen. Er kämpft ums Überleben. Er steht mit dem Rücken zur Wand, und er wird nicht lange fackeln.

Sie zog ihre Waffe aus dem Hosenbund und entsicherte sie.

Scheiß auf seine Anweisungen!

Er hatte nicht vor, zu spielen. Da konnte sie genauso gut die Spielregeln ändern. Und vielleicht gelang es ihr ja sogar, etwas zu tun, mit dem er nicht rechnete …

Wo steckt dieser Scheißkerl?

Wo verdammt?

Die Treppe mündete in einen langen Kellergang. Links von ihr befand sich eine Tür. Auch sie war nur angelehnt. Dahinter ein Licht.

Da ist er!

Hinter der Tür …

Sie trat dagegen, die Waffe im Anschlag.

Wie werden Sie damit umgehen, wenn Sie ihn nicht finden?, ging ihr Hannah Isaaksons Frage durch den Kopf.

Nun, ich habe ihn gefunden, dachte Em im selben Moment, als die schwere Stahltür gegen die dahinterliegende Wand krachte. Ich warte nicht umsonst auf einen Mörder, der nie kommt, so wie Dürrenmatts bemitleidenswerter Kommissar Matthäi. Diese Art von Scheitern bleibt mir auch dieses Mal erspart.

Immerhin.

Sie hielt den Atem an und starrte wie gebannt auf die Tür, die wie in Zeitlupe wieder ein Stück zurückschwang. Da war kein Widerstand. Kein Schütze. Kein Hinterhalt. Dafür ein Schrei. Fern und gedämpft.

Em hielt die Waffe mit ausgestreckten Armen vor sich und trat aus dem Schatten der Tür.

An der Wand gegenüber stand Ulbrich und blickte ihr entgegen.

Als sie sah, dass er allein war, zögerte sie keine Sekunde.

Sie sprach keine Warnung aus.

Sie gab sich nicht zu erkennen.

Sie drückte einfach ab …

8

B456, nahe Bad Homburg, Wagen von Mai Zhou

Das leise Klicken ihrer Dienstwaffen war, neben dem Rauschen des kräftigen Nordwestwinds in den nahen Bäumen, das einzige Geräusch, als sie zu dritt aus dem Wagen stiegen.

Zhou hatte das Fahrzeug so gestellt, dass die Beifahrertür Pell eine gute Deckung bot. Sie selbst kam vorsichtig um den Mercedes herum und gab Decker mit einer knappen Geste zu verstehen, dass er sich hinter ihr halten sollte.

Für einen flüchtigen Moment blitzte etwas wie Protest in seinen Augen auf.

Doch das ließ sie nicht zu.

Das hier ist *mein* Einsatz. Es ist *meine* Partnerin, die sich in höchster Gefahr befindet. Und deshalb bin ich diejenige, die hier die Ansagen macht.

Sie schielte auf das Display ihres Smartphones, auf dem ein rasch blinkender Kreis signalisierte, dass sich Ems Handy in unmittelbarer Nähe befand. Es konnten kaum mehr als zehn Meter sein.

Sie hatten keine anderen Fahrzeuge gesehen, und insgeheim bezweifelte Zhou, dass der Mann, den sie jagten, noch in der Nähe war. Aber sie durfte nicht leichtfertig einer reinen Intuition vertrauen. Sie musste sich absichern. Fakten schaffen.

Sie drehte sich zu Decker um und bedeutete ihm, die Taschenlampe anzuknipsen. Riskant, aber vertretbar.

Der kräftige Lichtstrahl streifte über Blätter. Dornige Büsche. Ein Abhang. Dahinter Wald.

Das Blinken auf ihrem Display wurde noch schneller.

Etwas weiter nach links und …

Da war es!

Zhous Füße rutschten über die feuchte Böschung. Augenblicke später hielt sie Ems Handy in der Hand. Das Display war schwarz, das Glas gesprungen.

»Verdammt«, fluchte Decker. »Offenbar wurde es während der Fahrt aus dem Fenster geworfen.«

»Kommt her!«, rief Pells aufgeregte Stimme von der Straße. »Schnell!«

Decker und Zhou rannten zurück.

»Wir haben eine Adresse«, verkündete ihr Kollege, als sie den Mercedes erreichten. »Keine drei Minuten von hier.«

»Dann los!« Zhou war schon wieder hinter dem Steuer. »Dieser Mistkerl hat bereits jede Menge Vorsprung!«

9

Dornholzhausen, Güldensöllerweg

Der Schuss traf Carsten Ulbrich direkt in die Schulter. Em sah, wie die Kugel seine Jacke durchschlug. Doch ihre Wahrnehmung war seltsam verzögert. Als ob sie unter Drogen stünde. Gleichzeitig war jeder Sinneseindruck ungeheuer klar und intensiv. Der Geruch nach Keller und Staub. Die Fugen des alten Mauerwerks. Die feinen Polyesterfasern, die aus dem Loch in Ulbrichs Schulter platzten.

Doch entgegen jeder Logik schrie der Kollege vom K 12 nicht. Er zuckte nicht. Und er fasste sich auch nicht an die Schulter.

Carsten Ulbrich war tot.

Wie in Trance stolperte Em auf ihn zu. Streckte die Hand aus. Suchte Ulbrichs Hals. Arterie. Den Puls.

Erst danach bemerkte sie die Kordel, die ihn hielt. Der tote Körper war an der Kellerwand fixiert. Mithilfe daumendicker Stahlnägel. Eine Falle.

Ein Köder …

Noch immer ungläubig tastete sie über die schlaffe, bereits kalte Haut, als sie hinter sich ein leises Geräusch hörte.

Sie drehte sich um und stand Vehn gegenüber. Und auf seinem Arm … Em fasste sich an die Kehle, die plötzlich zu eng war. Auf seinem Arm war Bella …

Em sah den Schrecken in den Augen ihrer Nichte. Den Schrecken und die Angst. Der Rest ihres kleinen Gesichtchens war verklebt. Paketband. Doppelt und dreifach. Tatsächlich hatte er Bella neben den Augen nur ein winziges Loch unterhalb der Nase zugestanden. Sie konnte kaum Luft kriegen.

»Sag Hallo zu Tante Em«, flüsterte er, indem er sein Gesicht in das weiche dunkelbraune Haar ihrer Nichte grub.

»Lassen Sie sie gehen!« Ihre Stimme war heiser. Tonlos. Sie schluckte, aber es wurde nicht besser. »Sofort!«

Er lächelte. »Willkommen im Haus meiner Mutter.«

Em suchte die Waffe in seiner Hand, aber er hielt den freien Arm so, dass sie ihn nicht sehen konnte. »Geben Sie auf«, hörte sie sich sagen, aber es fühlte sich an, als ob jemand anders spräche. »Es ist Ihnen doch wohl klar, dass Sie keine Chance mehr haben.«

»Gut möglich«, sagte er, und die kalte Gleichgültigkeit, mit der er das sagte, erschreckte sie noch mehr. »Aber noch ist es nicht vorbei. Also … Würden Sie einstweilen bitte die Güte haben, Ihre Waffe fallen zu lassen?«

Em zögerte. Bella diente ihm als Schutzschild, also konnte sie kaum wagen, auf ihn zu schießen. Aber wenn sie ihre Pistole aus der Hand gab, war ihr Schicksal endgültig besiegelt. Und das ihrer Nichte gleich mit …

Sie zwinkerte Bella aufmunternd zu und versuchte etwas wie ein Lächeln. »Lassen Sie zuerst meine Nichte los.«

Er lachte. Keine Millisekunde später hielt er Bella eine Pistole an die Schläfe. »Ich werde Sie nicht noch einmal bitten!«

Keine Chance …

Em bückte sich und legte ihre Dienstwaffe vor sich auf den Boden. Das hier war nicht der Moment für eine Machtprobe.

»Schieben Sie sie mit dem Fuß zu mir rüber.« Seine Augen wurden schmal. »Sie wissen ja, wie das läuft.«

Em tat, was er verlangte. »Haben Sie sie hier drin gefangen gehalten?«, fragte sie, um Zeit zu gewinnen. Vielleicht war ja doch noch nicht alles verloren. Vielleicht hatte ihr Plan funktioniert. Vielleicht suchten ihre Kollegen nach ihr.

Vielleicht …

Sie richtete sich auf. »Ich meine Marina Boginska.«

»Sie hätten sie hören sollen.« Seine Stimme wurde hart. »Sie hat gebeichtet. Beinahe jeden Tag. Dieser Keller ist ein guter Ort, um über seine Verfehlungen nachzudenken.«

»Haben Sie das auch tun müssen? Als Kind, meine ich?«

Er antwortete nicht. Stattdessen hörte sie, wie er die Waffe am Kopf ihrer Nichte entsicherte.

Ich hätte tatsächlich eine Chance gehabt, durchfuhr es sie. Wenn ich entschlossener gewesen wäre. Schneller …

»Sie haben mich nicht ohne Grund hierherbestellt, oder?« Ihr Blick suchte Bellas angsterfüllte Augen. »Also … Sagen Sie mir einfach, was Sie von mir wollen, und ich werde es tun.«

»Sie haben's noch immer nicht kapiert, oder?«

»Was?«

Er blickte an ihr vorbei. Zu Ulbrich.

Und endlich verstand sie. »Das wird nicht klappen«, sagte sie. »Meine Kollegen werden die Wahrheit herausfinden.«

»Natürlich werden sie das«, nickte er. »Aber es verschafft mir einen gewissen Vorsprung.«

Zeit schinden und beten, hämmerte es hinter Ems Stirn. Das ist die einzige Möglichkeit, die dir noch bleibt. »Wohin wollen Sie gehen, wenn Sie das hier …« sie wollte die Arme ausbreiten, doch ein warnendes Zischen von ihm belehrte sie umgehend eines Besseren, »… hinter sich haben?«

»Ich habe gehört, dass es im Südpazifik ein paar hübsche kleine Inseln gibt.« Der Lauf seiner Waffe grub sich in Bellas Schläfe. »Aber vorher werde ich zusehen, wie Sie sterben.«

Sie schenkte ihm ein sarkastisches Lächeln. »Ich bin nicht Ihr Typ.«

»Das war Ulbrich auch nicht«, entgegnete er achselzuckend. »Und jetzt runter auf den Boden! Die Hände an den Hinterkopf!«

»Nicht vor der Kleinen.«

»Oh«, spöttelte er. »Ich wusste ja gar nicht, dass die coole

Emilia Capelli eine solche Kinderfreundin ist! Aber keine Sorge: Wenn es so weit ist, halte ich dir die Augen zu, was Bella?« Er schmiegte sich wieder auf diese widerwärtige Weise an sie, und Em konnte sehen, wie sich der Körper ihrer Nichte noch mehr verspannte. »Allerdings nur, wenn deine Tante Em bei drei auf dem Boden liegt.«

In Ems Kopf jagte ein Gedanke den nächsten. Dass er sie töten würde, stand außer Frage. Und was sollte er dann mit einem achtjährigen Mädchen anfangen?

»Eins.«

Em sank auf die Knie und sah wieder ihre Nichte an.

In den vertrauten braunen Augen spiegelte sich blankes Entsetzen.

Tu's nicht, Tante Em!

Du darfst dich nicht einfach abknallen lassen!

BITTE!

Sie lächelte Bella zu und schielte nach ihrer Waffe, die viel zu weit entfernt lag, als dass sie sie hätte erreichen können. *Tut mir leid, Schatz …*

»Zwei.«

Der Lauf seiner Pistole ließ von Bella ab und richtete sich auf sie. Vielleicht, versuchte Em, sich selbst zu trösten, lässt er sie ja doch am Leben. Vielleicht setzt er sie irgendwo aus, wo man sie erst findet, wenn er über alle Berge ist. Vielleicht hat meine Nichte ja doch noch eine Chance!

Der Gedanke gab ihr die Kraft, die Hände hinter den Kopf zu nehmen. Ganz so, wie er es verlangt hatte. Ich habe alles falsch gemacht, dachte sie. Ich habe verloren.

Sie sah seinen Mund an.

Er öffnete die Lippen. »Dre…«

Der Knall eines Schusses riss seinen makabren Countdown in Fetzen, und Em hatte das Gefühl, dass ihr Trommelfell platzte. Dann noch ein Knall. Und noch einer. Und noch einer. Sie sah einen Schwall Blut auf die Jacke ihrer

Nichte spritzen. Sie sah die dunkelbraunen Augen und hörte ihren Namen.

»Em!«

War das der Tod?

Sie fühlte keinen Schmerz. Keine Angst. Nicht einmal Unbehagen.

Es wurde einfach nur dunkel.

10

St. Elisabethenkrankenhaus Frankfurt, Intensivstation

Das Erste, was Em sah, als sie die Augen wieder aufschlug, war eine hellgelbe Bettdecke. Zuerst wähnte sie sich am Krankenbett ihres Vaters. Und das monotone Piepsen der medizinischen Geräte ringsum schien ihre Annahme zu bestätigen.

Doch dann entdeckte sie Zhous Gesicht über sich und wusste, dass sie sich wehgetan hatte. So naiv drückte ihr Verstand das aus: *Ich habe mir wehgetan.*

Und wie schwierig urplötzlich alles war! Em stöhnte. Das Sprechen. Jede noch so kleine Bewegung. Sogar das Atmen kostete sie eine enorme Anstrengung.

»Bella?«, stieß sie mühsam hervor.

Am Lächeln ihrer Partnerin erkannte sie, dass ihre Nichte in Ordnung war, bevor Zhou auch nur den Mund aufmachte. »Sie wollte dich heute schon besuchen, aber wir konnten sie auf morgen vertrösten.«

»Wie lange …?« Em versuchte, den Kopf zu heben, doch es wollte ihr beim besten Willen nicht gelingen.

Zhou sah auf ihre Armbanduhr. »Ziemlich genau siebenundvierzig Stunden.«

Siebenundvierzig Stunden? Em versuchte zu lachen. Aber selbst das gelang nicht.

Das war so typisch! Statt einfach »zwei Tage« zu sagen, dachte sie. Nein, es waren »ziemlich genau siebenundvierzig Stunden«.

»Präzise wie immer«, flüsterte sie.

»Du wolltest es wissen«, grinste Zhou.

»Aber was …« Em bemühte sich erfolglos, einen Blick über den Rand der Bettdecke zu erhaschen. Auf den Rest ihres Körpers, der gar nicht da zu sein schien. »Was habe ich denn eigentlich?«

»Steckschuss im Bauch«, entgegnete ihre Partnerin. »Sie haben dich umgehend notoperiert. Aber du hast natürlich trotzdem irrsinnig viel Blut verloren.«

Sie hatte den Satz kaum beendet, als Em den Schmerz fühlte. Im Bauch. Ganz so, wie Zhou gesagt hatte.

»Wieso wart ihr da?«, keuchte sie.

Ihre Partnerin zog ihren Stuhl noch näher an das Bett heran und griff flüchtig nach ihrer Hand. »Glück, schätze ich.«

»Könntest du etwas weniger metaphysisch sein und mir ein paar Fakten nennen?«, flüsterte Em, während ihr Blick an mehreren riesigen Blumensträußen hängen blieb, die auf einem Tisch hinter den Geräten standen.

»Gehling hat bei der Überprüfung von Vehns Dienstplänen ein frappierendes Maß an Übereinstimmungen hinsichtlich der Tatzeitpunkte festgestellt«, erklärte Zhou. Unter ihren Augen lagen tiefe Schatten. »Daraufhin haben sich die Kollegen noch mal Vehns Mutter vorgenommen und herausgefunden, dass Vehn nur ihr Adoptivsohn ist.«

Em stöhnte. Irgendwie hatte sie noch Schwierigkeiten, all diese Informationen zu verarbeiten!

»Vehns leibliche Mutter war eine junge Französin namens Bernadette Limbeaux.« Ihre Partnerin warf einen sorgenvollen Blick auf den Monitor neben dem Bett. »Sie hat damals eine Zeit lang als Hausmädchen bei Familie Vehn in Dornholzhausen gearbeitet, um die Sprache zu lernen. Allerdings ist sie dann wohl an irgendeinen Kerl geraten.« Zhous Mandelaugen kehrten zu ihr zurück. »Bernadette war erst sechzehn, als sie schwanger wurde, und offenkundig heilfroh, das Baby an ihre kinderlosen Gasteltern weiterreichen zu können.«

Em zog die Brauen hoch. Doch selbst das tat weh. »Du meinst legal?«

Ihre Partnerin schüttelte den Kopf. »Das Ganze hat wohl mehr oder weniger unter der Hand stattgefunden«, erwiderte sie. »Denn in der offiziellen Akte ist die Mutter des Jungen als unbekannt deklariert.«

»Wie praktisch«, kommentierte Em trocken.

Zhou reichte ihr ein Glas Wasser. »Tatsächlich ging Bernadette Limbeaux sofort nach der Entbindung nach Frankreich zurück, wo sie unter die Räder kam und einige Jahre als Prostituierte arbeitete«, fuhr sie fort, nachdem Em folgsam ein paar Schlucke getrunken hatte. »Doch dann traf sie offenbar zur Abwechslung mal einen netten Mann, und der half ihr beim Ausstieg aus dem Milieu.«

Em nippte abermals an dem Glas, das ihre Kollegin ihr hinhielt. »Und Vehn?«

»Mit dem meinte es das Schicksal leider ganz und gar nicht gut.« Von einem Moment auf den anderen war Zhou wieder ernst. »Seine Adoptivmutter war eine spröde, um nicht zu sagen kaltherzige Frau, und es fiel ihr anscheinend schwer, überhaupt so etwas wie eine Beziehung zu dem Kind aufzubauen, an das sie so unerwartet geraten war.« Ihre Mandelaugen wanderten einmal mehr zu dem Monitor neben Ems Bett. Vielleicht hatte sie Sorge, ihre Partnerin zu überfordern. Doch was sie sah, schien sie zu beruhigen, denn sie entspannte sich sichtlich. »Wann immer ihr Sohn nicht spurte, wurde er unbarmherzig bestraft«, fuhr sie fort. »Und außerdem wurde Maria Vehn nicht müde, Vehn einzureden, dass seine leibliche Mutter bei seiner Geburt gestorben sei, was laut Hannah Isaakson zur Ausprägung eines massiven Schuldkomplexes führte. Den wiederum instrumentalisierte Maria Vehn beliebig zu ihren Gunsten. Und auch sonst war sie offenbar ausgesprochen sadistisch veranlagt und sperrte ihren Sohn wegen kleinster Verfehlungen tagelang im Keller ein.«

Das Wort »Keller« jagte Em eine dicke Gänsehaut über den Körper. Doch zum Glück war sie bis zum Hals zugedeckt.

»Vehn durfte nichts essen. Und wenn seine Adoptivmutter nach ihm schaute, musste er sie in aller Form darum bitten, wenigstens einen Schluck Wasser trinken zu dürfen.« Zhous Miene verriet Abscheu. »Das Einzige, was sie ihm in solchen Momenten ließ, war eine Taschenlampe und ein paar Bücher, die ihrer Meinung nach zu seiner moralischen Bildung beitragen sollten.«

Em verzog das Gesicht. »Hat ja super funktioniert.«

Ihre Partnerin lächelte. »Du hättest dieses Haus sehen sollen! Also, richtig sehen, meine ich. Das reinste Gruselkabinett!« Sie unterbrach sich und schlang fröstelnd die Arme um den Körper. »Übrigens haben wir in einem Schrank im Wohnzimmer auch die *Struwwelpeter*-Ausgabe gefunden, die Vehn als Junge im eisigen Keller lesen durfte. Es war das einzige seiner Bücher, das Bilder hatte …«

»Und plötzlich bekommen ein paar bunte Bildchen eine völlig andere Dimension«, zitierte Em, was Frank Kaspary bereits zu einem viel früheren Zeitpunkt als sie selbst erkannt hatte.

Zhou nickte schweigend vor sich hin.

»Warum haben wir das nicht früher erkannt?«, fragte Em.

»Darüber haben wir gestern in der Abteilung auch schon diskutiert.« Zhous Blick wandte sich ihr zu. »Und Decker meinte, das hätte etwas mit Konnotation zu tun.« Sie zuckte die Achseln. »Seiner Theorie nach denken wir aufgrund unserer beruflichen Vorbildung bei abgetrennten Daumen eher an Kannibalismus oder Trophäen als an Kinderbücher. Und dann laufen wir Gefahr, betriebsblind zu werden.«

Em ließ sich diese Erklärung eine Weile durch den Kopf gehen. »Woher kennt Decker solche Worte?«

»Keine Ahnung«, antwortete ihre Partnerin vergnügt. »Aber wie du weißt, ist er immer für Überraschungen gut.«

»Wohl wahr …« Em versuchte, ihren Arm zu heben, doch der war verkabelt. »War Maria Vehn tatsächlich mittelgroß und dunkelhaarig?«

Zhou verneinte. »Sie nicht. Aber Bernadette Limbeaux.«

Em runzelte die Stirn. »Wie hat Vehn von seiner leiblichen Mutter erfahren, wo doch die Akte nicht stimmte?«

»Durch Zufall«, antwortete Zhou. »Maria Vehn hatte ein paar Papiere aufgehoben. Briefe und so. Allerdings hat Vehn die erst gefunden, als seine Adoptivmutter von heute auf morgen ins Pflegeheim musste. Sie hatte einen schweren Schlaganfall und …« Sie unterbrach sich und stieß ein verlegenes Husten aus. »Entschuldige«, murmelte sie. »Ich wollte dich jetzt wirklich nicht an …«

»Kein Problem«, versicherte Em. »Wie geht es meinem Vater?«

»Unverändert.« In den Kohlenaugen ihrer Partnerin lag tiefes Mitgefühl. Aber sie log nicht herum. Etwas, das sie in Ems Achtung weiter steigen ließ. »Aber du weiß ja selbst, dass man in solchen Fällen erst nach ein paar Wochen eine endgültige Prog…«

»Ja«, unterbrach Em und versuchte ein Lächeln. »Weiß ich.«

Zhou blickte auf ihre Hände hinunter. »Unglücklicherweise fiel Maria Vehns Umzug ins Pflegeheim genau in die Zeit, als Vehn im Rahmen von Kasparys Vergewaltigungsserie ermittelte«, kehrte sie eilig zu den beruflichen Fragen zurück. »Zuerst freute er sich natürlich über die Entdeckung, dass seine leibliche Mutter noch lebte. Und er setzte auch sofort alle Hebel in Bewegung, um sie aufzuspüren. Aber als er dann nach Frankreich fuhr, um sie zu treffen, war Bernadette offenbar alles andere als begeistert. Mehr noch: Statt der erwarteten tränenreichen Begrüßung musste Vehn erfahren, dass seine Mutter nach ihm noch drei weitere Kinder bekommen hat. Und um die hat sie sich in all diesen Jahren anscheinend vorbildlich gekümmert.«

»Gütiger Himmel«, murmelte Em. »Das klingt echt wie aus dem Lehrbuch!«

Zhous Finger strichen über die saubere Bettdecke. »Vehn kehrte völlig desillusioniert nach Deutschland zurück. Doch nach außen hin ließ er sich nichts anmerken.«

Em hustete. »Darin war er wirklich gut, was?«

»Oh ja, die Maske, die er sich schon als Kind antrainiert hatte, saß perfekt«, pflichtete Zhou ihr bei, und für einen flüchtigen Moment hatte Em das Gefühl, dass ihre Partnerin über sich selbst sprach. Wenn auch in einem völlig anderen Zusammenhang. »So perfekt, dass die Menschen, die mit ihm zu tun hatten, bis zuletzt nicht die geringste Ahnung hatten.« Ein leiser Schauder ließ ihre schmalen Schultern erbeben. Doch einmal mehr rettete sie sich, indem sie ihre Aufmerksamkeit auf die Fakten richtete. Auf das, was man fassen konnte. Was zu beweisen war … »Nach seiner Rückkehr aus Frankreich heiratete Vehn eine ehemalige Klassenkameradin«, fuhr sie fort. »Ein naives Mäuschen, das schon in Schulzeiten für ihn geschwärmt hatte. Ob diese Heirat bereits Teil seines Plans war oder einen letzten verzweifelten Versuch darstellte, so etwas wie ein normales Leben zu führen, werden wir vermutlich nie erfahren …« Sie hielt ratlos inne. »Wir wissen nur, dass er zwei Monate nach der Hochzeit seinen ersten Mord beging.«

»Den an Jeanette Altmaier?«

Zhou nickte.

Em richtete sich mühsam ein wenig auf. »Aber mal ehrlich … Wie kann es sein, dass seine Frau von alldem nichts mitbekommen hat?«

Ihre Partnerin zuckte die Achseln. »Du weißt doch, wie das ist.«

»Betriebsblind, hm?«

»Ja.« Sie lächelte. »So was in der Richtung …«

»Und Vehn selbst ist tot?«

»Ja.« Über Zhous Gesicht huschte ein Schatten, der sie noch blasser aussehen ließ, als sie ohnehin schon war. »Er ist auf dem Weg ins Krankenhaus gestorben.«

Und du hast ihn erschossen, schloss Em voller Mitleid.

Um mich zu retten …

»Was ist mit Kathrin Stiller?«, wechselte sie hastig das Thema.

»Vehn hatte sie halb totgeschlagen«, griff Zhou die Ablenkung dankbar auf. »Sie war in einem ernsten Zustand, als wir sie fanden. Aber laut Aussage der Ärzte wird sie sich wieder erholen.«

Em versuchte ein Nicken. »Und sonst?«

»Nach allem, was ich höre, wird Kaspary wohl bald rauskommen. Er sagt, er freue sich schon darauf, uns wiederzusehen.«

Sie sahen sich an und lachten beide. Ein bisschen zu laut vielleicht, aber was machte das schon?

Wir müssen lernen, mit der Bedrohung zu leben, dachte Em. Hannah Isaakson genauso wie Lisa Brugger, Kathrin Stiller und all die anderen. Warum sollten ausgerechnet Mai Zhou und Emilia Capelli da eine Ausnahme sein?

Zhou griff in die Tasche ihres Blazers und hielt ihr ein Foto hin. »Ach ja, übrigens: Das hier soll ich dir von Moni geben.«

»Von wem?«

»Von Monika Achtendorf.«

Em betrachtete die Aufnahme, die einen schrumpeligen Säugling mit geschlossenen Augen und flachsdünnem Blondhaar zeigte. »Oh«, sagte sie dann. »Ich verstehe.«

»Sie sagt, wie will unbedingt noch persönlich mit dir sprechen, aber ich soll dir schon mal ausrichten, dass sie es sehr begrüßen würde, wenn du Patentante wirst.« Zhou drehte das Foto und präsentierte ihrer Partnerin die Widmung auf der Rückseite.

Emilia-Sophie, stand dort in großen runden Buchstaben, die aussahen, als entstammten sie dem Schwungheft eines Erstklässlers.

»Sie wollte dir wohl eine Freude machen«, lachte Zhou, als sie Ems entsetztes Gesicht sah.

»Und vom wem ist das ganze Grünzeug?«, fragte Em mit einer – angesichts ihrer Schmerzen äußerst zurückhaltenden – Geste zum Tisch hinter den Apparaten.

»Das ausladende Gebinde mit den Sonnenblumen ist von Makarov«, erklärte Zhou. »Und die bunten Rosen lässt dir Hannah Isaakson schicken, zusammen mit einer Einladung zu ihrer nächsten Vernissage. Die ist übrigens schon in zehn Tagen – und bis dahin, sagt sie, will sie dich wieder fit sehen. Die Drops und dieses … dieses plastikähnliche Ding in Rot da drüben …«

»Ich glaube, man nennt sie Anturien«, kommentierte Em.

»Also für mich sehen die Dinger eher aus wie ein …« Zhou unterbrach sich und lief rot an.

»Ja«, grinste Em. »Für mich auch.«

»Jedenfalls sind sie von Gehling und ganz sicher gut gemeint.« Zhous Hände wischten durch die sterile Krankenhausluft. »Die Schokoladenauswahl ist von deiner Nachbarin und die hübsche I-will-survive-Flagge im Military-Look hat dir Trudis Freund geschickt.«

»Julien, der Fremdenlegionär«, lächelte Em mit einem Anflug von Rührung.

»Ja genau, der.« Zhou lehnte sich zurück. »Unten auf Station warten darüber hinaus noch zehn Gläser mit eingekochten Nudeln von deiner Mutter, eine Schokoschnecke von Karel und eine Flasche feinster Single Malt von Decker und Pell, die ich allerdings beim besten Willen nicht hier reinschmuggeln konnte.«

Em fixierte ihre Partnerin. »Apropos: Seit wann sind auf einer Intensivstation eigentlich Blumen erlaubt?«

»Sind sie nicht.«

Sie riss in gespielter Empörung die Augen auf. »Sag nur, *du* hast etwas getan, das gegen eine Vorschrift verstößt?!«

Zhou blickte mit würdevoller Ignoranz an ihr vorbei, direkt auf den Monitor mit ihrer Herzkurve.

»Wow«, sagte Em, »ich muss schon sagen, Karel übt 'n ziemlich miesen Einfluss auf dich aus!«

»Ja, nicht wahr?« Zhou lächelte. »Aber lass mal, das wird schon wieder.«

Em warf ihr einen warnenden Blick zu. »Untersteh dich!«

Epilog

Als Kathrin Stiller die Abteilung für orthopädische Rehabilitation der Kurparkklinik Bad Nauheim verließ, roch die Luft schon ein bisschen nach Frühling.

Die Sonne schien von einem traumschönen blauen Himmel herab und erwärmte die Luft auf angenehme zweiundzwanzig Grad. Gerade genug, dass sie ihre Jacke gleich wieder ausziehen konnte.

Ihr Vater trug seinen besten Anzug und verstaute ihr Gepäck auf dem Rücksitz, während Kathrin ganz ohne Hilfe auf dem Beifahrersitz Platz nahm.

Sie fand, sie war weit gekommen in den letzten Monaten: Sie hatte gelernt, mit und ohne Stahlplatten und Nägeln in ihren Knochen zu laufen. Sie hatte gelernt, zu trinken, ohne dabei vor lauter Zittern die Hälfte zu verschütten. Sie hatte gelernt, ohne Alpträume zu schlafen. Außerdem war sie beim Zahnarzt gewesen. Ein Implantat, oben links. Man sah keinen Unterschied. Sie hatte ein Semester verloren, aber die Hausarbeit über Adalbert Stifter durfte sie nachreichen.

Ausnahmeregelung …

Ihr Professor hatte komisch geklungen am Telefon. Selbstverständlich, hatte er gesagt. Und: Werden Sie erst mal richtig gesund!

Sie hatte nicht die geringste Ahnung, ob sie das jetzt war: richtig gesund. Ob sie jemals wieder richtig gesund werden würde. Aber sie fühlte sich gut.

Sie blinzelte in das helle Sonnenlicht, das ihr noch immer in den Augen wehtat. Aber es war ein Schmerz, dem sie sich gern aussetzte. Wenn sie endlich fertig war mit Studieren, dann würde sie sich eine Wohnung mit Südbalkon suchen.

Sie nickte.

Südbalkon … Der Inbegriff von Luxus!

»Könntest du kurz anhalten?«, bat sie ihren Vater. »Da vorn an der Ecke.«

Er warf ihr einen besorgten Seitenblick zu. »Wozu?«

Sie lächelte. »Ich möchte etwas kaufen …«

»Das muss doch nun wirklich nicht sein!«, protestierte ihr Vater, der sie längst durchschaut hatte. »Nicht heute.«

»Doch«, sagte sie fest. »Heute.«

Er fügte sich und ließ sie aussteigen.

»Das ist das letzte Mal, dass ich dir Cola mitbringe«, sagte sie, als sie zu Hause am Küchentisch saß und ihrem Bruder die randvolle Schnabeltasse reichte. »Cola ist nicht gut für dich!«

Sein Blick heftete sich an ihr Gesicht, und sie staunte über das intensive Blau seiner Augen. Fast war ihr, als läge ein leises Lächeln darin. Aber vielleicht war es auch Trotz. Weil sie erklärt hatte, sie würde ihm in Zukunft keine Cola mehr mitbringen … wer konnte das schon so genau sagen?